super-bibliothèque

Colleen McCullough

Les oiseaux se cachent pour mourir

Éditions G.P., Paris

Ce livre a été publié sous le titre original
THE THORN BIRDS
par Harper and Row, publishers, New York

Conforme à la loi n° 49.956 du 16 Juillet 1949 sur les publications destinées à la jeunesse.

PRINTED IN FRANCE

ISBN 2-261-00724-8

A ma « grande sœur »
Jean Easthope

TABLE DES MATIERES

Selon une légende, il est un oiseau qui ne chante qu'une seule fois de toute sa vie, plus suavement que n'importe quelle créature qui soit sur terre. Dès l'instant où il quitte le nid, il part à la recherche d'un arbre aux rameaux épineux et ne connaît aucun repos avant de l'avoir trouvé. Puis, tout en chantant à travers les branches sauvages, il s'empale sur l'épine la plus longue, la plus acérée. Et, en mourant, il s'élève au-dessus de son agonie dans un chant qui surpasse celui de l'alouette et du rossignol. Un chant suprême dont la vie est le prix. Le monde entier se fige pour l'entendre, et Dieu dans son ciel sourit. Car le meilleur n'est atteint qu'aux dépens d'une grande douleur... ou c'est du moins ce que dit la légende.

LIVRE I
1915-1917
MEGGIE

CHAPITRE I

Le 8 décembre 1915, Meggie Cleary entra dans sa cinquième année. Après que la vaisselle du petit déjeuner eut été rangée, sans un mot mais avec une certaine brusquerie, sa mère lui mit dans les bras un paquet enveloppé de papier marron et lui ordonna de sortir. Aussi Meggie alla-t-elle s'accroupir derrière le buisson de cytise qui flanquait le portail; là, elle s'acharna à ouvrir le paquet. Ses doigts étaient malhabiles, le papier épais; il s'en dégageait une odeur lui rappelant vaguement le bazar de Wahine, ce qui indiquait que, quel que fût son contenu, celui-ci avait été miraculeusement *acheté*, pas fait à la maison ou donné par quelqu'un.

Quelque chose de fin, de doré presque, commença d'apparaître dans un angle ; elle s'attaqua au papier avec plus de précipitation, l'arracha en longs lambeaux.

– Agnès ! Oh, Agnès ! murmura-t-elle avec amour, battant des paupières devant la poupée étendue dans son nid de papier déchiqueté.

Un miracle, un vrai. De toute sa vie, Meggie n'était allée à Wahine qu'une seule fois, en mai dernier, et c'était pour la récompenser d'avoir été sage. Perchée sur la carriole à côté de sa mère, s'efforçant de bien se tenir, elle avait été trop surexcitée pour voir ou se rappeler grand-chose. Sauf Agnès, la merveilleuse poupée trônant sur le comptoir du bazar, habillée d'une crinoline de satin rose agrémentée d'une foison de ruchés de dentelle. Sur-le-champ, elle l'avait intérieurement baptisée Agnès, le seul nom suffisamment élégant qu'elle connût, digne d'une créature aussi incomparable. Pourtant, au cours des mois qui suivirent, sa convoitise pour Agnès n'excédait pas l'espoir; Meggie n'avait pas de poupée et elle n'imaginait même pas que petite fille et poupée puissent aller de pair. Elle jouait joyeusement, mains sales, bottines boueuses, avec les sifflets, les frondes, les soldats cabossés abandonnés de ses frères.

Il ne lui vint même pas à l'esprit qu'elle pût jouer avec Agnès. Caressant doucement les volants rose clair de la robe, plus belle que tout vêtement qu'elle eût jamais vu sur une vraie femme, elle souleva tendrement Agnès. Les bras et jambes de la poupée étaient articulés et pouvaient être déplacés dans n'importe quel sens, tout comme son cou et sa taille mince, harmonieuse. Des perles constellaient ses cheveux dorés, coiffés de manière exquise et désuète. La poitrine laiteuse se devinait dans l'entrebâillement d'un châle vaporeux, vraie mousse de dentelle, retenu par une perle. Le visage de porcelaine fine, délicatement peint, était d'une beauté sans égale, exempt de vernis pour mieux simuler la matité d'une carnation naturelle. Des yeux bleus, étonnamment vivants, aux iris striés et cerclés d'un ton plus soutenu, brillaient entre des cils recourbés faits de vrais poils; fascinée, Meggie découvrit en couchant Agnès que celle-ci fermait les yeux. Haut sur sa pommette légèrement rosée, se détachait un grain de beauté et sa bouche bistrée, à peine entrouverte, laissait apercevoir de minuscules dents blanches. Meggie posa doucement la poupée sur ses genoux, s'installa confortablement et s'abîma dans la contemplation.

Elle était encore assise derrière le cytise quand Jack et Hughie se glissèrent subrepticement dans l'herbe haute, drue, trop proche de la barrière pour que la faux l'eût atteinte. La chevelure de la fillette, typique fanal des Cleary, ne faisait pas exception à la règle ; tous les enfants, sauf Frank, étaient affligés d'une tignasse offrant une teinte quelconque de roux. Jack donna un coup de coude à son frère en désignant joyeusement Meggie. Ils se séparèrent avec force grimaces et simulèrent des soldats à la poursuite d'un renégat maori. Meggie ne les aurait d'ailleurs pas entendus, absorbée qu'elle était par Agnès, chantonnant doucement.

– Qu'est-ce que tu as là, Meggie ? s'écria Jack en bondissant. Fais voir !

– Oui, fais voir !

En gloussant Hughie exécuta une manœuvre qui coupait toute retraite à sa sœur.

Elle pressa la poupée contre sa poitrine et secoua la tête.

– Non, elle est à moi ! Je l'ai eue pour mon anniversaire !

– Allez, fais voir ! On veut juste jeter un coup d'œil.

La fierté et la joie l'emportèrent. Elle brandit la poupée.

– Regardez comme elle est belle ! Elle s'appelle Agnès.

– Agnès ? *Agnès ?* railla Jack. Quel nom à la noix ! Pourquoi tu ne l'appelles pas Margaret ou Betty ?

– Parce qu'elle est Agnès !

Hughie remarqua l'articulation du poignet de la poupée; il émit un sifflement.

– Eh, Jack ! regarde ! Elle peut bouger la main !

– Comment ça ? Fais voir.

– Non ! se récria-t-elle en pressant de nouveau la poupée contre elle, les larmes aux yeux. Non, vous allez la casser ! Oh, Jack, ne me la prends pas... tu vas la casser !

Les mains hâlées, sales, du garçon se refermèrent sur les poignets de sa sœur, les serra.

– Pouh ! Et si je te faisais une pince tordue ? Et arrête de pleurnicher ou je le dirai à Bob.

Il lui pinça la peau, la tordit jusqu'à ce que le sang s'en retire tandis qu'Hughie saisissait la jupe de la poupée et tirait.

– Donne ! intima Jack. Ou je vais te faire vraiment mal.

– Non, non, Jack ! Je t'en supplie ! Tu vas la casser, j'en suis sûre ! Oh, je t'en prie, laisse-la tranquille ! Ne me la prends pas... s'il te plaît !

En dépit du cruel traitement infligé à ses poignets, elle ne lâchait pas; elle sanglotait, donnait des coups de pieds.

– Je l'ai ! s'écria Hughie d'un ton triomphant quand la poupée glissa sous les bras de Meggie.

A l'égal de leur sœur, Jack et Hughie la trouvèrent fascinante. La robe, les jupons, le long pantalon à volants arrachés, Agnès gisait nue tandis que les garçons tiraient sur ses membres, poussaient, lui ramenant un pied derrière la nuque, la tête devant derrière, lui infligeant toutes les contorsions qu'ils pouvaient imaginer. Ils ne se préoccupaient pas de Meggie qui, debout, pleurait; il ne vint même pas à l'idée de la fillette d'aller chercher de l'aide car, dans la famille Cleary, ceux qui n'étaient pas capables de mener leur propre combat ne trouvaient ni assistance ni pitié, et cette règle était aussi valable pour les filles.

Les cheveux dorés de la poupée se répandirent, les perles volèrent, clignotèrent avant de disparaître dans l'herbe haute. Une chaussure sale écrasa distraitement la robe rejetée, maculant de satin de graisse ramassée à la forge. Meggie s'agenouilla, racla frénétiquement le sol pour rassembler les minuscules habits avant qu'ils ne subissent d'autres dommages, puis elle fouilla dans l'herbe pour tenter de retrouver les perles. Les larmes l'aveuglaient, le cœur étreint par un mal neuf car, jusque-là, jamais elle n'avait possédé quoique ce soit qui vaille une douleur.

Frank trempa le fer dans l'eau froide d'où monta un sifflement, et se redressa; son dos ne lui faisait plus mal à présent, peut-être s'habituait-il au travail de la forge. Il n'était que temps après six mois, aurait dit son père. Mais Frank savait exactement combien de temps s'était écoulé depuis qu'il avait fait connaissance avec la forge et l'enclume; il l'avait mesuré avec haine et ressentiment. Il jeta le marteau dans sa caisse, repoussa d'une main tremblante la mèche noire qui lui tombait sur le front et ôta le vieux tablier de cuir. Sa chemise l'attendait sur un tas de paille dans un coin; il s'en approcha d'un pas lourd et, un instant, resta debout, le regard perdu vers la paroi fendillée de la grange, yeux noirs largement ouverts, fixes.

Il était assez petit, moins d'un mètre soixante, et mince comme le sont les adolescents, mais ses épaules et ses bras nus montraient des muscles déjà noués par le travail du marteau; sa peau pâle, lisse, luisait de sueur. Ses cheveux et ses yeux noirs avaient une résonance étrangère car ses lèvres pleines et son nez busqué n'étaient pas courants dans la famille, mais il y avait du sang maori du côté de sa mère et chez lui, il apparaissait. Il avait presque seize ans tandis que Bob allait sur ses onze ans; Jack en avait dix, Hughie neuf, Stuart cinq et la petite Meggie trois. Puis, il se rappela que, ce jour, Meggie avait quatre ans révolus; c'était le 8 décembre. Il enfila sa chemise et quitta la grange.

La maison coiffait une petite colline et surplombait d'une trentaine de mètres la grange et les écuries. Comme toutes les maisons de Nouvelle-Zélande, elle était en bois, de plain-pied, et couvrait une surface importante en raison de la théorie voulant qu'une partie au moins ait une chance de rester debout en cas de tremblement de terre. Tout autour poussaient des cytises, croulant en cette saison sous une profusion de lourdes fleurs jaunes; l'herbe était vaste, luxuriante, comme tous les pâturages de Nouvelle-Zélande. Même au cœur de l'hiver, quand il arrivait que les plaques de glace se trouvant à l'ombre ne fondent pas de toute la journée, l'herbe ne jaunissait pas et le long et doux été lui conférait un vert encore plus soutenu. La pluie tombait avec une certaine nonchalance, sans endommager la tendre délicatesse de tout ce qui poussait. Il n'y avait pas de neige et le soleil avait juste assez de force pour nourrir, jamais assez pour détruire. Le fléau de la Nouvelle-Zélande grondait dans les entrailles de la terre plutôt qu'il ne tombait du ciel. On ressentait toujours une impression d'attente angoissée, un tremblement, un martèlement intangible qui se répercutait en soi depuis la plante des pieds. Car, sous la terre, se tapissait une puissance terrifiante, une puissance d'une telle amplitude que, trente ans plus tôt, une montagne entière avait disparu; des jets de vapeur sifflante jaillissaient des flancs d'innocentes collines, les volcans crachaient de la fumée vers le ciel et l'eau des torrents devenait parfois chaude. D'immenses lacs de boue visqueuse bouillonnaient, les vagues léchaient sans conviction les falaises qui pourraient ne plus être là pour accueillir la nouvelle marée et, en certains endroits, l'écorce terrestre ne dépassait pas deux cent soixante-dix mètres d'épaisseur.

Pourtant, c'était une terre douce, accueillante. Au-delà de la maison ondulait une plaine aussi verte que l'émeraude de la bague de fiançailles de Fiona Cleary, émaillée de milliers de taches crémeuses que la proximité immédiate révélait comme autant de moutons. Tandis que les bords des collines se découpaient contre le ciel bleu clair, le mont Egmont culminait à trois mille mètres, montant à l'assaut des nuages, les flancs encore blancs de neige, d'une symétrie tellement parfaite que même ceux qui, comme Frank, le voyaient tous les jours de leur vie ne cessaient de s'émerveiller.

Monter de la grange à la maison exigeait un rude effort et Frank se hâtait parce qu'il savait qu'il n'aurait pas dû quitter la forge; les ordres de son père étaient formels. En tournant le coin de la maison, il avisa le petit groupe près du cytise.

Frank avait conduit sa mère à Wahine pour acheter la poupée de Meggie, et il se demandait encore ce qui l'avait incitée à cette dépense. Pour elle, un cadeau d'anniversaire devait être utile; la famille n'avait pas d'argent pour le superflu et jamais elle n'avait donné de jouet à qui que ce soit auparavant. Tous ses enfants recevaient des vêtements ; anniversaires et noëls regarnissaient les maigres garde-robes. Mais il semblait que Meggie ait vu la poupée lors de son unique visite à la ville et Fiona ne l'avait pas oublié. Quand Frank l'avait interrogée, elle s'était contentée de marmonner quelques mots sur le désir des petites filles de posséder une poupée et avait brusquement changé de sujet.

Au milieu de l'allée, Jack et Hughie tenaient la poupée entre eux, ils en manipulaient brutalement les articulations. Frank ne voyait Meggie que de dos ; plantée là, elle observait ses frères qui profanaient Agnès. Ses chaussettes blanches, immaculées, avaient glissé et formaient des bourrelets au-dessus de ses petites bottines noires; on pouvait voir le rose de ses jambes sur une dizaine de centimètres au dessous de l'ourlet de sa robe des dimanches en velours marron. Ses cheveux bouclés, abondants, lui retombaient en cascade sur le dos, étincelants dans le soleil, ni roux ni or, d'une teinte intermédiaire. Le nœud de taffetas blanc qui retenait ses mèches pendait, abandonné, mou ; de la terre maculait sa robe. D'une main, elle serrait étroitement les habits de la poupée tandis que, de l'autre, elle essayait vainement de repousser Hughie.

– Satanés petits salauds !

Jack et Hughie se remirent promptement sur pied et s'enfuirent, oubliant la poupée; quand Frank jurait, il était plus prudent de s'éclipser.

– Affreux rouquins, si jamais je vous prends encore à toucher cette poupée, je vous marquerai le cul au fer rouge, sales petits merdeux ! hurla Frank.

Il se baissa, prit Meggie par les épaules et la secoua doucement.

– Allons, allons, il n'y a pas de quoi pleurer ! N'aie pas peur. Ils sont partis et ils ne toucheront plus jamais à ta poupée, je te le promets. Allons, fais-moi un beau sourire pour ton anniversaire...

Elle avait le visage boursouflé, les paupières gonflées; elle fixa sur Frank des yeux gris, si grands, débordants de tant de tragédie qu'il sentit sa gorge se serrer. Il tira un chiffon sale de la poche de son pantalon, le lui passa maladroitement sur la figure, serra le petit nez dans les plis de la toile.

– Allons, mouche-toi !

Elle obéit et hoqueta bruyamment en séchant ses pleurs.

– Oh, Fran-Fran-Frank ! Ils m'ont... m'ont... pris Agnès ! (Elle renifla.) Ses che-che-veux sont tous tombés et elle a per-per-perdu ses jolies tites perles ! Elles sont dans l'her-her-herbe... et je ne peux pas les retrouver !

Les larmes jaillirent de nouveau; Frank en sentit la moiteur sur sa main. Un instant, il regarda sa paume humide et y passa la langue.

– Eh bien, il faudra qu'on les retrouve. Mais tu ne pourras pas les voir si tu pleures. Et pourquoi est-ce que tu parles comme un bébé ? Je ne t'ai pas entendu dire « tite » au lieu de petite depuis au moins six mois. Tiens, mouche-toi encore une fois et ramasse la pauvre... Agnès ? Si tu ne la rhabilles pas, elle va prendre un coup de soleil.

Il fit asseoir l'enfant sur le bord de l'allée et lui tendit délicatement la poupée, puis il écarta l'herbe et poussa bientôt un cri de triomphe en lui montrant une perle.

– Tiens ! Voilà la première ! Nous les retrouverons toutes. Attends, tu vas voir !

Meggie considéra l'aîné de ses frères avec adoration pendant qu'il cherchait parmi les brins d'herbe, brandissant chaque perle qu'il découvrait; puis, elle se rappela combien la peau d'Agnès devait être délicate, combien le soleil risquait de l'abîmer et reporta toute son attention sur l'habillage de la poupée. Celle-ci ne paraissait pas avoir subi de blessures irréparables; ses cheveux répandus étaient emmêlés, ses bras et ses jambes sales, là où les garçons les avaient empoignés, mais tout fonctionnait. Un peigne d'écaille retenait les mèches de Meggie au-dessus de chacune de ses oreilles; elle en retira un et se mit en devoir de coiffer Agnès, de démêler les cheveux véritables, habilement montés sur une calotte de gaze et de colle, décolorés jusqu'à atteindre un blond de paille.

Gauche, elle tirait sur un gros nœud lorsque survint le drame. Arrachés les cheveux, tous; ils pendaient en broussaille dans les dents du peigne. Au-dessus du large front d'Agnès, il n'y avait rien; pas de tête, pas de crâne nu. Seulement un horrible trou béant. Frissonnante, en proie à la terreur, Meggie se pencha pour en scruter l'intérieur. Les contours inversés des joues et du menton se devinaient vaguement, de la lumière luisait entre les lèvres écartées sur des dents noires en une sorte de découpe bestiale et, par-dessus tout, il y avait les yeux d'Agnès, deux affreuses boules cliquetantes, transpercées par une tige en fil de fer lui forant cruellement la tête.

Le cri de Meggie monta, perçant, ténu, pas celui d'un enfant; elle jeta Agnès et continua à hurler, le visage caché dans les mains, tremblante, frissonnante. Puis, elle sentit Frank qui lui écartait les doigts, la prenait dans ses bras, lui nichant la tête au creux de son cou. Elle se blottit plus étroitement, puisa chez lui le réconfort jusqu'à ce que le contact de son frère l'eût suffisamment calmée pour qu'elle prît conscience de la bonne odeur qu'il dégageait, une odeur de chevaux, de sueur et de fer.

Lorsqu'elle se fut apaisée, Frank lui fit avouer la raison de sa terreur ; il ramassa la poupée, en examina la tête vide avec écœurement, essayant de se rappeler si son univers d'enfant avait été assailli par d'aussi étranges frayeurs. Mais ses fantômes déplaisants étaient faits de gens, de chuchotements, de regards réprobateurs. Et le visage de sa mère qui se pinçait, se ratatinait, et sa main tremblante qui saisissait la sienne, et le raidissement de ses épaules.

Qu'avait donc vu Meggie pour être bouleversée de la sorte ? Il imagina qu'elle aurait été moins affolée si la pauvre Agnès avait saigné en perdant ses cheveux. Le sang est réel ; il ne se passait pas une semaine sans qu'un membre de la famille Cleary saignât abondamment.

– Ses yeux, ses yeux, chuchota Meggie, se refusant à regarder la poupée.

– C'est une merveille, Meggie, une sacrée merveille, assura-t-il en un murmure, le visage enfoui dans les cheveux de sa sœur.

Comme ils étaient beaux, luxuriants, flamboyants ! Il lui fallut une demi-heure de cajoleries pour obtenir qu'elle jetât un coup d'œil à Agnès, et une demi-heure de plus s'écoula avant qu'il pût la convaincre de regarder à l'intérieur du trou laissé par la scalp. Il lui montra comment les yeux fonctionnaient, avec quel soin ils avaient été centrés pour se loger douillettement au creux des orbites et néanmoins s'ouvrir et se fermer à la moindre inclinaison de la poupée.

– Allons, viens maintenant. Il est temps de rentrer, lui dit-il en la prenant sur le bras, tout en logeant la poupée entre sa poitrine et celle de l'enfant. On va demander à M'man de l'arranger. Elle lavera et repassera ses habits et on lui recollera les cheveux. Je monterai les perles sur de bonnes épingles pour qu'elles ne risquent pas de tomber et tu pourras la coiffer de toutes les façons que tu voudras.

Fiona Cleary était dans la cuisine en train d'éplucher des pommes de terre. C'était une belle femme au teint pâle, plutôt petite, mais au visage assez dur et sévère ; elle avait une jolie silhouette, une taille fine que six maternités n'avaient pas épaissie. Sa robe de calicot effleurait le sol, d'une propreté irréprochable; un grand tablier blanc, empesé, dont la bride lui passait autour du cou, l'enveloppait et venait s'attacher dans le dos par un nœud net, parfait. Du lever au coucher, elle vivait dans la cuisine et dans le jardin donnant à l'arrière de la maison; ses solides bottines noires décrivaient un immuable chemin, de la cuisinière à la buanderie, du potager à la corde à linge et retour au poêle.

Elle posa son couteau sur la table, dévisagea Frank et Meggie; les commissures de sa bouche s'affaissèrent.

– Meggie, je t'ai permis de mettre ta plus belle robe du dimanche à une condition, que tu ne la salisses pas. Et regarde de quoi tu as l'air. Un vrai petit souillon !

– M'man, ça n'est pas sa faute, protesta Frank. Jack et Hughie lui ont pris sa poupée pour voir comment marchaient les bras et les jambes. Je lui ai promis que nous l'arrangerions et qu'elle serait comme neuve. On y arrivera, hein ?

– Fais voir, dit Fiona en tendant la main.

C'était une femme silencieuse, peu portée à la spontanéité, voire à la parole. Ce qu'elle pensait, personne ne le savait jamais, pas même son mari; elle laissait à celui-ci le soin de corriger les enfants et elle se pliait à toutes ses injonctions sans commentaires ni plaintes, à moins que les circonstances ne fussent exceptionnelles. Meggie avait entendu ses frères murmurer que leur mère craignait tout autant Papa qu'eux-mêmes, mais si c'était vrai elle dissimulait sa peur sous un vernis de calme impénétrable, quelque peu têtu. Elle ne riait jamais, pas plus qu'elle ne s'emportait.

Son inspection terminée, Fiona posa Agnès sur le buffet proche de la cuisinière et regarda Meggie.

– Je laverai ses habits demain matin et je la recoifferai. Ce soir, après dîner, Frank recollera ses cheveux et lui fera peut-être prendre un bain.

Les paroles se teintaient davantage de bon sens que de réconfort. Meggie acquiesça, esquissa un petit sourire; quelquefois, elle souhaitait de tout son cœur entendre sa mère rire, mais sa mère ne riait jamais. Meggie devinait vaguement qu'elle partageait avec Maman quelque chose de particulier qui échappait à Papa et aux garçons, mais il ne lui était pas possible de percer ce qu'il pouvait y avoir derrière ce dos raide, ces pieds sans cesse en mouvement. M'man se contentait d'un vague signe de tête, puis sa jupe virevoltait avec précision entre la cuisinière et la table, et elle continuait à travailler, à travailler, à travailler.

Aucun des enfants, à l'exception de Frank, ne comprenait que Fiona était sans cesse fatiguée, sans espoir de rémission. Il y avait beaucoup à faire, presque pas d'argent pour aider, pas assez de temps et seulement deux mains. Il lui tardait de voir venir le jour où Meggie serait assez grande pour la soulager dans sa tâche; déjà la fillette effectuait des besognes simples mais, avec ses quatre ans, elle ne pouvait guère alléger son fardeau. Six enfants, et une seule fille, et, qui plus est, la dernière. Tous les gens qu'elle connaissait la prenaient en pitié, non sans l'envier, mais cela ne lui facilitait en rien la tâche. Son panier de raccommodage débordait de chaussettes pas encore reprisées, ses aiguilles à tricoter restaient fichées dans un bas alors que Hughie était déjà trop grand pour ses chandails et que Jack ne l'était pas suffisamment pour lui passer les siens.

Que Padraic Cleary fût à la maison durant la semaine où prit place l'anniversaire de Meggie tenait uniquement du hasard. Il était trop tôt pour la saison de tonte et il travaillait dans le voisinage au labour, aux plantations. Il était tondeur de moutons de profession, occupation saisonnière qui s'étendait du milieu de l'été à la fin de l'hiver, après quoi venait l'agnelage. Habituellement, il parvenait à trouver suffisamment de travail pour lui permettre de tenir durant le printemps et les premiers mois de l'été; il aidait à la mise bas des brebis, au labourage, à l'interminable traite des vaches, deux fois par jour, chez un fermier du voisinage. Il allait là où il trouvait du travail, abandonnant sa famille dans la grande et vieille maison où elle devait pourvoir à ses propres besoins; manière d'agir pas aussi dure qu'il y paraissait. A moins qu'un homme ait la chance de posséder suffisamment de terre, il ne pouvait faire autrement.

Quand il rentra, un peu après le coucher du soleil, les lampes étaient allumées et les ombres tremblotantes jouaient autour du haut plafond. Rassemblés sur la véranda de derrière, les garçons s'amusaient avec une grenouille, à l'exception de Frank. Padraic savait où se trouvait son fils aîné car il entendait les coups réguliers d'une hache venant du bûcher. Il s'arrêta sur la véranda juste le temps de gratifier Jack d'un coup de pied au derrière et Bob d'une taloche.

– Allez donc aider Frank à couper du bois, sales petits feignants ! Et tâchez d'avoir fini avant que M'man ait mis le couvert, sinon, je vous tannerai le cuir !

Il adressa un signe de tête à Fiona, qui s'affairait près du poêle; il ne l'embrassa pas, ne la serra pas contre lui car il considérait les démonstrations d'affection entre mari et femme comme devant exclusivement se cantonner à la chambre à coucher. Il retira ses bottes boueuses et Meggie lui apporta ses chaussons; il sourit à la fillette avec ce curieux sentiment d'émerveillement qui le saisissait invariablement à sa vue. Si jolie, de si beaux cheveux; il lui prit une boucle, l'agita, la lâcha, pour le seul plaisir de voir vivre la mèche soyeuse. Il souleva l'enfant et s'approcha de l'unique fauteuil confortable de la cuisine, un fauteuil Windsor avec un coussin attaché au siège, disposé près du feu. Il poussa un soupir, s'assit et tira sa pipe qu'il tapota avec insouciance pour la vider du culot qui tomba sur le sol. Meggie se blottit contre lui et lui passa les bras autour du cou; son petit visage frais se leva dans l'espoir de se livrer à son jeu du soir, voir filtrer la lumière entre les poils de barbe dorés et courts.

– Comment ça va, Fee ? demanda Padraic Cleary à sa femme.

– Bien, Paddy. Tu en as fini avec l'enclos du bas aujourd'hui ?

– Oui, c'est terminé. Je pourrai commencer celui du haut demain matin. Mais Dieu que je suis fatigué !

– Je m'en doute. Est-ce que MacPherson t'a encore donné cette vieille jument capricieuse ?

– Evidemment. Tu ne crois pas qu'il travaillerait lui-même avec cette carne pour me laisser le plaisir d'avoir le rouan ? On dirait que mes bras ont été tirés hors de leurs jointures. C'est à croire que cette jument a la bouche la plus dure de toute la Nouvelle-Zélande.

– Ça n'a plus d'importance. Les chevaux du vieux Robertson sont tous de bonnes bêtes et tu vas bientôt aller chez lui.

– Ça ne sera pas trop tôt.

Il bourra sa pipe de tabac grossier et tira un rat de-cave d'un gros pot posé à côté de la cuisinière. Il l'enflamma en le promenant vivement devant les braises incandescentes de la grille; après quoi, il se rejeta contre le dossier de son fauteuil et tira si fort sur sa pipe que celle-ci émit un gargouillis.

– Dis-moi, qu'est-ce que ça te fait d'avoir quatre ans ? demanda-t-il à sa fille.

– Oh ! Je suis contente, P'pa.

– Est-ce que M'man t'a donné ton cadeau ?

– Oh ! Papa, comment est-ce que vous saviez, maman et toi pour Agnès ?

– Agnès ? (Il jeta un rapide coup d'œil à Fee, sourit et l'interrogea d'un froncement de sourcil.) C'est son nom, Agnès ?

– Oui. Elle est belle, Papa. Je voudrais la regarder toute la journée.

– Elle a bien de la chance d'avoir encore quelque chose à regarder, bougonna Fee. Jack et Hughie lui ont chipé la poupée avant même qu'elle ait le temps de l'admirer.

– Bah ! c'est toujours la même chose avec les garçons, il faut en prendre son parti. Elle a été très abîmée ?

– Rien d'irréparable. Frank a surpris ces deux garnements avant que les choses n'aillent trop loin.

– Frank ? Et qu'est-ce qu'il faisait ici ? Il devait passer toute la journée à la forge. Hunter attend son portail.

– Il a passé toute la journée à la forge, répondit vivement Fee.

Il est seulement monté pour chercher un outil.

Padraic était vraiment trop dur avec Frank.

– Oh, P'pa ! Frank est si gentil ! Sans lui, Agnès serait morte... et il doit lui recoller les cheveux après dîner.

– Voilà qui est bien, marmonna Padraic d'un ton las.

Il rejeta la tête en arrière et ferma les yeux. Il faisait chaud près de la cuisinière, mais il ne paraissait pas le remarquer; des gouttes de sueur perlaient à son front, luisaient. Il ramena les mains derrière la nuque et s'assoupit.

C'est de Padraic Cleary que les enfants tenaient les divers roux de leurs chevelures épaisses et ondulées, bien qu'aucun n'eût hérité d'une crinière aussi agressivement flamboyante que la sienne. C'était un homme de petite taille, tout ressort, tout acier, jambes arquées après une vie passée avec les chevaux, bras étirés par des années de tonte des moutons; sa poitrine et ses bras se recouvraient d'une toison dorée qui, brune, eût été laide. Ses yeux bleu clair se devinaient à travers le plissement permanent de ses paupières, comme chez un marin qui regarde toujours au loin, et son visage agréable laissait percevoir un rien de fantaisie qui lui attirait immédiatement la sympathie. Son nez magnifique, véritable nez romain, avait dû intriguer ses compatriotes irlandais; mais les côtes d'Irlande n'avaient-elles pas toujours enregistré nombre de naufrages ? Il parlait encore avec le doux accent de Galway, mais près de vingt ans passés aux antipodes l'avaient un peu émoussé et la vivacité de son débit s'était un peu ralentie, comme une vieille horloge ayant besoin d'être remontée. Un homme heureux qui était parvenu à réussir sa rude vie de labeur mieux que la plupart de ses semblables et, bien qu'il fît régner une discipline de fer et qu'il eût le coup de pied prompt, il était adoré de tous ses enfants, à l'exception d'un seul. S'il n'y avait pas suffisamment de pain pour tous, il s'en passait; s'il devait choisir entre de nouveaux vêtements pour lui ou pour l'un de ses rejetons, il se contentait de vieux habits. A sa façon, c'était là une preuve d'amour plus tangible qu'une foule de baisers aisément distribués. Il s'emportait facilement et il lui était arrivé de tuer un homme. Mais la chance était avec lui ce jour-là; l'homme était anglais, et il y avait un bateau dans le port de Dun Laoghaire en partance pour la Nouvelle-Zélande à la faveur de la prochaine marée.

Fiona s'encadra sur le seuil de la porte de derrière et cria :

– A table !

Les garçons entrèrent l'un derrière l'autre; Frank fermait la marche, tenant une brassée de bûches qu'il laissa tomber dans le grand coffre à côté du poêle. Padraic reposa Meggie, gagna l'extrémité de la table familiale au bout de la cuisine tandis que les garçons prenaient place de chaque côté et que Meggie se juchait sur la caisse que son père avait posée sur la chaise la plus proche de lui.

Fee remplissait directement les assiettes avec plus de rapidité et d'efficacité qu'un serveur; elle les portait deux par deux à sa famille, tout d'abord à Paddy, puis à Frank, et ainsi de suite jusqu'à Meggie; après quoi, elle se servait.

– Oh, encore du ragoût ! ronchonna Stuart qui fit la grimace tout en s'armant de son couteau et de sa fourchette.

– Mange ! intima Paddy.

Les assiettes étaient grandes et, pourtant, elles débordaient de nourriture : pommes de terre bouillies, ragoût d'agneau, haricots cueillis le jour même dans le potager, le tout servi à la louche. En dépit des grognements étouffés et de quelques murmures de dégoût, tous, y compris Stuart, nettoyèrent leur assiette avec du pain et mangèrent plusieurs tartines de beurre et de confiture de groseille faite à la maison. Fee s'assit et engloutit son repas; puis, sans perdre une seconde, elle se leva et retourna à sa planche de travail; là, elle remplit de grandes assiettes à soupe de biscuits confectionnés à la maison à grand renfort de sucre et de confiture qu'elle arrosa de crème cuite, encore bouillante, et reprit ses allées et venues, tenant à chaque fois deux assiettes. Enfin, elle s'assit en soupirant; elle pourrait manger son dessert sans trop se presser.

– Miam ! s'écria joyeusement Meggie. Du gâteau !

Elle enfonça sa cuillère dans la crème jusqu'à ce que la confiture apparût en stries rosées dans le jaune:

– C'est ton anniversaire, ma petite Meggie, dit Paddy en souriant. Alors, M'man t'a préparé ton dessert favori.

Cette fois, aucune récrimination ne monta de la table familiale; quel que fût le dessert, il était avalé avec délectation. Tous les Cleary aimaient les sucreries.

Aucun des membres de la famille n'avait le moindre gramme de graisse superflue malgré les grandes quantités de féculents absorbées. Tous brûlaient ce qu'ils mangeaient, en travaillant ou en jouant. Légumes et fruits entraient dans la composition des menus uniquement par raison, mais c'étaient le pain, les pommes de terre, la viande et les gâteaux faits à la maison qui conjuraient l'épuisement.

Après que Fee se fut armée de sa théière géante pour servir à chacun une tasse de breuvage fumant, les membres de la famille restèrent à table pour parler, boire et lire pendant environ une heure. Paddy tirait sur sa pipe, tête penchée sur un ouvrage emprunté à la bibliothèque ambulante. Fee remplissait continuellement les tasses tandis que Bob lisait aussi et que les plus jeunes des enfants préparaient leur emploi du temps du lendemain. L'école avait libéré ses élèves pour les longues vacances de l'été; les garçons, livrés à eux-mêmes, se montraient empressés à accomplir les diverses tâches qui leur étaient assignées dans la maison et au jardin. Bob devait faire des retouches à la peinture extérieure, là où ce serait nécessaire ; Jack et Hughie se chargeaient de l'approvisionnement en bois, de l'entretien des bâtiments annexes et de la traite; Stuart cultivait les légumes, un jeu en comparaison de l'horreur de l'école. De temps à autre, Paddy levait la tête de son livre pour ajouter une nouvelle corvée à la liste, mais Fee ne disait mot, et Frank, affalé sur son siège, buvait tasse de thé sur tasse de thé.

Finalement, Fee invita d'un signe de tête Meggie à s'asseoir sur un haut tabouret et elle lui brossa les cheveux, lui mit des papillotes pour la nuit avant de l'envoyer au lit en même temps que Stuart et Hughie. Jack et Bob demandèrent à être excusés et sortirent pour nourrir les chiens; Frank posa la poupée de Meggie sur la planche de travail et se mit en devoir de lui recoller les cheveux. Padraic s'étira, ferma son livre et déposa sa pipe dans la grande coquille irisée de paua qui lui servait de cendrier.

– Eh bien, M'man, je vais aller au lit.

– Bonne nuit, Paddy.

Fee débarrassa la table familiale et décrocha une grande bassine galvanisée qu'elle posa à l'autre bout de la planche de travail sur laquelle se penchait Frank. Puis, elle s'empara de la massive bouilloire de fonte et remplit le baquet d'eau chaude qu'elle tempéra en en puisant de la froide dans un vieux bidon de pétrole. Après avoir agité un morceau de savon enfermé dans une petite boule de fil de fer, elle commença à laver et à rincer les assiettes, les empilant en biais contre une tasse.

Frank s'affairait sur la poupée sans prendre le temps de lever la tête, mais la pile d'assiettes augmenta, il se dressa sans mot dire et alla chercher un torchon pour les essuyer. Se déplaçant entre la planche de travail et le buffet, il agissait avec l'aisance que confère une longue habitude. C'était un jeu furtif et dangereux auquel il se livrait avec sa mère car l'une des règles les plus rigoureuses édictées par Paddy avait trait à la juste délégation des devoirs. Les besognes domestiques incombaient uniquement à la femme et il n'y avait pas à revenir là-dessus. Aucun mâle de la famille ne devait participer à une tâche essentiellement féminine. Mais, chaque soir, après que Paddy se fut retiré, Frank aidait sa mère et celle-ci l'encourageait en se faisant sa complice car elle retardait le moment de la vaisselle jusqu'à ce qu'ils eussent entendu le choc sourd des chaussons de Paddy tombant sur le plancher. Dès qu'il avait quitté ses pantoufles, le maître de céans ne retournait jamais dans la cuisine.

Fee enveloppa Frank d'un regard tendre.

– Je ne sais pas ce que je ferais sans toi, Frank. Mais tu ne devrais pas. Tu seras fatigué demain matin.

– Ne t'inquiète pas, M'man. Ça ne me tuera pas d'essuyer quelques assiettes. C'est pas grand-chose si ça peut te faciliter un peu la vie.

– C'est mon travail, Frank. Il ne me rebute pas.

– Comme je voudrais que nous devenions riches un de ces jours pour que tu puisses avoir une bonne !

– Cesse de rêver !

Elle prit le torchon, essuya ses mains rouges et savonneuses, les fit glisser sur ses hanches et soupira. Quand ses yeux se posèrent sur son fils, ils exprimaient une inquiétude vague; elle devinait son mécontentement, son amertume qui dépassaient l'habituelle révolte du travailleur contre son sort.

– Frank, n'aie pas la folie des grandeurs. Elle ne fait qu'attirer des ennuis. Nous appartenons à la classe laborieuse; autrement dit, nous ne nous enrichissons pas et nous n'avons pas de domestique. Satisfais-toi de ce que tu es et de ce que tu as. Quand tu dis des choses pareilles, tu insultes Papa et il ne le mérite pas. Tu le sais. Il ne boit pas, il ne joue pas et il travaille dur pour nous. Il ne garde pas un sou de ce qu'il gagne; tout est pour nous.

Les épaules musculeuses accusèrent un frémissement d'impatience. Le visage sombre se ferma.

– Mais pourquoi le fait de vouloir sortir de sa condition serait-il blâmable ? Je ne vois pas ce qu'il y a de mal à souhaiter que tu aies une bonne.

– C'est mal parce que ça ne peut pas être ! Tu sais qu'il n'y a pas assez d'argent pour que tu continues tes études, et puisqu'il est impossible que tu fréquentes plus longtemps l'école, comment pourrais-tu devenir autre chose qu'un ouvrier ? Ton accent, tes vêtements, tes mains prouvent que tu travailles pour gagner ta vie. Ce n'est pas une honte que d'avoir les mains calleuses. Comme le dit ton père, quand un homme a les mains pleines de cals, on sait qu'il est honnête.

Frank haussa les épaules et se tut. Une fois la vaisselle rangée, Fee prit son panier de raccommodage et s'assit dans le fauteuil de Paddy, près du feu, tandis que Frank retournait à la poupée.

– Pauvre petite Meggie ! dit-il tout à coup.

– Pourquoi ?

– Aujourd'hui, quand ces petits vauriens tiraient en tous sens sur sa poupée, elle restait debout à pleurer comme si son monde venait de s'écrouler. (Il baissa les yeux sur la poupée qui avait retrouvé sa chevelure.) Agnès ! Où diable est-elle allée chercher un nom pareil ?

– Je suppose qu'elle m'a entendue parler d'Agnès Fortescue-Smythe.

– Quand je lui ai rendu la poupée, elle a regardé à l'intérieur de sa tête et a failli mourir de peur. Quelque chose dans les yeux de verre l'a effrayée. Je ne sais pas quoi.

– Meggie voit toujours des choses là où il n'y a rien.

– Quel dommage que nous n'ayons pas assez d'argent pour que les enfants puissent continuer à aller à l'école. Ils sont tellement intelligents !

– Oh, Frank ! Si les souhaits étaient des chevaux, les pauvres iraient à bride abattue, laissa-t-elle tomber d'un air las. (Elle passa une main un peu tremblante devant ses yeux et piqua profondément son aiguille à repriser dans une pelote de laine grise.) Il faut que je m'arrête, je n'y vois plus.

– Va te coucher, M'man. Je soufflerai les lampes.

– Dès que j'aurai bourré la cuisinière.

– Je m'en charge.

Il se leva et alla poser avec précautions la délicate poupée de porcelaine sur le buffet, derrière une boîte à biscuits, là où elle ne risquait pas d'être abîmée. Il ne redoutait pas un nouvel acte de vandalisme de la part de ses frères; ceux-ci craignaient davantage sa colère que celle de leur père car il y avait dans la nature de Frank une pointe de méchanceté. Pourtant, sa mauvaiseté n'apparaissait jamais quand il se trouvait en compagnie de sa mère ou de sa sœur, mais ses frères avaient tous eu l'occasion d'en faire les frais.

Fee l'observait, le cœur serré; il y avait quelque chose de sauvage, de désespéré chez Frank, une aura de tourments. Si seulement Paddy, et lui s'entendaient mieux ! Mais tous deux ne voyaient pas les choses du même œil et ils se heurtaient constamment. Peut-être s'inquiétait-elle trop au sujet de Frank, peut-être était-il son préféré. Dans ce cas, la faute lui incombait, à elle. Pourtant, ce qu'il venait de lui dire reflétait sa sollicitude, sa bonté. Il ne souhaitait que lui rendre la vie un peu plus facile. Et, une fois de plus, elle se surprit à désirer ardemment le moment ou Meggie serait suffisamment âgée pour décharger Frank du fardeau qui lui pesait sur les épaules.

Elle saisit une petite lampe, puis la reposa sur la table et s'approcha de Frank qui, accroupi devant la cuisinière, la bourrait de bûches. Des nœuds de veines saillaient sur son bras blanc, ses mains fines étaient trop tachées pour jamais retrouver leur netteté. Elle tendit timidement les doigts et, très doucement, écarta la mèche de cheveux noirs qui tombaient sur les yeux de son fils; l'effleurement qu'elle osa tenait pour elle de la caresse.

– Bonne nuit, Frank, et merci.

Les ombres tournoyaient et s'éclipsaient devant la progression de la lumière tandis que Fee passait silencieusement le seuil de la porte desservant le devant de la maison.

Frank et Bob partageaient la première chambre, elle en repoussa le battant sans bruit et leva la lampe dont la lumière joua sur le grand lit d'angle. Bob était étendu sur le dos, la bouche ouverte, parcouru de sursauts et de tremblements comme un chien; elle s'approcha, le fit rouler sur le côté droit avant qu'il ne sombre totalement dans le cauchemar; puis, elle l'observa un instant. Comme il ressemblait à Paddy !

Jack et Hughie étaient pratiquement enlacés dans la chambre suivante. Quelle paire de chenapans ! Toujours prêts à faire des tours pendables, mais pas la moindre trace de méchanceté chez eux. Elle essaya en vain de les éloigner l'un de l'autre et de remettre un peu d'ordre dans les couvertures, mais les deux têtes bouclées et rousses refusèrent de se séparer. Elle soupira et renonça. Elle ne parvenait pas à comprendre comment ces gosses pouvaient être frais et dispos après une nuit de sommeil passée sur un tel champ de bataille, mais cela leur réussissait.

La chambre où dormait Meggie et Stuart était triste, terne, peu appropriée à des enfants en bas âge ; murs d'un brun sombre, linoléum marron, pas de tableaux. Exactement comme les autres chambres.

Stuart s'était retourné et restait absolument invisible, à part son petit derrière couvert par la chemise de nuit qui apparaissait sous les draps là où la tête aurait dû se trouver; Fee s'aperçut que les genoux du gamin touchaient son front et, comme à l'accoutumée, elle s'émerveilla qu'il ne s'étouffât pas. Elle glissa prestement la main sous le drap et se raidit; encore mouillé ! Eh bien, ça attendrait jusqu'au matin et, à ce moment-là, l'oreiller serait aussi humide. Toujours la même chose; il se renversait et mouillait encore le lit. Enfin, un pisse-au-lit sur cinq garçons, ça n'était pas si mal.

Meggie était recroquevillée en un petit tas, le pouce dans la bouche, les cheveux constellés de papillotes épars autour d'elle. La seule fille. Fee ne lui jeta qu'un coup d'œil rapide avant de sortir; pas de mystère chez Meggie, c'était une fille. Fee savait ce que serait le lot de la petite, et elle ne l'enviait pas plus qu'elle ne la prenait en pitié. Il en allait tout autrement pour les garçons; des miracles, des mâles transmués hors de son corps de femelle. C'était dur de ne pas avoir d'aide à la maison, mais ça valait la peine. Face à ses pairs, l'existence même de ses fils conférait à Paddy sa qualité essentielle, le seul bien qu'il possédât. Qu'un homme engendrât des fils, et il était un vrai homme.

Elle ferma doucement la porte de sa chambre et posa la lampe sur la commode. Ses doigts agiles papillonèrent sur la douzaine de minuscules boutons échelonnés depuis le haut col jusqu'à la taille; elle dégagea ses bras des manches. Elle agit de même avec la camisole et, la maintenant soigneusement contre sa poitrine, se contorsionna pour enfiler une longue chemise de nuit en flanelle. A ce moment seulement, décemment couverte, elle se débarrassa de la camisole, de la culotte et du corset aux lacets détendus. Et la chevelure, étroitement nouée, de se répandre, et toutes les épingles d'aller se poser dans la grande coquille de la commode. Mais cette parure, aussi belle fût-elle, épaisse, luisante, longue, ne pouvait être libre : Fee souleva les coudes et, mains derrière la tête, se mit en devoir de les tresser vivement. Elle se tourna alors vers le lit, le souffle inconsciemment suspendu; mais Paddy dormait et elle poussa un long soupir de soulagement. Non que ce ne fût agréable quand Paddy la désirait, car il était un amant timide, tendre et attentionné. Mais tant que Meggie n'aurait pas deux ou trois ans de plus, il serait très difficile d'avoir d'autres enfants.

CHAPITRE 2

Quand les Cleary allaient à l'église le dimanche, Meggie restait à la maison avec l'un de ses frères; elle aspirait au jour où elle aussi serait assez âgée pour assister à la messe. Padraic Cleary déclarait que les petits enfants n'avaient place dans aucune maison, hormis la leur, et sa règle s'appliquait même à celle de Dieu. Quand Meggie irait à l'école et qu'elle serait capable de se tenir tranquille, elle pourrait aller à l'église. Pas avant. Aussi, chaque dimanche matin, elle se tenait près du cytise qui flanquait le portail, désolée, tandis que la famille s'entassait dans la vieille carriole et que le frère désigné pour la garder faisait mine d'être heureux d'échapper à la messe. Le seul Cleary que la séparation d'avec les autres enchantait était Frank.

La religion de Paddy faisait partie intrinsèque de sa vie. Les catholiques n'avaient approuvé son mariage avec Fee que du bout des lèvres car elle était membre de l'Église d'Angleterre; bien qu'elle eût abandonné sa religion pour Paddy, elle se refusa à se convertir à celle de son mari. Difficile de percer les raisons de son attitude, sinon que les Armstrong appartenaient à une longue lignée de pionniers, pure émanation de l'Église d'Angleterre, alors que Paddy était un immigrant sans le sou, venant d'un pays sans foi ni loi ne pouvant se recommander que de la seule juridiction anglaise. Il y avait eu des Armstrong en Nouvelle-Zélande, longtemps avant l'arrivée des premiers colons « officiels », et c'était là un passeport pour l'aristocratie coloniale. Du point de vue des Armstrong, Fiona avait contracté une mésalliance choquante.

Roderick Armstrong avait fondé le clan de Nouvelle-Zélande de façon très curieuse.

Tout avait commencé par un événement appelé à avoir bien des répercussions imprévues dans l'Angleterre du dix-huitième siècle : la guerre américaine de l'Indépendance. Jusqu'en 1776, plus de mille petits délinquants britanniques étaient embarqués chaque année à destination de la Virginie et des Carolines, vendus par contrat, plongés dans une servitude qui ne valait guère mieux que l'esclavage. La justice britannique de l'époque était sévère et inflexible; le meurtre, l'incendie volontaire, le crime mystérieux de « sorcellerie » et le vol dépassant un shilling étaient passibles de la potence. Les délits mineurs entraînaient la déportation à perpétuité aux Amériques.

Mais, en 1776, les Amériques fermèrent leurs portes. L'Angleterre se retrouva avec une population de condamnés qui croissait rapidement sans qu'elle sût qu'en faire. Les prisons regorgeaient de détenus et le surplus était entassé sur des pontons ancrés dans les estuaires. La situation exigeait une solution et on en trouva une. Avec bien peu d'empressement, car cela impliquait une dépense de quelques milliers de livres, le capitaine Arthur Phillip fut autorisé à appareiller pour la Grande Terre du Sud. C'était en 1787. Sa flotte de onze navires emmenait plus de mille condamnés, sans compter les matelots, les officiers et un contingent de fusiliers marins. Ce n'était pas une glorieuse odyssée à la recherche de liberté que cette expédition. A la fin de janvier 1788, soit huit mois après avoir quitté l'Angleterre, la flotte mouilla dans Botany Bay. Sa Démente Majesté George III avait trouvé un nouveau dépotoir pour ses forçats, la colonie de la Nouvelle-Galles du Sud.

En 1801, alors qu'il venait tout juste d'avoir vingt ans, Roderick Armstrong fut condamné à la déportation à perpétuité. Par la suite, ses descendants affirmèrent qu'il était issu d'une famille noble du Somerset, ayant été ruiné par la révolution américaine, et qu'il avait été victime d'une erreur judiciaire, mais aucun d'eux ne tenta très sérieusement de remonter jusqu'aux antécédents de l'illustre ancêtre. Tous se contentèrent de profiter du reflet de sa gloire en l'enjolivant quelque peu.

Quelles que fussent ses origines et sa position en regard de la justice anglaise, le jeune Roderick n'en était pas moins un homme irréductible. Tout au long des huit mois de l'atroce voyage qui le conduisit en Nouvelle-Galles du Sud, il se révéla un prisonnier obstiné, intraitable, qui suscita encore davantage l'intérêt des officiers du bord en se refusant à mourir. Quand il débarqua à Sydney, en 1803, son comportement devint encore plus agressif et on l'expédia à Norfolk Island, la prison des irrécupérables. Rien n'améliora sa conduite. On le priva de nourriture; on l'emmura dans une cellule si réduite qu'il ne pouvait s'y asseoir, ni s'y tenir debout, ni s'y étendre; on le fouetta jusqu'à ce que son dos ne fût plus qu'un magma sanguignolent; on l'enchaîna à un rocher sur la grève d'où on ne le retira qu'à demi noyé. Et il riait au nez de ses tortionnaires, misérable tas d'os dans une enveloppe infecte; pas une seule dent dans sa bouche, par un centimètre de sa peau qui ne fût marqué, habité de l'intérieur par un feu de ressentiment et de défi que rien ne semblait devoir apaiser. A chaque aube, il bandait sa volonté pour ne pas mourir et, chaque soir, il riait de son triomphe à la pensée d'être encore vivant.

En 1810, il fut envoyé dans le territoire de Van Diemen, enchaîné à d'autres forçats qui perçaient une route à travers le pays du granit, derrière Hobart. A la première occasion, il se servit de sa pioche pour tailler en pièces le militaire commandant le détachement; dix autres bagnards se joignirent à lui pour massacrer cinq soldats de plus, en leur arrachant la chair centimètre par centimètre, jusqu'à ce que mort s'ensuive, se repaissant des cris d'agonie de leurs bourreaux.

Forçats et gardes étaient des bêtes, des créatures élémentaires dont la faculté d'émotion avait été atrophiée jusqu'à les ravaler au-dessous de l'humain. Roderick Armstrong était tout aussi incapable de s'enfuir en épargnant ses tortionnaires ou en leur infligeant une mort rapide que d'admettre sa condition de bagnard.

Avec le rhum, le pain et la viande séchée qu'ils prirent à leurs gardiens, les onze hommes se frayèrent un chemin à travers la forêt battue par une pluie glacée, atteignirent le port baleinier d'Hobart où ils volèrent une chaloupe pour entreprendre la traversée de la mer de Tasmanie sans vivres, ni eau, ni voiles. Lorsque l'embarcation fut jetée sur la côte sauvage à l'ouest de l'Ile du Sud de la Nouvelle-Zélande, Roderick Armstrong et deux de ses compagnons étaient encore vivants. Il n'évoqua jamais cet incroyable voyage, mais on prétend que les trois rescapés n'avaient survécu qu'en tuant et en mangeant les plus faibles.

Ces événements se déroulèrent neuf ans exactement après son départ d'Angleterre. Il était encore jeune, mais paraissait avoir soixante ans. Lorsque les premiers colons officiellement reconnus comme tels débarquèrent en Nouvelle-Zélande en 1840, il s'était approprié des terres dans la riche contrée de Canterbury, fleuron de l'Ile du Sud, avait « épousé » une Maori et engendré treize beaux métis. Et, dès 1860, les Armstrong, devenus des aristocrates de la colonie, envoyaient leur progéniture dans les plus sélects collèges d'Angleterre; ils avaient amplement prouvé par leur habileté et leur âpreté qu'ils étaient effectivement les dignes descendants d'un homme d'une trempe exceptionnelle. James, le petit-fils de Roderick, eut Fiona en 1880, unique fille sur une progéniture de quinze enfants.

En admettant que Fee regrettât les austères pratiques protestantes de son enfance, elle n'en disait rien. Elle tolérait les convictions religieuses de Paddy et assistait à la messe à ses côtés, veillant à ce que ses enfants vivent dans la vénération d'un unique Dieu, celui des catholiques. Mais, puisqu'elle ne s'était jamais convertie, certains rites restaient absents, comme les grâces avant les repas, les prières au moment du coucher et la religiosité quotidienne.

A part son unique visite à Wahine, huit mois auparavant, Meggie n'était jamais allée plus loin que la grange et la forge de la combe. Le matin du jour où elle devait se présenter à l'école pour la première fois, elle était tellement surexcitée qu'elle vomit son petit déjeuner ; il fallut l'emporter dans sa chambre, la laver et la changer. Et la dépouiller de son joli costume neuf, bleu foncé, avec un grand col marin blanc, pour la revêtir de l'horrible sarrau marron qui se boutonnait si haut autour de son petit cou qu'elle avait toujours l'impression qu'il l'étranglait.

– Et, pour l'amour de Dieu, Meggie, la prochaine fois que tu auras envie de vomir, préviens-moi, préviens-moi ! Ne reste pas assise comme une bûche jusqu'à ce qu'il soit trop tard, ce qui m'oblige à nettoyer toutes tes saletés en plus du reste ! Maintenant, il va falloir te dépêcher parce que, si tu arrives après la cloche, sœur Agatha te fera tâter de sa baguette. Tiens-toi bien et écoute tes frères.

Bob, Jack, Hughie et Stuart sautaient à cloche-pied devant le portail quand Fee apparut enfin, poussant Meggie devant elle; la petite emportait son déjeuner, des sandwichs à la confiture, dans un vieux cartable.

– Allez, viens Meggie, on va être en retard ! cria Bob en s'éloignant sur la route.

Meggie suivit en courant les silhouettes de ses frères qui, déjà, s'amenuisaient.

Il était un peu plus de sept heures et le soleil brillait depuis longtemps; la rosée avait séché sur l'herbe, sauf aux endroits où les doux rayons ne l'atteignaient pas. La route de Wahine, ou plutôt un chemin de terre, laissait voir les ornières creusées par les roues de charrettes, deux rubans rouge sombre, séparés par une large bande herbeuse d'un vert éclatant. Le blanc des arums se mêlait à l'orangé des capucines en pleine floraison de chaque côté de la route où couraient les pimpantes clôtures de bois tenant à distance les passants.

Bob se rendait toujours à l'école en marchant en équilibre sur les clôtures de droite, sa gibecière de cuir sur la tête, au lieu de la porter dans le dos. La barrière de gauche appartenait à Jack, ce qui autorisait les trois plus jeunes Cleary à se partager le chemin. Au sommet de la côte longue et abrupte qu'il leur fallait gravir depuis la combe de la forge jusqu'à l'endroit où le chemin de Robertson rejoignait la route de Wahine, les enfants marquèrent une pause pour reprendre leur souffle. Les cinq têtes flamboyantes se découpaient sur le ciel criblé de nuages vaporeux. C'était là le meilleur moment : descendre la pente. Ils se tenaient par la main et galopaient sur le bas-côté herbeux qui se fondait bientôt en une profusion de fleurs ; là, invariablement, ils souhaitaient avoir le temps de se glisser sous la clôture de M. Chapman afin de dévaler jusqu'en bas comme des pierres.

Huit kilomètres séparaient la maison des Cleary de Wahine et, quand Meggie aperçut les poteaux télégraphiques dans le lointain, ses jambes tremblaient et ses chaussettes recouvraient ses bottines. L'oreille tendue pour surprendre le son de la cloche, Bob lui jeta un coup d'œil d'impatience; elle clopinait, tirant sur sa culotte, laissant échapper de temps en temps un halètement angoissé. Sous la masse cuivrée des cheveux, son petit visage était rose et pourtant curieusement pâle. Bob passa son cartable à Jack et, bras ballants, s'approcha de sa sœur.

– Viens, Meggie, monte sur mon dos pour le reste du chemin, proposa-t-il non sans rudesse, tout en jetant un regard mauvais à ses frères au cas où ceux-ci s'aviseraient de la traiter de mauviette.

Meggie grimpa sur son dos, se hissa assez haut pour pouvoir passer les jambes autour de la taille de son frère et, avec bonheur, nicha sa tête contre l'épaule osseuse du gamin. Maintenant, elle pourrait découvrir Wahine confortablement.

Il n'y avait pas grand-chose à voir. Guère plus important qu'un gros bourg, Wahine s'étageait de chaque côté d'une route goudronnée.

L'hôtel constituait le bâtiment le plus imposant; il avait un étage et une tente soutenue par deux poteaux qui avançait dans la rue et protégeait du soleil. Puis, dans l'ordre d'importance, venait le bazar qui, lui aussi, pouvait se prévaloir d'un auvent de toile et de deux longs bancs qui flanquaient ses vitrines encombrées, permettant aux passants de se reposer. Un mât se dressait devant la loge maçonnique; à son sommet, un drapeau de l'Union Jack assez défraîchi battait sous la brise. La ville ne s'enorgueillissait pas encore d'un garage, les automobiles se limitant à quelques rares exemplaires; mais, non loin de la loge maçonnique, il y avait la grange du maréchal-ferrant et, près de l'écurie, une pompe à essence trônait à côté de l'abreuvoir. La seule construction qui attirait réellement l'œil abritait un magasin à la façade d'un bleu agressif, très peu britannique ; toutes les autres bâtisses disparaissaient sous une couche de peinture brune de bon aloi. L'école communale et l'Église d'Angleterre se dressaient côte à côte, juste face à la chapelle du Sacré-Cœur et l'école paroissiale.

Au moment où les Cleary passaient en courant à hauteur du bazar, la cloche catholique résonna, suivie par le son plus étouffé de celle de l'école communale. Bob accéléra sa course et les enfants déboulèrent dans la cour où une cinquantaine d'élèves se mettaient en rang devant une religieuse de petite taille, qui brandissait une baguette flexible plus haute qu'elle. Sans qu'on eût à le lui dire, Bob amena ses frères à l'écart et garda les yeux fixés sur le jonc.

Le couvent du Sacré-Cœur comportait un étage mais, du fait qu'il se dressait à bonne distance de la route derrière une clôture, cela n'apparaissait pas à première vue. Les trois religieuses de l'ordre des Sœurs de la Miséricorde habitaient à l'étage avec une quatrième nonne, faisant office de gouvernante et qu'on ne voyait jamais; les trois grandes salles consacrées à l'enseignement se partageaient le rez-de-chaussée. Une large véranda ménageant de l'ombre courait tout autour du bâtiment rectangulaire. Lorsqu'il pleuvait, les enfants étaient autorisés à s'y asseoir en bon ordre pendant les récréations et au moment du déjeuner, alors que par beau temps l'endroit restait rigoureusement interdit aux élèves. Plusieurs figuiers imposants prodiguaient de l'ombre sur le vaste terrain qui, derrière l'école, descendait en pente douce jusqu'à une aire herbeuse, pompeusement baptisée « terrain de cricket » en raison de la principale activité qui s'y déroulait.

Sans se préoccuper des ricanements étouffés montant des rangs des élèves, Bob et ses frères se tenaient rigoureusement immobiles tandis que les enfants gagnaient les salles de classe aux accents de *La Foi de nos Pères* que sœur Catherine martelait sur le piano aux sonorités un rien métalliques. Ce ne fut que lorsque le dernier des élèves eût disparu à l'intérieur que sœur Agatha abandonna sa pose figée ; les plis de sa lourde jupe de serge balayant impérieusement le gravier, elle s'avança vers les Cleary.

Meggie, qui n'avait jamais vu de religieuse auparavant, resta bouche bée. La vision était réellement saisissante ; un être fait de trois taches : la carnation du visage et des mains, le blanc éclatant de la guimpe et du plastron amidonnés, les robes du noir le plus noir sur lesquelles tranchait un massif chapelet de grains de bois pendant à l'anneau de fer qui réunissait les extrémités d'une large ceinture de cuir entourant la taille massive de sœur Agatha. La peau de la religieuse se teintait perpétuellement d'un ton rougeâtre dû à un surcroît de propreté et à la pression des bords coupants de la guimpe qui encadrait une face trop déshumanisée pour être appelée visage; de petites touffes de poils lui piquetaient le menton que la pression du plastron dédoublait impitoyablement. Ses lèvres étaient totalement invisibles, comprimées en une unique ligne de concentration axée sur la tâche difficile consistant à être l'épouse du Christ dans une colonie perdue, aux saisons inversées, alors qu'elle avait prononcé ses vœux dans la douce quiétude d'un couvent de Killarney quelque cinquante ans auparavant. Deux petites marques écarlates lui ponctuaient l'arête du nez, là où s'exerçait la pression inexorable d'un lorgnon cerclé d'acier derrière lequel ses yeux bleu pâle, aigus, scrutaient êtres et choses avec suspicion.

– Eh bien, Robert Cleary, pourquoi êtes-vous en retard ? aboya sœur Agatha de sa voix sèche qui, autrefois, avait eu les douces inflexions irlandaises.

– Je suis désolé, ma sœur, répondit Bob avec raideur tandis que ses yeux bleus demeuraient rivés sur l'extrémité de la baguette flexible qui oscillait d'avant en arrière.

– Pourquoi êtes-vous en retard ? répéta-t-elle.

– Je suis désolé, ma sœur.

– C'est le jour de la rentrée des classes, Robert Cleary, et j'aurais cru qu'en une telle circonstance vous auriez fait l'effort d'arriver à l'heure.

Meggie frissonna et fit appel à tout son courage.

– Oh, je vous en prie, ma sœur, c'est ma faute ! murmura-t-elle d'une petite voix étranglée.

Les yeux bleu pâle abandonnèrent Bob, se portèrent sur Meggie, semblant la transpercer jusqu'à l'âme tandis qu'elle levait vers la religieuse un regard innocent, n'ayant pas conscience qu'elle transgressait la première règle de conduite dans le duel sans merci opposant enseignantes et élèves : ne jamais fournir spontanément le moindre renseignement. Bob lui décocha un coup de pied dans le mollet et Meggie lui coula un regard éberlué.

– Pourquoi est-ce votre faute ? demanda la religieuse du ton le plus froid que Meggie eût jamais entendu.

– Eh bien, j'ai vomi partout sur la table, et c'est allé jusque dans ma culotte. M'man a dû me laver et me changer de robe et ça nous a tous mis en retard, expliqua maladroitement Meggie.

Les traits de sœur Agatha ne perdirent rien de leur fixité, mais sa bouche se serra comme un ressort trop tendu et l'extrémité de sa baguette s'abaissa de quelques centimètres.

– Qu'est-ce que c'est que ça ? demanda-t-elle à Bob comme si l'objet de sa question était une espèce d'insecte non répertoriée et particulièrement répugnante.

– Excusez-moi, ma sœur. C'est Meghann, ma petite sœur.

– Eh bien, à l'avenir, essayez de lui faire comprendre qu'il existe certains sujets dont les gens bien élevés ne parlent jamais, Robert. En aucune occasion, nous ne mentionnons par son nom la moindre pièce de nos vêtements de dessous. Jamais, jamais ! Tous les enfants issus d'une famille convenable devraient nécessairement le savoir. Tendez les mains, tous.

– Mais, ma sœur, c'était ma faute ! gémit Meggie.

Elle tendit les mains, paumes en l'air, car elle avait bien souvent vu ses frères mimer la scène à la maison.

– Silence ! intima sœur Agatha en se tournant vers elle. Il m'importe peu de savoir lequel de vous est responsable. Vous êtes tous en retard, vous devez donc tous être punis. Six coups.

Elle prononça la sentence d'un ton uni, avec délectation.

Terrifiée, Meggie observa les mains immobiles de Bob, vit la longue baguette s'abattre en sifflant, si vite qu'elle ne pouvait en suivre le mouvement des yeux, claquer en heurtant le centre de la paume, là où la chair est douce et tendre. Un sillon pourpre apparut immédiatement; le coup qui suivit fut appliqué à la jonction des doigts et de la paume, endroit encore plus vulnérable, et le dernier rencontra l'extrémité des phalanges, là où le cerveau a chargé la peau de plus de sensibilité que partout ailleurs, les lèvres mises à part. La précision de sœur Agatha tenait du prodige. Trois nouveaux coups suivirent sur l'autre main de Bob avant qu'elle ne reportât son attention sur Jack. Bob était pâle, mais il n'esquissa pas le moindre mouvement, ne laissa pas échapper l'ombre d'un cri, pas plus que ses frères quand leur tour fut venu, y compris le paisible et tendre Stuart.

Tandis que Meggie suivait du regard l'extrémité de la baguette qui s'élevait au-dessus de ses mains, ses yeux se fermèrent involontairement et elle ne la vit donc pas redescendre. Mais la douleur éclata comme une explosion, brûlure, lacération de sa chair jusqu'à l'os; alors que la souffrance s'étendait, remontant dans l'avant-bras, le coup suivant s'abattit et, quand le mal atteignit l'épaule, le troisième et dernier coup sur l'extrémité des phalanges lui vrilla le cœur. Elle planta ses dents dans sa lèvre inférieure et mordit, trop honteuse et trop fière pour pleurer, trop courroucée et indignée devant une telle injustice pour oser ouvrir les yeux et regarder sœur Agatha; elle assimilait la leçon, même si sa substance n'était pas celle que la religieuse souhaitait lui inculquer.

Ce ne fut qu'à l'heure du repas qu'elle recouvra le plein usage de ses mains. Meggie avait passé la matinée dans un brouillard de crainte et de stupeur, ne comprenant rien à ce qui était dit ou fait. Rencognée derrière le pupitre à deux places, au dernier rang de la classe des plus jeunes, elle ne remarqua même pas l'élève qui partageait son banc. Elle passa tristement l'heure du déjeuner, blottie entre Bob et Jack dans un coin écarté de la cour de récréation. Seule, la sévère injonction de Bob l'amena à manger les sandwichs à la confiture de groseille préparés par sa mère.

Quand la cloche appela les élèves pour la classe de l'après-midi,

Meggie trouva une place dans le rang; ses yeux commençaient à distinguer ce qui se passait autour d'elle. La honte de sa punition ne se dissipait pas, mais elle tenait la tête haute et faisait mine de ne pas remarquer les coups de coude et les chuchotements de ses petites compagnes.

Sœur Agatha se dressait devant les rangs, sa baguette à la main; sœur Declan allait et venait à l'arrière; sœur Catherine, assise au piano dans la classe attaqua : *En avant, Soldats du Christ*, en accentuant lourdement les deuxième et quatrième temps. C'était à proprement parler un hymne protestant, mais la guerre l'avait dépouillé de tout sectarisme. Ces chers enfants marchent exactement comme s'ils étaient de petits soldats, songea fièrement sœur Catherine.

Parmi les trois religieuses, sœur Declan était la réplique exacte de sœur Agatha avec quinze ans de moins, alors que sœur Catherine avait encore quelque chose de vaguement humain. Irlandaise, évidemment, elle avait une trentaine d'années et l'éclat de son ardeur n'était pas encore totalement terni; elle persistait à éprouver de la joie à enseigner et continuait à voir l'image impérissable du Christ dans les petits visages adorablement levés vers elle. Mais elle faisait la classe aux plus âgés, ceux que sœur Agatha estimait avoir suffisamment matés pour qu'ils se conduisent convenablement malgré une maîtresse jeune et indulgente. Sœur Agatha, elle, se chargeait des plus petits afin de façonner esprits et cœurs dans la malléable glaise enfantine, abandonnant les élèves de la classe intermédiaire à sœur Declan.

Bien dissimulée au dernier rang, Meggie osa couler un regard vers la petite fille assise à côté d'elle. Un sourire édenté accueillit son audace ; d'immenses yeux noirs illuminaient un visage sombre, légèrement luisant. La fillette fascina Meggie habituée à la blondeur et aux taches de rousseur car même Frank avec ses yeux et ses cheveux noirs avait une peau claire, laiteuse; aussi Meggie ne tarda-t-elle pas à considérer sa compagne comme la plus belle créature qu'elle eût jamais vue.

– Comment tu t'appelles ? demanda la beauté ténébreuse du coin des lèvres tout en mâchonnant l'extrémité de son crayon dont elle cracha les fibres dans l'encrier vide.

– Meggie Cleary, chuchota-t-elle.

– Vous, là-bas ! lança une voix sèche, rocailleuse,à l'autre bout de la classe.

Meggie sursauta, regarda autour d'elle avec stupéfaction. Suivit un bruit confus quand vingt enfants posèrent simultanément leurs crayons, puis monta un crissement étouffé tandis que les précieuses feuilles de papier étaient écartées pour permettre aux coudes anguleux de se poser subrepticement sur les pupitres. Le cœur lui cognant dans la poitrine, Meggie se rendit compte que tous les regards convergeaient sur elle. Sœur Agatha venait rapidement dans sa direction. La terreur submergea la fillette si violemment qu'elle eût souhaité disparaître, fuir. Mais aucune échappatoire. Derrière elle la cloison, de chaque côté les pupitres, devant la sœur Agatha. Ses yeux mangeaient son petit visage pincé quand elle les leva vers la religieuse; ils reflétaient la peur qui l'étreignait; ses mains s'ouvraient et se serraient spasmodiquement.

– Vous avez parlé, Meghann Cleary.

– Oui, ma sœur.

– Et qu'avez-vous dit ?

– Mon nom, ma sœur.

– Votre *nom* ! railla sœur Agatha en lançant un regard circulaire sur la classe comme si les autres élèves devaient partager son mépris. Eh bien, mes enfants, nous sommes vraiment comblés ! Un autre membre de la famille Cleary nous honore de sa présence et éprouve le besoin de claironner son nom ! (Elle se retourna vers Meggie.) Debout ! Levez-vous quand je m'adresse à vous, espèce de petite sauvage ! Et tendez vos mains.

Meggie jaillit de son siège, ses longues boucles suivirent son mouvement, lui retombèrent devant le visage avant de s'écarter en voletant. Elle se tordit désespérément les mains, mais sœur Agatha ne bougeait pas; elle se contentait d'attendre, d'attendre, d'attendre... Puis, Meggie trouva la force de tendre les paumes mais, au moment où le jonc s'abattait, elle les retira vivement avec un halètement d'effroi. Sœur Agatha empoigna la crinière rousse et l'attira vers elle, amenant le visage de Meggie à quelques centimètres du terrifiant lorgnon.

– Tendez les mains, Meghann Cleary, dit-elle, courtoise, froide, implacable.

Meggie ouvrit la bouche et vomit son déjeuner sur le devant de la robe de sœur Agatha. Suivit un râle horrifié de la part de tous les enfants de la classe tandis que, debout, sœur Agatha regardait les dégoûtantes vomissures qui dégoulinaient le long des plis de sa robe; son visage empourpré laissait percer sa rage et sa stupeur. Puis, la baguette s'abattit, sans discernement, frappa Meggie partout où elle pouvait l'atteindre; la petite levait le bras pour se protéger le visage et, tout en continuant à avoir des haut-le-cœur, elle alla se tapir dans un coin. Quand sœur Agatha fut lasse de frapper, elle désigna la porte.

– Hors d'ici ! Rentrez chez vous, dégoûtante petite philistine !

Elle pivota sur les talons et passa dans la classe de sœur Declan.

Les yeux éperdus de Meggie découvrirent Stuart; celui-ci hocha la tête pour lui confirmer qu'elle devait obéir; les doux yeux bleu-vert du garçon débordaient de pitié et de compréhension. Elle s'essuya la bouche avec son mouchoir, trébucha pour passer le seuil et se retrouva dans la cour de récréation. Il restait encore deux heures avant la fin de la classe; machinalement, elle descendit la rue, sachant que ses frères ne seraient pas en mesure de la rattraper, trop effrayée pour chercher un endroit où elle pourrait les attendre; il lui fallait rentrer toute seule, avouer à M'man toute seule.

Fee faillit tomber sur sa fille en franchissant le seuil de la porte de derrière, courbée sous le poids d'une corbeille de linge à étendre. Meggie était assise sur la plus haute marche de la véranda, tête baissée, boucles poisseuses, robe tachée. Fee posa le lourd panier, soupira, écarta une mèche qui lui retombait sur les yeux.

— Alors, qu'est-ce qui s'est passé ? demanda-t-elle, l'air las.

— J'ai vomi partout sur la robe de sœur Agatha.

— Oh, Seigneur Dieu ! marmotta Fee, les mains sur les hanches.

— Elle m'a aussi donné des coups de baguette, murmura Meggie, les yeux embués.

— Eh bien, c'est du propre, dit Fee en se chargeant de sa corbeille avec effort. Meggie, je ne sais vraiment pas ce que je vais faire de toi. Nous verrons ce que va dire Papa.

Et elle s'éloigna, traversa l'arrière-cour en direction de la corde à linge sur laquelle une rangée de vêtements battait dans le vent. Meggie se frotta la figure; un instant, elle suivit des yeux sa mère, puis se leva et descendit le sentier menant à la forge.

Frank avait juste fini de ferrer la jument baie de M. Robertson. Il la faisait reculer dans une stalle quand Meggie apparut sur le seuil. Il se retourna, la vit, et le souvenir des tourments qu'il avait endurés à l'école lui revint. Elle était si petite, si pouponne, si innocente, mais la lueur vive de ses yeux avait été brutalement gommée pour faire place à une expression qui lui donna envie d'assassiner sœur Agatha. L'assassiner, l'assassiner réellement. Prendre son double menton entre ses doigts et serrer... Il lâcha ses outils, se dépouilla du tablier de cuir, s'approcha vivement.

— Qu'est-ce qu'il y a, mon petit ? demanda-t-il en s'agenouillant devant sa sœur.

L'odeur de vomi qu'elle dégageait l'écœura, mais il réprima son dégoût.

— Oh, Fran-Fran-Frank ! gémit-elle, le visage convulsé ruisselant de larmes enfin libérées.

Elle lui jeta les bras autour du cou, s'accrocha passionnément à lui; elle pleura à la façon curieusement silencieuse, douloureuse, de tous les petits Cleary dès qu'ils étaient sortis de la prime enfance. Peine horrible à voir qui ne pouvait être dissipée par des paroles ou des baisers.

Lorsqu'elle s'apaisa, il la souleva et la jucha sur un tas de foin d'où montait une odeur douce, à côté de la jument de M. Robertson; ils demeurèrent assis là, ensemble, laissant la bête mordiller la litière, oublieux du monde. La tête de Meggie reposait contre la poitrine douce et nue de Frank; des mèches de cheveux flamboyants se soulevaient sous le souffle de la jument qui s'ébrouait de plaisir.

— Pourquoi est-ce qu'elle nous a tous punis, Frank ? demanda Meggy. Je lui ai dit que c'était de ma faute.

Frank s'était habitué à l'odeur que dégageait sa sœur et il n'y prêtait plus attention; il tendit la main et, machinalement, caressa les naseaux de la jument, la repoussant légèrement quand elle devenait trop familière.

— Nous sommes pauvres, Meggie, c'est là la raison essentielle. Les religieuses détestent toujours les élèves pauvres. Quand tu auras fréquenté depuis quelques jours l'école sinistre de sœur Agatha, tu t'apercevras que ce n'est pas seulement aux Cleary qu'elle s'en prend, mais aussi aux Marshall et aux MacDonald. Nous sommes tous pauvres.

Eh, si nous étions riches et que nous nous rendions à l'école dans une belle calèche comme les O'Brien, les Sœurs nous sauteraient au cou. Mais nous ne pouvons pas offrir un orgue à l'église, ni des chasubles dorées, pas plus qu'un cheval et une carriole aux religieuses pour leur usage personnel. Alors, nous ne comptons pas. Elles peuvent nous traiter comme elles le veulent.

« Je me rappelle un soir où la sœur Agatha était dans une telle rage contre moi qu'elle criait sans arrêt : « Pleurez, pour l'amour de Dieu ! Criez, Francis Cleary ! Si j'avais la satisfaction de vous entendre hurler, je ne vous frapperais pas autant ni si souvent. »

« Vois-tu, elle trouve là une autre raison de nous haïr; c'est une supériorité que nous avons sur les Marshall et les MacDonald; elle ne peut pas faire pleurer les Cleary. On est censé lui lécher les bottes. Eh bien, j'ai prévenu les garçons qu'ils auraient affaire à moi si jamais un Cleary gémissait quand il reçoit des coups de baguettes, et c'est valable aussi pour toi, Meggie. Peu importe ce que tu endureras, ne laisse jamais échapper une plainte. As-tu pleuré aujourd'hui ?

– Non, Frank.

Elle bâilla, ses paupières s'alourdirent et son pouce erra à l'aveuglette sur son visage à la recherche de sa bouche. Frank la coucha dans le foin et retourna à son travail, une chanson et un sourire aux lèvres.

Meggie dormait encore quand Paddy entra, les bras constellés de fumier après avoir nettoyé l'étable de M. Jarman, le chapeau à large bord ramené bas sur le front. Il observa Frank qui, entouré d'étincelles, façonnait un essieu sur l'enclume, puis ses yeux se portèrent vers l'endroit où sa fille se pelotonnait dans le foin sous le souffle de la jument de M. Robertson.

– Je me doutais que je la trouverais là, grommela Paddy en abaissant sa badine pour entraîner son vieux rouan vers la stalle la plus éloignée.

Frank acquiesça d'un bref signe de tête et leva les yeux vers son père avec ce regard sombre, empreint de doute, que Paddy trouvait toujours tellement irritant. Puis, il retourna à son essieu chauffé à blanc; la sueur luisait sur son torse nu.

Paddy dessella son cheval, le fit entrer dans une stalle, versa de l'eau dans l'abreuvoir, puis mélangea son et avoine pour le picotin. L'animal poussa des grognements affectueux quand Paddy vida le seau dans la mangeoire et suivit son maître des yeux au moment où celui-ci gagnait la grande auge à côté de la forge. Paddy ôta sa chemise, se lava bras, visage et torse, inondant sa culotte de cheval et sa chevelure. Il se sécha avec un vieux sac et posa sur son fils un regard interrogateur.

– M'man m'a appris que Meggie avait été punie et renvoyée chez elle. Sais-tu ce qui s'est passé exactement ?

Frank abandonna son essieu qui venait de retrouver sa teinte de fer.

– La pauvre gosse a vomi sur la robe de sœur Agatha.

Paddy effaça vivement le sourire qui lui était monté aux lèvres, porta un instant les yeux sur le mur le plus éloigné afin de se composer une attitude, puis son regard retourna dans la direction de Meggie.

– Elle était surexcitée à l'idée d'aller à l'école, hein ?

– Je ne sais pas. Elle a déjà vomi ce matin avant de partir et ça les a mis en retard. Ils sont arrivés après la cloche. Ils ont tous reçu six coups de baguette, mais Meggie était bouleversée parce qu'elle estimait être la seule à devoir être punie. Après le déjeuner, sœur Agatha s'en est de nouveau prise à elle et notre Meggie a restitué pain et confiture sur la belle robe noire de sœur Agatha.

– Et alors, que s'est-il passé ensuite ?

– Sœur Agatha l'a gratifiée d'une dégelée de coups de baguette et l'a renvoyée chez elle, en pénitence.

– Eh bien, je crois qu'elle a été suffisamment punie. J'éprouve beaucoup de respect pour les sœurs et je sais qu'il ne nous appartient pas de critiquer leurs actes, mais je souhaiterais qu'elles se montrent un peu moins portées sur la baguette. Je sais qu'elles ont du mal à faire entrer un peu d'instruction dans nos têtes dures d'Irlandais mais, après tout, c'était le premier jour de classe de la petite Meggie.

Frank dévisagea son père, éberlué. Jamais auparavant, Paddy ne s'était adressé d'homme à homme à son fils aîné. Tiré de son perpétuel ressentiment, Frank comprit qu'en dépit de toutes ses vantardises, Paddy portait plus de tendresse à Meggie qu'à ses fils. Il éprouva presque de la sympathie pour son père, et il sourit sans arrière-pensée.

– C'est une gamine épatante, hein ?

Paddy opina, l'air absent, absorbé qu'il était à contempler sa fille. La jument plissait les lèvres, retroussait les naseaux; Meggie remua, roula sur le côté et ouvrit les yeux. Lorsqu'elle aperçut son père, debout à côté de Frank, elle se redressa brusquement, blême de crainte.

– Eh bien, fillette, tu as eu une journée chargée, hein ?

Paddy s'avança, la souleva et accusa un sursaut quand un relent de vomissure lui assaillit les narines. Puis, il haussa les épaules et la serra contre lui.

– J'ai reçu des coups de trique, P'pa, avoua-t-elle.

– Ma foi, d'après ce que je sais de sœur Agatha, ce ne sera pas la dernière fois. (Il rit et la jucha sur son épaule.) On ferait mieux d'aller voir si M'man a assez d'eau chaude pour te donner un bain. Tu sens encore plus mauvais que l'étable de Jaman.

Frank gagna le seuil et suivit des yeux les deux crinières rousses qui s'éloignaient sur le sentier; en se retournant, il rencontra le doux regard de la jument fixé sur lui.

– Allons, viens, espèce de vieille bique. Je vais te reconduire chez toi, lui dit-il en ramassant une longe.

Les vomissements de Meggie eurent un effet heureux. Sœur Agatha continua de lui infliger des coups de baguette, mais toujours à distance suffisante pour échapper aux conséquences, ce qui atténuait sa force et compromettait sa précision.

Sa petite voisine au teint olivâtre, la plus jeune des filles de l'Italien, propriétaire du café à la devanture bleu éclatant, s'appelait Teresa Annunzio. Elle était juste assez terne pour ne pas attirer l'attention de sœur Agatha sans l'être suffisamment pour être en butte à ses foudres. Lorsque ses dents eurent poussé, elle devint d'une beauté saisissante et Meggie l'adorait. Pendant les récréations, les deux fillettes se promenaient dans la cour, le bras de l'une passé autour de la taille de l'autre, ce qui indiquait qu'elles étaient « amies intimes » et les mettait en marge de leurs camarades. Et elles parlaient, parlaient, parlaient.

Un jour, à l'heure du déjeuner, Teresa l'emmena au café pour lui faire faire connaissance de ses parents et de ses grands frères et sœurs. La famille se montra aussi enthousiasmée par la flamboyance de la crinière de leur jeune invitée que celle-ci l'était devant leurs cheveux sombres. Les Annunzio la comparaient à un ange lorsqu'elle tournait vers eux ses immenses yeux gris piquetés de paillettes. De sa mère, Meggie avait hérité d'une allure racée, indéfinissable, que chacun percevait dès le premier regard; elle produisit le même effet sur les Annunzio. Aussi empressés à la séduire que Teresa, ils la comblèrent de grosses tranches de pommes de terre frites dans un chaudron bouillonnant, d'un morceau de poisson délicieux qui avait été jeté dans une pâte à frire avant d'être plongé dans la graisse liquide avec les pommes de terre, mais dans un panier de fil de fer différent. Meggie n'avait jamais goûté à rien de plus succulent et elle aurait souhaité déjeuner au café plus souvent. Mais il s'agissait là d'une faveur requérant une autorisation spéciale de sa mère et des religieuses.

A la maison, sa conversation était constamment émaillée de : « Teresa dit » et « Savez-vous ce qu'a fait Teresa ? » jusqu'au jour où Paddy explosa et déclara qu'il en avait suffisamment entendu sur Teresa.

– Je me demande si c'est une bonne chose qu'elle se soit entichée de cette Rital, grommela-t-il, partageant la méfiance instinctive des Britanniques à l'égard des peaux olivâtres et des peuples méditerranéens. Les Ritals sont sales, ma petite Meggie, expliqua-t-il maladroitement, perdant peu à peu contenance devant le regard de reproche blessé que lui adressait sa fille.

Furieusement jaloux, Frank abonda dans le sens de son père. Et Meggie parla moins fréquemment de son amie. Mais la désapprobation familiale n'eut pas de répercussions dans ses relations, limitées il est vrai par la distance séparant la maison de l'école et se cantonnant aux seules heures de présence en classe. Bob et ses autres frères n'étaient que trop heureux de la voir aussi totalement absorbée par Teresa, ce qui leur permettait de courir follement dans la cour sans avoir à se préoccuper de leur petite sœur.

Les signes inintelligibles que sœur Agatha écrivait constamment au tableau noir commencèrent progressivement à prendre un sens et Meggie apprit que « + » signifiait que l'on additionnait tous les chiffres pour parvenir à un total, tandis que « – » sous-entendait qu'il fallait retrancher les chiffres du bas de ceux du haut, et l'on se retrouvait avec un total inférieur. C'était une enfant éveillée qui aurait pu devenir une excellente élève si elle était parvenue à surmonter sa peur de sœur Agatha. Mais dès que les petits yeux bleu pâle se vrillaient sur elle et que la voix sèche lui posait brusquement une question, elle se troublait et bégayait, incapable de réfléchir: Elle était douée pour l'arithmétique mais lorsqu'on lui demandait de faire preuve de son savoir oralement, elle ne pouvait se rappeler combien faisaient deux et deux. La lecture la projeta dans un monde si fascinant qu'elle s'en montra insatiable, mais quand sœur Agatha l'obligeait à se lever pour lire un passage à haute voix, elle ne parvenait plus à prononcer le moindre mot. Il lui semblait que des tremblements la saisissaient dès que la religieuse émettait ses commentaires sarcastiques ou qu'elle rougissait parce que les autres élèves se moquaient d'elle. C'était en effet toujours son ardoise que sœur Agatha brandissait pour susciter les railleries, ses feuilles de papier laborieusement couvertes de pattes de mouche auxquelles la nonne avait recours comme exemple de travail bâclé. Certains des enfants plus fortunés avaient la chance de posséder des gommes mais, en lieu et place, Meggie usait de son doigt mouillé qu'elle frottait sur les fautes jusqu'à ce que l'écriture se muât en taches et que le papier, ainsi gratté, s'effilochât en fines particules. Il s'ensuivait des trous, ce qui était rigoureusement interdit, mais elle était désespérée, prête à tout pour éviter les rigueurs de sœur Agatha.

Jusqu'à l'arrivée de Meggie, Stuart avait constitué la cible principale de la baguette de sœur Agatha, l'objet de son venin. Mais Meggie se révéla un bien meilleur souffre-douleur; en effet, la tranquillité songeuse de Stuart et sa réserve presque angélique étaient difficiles à vaincre, même pour sœur Agatha. Par contre, Meggie tremblait et devenait rouge comme une pivoine malgré ses efforts méritoires pour s'en tenir à la ligne de conduite Cleary telle qu'elle avait été définie par Frank. Stuart éprouvait une profonde pitié pour sa sœur et essayait de lui faciliter les choses en détournant délibérément sur lui la colère de la religieuse. Sœur Agatha voyait clair dans son jeu, ce qui décuplait sa hargne à l'encontre de l'esprit de clan des Cleary, aussi vif chez la fillette que chez ses frères. Si on l'avait interrogée sur les raisons exactes de son aversion pour les Cleary, elle eût été incapable de répondre. Mais, pour une vieille religieuse aigrie par l'orientation de sa vie, une famille aussi fière et ombrageuse que celle des Cleary se révélait proprement insupportable.

Meggie était gauchère, c'était son pire péché. Lorsqu'elle saisit vivement sa craie à l'occasion de sa première leçon d'écriture, sœur Agatha fondit sur elle comme César sur les Gaulois.

– Meghann Cleary, posez ça ! tonna-t-elle.

Ainsi commença une bataille homérique. Meggie était gauchère, incurablement, sans rémission. Quand sœur Agatha lui plia les doigts de la main droite autour de la craie, les tint suspendus au-dessus de l'ardoise, Meggie sentit sa tête lui tourner, sans avoir la moindre idée de la façon dont elle pourrait contraindre sa main défaillante à souscrire à ce que sœur Agatha exigeait d'elle. Elle devint tout à coup sourde, muette et aveugle. Sa main droite, cet appendice inutile, n'était pas plus reliée à son processus de pensée que ses orteils. La ligne qu'elle traça se perdit à côté de l'ardoise tant elle éprouvait de difficultés à plier les doigts; elle laissa tomber sa craie, à croire qu'elle était soudain paralysée; aucun des efforts de sœur Agatha ne parvint à obtenir que la main droite de Meggie traçât un A. Puis, subrepticement, Meggie saisit la craie de la main gauche et, le bras entourant maladroitement l'ardoise sur trois côtés, réussit une ligne de A magnifiquement moulés.

Sœur Agatha sortit vainqueur de la bataille. Un matin, tandis que les élèves se mettaient en rangs, elle ramena le bras gauche de Meggie derrière son dos, le lui lia avec une corde qu'elle ne détacha qu'après le tintement de la cloche mettant fin à la classe à trois heures de l'après-midi. Même pendant la pause du déjeuner, Meggie se vit obligée de manger, se promener, jouer avec le côté gauche fermement immobilisé. Cela prit trois mois, mais elle finit par apprendre à écrire correctement, selon les principes institués par sœur Agatha, bien que le tracé de ses lettres ne se révélât jamais très satisfaisant. Afin de s'assurer que la fillette ne s'aviserait pas de réutiliser son bras gauche, elle le lui lia au flanc pendant encore deux mois; après quoi, sœur Agatha réunit tous les élèves pour dire un chapelet et rendre grâces à Dieu qui dans sa mansuétude, avait démontré son erreur à Meggie. Les enfants du bon Dieu étaient tous droitiers; les gauchers avaient été engendrés par le Diable, surtout quand ils étaient roux.

Au cours de cette première année d'école, Meggie perdit sa graisse poupine et devint très maigre, bien qu'elle ne grandît guère. Elle commença à se ronger les ongles et dut endurer les foudres de sœur Agatha qui l'obligeait à passer devant tous les pupitres de la classe, mains tendues, afin que tous les élèves pussent constater la hideur des ongles rongés. Et ceci alors qu'un enfant sur deux, entre cinq et quinze ans, rongeait ses ongles tout autant que Meggie.

Fee tira de son placard une bouteille d'extrait d'aloès et en badigeonna le bout des doigts de sa fille. Chacun des membres de la famille devait s'assurer qu'elle n'aurait pas la possibilité de se débarrasser de la teinture en se lavant et, quand ses camarades de classe remarquèrent les taches brunes et révélatrices, elle en fut très mortifiée. Si elle portait les doigts à sa bouche, un goût exécrable lui levait le cœur, rappelant l'épouvantable odeur du produit antiparasites utilisé pour les moutons. En désespoir de cause, elle cracha sur son mouchoir et frotta la chair à vif jusqu'à ce que l'aloès eût pratiquement disparu. Paddy s'arma de sa badine, instrument infiniment plus clément que la baguette de sœur Agatha, et la pourchassa à travers la cuisine. Il n'était pas partisan de frapper ses enfants sur les mains, le visage ou les fesses; ses coups ne pleuvaient que sur les jambes. Celles-ci étaient tout aussi sensibles, assurait-il, et on ne risquait pas de fâcheuses conséquences. Cependant, en dépit de l'amertume de l'aloès, du ridicule, de sœur Agatha et de la badine de Paddy, Meggie continua à se ronger les ongles.

Son amitié avec Teresa Annunzio représentait la seule joie de sa vie, la seule chose qui rendit l'école supportable. Elle grillait d'impatience en attendant la récréation pour pouvoir s'asseoir à côté de Teresa, lui entourer la taille de son bras et, ainsi enlacées sous le grand figuier, parler, parler, parler. Il était souvent question de l'extraordinaire famille de Teresa, de ses nombreuses poupées et de son merveilleux service à thé à motifs chinois.

Lorsque Meggie vit le service à thé pour la première fois, elle en resta pétrifiée. Celui-ci comportait cent huit pièces avec des tasses, soucoupes, assiettes miniatures, théière, sucrier, pot à lait, minuscules couteaux, cuillères et fourchettes exactement à la taille d'une poupée. Teresa possédait d'innombrables jouets; non seulement, elle était beaucoup plus jeune que ses sœurs, mais elle appartenait à une famille italienne, ce qui entendait qu'elle était passionnément et ouvertement aimée, et bénéficiait de tout ce que pouvaient procurer les ressources pécuniaires de son père. Chacune des fillettes considérait l'autre avec un mélange d'effroi et de convoitise, bien que Teresa n'enviât pas l'éducation stoïque de Meggie qui lui inspirait plutôt de la pitié. Comment pouvait-elle ne pas être autorisée à se jeter dans les bras de sa mère pour être câlinée, couverte de baisers ? pauvre Meggie !

Quant à Meggie, elle se révélait incapable de comparer la petite mère replète et rayonnante de Teresa à la sienne, mince et austère, dont le visage ne s'éclairait jamais d'un sourire. Aussi n'imaginait-elle jamais que sa mère pût la prendre dans ses bras et l'embrasser. Par contre, elle aurait aimé que la maman de Teresa la prît dans ses bras et l'embrassât. Mais les visions de tendresse et de baisers la hantaient infiniment moins que celles du service à thé. Si délicat, si fin et translucide, si beau ! Oh, si seulement elle possédait une telle splendeur qui lui permettrait de servir du thé à Agnès dans une magnifique tasse bleue et blanche trônant sur une soucoupe assortie !

Au cours de l'office du vendredi, célébré dans la vieille église ornée par les Maoris de naïves et grotesques sculptures et de fresques courant sur le plafond, Meggie s'agenouilla et pria de toutes ses forces pour qu'un tel service lui appartînt en propre. Lorsque le Père Hayes leva l'ostensoir, la Sainte Hostie apparut vaguement derrière la vitre enchâssée de pierreries pour bénir les têtes baissées de toute la congrégation. Toutes, sauf celle de Meggie, car elle ne vit même pas l'hostie, occupée qu'elle était à essayer de se souvenir du nombre d'assiettes que comportait le service à thé de Teresa. Et quand les Maoris installés sur la galerie autour de l'orgue entonnèrent un cantique, la tête de Meggie tournoyait dans un éblouissement de bleu outremer, très éloigné du catholicisme et de la Polynésie.

L'année scolaire approchait de sa fin, décembre et son anniversaire se profilaient tout juste quand Meggie apprit combien il fallait chèrement payer le désir nourri par son cœur. Elle était assise sur un haut tabouret près de la cuisinière pendant que Fee la coiffait avant de partir en classe; il s'agissait là d'une tâche laborieuse. Les cheveux de Meggie tendaient à boucler naturellement, ce que sa mère considérait comme une grande chance. Les filles aux cheveux raides éprouvaient bien des difficultés en grandissant quand elles s'efforçaient de communiquer souplesse et abondance à leur coiffure en ne disposant que de mèches rebelles et sans consistance. La nuit, les boucles de Meggie, qui lui arrivaient jusqu'aux genoux, étaient péniblement entortillées autour de morceaux de vieux draps, déchirés pour en faire des papillotes et, chaque matin, il lui fallait grimper sur le tabouret pour que sa mère défît les bandelettes et la coiffât.

Fee avait recours à une vieille brosse très raide; elle prenait une longue mèche emmêlée dans la main gauche et, d'un adroit coup de brosse, entourait les cheveux autour de son index jusqu'à ce qu'elle les transformât en une longue anglaise luisante; puis, elle retirait soigneusement son doigt du centre du rouleau et agitait la boucle fournie. Elle répétait cette manœuvre une douzaine de fois, puis elle rassemblait les mèches sur le sommet de la tête de la fillette, les retenant par un nœud de taffetas blanc fraîchement repassé. Après quoi, Meggie était prête pour la journée. Toutes les autres petites filles portaient des nattes pour aller à l'école, réservant les anglaises pour des occasions exceptionnelles. Mais sur ce point Fee était intraitable ; Meggie serait toujours coiffée avec de longues boucles, peu importait le temps exigé par l'opération chaque matin. Pourtant, en agissant de la sorte, Fee allait à l'encontre de ses vœux; les cheveux de sa fille étaient de très loin les plus beaux de l'école. Souligner cet état de chose par des anglaises quotidiennes valait à Meggie envie et aversion.

L'opération était douloureuse, mais Meggie en avait une telle habitude qu'elle ne s'en préoccupait même pas ; elle ne se souvenait pas d'une seule occasion où sa mère ne s'y fût livrée. Armé de la brosse, le bras vigoureux de Fee tirait sur les mèches pour en défaire les nœuds jusqu'à ce que la petite eût les larmes aux yeux et dût se tenir des deux mains au tabouret pour ne pas être entraînée. C'était le lundi de la dernière semaine d'école et son anniversaire tombait dans deux jours. Elle s'accrocha au siège et rêva du service à thé tout en sachant que ce n'était qu'un rêve. Elle en avait vu un au bazar de Wahine, mais elle était suffisamment avertie en matière de prix pour comprendre que le coût dépassait de beaucoup les maigres ressources de son père.

Soudain, Fee laissa échapper un cri si insolite qu'il tira Meggie de son rêve; tous les hommes encore assis à la table du petit déjeuner détournèrent la tête avec étonnement.

– Seigneur Dieu !

Paddy bondit, les traits tirés par une expression de stupeur; jamais il n'avait entendu Fee invoquer en vain le nom du Seigneur. Debout, tenant une boucle, la brosse suspendue, visage crispé par l'horreur, la répulsion. Paddy et les garçons l'entourèrent. Meggie se tortilla, essayant de comprendre la raison du tumulte, ce qui lui valut un revers de brosse bien appliqué, côté poils, et les larmes lui montèrent aux yeux.

– Regarde, Paddy ! murmura Fee d'une voix étouffée en tenant la mèche dans un rayon de soleil.

Paddy se pencha sur les cheveux, masse d'or scintillante et, tout d'abord, il ne vit rien. Puis, il se rendit compte qu'une *créature* remontait le long de la main de Fee. A son tour, il saisit une boucle et, parmi les lueurs dansantes, il discerna d'autres bêtes qui s'affairaient. De petits grains blancs s'agglutinaient sur les cheveux et les créatures en produisaient frénétiquement de nouveaux chapelets. La chevelure de Meggie abritait une vraie fourmilière.

– Elle a des poux ! s'exclama Paddy.

Bob, Jack, Hughie et Stuart allèrent jeter un coup d'œil et, comme leur père, reculèrent prudemment; seuls Frank et Fee continuaient à regarder les cheveux de Meggie, hypnotisés, tandis que la fillette se recroquevillait, éplorée, se demandant ce qu'elle avait fait. Paddy se laissa lourdement tomber dans le fauteuil Windsor, le regard perdu, clignant des paupières.

– C'est cette satanée petite Rital ! s'écria-t-il enfin, tournant vers Fee un regard courroucé. Sacrés dégoûtants ! bande de cochons !

– Paddy ! s'exclama Fee, le souffle coupé, scandalisée.

– Excuse-moi d'avoir juré, M'man, mais quand je pense à cette sale petite macaroni qui a passé ses poux à Meggie, j'ai bonne envie de filer à Wahine et de tout démolir dans ce café crasseux, en finir une bonne fois avec cette écurie ! explosa-t-il en se frappant sauvagement la cuisse de son poing refermé.

– M'man, qu'est-ce qu'il y a ? parvint enfin à demander Meggie.

– Regarde, espèce de petite souillon ! répondit Fee en amenant sa main devant les yeux de sa fille. Tes cheveux sont infestés par ça... et c'est cette gamine dont tu es tellement entichée qui t'a donné des poux ! Je me demande ce que je vais faire de toi.

Meggie demeura bouche bée devant la bestiole minuscule qui errait à l'aveuglette sur la peau nue de Fee, à la recherche d'un territoire plus velu, puis elle fondit en larmes.

Sans qu'on eût à le lui dire, Frank mit de l'eau à chauffer; Paddy se dressa et commença d'arpenter la cuisine, tonnant, pestant ; sa rage montait chaque fois qu'il regardait Meggie. Finalement, il s'approcha de la rangée de patères fichées dans le mur à côté de la porte, se coiffa résolument de son chapeau à large bord et décrocha son long fouet.

– Je vais à Wahine, Fee; je vais dire à ce sale Rital ce que je pense de lui et de ses saloperies de fritures ! Après, j'irai voir sœur Agatha. Elle aussi saura ce que je pense d'elle... Elle qui admet dans son école des enfants crasseux !

– Paddy, fais attention ! supplia Fee. Et si ça n'était pas cette petite noiraude ? Même si elle a des poux, il est possible qu'elle les ait attrapés d'un autre enfant, tout comme Meggie.

– Foutaise ! laissa tomber Paddy avec mépris.

Les marches résonnèrent sous son pas; quelques minutes s'écoulèrent et tous entendirent les sabots de son rouan qui martelaient la route. Fee soupira, enveloppa Frank d'un regard d'impuissance.

– Eh bien, nous pourrons nous estimer heureux s'il ne se retrouve pas en prison. Frank, appelle tes frères. Pas d'école aujourd'hui.

Fee inspecta minutieusement la chevelure de chacun de ses fils, puis elle examina celle de Frank et exigea qu'il agît de même à son égard. Apparemment, aucun autre membre de la famille n'avait été contaminé par la maladie de la pauvre Meggie, mais Fee se refusait à courir le moindre risque. Lorsque l'eau du cuvier de cuivre arriva à ébullition, Frank décrocha un grand baquet et le remplit en l'additionnant d'eau froide pour la tempérer. Puis, il alla chercher sous l'auvent un gros bidon de pétrole et prit un savon à la soude dans la buanderie ; ainsi armé, il commença par la tignasse de Bob. A tour de rôle, les têtes se penchèrent sur la bassine; une fois rapidement humectées, elles recevaient plusieurs tasses de pétrole et le magma graisseux qui en résultait était alors énergiquement savonné. Pétrole et soude brûlaient; les garçons hurlèrent, se frottèrent les yeux, le cuir chevelu rougi, douloureux, menaçant tous les Ritals d'une effroyable vengeance.

Fee fouilla dans son panier à couture et en tira ses grands ciseaux. Elle s'approcha de Meggie, qui n'avait pas osé bouger de son tabouret depuis une heure, et, l'arme à la main, contempla la splendide cascade rousse. Puis, elle tailla dans la crinière jusqu'à ce que les longues boucles s'amoncellent en un tas brillant sur le sol tandis que la peau blanche du crâne commençait à apparaître par plaques irrégulières. Une expression de doute dans les yeux, elle se tourna vers Frank.

– Crois-tu qu'il faille la raser ? demanda-t-elle, lèvres serrées.

La main de Frank jaillit en un geste de révolte.

– Oh ! non, M'man ! Non, bien sûr que non ! Une bonne dose de pétrole devrait suffire. Je t'en supplie, ne la rase pas !

Il amena Meggie près de la planche de travail, lui maintint la tête au-dessus de la bassine pendant que sa mère versait plusieurs tasses de pétrole et lui frottait énergiquement le crâne avec le savon corrosif. Quand l'opération s'acheva enfin, Meggie n'y voyait quasiment plus à forcer de serrer les paupières pour se protéger les yeux de la morsure de la soude ; d'innombrables petites cloques s'étaient formées sur son visage et son cuir chevelu. Frank balaya les mèches toujours amoncelées sur le sol, les enveloppa dans du papier et les jeta dans le feu, puis il déposa le balai dans un récipient plein de pétrole. Fee et lui se lavèrent les cheveux, haletant sous la brûlure de la soude. Après quoi, Frank alla chercher un seau et récura le plancher de la cuisine à grand renfort d'insecticide.

Lorsque la cuisine fut aussi stérile qu'une salle d'opération, Fee et Frank se rendirent dans les chambres où ils dépouillèrent chacun des lits des draps et couvertures et passèrent le reste de la journée à faire bouillir le linge, à le tordre et à l'étendre. Matelas et oreillers trouvèrent place sur la clôture où ils les aspergèrent de pétrole et les carpettes furent longuement battues. Tous les garçons durent participer au grand nettoyage ; seule Meggie en fut exemptée tant sa disgrâce était totale. Elle alla se glisser dans la grange et pleura. Sa tête était douloureuse tant on l'avait frottée; les cloques la lancinaient et elle éprouvait une telle honte qu'elle n'osa même pas regarder Frank quand il vint la chercher et il ne put la convaincre qu'il était temps de rentrer.

Finalement, il dut la traîner à la maison tandis qu'elle se débattait et donnait des coups de pied. Elle était encore blottie dans un angle de la cuisine quand Paddy revint de Wahine en fin d'après-midi. Il jeta un coup d'œil à la tête tondue de sa fille et fondit en larmes; il se laissa tomber dans le fauteuil Windsor, se balança d'avant en arrière, la tête enfouie dans les mains, tandis que la famille piétinait sur place; tous auraient souhaité se trouver ailleurs. Fee prépara du thé et en apporta une tasse à Paddy dès que celui-ci se fut un peu apaisé.

– Qu'est-ce qui s'est passé à Wahine ? demanda-t-elle. Tu es resté parti bien longtemps.

– Pour commencer, j'ai fait tâter de mon fouet à ce sale Rital et je l'ai flanqué dans l'abreuvoir. Alors, j'ai aperçu MacLeod qui n'en perdait pas une miette, debout devant son magasin. Je lui ai dit ce qui était arrivé. MacLeod est allé chercher quelques gars au pub et nous avons balancé tous ces macaronis dans l'abreuvoir, les femmes aussi, et on a aspergé tout le monde d'antiparasites à mouton. Ensuite, j'ai filé à l'école pour voir sœur Agatha; elle a soutenu mordicus qu'elle n'avait rien remarqué. Elle a tiré la petite Rital de derrière son pupitre et lui a examiné les cheveux et, bien entendu, ils étaient infestés de poux. Elle a renvoyé la gosse chez elle en lui enjoignant de ne pas revenir tant qu'elle n'aurait pas la tête propre. Quand je suis parti, les trois sœurs passaient une inspection en règle de tous les élèves et elles en ont découvert pas mal qui avaient des poux. Fallait voir les trois religieuses... Quand elles croyaient qu'on ne les regardait pas, elles se grattaient comme des folles ! (Ce souvenir lui tira un sourire, puis ses yeux se portèrent de nouveau sur le crâne de Meggie et son visage s'assombrit. Il la regarda sévèrement.) Quant à toi, jeune fille, plus de Rital ou qui que ce soit. Uniquement tes frères. S'ils ne sont pas assez bien pour toi, tant pis. Bob, je te préviens que Meggie ne doit fréquenter personne à l'école. C'est compris ?

– Oui, P'pa, acquiesça Bob.

Le lendemain matin, Meggie céda à la terreur en apprenant qu'elle devait partir pour l'école comme à l'accoutumée.

– Non, non ! Je ne peux pas y aller ! gémit-elle en se prenant la tête entre les mains. M'man, je ne peux pas aller à l'école comme ça ! Pas avec sœur Agatha !

– Si, tu iras, répliqua Fee sans tenir compte des regards implorants de Frank. Ça te donnera une leçon.

Et Meggie partit pour l'école en traînant les pieds, la tête enveloppée d'une écharpe marron. Sœur Agatha ignora résolument la fillette mais, pendant la récréation, d'autres gamins lui arrachèrent son foulard pour voir de quoi elle avait l'air. Son visage était relativement peu marqué mais, une fois à nu, son crâne présentait un spectacle affligeant avec ses cloques suintantes. Dès qu'il se rendit compte de ce qui se passait, Bob vint à son secours et emmena sa sœur à l'écart.

– Ne te préoccupe pas de ces petites sottes, Meggie, dit-il avec rudesse. (Il lui réajusta maladroitement le foulard autour de la tête et lui tapota l'épaule.) Sales petites chipies ! Dommage que j'aie pas pensé à conserver quelques-unes de ces vilaines bestioles; je suis sûr qu'elles auraient été encore en état en arrivant ici... Mine de rien, j'aurais pu en semer quelques-unes sur leurs méchantes caboches.

Les autres Cleary firent cercle autour de Meggie pour la protéger jusqu'à ce que la cloche sonnât.

Teresa Annunzio, tête rasée, fit une brève apparition à l'école à l'heure du déjeuner. Elle tenta de s'en prendre à Meggie, mais les garçons la tinrent aisément à distance. En reculant, elle leva le bras droit, poing fermé, et abattit brutalement sa main gauche sur le biceps en un geste fascinant et mystérieux que personne ne comprit, mais que les garçons rangèrent vivement dans leurs souvenirs pour une future utilisation.

– Je te déteste ! cria Teresa à l'intention de Meggie. Mon papa est obligé de partir d'ici à cause de ce que ton papa lui a fait !

Elle se détourna et se rua hors de la cour sans cesser de hurler.

Sous l'orage, Meggie tenait la tête droite et gardait les yeux secs. Elle assimilait la leçon. Aucune importance ce que les autres pouvaient penser, aucune, aucune ! Les élèves l'évitaient, en partie parce qu'ils avaient peur de Bob et de Jack, en partie parce que la rumeur avait atteint leurs parents et qu'ils avaient reçu l'ordre de se tenir à distance de ce clan; s'acoquiner avec les Cleary ne pouvait qu'attirer des ennuis. Meggie passa donc ses derniers jours de classe en quarantaine. Sœur Agatha elle-même respectait ce verdict et elle déversa sa bile sur Stuart.

Ainsi qu'il était de règle pour les anniversaires des petits lorsque la date tombait un jour de classe, la fête fut remise au samedi et Meggie reçut en cadeau le service à motifs chinois si ardemment désiré. Il était disposé sur une ravissante petite table peinte en bleu outremer et entouré de chaises confectionnées par Frank durant ses loisirs inexistants, et Agnès était installée sur l'un des minuscules sièges, vêtue d'une robe bleue toute neuve, coupée et cousue à la faveur des loisirs inexistants de Fee. Meggie enveloppa d'un regard triste les motifs bleus et blancs qui couraient sur chacune des pièces, les arbres fantastiques avec leurs fleurs en volutes, la petite pagode aux dessins tourmentés, l'étrange couple d'oiseaux figés, les minuscules figurines fuyant éternellement pour passer le pont sinueux. Le service avait perdu jusqu'au reflet de son enchantement. Mais, vaguement, elle comprit ce qui avait poussé sa famille à se mettre sur la paille pour lui acheter l'objet de son désir. Aussi son sens du devoir lui dicta-t-il les gestes nécessaires pour préparer du thé à Agnès dans la minuscule théière carrée, et elle se plia à ce rituel comme elle continua obstinément à s'en servir pendant des années, sans jamais casser ni même ébrécher la moindre pièce. Personne ne se douta jamais qu'elle haïssait le service à motifs chinois, la table et les chaises bleues, et la robe d'Agnès.

Deux jours avant ce Noël de 1917, Paddy revint à la maison et posa sur la table sa gazette hebdomadaire et un paquet d'ouvrages pris à la bibliothèque circulante. Cependant pour une fois, la lecture du journal prit le pas sur celle des livres. Le rédacteur en chef innovait une formule inspirée des magazines américains qui, parfois, se frayaient un chemin jusqu'à la Nouvelle-Zélande; toute la partie centrale était consacrée à la guerre. On y voyait des photographies floues d'Anzacs partant à l'assaut des impitoyables falaises de Gallipoli ; on pouvait y lire de longs articles vantant la bravoure des soldats des antipodes, soulignant le nombre élevé d'Australiens et de Néo-Zélandais ayant reçu la Victoria Cross depuis le début du conflit, et une magnifique gravure, tenant toute une page, représentait, sur sa monture, un Australien de la cavalerie légère, sabre au clair, dont les longues plumes soyeuses jaillissant de sa coiffure flottaient au vent.

Dès qu'il en eut la possibilité, Frank s'empara du journal et lut avidement les comptes rendus, se repaissant de la prose cocardière, les yeux animés d'une lueur fiévreuse.

– P'pa, je veux m'engager, dit-il en posant avec respect le journal sur la table.

Fee tourna brusquement la tête et renversa du ragoût sur la cuisinière; Paddy se raidit dans son fauteuil Windsor, oubliant sa lecture.

– Tu es trop jeune, Frank, riposta-t-il.

– Mais non, j'ai dix-sept ans, P'pa. Je suis un homme ! Pourquoi est-ce que les Boches et les Turcs massacreraient nos soldats comme des porcs pendant que je resterais assis là, en sécurité ? Il est grand temps qu'un Cleary serve sa patrie.

– Tu n'as pas l'âge, Frank. On ne te prendrait pas.

– Si, si tu ne t'y opposes pas, rétorqua vivement Frank dont les yeux sombres ne se détournaient pas du visage de son père.

– Mais je m'y oppose. Tu es le seul qui travaille en ce moment et nous avons besoin de l'argent que tu gagnes. Tu le sais.

– Mais je serai payé dans l'armée !

– Le prêt du soldat, hein ? fit Paddy en riant. Un forgeron à Wahine gagne beaucoup plus d'argent qu'un homme sous l'uniforme en Europe.

– Mais je serai là-bas... J'aurai peut-être la chance de me tirer de ma condition de forgeron ! C'est ma seule porte de sortie, P'pa.

– Sornettes que tout ça ! Grand dieu, mon garçon, tu ne sais pas ce que tu dis. La guerre est terrible. Je suis originaire d'un pays qui est en guerre depuis mille ans. Alors, je sais de quoi je parle. N'as-tu pas entendu les vétérans raconter la Guerre des Boers ? Tu vas souvent à Wahine; alors, la prochaine fois, écoute et fais-en ton profit. D'ailleurs, j'ai l'impression que ces satanés Anglais se servent des Anzacs comme chair à canon; ils les mettent dans les endroits les plus exposés pour ne pas risquer leur précieuse peau. Regarde la façon dont ce foudre de guerre de Churchill a envoyé nos hommes dans un secteur aussi totalement dépourvu d'intérêt que Gallipoli ! Dix mille tués sur cinquante mille hommes ! Deux fois plus que la décimation chez les anciens !

« Pourquoi irais-tu te battre dans les guerres que mène l'Angleterre ? Qu'est-ce qu'elle a fait pour toi, cette prétendue Mère Patrie, à part saigner ses colonies à blanc ? Si tu allais en Angleterre, tu te heurterais au mépris de tous parce que tu es un colonial. La Nouvelle-Zélande ne court aucun danger, pas plus que l'Australie. Ce serait une bénédiction que la vieille Mère Patrie soit vaincue et morde la poussière. Il est grand temps qu'une nation lui fasse payer tout ce qu'elle a fait endurer à l'Irlande ! Je ne verserais pas une larme si le Kaiser remontait un jour le Strand !

– Mais, P'pa, je veux m'engager !

– Tu peux vouloir tout ce qui te passe par la tête, Frank, mais tu ne partiras pas. Alors, autant oublier tout ça. D'ailleurs, tu es trop petit pour être soldat.

Le visage de Frank s'empourpra, ses lèvres se serrèrent; il souffrait de sa taille bien au-dessous de la moyenne. Il avait toujours été le plus petit garçon de sa classe et, pour cette raison, il s'était battu deux fois plus que les autres. Récemment, un doute affreux l'avait envahi car, à dix-sept ans, il mesurait toujours exactement un mètre cinquante-neuf, soit la taille de ses quatorze ans ; peut-être avait-il cessé de grandir. Il était le seul à connaître les tourments auxquels il avait soumis son corps et son esprit, les étirements, les exercices, le vain espoir.

Pourtant, le travail de la forge lui avait donné une force hors de proportion avec sa taille; si Paddy avait consciemment choisi ce métier pour répondre au tempérament de Frank, il n'aurait pu mieux faire. Petit gabarit de puissance à l'état pur, à dix-sept ans, Frank n'avait encore jamais été vaincu dans un pugilat et déjà sa réputation s'étendait sur toute la péninsule de Taranaki. Sa hargne, sa frustration, son sentiment d'infériorité trouvaient un exutoire dans une rixe et ce qui l'animait surpassait tout ce que les plus grands et les plus vigoureux gars des environs pouvaient déployer, d'autant qu'à sa révolte s'alliaient un corps en excellente condition, un cerveau lucide, une malignité et une volonté indomptables.

Plus ils étaient grands et coriaces, plus Frank voulait les voir rouler dans la poussière. Les jeunes gens de son âge l'évitaient car son agressivité était bien connue. Récemment, il avait renoncé à se mesurer aux adolescents et les hommes du pays parlaient encore du jour où il avait réduit Jim Collins en chair à pâté, bien que ce dernier eût vingt-deux ans, mesurât plus d'un mètre quatre-vingt-dix, et fût capable de soulever un cheval. Bras cassé, côtés fêlées, Frank n'en avait pas moins continué à taper sur Jim Collins jusqu'à ce que ce dernier ne fût plus qu'une masse sanguinolente, effondrée dans la poussière. Et il avait fallu intervenir pour l'empêcher de bourrer de coups de pied la tête de sa victime après que celle-ci eut perdu connaissance. A peine son bras et ses côtes étaient-ils hors de leurs bandages que Frank se rendait en ville où il souleva un cheval, simplement pour prouver à tous que Jim n'était pas le seul à être capable de cet exploit, lequel ne dépendait pas de la taille d'un homme. En tant que père de ce prodige de la nature, Paddy n'ignorait rien de la réputation de Frank et il comprenait que celui-ci se battît pour forcer le respect, mais ça ne l'empêchait pas de tempêter lorsque les bagarres empiétaient sur le temps de travail à la forge. Etant lui-même de petite taille, Paddy avait eu sa part de pugilats mais, dans la région d'Irlande où il avait vu le jour, les hommes n'étaient pas spécialement grands et quand il débarqua en Nouvelle-Zélande où la taille était plus élevée, il avait atteint l'âge adulte. Ainsi, sa stature réduite ne devint-elle jamais chez lui une obsession comme chez Frank.

Il observa attentivement son fils, s'efforçant de le comprendre, mais en vain; son aîné avait toujours été le plus éloigné de son cœur quels que fussent ses efforts pour ne marquer aucune préférence parmi ses enfants. Il savait que Fee en souffrait, qu'elle s'inquiétait de l'antagonisme sous-jacent qui les animait mais, malgré l'amour qu'il portait à sa femme, il ne parvenait pas à surmonter l'exaspération que Frank faisait naître en lui.

Les mains courtes et bien dessinées de Frank s'étalaient sur le journal déployé comme en un geste de défense; ses yeux rivés sur Paddy reflétaient un curieux mélange de supplique et de fierté quoique celle-ci fût trop inflexible pour implorer. Combien ce visage était étranger ! Pas trace de Cleary ou d'Armstrong dans ces traits, sauf peut-être une vague ressemblance avec Fee dans la forme des paupières, si toutefois les yeux de Fee avaient été foncés et capables de s'enflammer, de jeter des éclairs comme ceux de Frank à la moindre provocation. Un point pourtant à porter à l'actif de ce gars, le courage.

La discussion prit subitement fin avec la remarque de Paddy concernant la taille de Frank ; la famille avala la fricassée de lapin dans un silence inhabituel; les quelques propos échangés par Hughie et Jack se teintaient de prudence, bien que ponctués par des gloussements aigus. Meggie ne mangeait pas, gardant les yeux rivés sur Frank comme si elle s'attendait à le voir disparaître d'une seconde à l'autre. Frank pignocha dans son assiette pendant un temps qui lui parut convenable et, dès qu'il jugea le moment opportun, demanda à être excusé. Une minute s'écoula et parvint le bruit sourd de la hache s'abattant sur le bois; Frank s'attaquait aux bûches les plus dures que Paddy avait entreposées en prévision des feux de l'hiver nécessitant une combustion lente.

Lorsque tout le monde la crut couchée, Meggie se glissa à l'extérieur en empruntant la fenêtre de sa chambre et s'approcha du bûcher, celui-ci pouvait être considéré comme un endroit de première importance dans la vie de la maison. Il s'étendait sur près de cent mètres carrés avec son sol de terre battue, tapissé, amorti par une épaisse couche d'éclats et d'écorces; d'énormes bûches s'entassaient en hautes piles sur l'un des côtés en attendant d'être débitées et, de l'autre, s'élevait une muraille de bois préparé exactement à la dimension du foyer de la cuisinière. Au centre de l'espace libre, trois souches dont les racines plongeaient encore dans la terre servaient de billots pour fendre des bûches de longueurs différentes.

Frank n'utilisait pas l'un des billots; il travaillait sur une massive bille d'eucalyptus qu'il débitait en morceaux suffisamment réduits pour pouvoir les placer sur la souche la plus basse et la plus large. Le tronc de soixante centimètres de diamètre reposait sur la terre, chaque extrémité immobilisée par un étrier de fer, et Frank se tenait en équilibre, pieds écartés de chaque côté de la fente qu'il pratiquait dans la bille pour la couper en deux. La hache se déplaçait si vite qu'elle sifflait et il s'élevait du manche un autre chuintement distinct quand il montait et descendait entre les paumes moites. Dans un éclair, la hache s'élevait au-dessus de la tête de Frank, retombait avec une lueur argentée et floue, extrayant du bois dur comme le fer un morceau en forme de coin, aussi facilement que s'il s'était agi de sapin ou de peuplier. Des éclats volaient en tous sens, la sueur ruisselait sur le torse nu du jeune homme et il s'était noué un mouchoir autour du front pour ne pas être aveuglé par la transpiration. C'était un travail dangereux qui requérait une attention sans faille; un seul coup mal porté et il risquait de perdre un pied. Des bracelets de cuir absorbaient la sueur de ses bras, mais ses mains délicates n'étaient pas gantées; elles agrippaient le manche de la hache avec légèreté et dirigeaient le tranchant avec une adresse consommée.

Meggie se tapit à côté de la chemise et du maillot de corps abandonnés pour regarder, non sans effroi. Trois haches de rechange attendaient à proximité car l'écorce d'eucalyptus émousse le tranchant le plus effilé en un rien de temps. Elle en saisit une par le manche et la tira sur ses genoux, souhaitant pouvoir débiter du bois comme Frank. L'outil était si lourd qu'elle peina pour le soulever. Les haches de type colonial ne comportent qu'un tranchant, aiguisé à l'extrême, car les haches à deux tranchants sont trop légères pour se mesurer à l'eucalyptus. La lourde tête de fer mesurait deux centimètres et demi d'épaisseur. Le manche la traversait, fermement maintenu par de petits coins de bois. Un fer de hache lâche risque de quitter le manche en plein élan, d'être projeté à la vitesse d'un boulet de canon et de tuer.

Frank travaillait presque par instinct dans la lumière crépusculaire qui s'estompait rapidement; Meggie évitait les éclats avec l'aisance que confère une longue pratique et attendait patiemment qu'il s'avisât de sa présence. La bille était à demi entaillée et il se retourna en haletant, puis il leva de nouveau la hache et s'attaqua à l'autre extrémité. Il pratiquait une gorge profonde et étroite afin de ne pas gaspiller le bois et accélérer l'opération; en parvenant près du centre de la bille, le fer disparut entièrement dans l'entaille et de gros éclats jaillirent, cette fois très proches de son corps. Il n'en tint pas compte, s'activa de plus belle. La bille se sépara avec une soudaineté stupéfiante et, à la même seconde, il bondit avec légèreté, comprenant que le bois cédait avant même que la hache ne mordît pour la dernière fois. A l'instant où la bille éclatait, il sauta de côté, souriant, mais ce n'était pas un sourire heureux.

Il se tourna pour saisir une autre hache et aperçut sa sœur, assise patiemment dans sa chemise de nuit boutonnée du haut en bas. C'était encore étrange de la voir avec ses cheveux en touffes, cette masse de mèches courtes au lieu des papillotes habituelles, mais il eut l'impression que ce genre garçonnet lui convenait et il souhaita qu'elle demeurât ainsi. Il s'approcha d'elle, s'accroupit, la hache encore entre les genoux.

— Comment es-tu sortie, petite peste ?
— Par la fenêtre; j'ai attendu que Stu soit endormi.
— Fais attention ou tu vas devenir un garçon manqué.
— Ça m'est égal. J'aime mieux jouer avec les garçons que toute seule.
— Oui, évidemment. (Il s'assit, s'adossa à une bûche et, d'un air las, tourna la tête vers elle.) Qu'est-ce qui se passe, Meggie ?
— Frank, tu ne vas pas vraiment t'en aller, n'est-ce pas ?
Elle posa ses mains aux ongles rongés sur la cuisse de son frère et leva vers lui un regard anxieux, bouche ouverte, tant les larmes qu'elle refoulait lui emplissaient les narines, l'empêchant de respirer.
— Peut-être que si, Meggie, dit-il doucement.
— Oh, Frank, il ne faut pas ! M'man et moi, nous avons tant besoin de toi ! Je t'assure, nous ne pourrions pas nous passer de toi !
Il sourit en dépit de sa peine devant l'inconscient écho des paroles de Fee.
— Meggie, il arrive que les choses ne se produisent pas comme on le souhaiterait. Tu devrais le savoir. On nous a appris, à nous, les Cleary, à travailler ensemble pour le bien de tous sans jamais penser à soi. Mais je ne suis pas d'accord; je crois qu'on devrait d'abord penser à soi. Je veux m'en aller parce que j'ai dix-sept ans et qu'il est temps que je fasse ma vie. Mais P'pa s'y oppose ; on a besoin de moi à la maison pour le bien de tous. Et comme je n'ai pas vingt et un ans, je dois obéir à P'pa.
Meggie acquiesça avec empressement, s'efforçant de démêler l'écheveau des explications de Frank.
— Eh bien, Meggie, j'y ai longuement réfléchi. Je vais m'en aller et il n'y a pas à revenir là-dessus. Je sais que je vous manquerai à M'man et à toi, mais Bob grandit vite et P'pa et mes frères ne s'apercevront même pas de mon absence. C'est seulement l'argent que je gagne qui intéresse P'pa.
— Alors, tu ne nous aimes plus, Frank ?
Il se tourna pour la prendre dans ses bras, la serra contre lui, la caressa avec un plaisir qui tenait de la torture, où se mêlaient chagrin, peine, faim.
— Oh, Meggie ! Je vous aime, M'man et toi plus que tous les autres réunis ! Dieu, pourquoi n'es-tu pas plus grande pour que je puisse t'expliquer ! Mais il vaut peut-être mieux que tu sois si petite... Oui, c'est sans doute préférable...
Il la lâcha brusquement, s'efforça de se ressaisir, la tête roulant d'un côté à l'autre contre la bûche, ravalant sa salive, puis il la regarda.
— Meggie, quand tu seras plus grande, tu comprendras mieux.
— Je t'en prie, ne t'en va pas, Frank, répéta-t-elle.
Frank émit un rire qui tenait du sanglot.
— Oh, Meggie ! Tu n'as pas compris ce que je t'ai dit ? Enfin, ça n'a pas d'importance. L'essentiel est que tu ne dises à personne que tu m'as vu ce soir. Tu entends ! Je ne veux pas qu'on sache que tu étais au courant.

– J'ai compris, Frank. J'ai compris tout ce que tu m'as dit, assura-t-elle. Et je ne dirai rien à personne. Je te le promets. Mais... Oh, comme je voudrais que tu ne sois pas obligé de t'en aller !

Elle était trop jeune pour être capable d'exprimer ce qui n'était guère plus qu'une impression obscure tout au fond de son cœur; que lui resterait-il si Frank s'en allait ? Il était le seul qui lui dispensait ouvertement de l'affection, le seul qui la pressait contre lui, la serrait. Quant elle était plus petite, P'pa la prenait souvent dans ses bras, mais depuis qu'elle allait à l'école, il avait cessé de la prendre sur ses genoux; il ne la laissait plus lui jeter les bras autour du cou; il disait « Tu es une grande fille maintenant, Meggie », et M'man était toujours si affairée, si lasse, si accaparée par les garçons et la maison. C'était Frank qui occupait la grande place dans son cœur, Frank qui scintillait comme une étoile dans son ciel limité. Il était le seul qui semblait prendre plaisir à lui parler et il expliquait les choses de telle manière qu'elle les comprenait. Depuis le jour où Agnès avait perdu ses cheveux, il y avait eu Frank et, en dépit des peines qu'elle avait endurées, rien ne l'avait jamais atteinte profondément. Ni les coups de baguette, ni sœur Agatha, ni les poux, parce que Frank était là pour la réconforter, la consoler.

Mais elle se leva et se força à un sourire.

– S'il faut que tu t'en ailles, Frank, alors fais-le.

– Meggie, tu devrais être au lit... Et tu ferais bien d'y retourner avant que M'man passe dans ta chambre. Allez, file, et vite !

Ce rappel dissipa chez Meggie toute autre pensée; elle se baissa, saisit l'ourlet de sa chemise de nuit qu'elle passa entre ses jambes et courut, pieds nus, sur les éclats de bois.

Le lendemain matin, Frank était parti. Lorsque Fee alla réveiller Meggie, son visage était tendu, plus sévère que jamais; Meggie sauta hors du lit comme un chat échaudé et s'habilla sans même demander à sa mère de l'aider pour les petits boutons.

Dans la cuisine, les garçons étaient assis, maussades, autour de la table. La chaise de Paddy était vide. Celle de Frank aussi. Meggie se glissa à sa place et demeura immobile, dents serrées par la peur. Après le petit déjeuner, Fee ordonna aux enfants de débarrasser le plancher et, derrière la grange, Bob annonça la nouvelle à sa sœur.

– Frank a filé, chuchota-t-il.

– Il est peut-être seulement allé à Wahine, émit Meggie.

– Non, grosse bête ! Il est parti pour s'engager dans l'armée. Oh, je voudrais être assez grand pour en faire autant ! Quel veinard !

– Moi, j'aimerais mieux qu'il soit encore à la maison.

– Ah ça, t'es bien une fille ! Je vous demande un peu ce qu'on peut attendre d'autre d'une pisseuse ! bougonna Bob en haussant les épaules.

La remarque qui, d'ordinaire, aurait mis le feu aux poudres, passa sans être relevée. Meggie retourna près de sa mère pour lui proposer de l'aider.

– Où est P'pa ? demanda-t-elle dès que Fee l'eut installée devant la planche recouverte d'une couverture pour repasser des mouchoirs.

— Il est allé à Wahine.

— Est-ce qu'il ramènera Frank ?

— Impossible de garder un secret dans cette famille, bougonna Fee avec un reniflement. Non, il ne rattrapera pas Frank à Wahine; il le sait. Il est allé envoyer un télégramme à la police et à l'armée de Wanganui. Les gendarmes le ramèneront.

— Oh, M'man, j'espère qu'ils le retrouveront. Je ne veux pas que Frank s'en aille.

Fee versa le contenu de la baratte sur la table et s'attaqua au petit tas jaune et aqueux armée de deux spatules en bois.

— Aucune de nous ne souhaite que Frank s'en aille. C'est pour ça que P'pa va faire le nécessaire... pour qu'on nous le ramène ! (Un instant, ses lèvres tremblèrent et elle tapa sur le beurre avec plus de vigueur.) Pauvre Frank ! Pauvre, pauvre Frank ! fit-elle dans un soupir. (Elle soliloquait plutôt qu'elle ne s'adressait à sa fille.) Je ne vois pas pourquoi les enfants devraient payer pour nos péchés. Mon pauvre Frank, un être tellement à part...

Alors, elle remarqua que Meggie avait cessé son repassage, et elle serra les lèvres, et elle se tut.

Trois jours plus tard, les policiers ramenèrent Frank. Il s'était débattu comme un lion; c'est ce qu'expliqua le brigadier de Wanganui à Paddy.

— Quel bagarreur vous avez là ! Quand il s'est aperçu que le bureau de recrutement avait été prévenu, il a filé comme un dard, a descendu les marches quatre à quatre et s'est retrouvé dans la rue avec deux soldats aux trousses. S'il n'avait pas eu la malchance de tomber sur une patrouille, je crois qu'il aurait réussi à filer. Il s'est débattu comme un possédé. Quel cirque il a mené ! Il a fallu cinq hommes pour lui passer les menottes.

Tout en débitant sa tirade, il ôta les lourdes chaînes de son prisonnier et le poussa rudement pour lui faire passer le portail. Frank trébucha et se retrouva contre Paddy; il se recroquevilla comme si le contact de son père le brûlait.

Les enfants rôdaient furtivement autour de la maison, se tenant à bonne distance des adultes. Ils observaient, attendaient. Bob, Jack et Hughie se tenaient très raides, chatouillés par l'espoir que Frank allait peut-être se lancer dans une nouvelle bagarre ; Stuart regardait paisiblement, avec la sérénité de sa petite âme compatissante; Meggie, la tête entre les mains, se triturait les joues, dévorée par l'angoisse à l'idée qu'on pût faire du mal à Frank.

Il se tourna d'abord vers sa mère; yeux noirs, yeux gris mêlés en une amère communion qui n'avait jamais été exprimée et ne devait jamais l'être. L'implacable regard bleu de Paddy l'assaillit, méprisant, caustique, comme si c'était là tout ce qu'on pouvait attendre d'un tel fils, et les paupières baissées de Frank reconnaissaient à son père le droit au courroux. De ce jour, Paddy n'échangea jamais avec son fils que les habituelles banalités. Faire face aux enfants se révéla encore plus pénible pour Frank, honteux, gêné, l'oiseau éblouissant envolé et ramené des profondeurs insondables du ciel à la maison, ailes rognées, chant englouti dans le silence.

Meggie attendit que Fee eût effectué sa ronde nocturne, puis elle se faufila par la fenêtre de sa chambre et traversa l'arrière-cour; elle savait où trouver Frank, dans le foin de la grange, à l'abri des yeux inquisiteurs et de son père.

– Frank, Frank, où es-tu ? chuchota-t-elle.

Elle avança à tâtons dans l'obscurité immobile de la grange; ses orteils exploraient le sol inconnu devant elle avec la circonspection d'un animal.

– Par ici, Meggie.

Elle reconnut à peine la voix de Frank, ni vie ni passion dans ses intonations.

Elle se guida sur le son jusqu'à l'endroit où il était étendu dans le foin et elle se blottit contre lui, lui entourant le torse aussi loin que pouvaient aller ses bras.

– Oh, Frank, je suis si heureuse que tu sois revenu, dit-elle.

Il gémit, se laissa glisser dans le foin jusqu'à ce qu'il se trouvât plus bas qu'elle et posa sa tête sur le corps menu. Meggie lui empoigna les cheveux ; elle ronronnait. L'obscurité était trop dense pour qu'il pût la voir, et l'invisible substance de la compassion de sa sœur le dénoua. Il se mit à pleurer, imprimant à son corps de longs soubresauts douloureux; ses larmes mouillaient la chemise de nuit de l'enfant. Meggie ne pleurait pas. Quelque chose dans sa petite âme avait pris suffisamment d'âge et elle était devenue assez femme pour ressentir la joie submergeante, aiguë, de se savoir nécessaire; assise, elle communiqua à la tête brune un doux balancement d'avant en arrière, d'avant en arrière, et encore, jusqu'à ce que la peine de Frank s'épuisât et rejoignît le vide.

LIVRE II
1921-1928
RALPH

CHAPITRE 3

La route de Drogheda ne saurait éveiller en moi le moindre souvenir de jeunesse, songea le père Ralph de Bricassart, yeux mi-clos pour mieux lutter contre la trop vive clarté tandis que sa Daimler neuve cahotait le long des ornières creusées par les roues de charrettes de chaque côté d'une bande herbeuse et argentée.

Rien de la douce et verte et vaporeuse Irlande dans ce pays. Drogheda ? Ni champ de bataille, ni siège de puissance. Ou ne s'abusait-il pas ? Mieux discipliné à présent, mais aussi aigu que jamais, son sens de l'humour lui imposa l'image d'une Mary Carson cromwellienne, dispensant les fruits de sa malveillance impériale et toute personnelle. Comparaison pas tellement outrancière d'ailleurs; cette femme détenait autant de pouvoir et régentait un aussi grand nombre d'individus qu'un suzerain d'autrefois.

La dernière barrière se dessina à travers un bouquet de buis et d'acacias; la voiture s'arrêta avec un vrombissement. Tout en enfonçant son chapeau gris délavé, à large bord pour se protéger du soleil, le père Ralph descendit, ramena en arrière le loquet fixé sur le montant et poussa le vantail non sans impatience. Il n'y avait pas moins de vingt-sept barrières entre le presbytère de Gillanbone et le domaine de Drogheda; chacune l'obligeait à la même manœuvre et de s'arrêter, et de descendre de voiture, et d'ouvrir le portail, et de remonter, et de se remettre au volant pour pénétrer dans l'enclos suivant, et de redescendre pour refermer le vantail, et de se réinstaller en voiture jusqu'à la prochaine barrière. Souvent l'envie le prenait de se dispenser de la moitié du rituel en laissant les portails ouverts derrière lui ; mais, bien que son état d'ecclésiastique inspirât la crainte, cela n'empêcherait pas les propriétaires des enclos de lui faire payer cher sa négligence. Il déplorait que les chevaux ne fussent pas aussi rapides et efficaces que les automobiles car, à cheval, on pouvait ouvrir et refermer les barrières sans mettre pied à terre.

« Toute médaille a son revers », se dit-il en caressant le tableau de bord de sa nouvelle Daimler; le portail soigneusement verrouillé derrière lui, il engagea la voiture dans le dernier kilomètre de surface herbeuse, dénudée, de l'enclos central de Drogheda.

Ce domaine australien en imposait à tous, même à un Irlandais habitué aux châteaux et aux gentilhommières. Drogheda, la plus ancienne et la plus vaste propriété de la région, avait été dotée par feu son maître, le sénile Michael Carson, d'une résidence appropriée. Les pierres de la construction avaient été débitées à la main dans des carrières de grès jaune distantes de huit cents kilomètres; la maison, d'un austère style géorgien, comportait un étage avec de larges fenêtres à petits carreaux; une véranda, soutenue par des piliers de fer, courait tout le long du rez-de-chaussée. Les volets de bois noirs qui agrémentaient la façade avaient aussi leur utilité; dans la chaleur de l'été, on les fermait étroitement pour garder la fraîcheur à l'intérieur.

En ce jour d'automne, les ceps de vigne lançaient haut vrilles et feuilles très vertes mais, au printemps, la glycine plantée au moment de l'achèvement de la construction, cinquante ans auparavant, formait une masse compacte de panaches lilas, une débauche de branches fleuries qui se propageaient le long des murs et sur le toit de la véranda. Aux abords de la demeure, plusieurs hectares de pelouse, méticuleusement entretenus, étaient parsemés çà et là de massifs symétriques qui, en dépit de la saison, éclataient de couleurs ; roses, dahlias, giroflées, soucis s'y mêlaient. Un bouquet de magnifiques eucalyptus, d'un ton gris-blanc, dont les feuilles étroites s'agitaient à quelque vingt mètres au-dessus du sol, protégeait la maison de l'impitoyable soleil; leurs branches se cernaient d'un éclatant cramoisi là où les lianes des bougainvillées se mêlaient à elles. Même ces indispensables monstruosités de l'intérieur du pays, les châteaux d'eau, disparaissaient sous un enchevêtrement de vignes rustiques, de rosiers et de glycines, ce qui leur conférait un aspect plus décoratif que fonctionnel. Grâce à la passion qu'il avait vouée à son domaine, feu Michael Carson s'était montré prodigue en réservoirs et citernes de tous ordres; la rumeur prétendait que Drogheda pouvait se permettre de garder ses pelouses vertes et ses massifs fleuris même s'il ne pleuvait pas pendant dix ans.

Lorsque l'on pénétrait dans l'enclos central entourant la demeure, la maison et ses eucalyptus accrochaient tout d'abord le regard; puis l'on prenait conscience des autres bâtiments de grès jaune, tous de plain-pied, qui la flanquaient et formaient un vaste quadrilatère à l'arrière, relié à la construction principale par des galeries envahies de plantes grimpantes. Une large allée de graviers succédait aux ornières de la route; elle s'incurvait en une aire de stationnement d'un côté de la grande maison avant de disparaître à la vue pour desservir le secteur réservé aux véritables activités de Drogheda; étables, écuries, auvents de tonte, granges. A titre personnel, le père Ralph préférait aux orgueilleux eucalyptus les poivriers géants qui dispensaient de l'ombre aux bâtiments annexes; denses avec leurs frondaisons vert pâle, emplis de la vie bruissante des abeilles, ils offraient exactement le genre de feuillage nonchalant convenant à cette région de l'intérieur.

Tandis que le père Ralph abandonnait sa voiture et traversait la pelouse, une servante apparut sur la véranda de la façade; son visage constellé de taches de rousseur se barrait d'un large sourire.

– Bonjour, Minnie, dit-il.

– Oh mon père, quelle joie de vous voir par cette belle matinée ! s'exclama-t-elle d'une voix gaie, teintée d'un fort accent irlandais.

D'une main, elle maintenait le battant largement ouvert et elle tendait l'autre pour recevoir le chapeau cabossé à l'aspect bien peu ecclésiastique.

Dans la pénombre du hall au dallage de marbre où s'amorçait un escalier à rampe de cuivre, il s'immobilisa et attendit que Minnie l'invitât à entrer dans le salon d'un signe de tête.

Mary Carson était assise dans son fauteuil à oreilles près d'une fenêtre ouverte, qui ne devait pas mesurer moins de quatre mètres cinquante de hauteur, apparemment indifférente à l'air frais qui s'engouffrait dans la pièce. Son toupet de cheveux roux restait presque aussi flamboyant qu'il l'avait été dans sa jeunesse; bien que la peau rude de son visage, piqueté de taches de rousseur, comptât des marques brunes dues à l'âge, elle ne se creusait pas sous les rides, mais celles-ci couraient sur les joues en un fin réseau délimitant de minuscules renflements qui évoquaient un dessus-de-lit capitonné. Les seuls indices de l'intraitable nature de cette femme de soixante-cinq ans résidaient dans les deux sillons profonds, burinés, de chaque côté de son nez, rejoignant les commissures des lèvres, et dans la froideur de ses yeux bleu pâle.

Le père Ralph traversa silencieusement le tapis d'Aubusson et baisa les mains de la maîtresse de céans; le geste convenait parfaitement à cet homme de haute stature, à l'allure aristocratique, d'autant que sa sobre soutane noire lui conférait l'élégance d'un abbé de cour. Les yeux sans expression de Mary Carson s'animèrent subitement d'une vive lueur et elle minauda presque pour demander :

– Prendrez-vous un peu de thé, mon père ?

– Volontiers, à moins que vous ne souhaitiez tout d'abord entendre la messe, répondit-il.

Il se laissa tomber dans un fauteuil; sa soutane se releva suffisamment pour dévoiler le bas de sa culotte de cheval glissée dans des bottes lui arrivant aux genoux, concession à ses ouailles campagnardes.

– Je vous ai apporté la Sainte Communion, reprit-il. Mais si vous voulez entendre la messe, je serai prêt à la célébrer en quelques minutes. Il importe peu que je reste à jeun plus longtemps.

– Vous faites preuve de trop de mansuétude à mon endroit, mon père, dit-elle avec une certaine hauteur, sachant pertinemment que le prêtre, comme tous ceux qui l'approchaient, rendait hommage non à elle mais à son argent. Je vous en prie, prenez du thé, poursuivit-elle. La communion me suffira.

Il fit en sorte que son ressentiment n'apparût pas sur ses traits; décidément, cette paroisse se révélait excellente pour la maîtrise de soi. Si l'occasion lui était offerte de sortir de la disgrâce où son mauvais caractère l'avait plongé, il ne commettrait plus la même erreur. Et s'il savait ménager ses atouts, cette vieille femme pourrait peut-être combler ses vœux.

– Je dois avouer, mon père, que l'année qui vient de s'écouler a été particulièrement agréable, dit-elle. Vous êtes un guide infiniment plus satisfaisant que le vieux père Kelly; puisse Dieu condamner son âme à la pourriture !

Elle prononça ces derniers mots avec une intonation dure, vindicative.

Des lueurs amusées traversèrent le regard qu'il leva vers elle.

– Ma chère madame Carson ! Voilà un sentiment bien peu charitable.

– Peut-être, mais il est sincère. Ce n'était qu'un vieil ivrogne et je suis sûre que Dieu vouera son âme à la même pourriture que celle qui lui avait déjà ravagé le corps. (Elle se pencha en avant.) Je commence à vous connaître assez bien à présent; j'estime que j'ai le droit de vous poser quelques questions, n'est-ce-pas ? Après tout, vous considérez Drogheda comme votre lieu de détente... il vous permet de vous familiariser avec l'élevage, de vous perfectionner en tant que cavalier, d'échapper aux vicissitudes de la vie à Gilly. Tout cela sur mon invitation, évidemment, mais j'estime qu'en retour j'ai droit à certaines réponses.

Il n'appréciait guère la façon dont elle lui rappelait qu'il était son obligé, mais il avait attendu le jour où elle jugerait suffisante son emprise sur lui pour qu'elle pût faire valoir certaines exigences.

– Sans aucun doute, madame Carson. Je ne vous remercierai jamais assez de m'accueillir à Drogheda et de tous vos bienfaits... chevaux, voiture...

– Quel âge avez-vous ? coupa-t-elle.

– Vingt-huit ans.

– Plus jeune que je ne l'aurais cru. Néanmoins, on n'envoie pas un prêtre tel que vous dans un endroit comme Gilly. Qu'avez-vous fait pour qu'on vous expédie ici, au bout du monde ?

– J'ai insulté l'évêque, répondit-il avec calme, sourire aux lèvres.

– Ah ! Mais je ne peux pas imaginer qu'un prêtre aussi doué que vous l'êtes puisse être heureux dans un trou comme Gillanbone.

– C'est la volonté de Dieu.

– Sornettes ! Vous êtes ici en raison d'erreurs humaines... les vôtres et celles de votre évêque. Seul le pape est infaillible. Vous êtes totalement hors de votre élément naturel à Gilly; tout le monde s'en est rendu compte, bien que nous soyons tous enchantés d'avoir un homme tel que vous; cela nous change agréablement des bons à rien en soutane qu'on nous a envoyés jusqu'ici. Il n'empêche que votre élément naturel se situe dans quelque antichambre du pouvoir ecclésiastique et non ici parmi les chevaux et les moutons. La pourpre cardinalice vous irait à merveille.

– Je crains qu'il n'en soit vraiment pas question. Je ne considère pas que Gillanbone soit exactement l'épicentre du territoire dévolu au légat du pape. Et ça pourrait être pire; j'ai la chance de vous avoir, vous à Drogheda.

Elle accueillit la flatterie, délibérément appuyée, dans les mêmes dispositions d'esprit que celui qui l'avait proférée. Elle se délectait de la beauté, de la prévenance du prêtre, de son esprit acéré, subtil; en vérité, il ferait un merveilleux cardinal. De toute son existence, elle ne se souvenait pas d'avoir vu un homme aussi beau ou sachant user de sa beauté avec autant de brio. Il devait avoir conscience de son charme : haute taille et parfaite proportion du corps, traits fins et aristocratiques ; on eût dit que chaque élément de beauté physique avait été ajouté au précédent avec la minutie, le soin extrême porté à l'apparence du produit fini que Dieu ne dispense qu'à un nombre très restreint de ses créatures. Depuis les boucles noires et légères de la chevelure, en passant par le bleu stupéfiant de ses yeux jusqu'aux mains et pieds petits et déliés, il était parfait. Oui, il devait avoir conscience de sa beauté. Et pourtant il y avait chez lui une certaine réserve, une façon de lui faire sentir qu'il n'avait jamais été esclave de son apparence et qu'il ne le serait jamais. Certes, il jouerait de son charme pour obtenir ce qu'il voulait sans le moindre scrupule s'il le jugeait à propos, mais sans aucun narcissisme; il semblait plutôt considérer avec un certain mépris ceux qui se laissaient influencer par sa prestance. Et Mary Carson aurait donné très cher pour savoir ce qui, dans son passé, l'avait amené à se conduire de la sorte.

Etrange, le nombre de prêtres beaux comme des Adonis, doués du magnétisme sexuel d'un Don Juan. Embrassaient-ils le célibat en tant que refuge, pour échapper aux conséquences ?

– Pourquoi supportez-vous la vie à Gillanbone ? s'enquit-elle. Pourquoi ne pas abandonner la prêtrise plutôt que mener une telle existence ? Les facultés dont vous êtes doué vous permettraient d'être riche et puissant... Surtout, ne me dites pas que l'idée de puissance vous est indifférente.

– Ma chère madame Carson, vous êtes catholique, dit-il en fronçant les sourcils. Vous savez que mes vœux sont sacrés; je ne peux les renier. Je resterai prêtre jusqu'à ma mort.

Elle renifla, émit un rire étouffé.

– Allons, allons ! Croyez-vous vraiment que si vous renonciez à vos vœux, vous seriez poursuivi par un cortège d'éclairs, de coups de tonnerre, de chiens et de fusils ?

– Bien sûr que non. Pas plus que je ne vous crois capable de penser que la crainte du châtiment me garde dans le droit chemin.

– Oh ! ne montez pas sur vos grands chevaux, père de Bricassart ! Alors, qu'est-ce qui vous lie ? Qu'est-ce qui vous oblige à endurer la poussière, la chaleur et les mouches de Gilly ? Et vous y êtes peut-être condamné à perpétuité.

Une ombre voila un instant le bleu des yeux du prêtre, mais il sourit, la prenant en pitié.

– Vous êtes vraiment très réconfortante, murmura-t-il. (Ses lèvres s'écartèrent; il leva les yeux vers le plafond et soupira.) J'ai été destiné à la prêtrise dès le berceau, mais c'est encore bien davantage. Comment pourrais-je expliquer cela à une femme ? En quelque sorte, je suis un réceptacle, madame Carson, et, parfois, il m'arrive d'être plein de Dieu. Si j'étais un meilleur prêtre, il n'y aurait aucune période intermédiaire. Et cette plénitude, cette unité avec Dieu, n'est pas fonction d'un lieu donné. Que je sois à Gillanbone ou entre les murs d'un évêché, l'état de grâce intervient de la même manière. Evidemment, il est difficile à définir parce qu'il reste un mystère, même pour les prêtres. Une possession divine qu'aucun autre homme ne peut jamais connaître... Peut-être est-ce cela. Y renoncer ? Je ne pourrai pas.

— Donc, cela peut s'apparenter à un pouvoir, n'est-ce pas ? Pourquoi serait-il seulement accordé aux prêtres ? Qu'est-ce qui vous fait croire qu'une simple onction au cours d'une cérémonie longue et épuisante suffit à en doter un homme ?

Il secoua la tête.

— Il faut des années de réflexion avant d'en arriver à l'ordination, madame Carson. Une lente évolution amenant à un état d'esprit qui ouvre le réceptacle à Dieu. Elle se mérite ! Chaque jour, on la mérite; c'est le but des vœux, voyez-vous. Aucun élément temporel ne s'interpose entre le prêtre et sa vocation... ni l'amour d'une femme, ni celui de l'argent, ni la répugnance à se plier aux ordres d'autres hommes. La pauvreté n'est pas nouvelle pour moi; je ne suis pas issu d'une famille riche. J'accepte la chasteté sans éprouver trop de difficultés. Et l'obéissance ? En ce qui me concerne, c'est ce qui m'est le plus pénible. Mais j'obéis, parce que si je m'estime moi-même plus important que ma fonction de réceptacle de Dieu, je suis perdu. J'obéis. Et s'il le faut, je suis prêt à accepter Gillanbone à perpétuité.

— Alors, vous êtes un imbécile, rétorqua-t-elle. Moi aussi, je crois qu'il y a des choses plus importantes que prendre un amant, mais se considérer comme un réceptacle de Dieu n'est pas l'une d'elles. Bizarre. Je ne m'étais jamais rendu compte que vous croyiez en Dieu avec une telle ferveur. Je pensais que vous pouviez être habité par le doute.

— Oh, je le suis ! Quel être doué de raison ne l'est pas ? C'est pour cela que, par moments, il m'arrive d'être vide. (Son regard la dépassa, se perdit.) Vous savez, je crois que j'abandonnerais toute ambition, que j'étoufferais tout désir pour avoir la chance d'être un prêtre parfait.

— La perfection, dans quelque domaine que ce soit, est insupportable, d'une tristesse affligeante, remarqua-t-elle. Personnellement, je préfère, et de loin, une touche d'imperfection.

Il rit, la considéra avec une admiration mêlée d'envie. Une femme remarquable.

Son veuvage remontait à trente-trois ans et son unique enfant, un fils, était mort en bas âge. En raison de sa situation particulière au sein de la communauté de Gillanbone, elle n'avait agréé aucune des avances des mâles les plus ambitieux parmi ses relations. En tant que veuve de Michael Carson, elle était incontestablement une reine, mais en tant qu'épouse d'un quelconque candidat elle eût transmis ses pouvoirs à l'élu. Il n'entrait pas dans les conceptions de Mary Carson de jouer les utilités. De ce fait, elle avait renoncé aux plaisirs de la chair, leur préférant le sceptre de la puissance. Il était inconcevable qu'elle pût prendre un amant car, sur le chapitre des cancans, Gillanbone était d'une réceptivité sans égale. Elle eût dérogé à sa ligne de conduite en se montrant humaine, faible.

Mais maintenant elle avait atteint un âge suffisamment avancé pour qu'on la jugeât hors d'atteinte des tentations charnelles. Du moment que le jeune prêtre se montrait assidu dans les devoirs qu'il lui rendait, elle pouvait le récompenser par de petits présents, tels qu'une automobile, sans que son geste parût incongru. Inébranlable pilier de l'Église tout au long de sa vie, elle avait aidé sa paroisse et son guide spirituel comme il convenait, même quand le père Kelly hoquetait en titubant à travers les rites de la messe. Elle n'était pas la seule à s'intéresser charitablement au successeur du père Kelly; le père Ralph de Bricassart jouissait, à juste titre, de la sympathie de toutes ses ouailles, riches ou pauvres. Si ses paroissiens les plus éloignés n'avaient pas la possibilité de venir le voir à Gilly, il allait à eux et, jusqu'à ce que Mary Carson lui eût offert sa Daimler, il se déplaçait à cheval. Sa patience et sa bonté lui valaient la reconnaissance de tous et l'affection sincère de certains : Martin King, de Bugela, avait remeublé le presbytère à grands frais ; Dominic O'Rourke, de Dibban-Dibban, réglait le salaire d'une excellente gouvernante.

Donc, du haut du piédestal que lui conféraient son âge et sa situation, Mary Carson estimait pouvoir savourer la compagnie du père Ralph en toute sécurité; elle aimait faire assaut d'intelligence avec cet homme qu'elle jugeait son égal sur ce plan, elle se délectait à tenter de percer ses intentions car elle n'était jamais sûre de voir clair en lui.

– Pour en revenir à ce que vous disiez sur Gilly, qui n'est pas précisément l'épicentre du territoire du légat du pape, reprit-elle en se carrant confortablement dans son fauteuil, qu'est-ce qui, d'après vous, pourrait secouer suffisamment cet éminent dignitaire pour faire de Gilly le pivot de son monde ?

Le prêtre esquissa un sourire triste.

– Comment le savoir ? Un exploit hors de pair, peut-être ? Sauver tout à coup mille âmes, guérir les éclopés, rendre la vue aux aveugles... mais le temps des miracles est passé.

– Oh, j'en doute fort ! C'est seulement que Dieu a changé de technique. De nos jours, il utilise l'argent.

– Vous êtes d'un cynisme déconcertant, madame Carson ! C'est peut-être pour cela que vous m'êtes si sympathique.

– Mon prénom est Mary. Je vous en prie, appelez-moi Mary.

Minnie entra en poussant la table roulante supportant le thé au moment précis où le père de Bricassart disait : « Merci, Mary ». Mary Carson tendit à son hôte des galettes et des toasts aux anchois.

– Mon cher père, fit-elle avec un soupir, je voudrais que vous priiez pour moi avec une ferveur toute particulière ce matin.

– Appelez-moi Ralph. (Une lueur espiègle traversa son regard.) Je doute qu'il me soit possible de prier pour vous avec plus de ferveur qu'à l'accoutumée, mais j'essaierai.

– Oh, vous êtes un charmeur ! Mais votre remarque n'est peut-être pas aussi innocente qu'elle le paraît. D'une façon générale, je n'attache guère d'importance à ce qui semble évident mais, chez vous, je ne suis jamais sûre que ce qui saute aux yeux ne soit, en réalité, que la partie émergée de l'iceberg. Un peu comme la carotte que l'on agite devant l'âne. Que pensez-vous de moi au juste, père de Bricassart ? Je ne le saurai jamais parce que vous ne manquez pas de tact au point de me le dire n'est-ce pas ? Fascinant, fascinant... Mais il vous faut prier pour moi. Je suis vieille et j'ai beaucoup péché.

– C'est notre lot à tous que de vieillir et, moi aussi, j'ai péché.

Elle laissa échapper un gloussement bref.

– Je donnerai beaucoup pour savoir comment vous avez péché ! Ah oui, beaucoup ! (Elle garda un instant le silence et changea de sujet.) En ce moment, je me trouve sans régisseur.

– Encore ?

– Cinq se sont succédé au cours de l'année écoulée. Et il devient difficile de trouver un homme de confiance.

– S'il faut en croire la rumeur publique, vous n'êtes pas considérée comme une patronne particulièrement large et pleine de mansuétude à l'égard de ses employés.

– Oh, impudent ! s'exclama-t-elle en riant. Qui vous a offert une Daimler toute neuve pour vous éviter de vous déplacer à cheval.

– Ah, mais voyez avec quelle ferveur je prie pour vous !

– Si Michael avait eu une parcelle de votre esprit et de votre caractère, je crois que je l'aurais aimé ! laissa-t-elle tomber avec brusquerie. (Son expression se modifia, devint hargneuse.) Vous croyez peut-être que je n'ai pas un seul parent au monde et que je serai obligée de laisser mon argent et mes terres à notre mère l'Eglise ?

– Je ne sais strictement rien, rétorqua-t-il tranquillement en se versant une autre tasse de thé.

– Eh bien, il se trouve que j'ai un frère nanti d'une famille nombreuse, florissante... des fils pour la plupart.

– Vous avez de la chance, convint-il avec gravité.

– Lorsque je me suis mariée, j'étais totalement dépourvue de biens terrestres. Je savais que je ne pourrais jamais trouver un parti intéressant en Irlande où une jeune fille est obligée d'avoir de l'éducation et des ascendants bien nés pour pouvoir mettre le grappin sur un mari riche. Aussi ai-je trimé durement pour économiser l'argent de mon passage afin de gagner un pays où les hommes fortunés se montrent moins pointilleux. En débarquant ici, je ne pouvais me prévaloir que d'un visage, un corps et un cerveau au-dessus de la moyenne. Et c'est ce qui m'a permis de ferrer Michael Carson, un riche imbécile. Il m'a adorée jusqu'à son dernier jour.

– Et votre frère ? demanda-t-il précipitamment dans l'espoir de la ramener à son sujet.

– Mon frère a onze ans de moins que moi; ce qui lui fait donc cinquante-quatre ans. Nous sommes les deux seuls survivants de la famille. Je le connais à peine; il n'était qu'un enfant quand j'ai quitté Galway. Actuellement, il vit en Nouvelle-Zélande mais, s'il a émigré pour faire fortune, il n'a pas réussi.

« Avant-hier soir, quand un de mes ouvriers est venu m'apprendre qu'Arthur Teviot avait filé avec son balluchon, j'ai subitement pensé à Padraic. Je suis là, sans espoir de rajeunir, sans famille autour de moi. Et il m'est venu à l'esprit que Paddy est un homme de la terre, doté d'expérience, mais sans les moyens d'être propriétaire. Pourquoi ne pas lui écrire et lui demander de venir ici avec ses fils ? me suis-je dit. Quand je mourrai, il héritera de Drogheda et de la Michar Limited puisqu'il est mon plus proche parent, à part quelques vagues cousins restés en Irlande.

Elle sourit.

– Pourquoi remettre à plus tard ? poursuivit-elle. Autant qu'il vienne maintenant qu'après ma mort; il pourra s'habituer à l'élevage des moutons sur le sol noir de nos plaines, ce qui, j'en suis persuadée. est très différent des conditions que l'on rencontre en Nouvelle-Zélande. Puis, quand j'aurai disparu, il pourra chausser mes bottes en s'y sentant à l'aise.

Tête penchée, elle observait attentivement le père Ralph.

– Je me demande pourquoi vous n'y avez pas pensé plus tôt, dit-il simplement.

– Oh, j'y ai pensé ! Pourtant, jusqu'à ces derniers temps, je voulais à tout prix éviter qu'une bande de vautours attende anxieusement mon trépas. Mais récemment, j'ai eu l'impression que la date fatidique se rapprochait et je crois que... Oh ! je ne sais pas. Il me semble qu'il serait agréable d'être entourée par des êtres faisant partie de ma chair et de mon sang.

– Que se passe-t-il, vous croyez-vous malade ? demanda-t-il vivement, une expression de réelle inquiétude dans le regard.

– Je suis en parfaite santé, déclara-t-elle en haussant les épaules. Néanmoins, passer le cap des soixante-cinq ans a quelque chose d'inquiétant. Subitement la vieillesse n'est plus un phénomène qui interviendra : il est intervenu.

– Je comprends votre point de vue et vous avez raison. Il sera très agréable pour vous d'entendre de jeunes voix résonner dans la maison.

– Oh, ils ne vivront pas ici ! se récria-t-elle. Ils habiteront la maison du régisseur, au bord du ruisseau, à bonne distance de moi. Je n'aime pas spécialement les enfants ni leurs voix.

– N'est-ce pas là une façon quelque peu mesquine de traiter votre seul frère, Mary ? Même si l'on tient compte de l'importante différence d'âge qui vous sépare.

– Il aura l'héritage... alors, qu'il le gagne ! déclara-t-elle brutalement.

Fiona Cleary mit au monde un autre garçon six jours avant le neuvième anniversaire de Meggie; elle s'estimait heureuse de n'avoir eu à déplorer que deux fausses couches entre-temps. A neuf ans, Meggie avait atteint un âge suffisant pour apporter une aide réelle. Fee avait quarante ans; elle n'était plus assez jeune pour porter un enfant sans éprouver des douleurs qui sapaient son énergie. Le garçon, un bébé de santé délicate, fut baptisé Harold; pour la première fois, le médecin dut venir régulièrement à la maison.

Et, ainsi qu'il est courant dans une mauvaise passe, les ennuis se multiplièrent pour les Cleary. Loin d'être une période d'expansion, l'après-guerre était marqué par une crise rurale. Il devint de plus en plus difficile de trouver du travail.

Le vieil Angus MacWhirter apporta un télégramme un jour que la famille achevait son repas. Paddy l'ouvrit les mains tremblantes : un tel message ne contenait jamais de bonnes nouvelles. Les garçons se rassemblèrent autour de lui, à l'exception de Frank qui saisit sa tasse et quitta la table. Fee le suivit des yeux puis elle reporta son regard sur Paddy qui marmottait.

– Qu'est-ce que c'est ? s'enquit-elle.

Paddy regardait le papier comme s'il annonçait un décès.

– Archibald n'a pas besoin de nous.

Bob abattit rageusement son poing sur la table; il avait tellement souhaité partir avec son père en tant qu'apprenti tondeur et il devait débuter par le troupeau d'Archibald.

– Pourquoi nous joue-t-il un aussi sale tour, P'pa ? Nous devions commencer demain.

– Il ne donne aucune raison. Je suppose qu'un quelconque traîne-savate au rabais nous a coupé l'herbe sous le pied.

– Oh, Paddy ! soupira Fee.

Le bébé que tous appelaient Hal commença à pleurer dans son berceau proche de la cuisinière, mais avant même que Fee eût le temps de bouger Meggie se précipita. Frank était revenu et se tenait debout près de la porte ; sa tasse de thé à la main, il observait attentivement son père.

– Eh bien, il va falloir que j'aille voir Archibald, laissa enfin tomber Paddy. Maintenant, il est trop tard pour chercher une autre embauche de tonte, mais j'estime qu'il me doit une explication. Souhaitons seulement que nous pourrons trouver un travail de traite jusqu'à ce que nous allions chez Willoughby en juillet.

Meggie tira un carré d'éponge blanche de l'énorme pile qui séchait près de la cuisinière et l'étendit soigneusement sur la planche de travail, puis elle alla prendre l'enfant en pleurs dans son berceau d'osier. La chevelure des Cleary, encore clairsemée, luisait sur le petit crâne tandis que Meggie changeait rapidement les langes avec autant d'efficacité que sa mère.

– Petite maman Meggie, murmura Frank pour la taquiner.

– Oh, ne dis pas ça ! rétorqua-t-elle, indignée. Je me contente simplement d'aider M'man.

– Je sais, acquiesça-t-il gentiment. Tu es une bonne fille, ma petite Meggie.

Et les grands yeux gris se tournèrent vers lui avec adoration; au-dessus de la tête agitée du bébé, Meggie semblait avoir le même âge que son frère aîné, peut-être même paraissait-elle plus vieille. Frank ressentit une douleur dans la poitrine à l'idée que ce sort eût échu à sa sœur à un âge où le seul bébé dont elle aurait dû s'occuper n'était autre qu'Agnès, maintenant oubliée, reléguée dans la chambre. Si ce n'avait été pour elle et leur mère, il serait parti depuis longtemps. Il jeta un regard aigri à son père, auteur de la nouvelle vie qui créait un tel chaos dans la maison. Tant pis pour lui s'il devait mettre une croix sur sa saison de tonte.

Assez bizarrement, ses frères et même Meggie ne s'étaient pas aussi souvent imposés à sa pensée que le nouveau-né; mais cette fois, quand la taille de Fee commença à s'arrondir, il était assez âgé pour être lui-même marié et père de famille. Tous, à l'exception de Meggie, en avait ressenti de la gêne, surtout sa mère. Les regards furtifs des garçons incitaient Fee à se recroqueviller comme un lapin au bord de son terrier; elle ne pouvait rencontrer les yeux de Frank ni réprimer la honte qu'elle sentait monter en elle. Aucune femme ne devrait connaître une telle épreuve, se répétait Frank pour la millième fois, se rappelant les horribles gémissements et les cris venant de la chambre de sa mère la nuit où Hal était né; considéré comme un adulte, il n'avait pas été expédié ailleurs, comme les autres. Juste retour des choses si P'pa perdait sa saison de tonte. Un homme moins égoïste aurait laissé sa femme tranquille.

La tête de sa mère, sous la nouvelle lampe électrique, semblait casquée d'or filé; elle regardait Paddy à l'autre bout de la table et son profil pur lui parut d'une beauté indicible. Comment une femme aussi ravissante et racée avait-elle pu épouser un rustre, un tondeur itinérant, originaire des bourbiers de Galway ? Elle gâchait sa vie tout comme végétaient ses porcelaines fines, ses services de table damassés et ses tapis persans relégués dans un salon où personne n'entrait jamais parce que de tels raffinements étaient hors de mise pour les épouses des collègues de Paddy. Elle donnait à celles-ci trop conscience de leurs voix vulgaires, tonitruantes, suscitait leur stupéfaction quand elle les mettait devant un couvert dressé avec plus d'une fourchette.

Parfois, le dimanche, elle entrait dans le salon solitaire, s'asseyait devant l'épinette placée devant la fenêtre et jouait, bien que son toucher délicat l'eût abandonnée depuis longtemps par manque de pratique et qu'elle ne parvînt plus à exécuter que les morceaux les plus simples. Il allait s'asseoir sous la croisée, parmi les lilas et les lys et, fermant les yeux, il écoutait. S'imposait alors à lui une vision, celle de sa mère vêtue d'une longue robe à tournure, en dentelle du rose le plus pâle, assise devant l'épinette dans une immense salle ivoire, entourée de girandoles. Cette image lui donnait envie de pleurer, mais il ne pleurait plus; plus depuis la nuit de la grange, après que les gendarmes l'eurent ramené chez lui.

Meggie avait reposé Hal dans le berceau et elle se tenait à côté de sa mère. Encore une qui gâchait sa vie. Même profil fier, sensible; quelque chose de Fee dans les mains, dans le corps encore enfantin. Elle ressemblerait beaucoup à sa mère quand, elle aussi, deviendrait femme. Et qui épouserait-elle ? Quelque autre lourdaud de tondeur irlandais, ou un quelconque cul-terreux grossier, employé dans une laiterie de Wahine ? Elle méritait mieux, mais sa naissance ne l'autorisait pas à viser plus haut. La situation était sans issue, c'est ce que tout le monde disait et chaque année qui passait semblait confirmer le verdict.

Subitement conscientes de son regard fixe, Fee et Meggie se tournèrent simultanément vers lui, lui sourirent avec la tendresse toute particulière que les femmes réservent à l'être le plus aimé. Frank posa sa tasse et sortit pour nourrir les chiens; il aurait souhaité pouvoir pleurer, ou commettre un meurtre. N'importe quoi qui apaisât sa peine.

Trois jours après que Paddy eut reçu la mauvaise nouvelle émanant d'Archibald vint la lettre de Mary Carson. Il l'avait ouverte dans le bureau de poste de Wahine dès l'instant où il avait pris possession de son courrier; il rentra à la maison en gambadant comme un enfant.

– Nous partons pour l'Australie ! hurla-t-il en brandissant les feuilles de coûteux velin sous le nez de la famille éberluée.

Suivit un silence, tous les regards convergeant sur lui. L'expression de Fee disait son désarroi, celle de Meggie aussi, mais les yeux des garçons brillaient de joie. Ceux de Frank étincelaient.

– Mais, Paddy, pourquoi ta sœur penserait-elle tout à coup à toi après toutes ces années ? demanda Fee après avoir lu la lettre. Sa fortune n'a rien de nouveau pour elle, pas plus que son isolement. Je ne me souviens pas qu'elle nous ait jamais offert de nous aider.

– On dirait qu'elle a peur de mourir seule, laissa-t-il tomber, autant pour exorciser sa crainte que pour rassurer Fee. Tu as vu ce qu'elle dit : « Je ne suis plus jeune et vous êtes mes héritiers, toi et tes garçons. Je crois que nous ferions bien de nous revoir avant que je meure et il est temps que tu apprennes à gérer ton héritage. J'ai l'intention de faire de toi mon régisseur, ce sera une excellente formation, et ceux de tes enfants qui sont en âge de travailler pourront aussi s'employer utilement à l'élevage. Drogheda deviendra une affaire de famille, dirigée par la famille, sans aide extérieure. »

– Est-ce qu'elle parle de nous envoyer l'argent du voyage ? s'enquit Fee.

Paddy se raidit.

– Jamais je ne m'abaisserai à le lui demander ! s'écria-t-il d'un ton tranchant. Nous pouvons gagner l'Australie sans avoir à lui mendier de l'argent. J'en ai suffisamment de côté.

– J'estime qu'elle devrait au moins payer notre passage, rétorqua Fee qui, visiblement, ne voulait pas en démordre.

Son obstination suscita l'étonnement. Il lui arrivait rarement d'émettre une opinion.

– Pourquoi abandonnerais-tu ta vie ici et partirais-tu travailler pour elle sur la foi d'une promesse contenue dans une lettre ? reprit-elle. Elle n'a jamais levé le petit doigt pour nous aider et je ne lui fais pas confiance. Tout ce que je me rappelle t'avoir entendu dire à son sujet est qu'elle a les doigts plus crochus que le pire des grippe-sous. Après tout, Paddy, tu ne la connais pas vraiment; vous avez une telle différence d'âge et elle est partie pour l'Australie avant même que tu ailles à l'école.

– Je ne vois pas ce que ça change, et si elle est grippe-sou, tant mieux, elle aura mis plus d'argent de côté pour nous. Inutile d'insister,

Fee. Nous partons pour l'Australie et nous paierons notre passage.

Fee ne dit mot. Rien dans son expression ne permettait de savoir si elle était froissée de se sentir écartée de la sorte.

– Hourra, nous partons pour l'Australie ! s'écria Bob en étreignant l'épaule de son père.

Jack, Hughie et Stu se lancèrent dans une gigue effrénée et Frank souriait ; ses yeux ne voyaient rien de ce qui se trouvait dans la pièce, ils allaient bien au-delà. Seules, Fee et Meggie cédaient à l'anxiété et à la crainte, se raccrochant à l'espoir qu'il ne sortirait rien de tout cela car la vie ne pourrait être plus facile en Australie; là-bas, ce serait exactement la même chose avec le dépaysement en plus.

– Où est Gillanbone ? s'enquit Stuart.

Et de sortir le vieil atlas; aussi pauvres que fussent les Cleary, plusieurs étagères de livres se détachaient sur le mur de la cuisine. Les garçons écarquillèrent les yeux sur les pages jaunies jusqu'à ce qu'ils découvrent la Nouvelle-Galles du Sud. Habitués aux courtes distances de la Nouvelle-Zélande, il ne leur vint pas à l'idée de consulter l'échelle figurant au bas et à gauche de la carte. Ils supposaient tout naturellement que la Nouvelle-Galles du Sud avait à peu près la même superficie que l'Ile du Nord de la Nouvelle-Zélande. Et là était Gillanbone, en haut, près de l'angle jaune, à environ la même distance de Sydney que celle séparant Wanganui d'Auckland, semblait-il, bien que les points indiquant les emplacements des villages fussent beaucoup plus rares que ceux qui figuraient sur la carte de l'Ile du Nord.

– C'est un très vieil atlas, expliqua Paddy. L'Australie est comme l'Amérique; elle évolue à pas de géant. Je suis sûr que depuis beaucoup d'autres villes ont été fondées.

Il leur faudrait voyager dans l'entrepont, mais le passage ne durait que trois jours, ça n'était pas terrible. Rien à voir avec les interminables semaines de traversée entre l'Angleterre et les antipodes. Ils ne pouvaient emporter que les vêtements, la vaisselle, l'argenterie, les ustensiles de cuisine et les précieux livres rangés sur les étagères; le mobilier devrait être vendu pour couvrir les frais de transport des quelques pièces auxquelles tenait Fee, son épinette, ses tapis et ses fauteuils.

– Il n'est pas question que tu les abandonnes, déclara énergiquement Paddy.

– Es-tu sûr que nous pouvons nous le permettre ?

– Certain. Quant au reste du mobilier, Mary dit qu'elle fait préparer la maison du régisseur et que celle-ci comporte tout ce dont nous aurons besoin. Je suis heureux que nous n'ayons pas à habiter la même maison qu'elle.

– Moi aussi, acquiesça Fee.

Paddy se rendit à Wanganui pour retenir huit couchettes d'entrepont à bord du *Wahine;* curieux que le navire et la ville la plus proche de chez eux eussent le même nom. Ils devaient s'embarquer à la fin août et, dès le début de ce mois, chacun commença à comprendre que la grande aventure entrait vraiment dans sa phase de réalisation.

Il fallait donner les chiens, vendre les chevaux, charger le mobilier sur le fardier du vieil Angus MacWhirter et le transporter à Wanganui afin qu'il soit vendu aux enchères, emballer les quelques pièces auxquelles tenait Fee ainsi que la vaisselle, le linge, les livres et les ustensiles de cuisine.

Frank trouva sa mère, debout, à côté de la ravissante épinette; elle en caressait l'ébénisterie d'un rose délavé, finement strié, et regardait sans la voir la poudre d'or qui lui collait aux doigts.

– Elle a toujours été à toi, M'man ? demanda-t-il.

– Oui. Rien de ce qui m'appartenait en propre n'a pu m'être retiré lorsque je me suis mariée. L'épinette, les tapis persans, le canapé Louis XV et ses fauteuils, le secrétaire Régence. Pas grand-chose, mais ces meubles étaient ma propriété personnelle.

Le regard gris, désenchanté, le dépassa, alla se fixer sur la toile qui ornait le mur derrière lui, une peinture à l'huile, patinée par le temps, mais représentant encore nettement une femme à la chevelure dorée, vêtue d'une robe de dentelle rose pâle à crinoline sur laquelle s'étageaient cent sept volants.

– Qui était-ce ? s'enquit-il avec curiosité en tournant la tête. Je me le suis toujours demandé.

– Une grande dame.

– Une parente ? Elle te ressemble un peu.

– Elle ? Une parente ? (Ses yeux se détournèrent du tableau et se posèrent sur Frank, animés d'un rien d'ironie.) Ai-je réellement un air de famille avec une grande dame comme elle ?

– Oui.

– Tu divagues. Reprends tes esprits.

– J'aimerais que tu me le dises, M'man.

Elle soupira, ferma l'épinette, essuya la poussière dorée sur ses doigts.

– Il n'y a rien à dire, rien du tout. Allons, viens, aide-moi à amener ces meubles au milieu de la pièce pour que papa puisse les emballer.

Le voyage tint du cauchemar. Avant que le *Wahine* eût quitté le port de Wellington, tous étaient déjà en proie au mal de mer, et ils continuèrent à en souffrir tout au long de la traversée de douze cents milles sur une mer agitee par les coups de vent de l'hiver. Paddy amena les garçons sur le pont et les y garda en dépit des bourrasques et des incessants embruns; il ne descendait pour voir ses femmes et le bébé que lorsqu'une âme charitable acceptait de garder un œil sur les quatre pauvres garçons vrillés par la nausée. Bien que Frank fût aussi tenaillé par le besoin d'air frais, il préféra rester en bas pour aider sa mère et sa sœur. Minuscule, étouffante, la cabine d'entrepont puait l'huile car elle se trouvait au-dessous de la ligne de flottaison, à l'avant, là où les mouvements du bateau se répercutaient avec le plus de violence.

Quelques heures après avoir quitté Wellington, Frank et Meggie crurent que leur mère allait mourir; le médecin, qu'un steward très inquiet alla chercher dans les premières classes, secoua la tête avec pessimisme.

– Il vaut mieux que la traversée soit courte, déclara-t-il simplement.

Sur quoi, il ordonna à son infirmière de trouver du lait pour le bébé.

Entre deux nausées, Frank et Meggie parvinrent à donner le biberon à Hal qui ne montrait aucun empressement à tirer sur la tétine. Fee avait cessé de vomir et elle était plongée dans une sorte de coma dont ils ne pouvaient la sortir. Le steward aida Frank à l'installer dans la couchette supérieure où l'air était un peu moins vicié. Frank maintint une serviette contre sa bouche pour retenir les flots de bile qui lui montaient aux lèvres, puis il se percha à côté d'elle et lui écarta du front des mèches jaunâtres collées par la sueur. Il demeura ainsi des heures malgré le mal de mer qui le secouait; chaque fois que Paddy descendait, il trouvait Frank à côté de sa mère, en train de lui caresser les cheveux tandis que Meggie, une serviette contre les lèvres, se pelotonnait sur la couchette inférieure avec Hal.

A trois heures de Sydney, la mer s'apaisa, tout à coup unie comme un miroir, et la brume, arrivant furtivement du lointain Antarctique, enveloppa le vieux bateau. Meggie, qui reprenait un peu de vie, imagina que le navire mugissait de douleur après les coups terribles qu'il avait encaissés. Ils avançaient, mètre par mètre, se glissant dans la grisaille gluante aussi silencieuse qu'un animal à l'affût jusqu'à ce que le meuglement sourd, monotone, résonnât de nouveau, venant de quelque part dans les superstructures, bruit solitaire, perdu, d'une incommensurable tristesse. Puis, tout autour d'eux, l'atmosphère s'emplit de ululements lugubres tandis que le bateau fendait l'eau fumante, fantomatique du port. Meggie ne devait jamais oublier la plainte des sirènes de brume, son premier contact avec l'Australie.

Paddy porta Fee dans ses bras pour débarquer du *Wahine;* Frank suivait avec le bébé, Meggie avec une valise et chacun des garçons avançait en trébuchant courbé sous le poids d'un fardeau quelconque. Ils étaient arrivés à Pyrmont, un nom vide de sens, par un matin d'hiver brumeux, fin août 1921. Une interminable file de taxis stationnait devant l'auvent métallique du quai. Yeux écarquillés, Meggie restait bouche bée; jamais elle n'avait vu un aussi grand nombre de voitures réunies en un seul endroit. Paddy parvint à entasser tout son monde dans un seul taxi et le chauffeur proposa de les emmener au *Palace du Peuple.*

– C'est l'endroit qui vous convient, mon vieux, expliqua-t-il à Paddy. C'est un hôtel pour ouvriers dirigé par les salutistes.

Les avenues regorgeaient de voitures qui semblaient se ruer dans toutes les directions; il y avait très peu de chevaux. Fascinés, ils regardaient de tous leurs yeux les grands immeubles de brique, les rues étroites au tracé tourmenté, s'émerveillaient de la rapidité avec laquelle les passants semblaient se fondre, se dissoudre en quelque étrange rituel urbain. Wellington les avait impressionnés, mais Sydney ravalait la ville de Nouvelle-Zélande au rang de bourg.

Pendant que Fee se reposait dans l'une des innombrables chambres de la termitière que l'Armée du Salut appelait affectueusement *Palace du Peuple*, Paddy partit pour la gare centrale afin de se renseigner sur l'heure des trains pour Gillanbone. Complètement rétablis, les garçons voulurent à toute force l'accompagner car on leur avait dit que ça n'était pas très loin, que les boutiques se touchaient tout au long du chemin et que l'une d'elles vendait toutes sortes de sucreries. Enviant leur jeunesse, Paddy céda, d'autant qu'il n'était pas très assuré sur ses jambes après trois jours de mal de mer. Frank et Meggie restèrent près de Fee et du bébé, tenaillés par l'envie de suivre les autres, mais trop préoccupés par l'état de leur mère. En fait celle-ci semblait reprendre des forces depuis qu'elle avait regagné la terre ferme; elle avait bu un bol de bouillon et grignoté un toast que lui avait apporté l'un des anges salutistes auréolé de son étrange chapeau.

– Si nous ne partons pas ce soir, Fee, il nous faudra attendre une semaine avant le prochain train direct, expliqua Paddy à son retour de la gare. Crois-tu que tu seras assez forte pour partir ce soir ?

– Oui, assura Fee qui se redressa en frissonnant.

– Je crois que nous devrions attendre, intervint courageusement Frank. M'man n'est pas en état de voyager.

– Tu n'as pas l'air de comprendre, Frank, que si nous ne prenons pas le train ce soir, nous serons obligés d'attendre une semaine entière et je n'ai pas assez d'argent pour rester aussi longtemps à Sydney. Ce pays est immense et l'endroit où nous allons n'est pas desservi par un train quotidien. Nous pourrions gagner Dubbo par l'un des trois trains qui partent demain mais là il nous faudrait attendre la correspondance et on m'a dit que le voyage serait infiniment plus pénible que si nous faisions en sorte de prendre l'express de ce soir.

– Ça ira, Paddy, affirma Fee. Frank et Meggie m'aideront. J'y arriverai.

Elle reporta son regard sur Frank en une muette supplique pour qu'il gardât le silence.

– Bon. Je vais immédiatement envoyer un télégramme à Mary pour lui annoncer notre arrivée demain soir.

La gare centrale était plus imposante que tout bâtiment ayant jamais accueilli les Cleary, un vaste cylindre de verre qui semblait tout à la fois répercuter et absorber le fracas des milliers de gens qui attendaient à côté des valises cabossées, maintenues par des courroies, et regardaient fixement un panneau indicateur géant que des hommes armés de longues perches modifiaient constamment. Dans la pénombre crépusculaire, ils se fondirent au cœur de la foule, les yeux rivés sur le portillon d'acier du quai 5 ; bien que clos, celui-ci s'ornait d'une pancarte manuscrite annonçant *GILLANBONE*. Sur les quais 1 et 2, une activité fébrile préludait au départ imminent de l'express de nuit à destination de Brisbane et Melbourne; des voyageurs se pressaient pour franchir les barrières. Leur tour vint bientôt quand le portillon du quai 5 s'ouvrit, livrant passage à la foule qui se précipita.

Paddy leur trouva un compartiment vide de troisième classe; il installa les aînés côté fenêtre tandis que Fee, Meggie et le bébé prenaient place près des portes coulissantes qui s'ouvraient sur le long couloir desservant le wagon. Des visages se plaquaient un instant à la vitre dans l'espoir de trouver une place libre et disparaissaient bientôt, horrifiés à la vue de tant d'enfants. Quelquefois, il est bon d'avoir une famille nombreuse.

La nuit était assez froide pour qu'on débouclât les courroies maintenant les couvertures écossaises roulées contre le flanc des valises ; bien que la voiture ne fût pas chauffée, les boîtes métalliques remplies de cendres brûlantes posées sur le plancher dégageaient de la chaleur et, d'ailleurs, personne ne s'attendait à une température intérieure plus clémente puisque rien, ni en Australie ni en Nouvelle-Zélande, n'était jamais chauffé.

– C'est très loin, Papa ? s'enquit Meggie lorsque le train s'ébranla pour s'engager sur d'innombrables aiguillages qui se répercutaient en cliquetis encore amplifiés par le balancement.

– C'est beaucoup plus loin que ça n'en avait l'air sur l'atlas, Meggie, tout près de mille kilomètres. Nous arriverons demain en fin d'après-midi.

Les garçons en eurent le souffle coupé, mais il ne tardèrent pas à oublier les paroles de leur père devant le feu d'artifice que formaient les lumières de la ville; et chacun de s'écraser le nez contre la fenêtre pour regarder tandis que défilaient les premiers kilomètres sans que les maisons se fissent plus rares. La vitesse s'accrut, les lumières s'espacèrent et finirent par disparaître, remplacées par des gerbes d'étincelles qui jaillissaient de chaque côté du convoi, happées par un vent hurlant. Quand Paddy sortit avec les garçons dans le couloir pour permettre à Fee de donner le sein à Hal, Meggie les regarda avec envie. Maintenant elle ne semblait plus être considérée comme ses frères, plus depuis que le bébé avait bouleversé sa vie en l'enchaînant à la maison aussi implacablement que sa mère. Non que cela lui coûtât, comme elle le reconnaissait volontiers. Hal était un petit être tellement adorable, une joie de tous les jours et c'était tellement agréable que M'man la traitât en adulte. Elle n'avait pas la moindre idée de ce qui avait fait pousser un bébé en Fee, mais le résultat était merveilleux. Elle tendit Hal à sa mère; peu après, le train s'arrêta avec force craquements et grincements et sembla s'immobiliser pendant des heures pour reprendre son souffle. Elle souhaitait vivement ouvrir la fenêtre et regarder dehors, mais le froid s'installait dans le compartiment en dépit des récipients de cendres chaudes.

Paddy fit coulisser la porte du couloir et tendit une tasse de thé fumant à Fee qui reposa sur la banquette un Hal repu et somnolent.

– Où sommes-nous ? s'enquit-elle.

– A un endroit qui s'appelle Valley Heights. Nous devons prendre une autre locomotive pour grimper jusqu'à Lithgow, m'a expliqué la jeune fille du buffet.

– Est-ce que j'ai le temps de boire mon thé ?

– Tu as un quart d'heure. Frank est allé chercher des sandwichs et je m'occuperai de faire manger les garçons. Le prochain arrêt où nous pourrons nous restaurer est Blayney, beaucoup plus tard dans la nuit.

Meggie but quelques gorgées de thé chaud et très sucré dans la tasse de sa mère; tout à coup au comble de la surexcitation, elle engloutit le sandwich que Frank lui apporta. Celui-ci s'installa sur la banquette au-dessous du bébé délicatement posé dans le filet, l'enveloppa d'une couverture et agit de même pour Fee, étendue sur la banquette opposée. Stuart et Hughie se couchèrent sur le plancher; Paddy annonça à sa femme qu'il emmenait Frank, Bob et Jack dans un autre compartiment pour causer avec des tondeurs et qu'ils y passeraient la nuit. Beaucoup plus agréable que le bateau cette façon d'avancer dans le cliquetis métallique que venait ponctuer le rythme de la respiration des deux locomotives, tout en écoutant le vent qui jouait dans les fils télégraphiques, et de sentir passer de temps à autre un souffle furieux venu des roues d'acier glissant sur les rails, s'efforçant d'y mordre; Meggie sombra dans le sommeil.

Le lendemain matin, ils ouvrirent de grands yeux, emplis de crainte et de stupeur à la vue d'un paysage qui leur parut si étrange que jamais ils n'auraient pu imaginer son existence sur la même planète que la Nouvelle-Zélande. Le doux vallonnement était bien là, mais rien d'autre ne leur rappelait la terre qu'ils venaient de quitter. Rien que du brun et du gris, y compris les arbres ! Le blé d'hiver avait déjà atteint ce ton fauve argenté, distillé par l'implacable soleil : des kilomètres et des kilomètres de céréales ondulaient et ployaient sous le vent, étendues interrompues seulement par quelques bouquets d'arbres maigres et tourmentés, aux feuilles bleutées, et de poussiéreuses touffes de buissons d'un gris éteint. Stoïque, Fee regardait le paysage sans changer d'expression, mais les yeux de la pauvre Meggie étaient noyés de larmes. C'était affreux, immense, sans limites, sans la moindre trace de vert.

La nuit glaciale se mua en une journée étouffante tandis que le soleil montait vers son zénith et que le train hoquetait, encore et encore, s'arrêtant de temps à autre dans une petite ville encombrée de bicyclettes et de charrettes; les automobiles semblaient rares par ici. Paddy baissa les deux glaces en dépit de la suie qui tourbillonnait et se déposait sur tout; la chaleur était si intense qu'ils haletaient, leurs lourds vêtements de Nouvelle-Zélande leur collaient à la peau, les grattaient. Il semblait impossible qu'en hiver une telle canicule put régner où que ce soit, hormis en enfer.

Gillanbone apparut au moment où le soleil se couchait; un bizarre assemblage de bâtiments de bois et de tôles ondulées, assez délabrés, de chaque côté d'une unique et large artère poussiéreuse, dépourvue d'arbres, terne. Les derniers rayons du couchant enduisaient tout d'un clinquant doré, conférant à la ville une dignité éphémère qui s'estompa tandis que les Cleary, debout sur le quai, regardaient de tous leurs yeux. L'endroit redevint une agglomération typique en lisière des terres arides de l'intérieur, dernier poste avancé de la région bénéficiant des pluies; pas très loin, dans l'ouest, s'amorçaient les trois mille kilomètres de sol désertique qui ne recevaient jamais une goutte d'eau.

Une somptueuse automobile noire stationnait dans la cour de la gare et, à grands pas insouciants de la couche de poussière haute d'une dizaine de centimètres, venait vers eux un prêtre. Sa longue soutane évoquait une image du passé; il semblait ne pas se déplacer sur ses pieds comme un homme ordinaire, mais glisser comme dans un rêve; autour de lui, la poussière se soulevait en vagues, rougie par les dernières lueurs du soleil couchant.

– Soyez les bienvenus, je suis le père de Bricassart, dit-il en tendant la main à Paddy. Je ne pouvais m'y tromper; vous êtes bien le frère de Mary, vous lui ressemblez comme deux gouttes d'eau. (Il se tourna vers Fee, lui saisit la main, la porta à ses lèvres avec un sourire de sincère étonnement; plus que quiconque, le père Ralph reconnaissait dès le premier coup d'œil une grande dame.) Que vous êtes belle ! laissa-t-il tomber comme si c'était là la remarque la plus naturelle du monde pour un prêtre.

Puis, ses yeux se portèrent sur les garçons rassemblés à proximité. Ils se posèrent un instant avec un rien de surprise sur Frank, qui tenait le bébé, et passèrent en revue les gamins par rang de taille. Derrière eux, toute seule, Meggie le regardait bouche bée, extatique, comme devant une apparition divine. Sans paraître remarquer que la fine serge de sa soutane creusait des sillons dans la poussière, il dépassa le petit groupe et s'accroupit pour saisir Meggie entre ses mains fermes, douces, tutélaires.

– Eh bien ! Et toi, qui es-tu ? lui demanda-t-il en souriant.

– Meggie, répondit-elle.

– Elle s'appelle Meghann, intervint Frank en fronçant les sourcils, empli de haine à l'égard de cet homme beau, grand.

– Meghann est mon prénom préféré. (Il se redressa mais garda la main de Meggie dans la sienne.) Il est préférable que vous passiez la nuit au presbytère, dit-il en entraînant l'enfant vers la voiture. Je vous conduirai à Drogheda demain matin; le domaine est trop loin pour y aller ce soir après un aussi long voyage en chemin de fer.

L'hôtel Impérial, l'église catholique et son école, le couvent et le presbytère étaient les seuls bâtiments de briques que comptait Gillanbone; toutes les autres maisons, y compris la grande école communale, étaient construites en bois. Maintenant que l'obscurité était tombée, l'air devenait incroyablement froid; mais dans la cheminée du salon du presbytère flambait un grand feu et une odeur alléchante filtrait d'une pièce contiguë. La gouvernante, une vieille Ecossaise ratatinée, dotée d'une énergie stupéfiante, allait et venait pour leur montrer leurs chambres, bavardant constamment avec son accent rocailleux des Highlands occidentales.

Habitués à la réserve hautaine des prêtres de Wahine, les Cleary étaient déconcertés par la bonhomie pétillante du père Ralph. Seul Paddy se dégela car il se rappelait la bienveillance des ecclésiastiques de son Galway natal, leur gentillesse à l'égard des humbles. Les autres membres de la famille avalèrent leur dîner dans un silence circonspect et gagnèrent leurs chambres dès qu'ils le purent. Paddy les suivit à regret. Pour lui, la religion était chaleur et consolation; pour les siens, elle représentait un élément enraciné dans la peur, l'astreinte à une ligne de conduite dont ils ne pouvaient dévier sous peine d'être damnés.

Après leur départ, le père Ralph s'installa confortablement dans son fauteuil préféré, s'absorba dans la contemplation du feu, alluma une cigarette et sourit. Mentalement, il revit la famille Cleary, telle qu'il l'avait aperçue pour la première fois dans la cour de la gare. L'homme, si semblable à Mary, mais courbé par un rude labeur et manifestement exempt de la malignité de sa sœur. Sa femme, belle, lasse, qui semblait descendre d'un landau tiré par un attelage de chevaux blancs bien assortis; Frank, sombre et hargneux, aux yeux noirs, *noirs;* les fils, dont la plupart ressemblaient à leur père, à l'exception du plus jeune qui évoquait sa mère, Stuart, celui-là serait un bel homme; impossible de savoir ce que deviendrait le bébé; et Meggie. La plus charmante, la plus adorable petite fille qu'il eût jamais vue; chevelure d'une couleur défiant toute description, ni rousse ni or, parfaite fusion des deux tons. Et levant vers lui des yeux gris argent, d'une pureté irisée, comme le chatoiement de gemmes mêlées. Avec un haussement d'épaules, il jeta sa cigarette dans la cheminée et se leva. Il sombrait dans l'extravagance en prenant de l'âge : le chatoiement de gemmes mêlées ! Sans doute, sa vue baissait-elle, un effet de la conjonctivite des sables.

Dans la matinée, il conduisit ses invités à Drogheda; habitué au paysage, il s'amusa fort des réflexions de ses passagers. La dernière colline se dressait à trois cents kilomètres dans l'est. C'était la région des plaines au sol noir, expliqua-t-il, une savane à peine ondulée, plate comme une planche. La journée était aussi chaude que la veille, mais la Daimler offrait infiniment plus de confort que le train. Ils étaient partis tôt, à jeun, les vêtements sacerdotaux du père Ralph et le Saint Sacrement soigneusement emballés dans une valise.

– Les moutons sont sales ! remarqua tristement Meggie, le regard perdu vers les innombrables taches rougeâtres dont on devinait les nez plongés dans l'herbe.

– Ah ! je vois que j'aurais dû choisir la Nouvelle-Zélande, dit le prêtre. C'est un pays qui doit ressembler à l'Irlande et où les moutons sont d'un beau blanc crème.

– Oui, ça ressemble à l'Irlande sous de nombreux rapports, répondit Paddy. On y trouve la même herbe, belle et bien verte. Mais c'est plus sauvage, infiniment moins cultivé.

Il éprouvait une vive sympathie pour le père Ralph.

A cet instant, des émeus qui se tenaient en groupe se levèrent en titubant et se mirent à courir, rapides comme le vent, pattes disgracieuses à peine discernables, longs cous tendus. Les enfants retinrent leur souffle et éclatèrent de rire, enchantés de voir des oiseaux géants qui couraient au lieu de voler.

– Quel plaisir de ne pas avoir à descendre pour ouvrir ces épouvantables barrières ! commenta le père Ralph lorsque la dernière fut refermée derrière eux.

Bob, qui s'était chargé de la corvée, remonta en voiture.

Après les émotions que leur avait infligées l'Australie à une cadence stupéfiante, le domaine de Drogheda leur rappela un peu la Nouvelle-Zélande avec l'élégante façade géorgienne de la maison, ses glycines tourmentées, ses milliers de rosiers.

– Nous allons habiter *ici ?* demanda Meggie d'une voix étranglée.

– Pas exactement, intervint vivement le prêtre. La maison que vous allez habiter se trouve à un kilomètre et demi d'ici, un peu plus bas, au bord d'un ruisseau.

Mary Carson les attendait dans le vaste salon; elle n'eut pas un mouvement pour accueillir son frère; il dut aller vers elle, s'approcher du fauteuil à oreilles où elle était assise.

– Alors, Paddy ? dit-elle, assez gentiment.

Son regard le dépassa et se fixa sur le tableau offert par le père Ralph tenant Meggie dans ses bras tandis que la petite lui enlaçait étroitement le cou. Mary Carson se leva pesamment sans saluer Fee ni les enfants.

– Nous allons entendre la messe immédiatement, déclara-t-elle. Je suis sûre que le père de Bricassart à hâte de repartir.

– Pas du tout, ma chère Mary ! (Il rit, yeux bleus pétillants.) Je vais dire la messe, puis nous prendrons tous ensemble un bon petit déjeuner et, ensuite, je montrerai à Meggie la maison où elle habitera, comme je le lui ai promis.

– Meggie ? s'étonna Mary Carson.

– Oui, voici Meggie. Mais je commence les présentations par la fin. Reprenons au début. Mary, je vous présente Fiona.

Mary Carson opina d'un bref signe de tête et ne prêta guère attention aux garçons que le père Ralph lui nommait à tour de rôle; elle était trop occupée à observer le prêtre et Meggie.

CHAPITRE 4

La maison du régisseur, construite sur pilotis, dominait d'une dizaine de mètres un étroit cours d'eau bordé çà et là d'eucalyptus et de nombreux saules pleureurs. Après la splendeur de la résidence de Mary Carson, elle paraissait nue et utilitaire, mais elle offrait des commodités assez semblables à leur habitation de Nouvelle-Zélande. Un massif mobilier victorien s'entassait dans les pièces, recouvert d'une fine pellicule de poussière rouge.

– Vous avez de la chance, il y a une salle de bain, expliqua le prêtre en les précédant sur l'escalier de bois menant à la véranda de la façade.

Les marches étaient raides car les pilotis sur lesquels reposait la maison avaient cinq mètres de haut.

– C'est au cas où le cours d'eau grossirait brutalement, reprit le père Ralph. La maison est toute proche de son lit et j'ai entendu dire que le niveau pouvait s'élever de dix-sept mètres en une nuit.

Ils disposaient bien d'une salle de bain ; en l'occurrence, une vieille baignoire de zinc et un chauffe-eau écaillé occupant une alcôve à l'extrémité de la véranda de derrière. Mais, ainsi que les femmes s'en aperçurent avec dégoût, les cabinets n'étaient guère plus qu'un trou dans la terre à quelque deux cents mètres de la maison, et ils puaient. Primitif, après la Nouvelle-Zélande.

– Celui qui vivait ici n'était pas très propre, remarqua Fee en laissant courir un doigt sur le film de poussière qui recouvrait le buffet.

Le père Ralph éclata de rire.

– C'est une bataille perdue d'avance que d'essayer de s'en débarrasser, expliqua-t-il. Nous sommes dans la région de l'intérieur et il y a trois choses dont vous ne viendrez jamais à bout : la chaleur, la poussière et les mouches. Quoi que vous fassiez, ces fléaux vous accompagneront toujours.

– Vous êtes très bon pour nous, mon père, dit Fee en regardant le prêtre.

– N'est-ce pas normal ? Vous êtes les seuls parents de mon excellente amie, Mary Carson.

Sans se laisser émouvoir, elle haussa les épaules.

– Je ne suis pas habituée à entretenir des relations d'amitié avec les prêtres. Ceux de Nouvelle-Zélande ne se mêlaient pas à leurs ouailles.

– Vous n'êtes pas catholique, n'est-ce pas ?

– Non. C'est Paddy qui est catholique. Naturellement, les enfants ont été élevés dans sa religion. Tous, jusqu'au dernier, si c'est là ce qui vous inquiète.

– Cette idée ne m'a pas effleuré. Est-ce que cet état de chose vous déplaît ?

– Cela m'est tout à fait égal.

– Vous ne vous êtes pas convertie ?

– Je ne suis pas hypocrite, père de Bricassart. J'ai perdu la foi en ma propre religion et je souhaitais pas en embrasser une autre, tout aussi dénuée de sens pour moi.

– Je vois.

Il observa Meggie qui se tenait sur la véranda de la façade et regardait la route menant à la grande maison de Drogheda.

– Votre fille est si jolie, reprit-il. J'ai un faible pour les cheveux blond vénitien. Les siens auraient obligé Le Titien à se ruer sur ses pinceaux. Je n'avais encore jamais rencontré la teinte exacte. Est-ce votre seule fille ?

– Oui. Il n'y a toujours eu que des garçons, aussi bien dans la famille de Paddy que dans la mienne. Les filles y sont rares.

– Pauvre petite, murmura-t-il sans bien comprendre pourquoi.

Une fois les caisses arrivées de Sydney, la maison prit une allure plus familière avec les livres, la vaisselle, les bibelots et le mobilier de Fee qui emplit le salon ; alors, les choses commencèrent à s'organiser. Paddy et les garçons, à l'exception de Stu jugé trop jeune, étaient presque tout le temps dehors avec les deux ouvriers que Mary Carson avait mis à leur disposition afin de leur désigner les nombreuses différences existant entre les moutons du nord-ouest de la Nouvelle-Galles du Sud et ceux de Nouvelle-Zélande. De leur côté, Fee, Meggie et Stu découvrirent les différences entre la tenue d'une maison en Nouvelle-Zélande et la vie dans celle du régisseur de Drogheda ; par un accord tacite, Fee ne dérangeait jamais Mary Carson personnellement, mais la gouvernante et les servantes de celle-ci se montraient tout aussi empressées auprès d'elle que les ouvriers à l'égard de Paddy et de ses fils.

Ils ne tardèrent pas à apprendre que Drogheda était un monde en soi, à tel point coupé de la civilisation qu'après quelque temps même Gillanbone n'évoquait guère qu'un souvenir quasiment oublié. A l'intérieur du grand enclos central on trouvait écuries, forge, garages, bâtiments innombrables où tout était entreposé depuis le fourrage jusqu'au matériel agricole, chenils et bergeries, dédale de parcs à bestiaux, immense auvent de tonte comportant le nombre stupéfiant de vingt-six boxes, flanqué d'un autre labyrinthe de petits enclos. Il y avait des basses-cours, des porcheries, des étables et une laiterie, des bâtiments pour loger les vingt-six tondeurs, des cabanes pour les manœuvres, deux autres maisons, plus petites, assez semblables à la leur, pour les éleveurs, un baraquement destiné aux immigrants de fraîche date, un abattoir et des montagnes de bois à brûler.

Tout cela à peu près au centre d'un cercle dénudé de cinq kilomètres de diamètre : l'enclos central. Seul, l'endroit où se dressaient la maison du régisseur et ses petites constructions annexes se situait en bordure de forêt. Cependant, les arbres ne manquaient pas autour des bâtiments, des cours et des parcs à bestiaux afin de dispenser l'ombre indispensable ; essentiellement des poivriers, immenses, rustiques, denses, doucement assoupis. Au-delà, dans l'herbe haute de l'enclos central, chevaux et vaches laitières paissaient, baignés de somnolence.

Au fond de la gorge enserrant la maison du régisseur, s'écoulait paresseusement un filet d'eau boueuse. Personne n'ajoutait foi aux dires du père Ralph qui prétendait que son niveau pouvait s'élever de près de vingt mètres en une nuit ; cela paraissait impossible. L'eau du ruisseau était pompée à la main pour alimenter la cuisine et la salle de bain, et il fallut longtemps aux femmes pour s'habituer à laver la vaisselle, le linge et faire leur toilette dans le liquide brun verdâtre. Six massifs réservoirs de tôle ondulée, perchés sur une armature de bois, servaient de châteaux d'eau ; ils récoltaient la pluie tombant sur la toiture et procuraient l'eau potable. Mais tous apprirent à l'utiliser avec parcimonie et à ne jamais s'en servir pour la vaisselle. Nul ne pouvait savoir quand les prochaines pluies rempliraient les citernes.

Moutons et bétail buvaient l'eau d'un puits artésien provenant d'une nappe peu accessible puisque située à une profondeur de près de mille mètres. Elle jaillissait d'un tuyau, appelé Tête de Forage, et circulait dans d'étroites rigoles, bordées d'une herbe dangereusement verte, pour alimenter tous les enclos de la propriété. Cette eau, chargée de soufre et de minéraux, était impropre à la consommation humaine.

Au début, les distances les stupéfièrent ; Drogheda avait une superficie de cent mille hectares. Sa lisière la plus longue s'étendait sur cent trente kilomètres ; soixante-cinq kilomètres et vingt-sept barrières séparaient la maison principale de Gillanbone, unique agglomération à cent cinquante kilomètres à la ronde. A l'est, l'étroite limite était constituée par la Barwon : nom local donné à la partie nord de la Darling River, grand cours d'eau boueux de seize cents kilomètres qui grossit le Murray avant de se jeter dans l'Océan à deux mille cinq cents kilomètres de là, au sud de l'Australie. Gillan Creek, qui coulait dans le ravin près de la maison du régisseur, alimentait la Barwon trois kilomètres après avoir passé l'enclos central.

Paddy et les garçons étaient aux anges. Parfois, ils passaient plusieurs jours d'affilée en selle, à des kilomètres de la maison ; la nuit, ils campaient sous un ciel si constellé d'étoiles qu'il leur semblait parfois s'incorporer à Dieu.

Une vie intense meublait la terre gris-brun. Les kangourous en troupeaux de plusieurs milliers jaillissaient en bondissant à travers les arbres, oubliant les clôtures dans leurs foulées, enchanteurs par leur grâce, leur liberté, leur nombre. Des émeus construisaient leurs nids au milieu de la plaine herbeuse et arpentaient à pas de géant les limites de leur territoire, s'effrayant au moindre mouvement insolite qui les faisait fuir plus rapidement que des chevaux et abandonner leurs œufs vert foncé de la taille d'un ballon de football ; les termites construisaient des tours rouges évoquant des gratte-ciel miniatures ; d'énormes fourmis aux mandibules farouches se déversaient en rivières dans des trous en entonnoir pratiqués dans des monticules.

La gent ailée était si nombreuse et variée que de nouvelles espèces semblaient éclore sans cesse, et les oiseaux ne vivaient pas seuls ou en couple, mais en colonies de milliers et de milliers d'individus : de minuscules perruches, que Fee appelait les inséparables, au plumage jaune et vert ; de petits perroquets rouges et bleus ; de plus gros, gris pâle à l'étincelant poitrail rose pourpré comme le dessous de leurs ailes et leur tête ; de grands oiseaux blanc pur à l'effrontée huppe jaune. D'exquis et minuscules pinsons tourbillonnaient, tournoyaient, tout comme des myriades de passereaux et d'étourneaux ; une espèce de vigoureux martins-pêcheurs de couleur brune riaient, gloussaient joyeusement ou plongeaient pour saisir un serpent, leur nourriture préférée. Tous ces oiseaux avaient un comportement quasi humain et totalement dénué de peur ; perchés par centaines dans les arbres, ils scrutaient les alentours d'un regard clair et intelligent, criant, jacassant, riant, imitant tout ce qui produisait un son.

D'effrayants lézards d'un mètre cinquante à un mètre quatre-vingt martelaient le sol et sautaient avec agilité sur de hautes branches, aussi à l'aise en l'air qu'à terre. Et il y avait de nombreuses autres espèces de lézards, plus petits, mais pas moins effrayants, au cou orné de collerettes cornées, rappelant les tricératops, d'autres aux langues gonflées et bleuâtres. Et des serpents en variétés infinies ; les Cleary apprirent bientôt que les plus grands et ceux qui paraissaient le plus redoutables étaient souvent les moins dangereux alors qu'un petit reptile de trente centimètres pouvait se révéler fatal ; aspics, serpents cuivrés, serpents arboricoles, serpents noirs à ventre rouge, serpents bruns, et le mortel serpent-tigre.

Et que d'insectes ! Sauterelles, locustes, criquets, mouches de toutes tailles et sortes, cigales, moustiques, libellules, énormes mites et tant de papillons ! Les araignées étaient hideuses, grosses bestioles velues, aux immenses pattes, ou de trompeuses petites choses noires et mortelles qui hantaient les cabinets ; certaines filaient de vastes toiles à rayons jetées entre deux arbres, d'autres se balançaient au centre de berceaux retenus aux brins d'herbe par des fils de la Vierge ; d'autres encore élisaient domicile dans de petits trous pratiqués dans le sol et comportant une sorte de couvercle qu'elles refermaient derrière elles.

Les prédateurs ne manquaient pas non plus : sangliers effrayés d'un rien, appartenant pourtant à une espèce carnassière, boules noires et velues de la taille d'une vache adulte ; dingos, chiens retournés à l'état sauvage qui se tapissaient contre le sol, se confondant avec l'herbe ; des corbeaux par centaines, poussant des croassements désolés, perchés sur les squelettes blanchis d'arbres morts ; faucons et aigles planant, immobiles, portés par les courants aériens.

Moutons et bovins devaient être protégés de ces prédateurs, surtout lors de la mise bas. Kangourous et lapins broutaient l'herbe précieuse ; sangliers et dingos se repaissaient des agneaux, des veaux et des bêtes malades, proies auxquelles les corbeaux arrachaient les yeux. Les Cleary durent apprendre à tirer ; ils emportaient des fusils à chacune de leurs expéditions et abattaient des animaux, souvent pour mettre fin à leurs souffrances, parfois pour tuer un sanglier ou un dingo.

Ça, c'est la vie ! pensaient les garçons avec exaltation. Aucun d'eux ne regrettait la Nouvelle-Zélande ; devant les mouches qui s'aggloméraient comme de la mélasse sur leurs paupières, s'engouffraient dans les narines, la bouche et les oreilles, ils adoptèrent le système australien consistant à suspendre des bouchons qui s'agitaient au bout de petites ficelles fixées au bord de leurs chapeaux. Pour éviter que les bestioles rampantes ne remontent le long de leurs jambes sous les pantalons bouffants, ils en ligaturaient le bas au-dessous des genoux par une sorte de bande molletière traitée en peau de kangourou. En comparaison, la Nouvelle-Zélande était un pays sans embûches ; ça, c'était la vie !

Attachées à la maison et à ses environs immédiats, les femmes trouvaient la vie infiniment moins plaisante ; elles n'avaient pas le loisir ni l'excuse de monter à cheval, pas plus qu'elles ne pouvaient apprécier la stimulation qu'apporte la diversité des tâches. Il était infiniment plus difficile de se livrer aux sempiternels travaux féminins : cuisiner, nettoyer, laver, repasser, s'occuper du bébé. Elles menaient un combat incessant contre la chaleur, la poussière, les mouches, les marches nombreuses et raides, l'eau boueuse, l'absence pratiquement constante d'hommes pour transporter et fendre le bois, pomper l'eau, tuer les volailles. La chaleur était tout particulièrement pénible à supporter et l'on n'était encore qu'au début du printemps ; pourtant, le thermomètre placé à l'ombre de la véranda atteignait déjà chaque jour trente-sept degrés. Dans la cuisine, avec le poêle, la température montait jusqu'à quarante-sept degrés.

Leurs nombreux vêtements superposés, étroitement ajustés, étaient conçus pour la Nouvelle-Zélande où la fraîcheur régnait toujours à l'intérieur des maisons. Mary Carson qui, ce jour-là, faisait de la maison de sa belle-sœur le but d'une promenade hygiénique, regarda la robe de calicot de Fee lui enserrant étroitement le cou et dont l'ourlet balayait le sol. Elle était habillée à la nouvelle mode : robe de soie crème lui descendant à mi-mollet, manches larges, taille lâche et décolleté bas.

– Vraiment, Fiona, vous êtes désespérément vieux jeu, remarqua-t-elle.

Elle jeta un coup d'œil dans le salon dont les murs montraient une nouvelle couche de peinture crème ; les tapis persans et les meubles délicats, inestimables, retinrent son attention.

– Je n'ai pas le temps d'être autrement, riposta Fee d'un ton sec.

– Vous aurez davantage de temps maintenant que les hommes sont si souvent absents. Moins de cuisine. Raccourcissez vos robes, débarrassez-vous de vos jupons et de votre corset, sinon vous étoufferez quand viendra l'été. La température peut encore monter d'une bonne dizaine de degrés, vous savez. (Ses yeux se posèrent sur le portrait de la belle femme blonde, vêtue d'une de ces crinolines mises en vogue par l'Impératrice Eugénie.) Qui est-ce ? s'enquit-elle en désignant la toile.

– Ma grand-mère.

– Oh ! vraiment ? Et d'où viennent ces meubles, ces tapis ?

– De ma grand-mère.

– Oh ! vraiment ? Ma chère Fiona, il semblerait que vous ayez déchu.

Fee ne perdait jamais son sang-froid ; elle se contint donc mais ses lèvres se pincèrent.

– Je ne crois pas, Mary. J'ai épousé un brave homme, vous devriez le savoir.

– Mais sans le sou. Quel est votre nom de jeune fille ?

– Armstrong.

– Oh ! vraiment ? Pas de la branche de Roderick Armstrong ?

– Roderick est le prénom de mon frère aîné ; il lui vient de son grand-père.

Mary Carson se leva, imprima à son large chapeau un mouvement qui chassa les mouches, lesquelles ne respectaient personne.

– Ma foi, vous êtes mieux née que les Cleary, je dois le reconnaître, Aimeriez-vous assez Paddy pour abandonner tout ça ?

– Les raisons de mes actes ne regardent que moi, riposta Fee d'un ton uni. Elles ne vous concernent en rien. Je me refuse à parler de mon mari, même avec sa sœur.

Les sillons tracés de chaque côté du nez de Mary Carson se creusèrent encore davantage, ses yeux s'exorbitèrent.

– Vous êtes bien susceptible.

Elle ne renouvela pas sa visite, mais Mme Smith, sa gouvernante, vint souvent et confirma les conseils de Mary Carson quant aux vêtements.

– Ecoutez, dit-elle, dans ma chambre j'ai une machine à coudre dont je ne me sers jamais. Je demanderai à deux ouvriers de vous l'apporter. Si j'en avais besoin, je viendrais m'en servir ici. (Ses yeux se portèrent sur bébé Hal qui se roulait joyeusement sur le plancher.) J'aime entendre le babillage des enfants, madame Cleary.

Toutes les six semaines, le courrier arrivait de Gillanbone, transporté par fardier ; c'était là le seul contact avec le monde extérieur. Drogheda possédait un camion Ford, un autre châssis de la même marque supportant une citerne, une Ford T et une limousine Rolls-Royce, mais personne ne semblait jamais se servir de ces véhicules pour aller à Gilly, à part Mary Carson, et ce très rarement. Ces soixante-cinq kilomètres paraissaient aussi infranchissables que la distance séparant la terre de la lune.

Bluey Williams était titulaire d'un contrat passé avec la poste pour la délivrance du courrier dans tout le district, et il lui fallait six semaines pour couvrir son territoire. Son énorme fardier, muni de gigantesques roues de près de trois mètres de diamètre, était tiré par un splendide attelage de douze chevaux de trait et transportait tout l'approvisionnement commandé par les fermes qu'il desservait. En même temps que la Poste royale, il était chargé d'épicerie, d'essence contenue dans des fûts de deux cents litres, de pétrole dans des bidons carrés de vingt litres, de foin, de sacs de céréales, d'autres en toile fine remplis de sucre et de farine, de coffrets de thé, de sacs de pommes de terre, du matériel agricole, des jouets et des vêtements achetés par correspondance chez Anthony Hordern à Sydney, enfin tout ce qui devait être apporté de Gilly ou de l'extérieur. Se déplaçant à la cadence accélérée de trente kilomètres par jour, il était le bienvenu partout où il s'arrêtait, et chacun de lui demander des nouvelles sur tout, et notamment le temps qu'il faisait ailleurs, de lui tendre des morceaux de papier griffonnés enveloppant soigneusement de l'argent pour les marchandises qu'il devrait acheter à Gilly, les lettres laborieusement écrites qui allaient dans un sac de toile marqué « POSTES ROYALES ».

A l'ouest de Gilly, il n'y avait que deux domaines à desservir, Drogheda le plus proche, Bugela le plus éloigné ; au-delà de Bugela s'étendait un territoire qui ne recevait du courrier que tous les six mois. Le fardier de Bluey décrivait un grand arc de cercle en zigzag pour passer dans toutes les fermes du sud-ouest, de l'ouest et du nord-ouest, puis il regagnait Gilly avant de se remettre en route pour l'Est, trajet plus court puisque la ville de Barroo prenait la suite à cent kilomètres. Parfois, il se chargeait de voyageurs qui prenaient place à côté de lui sur son siège de cuir, en plein vent, visiteurs ou hommes à la recherche de travail ; il lui arrivait aussi de remmener des passagers, éleveurs, servantes ou ouvriers agricoles mécontents, souhaitant chercher fortune ailleurs, ou très rarement une gouvernante. Certains propriétaires possédaient des voitures personnelles pour se déplacer, mais leurs employés devaient avoir recours à Bluey pour voyager ainsi que pour le transport des marchandises et du courrier.

Après avoir reçu les pièces de tissu qu'elle avait commandées, Fee s'installa devant la machine à coudre que Mme Smith lui avait prêtée et commença à confectionner des robes lâches en cotonnade légère pour elle et Meggie, des pantalons de coutil et des salopettes pour les hommes, des barboteuses pour Hal, des rideaux pour les fenêtres. Sans aucun doute, on se sentait plus à l'aise une fois débarrassée de ces épaisseurs de sous-vêtements et des robes très ajustées.

Meggie menait une vie solitaire ; de tous les garçons, il ne restait que Stuart à la maison. Jack et Hughie suivaient leur père pour apprendre l'élevage. Stu ne lui tenait pas compagnie comme eux ; il vivait dans un monde à lui, petit garçon tranquille qui préférait rester assis pendant des heures à observer le comportement des fourmis plutôt que de grimper aux arbres, passe-temps que Meggie adorait, trouvant les eucalyptus australiens merveilleux, d'une diversité étonnante, offrant de multiples difficultés. Non qu'il y eût beaucoup de temps pour grimper aux arbres ou observer le comportement des fourmis. Meggie et Stuart travaillaient dur. Ils fendaient et transportaient les bûches, creusaient des trous pour les ordures, cultivaient le potager et s'occupaient des volailles et des cochons. Ils apprirent aussi à tuer serpents et araignées, mais sans pourtant cesser de les redouter.

Les précipitations pluvieuses avaient été médiocres depuis plusieurs années ; le ruisseau était bas, les citernes tout juste a demi pleines. L'herbe était encore relativement belle, mais sans comparaison avec le moment de sa luxuriance.

– Ça va probablement empirer, déclarait gravement Mary Carson.

Mais ils devaient connaître l'inondation avant de se heurter à une sécheresse implacable. A la mi-janvier, la région fut atteinte par l'extrémité sud de la mousson du nord-ouest. Capricieux, les grands vents soufflaient à leur gré. Parfois, seules les pointes nord du continent subissaient les pluies diluviennes de l'été ; parfois, celles-ci descendaient très bas et infligeaient un été humide aux malheureux citadins de Sydney. Cette année-là, en janvier, des nuages s'amoncelèrent, déchirés en lambeaux par le vent, et il se mit à pleuvoir ; pas une douce pluie, mais un déluge constant, rugissant, incessant.

Ils avaient été prévenus ; Bluey Williams avait surgi avec son fardier lourdement chargé et douze chevaux de rechange derrière la voiture car il voulait se déplacer rapidement pour finir sa tournée avant que les pluies rendent impossible l'approvisionnement des fermes.

– La mousson arrive, déclara-t-il en roulant une cigarette. (Du bout de son fouet, il désigna l'amoncellement de sacs d'épicerie, plus important qu'à l'ordinaire.) La Cooper, la Barcoo et la Diamantina grossissent et l'Overflow déborde. Tout l'intérieur du Queensland baigne sous soixante centimètres d'eau, et les pauvres diables en voient de dures à chercher un endroit surélevé pour y mettre les moutons.

Soudain éclata la panique, mais ils la contrôlèrent ; Paddy et les garçons travaillaient avec acharnement pour faire sortir les moutons des enclos plus bas et les entraîner aussi loin que possible du ruisseau et de la Barwon. Le père Ralph vint prêter main forte ; il sella son cheval et partit en compagnie de Frank et des meilleures meutes de chiens pour vider de leurs troupeaux deux enclos situés en bordure de la Barwon, tandis que Paddy et les deux ouvriers, accompagnés chacun par l'un des garçons, s'éloignaient dans une autre direction.

Le père Ralph se conduisait en éleveur confirmé. Il montait une alezane pur sang que Mary Carson lui avait offerte, vêtu d'une impeccable culotte de cheval en peau, chaussé d'étincelantes bottes, le torse moulé dans une chemise d'un blanc immaculé, aux manches roulées sur ses bras musclés et ouverte au cou, ce qui dévoilait sa poitrine bronzée. Un vieux pantalon délavé, serré au bas par des bandes de peau de kangourou, un maillot de corps en flanelle grise composaient la tenue de Frank qui avait le sentiment d'être le parent pauvre. C'est d'ailleurs bien le cas, pensa-t-il, un rictus aux lèvres, en suivant la silhouette droite sur la fringante jument à travers un bouquet de pins et de buis au-delà du ruisseau. Il montait un cheval pie à la bouche dure, une bête hargneuse, volontaire, qui vouait une haine farouche à ses congénères. Surexcités, les chiens couraient en tous sens aboyaient, se battant, babines retroussées jusqu'à ce que le père Ralph les sépare d'un coup de fouet bien appliqué. Rien ne semblait impossible à cet homme ; il connaissait les sifflements modulés qui incitaient les chiens à se mettre au travail, et il maniait le fouet avec plus d'adresse que Frank, lequel en était encore à l'apprentissage de cet art, typiquement australien.

Le molosse de Queensland, gris-bleu, qui menait la meute, montrait une soumission d'esclave envers le prêtre qu'il suivait aveuglément ; l'attitude du chien renforça Frank dans son impression : décidément, il n'était qu'un subalterne. Une partie de son être ne s'en préoccupait guère ; seul, parmi les fils de Paddy, il n'appréciait pas la vie à Drogheda. Il avait ardemment souhaité quitter la Nouvelle-Zélande, mais pas pour trouver ça. Il détestait les incessantes allées et venues entre les enclos, la dureté du sol sur lequel il devait dormir la majeure partie du temps, les chiens à l'humeur sauvage qui ne pouvaient être traités comme des compagnons et étaient impitoyablement abattus lorsqu'ils ne remplissaient pas leur tâche.

Mais la chevauchée sous les nuages qui s'amoncelaient recelait un élément d'aventure ; les arbres pliés, emplis de craquements, semblaient eux-mêmes danser follement avec une sorte de joie sourde. Le père Ralph travaillait comme un homme en proie à quelque obsession, lâchant les chiens sur des troupeaux de moutons confiants, communiquant aux boules laineuses soubresauts et bêlements de peur jusqu'à ce que les molosses fendant l'herbe les rassemblent et les ramènent là où il le voulait. Seuls les chiens permettaient à une poignée d'hommes de diriger une propriété de l'importance de Drogheda ; élevés pour garder les moutons et le bétail, ils faisaient preuve d'une intelligence stupéfiante et avaient besoin d'un minimum d'ordres.

A la tombée de la nuit, le père Ralph et les chiens, aidés de Frank qui faisait de son mieux mais sans grand résultat, avaient évacué tous les moutons d'un enclos, tâche exigeant habituellement plusieurs jours d'allées et venues. Le prêtre dessella sa jument près d'un bouquet d'arbres bordant la barrière du deuxième enclos, tout en évoquant avec optimisme la possibilité de renouveler leur exploit avant la venue des pluies. Les chiens étaient étendus dans l'herbe, langues pendantes, le molosse du Queensland cherchant à se concilier les faveurs du père Ralph. Frank tira de ses fontes de répugnants morceaux de viande de kangourou et les jeta aux chiens qui les happèrent en se battant hargneusement.

– Quelles brutes ! marmonna-t-il. Ils ne se comportent pas comme des chiens, ce sont de vrais chacals.

– Je crois qu'ils sont probablement beaucoup plus proches de ce que Dieu attendait des chiens, rétorqua le père Ralph avec douceur. Alertes, intelligents, agressifs, à peine domestiqués. Personnellement, je les préfère aux chiens de compagnie. (Il sourit.) Les chats aussi : les avez-vous remarqués lorsqu'ils rôdent autour des bâtiments ? Aussi sauvages et cruels que des panthères ; ils ne se laissent pas approcher par les êtres humains. Mais ils chassent merveilleusement et aucun homme ne peut se prévaloir d'être leur maître ou de les nourrir.

Il tira un morceau de mouton froid et un paquet contenant du pain et du beurre de ses fontes, se coupa une tranche de viande et tendit le reste à Frank. Il posa le pain et le beurre entre eux, sur un tronc d'arbre abattu, et enfonça ses dents blanches dans la viande avec une joie évidente. Chacun étancha sa soif à même l'outre de toile et roula une cigarette.

Un wilga solitaire se dressait à proximité ; le père Ralph le désigna de sa cigarette.

– Voilà l'endroit idéal pour dormir, dit-il en dégrafant la courroie qui retenait sa couverture.

Il ramassa sa selle et Frank le suivit jusqu'au wilga, arbre généralement considéré comme le plus beau de cette région d'Australie. Ses feuilles abondantes, d'un vert tendre, avaient une forme presque parfaitement ronde. Ses branches souples retombaient si près de terre que les moutons les atteignaient facilement ; aussi tous les wilgas étaient-ils dépouillés dans leur partie inférieure, tondus de façon aussi rectiligne qu'une haie bien taillée. Si la pluie se déchaînait, les deux hommes seraient mieux à l'abri que sous n'importe quel autre arbre, car les arbres de l'intérieur de l'Australie ont pour la plupart un feuillage moins fourni que ceux poussant sur des sols plus humides.

– Dites-moi, Frank, vous n'êtes pas heureux, n'est-ce pas ? demanda le père Ralph avec un soupir tout en se roulant une autre cigarette.

Frank se tenait à environ un mètre cinquante du prêtre ; il se retourna vivement, le considéra, l'air soupçonneux.

– Qu'est-ce que ça veut dire, être heureux ?

– Vous en avez un exemple ; votre père et vos frères sont heureux, tout au moins pour le moment. Mais pas vous, ni votre mère, ni votre sœur. Vous n'aimez pas l'Australie.

– Pas cette région en tout cas. Je veux aller à Sydney ; là-bas, j'aurai peut-être la possibilité de m'en sortir.

– Sydney... C'est un lieu de perdition, dit le père Ralph en souriant.

– Je m'en moque ! Ici, je suis aussi coincé qu'en Nouvelle-Zélande. Je ne peux lui échapper.

– Lui ?

Le mot avait échappé à Frank et il se refusa à en dire plus. Étendu, il levait les yeux vers le feuillage.

– Quel âge avez-vous Frank ?

– Vingt-deux ans.

– Ah, évidemment ! Avez-vous jamais été éloigné de votre famille ?

– Non.

– Etes-vous jamais allé au bal ? Avez-vous une petite amie ?

– Non, répéta Frank qui se refusait à donner son titre au prêtre.

– Alors, il ne vous retiendra plus très longtemps.

– Il me retiendra jusqu'à la mort.

Le père Ralph bâilla et se prépara à dormir.

– Bonne nuit, marmotta-t-il.

Le lendemain, les nuages se firent plus menaçants, mais la pluie se contint encore et ils purent évacuer le deuxième enclos. Une ligne de collines aux légères ondulations traversait Drogheda du nord-est au sud-est : les troupeaux furent parqués dans les enclos situés sur ces éminences au cas où les eaux du ruisseau et de la Barwon inonderaient les terres basses.

La pluie commença à tomber en fin de journée au moment où Frank et le prêtre galopaient pour gagner le passage à gué, situé en aval de la maison du régisseur.

– Pas question de laisser souffler nos montures ! hurla le père Ralph. Piquez des deux, mon gars, sinon vous risquez d'être noyé dans la boue !

Ils furent trempés en quelques secondes, tout comme le sol durci par la sécheresse. La terre fine, non poreuse, se mua en une mer de boue ; les chevaux pataugeaient, s'embourbaient jusqu'aux fanons. Sur les parties herbeuses, ils se tinrent en selle mais, à proximité du ruisseau, là où le sol avait été piétiné, ils durent mettre pied à terre. Une fois soulagées de leurs fardeaux, les montures avancèrent plus aisément, mais Frank ne parvenait pas à garder son équilibre. C'était pire que de patiner sur la glace. A quatre pattes, ils rampèrent jusqu'au sommet de la berge du ruisseau et se laissèrent glisser. Le lit pierreux, généralement recouvert par une trentaine de centimètres d'une eau nonchalante, disparaissait sous un mètre vingt d'écume tourbillonnante. Frank entendit le rire du prêtre. Aiguillonnés par les cris et les coups de chapeaux trempés qui leur pleuvaient sur la croupe, les chevaux parvinrent à gravir la berge opposée, mais Frank et le père Ralph ne pouvaient les imiter. Chaque fois qu'ils essayaient, ils glissaient en arrière. Le prêtre venait de proposer de grimper sur un saule quand Paddy, alerté par l'apparition des chevaux sans cavaliers, arriva à la rescousse muni d'une corde et les tira de ce mauvais pas.

Le sourire aux lèvres et secouant la tête, le père Ralph refusa l'hospitalité que lui offrait Paddy.

– Je suis attendu à la grande maison, expliqua-t-il.

Mary Carson l'entendit appeler avant que son personnel ne s'avisât de la présence du prêtre, car celui-ci avait préféré contourner la demeure pour entrer par le devant d'où il lui était plus facile de gagner sa chambre.

– Vous n'allez pas entrer dans cet état, crotté comme un barbet ! s'écria-t-elle, debout sur la véranda.

– Alors, soyez gentille, allez me chercher plusieurs serviettes et ma valise.

Sans la moindre gêne, elle l'observa tandis qu'il ôtait sa chemise, ses bottes et sa culotte ; il s'appuya contre la fenêtre ouverte du salon pour se débarrasser du plus gros de la boue à l'aide d'une serviette.

– Vous êtes le plus bel homme qu'il m'ait été donné de voir, Ralph de Bricassart, dit-elle. Pourquoi tant de prêtres sont-ils beaux ? Le côté irlandais ? Evidemment, c'est un beau peuple que les Irlandais. A moins que les hommes bien faits de leur personne n'embrassent la prêtrise pour échapper aux conséquences de leur séduction... Je parie que toutes les filles de Gilly n'ont d'yeux que pour vous.

– J'ai appris depuis longtemps à ignorer les filles en mal d'amour, rétorqua-t-il en riant. Tout prêtre de moins de cinquante ans représente une cible pour certaines d'entre elles, et un prêtre de moins de trente-cinq ans est généralement une cible pour toutes. Mais seules les protestantes essaient ouvertement de me séduire.

– Vous ne répondez jamais directement à mes questions. (Elle se redressa, posa la paume sur la poitrine du prêtre et l'y maintint.) Vous êtes un sybarite, Ralph, vous vous exposez au soleil. Tout votre corps est-il hâlé de la sorte ?

Souriant, il pencha la tête et son rire éclata dans les cheveux de Mary Carson tandis que ses doigts déboutonnaient le caleçon de coton. Quand le sous-vêtement tomba à terre, il l'écarta d'un coup de pied, se dressa, tel une statue de Praxitèle, tandis qu'elle tournait autour de lui, prenant son temps et l'examinant.

Les deux jours qu'il venait de passer l'avaient plongé dans un état d'exaltation qui se renforça lorsqu'il prit conscience qu'elle pouvait être plus vulnérable qu'il ne l'avait cru ; mais il la connaissait et savait qu'il ne courait aucun risque en lui demandant :

– Où voulez-vous en venir, Mary ? A ce que je vous fasse l'amour ?

Elle jeta un coup d'œil à la verge flasque, se secoua et rit.

– Jamais je n'envisagerais de vous imposer une tâche aussi ingrate ! Le besoin de femmes vous tenaille-t-il, Ralph ?

– Non, dit-il, la tête rejetée en arrière en un mouvement méprisant.

– D'hommes, peut-être ?

– Ils sont pires que les femmes. Non, aucun besoin ne me tourmente.

– Seriez-vous amoureux de vous-même ?

– Moins que de tout autre.

– Intéressant. (Elle repoussa le battant de la porte-fenêtre et entra dans le salon.) Ralph, cardinal de Bricassart ! ironisa-t-elle.

Mais, à l'abri du regard pénétrant du prêtre, elle se laissa tomber dans son fauteuil à oreilles et serra les poings, geste qui voulait conjurer les contradictions du destin.

Nu, le père Ralph descendit les marches de la véranda pour gagner la pelouse ; là, bras tendus au-dessus de la tête, yeux clos, il laissa la pluie se déverser sur lui en ondes tièdes, pénétrantes, revigorantes, sensation exquise sur la peau nue. Il faisait très sombre. Pourtant, rien n'éveillait sa virilité.

Le ruisseau sortit de son lit ; l'eau monta à l'assaut des pilotis de la maison de Paddy et gagna bientôt dans la direction de la grande demeure.

– J'irai me rendre compte demain, dit Mary Carson quand, mû par l'inquiétude, Paddy vint lui annoncer la nouvelle.

Comme à l'accoutumée, les événements donnèrent raison à Mary Carson. Au cours de la semaine qui suivit, l'eau se retira peu à peu et rivières et ruisseaux retrouvèrent leurs cours habituels. Le soleil fit son apparition ; la température s'éleva jusqu'à quarante-cinq degrés à l'ombre, et l'herbe sembla vouloir s'envoler vers le ciel, drue, à hauteur de cuisse, luisante comme de l'or, blessant les yeux. Lavés, époussetés, les arbres brillaient et les hordes de perroquets, plus bavards que jamais, revinrent des endroits où ils s'étaient réfugiés pendant la pluie pour zébrer d'arcs-en-ciel ramures et branches.

Le père Ralph était reparti pour secourir ses paroissiens négligés, serein, ayant la certitude que ses supérieurs ne lui tiendraient pas rigueur de son absence. Sous sa chemise blanche, pressé contre son cœur, reposait un chèque de mille livres sterling ; l'évêque serait aux anges.

Les moutons regagnèrent leurs pâturages habituels et les Cleary se plièrent à la coutume en vigueur dans l'intérieur du pays, la sieste. Ils se levaient à cinq heures, effectuaient la plupart des travaux avant midi, puis s'effondraient en sueur, animés de soubresauts, jusqu'à cinq heures de l'après-midi. Cette règle s'appliquait aussi bien aux femmes dans la maison qu'aux hommes dans les enclos. Les corvées n'ayant pu être menées à bien le matin étaient accomplies en fin d'après-midi, et le repas du soir était absorbé après le coucher du soleil, dehors, sous la véranda. Les lits avaient aussi été sortis car la chaleur persistait tout au long de la nuit. On eût dit que le thermomètre n'était pas descendu au-dessous de trente-sept degrès depuis des semaines, aussi bien de jour que de nuit. Le bœuf se rangeait parmi les souvenirs ; ils ne se nourrissaient que d'agneaux suffisamment petits pour être mangés rapidement sans courir le risque de voir la viande s'abîmer. Les palais aspiraient à un changement ; ce n'étaient que côtelettes de mouton grillées, ragoût de mouton, pâtés de mouton, mouton au curry, gigot de mouton, mouton bouilli, mouton braisé.

Mais au début de février, la vie changea brutalement pour Meggie et Stuart. Ils furent envoyés au couvent de Gillanbone comme pensionnaires car il n'y avait pas d'écoles plus proches. Paddy déclara que, dès qu'il serait en âge, Hal suivrait les cours par correspondance donnés par le collège Blackfriars de Sydney. Mais, entre-temps et étant donné que Meggie et Stuart étaient habitués à l'enseignement dispensé par des maîtres, il était préférable qu'ils aillent au couvent de Sainte-Croix où leurs frais de pension seraient généreusement réglés par Mary Carson. D'ailleurs, Fee était trop occupée avec Hal pour imposer la discipline qu'exigeaient les cours par correspondance. Dès le début, il avait été décidé que Jack et Hughie ne poursuivraient pas leurs études ; Drogheda avait besoin d'eux, et seule la terre les intéressait.

Meggie et Stuart menèrent une existence curieusement paisible au couvent de Sainte-Croix après leur vie à Drogheda, mais surtout après l'école du Sacré-Cœur à Wahine. Le père Ralph avait subtilement laissé entendre aux religieuses que ces deux enfants étaient ses protégés, leur rappelant que leur tante était la femme la plus riche de toute la Nouvelle-Galles du Sud. Aussi la timidité de Meggie apparut-elle comme une vertu, et l'étrange besoin de solitude de Stuart, son habitude de regarder dans le vide pendant des heures, fut-elle considérée comme « sainte ».

C'était effectivement très paisible car le couvent ne comptait que très peu de pensionnaires ; les familles de la région suffisamment fortunés pour envoyer leurs rejetons dans des pensionnats préféraient invariablement Sydney à Gillanbone. Le couvent sentait l'encaustique et les fleurs ; ses hauts couloirs sombres suintaient la sérénité et une sorte de sainteté tangible. Les voix étaient étouffées ; amortie, la vie continuait à l'abri d'un fin voile noir. Personne ne leur infligeait de coups de baguette, personne ne criait, et il y avait toujours le père Ralph.

Il venait fréquemment les voir et il les recevait si régulièrement au presbytère qu'il décida de repeindre en vert tendre la chambre qu'utilisait Meggie, d'acheter des rideaux neufs et un nouveau dessus-de-lit. Stuart continuait à dormir dans une chambre qui avait été crème, puis brune ; il ne vint même pas à l'esprit du père Ralph de se demander si Stuart était heureux. La présence de celui-ci n'était qu'accessoire et il ne l'invitait que par correction.

Le père Ralph ignorait les raisons de l'affection qu'il vouait à Meggie ; d'ailleurs, il ne se posait guère de questions à ce sujet. Il avait d'abord ressenti de la pitié pour la petite fille le jour où il l'avait aperçue dans la gare poussiéreuse, un peu à l'écart, tenue en marge de la famille, sans doute à cause de son sexe, avait-il conclu. Par contre, le prêtre ne s'intéressait pas aux raisons qui poussaient Frank à se tenir, lui aussi, en dehors du cercle familial ; il n'éprouvait d'ailleurs aucune pitié à l'égard du jeune homme. Il y avait quelque chose chez Frank qui repoussait les élans ; cœur sombre, esprit dépourvu de lumière intérieure. Et Meggie ? Elle le touchait profondément sans qu'il sût pourquoi. La teinte de ses cheveux l'enchantait, la couleur et la forme de ses yeux rappelaient ceux de Fee, donc ils étaient beaux, mais infiniment plus doux, plus expressifs ; et son caractère le ravissait, exactement celui qu'il considérait comme idéal chez une femme : passif, et cependant d'une fermeté à toute épreuve. Pas de révolte chez Meggie, au contraire. Toute sa vie, elle obéirait, évoluerait à l'intérieur des limites de son destin de femelle.

Pourtant, tout bien considéré, ces raisons se révélaient insuffisantes pour expliquer son engouement. S'il s'était livré à une introspection plus poussée, peut-être aurait-il compris que ce qu'il ressentait à l'égard de Meggie provenait d'un curieux mélange de temps, de lieu et d'individualité. Personne n'accordait d'importance à la fillette, ce qui impliquait un vide dans la vie de celle-ci, vide dans lequel il pourrait se glisser et être sûr de l'amour qu'elle lui portait ; elle était une enfant et ne faisait donc courir aucun danger à son mode de vie et à sa réputation de prêtre ; elle était belle, et il se délectait de la beauté ; et, c'était plus difficile à admettre, elle comblait un creux dans sa vie, creux que son Dieu ne pouvait remplir, car elle avait une chaleur, une consistance humaine. Pour ne pas gêner les Cleary en la couvrant de cadeaux, il lui accordait tout le temps dont il pouvait disposer et consacrait heures et pensées à décorer la chambre qu'elle occupait au presbytère, moins pour surprendre le plaisir qu'elle manifesterait que pour créer un écrin digne de son joyau. Pas de pacotille pour Meggie.

Au début de mai, les tondeurs arrivèrent à Drogheda. Avec une acuité extraordinaire, Mary Carson était au fait de tout ce qui se passait sur son domaine, depuis l'acheminement des moutons jusqu'au sifflement d'une mèche de fouet. Elle convoqua Paddy quelques jours avant l'arrivée des ouvriers saisonniers et, sans bouger de son fauteuil à oreilles, lui exposa exactement ce qu'elle attendait de lui jusque dans les moindres détails. Habitué à la tonte en Nouvelle-Zélande, Paddy avait été éberlué par les dimensions de l'auvent réservé à cet usage avec ses vingt-six boxes ; à présent, après son entretien avec sa sœur, faits et chiffres tournoyaient dans sa tête. Seraient tondus à Drogheda non seulement les moutons du domaine mais aussi ceux de Bugela, de Dibban-Dibban et de Beel-Beel. Cela sous-entendait un travail épuisant pour tous les êtres vivant sur le domaine, hommes et femmes. La tonte en communauté était une coutume et les éleveurs qui partageaient les commodités offertes par Drogheda apporteraient leur contribution, mais la majeure partie des travaux annexes tomberait inévitablement sur les épaules des employés du domaine.

Les tondeurs amèneraient leur propre cuisinier et ils achèteraient les vivres au magasin du domaine, mais il fallait trouver ces énormes quantités de victuailles ; le baraquement délabré où ils logeraient, ainsi que la cuisine et la salle de bain primitive qui le flanquaient, devraient être préparés et nettoyés pour recevoir matelas et couverture. Peu de fermes se montraient aussi généreuses que Drogheda à l'égard des tondeurs, mais le domaine s'enorgueillissait de son hospitalité et de sa réputation de « fameux coin ». Car c'était l'unique activité à laquelle Mary Carson participait sur des bases communautaires, elle ne lésinait donc pas sur les frais. Non seulement Drogheda réservait aux ouvriers saisonniers la tonte la plus importante de la Nouvelle-Galles du Sud, mais le domaine exigeait aussi les hommes les plus compétents qui se puissent trouver, des hommes de la trempe de Jackie Howe ; plus de trois cent mille moutons seraient tondus avant que les spécialistes ne chargent leurs balluchons sur la vieille camionnette Ford de l'entrepreneur et s'éloignent, en route pour leur prochain engagement.

Frank n'était pas rentré chez lui depuis quinze jours. En compagnie du vieil éleveur Pete-la-Barrique, d'une meute de chiens, de deux chevaux et d'un sulky léger, attelé à une vieille rosse rétive pour transporter leurs provisions, ils étaient partis pour les enclos les plus éloignés de l'ouest afin de ramener les moutons, les sélectionnant au fur et à mesure qu'ils se rapprochaient ; travail lent et fastidieux n'ayant rien de commun avec le rassemblement précipité qui avait précédé l'inondation. Chaque enclos comportait ses propres parcs où s'effectuaient le tri et le marquage ; le flot des bêtes qui se pressaient était endigué jusqu'à ce que le tour de chacune arrivât. L'auvent de tonte et ses aménagements annexes ne pouvaient recevoir que dix mille moutons à la fois ; la vie ne serait donc pas facile tant que les tondeurs opéreraient ; il y aurait de constantes allées et venues pour remplacer les bêtes tondues par celles ayant encore leur toison.

Quand Frank entra dans la cuisine, il trouva sa mère, debout à côté de l'évier, occupée à une interminable tâche, l'épluchage des pommes de terre.

– M'man, je suis de retour ! annonça-t-il, joyeusement.

Elle se retourna et, dans son mouvement, son ventre se dessina ; les deux semaines que Frank avait passées hors de la maison rendaient son regard plus pénétrant.

– Oh, mon Dieu ! marmonna-t-il.

Les yeux de sa mère se vidèrent du plaisir qu'ils avaient à le voir, son visage s'empourpra de honte ; elle posa les mains sur son tablier ballonné comme pour cacher ce que ses vêtements ne pouvaient dissimuler.

– Ce vieux bouc dégoûtant ! s'écria Frank que des tremblements agitaient.

– Frank ! Je ne te permets pas de dire des choses pareilles. Tu es un homme à présent. Tu devrais comprendre. C'est ainsi que tu es venu au monde et cet aboutissement mérite le respect. Ça n'est pas sale ; quand tu insultes ton père, tu m'insultes aussi.

– Il n'avait pas le droit ! Il aurait dû te laisser tranquille ! s'insurgea Frank dans un sifflement tout en essuyant les bulles de salive qui lui montaient aux lèvres.

– Ce n'est pas sale, Frank, répéta-t-elle d'un ton las. (Elle posa sur lui des yeux clairs et fatigués comme si elle avait subitement décidé de surmonter sa honte, et à tout jamais.) Ce n'est pas sale, Frank, pas plus sale que le fruit qu'engendre l'acte.

Cette fois, il rougit. Il ne pouvait continuer à soutenir son regard ; il se détourna et passa dans la chambre qu'il partageait avec Bob, Jack et Hughie. Les murs nus, les lits étroits le narguèrent, tournèrent sa présence en dérision ; là était sa couche stérile, morne, sans un être complémentaire pour la réchauffer, sans but pour la sanctifier. Et le visage de sa mère, ses beaux traits las, nimbés d'un halo de cheveux dorés, rayonnante de sentir dans son ventre le résultat de ce qu'elle et ce vieux bouc velu avaient fait dans la terrible chaleur de l'été.

Il ne pouvait s'en débarrasser, il ne pouvait séparer sa mère des pensées obscures qui l'assiégeaient, des besoins naturels de son âge et de sa virilité. La plupart du temps, il parvenait à repousser ces idées au-delà de la conscience, mais quand elle exhibait devant lui l'évidence de sa lascivité, lui jetait à la face cet acte mystérieux avec cette vieille bête lubrique... Comment aurait-il pu l'envisager, y consentir, le supporter ? Il aurait souhaité pouvoir penser à elle comme à un être aussi rigoureusement saint, pur et immaculé que la Vierge, une femme au-dessus de cet acte vil bien que toutes ses sœurs, partout dans le monde, s'en rendissent coupables. La voir anéantir l'idée qu'il voulait se faire d'elle le menait à la folie. Pour demeurer sain d'esprit, il lui fallait imaginer qu'elle s'étendait à côté de cet affreux vieux bonhomme dans une chasteté parfaite, simplement pour dormir, qu'au cours de la nuit ils ne se tournaient jamais l'un vers l'autre, ni même ne s'effleuraient. Oh, dieu !

Un bruit métallique le poussa à baisser les yeux ; il s'aperçut qu'il avait tordu le montant de cuivre du lit.

– Dommage que tu ne sois pas mon père, dit-il au métal.

– Frank ! appela Fee depuis le seuil.

Il leva vers elle des yeux noirs, luisants, humides comme du charbon sous la pluie.

– Je finirai par le tuer, grommela-t-il.

– Et tu me tueras pas la même occasion, dit Fee en venant s'asseoir sur le lit.

– Non, je te libérerai ! rétorqua-t-il violemment, animé d'un fol espoir.

– Frank, je ne pourrai jamais être libre et je ne veux pas être libre. J'aimerais savoir d'où te vient ton aveuglement, mais je l'ignore ; en tout cas, pas de moi ni de ton père. Je sais que tu n'es pas heureux, mais pourquoi t'en prendre à moi et à papa ? Pourquoi persistes-tu à tout rendre si difficile ? Pourquoi ? (Elle regarda ses mains, leva les yeux vers lui.) Je préférerais ne pas avoir à te dire ça, mais je crois qu'il le faut. Il est temps que tu te trouves une jeune fille, Frank, que tu te maries et fondes un foyer. La place ne manque pas à Drogheda. Je n'ai pas à m'inquiéter pour tes frères à ce sujet ; ils ne paraissent pas du tout avoir ta nature. Mais tu as besoin d'une épouse, Frank. Si tu étais marié, tu n'aurais pas le temps de penser à moi.

Il lui avait tourné le dos et il ne voulut pas lui faire face. Pendant plus de cinq minutes, elle demeura assise sur le lit, espérant qu'il dirait quelque chose, puis elle soupira, se leva et quitta la pièce.

CHAPITRE 5

Après le départ des tondeurs, alors que la région s'était installée dans la somnolence de l'hiver, vint la fête annuelle de Gillanbone avec ses courses et épreuves hippiques du grand pique-nique. C'était l'événement le plus important du calendrier mondain et les festivités duraient deux jours. Fee ne se sentait pas assez bien pour y assister et Paddy dut conduire la Rolls-Royce, pour emmener Mary Carson en ville, sans bénéficier du soutien de sa femme qui parvenait à réduire Mary au silence. Il avait remarqué que, pour quelque raison mystérieuse, la seule présence de Fee imposait le calme à sa sœur, mettant celle-ci dans une position d'infériorité.

Tout le monde se rendait à la fête. Menacés de mort s'ils ne se conduisaient pas bien, les garçons accompagnèrent Pete-la-Barrique, Jim, Tom, Mme Smith et les servantes dans le camion, mais Frank partit tôt et seul au volant de la Ford T. Les adultes devaient tous séjourner en ville jusqu'au lendemain afin d'assister aux courses ; pour des raisons personnelles, Mary Carson déclina l'offre du père Ralph qui proposait de l'héberger au presbytère, mais elle incita Paddy à accepter l'hospitalité du prêtre pour lui et Frank. Personne ne sut où les ouvriers et Tom, le jardinier, devaient passer la nuit, mais Mme Smith, Minnie et Cat descendirent chez des amies de Gilly.

Il était dix heures du matin lorsque Paddy accompagna sa sœur jusqu'à la meilleure chambre que l'Hôtel Impérial pût offrir ; il descendit au bar où il trouva Frank, une chope de bière à la main.

– Je t'offre la prochaine, mon vieux, dit gentiment Paddy à son fils. Je dois emmener la tante Mary au déjeuner sur l'herbe avant les courses et j'ai besoin de réconfort pour subir cette épreuve sans le secours de M'man.

L'habitude et la crainte sont plus difficiles à surmonter qu'on ne le croit généralement jusqu'au moment où l'on tente vraiment de se soustraire à leur emprise ; Frank s'aperçut qu'il était incapable d'agir comme il l'aurait souhaité : il ne put jeter le contenu de son verre à la figure de son père, pas devant les consommateurs se pressant dans le bar. Il avala donc ce qui lui restait de bière d'une seule gorgée, esquissa un petit sourire torve et dit :

– Désolé, Papa, j'ai rendez-vous avec des gars à la fête.

– Eh bien, vas-y. Mais tiens, prends ça et dépense-le, et si tu te soûles, fais en sorte que ta mère n'en sache rien.

Frank regarda le billet de cinq livres que son père lui avait glissé dans la main, grillant de le déchirer en mille morceaux et de le jeter à la tête de Paddy mais, une fois de plus, l'habitude l'emporta ; il le plia, le fourra dans sa poche et remercia son père. Il ne quitta pas le bar assez vite à son gré.

Dans son plus beau costume bleu, gilet boutonné, barré d'une chaîne d'or retenant d'un côté la montre et de l'autre une pépite provenant des champs aurifères de Lawrence, Paddy passa le doigt sous son col en celluloïd et jeta un coup d'œil dans le bar à la recherche d'un visage connu. Il n'était pas venu à Gilly bien souvent depuis les neuf mois passés à Drogheda, mais sa position en tant que frère et héritier présumé de Mary Carson lui avait valu considération et attention à chacune de ses visites, et nul ne l'avait oublié. Plusieurs hommes lui adressèrent des sourires rayonnants, de nombreuses voix s'élevèrent pour l'inviter à boire et il se retrouva bientôt au sein d'un groupe amical ; Frank lui était sorti de l'esprit.

Les cheveux de Meggie étaient tressés à présent, aucune religieuse n'ayant accepté, en dépit de l'argent de Mary Carson, de la coiffer avec des anglaises, et deux câbles épais, attachés par des rubans bleu marine, lui battaient les épaules. Vêtue du sobre uniforme des pensionnaires de Sainte-Croix, lui aussi bleu marine, elle suivit une sœur pour traverser la pelouse du couvent et gagner le presbytère où la religieuse la remit à la gouvernante du père Ralph qui lui vouait une véritable adoration.

– Oh ! c'est à cause que ses cheveux sont miellés comme le nectar des anges, avait-elle expliqué au prêtre qui s'étonnait de l'engouement de sa gouvernante : Annie n'aimait guère les petites filles et elle avait souvent déploré la proximité de l'école.

– Allons donc ! Les cheveux sont inanimés, Annie. Vous ne pouvez pas aimer un être uniquement à cause de la couleur de sa chevelure, l'avait-il taquinée.

Sur quoi, elle s'était lancée dans des explications si enthousiastes, en ayant recours à son écossais natal, que le prêtre avait préféré ne pas insister. Parfois, il valait mieux ne pas essayer de comprendre le parler très particulier d'Annie et ne pas porter trop d'attention à ce qu'elle disait. Si elle éprouvait de la commisération pour l'enfant, il ne tenait pas à savoir si c'était en raison de son avenir plutôt que de son passé.

Frank arriva, encore tremblant après sa rencontre avec son père au bar, en proie au désarroi.

– Viens, Meggie, je t'emmène à la fête, dit-il en lui tendant la main.

– Et si je vous y emmenais tous les deux ? proposa le père Ralph.

Ses petites mains serrant éperdument celles des deux hommes qu'elle vénérait, Meggie était au septième ciel.

La fête se déroulait sur les berges de la Barwon, à côté de l'hippodrome. Bien que l'inondation remontât à six mois, la terre n'avait pas complètement séché et le piétinement joyeux des premiers arrivants l'avait réduite à l'état de bourbier. Derrière les stalles où attendaient moutons, bovins, porcs et chèvres, les plus beaux spécimens venus pour le concours, se dressaient des tentes regorgeant d'objets d'artisanat et de victuailles. Tous trois regardèrent les éventaires offrant aux chalands gâteaux, châles au crochet, vêtements d'enfant tricotés, nappes brodées, chats, chiens et canaris.

De l'autre côté, se déroulait un concours hippique réservé aux jeunes cavaliers, garçons et filles ; ils faisaient évoluer leurs montures à queues écourtées devant des juges qui, eux-mêmes, ressemblaient à des chevaux, tout au moins aux yeux de Meggie qui gloussait. Les amazones, dans leur magnifique tenue de serge, arboraient des chapeaux hauts de forme entourés d'une vapeur de mousseline que le moindre souffle agitait. Comment une femme pouvait-elle monter dans une position aussi précaire avec une telle coiffure et dépasser l'allure du pas tout en restant imperturbable ? Meggie ne pouvait le concevoir jusqu'à ce qu'elle vît une magnifique créature faire sauter à sa fringante monture une série d'obstacles difficiles et finir son parcours tout aussi impeccable qu'au départ. Puis l'amazone éperonna son cheval avec impatience, traversa l'espace boueux au petit trot, leva les rênes, arrêtant sa monture devant Meggie, Frank et le père Ralph pour leur barrer la route. La jambe gainée d'une botte noire, luisante, passée au-dessus du pommeau de la selle se libéra, et Meggie put constater que la femme était réellement assise sur un seul côté de la bête. Impérieuse, l'amazone tendit ses mains gantées.

– Mon père, soyez assez bon pour m'aider à mettre pied à terre !

Le prêtre leva les bras, lui entoura la taille à deux mains tandis que les paumes de l'amazone reposaient sur ses épaules et, d'un geste souple, la posa à terre. Dès l'instant où les talons luisants effleurèrent le sol, il la libéra, saisit la bride et avança à côté de la jeune fille qui suivait son pas sans effort.

– Allez-vous gagner le parcours de chasse, Miss Carmichael ? s'enquit-il avec un détachement flagrant.

Elle fit la moue ; jeune et très belle, elle était dépitée par la hauteur indifférente du prêtre.

– J'espère remporter le trophée, mais je n'en suis pas sûre. Miss Hopeton et Mme Anthony King sont des concurrentes redoutables. Mais je gagnerai certainement l'épreuve de dressage ; alors, même si je ne remporte pas le parcours de chasse, je n'aurai pas à me plaindre.

Elle avait une élocution parfaite et la curieuse phraséologie guindée de la jeune fille parfaitement élevée et éduquée, si bien qu'on ne relevait pas dans ses paroles la moindre trace de chaleur ou d'accent qui eût communiqué de la couleur à sa voix. Quand le père Ralph lui répondit, il le fit sur un ton tout aussi affecté, sans trace des inflexions enjôleuses propres aux Irlandais, à croire que la jeune fille l'avait ramené à une époque où, lui aussi, s'exprimait de la sorte. Meggie fronça les sourcils, intriguée, frappée par leur échange de paroles mesurées, ne sachant pas en quoi le père Ralph avait changé, comprenant seulement qu'il y avait changement et que cette transformation lui était désagréable. Elle lâcha la main de Frank car il était devenu difficile pour eux d'avancer côte à côte.

Quand ils arrivèrent devant une large flaque, Frank marchait derrière eux. Les yeux du père Ralph papillotèrent pendant qu'il observait l'eau, presque une mare ; puis il se tourna vers Meggie qu'il tenait toujours par la main et se pencha vers elle avec une tendresse évidente sur laquelle la jeune fille ne pouvait se méprendre, tant cette chaleur avait été totalement absente des propos polis qu'il lui avait tenus.

– Je ne porte pas de cape, ma chère petite Meggie ; je ne peux donc être pour vous Sir Walter Raleigh. Je suis certain que vous ne m'en voudrez pas, chère Miss Carmichael, ajouta-t-il en tendant la bride à l'amazone. Mais je ne peux permettre à ma petite fille préférée de crotter ses chaussures, n'êtes-vous pas de mon avis ?

Il souleva Meggie et la maintint contre sa hanche, laissant Miss Carmichael retrousser ses lourdes jupes d'une main, saisir la bride de l'autre, et patauger pour traverser la flaque sans le moindre secours. Le sonore éclat de rire de Frank qui retentit derrière eux n'améliora en rien l'humeur de l'amazone ; parvenue de l'autre côté de la flaque, elle les quitta brusquement.

– Je crois qu'elle vous tuerait volontiers, remarqua Frank quand le père Ralph reposa Meggie.

Il était fasciné par cette rencontre et la cruauté délibérée du père Ralph. Elle lui avait parue si belle et si hautaine qu'il semblait qu'aucun homme ne pût la traiter de la sorte, pas même un prêtre ; et pourtant le père Ralph avait entrepris avec entrain de briser la confiance qu'elle avait en elle et l'impétueuse féminité qu'elle brandissait comme une arme. A croire que le prêtre la hait, elle et tout ce qu'elle représente, songea Frank. Le monde des femmes, l'exquis mystère qu'il n'avait jamais eu l'occasion de sonder. Encore meurtri par les paroles de sa mère, il eût souhaité que Miss Carmichael le remarquât, lui, le fils aîné de l'héritier de Mary Carson, mais elle n'avait même pas daigné s'apercevoir de son existence. Toute l'attention de la jeune fille s'était concentrée sur le prêtre, cet être asexué et émasculé. Même s'il était grand, hâlé et beau.

– Ne vous inquiétez pas, elle viendra en redemander, laissa cyniquement tomber le père Ralph. Elle est riche ; aussi, dimanche prochain, elle déposera ostensiblement un billet de dix livres dans le plateau de la quête. (Il rit devant l'expression de Frank.) Je ne suis pas beaucoup plus âgé que vous, mon fils, mais en dépit de ma vocation, je suis au fait des escarmouches mondaines. Ne m'en tenez pas rigueur ; mettez cela sur le compte de l'expérience.

Ils avaient laissé l'hippodrome derrière eux et pénétraient dans la partie réservée aux attractions et aux jeux. Pour Meggie et Frank, ce fut un émerveillement. Le père Ralph avait donné à Meggie la somme considérable de cinq shillings et Frank possédait cinq livres : avoir en poche de quoi payer une entrée dans n'importe laquelle de ces baraques était une sensation grisante. La foule se pressait, les enfants couraient en tous sens, écarquillaient les yeux devant les banderoles coloriées fixées devant les tentes effrangées : « La Plus Grosse Femme du monde », « La Princesse Houri, charmeuse de serpents (Venez la voir tenir en respect un féroce cobra) », « L'Homme de caoutchouc », « Goliath, l'homme le plus fort du monde », « Thétis, la sirène ». A chaque baraque, ils donnaient leurs pennies et, extasiés, regardaient, sans remarquer les écailles tristement ternies de Thétis ou le sourire édenté du cobra.

A l'extrémité, se dressait une immense tente ; elle était précédée d'une haute plate-forme derrière laquelle une frise de silhouettes peintes s'étendait sur toute la longueur du podium, menaçant la foule. Un homme, armé d'un mégaphone, s'adressait aux badauds qui s'attroupaient.

– Voici, Messieurs, la célèbre troupe de boxeurs de Jimmy Sharman ! Huit des plus grands champions du monde ! Une bourse sera offerte à celui d'entre vous qui voudra tenter sa chance !

Femmes et jeunes filles s'écartaient aussi vite qu'hommes et garçons se rapprochaient, venant de toutes les directions, s'agglutinant devant l'estrade. Avec la solennité des gladiateurs paradant au Circus Maximus, huit hommes défilèrent sur le podium avant de se tenir, mains bandées sur les hanches, jambes écartées, torse bombé, face aux exclamations admiratives de la foule. Maggie crut qu'ils portaient des sous-vêtements car ils étaient vêtus de longs collants noirs, de gilets et de caleçons gris étroitement ajustés, s'arrêtant à mi-cuisse. Sur leur poitrine, écrit en grandes lettres majuscules, on pouvait lire TROUPE DE JIMMY SHARMAN. Il n'y en avait pas deux de la même taille; certains étaient grands, d'autres petits, d'autres encore entre les deux, mais tous exhibaient un physique particulièrement avantageux. Bavardant et riant entre eux avec une désinvolture qui laissait entendre que ce genre de chose était un événement courant et quotidien, ils faisaient jouer leurs muscles tout en s'efforçant de donner à penser qu'ils ne prenaient aucun plaisir à se pavaner.

– Allons, les gars, qui veut passer les gants ? criait l'aboyeur. Qui veut tenter sa chance ? Mettez les gants et gagnez cinq livres ! hurlait-il entre deux roulements de tambour.

– Moi, s'écria Frank. Moi !

Il s'arracha des mains du père Ralph qui tentait de le retenir tandis que les badauds qui les entouraient éclataient de rire à la vue de la petite taille de Frank et le poussaient joyeusement vers l'estrade.

Mais le bonimenteur garda son sérieux lorsqu'un des membres de la troupe tendit une main amicale à Frank et l'aida à monter l'échelle pour rejoindre les huit boxeurs sur la plate-forme.

– Ne riez pas, Messieurs ! Il n'est pas grand, mais il est le premier à se porter volontaire ! Dans un combat, ce n'est pas la taille du chien qui compte, mais ce qu'il a dans le ventre ! Alors, voilà un petit gars qui a le courage de tenter sa chance... qu'est-ce que vous attendez, les grands costauds, hein ? Mettez les gants et gagnez cinq livres en tenant jusqu'au bout avec l'un des champions de Jimmy Sharman !

Peu à peu, les rangs des volontaires grossirent ; des jeunes gens trituraient timidement leur chapeau tout en jetant un œil sur les professionnels qui se tenaient à côté d'eux, l'élite de la boxe. Grillant de rester pour assister à la suite des événements, le père Ralph jugea à regret qu'il était grand temps d'emmener Meggie ; il la souleva et pivota sur les talons pour quitter les lieux. Meggie se mit à hurler et, plus il s'éloignait, plus ses cris se faisaient stridents ; on commençait à se retourner sur eux et la réputation irréprochable du prêtre risquait de sortir ternie de l'aventure.

– Ecoute, Meggie, je ne peux pas t'emmener là-dedans ! Ton père m'écorcherait vif et il aurait raison !

– Je veux rester avec Frank ! Je veux rester avec Frank ! hurla-t-elle à pleins poumons tandis qu'elle décochait des coups de pied, essayait de mordre.

– Oh, merde ! s'exclama le prêtre.

Se pliant à l'inévitable, il porta la main à sa poche pour en tirer quelques pièces et s'approcha de l'entrée de la tente, l'œil aux aguets pour s'assurer qu'aucun des frères de Meggie ne hantait le secteur ; rassuré sur ce point, il supposa que les gosses tentaient leur chance au jeu du fer à cheval ou qu'ils s'empiffraient de pâtés et de glaces.

– Ce n'est pas un spectacle pour une petite fille ! se récria le caissier, nettement choqué.

Le père Ralph leva les yeux au ciel.

– Si vous trouvez un moyen de l'éloigner d'ici sans que la police de Gilly nous arrête pour voie de fait sur une enfant, je l'emmènerais volontiers. Mais son frère a accepté de mettre les gants et elle n'a pas l'intention de l'abandonner pendant qu'il mènera un combat qui vous fera tous passer pour des amateurs.

L'homme haussa les épaules.

– Ma foi, mon père, je ne vais pas discuter avec vous, hein ? Entrez, mais arrangez-vous pour la faire tenir tranquille... pour... euh... pour l'amour du ciel. Non, non, mon père, gardez votre argent. Jimmy n'en voudrait pas.

La tente était bondée d'hommes et de garçons qui se pressaient autour du ring central. Le père Ralph trouva une place à l'arrière, contre la paroi de toile, tout en maintenant solidement Meggie. L'atmosphère était lourde de fumée et de l'odeur de la sciure répandue pour absorber la boue. Frank, gants aux mains, était le premier challenger de la journée.

Bien que ce ne fût pas courant, il arrivait qu'un homme sorti de la foule tînt jusqu'au bout devant l'un des boxeurs professionnels Evidemment, ceux-ci n'étaient pas les meilleurs du monde, mais ils comptaient parmi les plus valeureux d'Australie. Appelé à affronter un poids plume en raison de sa taille, Frank le mit K.O. au troisième coup de poing ; après quoi, il proposa de se mesurer à un autre. Quand il en fut à son troisième combat, le bruit s'était répandu comme une traînée de poudre et l'enceinte, archicomble, n'aurait pu recevoir un seul spectateur de plus.

Il avait à peine été touché ; les quelques rares coups encaissés n'avaient servi qu'à alimenter sa hargne sourde. Un éclair de folie luisait dans ses yeux ; l'écume lui montait aux lèvres tant la colère l'empoignait en reconnaissant dans ses adversaires le visage de Paddy ; les cris et les ovations de la foule résonnaient dans ses oreilles en un unique refrain répétant sans cesse *Vas-y ! Vas-y ! Vas-y !* Oh, comme il avait brûlé d'impatience en attendant de se battre, occasion qui lui avait été refusée depuis son arrivée à Drogheda ! Car se battre était la seule façon qu'il connût de se débarrasser de la haine et du chagrin, et à l'instant où il décochait le coup de poing qui abattait son adversaire, il crut entendre la grande voix sourde qui lui emplissait les oreilles changer de refrain pour entonner son exhortation, *Tue-le ! Tue-le ! Tue-le !*

Puis on l'opposa à l'un des vrais champions, un poids léger qui avait reçu l'ordre de tenir Frank à distance pour voir si celui-ci était capable de boxer aussi bien qu'il cognait. Les yeux de Jimmy Sharman brillaient. Il était constamment à la recherche de champions et ces petites fêtes campagnardes lui avaient donné l'occasion d'en découvrir quelques-uns. Le poids léger se conforma aux directives qui lui avaient été données, harcelé malgré la supériorité de son allonge, tandis que Frank, en proie à sa fureur de tuer, s'acharnait sur cette silhouette sautillante qui se dérobait sans cesse. Il tirait un enseignement de chaque corps à corps, de chaque grêle de coups, car il appartenait à cette curieuse espèce d'hommes capables de penser même sous l'emprise d'une hargne démoniaque. Et il tint jusqu'au bout, en dépit des coups que lui infligeaient les poings rompus au combat de son adversaire ; il avait un œil enflé, une entaille à l'arcade sourcilière et une autre à la lèvre. Mais il avait gagné vingt livres et s'était acquis le respect de tous les hommes présents.

Meggie s'arracha à l'étreinte relâchée du père Ralph et se rua hors de la tente avant même qu'il pût esquisser un geste pour la retenir. Lorsqu'il la retrouva à l'extérieur, elle avait vomi et elle essayait de nettoyer ses chaussures éclaboussées à l'aide d'un minuscule mouchoir. Sans mot dire, il lui tendit le sien et caressa la tête flamboyante, agitée de sanglots. L'atmosphère qui régnait à l'intérieur lui avait irrité la gorge et il eût souhaité que la dignité de son état ne lui interdît pas de restituer son repas au public.

– Veux-tu que nous attendions Frank ou préfères-tu que nous partions ?

– J'attendrai Frank, murmura-t-elle.

Elle s'appuya contre le prêtre, emplie de reconnaissance pour le calme et la compréhension dont il faisait preuve.

– Je me demande pourquoi tu mets à si rude épreuve mon cœur inexistant, marmotta-t-il (Il la croyait trop souffrante et malheureuse pour écouter, mais il éprouvait le besoin d'exprimer ses pensées à haute voix, ainsi que c'est souvent le cas pour les individus menant une vie solitaire.) Tu ne me rappelles pas ma mère et je n'ai jamais eu de sœur ; je voudrais bien savoir quelle magie vous habite, toi et ta malheureuse famille... Les choses ont-elles été si difficiles pour toi, ma petite Meggie ?

Frank sortit de la tente, un morceau de sparadrap sur l'arcade sourcilière, épongeant sa lèvre fendue. Pour la première fois depuis que le père Ralph le connaissait, il avait l'air heureux ; on dirait qu'il vient de passer une nuit d'amour avec une femme, songea le prêtre.

– Qu'est-ce que Meggie fait ici ? s'enquit Frank avec un rictus teinté de la même hargne qui l'avait animé sur le ring.

– A moins de lui lier pieds et poings et de la bâillonner, il m'était impossible de la tenir à l'écart, expliqua le père Ralph d'un ton sec. (Il n'appréciait guère d'avoir à se justifier, mais il n'était pas certain que Frank ne s'en prendrait pas aussi à lui. Le jeune homme ne lui faisait pas peur, mais il redoutait une scène en public.) La pauvre petite s'inquiétait pour vous, Frank ; et elle tenait à être là pour s'assurer que vous n'aviez pas de mal. Ne lui en veuillez pas, elle est déjà suffisamment bouleversée.

– Surtout, que Papa ne sache pas que tu t'es seulement approchée de cet endroit ! recommanda Frank à sa sœur.

– Ça ne vous ennuierait pas si nous abrégions notre petite sortie ? demanda le prêtre. Je crois qu'un peu de repos et une tasse de thé au presbytère nous feraient le plus grand bien. (Il serra le bout du nez de Meggie.) Quant à vous, jeune fille, un brin de toilette ne vous ferait pas de mal.

Paddy passa une journée éprouvante auprès de sa sœur, soumis à ses moindres volontés, rabaissé comme il ne l'avait jamais été avec Fee ; il dut l'aider tandis qu'elle bougonnait pour se frayer un chemin à travers la boue de Gilly, chaussée d'escarpins en dentelle, souriante, échangeant quelques mots avec les gens qu'elle saluait avec une hauteur de reine ; il se tint à ses côtés lorsqu'elle offrit le bracelet d'émeraudes au gagnant de la principale course, le Trophée de Gillanbone. Il ne parvenait pas à comprendre pourquoi les organisateurs dépensaient tout l'argent des prix pour un bijou au lieu de remettre une coupe plaquée or et un bon paquet de billets au vainqueur ; il ne saisissait pas la nature essentiellement amateur de la course qui sous-entendait que les hommes participant aux épreuves n'avaient pas besoin de ce vulgaire argent ; au lieu de quoi, ils donneraient négligemment le prix à leur épouse. Horry Hopeton, dont le hongre bai King Edward avait gagné le bracelet d'émeraudes, possédait un bracelet de rubis, un autre de diamants et un autre encore de saphirs, remportés les années précédentes. Il avait une femme et cinq filles et déclarait à qui voulait l'entendre qu'il ne s'arrêterait que lorsqu'il aurait gagné six bracelets.

La chemise empesée et le col en celluloïd de Paddy lui irritaient la peau, le costume bleu l'étouffait. Les exotiques fruits de mer arrivés de Sydney et servis avec du champagne lui barbouillaient l'estomac, habitué qu'il était au mouton. Et il avait le sentiment d'être un imbécile, il pensait avoir l'air d'un imbécile, son costume sentait la confection bon marché et son campagnard à plein nez. Il n'était pas à sa place parmi les éleveurs prolixes et vêtus de tweed, les matrones hautaines, les péronnelles au sourire chevalin, la crème de ce que le *Bulletin* appelait « la squattocratie ». Car tous s'efforçaient d'oublier le moment où, au siècle précédent, les squatters avaient fait main basse sur la terre en s'appropriant d'immenses étendues qui, par un accord tacite, avaient été reconnues comme leurs propriétés par la fédération et l'instauration des lois propres à l'Australie. Ils étaient devenus le groupe d'individus le plus envié du continent, fondant leurs partis politiques, envoyant leurs enfants dans les collèges sélects de Sydney, frayant avec le prince de Galles lorsque celui-ci visitait le pays. Lui, Paddy Cleary, homme simple, était un ouvrier. Il n'avait absolument rien de commun avec ces aristocrates coloniaux qui lui rappelaient désagréablement la famille de sa femme.

Quand il entra dans le salon du presbytère pour y trouver Frank, Meggie et le père Ralph installés autour du feu, détendus, et paraissant avoir passé une journée magnifique, joyeuse, il en conçut de l'irritation. Le doux secours de Fee lui avait affreusement manqué et il continuait à éprouver la même antipathie à l'égard de sa sœur que lorsqu'il était enfant en Irlande. Puis, il remarqua le sparadrap sur l'arcade sourcilière de Frank, le visage boursouflé ; une excuse que lui envoyait le ciel.

– Et comment oseras-tu regarder ta mère en face avec une tête pareille ! tempêta-t-il. Je te quitte des yeux un moment et voilà que tu recommences ! Tu t'en prends au premier type qui te regarde de travers !

Surpris, le père Ralph se redressa pour émettre quelques paroles d'apaisement, mais Frank le devança.

– J'ai gagné de l'argent avec ça, dit-il très doucement en désignant le sparadrap. Vingt livres pour quelques minutes de travail, c'est plus que ce que tante Mary nous paye, toi et moi, pour un mois ! J'ai mis K.O. trois bons boxeurs et ai tenu jusqu'au bout devant un champion poids léger dans la tente de Jimmy Sharman cet après-midi. Et j'ai gagné vingt livres ! Ça ne correspond peut-être pas à ce que tu attends de moi, n'empêche que je me suis acquis le respect de tous les hommes qui ont assisté au combat !

– Quelques malheureux types fatigués et sonnés par les coups, à peine capables de faire illusion dans une fête de campagne et tu en fais un plat ? Conduis-toi en homme, Frank. Je sais que ton corps a fini sa croissance mais, ne serait-ce que pour ta mère, tu pourrais peut-être faire en sorte de grandir par l'esprit !

Blême, le visage de Frank ! Des os blanchis au soleil. C'était là la plus terrible insulte qu'un homme pût proférer à son endroit et il s'agissait de son père. Il ne pouvait le frapper. Sa respiration se fit sifflante sous l'effort qu'il s'imposait pour garder les mains à ses côtés.

– Il ne s'agit pas de pauvres types sonnés par les coups, Papa. Tu connais Jimmy Sharman de réputation aussi bien que moi, et lui-même m'a dit que j'étais un boxeur-né, que j'avais devant moi un magnifique avenir ; il veut m'engager dans sa troupe et m'entraîner. Et il me paierait ! Je ne grandirai peut-être plus, mais je suis assez grand pour donner une bonne correction à n'importe qui... et c'est valable pour toi aussi, vieux bouc puant !

Le sous-entendu n'échappa pas à Paddy ; il blêmit tout autant que son fils.

– Comment oses-tu ?

– Tu n'es pas autre chose. Tu es dégoûtant. Tu es pire qu'un bélier en rut ! Pourquoi ne l'as-tu pas laissée tranquille ? Tu ne pouvais pas t'empêcher de la soumettre à ton plaisir, hein ?

– Non, non, non ! hurla Meggie.

Les doigts du père Ralph s'enfoncèrent dans ses épaules comme des serres et la maintinrent difficilement contre lui. Les larmes lui inondant le visage, elle se débattit frénétiquement pour se libérer, mais en vain.

– Non, Papa, non ! Oh, Frank, je t'en prie ! Je t'en prie ! s'écria-t-elle d'une voix suraiguë.

Mais seul le père Ralph l'entendit. Frank et Paddy se faisaient face. Aversion et crainte mutuelles enfin mises à nu. La digue de l'amour porté à Fee était rompue et leur sourde rivalité finalement admise.

– Je suis son mari. Et c'est Dieu qui bénit notre union en nous envoyant des enfants, déclara Paddy d'un ton plus calme, s'efforçant de se ressaisir.

– Tu ne vaux pas mieux qu'un vieux chien crotté qui court après n'importe quelle chienne pour la sauter !

– Toi, tu ne vaux pas mieux que le vieux chien crotté qui t'a engendré, quel qu'il soit ! hurla Paddy. Grâce à Dieu, je n'ai rien à y voir. Oh, grand dieu !

Il s'interrompit ; sa rage l'abandonna comme tombe le vent. Il s'effondra, se recroquevilla et ses mains se portèrent à sa bouche ; on eût dit qu'il voulait arracher la langue qui avait exprimé l'inexprimable.

– Je n'ai pas voulu dire ça se lamenta-t-il. *Je n'ai pas voulu dire ça !*

Dès l'instant où les mots franchirent les lèvres de Paddy, le père Ralph lâcha Meggie et se précipita sur Frank ; il lui tordit le bras derrière le dos tandis que, de sa main libre, il lui agrippait le cou. Et il était fort, sa prise paralysante ; Frank se débattit pour se libérer, puis subitement sa résistance fondit et il secoua la tête en signe de soumission. Meggie avait glissé sur le plancher et, agenouillée, elle pleurait, ses yeux allant de son frère à son père en une supplique impuissante. Elle ne comprenait pas ce qui se passait, mais elle savait qu'après cette scène elle ne pourrait plus les garder tous les deux.

– Si, c'est bien ce que tu voulais dire, fit Frank d'une voix grinçante. J'ai toujours dû le savoir ! (Il essaya de tourner la tête vers le prêtre.) Lâchez-moi, mon père. Je ne le toucherai pas. Que Dieu me vienne en aide.

– Que Dieu vous vienne en aide ? Que Dieu vous fasse pourrir en enfer tous les deux ! Si vous avez traumatisé cette enfant, je vous tuerai ! rugit le père Ralph, le seul en proie à la colère maintenant. Vous rendez-vous compte que j'ai dû la garder ici pour écouter ça de crainte que vous vous entretuiez si je l'emmenais ? J'aurais dû vous laisser faire, espèce de misérables et égoïstes crétins !

– Ça va, je vais partir, dit Frank d'une voix étrange, vide. Je vais m'engager dans la troupe de Jimmy Sharman et je ne reviendrai pas.

– Il faut que tu reviennes ! murmura Paddy. Que pourrais-je dire à ta mère ? Elle a plus d'affection pour toi que pour nous tous réunis. Elle ne me le pardonnera jamais.

– Dis-lui que je me suis engagé chez Jimmy Sharman parce que je veux être quelqu'un. C'est la vérité.

– Ce que j'ai dit... ce n'était pas vrai, Frank.

Les yeux noirs, les yeux étrangers de Frank brillèrent d'une lueur méprisante. Ces yeux dont s'était étonné le prêtre la première fois qu'il avait vu le jeune homme ; comment une Fee aux yeux gris et un Paddy aux yeux bleus auraient-ils engendré un fils aux yeux noirs ? Le père Ralph connaissait les lois de Mendel et il en tirait les conclusions qui s'imposaient.

Frank prit son chapeau et son manteau.

– Oh, c'était vrai ! J'ai toujours dû m'en douter. Le souvenir de M'man jouant de l'épinette dans un salon qui n'aurait jamais pu être le tien ! Le sentiment que tu n'avais pas toujours été là, que tu étais venu après moi. Qu'elle était mienne avant. (Il émit un rire silencieux.) Et quand je pense que toutes ces années, je t'en ai voulu de l'avoir rabaissée, alors que c'était moi. C'était *moi* !

– Ce n'était personne, Frank, personne ! lança le prêtre en essayant de le retenir. Cela rejoint les voies impénétrables de Dieu ; il faut que vous voyiez les choses sous ce jour !

Frank se libéra de la main qui le retenait et gagna la porte de sa démarche légère, redoutable, dansante. C'est un boxeur-né, songea le père Ralph, pensée que lui soufflait une partie lointaine, spectatrice, de son cerveau, le cerveau du cardinal.

– Les voies impénétrables de Dieu, railla le jeune homme depuis le seuil. Vous n'êtes qu'un perroquet quand vous jouez les prêtres, père de Bricassart ! Moi, je dis que Dieu vous vienne en aide, à vous, parce que vous êtes le seul parmi nous, ici, qui n'ait pas la moindre idée de ce qu'il est vraiment !

Paddy s'était effondré dans un fauteuil, visage terreux, expression égarée, yeux fixés sur Meggie qui pleurait et se balançait d'avant en arrière agenouillée près du feu. Il se leva pour la prendre dans ses bras, mais le père Ralph s'interposa vivement.

– Laissez-la tranquille. Vous lui avez fait suffisamment de mal ! Vous trouverez du whisky dans le buffet ; buvez-en un peu. Je vais mettre l'enfant au lit, mais je reviendrai vous parler. Alors, ne bougez pas d'ici. Vous m'avez compris ?

– Je vous attendrai, mon père. Mettez-la au lit.

A l'étage, dans la charmante chambre vert tendre, le prêtre déboutonna la robe et la combinaison de la petite fille et la fit asseoir sur le lit pour lui ôter ses chaussures et ses bas. Sa chemise de nuit se trouvait sur l'oreiller où Annie l'avait posée ; il la lui enfila par la tête et la laissa retomber décemment avant de lui enlever sa culotte. Pendant ce temps, il lui parlait de petits riens, lui racontait des histoires idiotes sur les boutons refusant de se défaire, les lacets rétifs et les rubans voulant à tout prix rester noués. Impossible de savoir si elle entendait ses paroles. Les yeux emplis de tragédies inexprimées de l'enfance, de confusion et de peine allant bien au-delà de son âge, elle regardait dans le vide.

– Maintenant, étends-toi, ma chérie, et essaie de dormir. Je reviendrai te voir dans un moment. Alors, ne t'inquiète pas. Nous reparlerons de tout ça plus tard.

– Elle s'est calmée ? demanda Paddy quand le père Ralph revint dans le salon.

Le prêtre tendit la main vers la bouteille de whisky posée sur le buffet et s'en servit la moitié d'un grand verre.

– Franchement, je n'en sais rien. Dieu du ciel, Paddy, je voudrais bien savoir quelle est la pire malédiction des Irlandais, l'alcool ou leur caractère irascible... Qu'est-ce qui vous a pris de dire ça ? Non, inutile de me répondre. Le caractère irascible ! C'est vrai, évidemment. J'ai su qu'il n'était pas de vous dès le premier instant où je l'ai aperçu.

– Rien ne vous échappe, hein ?

– Peut-être pas. Pourtant, il suffit d'un sens de l'observation très moyen pour discerner les ennuis ou la peine dont sont affligés certains de mes paroissiens.

– Vous êtes très aimé à Gilly, mon père.

– Je le dois probablement à mon visage et à ma stature, dit amèrement le prêtre, incapable de communiquer à sa voix la légèreté qu'il eût souhaitée.

– C'est là ce que vous pensez ? Ce n'est pas mon avis, mon père. Nous vous aimons parce que vous êtes un bon pasteur.

– En tout cas, il semble que je sois inextricablement mêlé à vos ennuis, marmonna le père Ralph, visiblement gêné. Vous feriez mieux de vous débarrasser de ce que vous avez sur le cœur, mon vieux.

Paddy garda les yeux fixés sur le feu qu'il avait alimenté, entassant bûche sur bûche pendant que le prêtre mettait Meggie au lit, empoigné par un accès de remords et un besoin frénétique de faire quelque chose. Le verre vide qu'il tenait à la main s'agita sous une suite de rapides tremblements. Le père Ralph se leva, saisit la bouteille et lui versa une large rasade de whisky. Après en avoir avalé une longue gorgée, Paddy soupira et essuya les larmes oubliées sur ses joues.

– Je ne sais pas qui est le père de Frank. Ça s'est produit avant que je rencontre Fee. Sa famille était l'une des plus en vue de la Nouvelle-Zélande. Son père possède un immense domaine où il cultive le blé et élève des moutons, près d'Ashburton dans l'Ile du Sud. L'argent ne comptait pas et Fee était sa seule fille. D'après ce que j'ai compris, il avait tout prévu pour elle... voyage en Angleterre, présentation à la Cour, le mari voulu. Elle n'avait jamais accompli le moindre travail dans la maison, évidemment. Il y avait des servantes, des maîtres d'hôtel, des équipages, des limousines ; ils vivaient en grands seigneurs.

« J'étais employé à la laiterie et parfois il m'arrivait de voir Fee, de loin, se promenant avec un petit garçon d'environ dix-huit mois. Puis, un jour, le vieux James Armstrong est venu me trouver. Il me dit que sa fille avait déshonoré la famille, qu'elle n'était pas mariée et qu'elle avait un enfant. L'affaire avait été étouffée, évidemment, mais quand on avait tenté de l'éloigner, sa grand-mère avait mené un tel tapage que Fee était restée, en dépit des inconvénients de sa présence. Maintenant, la grand-mère était mourante et rien ne pouvait plus empêcher la famille de se débarrasser de Fee et de son enfant. J'étais célibataire, et James me dit que si je l'épousais et m'engageais formellement à lui faire quitter l'Ile du Sud, il me réglerait les frais de voyage auxquels il ajouterait cinq cents livres.

« Eh bien, mon père, c'était une fortune pour moi et j'étais fatigué du célibat. J'ai toujours été si timide que je n'étais arrivé à rien avec les filles. L'idée me paraissait bonne et, franchement, l'enfant ne me dérangeait pas. La grand-mère avait eu vent de l'affaire et elle m'envoya chercher bien qu'elle fût très malade. Une femme autoritaire, intraitable, j'en suis sûr, mais une grande dame. Elle me parla un peu de Fee, mais sans me dire qui était le père et je ne tenais pas à poser la question. Elle me fit promettre d'être bon envers sa petite fille... elle savait que Fee devrait quitter la maison dès qu'elle aurait fermé les yeux. Et c'est elle qui avait suggéré à James de trouver un mari à Fee. J'étais désolé pour la pauvre vieille dame ; elle adorait sa petite fille.

« Me croiriez-vous, mon père, si je vous disais que la première fois que je me suis trouvé à portée de voix de Fee a été le jour où je l'ai épousée ?

– Je vous croirais, murmura le prêtre. (Il regarda l'alcool dans son verre, le vida et tendit la main vers la bouteille pour servir de nouveau son hôte et lui-même.) Ainsi, Paddy, vous avez épousé une femme très au-dessus de votre condition.

– Oui, Au début, elle me faisait mortellement peur. Elle était si belle à cette époque, mon père. Et si... lointaine, si vous voyez ce que je veux dire. On aurait pu croire qu'elle n'était même pas là, que tout cela arrivait à quelqu'un d'autre.

– Elle est encore belle, Paddy, dit doucement le père Ralph. Je peux retrouver en Meggie ce qu'elle devait être avant qu'elle commence à vieillir.

– La vie n'a pas été facile pour elle, mon père, mais je ne vois pas ce que j'aurais pu faire d'autre. Au moins, avec moi, elle était en sûreté, elle ne risquait pas d'être maltraitée. Il m'a fallu deux ans pour oser... enfin, pour que je devienne vraiment son mari. J'ai été obligé de lui apprendre à faire la cuisine, à balayer, à laver et à repasser le linge. Elle ne savait rien de tout ça.

« Et jamais une seule fois tout au long des années pendant lesquelles nous avons été mariés, jamais elle n'a laissé échapper une seule plainte, jamais elle n'a ri ou pleuré. C'est seulement dans l'intimité qu'elle laisse aller ses sentiments et, même dans ces moments-là, elle ne parle jamais. Je souhaiterais l'entendre tout en le redoutant parce que j'ai toujours l'impression que, dans ce cas, ce serait son nom qu'elle prononcerait. Oh ! je ne prétends pas qu'elle ne nous aime pas, moi et les enfants, mais j'éprouve tant de tendresse à son égard qu'il me semble que tout amour a été éteint en elle. Sauf pour Frank. J'ai toujours su qu'elle l'aimait plus que nous tous réunis. Elle a dû adorer le père de Frank. Mais je ne sais rien de lui ; j'ignore qui il était et pourquoi il ne pouvait pas l'épouser.

Le père Ralph regarda ses mains, cligna des yeux.

– Oh, Paddy, quel enfer que la vie ! Grâce à Dieu, je ne l'ai pas approchée de plus près que sa lisière ; je n'ai pas eu le courage de l'embrasser vraiment.

Paddy se leva, mal assuré sur ses jambes.

– Eh bien, cette fois, j'ai sauté le pas, mon père. J'ai forcé Frank à partir et Fee ne me le pardonnera jamais.

– Vous ne pouvez pas le lui dire, Paddy. Non, il ne faut pas le lui dire. Expliquez-lui simplement que Frank est parti avec les boxeurs, sans plus. Elle sait combien il était tourmenté, agité, elle vous croira.

– Je ne peux pas faire ça, mon père ! se récria Paddy, médusé.

– Il le faut, Paddy. Croyez-vous qu'elle n'ait pas enduré plus que sa part de peine et de misère ? N'ajoutez pas à son infortune.

Et en lui-même il songea : qui sait ? Peut-être en viendra-t-elle enfin à reporter l'amour qu'elle avait pour Frank sur vous, et sur le petit être là-haut, dans la chambre.

– Vous le croyez vraiment, mon père ?

– Oui. Ce qui s'est produit ce soir doit rester entre nous.

– Mais... et Meggie ? Elle a tout entendu.

– Ne vous inquiétez pas au sujet de Meggie. Je m'occuperai d'elle. Je ne pense pas qu'elle ait vraiment compris. Elle n'a cru qu'à une querelle entre Frank et vous. Je veillerai à lui faire comprendre que, Frank parti, parler à sa mère de l'altercation ne ferait qu'ajouter à sa peine. D'ailleurs, j'ai l'impression que Meggie ne dit jamais grand-chose à sa mère. (Il se leva.) Allez vous coucher, Paddy. N'oubliez pas que vous devez avoir l'air tout à fait normal pour prendre votre service demain auprès de la reine Mary.

Meggie ne dormait pas, étendue, yeux grands ouverts dans la clarté diffuse de la lampe de chevet. Le prêtre s'assit sur le bord du lit et remarqua les cheveux encore en tresses. Soigneusement, il détacha les rubans bleu marine et écarta doucement les mèches jusqu'à ce que la chevelure se répandît et ondoyât, or fondu, sur l'oreiller.

– Frank est parti, Meggie, dit-il.

– Je sais, mon père.

– Sais-tu pourquoi, ma chérie ?

– Il a eu une dispute avec Papa.

– Que vas-tu faire ?

– Je vais partir avec Frank. Il a besoin de moi.

– C'est impossible, ma petite Meggie.

– Si, c'est possible. Je voulais aller le trouver ce soir, mais mes jambes ne me tiennent plus et j'ai peur du noir. Mais demain matin, j'irai à sa recherche.

– Non, Meggie, il ne faut pas. Vois-tu Frank a sa propre vie à mener et il est temps qu'il s'en aille. Je sais que tu n'aurais pas voulu qu'il parte, mais il y a longtemps qu'il voulait s'en aller. Tu ne dois pas être égoïste. Il faut lui laisser mener sa vie comme il l'entend. (Monotonie de la répétition, songea-t-il, continuer à lui distiller les mêmes paroles.) Quand nous grandissons, il est naturel et juste que nous souhaitions mener une vie en dehors de la maison où nous avons été élevés, et Frank est adulte. Il lui faut fonder son foyer, avoir une maison, une femme, une famille. Est-ce que tu comprends ça, Meggie ? La querelle entre ton papa et Frank venait seulement de l'envie de partir qui tenaillait ton frère. Elle ne s'est pas produite parce qu'ils ne s'aiment pas. Elle a eu lieu parce que c'est ainsi que nombre d'hommes jeunes quittent leur famille ; c'est une excuse en quelque sorte. La dispute n'a été qu'un prétexte pour Frank ; alors, il a pu agir comme il le souhaitait depuis longtemps, une excuse pour s'en aller. Est-ce que tu comprend ça, ma petite Meggie ?

Les yeux de la fillette se portèrent sur le visage du prêtre et ne se détournèrent pas. Ils étaient épuisés, douloureux, vieux.

– Je sais, marmotta-t-elle. Frank voulait déjà s'en aller quand j'étais une toute petite fille, et il n'est pas parti. Papa l'a fait ramener à la maison et l'a obligé à rester avec nous.

– Mais cette fois ton papa ne le ramènera pas parce qu'il ne le peut plus. Frank est parti pour de bon, Meggie. Il ne reviendra pas.

– Je ne le reverrai jamais plus ?

– Je ne sais pas, répondit-il franchement. J'aimerais te rassurer, te dire qu'il reviendra, mais personne ne peut augurer de l'avenir, Meggie, pas même les prêtres. (Il respira profondément.) Il ne faut pas que tu dises à ta mère qu'il y a eu une dispute, Meggie. Tu m'entends ? Ça la bouleverserait, et elle n'est pas bien.

– Parce qu'elle va avoir un autre bébé ?

– Et comment sais-tu ça ?

– M'man aime faire pousser les bébés , elle s'y entend. Et elle fait pousser de si gentils bébés, mon père. Même quand elle n'est pas bien. J'en ferai pousser un comme Hal, moi aussi. Et alors, Frank me manquera moins.

– Parthénogenèse, marmonna-t-il. Bonne chance, Meggie. Mais qu'arrivera-t-il si tu ne réussis pas à en faire pousser un ?

– J'ai toujours Hal, dit-elle d'une toute petite voix ensommeillée en se blottissant contre l'oreiller. Mon père, vous ne partirez pas aussi, n'est-ce pas ?

– Un jour, peut-être, Meggie, mais pas de si tôt, je crois. Alors, ne t'inquiète pas. J'ai le sentiment que je resterai coincé à Gilly longtemps, très longtemps, répondit le prêtre, les yeux voilés d'amertume.

CHAPITRE 6

Il ne pouvait en être autrement, Meggie dut rentrer à la maison. Fee ne pouvait se passer de son aide et, dès qu'il se retrouva seul au couvent de Gilly, Stuart entama une grève de la faim ; lui aussi revint donc à Drogheda.

En ce mois d'août, il faisait extrêmement froid. Un an exactement depuis leur arrivée en Australie, mais cet hiver était beaucoup plus rigoureux que le précédent. Pas de pluie ; l'air glacé enflammait les poumons. Sur les sommets de la ligne de partage des eaux, à cinq cents kilomètres dans l'est, la neige s'amoncelait en couches épaisses ; il fallait remonter à plusieurs années pour se rappeler un temps aussi rude, mais aucune pluie n'était tombée à l'ouest de Burren Junction depuis les inondations de l'été précédent. A Gilly, les habitants parlaient d'une autre période de sécheresse : il était déjà tard, elle ne manquerait pas de se produire, peut-être était-elle déjà là.

Lorsque Meggie revit sa mère, elle eut l'impression qu'un terrible poids s'installait en elle ; peut-être l'abandon de l'enfance, le pressentiment de son état de femme. Apparemment, Fee n'avait pas changé, à part le gros ventre, mais intérieurement elle avait ralenti comme une vieille pendule retardant de plus en plus jusqu'à suspendre ses battements. La vivacité que Meggie avait toujours observée chez sa mère avait disparu. Celle-ci relevait les pieds et les posait comme si elle n'était plus très sûre de la façon dont il fallait se déplacer, une sorte de gaucherie mentale se répercutait dans sa démarche ; et elle ne ressentait pas de joie à l'idée de l'enfant qui allait naître, pas même la satisfaction rigoureusement contrôlée qu'elle avait manifestée pour Hal.

Le petit garçon aux cheveux roux trottinait partout dans la maison, se heurtant aux meubles, mais Fee n'essayait même pas de lui inculquer la moindre discipline et ne se préoccupait guère de lui. Elle continuait ses perpétuelles allées et venues de la cuisinière à la planche de travail et à l'évier comme si rien d'autre existait. Meggie n'avait donc pas le choix ; elle remplit simplement le vide dans la vie de l'enfant et devint sa mère. Ce n'était pas un sacrifice car elle l'aimait profondément, trouvant en lui une cible impuissante et consentante, propre à recevoir tout l'amour qu'elle commençait à vouloir dispenser à un quelconque être humain. Il pleurait pour attirer son attention, prononçait son nom avant tout autre, tendait les bras pour être soulevé, cajolé ; elle en éprouvait une joie immense. En dépit des corvées fastidieuses, tricot, ravaudage, couture, lessive, repassage, soins de la basse-cour, et toutes les autres tâches qui lui incombaient, Meggie trouvait son existence agréable.

Personne ne mentionnait jamais le nom de Frank mais, toutes les six semaines, Fee levait la tête en entendant résonner la trompette annonçant l'arrivée de la poste et elle s'animait un instant. Puis, quand Mme Smith lui remettait le courrier et qu'elle n'y trouvait aucune lettre de Frank, son léger sursaut d'intérêt douloureux s'éteignait.

Il y eut deux nouvelles vies dans la maison. Fee mit au monde des jumeaux, encore deux garçons roux, James et Patrick. D'adorables petits êtres, manifestant déjà l'humeur enjouée et le tempérament doux de leur père ; dès leur naissance, ils devinrent propriété commune car, en dehors de les allaiter, Fee ne s'intéressait pas à eux. Bientôt, on leur appliqua les diminutifs de Jims et Patsy ; ils devinrent la coqueluche des femmes de la grande maison, les deux servantes, restées vieilles filles, et la gouvernante, veuve sans enfant, qui, toutes, rêvaient de maternité. Il fut aisé à Fee d'oublier ses jumeaux – ceux-ci avaient trois mères très empressées – et, au fil du temps, on en vint à trouver normal qu'ils passent la plupart de leurs heures de veille dans la grande demeure. Meggie ne disposait pas d'assez de temps pour les prendre sous son aile tout en s'occupant de Hal, à la nature particulièrement possessive. Les câlineries maladroites et inexpérimentées de Mme Smith, Minnie et Cat n'auraient pu le combler. Dans le monde de Hal, Meggie représentait l'épicentre de tendresse ; il ne souhaitait personne d'autre que Meggie, il ne voulait rien d'autre que Meggie.

Bluey Williams échangea ses magnifiques chevaux de trait et son fardier massif pour un camion et le courrier fut délivré toutes les quatre semaines au lieu de six, mais sans jamais apporter un mot de Frank. Et, peu à peu, le souvenir du jeune homme s'estompa, comme il en va de tous les souvenirs même ceux auxquels s'attache infiniment d'amour ; il semble qu'un processus de cicatrisation s'opère dans notre cerveau et nous guérit en dépit de notre détermination farouche à vouloir ne rien oublier. Chez Meggie se succédèrent une image douloureusement atténuée du visage de Frank, l'apparence confuse des traits chéris qui se muaient en vision irréelle, la représentation d'un saint n'ayant pas plus de rapport avec le vrai Frank qu'une pieuse image du Christ ne doit en avoir avec la forme humaine du Fils de Dieu. Et, chez Fee, intervint une substitution tirée des profondeurs dans lesquelles elle avait figé l'évolution de son âme.

Cela se produisit de façon si insidieuse que personne ne le remarqua. Car Fee était totalement repliée sur elle-même, murée dans sa réserve ; la substitution était un phénomène intérieur qui échappa à tous, sauf au nouvel objet de son amour qui n'en manifesta rien. Ce fut un élément dissimulé, inexprimé entre eux, destiné à tenir leur solitude à distance.

Peut-être était-ce inévitable car, de tous les enfants, Stuart était le seul qui ressemblait à Fee. A quatorze ans, il demeurait un aussi grand mystère pour son père et ses frères que Frank mais, contrairement à ce dernier, il ne suscitait ni hostilité ni irritation. Il obéissait sans se plaindre, travaillait aussi dur que les autres et ne créait aucun remous dans la vie des Cleary. Bien que ses cheveux fussent roux, ils étaient d'une teinte plus sombre que celle des autres garçons, plus acajou, et ses yeux ressemblaient à des gouttes d'eau pâles, noyées d'ombre, comme s'ils remontaient à l'aube des temps et voyaient les choses telles qu'elles étaient réellement. Le seul parmi les fils de Paddy qui laissât présager de sa beauté quand il aurait atteint l'âge adulte, bien qu'en secret Meggie pensât que son Hal le surpasserait lorsque son tour serait venu d'être un homme. Personne ne savait jamais ce que Stuart pensait; comme Fee, il parlait peu et n'exprimait jamais une quelconque opinion. Il possédait la curieuse faculté de rester rigoureusement immobile, aussi bien intérieurement que dans ses attitudes corporelles, et il semblait à Meggie, la plus proche de lui par l'âge, qu'il avait la possibilité de s'évader et de gagner des lieux où personne ne pouvait le suivre. Le père Ralph voyait les choses sous un autre jour.

– Ce garçon n'a rien d'humain ! s'était-il exclamé le jour où il avait ramené Stuart à Drogheda après sa grève de la faim au couvent. A-t-il dit qu'il voulait rentrer chez lui ? Que Meggie lui manquait ? Non ! Il a simplement cessé de s'alimenter et a patiemment attendu que la raison de son attitude se fasse jour dans nos caboches obtuses. Pas une seule fois, il ne s'est plaint ; quand je me suis approché pour lui demander s'il voulait rentrer à la maison, il s'est contenté de sourire et d'opiner !

Au fil du temps, il fut tacitement admis que Stuart ne se rendrait pas dans les enclos pour travailler avec Paddy et ses frères, bien que son âge le lui permît. Stu assurait la garde à la maison, fendait le bois, s'occupait du potager, de la traite – innombrables corvées que les femmes n'avaient pas le temps de mener à bien avec trois enfants en bas âge. Il était prudent d'avoir un homme sur place, même un adolescent ; sa présence prouvait que frères et père étaient à proximité. Parfois, en effet, des visiteurs importuns hantaient les parages – le bruit de bottes inconnues sur les marches de bois donnant accès à la véranda de derrière, une voix étrangère demandant :

– Salut, m'dame. Vous auriez pas un casse-croûte pour un gars qui la saute ?

L'intérieur du pays regorgeait de tels individus, des chemineaux traînant leurs balluchons de domaine en domaine, depuis le Queensland jusqu'à Victoria, des hommes auxquels la chance n'avait pas souri ou qui répugnaient à tout travail régulier, préférant errer sur des milliers de kilomètres à la recherche de Dieu sait quoi. La plupart étaient de braves types qui surgissaient, engouffraient un énorme repas, glissaient dans leurs musettes le thé, le sucre et la farine qu'on leur avait donnés, et disparaissaient le long de la piste en direction de Barcoola ou de Narrengang, de vieux bidons cabossés tintinnabulant à leurs ceintures, suivis de chiens squelettiques. Les vagabonds australiens se déplaçaient rarement à cheval, ils marchaient.

De temps à autre, une brebis galeuse se manifestait à la recherche de femmes dont les hommes étaient au loin, pour les voler, pas pour les violer. Aussi Fee gardait-elle un fusil de chasse chargé dans un angle de la cuisine, là où les enfants ne pouvaient l'atteindre et elle s'arrangeait pour en être plus proche que son visiteur jusqu'à ce que son œil expert eût jaugé le nouvel arrivant. Quand la maison devint le domaine reconnu de Stuart, Fee lui repassa avec plaisir les prérogatives du fusil de chasse.

Cependant, tous les visiteurs ne se rangeaient pas parmi les chemineaux, bien que ceux-ci fussent en majorité ; il y avait, par exemple, le colporteur de la maison Watkins, dans sa vieille Ford T. Il transportait de tout, depuis le liniment pour les chevaux jusqu'aux savonnettes parfumées qui ne se comparaient en rien au savon de ménage que préparait Fee dans le cuveau de lessive avec de la graisse et de la soude. Il proposait de l'eau de lavande et de l'eau de Cologne, des poudres et crèmes pour les peaux desséchées par le soleil. Il existait certains articles que personne ne songeait à acheter à qui que ce soit, excepté au colporteur de Watkins, comme son onguent, infiniment plus efficace que tous ceux que l'on trouvait dans les pharmacies ou qui pouvaient être prescrits par un médecin, capable de tout guérir, depuis la déchirure dans le flanc d'un chien jusqu'à l'ulcère sur un tibia humain. Les femmes se pressaient dans toutes les cuisines où il se rendait, attendant impatiemment qu'il ouvrît ses grandes valises pleines de marchandises.

Et il y avait d'autres marchands itinérants, aux visites moins régulières, mais également bienvenues, offrant tout, depuis les cigarettes en paquets, les pipes fantaisie, jusqu'aux pièces de tissu et parfois même des sous-vêtements fascinants et des corsets surchargés de rubans. Elles étaient tellement privées, ces femmes de l'intérieur du pays, qui ne se rendaient qu'une ou deux fois par an à la ville la plus proche, loin des prodigieux magasins de Sydney, loin de la mode et des falbalas.

La vie semblait essentiellement cernée par les mouches et la poussière. Il n'y avait pas eu de pluie depuis longtemps, pas même une averse pour fixer la poussière et noyer les mouches ; car moins il y avait de pluie, plus il y avait de mouches, plus il y avait de poussière.

De tous les plafonds pendaient des guirlandes de longs papiers tue-mouches, poisseux, flottant paresseusement, noirs de répugnants insectes au bout de quelques heures. Rien ne pouvait être laissé à découvert ne serait-ce qu'un instant sans se tranformer en un festin ou en un cimetière de mouches, et de minuscules chiures constellaient le mobilier, les murs, le calendrier du bazar de Gillanbone.

Et la poussière ! On ne pouvait échapper à cette fine poudre brunâtre qui s'infiltrait partout, jusque dans les récipients les plus soigneusement clos, qui ternissait les cheveux fraîchement lavés, rendait la peau granuleuse, se déposait dans les plis des vêtements et des rideaux, enduisait d'un film les tables polies et se redéposait après le passage du chiffon. Elle formait une épaisse couche sur le sol, rapportée par les bottes vaguement essuyées avant d'entrer, amenée par le vent chaud et sec à travers portes et fenêtres ouvertes. Fee se vit obligée de rouler ses tapis persans du salon et de demander à Stuart de clouer un linoléum de remplacement, acheté par correspondance au magasin de Gilly.

La cuisine, dans laquelle se déroulaient la plupart des allées et venues, comportait un plancher de teck, blanchi comme de vieux os par les interminables récurages pratiqués à l'aide d'éponges métalliques et de savon à la soude. Fee et Meggie répandaient sur le sol de la sciure que Stuart ramassait dans le bûcher; elles l'humectaient de précieuses gouttes d'eau et balayaient le magma odorant vers l'extérieur, le canalisaient sur la véranda d'où il retombait sur le potager où il se décomposait et se transformait en humus.

Mais rien ne permettait de tenir longtemps la poussière à distance, et lorsque le ruisseau fut asséché au point de ne plus former qu'un chapelet de trous d'eau, on ne put plus rien pomper pour la cuisine et la salle de bain. Stuart se rendit au puits artésien au volant du camion-citerne qu'il remplit; il vida le précieux liquide dans l'un des réservoirs à eau de pluie, et les femmes durent s'habituer à un autre genre d'eau pour la vaisselle, la lessive et la toilette, infiniment plus désagréable à utiliser que celle du ruisseau boueux; il montait du liquide gorgé de minéraux une odeur fétide de soufre, nécessitant un soin scrupuleux dans l'essuyage de la vaisselle; cette eau rendait les cheveux ternes et cassants comme de la paille. Le peu d'eau de pluie dont on disposait encore était strictement réservé à la boisson et à la cuisine.

Le père Ralph observait Meggie avec tendresse. Elle brossait les cheveux roux et bouclés de Patsy, chancelant sur ses petites jambes tandis que Jims attendait patiemment son tour; les deux paires d'yeux bleu clair restaient tournées vers elle avec adoration. Une vraie petite maman. Il faut que ce dévouement soit inné en elle, songea-t-il. Cette bizarre obsession qu'ont les femmes pour les enfants; sinon, à son âge, elle aurait considéré cette tâche comme une corvée plutôt qu'un véritable plaisir et s'en serait débarrassée pour une occupation plus réjouissante. Au lieu de quoi, elle prolongeait délibérément l'opération, lissant les mèches entre ses doigts pour les mieux discipliner. Pendant un instant, le prêtre demeura sous le charme de cette intimité, puis il laissa sa cravache retomber sur sa botte poussiéreuse, jeta un regard morne par la véranda en direction de la grande maison dissimulée par ses eucalyptus et ses plantes grimpantes, par la profusion de bâtiments annexes et de poivriers qui se dressaient entre son isolement et ce centre de la vie du domaine, la maison du régisseur. Quel plan tissait-elle, cette vieille araignée, au cœur de sa vaste toile ?

— Mon père, vous ne regardez pas ! lança Meggie d'un ton accusateur.

— Excuse-moi, Meggie. Je réfléchissais.

Il se retourna vers elle au moment où elle finissait de coiffer Jims; tous trois l'observaient, attendant le moment où il se pencherait pour soulever les jumeaux, chacun sur l'une de ses hanches.

— Allons voir tante Mary, dit-il.

Meggie le suivit le long du chemin, tenant la cravache du prêtre d'une main, la bride de la jument alezane de l'autre; il portait les enfants sans paraître s'apercevoir de son fardeau bien que le trajet entre le ruisseau et là grande maison dépassât un kilomètre et demi. Dans les cuisines, il remit les jumeaux à une Mme Smith extatique et s'engagea dans le passage menant à la maison principale, Meggie à ses côtés.

Mary Carson était assise dans son fauteuil à oreilles. Elle n'en bougeait que rarement à présent, d'autant que sa présence ne se révélait plus nécessaire tant Paddy s'occupait de tout avec compétence. Quand le père Ralph entra, tenant Meggie par la main, le regard malveillant de la vieille dame obligea l'enfant à baisser les yeux; le père Ralph perçut l'accélération du pouls de Meggie et lui serra le poignet pour lui communiquer douceur et réconfort. La fillette esquissa une révérence maladroite et murmura un bonjour inaudible.

— File à la cuisine, fillette, tu prendras le thé avec Mme Smith, lança séchement Mary Carson.

— Pourquoi ne l'aimez-vous pas ? s'enquit le père Ralph en se laissant tomber dans le fauteuil qu'il en était venu à considérer comme le sien.

— Parce que vous l'aimez, répondit-elle.

— Allons donc ! protesta-t-il, se sentant pour une fois en position d'infériorité. Ce n'est qu'une enfant abandonnée, Mary.

— Ce n'est pas sous cet angle que vous la voyez, et vous le savez très bien.

Les beaux yeux bleus se posèrent sur elle avec ironie; il se sentait plus à l'aise.

— Croyez-vous que j'aie des rapports coupables avec des enfants ? Après tout, je suis prêtre.

— Vous êtes d'abord un homme, Ralph de Bricassart ! Etre prêtre vous confère une impression de sécurité, sans plus.

Déconcerté, il rit. Sans très bien savoir pourquoi, il se sentait incapable de croiser le fer avec elle ce jour-là; on eût dit qu'elle avait découvert le défaut de sa cuirasse, qu'elle s'y était insinuée avec son venin d'araignée. Et il changeait sans doute, vieillissait peut-être, s'accommodant de son existence obscure à Gillabone. Le feu s'étouffait en lui, ou brûlait-il à présent d'une autre passion ?

— Je ne suis pas un homme, rétorqua-t-il. Je suis prêtre... C'est la chaleur, peut-être, la poussière, les mouches... Mais je ne suis pas un homme, je suis un prêtre.

— Oh, Ralph, comme vous avez changé ! se moqua-t-elle. Se peut-il que ce soit le cardinal de Bricassart que j'entends ?

– Ce n'est pas possible, dit-il, le regard un instant voilé de détresse. Je ne pense plus avoir envie d'atteindre ces hautes sphères.

Elle éclata de rire, se balança d'avant en arrière dans son fauteuil, sans cesser de l'observer.

– Vraiment, Ralph ? Vous n'en auriez plus envie ? Eh bien, je vais vous laissez moisir encore un peu, mais votre jour d'expiation viendra, n'en doutez pas. Pas encore, peut-être pas avant deux ou trois ans, mais il viendra. J'incarnerai pour vous le Diable et je vous offrirai... Bah, j'en ai assez dit ! Mais, n'en doutez pas, je vous mettrai au supplice. Vous êtes l'homme le plus fascinant qu'il m'ait été donné de rencontrer. Vous nous jetez votre beauté à la tête, tout en méprisant nos faiblesses. Mais je vous épinglerai au mur et, en profitant de vos propres défaillances, je vous obligerai à vous vendre comme une putain peinturlurée. En doutez-vous ?

Il se rejeta en arrière, sourit.

– Je ne doute pas que vous essayiez, mais je ne pense pas que vous me connaissiez aussi bien que vous le croyez.

– Ah non ? Le temps nous le dira, Ralph, et seulement le temps. Je suis vieille, il ne me reste rien d'autre que l'attente.

– Et que croyez-vous que j'aie ? demanda-t-il. Du temps, Mary, rien que du temps. Le temps, et la poussière, et les mouches.

Les nuages s'amoncelèrent dans le ciel et Paddy commença à espérer la pluie.

– Tempêtes sèches, déclara Mary Carson. Ces nuages ne crèveront pas en pluie. Nous n'en aurons pas avant longtemps.

Si les Cleary croyaient avoir connu le pire que l'Australie puisse réserver en matière de rigueurs climatiques, c'était parce qu'ils n'avaient pas encore enduré ce que réservaient les tempêtes sèches sur les plaines arides. La sécheresse de la terre, maintenant privée de l'apaisante humidité, et celle de l'atmosphère se heurtaient, se limaient avec âpreté dans des grésillements, friction irritante qui augmentait sans cesse jusqu'à ne pouvoir s'achever que dans un colossal éclatement d'énergie accumulée. Le ciel se plomba et s'assombrit à tel point que Fee dut allumer les lampes. Dehors, dans les enclos, les chevaux frissonnaient et accusaient un sursaut au moindre bruit; les poules grimpaient sur leurs perchoirs et se dissimulaient la tête sous l'aile; les chiens se battaient et retroussaient les babines; les porcs qui erraient parmi les tas d'ordures enfouissaient leurs groins dans la poussière et osaient un regard brillant et inquiet. Les forces contenues qui couvaient dans le ciel infligeaient la crainte jusque dans les os de tout ce qui vivait, tandis que les énormes et insondables nuages avalaient toute la lumière et se préparaient à cracher une brûlante poussière solaire.

Le tonnerre vint, arrivant de très loin, à pas pesants, sans cesse accélérés; à l'horizon, de fines zébrures découpaient en reliefs aigus des vagues ascensionnelles; des crêtes, d'une stupéfiante blancheur, écumaient et s'enroulaient sur des profondeurs bleu de nuit. Puis, avec un vent rugissant qui aspirait la poussière et la rejetait dans les yeux, les oreilles et la bouche, déferla le cataclysme. Il n'était plus nécessaire d'imaginer la colère biblique de Dieu, tous la vivaient. Aucun homme ne pouvait s'empêcher de sursauter à chaque craquement de tonnerre – explosant avec le bruit et la fureur d'un monde en désintégration – mais après un temps, tous les habitants de la maison s'y habituèrent, si bien qu'ils se glissaient sur la véranda pour regarder dans la direction du ruisseau et des lointains enclos. D'immenses fourches de lueurs se découpaient en veines de feu, donnant chacune naissance à des dizaines d'éclairs qui sillonnaient le ciel sans relâche. Des traînées flamboyantes déferlaient à travers les nuages, un instant occultées puis ressortant des nuées en un fantastique jeu de cache-cache. Des arbres isolés, frappés par la foudre, gémissaient et fumaient; et tous comprenaient enfin comment étaient mortes ces solitaires sentinelles des enclos.

Une lueur mystérieuse, surnaturelle, filtrait dans l'atmosphère, atmosphère qui n'était plus invisible, mais brûlait de l'intérieur en fluorescences roses, lilas et jaune soufre, dégageant une odeur douceâtre, fugitive, impossible à identifier. Les arbres luisaient, les cheveux roux des Cleary se pailletaient de langues de feu, les poils de leurs bras se dressaient. Et cela persista tout l'après-midi, ne se dissipant lentement vers l'est, pour les libérer de leur terrifiant envoûtement, qu'au coucher du soleil, et tous étaient surexcités, avaient les nerfs à vif, percevaient une étrange exaltation. Mais c'était une sorte de résurrection que de sortir indemnes de ce cataclysme qui, pendant une semaine, alimenta toutes les conversations, d'autant qu'il ne s'était pas accompagné d'une seule goutte de pluie.

– Nous en aurons d'autres, prophétisa Mary Carson d'un ton sinistre.

Et effectivement, il y en eut d'autres. Durant le deuxième hiver de sécheresse, régna un froid que les Cleary n'auraient jamais cru possible sans chutes de neige; la couche de glace atteignait plusieurs centimètres d'épaisseur pendant la nuit et les chiens se serraient les uns contre les autres, frissonnant dans leurs chenils, conservant un peu de chaleur en se jetant sur la viande de kangourou et les énormes quantités de graisse prises sur le bétail abattu. Enfin, le temps permettait de manger du bœuf et du porc à la place du sempiternel mouton. Dans la maison, on fit brûler de grands feux et les hommes étaient obligés de rentrer car la rigueur du temps ne leur permettait pas de camper dans les enclos. Mais les tondeurs étaient de bonne humeur à leur arrivée; ils pourraient accomplir leur tâche plus vite et avec moins de sueur. A l'emplacement dévolu à chaque homme sous le grand auvent de tonte se dessinait sur le plancher un cercle d'une teinte beaucoup plus pâle que le reste; il indiquait l'endroit où, cinquante ans durant, la transpiration des tondeurs avait coulé pour être absorbée par le bois.

Il restait encore de l'herbe grâce à la précédente inondation, mais elle s'appauvrissait dangereusement. Jour après jour, le ciel était couvert et plombé, mais il ne pleuvait toujours pas. Le vent hurlait tristement à travers les enclos, soulevant des rideaux de poussière qui évoquaient la pluie, tourmentant les hommes en leur imposant des images d'eau.

Les enfants souffraient d'engelures et s'efforçaient de ne pas sourire tant leurs lèvres étaient gercées; quand ils retiraient leurs chaussettes, ils avaient l'impression de s'arracher la peau. Il était impossible de conserver la moindre chaleur à l'intérieur avec ce vent furieux, d'autant que les maisons avaient été conçues pour happer la moindre bouffée d'air et non pour l'empêcher d'entrer. Il fallait se coucher et se lever dans les chambres glaciales, attendre patiemment que M'man eût mis un peu d'eau sur le feu, espérant ainsi que la toilette ne tiendrait pas du supplice.

Un jour, le petit Hal se mit à tousser; il avait la respiration sifflante et son état empira rapidement. Fee prépara un cataplasme gluant de poudre de charbon de bois et le posa sur la petite poitrine haletante, mais l'enfant ne parut pas en éprouver de soulagement. Au début, elle ne s'inquiéta pas outre mesure mais, au fil des heures, la maladie causa de tels ravages que Fee ne sut plus que faire; Meggie restait assise au chevet de son frère, débitant silencieusement un flot de *Notre Père* et de *Je Vous Salue Marie.* Quand Paddy rentra à six heures, la respiration de l'enfant s'entendait depuis la véranda et ses lèvres étaient bleues.

Paddy partit immédiatement pour la grande maison d'où il pourrait téléphoner, mais le médecin était à plus de soixante kilomètres de là auprès d'un autre malade. Ils firent respirer à Hal du soufre chaud dans l'espoir qu'il expectorerait la membrane qui lui obstruait la gorge et l'étouffait, mais il ne put contracter suffisamment sa cage thoracique pour la déloger. Son teint virait de plus en plus au bleu, sa respiration se faisait de plus en plus convulsive. Assise auprès de lui, Meggie le caressait et priait, le cœur serré devant les efforts déployés par son malheureux frère à chacun de ses souffles. De tous les garçons, Hal lui était le plus cher, elle se considérait comme sa mère; jamais auparavant, elle n'avait souhaité aussi désespérément être adulte, imaginant que si elle était une femme, comme Fee, elle détiendrait un pouvoir quelconque pour le guérir. Fee ne pouvait le guérir parce que Fee n'était pas la mère de Hal. En proie au désarroi et à la terreur, Meggie maintenait le petit corps palpitant contre elle, s'efforçant de l'aider à respirer.

Il ne lui vint pas à l'esprit qu'il pût mourir, même quand Fee et Paddy tombèrent à genoux à côté du lit et, en désespoir de cause, prièrent. A minuit, Paddy écarta de l'enfant immobile les bras de Meggie et posa tendrement le petit corps sur les oreillers.

Les paupières de Meggie battirent; elle s'était assoupie au moment où Hal avait cessé de se débattre.

– Oh, Papa, il va mieux ! dit-elle.

Paddy secoua la tête; il paraissait ratatiné, vieux, la lueur de la lampe accrochait des brins de givre dans ses cheveux, des brins de givre dans sa barbe d'une semaine.

– Non, Meggie, Hal ne va pas mieux comme tu l'entends, mais

il est en paix. Il a rejoint Dieu, il ne souffre plus.

– Papa veut dire qu'il est mort, ajouta Fee d'une voix blanche.

– Oh, non, Papa, non ! Il ne peut pas être mort !

Mais le petit être au creux de l'oreiller était mort. Meggie le comprit dès l'instant où elle le regarda, bien qu'elle n'eût jamais été en contact avec la mort auparavant. Il avait l'air d'une poupée, pas d'un enfant. Elle se leva et alla trouver ses frères accroupis en une veille anxieuse autour du poêle de la cuisine. Assise sur une chaise, Mme Smith surveillait les jumeaux dont le lit avait été tiré dans la pièce pour qu'ils bénéficient d'un peu de chaleur.

– Hal vient de mourir, dit Meggie.

Stuart émergea d'une lointaine rêverie.

– Ça vaut mieux, murmura-t-il. Il est en paix. (Il se leva quand Fee entra et s'approcha d'elle sans l'effleurer.) M'man, tu dois être fatiguée. Va t'étendre; j'allumerai un feu dans ta chambre. Allez viens.

Fee se tourna et le suivit sans un mot. Bob se leva et passa sur la véranda. Ses frères restèrent un moment assis, remuant gauchement, puis ils allèrent le rejoindre. Paddy ne s'était pas manifesté. Sans un mot, Mme Smith prit le landau dans un angle de la véranda et y déposa avec précautions Jims et Patsy endormis. Elle jeta un coup d'œil à Meggie dont le visage ruisselait de larmes.

– Meggie, je retourne à la grande maison et j'amène Jims et Patsy. Je reviendrai demain matin, mais il vaut mieux que les petits restent avec Minnie, Cat et moi pour le moment. Préviens ta mère.

Meggie s'assit sur une chaise et croisa les mains sur ses genoux. Il lui appartenait et il était mort ! Le petit Hal qu'elle avait aimé, soigné, dorloté. La place qu'il occupait en elle n'était pas vide; elle sentait encore la chaleur, le poids de l'enfant contre sa poitrine. Affreux de savoir que ce contact ne se reproduirait plus jamais alors qu'elle s'en était imprégnée depuis quatre longues années. Non, les larmes n'étaient pas de mise; les larmes se justifiaient dans le cas d'Agnès, des blessures infligées au fragile vernis d'amour-propre de l'enfance à jamais laissée derrière elle. Cette fois, il s'agissait d'un fardeau qu'il lui faudrait porter jusqu'à la fin de ses jours, et sans relâche en dépit de son poids. La volonté de survie est très forte chez certains individus, moins chez d'autres. Chez Meggie, elle était aussi forte et résistante qu'une amarre d'acier.

Le père Ralph la trouva ainsi lorsqu'il entra en compagnie du médecin; sans mot dire, elle leur désigna le couloir et n'esquissa pas un geste pour les suivre. Un long laps de temps s'écoula avant que le prêtre pût enfin agir comme il le souhaitait depuis le moment où Mary Carson avait téléphoné au presbytère : retrouver Meggie, être avec elle, insuffler à la pauvre petite créature, en marge de tous, quelque chose de lui, quelque chose qui fût à elle seule. Il doutait fort que qui que ce soit eût pleinement conscience de ce que Hal représentait pour elle.

Mais il lui fallut longtemps. Les derniers sacrements devaient être administrés au cas où l'âme n'aurait pas encore quitté le corps; et il avait Fee à voir, et Paddy et des dispositions pratiques à conseiller. Le docteur était parti, déprimé, mais habitué depuis longtemps aux tragédies que l'éloignement de sa clientèle rendait inévitables. D'ailleurs, d'après ce qu'on lui avait appris, il n'aurait pas pu faire grand-chose, loin de l'hôpital et d'un personnel médical qualifié. Ces gens assumaient leurs risques, faisaient face à leurs démons et s'accrochaient. Son certificat de décès portait « croup ». Une maladie pratique.

Finalement, le père Ralph en eut aussi terminé. Paddy avait rejoint Fee; Bob et ses frères s'étaient rendus à l'atelier de menuiserie pour fabriquer le petit cercueil. Stuart était accroupi sur le plancher dans la chambre de ses parents; son profil pur, si semblable à celui de sa mère, se découpait sur le ciel nocturne, opaque, de l'autre côté de la fenêtre; d'où elle était étendue, la tête sur l'oreiller, la main de Paddy dans la sienne, Fee gardait les yeux rivés sur la forme sombre, ramassée, sur le sol froid. Il était cinq heures du matin et les coqs sortaient de leur sommeil, s'ébrouaient, mais le jour se ferait encore longtemps attendre.

Etole pourpre autour du cou, parce qu'il avait oublié qu'il la portait, le père Ralph se pencha sur le feu de la cuisine et en raviva les braises; il baissa la lampe posée sur la table derrière lui et s'assit sur un banc en face de Meggie pour mieux l'observer. Elle avait grandi, chaussé ses bottes de sept lieues qui menaçaient de le laisser à la traîne, dépouillé; il ressentit son désarroi plus intensément en la regardant que tout au long d'une vie remplie d'un doute lancinant, obsédant, quant à son courage. Mais de *quoi* avait-il peur ? A quoi croyait-il ne pouvoir faire face si cela survenait ? Il pouvait être fort envers les autres, il ne les craignait pas; mais en lui, dans l'attente de cet inexprimable qui se glissait dans sa conscience au moment où il s'y attendait le moins, il connaissait la peur. Alors que Meggie née dix-huit ans après lui, grandissait, allait plus loin que lui.

Non qu'elle fût une sainte, ni même beaucoup plus qu'une simple petite fille. Sinon qu'elle ne se plaignait jamais, qu'elle avait le don – ou était-ce une malédiction ? – de l'acceptation. Quel que soit ce qui s'était produit – ou qui se produirait –, elle faisait front et l'acceptait, l'emmagasinait pour alimenter le brasier de son être. Qu'est-ce qui lui avait enseigné cela ? Cela pouvait-il être enseigné ? Ou l'idée qu'il se faisait d'elle serait-elle un reflet de ses propres fantasmes ? Pouvait-on y attacher une réelle importance ? Qu'est-ce qui comptait le plus : ce qu'elle était vraiment ou ce qu'elle croyait être ?

– Oh ! Meggie, murmura-t-il avec un soupir d'impuissance.

Elle tourna son regard vers lui et, tirée de sa peine, lui dédia un sourire d'amour absolu, débordant, ne celant rien; tabous et inhibitions de la féminité ne faisaient pas encore partie de son monde. Etre aimé de la sorte le bouleversa, le consuma, l'incita à demander à Dieu, dont il mettait parfois l'existence en doute, d'être n'importe laquelle de ses créatures dans l'univers, sauf Ralph de Bricassart. Etait-ce là l'inexprimable ? Oh ! Dieu, pourquoi l'aimait-il tant ?

Mais, comme à l'accoutumée, personne ne lui répondit; et, immobile, Meggie continuait à lui sourire.

A l'aube, Fee se leva pour préparer le petit déjeuner, Stuart l'aida, puis Mme Smith revint avec Minnie et Cat et les quatre femmes se tinrent près du feu à parler, phrases étouffées et monotones, unies dans une ligue de douleur que ni Meggie ni le prêtre ne comprenaient. Après le repas, Meggie se mit en devoir de capitonner la petite boîte unie et vernie, confectionnée par ses frères. Sans mot dire, Fee lui avait tendu une robe du soir en satin blanc, jauni par le temps, et elle adapta des bandes aux angles aigus de l'intérieur. Au fur et à mesure que le père Ralph déchirait les morceaux de serviette éponge et les lui tendait, elle les revêtait de satin blanc et les passait sous la machine à coudre; puis, ils mirent le capiton en place à l'aide de punaises. Après quoi, Fee habilla son enfant de son plus beau costume de velours, le coiffa et le déposa dans le nid douillet, encore imprégné de son odeur, mais pas de celle de Meggie, qui avait pourtant été sa mère. Paddy ferma le couvercle en pleurant; c'était le premier enfant qu'il perdait.

Depuis bien des années, la salle de réception de Drogheda n'avait été utilisée qu'en guise de chapelle; un autel était érigé à l'une des extrémités, drapé d'un tissu brodé d'or par les nonnes de Sainte-Marie d'Urso auxquelles Mary Carson avait donné mille livres. Mme Smith avait orné la pièce et l'autel de fleurs hivernales cueillies dans les jardins de Drogheda, giroflées et roses tardives; des fleurs à profusion qui, en harmonie de rose et de rouille, semblaient trouver un écho dans leur parfum. Vêtu d'une aube dépourvue de dentelles et d'une chasuble noire, sans aucune ornementation, le père Ralph dit la messe de requiem.

Ainsi que dans la plupart des domaines de l'intérieur, Drogheda enterrait ses morts sur son propre sol. Le cimetière était situé au-delà des jardins, sous l'ombrage des saules bordant le ruisseau, délimité par une grille de fer forgé peinte en blanc, noyé sous la verdure en dépit de la sécheresse car il bénéficiait de l'arrosage provenant des châteaux d'eau. Michael Carson et son enfant y reposaient dans un imposant caveau de marbre, surmonté d'un ange grandeur nature, épée brandie pour protéger leur repos. Mais une dizaine de tombes moins prétentieuses entouraient le mausolée, marquées simplement de sobres croix blanches, entourées d'arceaux de croquet peints en blanc pour délimiter avec précision leurs frontières; certaines croix ne portaient même pas de nom : un tondeur, sans parents connus, mort au cours d'une rixe dans le baraquement; deux ou trois chemineaux dont la dernière étape avait été Drogheda; des ossements asexués et totalement anonymes trouvés dans l'un des enclos; le cuisinier chinois de Michael Carson, à la dépouille mortelle protégée par un curieux parapluie écarlate dont les tristes petites clochettes semblaient perpétuellement faire tinter le nom Hi Sing, Hi Sing, Hi Sing; un conducteur de bestiaux dont la croix portait simplement CHARLIE LA CHOPE, UN BRAVE TYPE; et d'autres tombes, certaines abritant des femmes. Mais une telle simplicité n'était pas de mise pour Hal, neveu de la propriétaire; le cercueil fabriqué par ses frères fut glissé à l'intérieur du caveau et les portes de bronze au dessin tourmenté se refermèrent.

Le temps passa et, peu à peu, le nom de Hal ne fut plus prononcé que par hasard. Meggie se referma sur son chagrin; sa douleur se teintait de la désolation irraisonnée particulière aux enfants, magnifiée et mystérieuse; pourtant, sa jeunesse même ensevelissait sa peine sous les événements de chaque jour et émoussait son importance. Ses frères étaient peu affectés, à l'exception de Bob, suffisamment âgé pour éprouver de la tendresse à l'égard du bambin. Paddy était en proie à un chagrin profond, mais personne ne savait si Fee souffrait de cette perte. Elle semblait s'éloigner de plus en plus de son mari et de ses enfants, vide de sentiments. Paddy en était d'autant plus reconnaissant à Stuart pour la façon dont il s'occupait de sa mère, la tendresse grave qu'il lui vouait. Seul Paddy était à même de se souvenir de la réaction de Fee lorsqu'il était revenu de Gilly sans Frank. Il n'y avait pas eu la moindre lueur d'émotion dans les yeux gris et doux, pas de durcissement ni d'accusation, de haine ou de tristesse. Elle paraissait simplement s'être attendue à ce que le coup tombât, comme un chien condamné attend la balle qui l'abattra, connaissant son destin et impuissant à l'éviter.

– Je savais qu'il ne reviendrait pas, dit-elle.

– Il reviendra peut-être, Fee, si tu lui écris tout de suite.

Elle secoua la tête mais, fidèle à elle-même, ne se livra à aucun commentaire. Mieux valait que Frank entamât une nouvelle vie loin de Drogheda, loin d'elle. Elle connaissait suffisamment son fils pour savoir qu'un mot de sa part le ramènerait à la maison, aussi ne devait-elle pas prononcer ce mot, jamais. Si les jours étaient longs et amers avec un goût d'échec, elle devait les supporter en silence. Paddy n'était pas l'homme de son choix, mais il n'y avait pas meilleur homme que Paddy. Elle se rangeait parmi les êtres dont les sentiments sont d'une telle intensité qu'ils en deviennent insupportables, intolérables, et l'enseignement qu'elle en avait tiré avait été d'autant plus dur. Pendant près de vingt-cinq ans, elle avait interdit à toute émotion d'ouvrir une brèche dans sa vie, et elle était convaincue qu'en fin de compte son opiniâtreté aurait un heureux résultat.

La vie continua selon le cycle sans fin, rythmé, de la terre; l'été suivant amena les pluies, pas la mousson, mais une forme atténuée de celle-ci, remplissant le ruisseau et les réservoirs, soulageant les racines altérées, fixant la poussière insidieuse. Les hommes pleuraient presque de joie en accomplissant leurs tâches saisonnières, assurés de ne pas avoir à transporter le foin pour nourrir les moutons. L'herbe avait duré juste le temps voulu, complétée par l'apport de buissons abattus, choisis dans l'espèce la plus juteuse; mais il n'en allait pas de même dans tous les domaines de la région. Le nombre de têtes de bétail d'une ferme dépendait entièrement de la superficie de ses pâturages. En raison de son immensité, Drogheda gardait un cheptel plus réduit par rapport à sa surface et, en conséquence, l'herbe durait plus longtemps.

L'agnelage et les semaines qui suivaient comptaient parmi les moments les plus agités de l'élevage du mouton. Chaque agneau nouveau-né devait être attrapé, sa queue cerclée, son oreille marquée et, s'il s'agissait d'un mâle dont on n'avait pas besoin pour la reproduction, il était aussi castré. Travail sale, abominable, qui trempait tous les hommes de sang car il n'existait qu'une seule façon de procéder à l'opération pour des milliers et des milliers d'agneaux mâles pendant le temps très court dont on disposait. Il fallait faire saillir les testicules entre les doigts, les arracher d'un coup de dents et les cracher à terre. Cerclées par des baguettes de fer blanc, n'autorisant aucune croissance, les queues des agneaux mâles et femelles perdaient progressivement leur apport vital de sang, gonflaient, se desséchaient et tombaient.

Ces animaux, élevés à une échelle inconnue dans tous les autres pays et avec un minimum de main-d'œuvre, fournissaient la plus belle laine du monde. Tout était prévu pour parvenir à la production parfaite d'une laine sans défaut. Ainsi, il fallait procéder au déculottage; les abords de la partie postérieure de la toison se souillaient d'excréments, recelaient des cadavres de mouches, formaient une masse compacte et noirâtre, ce qui nécessitait une tonte très rase appelée déculottage. Quoique mieux payé, cela représentait un travail de tonte mineur, mais particulièrement déplaisant, puant, au milieu d'un nuage de mouches. Puis il y avait l'immersion; des milliers et des milliers de créatures bêlantes, bondissantes, étaient canalisées dans un dédale de bassins remplis de phénol pour les débarrasser des tiques et autres parasites et de diverses vermines. A ce bain succédait l'administration de médicaments, à l'aide d'énormes seringues enfoncées dans la gorge, afin d'éliminer les parasites intestinaux.

Dans l'élevage du mouton, le travail ne cessait jamais, jamais; quand une tâche était achevée, il était temps de procéder à une autre. Les bêtes étaient rassemblées, sélectionnées, déplacées d'un enclos à un autre, accouplées et désaccouplées, tondues et déculottées, immergées et soignées, abattues et expédiées à la vente. Drogheda comptait environ mille têtes de bovins de premier ordre en plus des moutons, mais ces derniers étaient infiniment plus rentables et, dans les bonnes années, Drogheda nourrissait un ovin à l'hectare, soit environ cent vingt-cinq mille moutons. Il s'agissait de mérinos qui n'étaient jamais vendus pour leur viande; à la fin de sa production de laine, au terme de sa vie, l'animal était expédié et transformé en peau, en lanoline, suif et colle, servant aussi aux tanneries et aux entreprises d'équarrissage.

Ce fut en quelque sorte par cette entremise que les classiques de la littérature de brousse prirent un sens aux yeux des Cleary. La lecture revêtit une importance plus considérable que jamais pour la famille retranchée du monde à Drogheda; le seul contact avec l'extérieur avait lieu par le truchement magique de l'écriture. Mais il n'existait pas de bibliothèque circulante, comme à Wahine, pas de visite hebdomadaire à la ville pour aller chercher le courrier et une provision de livres. Le père Ralph combla ce vide en pillant la bibliothèque de Gillanbone, la sienne et celle du couvent. A son grand étonnement, il ne tarda pas à s'apercevoir qu'en agissant ainsi, il avait créé une bibliothèque circulante, par l'intermédiaire de Bluey Williams et de son camion postal. Celui-ci était constamment chargé de livres – volumes usés, écornés, transportés le long des routes entre Drogheda et Bugela, Dibban-Dibban et Braich y Pwll, Cunnamutta et Each-Uisge, happés avec reconnaissance par des êtres affamés de culture et d'évasion. Les ouvrages auxquels on tenait le plus étaient toujours rendus à regret, mais le père Ralph et les sœurs enregistraient toujours soigneusement la destination des volumes. De temps en temps, le prêtre commandait des livres par l'intermédiaire du libraire de Gilly et, sans vergogne, les faisait débiter à Mary Carson en tant que dons à la Société bibliophile de Sainte-Croix.

A cette époque, le livre le plus osé ne contenait guère qu'un baiser chaste; les sens n'étaient jamais titillés par des passages érotiques et la ligne de démarcation entre les ouvrages destinés aux adultes et ceux écrits à l'intention des enfants se distinguait à peine; il n'y avait pas de honte à ce qu'un homme de l'âge de Paddy préférât les livres qui enchantaient sa progéniture : *Dot et le Kangourou*, les feuilletons relatant les aventures de Jim, Norah et Wally, l'œuvre immortelle de Mme Aenas Gunn, *Nous les Habitants du Nord du Queensland*. Dans la cuisine, le soir, chacun lisait à tour de rôle et à haute voix les poèmes de Banjo Paterson et de C.J. Dennis, s'enthousiasmant pour la chevauchée de *L'homme de la Rivière glacée* ou riant de *Un Gars sentimental* et de sa Doreen, ou essuyant subrepticement une larme sur le sort de *Mary la Rieuse* de John O'Hara.

Clancy de Overflow jouissait de la plus grande popularité et Banjo ralliait tous les suffrages en tant que poète. Vers de mirliton, peut-être, mais ces poèmes n'avaient jamais été écrits à l'intention d'un public cultivé; issus du peuple, ils étaient destinés au peuple et, à cette époque, un très grand nombre d'Australiens étaient capables de les réciter par cœur, oublieux des strophes ânonnées en classe d'auteurs tels que Tennyson et Wordsworth car ceux-ci avaient eu l'Angleterre pour inspiratrice. Les allusions aux myosotis et aux asphodèles ne signifiaient rien pour les Cleary qui vivaient sous un climat où ces fleurs étaient inconnues.

Les Cleary comprenaient mieux que beaucoup les poètes de la brousse car l'Overflow était tout proche, les mouvements des moutons sur la route aménagée pour le transport du bétail, une réalité. Il existait officiellement une voie prévue à cet effet qui serpentait non loin de la rivière Barwon, terre libre de la Couronne, à l'intention du bétail traversant la partie est du continent d'une extrémité à l'autre. Autrefois, les conducteurs laissaient leurs troupeaux affamés endommager sérieusement les herbages ce qui leur valait d'être assez mal accueillis; ceux qui menaient les bovins suscitaient une réelle haine en passant au milieu des meilleurs pâturages que les colons s'étaient appropriés. De nos jours, avec la création de routes à bétail officielles, les toucheurs de bœufs ont rejoint la légende et les relations se sont faites plus amicales entre vagabonds et sédentaires.

Les rares conducteurs de bestiaux étaient chaleureusement accueillis lorsqu'ils entraient boire un verre de bière, bavarder un instant et partager le repas familial. Parfois, ils étaient accompagnés de femmes qui conduisaient de vieilles carrioles attelées à une malheureuse rosse, casseroles, gamelles et bidons accrochés tout autour, formant des guirlandes tintinnabulantes. Il s'agissait des femmes les plus gaies ou les plus moroses de tout l'intérieur du pays, errant de Kynuna à Curry. Etranges créatures; elles n'avaient jamais eu de toit au-dessus de leur tête, ni senti de matelas de kapok sous leurs reins endurcis. Elles pouvaient se mesurer aux hommes; elles étaient aussi aguerries et aussi coriaces que le pays qui se déroulait perpétuellement sous leurs pieds. Sauvages comme les oiseaux qui hantaient les arbres inondés de soleil, leurs enfants se tapissaient timidement derrière les roues de la carriole ou se mettaient à l'abri d'un tas de bois pendant que leurs parents causaient en prenant une tasse de thé, échangeaient histoires et livres, promettaient de transmettre de vagues messages à Hoopiton Collins ou à Brumby Waters et racontaient la fantastique aventure de Pommy, colon fraîchement débarqué à Gnarlunga. Parfois, ces nomades creusaient une tombe, enterraient enfant ou femme, mari ou camarade à l'ombre d'un arbre qui demeurerait à tout jamais gravé dans leur mémoire bien que semblable à celui qui le précédait, à celui qui le suivait pour ceux qui ne savaient pas comment le cœur peut distinguer un arbre unique, un arbre particulier, parmi une multitude d'autres arbres.

Meggie ignorait jusqu'à la signification de ce qu'il est convenu d'appeler « les réalités de la vie » car les circonstances s'étaient liguées pour lui interdire toutes les voies qui auraient pu les lui révéler. Son père dressait une barrière rigide entre les hommes et les femmes de la famille; les sujets tels qu'élevage ou accouplement n'étaient jamais évoqués devant elle et les hommes n'apparaissaient jamais à ses yeux sans être entièrement vêtus. Le genre de livres susceptibles de lui apporter quelques lumières n'arrivaient pas jusqu'à Drogheda et elle n'avait aucune amie de son âge qui pût contribuer à son éducation. Sa vie était rigoureusement axée sur les besoins de la maison et aux alentours immédiats ne se déroulait aucune activité sexuelle. Les créatures qui hantaient l'enclos central étaient pratiquement stériles. Mary Carson n'élevait pas de chevaux; elle les achetait à Martin King de Bugela; à moins de vouloir se lancer dans l'élevage, les étalons ne causaient que des ennuis et, de ce fait, Drogheda n'en possédait pas. Il y avait bien un taureau, une bête sauvage et farouche dont l'enclos était rigoureusement interdit. Et Meggie en avait tellement peur qu'elle ne s'en approchait jamais. Les chiens restaient enchaînés dans les chenils; leurs accouplements relevaient de l'opération scientifique et se déroulaient sous l'œil exercé de Paddy ou de Bob. Le temps manquait pour observer les cochons que Meggie détestait d'autant plus qu'elle devait les nourrir. En vérité, Meggie ne disposait pas du temps nécessaire pour observer quoi que ce soit en dehors de ses deux petits frères. Et l'ignorance engendre l'ignorance; un corps et un esprit qui n'ont pas été tirés du sommeil continuent à dormir à travers des événements qu'un être éveillé catalogue automatiquement.

Peu avant son quinzième anniversaire, alors que la chaleur de l'été approchait de son paroxysme, Meggie remarqua des taches brunes, striées, au fond de sa culotte. Au bout d'un jour ou deux il n'y en eut plus mais, six semaines plus tard, elles revinrent et sa honte se mua en terreur. La première fois, elle les avait attribuées à un essuyage négligent, d'où sa mortification, mais lors de leur deuxième apparition le doute ne fut plus permis; il s'agissait indéniablement de sang. Elle n'avait aucune idée de la provenance de cet écoulement, mais elle imagina qu'il suintait de son derrière. La lente hémorragie disparut au bout de trois jours et ne se renouvela pas pendant plus de deux mois; le lavage furtif de sa culotte passa d'autant plus facilement inaperçu qu'elle se chargeait de presque toute la lessive. La manifestation suivante s'accompagna de douleurs, première crise de sa vie qui dépassât l'embarras gastrique. Et le saignement était pire, bien pire. Elle subtilisa quelques vieux langes des jumeaux et les attacha sous sa culotte, terrifiée à l'idée que le sang pût la traverser.

La mort qui avait emporté Hal s'assimilait à la visite troublante d'une manifestation surnaturelle, mais cet écoulement sporadique de son être était affolante. Comment aurait-elle pu aller trouver Fee ou Paddy pour leur annoncer qu'elle était en train de mourir d'une maladie honteuse dont elle ne pouvait parler puisqu'elle se tenait dans son derrière ? A Frank seul, elle aurait peut-être pu confier son tourment, mais il était si loin qu'elle ne savait où le trouver. Elle avait entendu les femmes causer de tumeurs et de cancers en prenant une tasse de thé, de morts horribles de leurs amies ou parentes après de longs mois de souffrances, et Meggie eut la certitude qu'une excroissance lui mangeait l'intérieur, montait insidieusement jusqu'à son cœur affolé. Oh, elle ne voulait pas mourir !

Ses idées relatives à la mort demeuraient vagues; elle n'imaginait pas quel pourrait être son état dans cet incompréhensible autre monde. Pour Meggie, la religion équivalait à une série de lois plutôt qu'à une expérience spirituelle, donc elle ne pouvait pas l'aider. Paroles et phrases se bousculaient par bribes dans le désarroi de sa conscience, paroles prononcées par ses parents, leurs amis, les sœurs, les prêtres lors des sermons, par les méchants qui ourdissaient de terribles vengeances dans les livres. Il n'existait pour elle aucun moyen de pactiser avec la mort; nuit après nuit, elle demeurait étendue en proie à une terreur indicible, s'efforçant d'imaginer la mort, nuit perpétuelle ou abîme de flammes qu'il lui faudrait franchir pour atteindre les champs dorés de l'autre côté, ou sphère comparable à l'intérieur d'un gigantesque ballon empli de chants célestes, baigné d'une lumière diffuse entrant par d'innombrables fenêtres de verre teinté.

Une sorte de calme prit possession d'elle, une quiétude ne s'apparentant en rien à l'isolement serein et rêveur de Stuart; chez elle, cela tenait de la stupeur pétrifiée d'un animal envoûté par le regard fixe d'un reptile. Quand on lui adressait la parole à brûle-pourpoint, elle sursautait; si les petits l'appelaient en criant, elle s'affairait autour d'eux, se reprochant amèrement sa négligence. Et chaque fois qu'elle pouvait profiter d'un rare moment de loisir, elle se précipitait au cimetière pour retrouver Hal, le seul mort qu'elle connût.

Tout le monde remarqua le changement intervenu chez Meggie mais l'accepta comme un phénomène de croissance, sans jamais se demander ce que cette croissance impliquait chez elle; elle cachait trop bien sa détresse. Les anciennes leçons avaient été assimilées et le contrôle qu'elle exerçait sur elle-même avait quelque chose de stupéfiant, tout comme sa fierté. Personne ne devait jamais savoir ce qui se passait en elle, aucune lézarde dans la façade, et cela jusqu'au bout; de Fee à Stuart en passant par Frank, les exemples ne manquaient pas, et elle était du même sang, c'était là une part de sa nature et de son héritage.

Pourtant, lors de ses fréquentes visites à Drogheda, le père Ralph remarqua que le changement intervenu chez Meggie coïncidait avec une charmante métamorphose féminine entraînant peu à peu l'amoindrissement de sa vitalité, et sa préoccupation se mua en inquiétude, puis en angoisse. Un dépérissement physique et intellectuel survenait sous ses yeux; Meggie échappait à tous et il ne supportait pas l'idée de la voir se transformer en une autre Fee. Le petit visage pincé n'était plus qu'yeux grands ouverts sur quelque épouvantable perspective, la peau laiteuse, autrefois charnue, qui ne se hâlait jamais et ne montrait jamais de taches de rousseur, devenait de plus en plus translucide. Si le processus continue, songea-t-il, un jour elle se noiera en elle-même, errera à travers l'univers comme un rayon presque invisible de lumière grise, vitreuse, à peine discernable depuis l'angle de la vision, là où les ombres se tapissent, où les sillons noirs rampent au bas d'un mur blanc.

Eh bien, il découvrirait ce qu'elle avait, même s'il était obligé de le lui arracher par la force. A cette époque, Mary Carson se révélait plus exigeante que jamais, jalouse du moindre instant qu'il passait dans la maison du régisseur; seule, l'infinie patience qu'il déployait, sa subtilité, voire son machiavélisme, lui permettaient de cacher sa révolte devant l'âpreté possessive de la vieille femme. Même son autre préoccupation, concernant Meggie, ne parvenait pas toujours à supplanter sa sagesse politique, le ronronnement de contentement qui l'envahissait en observant l'impact de son charme sur un sujet aussi réfractaire que Mary Carson. Tandis que la sollicitude, longtemps assoupie, visant au bien-être d'une seule autre personne lui tourmentait l'esprit, il devait admettre l'existence d'une autre entité cohabitant en lui : la cruauté froide du chat pour l'emporter sur une femme maîtresse d'elle-même, vaniteuse, l'espoir de la ravaler au rang d'idiote. Oh, comme ce jeu lui plaisait ! La vieille araignée n'aurait jamais raison de lui.

Un jour, il réussit à se libérer de Mary Carson et traqua Meggie qu'il trouva dans le petit cimetière, à l'ombre de l'ange vengeur, livide et bien peu martial. Elle considérait le visage fade de la statue, alors que le sien exprimait la peur; exquis contraste entre le sensible et l'insensible, pensa le prêtre. Mais que faisait-il là, à courir derrière elle comme une vieille mère poule, alors qu'il appartenait à Fee ou à Paddy de découvrir les raisons du tourment de leur fille ? Mais ses parents n'avaient rien remarqué parce qu'elle représentait moins pour eux que pour lui. Et, en sa qualité de prêtre, il devait réconforter les âmes souffrantes, solitaires et désespérées. Il ne pouvait supporter de la voir malheureuse, pourtant il lui répugnait de s'attacher à elle par le biais d'une accumulation d'incidents. Il puisait chez elle tout un arsenal d'événements et de souvenirs, et il avait peur. L'amour qu'il lui vouait et son instinct de prêtre, le portant à offrir le secours spirituel que l'on pouvait attendre de lui, luttaient contre l'horrible obsession de se sentir absolument indispensable à un autre être humain, et qu'un autre être humain lui devînt absolument indispensable.

Lorsqu'elle l'entendit marcher sur l'herbe, elle se retourna pour lui faire face, croisa les mains sur ses genoux et baissa les yeux. Il s'assit près d'elle, bras ramenés autour des jambes, soutane répandue avec négligence comme si aucun corps ne l'habitait. Inutile de tergiverser, pensa-t-il. Si elle le pouvait, elle lui échapperait.

– Qu'y a-t-il, Meggie ?

– Rien, mon père.

– Je ne te crois pas.

– Je vous en prie, mon père, je vous en prie ! Je ne peux pas vous le dire.

– Oh, Meggie ! Fille de peu de foi ! Tu peux tout me dire. C'est pour ça que je suis ici. C'est pour ça que je suis prêtre. Je suis le représentant élu de Notre-Seigneur sur terre. J'écoute en son nom, je pardonne même en son nom et, ma petite Meggie, il n'est rien dans l'univers de Dieu que lui et moi ne puissions pardonner. Tu dois me dire ce qui te tracasse, ma chérie. Aussi longtemps que je vivrai, j'essaierai de t'aider, de te protéger. Une sorte d'ange gardien, si tu veux, bien préférable à ce bloc de marbre que tu regardais. (Il prit une longue inspiration et se pencha.) Meggie, si tu m'aimes, dis-moi ce qui te tourmente.

– Mon père, je suis en train de mourir, dit-elle en se tordant les mains. J'ai un cancer !

Tout d'abord, il faillit céder à un grand éclat de rire, énorme jaillissement de soulagement, puis il considéra la peau fine, bleuie, l'amaigrissement des petits bras, et il lui vint une atroce envie de pleurer et de crier, d'invectiver le ciel devant une telle injustice. Non, Meggie n'avait pu imaginer tout cela sans le moindre fondement; il devait y avoir une raison valable.

– Et qu'est-ce qui te fait croire ça, mon petit cœur ?

Il fallut longtemps pour qu'elle se décidât à avouer et, quand elle s'y résolut, il dut pencher la tête en direction de ses lèvres en une inconsciente parodie de l'attitude de prêtre et pénitent au confessionnal, la main cachant son visage des yeux de la fillette, son oreille finement ourlée offerte à la souillure.

– Il y a six mois, mon père, que ça a commencé. J'ai très mal au ventre, mais pas comme une indigestion et... oh, mon père... beaucoup de sang me sort du derrière.

Il rejeta la tête en arrière, geste auquel il ne s'était jamais laissé aller dans un confessionnal; il regarda la petite tête courbée sous la honte et tant d'émotions l'assaillirent qu'il ne parvenait pas à reprendre ses esprits. Absurde, délicieux soulagement; colère contre Fee qu'il eût volontiers tuée, admiration mêlée d'effroi à l'idée qu'un petit être comme elle pût endurer un tel calvaire; et une gêne horrible, envahissante.

Il était tout autant prisonnier de l'époque que Meggie. Dans toutes les villes, de Dublin à Gillanbone, de sales gamines se glissaient délibérément dans le confessionnal pour lui chuchoter leurs fantasmes, les travestissant en réalités, préoccupées par le seul aspect du prêtre qui les intéressât – sa virilité –, se refusant à admettre leur impuissance à l'éveiller. Elles susurraient des récits dans lesquels des hommes auraient violé chacun de leurs orifices, évoquaient des jeux interdits avec d'autres filles, la luxure et l'adultère; quelques-unes, dotées d'une imagination plus vive, allaient même jusqu'à fournir les détails de relations sexuelles avec un prêtre. Et il les écoutait, totalement insensible, éprouvant seulement un mépris écœuré car il avait connu les rigueurs du séminaire et, en homme de sa trempe, avait assimilé sans peine ce genre de leçon. Mais les filles ne mentionnaient jamais, jamais l'activité secrète de leur corps qui les mettait à l'écart, les avilissait.

En dépit de tous ses efforts, il ne put réfréner le flot brûlant qui se répandait sous sa peau; le père Ralph de Bricassart tourna la tête et, le visage caché dans sa main, se débattit contre l'humiliation de son premier rougissement.

Mais cela n'aidait en rien sa petite Meggie. Quand il fut assuré que le pourpre l'avait déserté, il se leva, la souleva et l'assit sur le dessus d'un piédestal de marbre afin que son visage fût à la même hauteur que le sien.

– Meggie, regarde-moi. Non, regarde-moi !

Elle leva vers lui un regard de bête traquée et vit qu'il souriait; un incommensurable soulagement déferla sur son âme. Il ne sourirait pas si elle était mourante; elle savait parfaitement combien elle lui était chère car il ne lui avait jamais caché son sentiment.

– Meggie, tu n'es pas en train de mourir et tu n'as pas de cancer. Ce n'est pas mon rôle que de te dire ce qui se passe, mais je crois que je dois m'y résoudre. Ta mère aurait dû t'en parler depuis longtemps, t'y préparer, et je n'arrive pas à comprendre pourquoi elle ne l'a pas fait.

Il enveloppa d'un bref regard l'impassible ange de pierre qui le dominait et émit un rire étrange, à demi étranglé.

– Seigneur Dieu ! Quelles tâches tu m'imposes ! (Ses yeux se reportèrent sur Meggie.) Au fil des ans, quand tu vieilliras et que tu en apprendras davantage sur les réalités de la vie, tu auras peut-être tendance à te rappeler ce jour avec gêne, avec honte même, mais n'en garde pas ce souvenir-là, Meggie. Tout cela n'a absolument rien de honteux ou de gênant. Dans le cas présent, comme toujours, je ne suis que l'instrument de Dieu. C'est ma seule fonction sur terre; je ne dois en connaître aucune autre. Tu avais très peur, tu avais besoin d'aide et Notre-Seigneur t'a envoyé son secours par l'entremise de ma personne. Souviens-toi seulement de ça, Meggie. Je suis un homme de Dieu et je parle en son nom.

« Il t'arrive seulement ce qui arrive à toutes les femmes, Meggie. Une fois par mois et pendant plusieurs jours, tu auras des écoulements de sang. Ces manifestations interviennent généralement vers douze ou treize ans... Quel âge as-tu ?

– J'ai quinze ans, mon père.

– Quinze ans ? Toi ? s'écria-t-il en secouant la tête avec incrédulité. Eh bien, puisque tu me le dis, je n'ai pas à mettre ta parole en doute. Dans ce cas, on peut considérer que tu es en retard. Mais ce phénomène continuera chaque mois jusqu'à ce que tu aies une cinquantaine d'années; chez certaines femmes il intervient aussi régulièrement que les phases de la lune, chez d'autres il est moins prévisible. Chez quelques-unes il n'est pas accompagné de douleurs, tandis que d'autres pauvres créatures souffrent beaucoup. On ignore les raisons de cette différence. Mais cet écoulement de sang est signe de ta maturité. Sais-tu ce que maturité veut dire ?

– Bien sûr, mon père. Je lis ! Ça veut dire que je suis grande.

– Bon, c'est là une explication suffisante. Tant que les écoulements sanguins persistent, la femme est en mesure d'avoir des enfants. Ce saignement entre dans le cycle de la procréation. A l'époque qui a précédé la Chute, il paraît qu'Eve n'avait pas de menstruations. C'est le nom donné à ce phénomène, Meggie, menstruation. Mais quand Adam et Eve ont succombé à la tentation, Dieu a puni la femme davantage que l'homme parce qu'elle était plus responsable que lui de leur chute. Elle a été l'instrument de la tentation pour l'homme. Te rappelles-tu les paroles de la Bible ? « Tu enfanteras dans la doulcur ». Ainsi, Dieu entendait que pour la femme tout ce qui concernait les enfants serait source de souffrances. De grandes joies, mais aussi de grandes peines. C'est ton lot, Meggie, et tu dois l'accepter.

Elle l'ignorait, mais il aurait dispensé réconfort et aide de la même façon à n'importe lequel de ses paroissiens, bien qu'en se sentant infiniment moins concerné à titre personnel, avec autant de bonté, mais sans jamais s'identifier au tourment. Et, peut-être non sans logique, le réconfort et l'aide qu'il dispensait n'en étaient que plus grands. Comme s'il était allé au-delà de détails aussi anodins et que ceux-ci dussent obligatoirement s'effacer. Ce n'était pas conscient chez lui; aucun être venant à lui pour être secouru n'eut jamais le sentiment qu'il le méprisait ou blâmait ses faiblesses. Nombre de prêtres laissaient leurs ouailles sur une impression de culpabilité, d'indignité ou de bestialité, lui pas. Il leur donnait à entendre que, lui aussi, avait ses chagrins et ses combats; chagrins insoupçonnés, combats incompréhensibles peut-être, mais pas moins réels. Il ignorait – et il n'aurait jamais pu l'admettre – que la majeure partie de sa séduction et de l'attirance qu'il exerçait ne résidait pas dans sa personne, mais provenait de cette distance quasi divine, cette parcelle essentiellement humaine qui animait son âme.

En ce qui concernait Meggie, il lui parla comme Frank l'aurait fait, d'égal à égal. Mais il était plus âgé, plus sage et infiniment plus cultivé que Frank et il se révéla un confident plus satisfaisant. Et comme sa voix était belle, avec ce léger accent irlandais teinté de relents britanniques, apte à dissiper peur et angoisse. Meggie était jeune, débordante de curiosité, avide de savoir tout ce qu'il y avait à connaître, et pas le moins du monde perturbée par les philosophies déroutantes de ceux qui constamment cherchent en eux-mêmes non le *qui*, mais le *pourquoi*. Il était son ami, l'idole chérie de son cœur, le nouveau soleil de son firmament.

– Pourquoi est-ce que ça n'était pas votre rôle de m'apprendre tout ça, mon père. Pourquoi disiez-vous que ça aurait dû être M'man ?

– C'est un sujet dont les femmes ne discutent qu'entre elles. Parler de la menstruation ou des règles devant un homme ne se fait pas, Meggie. C'est un domaine strictement réservé aux femmes.

– Pourquoi ?

Il secoua la tête et éclata de rire.

– Pour être tout à fait franc, je ne sais pas. Je souhaiterais même que ce ne soit pas le cas. Mais tu dois me croire sur parole si je te dis que c'est ainsi. N'en parle jamais à qui que ce soit à part ta mère, et ne lui précise pas que nous en avons discuté ensemble.

– Entendu, mon père. Je ne lui dirai pas.

Rôle difficile que celui d'une mère, tant de considérations d'ordre pratique à se rappeler !

– Meggie, il te faut rentrer chez toi et dire à ta mère que tu as eu des écoulements de sang; elle te montrera comment protéger ton linge.

– M'man en a aussi ?

– Toutes les femmes en bonne santé en ont. Mais quand elles attendent un enfant, le sang s'arrête jusqu'à la naissance du bébé. C'est ainsi qu'elles savent qu'elles abritent une nouvelle vie.

– Pourquoi est-ce que le sang s'arrête de couler quand elles attendent un bébé ?

– Je ne sais pas, vraiment pas. Je suis désolé, Meggie.

– Pourquoi le sang me sort du derrière, mon père ?

Il jeta un regard furieux à l'ange qui le considéra avec sérénité, insensible aux ennuis que connaissent les femmes. Les choses devenaient trop épineuses pour le père Ralph. Stupéfiant qu'elle insistât alors qu'elle faisait généralement montre de tant de réticences ! Mais, comprenant qu'il était devenu source de connaissance pour elle, il tenait à éviter à tout prix qu'elle perçut sa gêne, son trouble. Elle risquait de se replier sur elle-même et de ne jamais plus lui poser de questions.

– Le sang ne s'écoule pas de ton derrière, Meggie, répondit-il, faisant appel à toute sa patience. Il vient d'un passage caché, sur le devant de ton corps, un passage qui est en rapport étroit avec les enfants.

– Oh ! Vous voulez dire que c'est par là qu'ils sortent ? s'exclama-t-elle. Je m'étais souvent demandé comment ils sortaient.

Il sourit, la souleva par la taille pour la faire descendre du piédestal.

Maintenant, tu es au courant. Sais-tu ce qui fait les enfants, Meggie ?

– Oh, oui ! répondit-elle en se rengorgeant, heureuse de savoir enfin quelque chose. On les fait pousser.

– Et sais-tu comment ils commencent à pousser ?

– Quand on les veut très fort.

– Qui t'as dit ça ?

– Personne. Je l'ai compris toute seule, dit-elle.

Le père Ralph ferma les yeux et songea qu'il ne pouvait être taxé de lâcheté en laissant les choses là où elles étaient. Quand bien même il la prenait en pitié, il lui était impossible de l'aider davantage. L'épreuve lui suffisait amplement.

CHAPITRE 7

Mary Carson allait avoir soixante-douze ans, et elle tirait des plans en prévision de la plus grande réception que Drogheda eût connue depuis cinquante ans. Son anniversaire tombait au début de novembre alors que la chaleur était encore supportable – tout au moins pour les habitants de Gilly.

– Rappelez-vous ce que je vous dis, madame Smith, murmura Minnie. N'oubliez pas ! Elle est née le 3 novembre !

– Où veux-tu en venir, Min ? demanda la gouvernante.

Le mystère typiquement celtique dont s'entourait Minnie tapait sur les nerfs de cette robuste Anglaise.

– Comment, vous ne comprenez pas ? Ça prouve que c'est une Scorpion. Une Scorpion... vous vous rendez compte ?

– Je ne comprends rien à toutes ces fariboles, Min !

– Le pire des signes pour une femme, ma chère madame Smith. Des filles du Diable, voilà ce que c'est ! renchérit Cat, les yeux exorbités, en se signant.

– Franchement, Minnie, toi et Cat vous êtes vraiment impossibles, laissa tomber Mme Smith, pas le moins du monde impressionnée.

Mais la surexcitation régnait, allait encore s'amplifier. La vieille araignée, du fond de son fauteuil à oreilles, au centre de sa toile, lançait un flot ininterrompu d'ordres ; il fallait faire ceci, il fallait faire cela, sortir telle chose, en ranger une autre. Les deux servantes irlandaises astiquaient l'argenterie et lavaient la plus belle vaisselle de porcelaine Haviland, retransformaient la chapelle en salle de réception et préparaient de longues tables pour les buffets dans les pièces adjacentes.

Gênés plus qu'aidés par les derniers-nés de la famille Cleary, Stuart et une équipe d'ouvriers agricoles fauchaient et tondaient les pelouses, désherbaient les parterres de fleurs, répandaient de la sciure humide sur les vérandas pour faire disparaître la poussière incrustée dans les carrelages et de la craie sèche sur le sol des pièces de réception afin qu'on pût y danser. L'orchestre de Clarence O'Toole devait venir de Sydney en même temps qu'huîtres et crevettes, crabes et langoustes ; plusieurs femmes de Gilly avaient été embauchées pour aider aux préparatifs. L'effervescence régnait dans toute la région, de Rudna Hunish à Inishmurray, de Bugela à Narrengang.

Tandis que le marbre du hall résonnait sous les bruits inhabituels d'objets déplacés à grand renfort d'interpellations et d'exclamations, Mary Carson s'extirpa de son fauteuil à oreilles et alla s'installer derrière son bureau ; elle tira à elle une feuille de vélin, plongea sa plume dans l'encrier et commença à écrire. Elle ne marqua aucune hésitation, même pas sur l'emplacement d'une virgule. Au cours des cinq dernières années, elle avait élaboré chacune des phrases compliquées dans sa tête, la polissant jusqu'à atteindre le mot juste, la perfection. La rédaction ne lui demanda pas longtemps ; elle remplissait deux feuilles de papier dont l'une n'était couverte qu'aux deux tiers. Mais pendant un instant, la dernière phrase achevée, elle demeura assise dans son fauteuil ; le bureau à cylindre se dressait à côté d'une grande fenêtre et il lui suffisait de tourner la tête pour apercevoir les pelouses. Un rire venant de l'extérieur attira son attention, tout d'abord sans grand intérêt, puis il suscita chez elle la hargne, une rage sourde. Dieu le *damne*, *lui* et son obsession !

Le père Ralph s'était mis en tête d'apprendre à Meggie à monter à cheval ; quoique fille de la campagne, elle n'avait jamais enfourché une monture jusqu'à ce que le prêtre remédiât à cette carence. En effet, assez curieusement, les jeunes filles d'un milieu rural, issues de familles pauvres, montaient rarement à cheval. C'était là un passe-temps réservé aux jeunes femmes fortunées aussi bien à la campagne qu'en ville. Evidemment, les jeunes filles de la classe sociale de Meggie étaient capables de conduire des charrettes, des attelages de chevaux de trait, voire des tracteurs et même des voitures, mais elles montaient rarement. L'art équestre était trop coûteux.

Un beau jour, le père Ralph avait rapporté de Gilly de courtes bottes à tige élastique et des jodhpurs et lancé le tout bruyamment sur la table de la cuisine des Cleary. Paddy s'était arraché à sa lecture d'après-dîner et avait levé les yeux avec surprise.

– Eh bien, qu'est-ce que c'est que ça, mon père, demanda-t-il.

– Une tenue de cheval pour Meggie.

– Quoi ? tonna Paddy.

– Quoi ? fit Meggie d'une voix étranglée.

– Une tenue de cheval pour Meggie. Franchement, Paddy, vous êtes indécrottable ! Héritier du plus vaste et du plus riche domaine de la Nouvelle-Galles du Sud, vous n'avez jamais laissé votre fille unique monter à cheval ! Comment croyez-vous qu'elle pourra tenir sa place à côté de Miss Carmichael, Miss Hopeton et Mme Anthony King, toutes cavalières émérites ? Meggie doit apprendre à monter en amazone et à califourchon, vous m'entendez ? Je sais que vous êtes occupé, alors j'enseignerai moi-même l'art équestre à Meggie, que ça vous plaise ou non. Si d'aventure cela perturbait ses tâches domestiques, tant pis. Pendant quelques heures chaque semaine, Fee devra se passer de Meggie, et il n'y a pas à revenir là-dessus.

Paddy était incapable de tenir tête à un prêtre ; à partir de ce moment, Meggie apprit à monter. Des années durant, elle avait souhaité en avoir la possibilité et, une fois, elle en avait timidement formulé la prière à son père, mais celui-ci oublia presque instantanément la requête et elle ne la réitéra jamais, croyant que l'attitude de son père équivalait à une fin de non-recevoir. Apprendre à monter sous l'égide du père Ralph la plongea dans une joie folle qu'elle dissimula car, à cette époque, son adoration pour le prêtre s'était muée en une ardente passion de gamine. Tout en sachant que cela relevait du domaine de l'impossible, elle s'autorisait à rêver de lui, à imaginer ce qu'elle ressentirait dans ses bras, sous ses baisers. Ses divagations n'allaient pas plus loin ; elle n'avait aucune idée de ce qui pouvait s'ensuivre, pas même que quoi que ce soit s'ensuivît. Et si elle savait que c'était mal de rêver ainsi d'un prêtre, il lui semblait au-dessus de ses forces de s'en abstenir. Elle ne pouvait que faire en sorte de lui celer la nouvelle tournure prise par ses pensées.

Tandis que Mary Carson les épiait derrière les fenêtres du salon, le père Ralph et Meggie revenaient des écuries, situées à l'extrémité de la grande maison en direction du logement du régisseur. Les employés du domaine montaient de malheureuses bêtes qui, de toute leur vie, n'avaient jamais connu l'intérieur d'une écurie, se contentant d'errer dans les cours ou de brouter l'herbe de l'enclos central quand elles connaissaient un peu de repos. Mais il y avait de belles écuries à Drogheda bien que le père Ralph fût seul, à l'époque, à les utiliser. Mary Carson y gardait deux pur-sang pour l'usage exclusif du prêtre ; pas de vieilles rosses décharnées pour lui. Lorsqu'il lui avait demandé si Meggie pouvait monter l'un de ces cheveaux, elle n'avait pu s'y opposer. La jeune fille était sa nièce, et le père Ralph avait raison. Il fallait qu'elle fût capable de se tenir convenablement en selle.

Du tréfonds de son vieux corps boursouflé, Mary Carson eût souhaité refuser ou tout au moins les accompagner. Mais elle ne pouvait s'opposer à la requête du prêtre, pas plus que se hisser encore sur le dos d'un cheval. Et elle cédait à l'exaspération en les voyant traverser la pelouse ensemble ; l'homme en culotte et bottes montant jusqu'aux genoux, chemise blanche largement ouverte, aussi séduisant et gracieux qu'un danseur ; la jeune fille en jodhpurs, mince, d'une beauté un peu garçonnière. Il émanait du couple une impression d'amitié sereine; pour la millionième fois, Mary Carson se demanda pourquoi personne, en dehors d'elle, ne déplorait leurs relations étroites, presque intimes. Paddy s'en émerveillait, Fee – cette bûche ! – ne disait rien, comme à l'accoutumée, tandis que les garçons les traitaient en frère et sœur. Etait-ce parce qu'elle-même aimait Ralph de Bricassart qu'elle percevait ce que personne d'autre ne voyait ? Ou son imagination lui jouerait-elle des tours ? N'y avait-il vraiment rien d'autre que l'amitié d'un homme de près de trente-cinq ans pour une fille pas encore tout à fait femme ? Sottise ! Aucun homme de trente-cinq ans, pas même Ralph de Bricassart, ne pouvait ignorer l'épanouissement de la rose. Pas même Ralph de Bricassart ? Ah ! Surtout pas Ralph de Bricassart ! Rien n'échappait jamais à cet homme.

Un tremblement s'empara de ses mains ; la plume laissa s'écouler des taches bleu-noir au bas de la page. Les doigts noueux tirèrent une autre feuille du casier, replongèrent la plume dans l'encrier, réécrivirent les mots avec autant de sûreté que la première fois. Puis, elle se souleva et déplaça sa masse jusqu'à la porte.

– Minnie, Minnie ! appela-t-elle.

– Dieu nous vienne en aide, c'est elle ! s'écria la servante d'une voix claire dans la salle de réception. (Son visage piqueté de taches de rousseur passa par l'entrebâillement de la porte.) Et qu'est-ce que je peux faire pour vous, ma bonne madame Carson ? demanda-t-elle, tout en se demandant pourquoi la vieille femme n'avait pas sonné Mme Smith, selon son habitude.

– Va me chercher le poseur de clôture et Tom. Que tous deux viennent ici immédiatement.

– Faut pas que je prévienne d'abord Mme Smith ?

– Non, contente-toi de faire ce qu'on te dit, ma fille !

Tom, le jardinier-homme à tout faire, un vieux bonhomme ratatiné, avait longtemps cheminé sur les routes avant d'accepter un travail temporaire dix-sept ans auparavant ; étant tombé amoureux des jardins de Drogheda, il n'avait pu envisager de les abandonner. Le poseur de clôture, un vagabond comme tous ceux de son espèce, avait été distrait de sa perpétuelle tâche, consistant à tendre des fils de fer entre les pieux des enclos, afin de réparer les piquets blancs autour de la maison en prévision de la réception. Terrifiés par cette convocation, ils arrivèrent en quelques minutes et se tinrent devant Mary Carson en pantalons de travail, bretelles et gilets de flanelle, triturant nerveusement leurs chapeaux.

– Savez-vous écrire tous les deux ? s'enquit Mme Carson.

Ils opinèrent, ravalèrent leur salive.

– Très bien. Je veux que vous me regardiez signer cette feuille de papier, puis que vous apposiez vos nom et adresse juste au-dessous de ma signature. C'est compris ?

Ils acquiescèrent.

– Tâchez de signer exactement comme vous le faites d'habitude, et écrivez lisiblement votre adresse permanente. Je me moque éperdument qu'il s'agisse d'un bureau de poste ou autre, du moment qu'on peut vous joindre le cas échéant.

Les deux hommes ne la perdirent pas des yeux pendant qu'elle signait ; pour la première fois, son écriture n'était pas resserrée. Tom s'avança, fit laborieusement cracher la plume sur le papier, puis le poseur de clôture écrivit « Chas. Hawkins » en lettres rondes, suivi d'une adresse à Sydney. Mary Carson les observa attentivement ; puis, quand ils eurent terminé, elle remit à chacun un billet de dix livres en leur intimant sèchement d'avoir à se taire.

Meggie et le prêtre avaient depuis longtemps disparu. Mary Carson s'assit lourdement à son bureau, tira à elle une autre feuille et recommença à écrire. Cette fois, sa rédaction ne fut pas menée à bien avec autant de facilité et d'aisance. A d'innombrables reprises, elle s'interrompit pour réfléchir, puis, les lèvres serrées en un sourire sans joie, elle reprenait. Elle semblait avoir beaucoup à dire; ses mots étaient serrés, ses lignes très proches les unes des autres, et elle eut besoin d'une deuxième feuille. Finalement, elle relut ce qu'elle avait écrit, réunit les feuillets, les plia et les glissa dans une enveloppe qu'elle scella avec de la cire rouge.

Seuls, Paddy, Fee, Bob, Jack et Meggie devaient se rendre à la réception; à leur grand soulagement intérieur, Hughie et Stuart furent désignés pour s'occuper des petits. Exceptionnellement, Mary Carson avait suffisamment délié les cordons de sa bourse pour que les mites puissent en sortir, et chacun était habillé de neuf avec les plus beaux vêtements que Gilly pût offrir.

Paddy, Bob et Jack étaient emprisonnés dans des chemises à plastron empesé, des cols hauts et raides, des gilets et des nœuds papillons blancs, de rigueur avec les queues de pie et les pantalons noirs. Ce serait une réception très cérémonieuse, habits et cravates blanches pour les hommes, robes à traîne pour les femmes.

La robe en crêpe de Fee, d'un ton gris-bleu, lui seyait à ravir; elle tombait jusqu'à terre en plis moelleux; le décolleté était assez large mais les manches se resserraient étroitement aux poignets; l'ensemble était couvert de perles un peu dans le style de la reine Mary. Comme l'impérieuse souveraine, elle avait ramené ses cheveux sur le haut de la tête en mèches vaporeuses et le magasin de Gilly avait fourni le tour de cou en perles et les boucles d'oreilles assorties, parfaites imitations, susceptibles de tromper tous les invités à moins qu'on n'y regardât de très près. Un superbe éventail en plumes d'autruche, de la même couleur que sa robe, complétait l'ensemble, plus discret qu'il n'apparaissait à première vue; il faisait très chaud pour la saison et, à sept heures du soir, le thermomètre dépassait encore trente-sept degrés.

Lorsque Fee et Paddy émergèrent de leur chambre, les garçons restèrent bouche bée. Jamais encore, ils n'avaient vu leurs parents aussi royalement beaux, aussi différents. Paddy portait bien ses soixante et un ans, mais avec tant de distinction qu'on l'eût pris pour un homme d'État; quant à Fee, elle paraissait subitement rajeunie de dix ans – jamais on ne lui aurait donné ses quarante-huit ans, – belle, vivante, magiquement souriante. Jims et Patsy éclatèrent en bruyants sanglots, refusant de regarder M'man et P'pa jusqu'à ce que ceux-ci retrouvent leur apparence habituelle et, dans l'émoi de la consternation, la dignité fut oubliée; M'man et P'pa se conduisirent comme à l'accoutumée et les jumeaux rayonnèrent bientôt d'admiration.

Pourtant, ce fut Meggie qui retint le plus l'attention de tous. Se rappelant peut-être sa propre adolescence et enrageant à l'idée que toutes les autres jeunes femmes invitées avaient commandé leurs toilettes à Sydney, la couturière de Gilly avait mis tout son cœur dans la robe de Meggie. Elle était sans manches, avec un décolleté bas agrémenté d'un drapé; Fee avait bien émis quelques réserves, mais Meggie s'était faite suppliante et la couturière avait assuré que toutes les jeunes filles porteraient des robes de ce genre – voulait-elle qu'on se moque de Meggie, fagotée comme une petite paysanne ? Et Fee avait cédé de bon gré. En crêpe Georgette, tissu de soie d'une bonne tombée, la robe soulignait à peine la taille mais était ceinturée sur les hanches par un large drapé de la même matière. C'était une symphonie d'un ton gris-rose, couleur appelée à l'époque cendre de roses, réhaussée de minuscules boutons de roses que Meggie avait aidé la couturière à broder sur toute la toilette. Et Meggie s'était coupé les cheveux aussi court que possible, à la garçonne, mode qui envahissait même les petites villes comme Gilly. Ses boucles ne lui permettaient évidemment pas de se conformer exactement aux critères en vogue mais cette coiffure de pâtre convenait à ses traits.

Paddy ouvrit la bouche pour rugir devant cette inconnue dans laquelle il ne retrouvait pas sa petite Meggie, mais il la referma sans prononcer les paroles qui lui brûlaient les lèvres; la leçon qui lui avait été infligée au presbytère avec Frank, voilà bien longtemps, avait été assimilée. Non, il ne la garderait pas toujours; sa petite Meggie était devenue une jeune fille, intimidée par la stupéfiante transformation que son miroir lui avait révélée. Pourquoi rendre les choses plus difficiles à cette pauvre gosse ?

Il tendit la main vers elle, sourit tendrement.

– Oh Meggie, tu es ravissante ! Viens, je veux être ton cavalier; Bob et Jack escorteront ta mère.

Elle allait avoir dix-sept ans le mois prochain et, pour la première fois de sa vie, Paddy se sentit vieux, mais elle n'en restait pas moins le trésor de son cœur. Rien ne devait gâcher son entrée dans le monde.

A pas lents, ils gagnèrent la grande maison, bien avant les premiers invités car ils devaient dîner avec Mary Carson et l'aider à recevoir. Pas question de se présenter avec des chaussures sales, mais un kilomètre et demi dans la poussière de Drogheda obligeait à une pause dans les cuisines pour les nettoyer, épousseter les bas de pantalon et les ourlets de robe.

Le père Ralph était vêtu de sa soutane, comme à l'accoutumée; aucune mode masculine n'aurait pu lui convenir aussi bien que cette robe à la coupe sévère, à la ligne légèrement évasée, aux innombrables petits boutons de tissu noir courant de l'ourlet au col, à la large ceinture bordée de pourpre.

Mary Carson avait choisi le blanc, satin blanc, dentelles blanches, et plumes d'autruche blanches. Fee la considéra, éberluée, tirée de son habituelle indifférence. Cela lui paraissait tellement incongru, tellement absurdement nuptial, si grossièrement outrancier – pourquoi diable s'était-elle attifée comme une vieille fille peinturlurée en mal d'époux ? Elle avait beaucoup grossi récemment, ce qui n'améliorait pas les choses.

Mais Paddy ne parut rien remarquer de saugrenu; rayonnant, il s'avança pour prendre les mains de sa sœur. Quel brave type, songea le père Ralph en observant la scène, mi-lointain, mi-amusé.

– Eh bien, Mary ! Tu es merveilleuse ! Une vraie jeune fille !

En vérité, elle resemblait presque trait pour trait à la célèbre photographie de la reine Victoria prise peu avant sa mort. On retrouvait les deux rides profondes encadrant le nez puissant, la bouche entêtée soulignant le caractère indomptable, les yeux légèrement protubérants, glacials, fixés sans ciller sur Meggie. Le beau regard du père Ralph alla de la nièce à la tante et revint se poser sur la nièce.

Mary Carson sourit à Paddy et lui posa la main sur l'épaule.

– Tu peux m'offrir ton bras pour passer à table, Padraic. Le père de Bricassart escortera Fiona, et les garçons devront se contenter de Meghann. (Par-dessus son épaule, elle jeta un regard à la jeune fille.) Tu vas danser ce soir, Meghann ?

– Elle est trop jeune, Mary, intervint précipitamment Paddy. Elle n'a pas dix-sept ans.

Il venait de se rappeler, non sans effroi, une autre des carences de la famille : aucun de ses enfants n'avait appris à danser.

– Quel dommage ! laissa tomber Mary Carson.

Ce fut une réception splendide, somptueuse, brillante, inoubliable, pour ne mentionner que quelques-uns des qualificatifs échangés au sujet de la soirée. Royal O'Mara, d'Inishmurray, à trois cents kilomètres de là, était présent avec sa femme, ses fils et sa fille unique, la famille au grand complet; c'étaient les plus éloignés de Drogheda, mais pas de beaucoup. Les habitants de la région n'hésitaient pas à parcourir trois cents kilomètres pour se rendre à un match de cricket, et encore moins pour assister à une réception. Duncan Gordon venait de Each-Uisge; personne n'avait jamais pu le convaincre d'expliquer les raisons qui l'avaient poussé à baptiser son domaine, si loin de la mer, du nom gaélique de l'hippocampe. Martin King, son épouse, son fils Anthony et Mme Anthony; il était le doyen des colons puisque, en tant que femme, Mary Carson ne pouvait revendiquer ce titre. Evan Pugh, de Braich y Pwll; Dominic O'Rourke, de Dibban-Dibban, Horry Hopeton de Beel-Beel et des douzaines d'autres personnalités de la région.

Ils étaient presque tous de confession catholique et bien peu d'entre eux portaient des noms anglo-saxons; on comptait dans l'assistance un nombre à peu près égal d'Irlandais, d'Ecossais et de Gallois. Non, ils ne pouvaient espérer leur indépendance vis-à-vis de la Couronne, pas plus que des catholiques ne pouvaient susciter la sympathie des autochtones protestants en Ecosse ou au Pays de Galles. Mais ici, au cœur des milliers de kilomètres carrés entourant Gillanbone, ils étaient des seigneurs qui pouvaient se permettre de tenir la dragée haute aux dirigeants britanniques, les maîtres de tout ce que le regard embrassait; Drogheda, le plus vaste domaine, avait une superficie plus importante que certains États européens. Princes de Monaco, ducs de Liechtenstein, attention ! Mary Carson a la primauté sur vous. Et les invités d'être emportés au rythme de la valse par l'orchestre réputé de Sydney, de se tenir à l'écart avec indulgence pour observer les enfants qui dansaient le charleston, de manger des bouchées au homard grillé, des huîtres glacées, de boire du champagne de France vieux de quinze ans et du scotch distillé douze ans plus tôt. S'ils avaient osé, ils auraient avoué leur préférence pour le gigot de mouton ou le corned-beef arrosé du capiteux rhum de Bundaberg ou de bière Crafton en fût. Mais il était agréable de savoir qu'ils pouvaient goûter aux meilleures choses de la vie s'ils le désiraient.

Oui, les années maigres n'étaient que trop fréquentes. Les sommes encaissées pour la vente de la laine étaient soigneusement mises de côté dans les bonnes années pour se prémunir contre les mauvaises, car personne ne pouvait prévoir la pluie. Mais c'était une période faste qui durait depuis un certain temps, et on n'avait que de rares occasions de dépenser son argent à Gilly. Oh ! pour ceux qui avaient vu le jour sur les grandes plaines de terre noire du grand Nord-Ouest, il n'existait aucun endroit du globe qui leur fût comparable. Ses habitants ne se rendaient pas en pèlerinage nostalgique au vieux pays; celui-ci n'avait rien fait pour eux, sinon les tenir à l'écart en raison de leurs convictions religieuses, alors que l'Australie était trop catholique pour se permettre le luxe de la discrimination. Et le grand Nord-Ouest était leur patrie.

Et puis, Mary Carson payait la note de la soirée. Elle pouvait largement se le permettre. La rumeur publique prétendait qu'elle était en mesure d'acheter et de vendre le roi d'Angleterre. Elle avait investi dans l'acier, l'argent, le plomb, le zinc, le cuivre et l'or, placé des fonds dans des centaines d'entreprises qui, au sens propre comme au sens figuré, faisaient de l'argent. Drogheda avait depuis longtemps cessé d'être sa principale source de revenus; le domaine ne représentait guère plus qu'un profitable violon d'Ingres.

Le père Ralph n'adressa pas la parole à Meggie au cours du dîner, ni après; tout au long de la soirée, il l'ignora délibérément. Blessée, la jeune fille le suivait des yeux partout où il allait dans la salle de réception. Ayant conscience du désarroi qu'il suscitait, il eût ardemment souhaité s'approcher d'elle et lui expliquer que leur réputation à tous deux en pâtirait s'il lui accordait plus d'attention qu'à Miss Carmichael, Miss Gordon ou Miss O'Mara. Comme Meggie, il ne dansa pas et, comme elle, il attirait bien des regards; l'un et l'autre dépassaient en beauté, et de très loin, toutes les personnes présentes.

Une partie de lui détestait l'apparence qu'elle offrait ce soir-là, les cheveux courts, la ravissante robe, les délicats escarpins de soie cendre de roses et leurs talons de cinq centimètres; elle grandissait, acquérait des formes très féminines. Et une partie de lui était terriblement fière du fait qu'elle éclipsât toutes les autres jeunes filles. Certes, Miss Carmichael avait des traits patriciens, mais il lui manquait la splendeur de cette chevelure d'or roux; Miss King avait d'exquises tresses blondes, mais il lui manquait la souplesse du corps; Miss Mackail avait une silhouette étonnante, mais un visage évoquant un cheval en train de manger une pomme à travers un grillage. Néanmoins, la réaction qui prévalait en lui n'en demeurait pas moins la déception, un désir violent de retour en arrière. Il ne souhaitait pas voir grandir Meggie, il voulait la petite fille qu'il pouvait traiter en enfant chérie. Il distingua sur les traits de Paddy une expression qui reflétait ses propres pensées et il esquissa un sourire. Quelle joie serait la sienne si, une fois dans sa vie, il pouvait extérioriser ses sentiments ! Mais l'habitude, la formation, la discrétion étaient trop enracinées.

Au fil des heures, la danse devint de moins en moins guindée; le champagne et le whisky cédèrent la place au rhum et à la bière, et la réception prit le tour des réjouissances propres au bal clôturant la période de tonte et de fêtes toutes démocratiques de Gilly; seule, l'absence totale d'ouvriers agricoles et de filles de ferme créait la différence.

Paddy et Fee faisaient toujours partie de l'assistance mais, à minuit exactement, Bob et Jack partirent avec Meggie. Leurs parents ne remarquèrent pas leur départ; ils s'amusaient. Si les enfants ne savaient pas danser, il n'en allait pas de même pour eux et ils ne se privaient pas de cette joie; ils tournoyaient ensemble la plupart du temps et ils apparurent au père Ralph tout à coup mieux assortis; sans doute les occasions de se détendre et d'apprécier mutuellement leur présence s'étaient-elles révélées rares. Il ne se souvenait pas les avoir vus sans au moins un enfant pendu à leurs basques, et il songea que la vie était dure pour les parents de famille nombreuse qui ne pouvaient jamais se ménager un instant de tête-à-tête, sauf dans la chambre à coucher où il était normal qu'ils eussent autre chose à l'esprit que le plaisir de la conversation. Paddy était comme toujours gai et enjoué, mais Fee rayonnait littéralement, et quand son mari allait inviter à danser l'épouse d'un colon, elle ne manquait pas de cavaliers empressés alors que de nombreuses femmes, beaucoup plus jeunes qu'elle, faisaient tapisserie.

Cependant, le père Ralph ne disposait que de rares instants pour observer les Cleary. Il se sentit dix ans de moins quand il vit Meggie quitter la salle; il s'anima soudain et stupéfia les demoiselles Hopeton, Mackail, Gordon et O'Mara en dansant – et particulièrement bien – le black bottom avec Miss Carmichael. Après quoi, il invita tour à tour chacune des jeunes filles, même Miss Pugh, la plus disgraciée, et, comme à ce stade chacun se sentait parfaitement détendu, débordant de bonne volonté, personne ne réprouva le moins du monde l'attitude du prêtre. En fait, son zèle et sa bonté rallièrent suffrages et commentaires élogieux. Aucun invité ne pouvait prétendre que sa fille n'avait pas eu la possibilité de danser avec le père de Bricassart. Evidemment, s'il ne s'était pas agi d'une réception privée, il n'aurait pu s'approcher de la piste de danse, mais quelle joie de voir un homme aussi charmant prendre, pour une fois, réellement du bon temps.

A trois heures, Mary Carson se remit pesamment sur pied et bâilla.

– Non, que la fête continue ! Si je suis fatiguée, ce qui est le cas, je peux aller me coucher et c'est ce que j'ai l'intention de faire. Mais il ne manque pas de victuailles et de boissons; l'orchestre a été engagé pour jouer aussi longtemps que quelqu'un aura envie de danser, et un peu de bruit ne pourra qu'accompagner agréablement mes rêves. Mon père, puis-je vous demander votre bras pour m'aider à monter ?

Une fois hors de la salle de réception, elle ne se dirigea pas vers le majestueux escalier, mais elle entraîna le prêtre vers son salon, s'appuyant lourdement à son bras. La porte en avait été verrouillée; elle attendit pendant qu'il ouvrait avec la clef qu'elle lui avait tendue, puis elle le précéda à l'intérieur.

– Quelle belle réception, Mary, dit-il.

– Ma dernière.

– Ne dites pas ça, ma chère.

– Pourquoi ? Je suis lasse de vivre, Ralph, et je vais m'arrêter. (Une lueur moqueuse traversa ses yeux durs.) Vous en doutez ? Pendant plus de soixante-dix ans, j'ai fait exactement ce que j'ai voulu, quand je voulais; alors, si la mort croit que c'est à elle de choisir le moment de mon départ, elle se trompe lourdement. Je mourrai au moment que j'aurai choisi, et sans qu'il s'agisse de suicide. C'est la volonté de vivre qui nous porte; il n'est pas difficile de mettre un terme à son existence si on le veut vraiment. Je suis fatiguée, et je veux y mettre un terme. Très simple.

Lui aussi était fatigué, pas exactement de la vie, mais de l'incessante façade derrière laquelle il devait se dissimuler, du climat, de l'absence d'amis ayant des intérêts communs, de lui-même. La pièce n'était que faiblement éclairée par une haute lampe à pétrole, au corps d'un inestimable verre pourpre, qui jetait des ombres rouges et transparentes sur le visage de Mary Carson, communiquant à sa mâchoire opiniâtre un reflet plus diabolique encore. Il avait mal aux pieds, au dos; il ne lui était pas arrivé depuis longtemps de tant danser, bien qu'il s'enorgueillît de se tenir au courant des dernières modes. Trente-cinq ans, monsignore de campagne... alors, ce puissant personnage de l'Eglise ? Fini avant d'avoir commencé. Oh, les rêves de la jeunesse ! Et l'insouciance des paroles de la jeunesse, et l'emportement de la jeunesse ! Il n'avait pas été assez fort pour remporter l'épreuve. Mais il ne renouvellerait jamais cette erreur, jamais, jamais...

Ne tenant pas en place, il soupira; à quoi bon ? La chance ne se représenterait jamais. Grand temps de voir les choses en face, de cesser d'espérer, de rêver.

– Vous souvenez-vous, Ralph, de m'avoir entendue dire que je vous battrai sur votre propre terrain, que je ferai en sorte que vous soyez pris à votre propre piège ?

La voix sèche le tira de la rêverie dans laquelle l'avait plongé sa lassitude. Il regarda Mary Carson et sourit.

– Ma chère Mary, je n'oublie jamais rien de ce que vous me dites. Je me demande ce que j'aurais fait sans vous au cours de ces dernières années. Votre esprit, votre malice, votre perception des choses...

– Si j'avais été plus jeune, je vous aurais eu de tout autre façon, Ralph. Vous ne saurez jamais avec quelle ardeur j'ai souhaité revenir en arrière de trente ans. Si le diable m'était apparu pour m'offrir la jeunesse contre mon âme, je n'aurais pas hésité une seule minute, et sans jamais bêtement regretter le pacte, comme ce vieil idiot de Faust. Mais pas de diable... Je ne parviens à croire ni à Dieu ni au diable, vous savez. Je n'ai jamais eu l'ombre d'une preuve de leur existence. Et vous ?

– Moi non plus. Mais la croyance ne repose pas sur une preuve d'existence, Mary. Elle repose sur la foi, et la foi est la pierre de touche de l'Église. Sans la foi, il n'y a rien.

– Doctrine un peu simpliste.

– Peut-être. Je crois que l'être humain porte la foi en soi dès sa naissance. En ce qui me concerne, c'est la lutte permanente, mais je n'abandonnerai jamais.

– J'aimerais vous détruire.

– Oh, ma chère Mary ! Ça, je le sais ! dit-il avec une lueur amusée dans ses prunelles, teintées de gris par la lumière.

– Mais savez-vous pourquoi ?

Une impression effrayante de vulnérabilité l'effleura, s'insinua en lui, mais il la repoussa farouchement.

– Je le sais, Mary et, croyez-moi, je le déplore.

– A part votre mère, combien de femmes vous ont-elles aimé ?

– Ma mère m'a-t-elle aimé ? Je me le demande. En tout cas, elle a fini par me détester. C'est là qu'en arrivent la plupart des femmes. J'aurais dû m'appeler Hippolyte.

– Oh ! Voilà qui en dit long !

– Quant aux autres femmes, je ne vois que Meggie... mais c'est une petite fille. Il n'est probablement pas exagéré de prétendre que des centaines de femmes m'ont désiré, mais aimé ? J'en doute fort.

– Moi, je vous ai aimé, dit-elle, pathétique.

– Non. Je suis le stimulant de votre vieillesse, sans plus. Quand vous me regardez, je vous rappelle tout ce que votre âge vous interdit.

– Vous vous trompez. Je vous ai aimé. Dieu sait combien ! Croyez-vous que mon âge me l'interdise automatiquement ? Eh bien, père de Bricassart, laissez-moi vous dire quelque chose. A l'intérieur de ce corps ridicule, je suis encore jeune... je ressens encore, je désire encore, je rêve encore, je piaffe et m'irrite encore devant les restrictions imposées à mon corps. La vieillesse est la plus amère punition que nous inflige notre Dieu vengeur. Pourquoi ne communique-t-il pas cette même vieillesse à nos esprits ? (Elle se rejeta contre le dossier de son fauteuil, ferma les yeux, et ses dents apparurent sous un rictus.) J'irai en enfer, évidemment. Mais, auparavant, j'espère avoir la possibilité de dire au Très-Haut quel pitoyable, mesquin, vindicatif et piètre personnage il est !

– Vous avez été veuve trop longtemps, Mary. Dieu vous avait accordé la liberté du choix, vous auriez pu vous remarier. Si vous avez choisi de rester seule et de l'être intolérablement, vous ne pouvez vous en prendre qu'à vous, pas à Dieu.

Pendant un instant, elle garda le silence, ses mains étreignant farouchement les accotoirs, puis elle commença à se détendre et souleva les paupières. Ses yeux scintillèrent, rouges sous la lumière déversée par la lampe, mais sans larmes; quelque chose de plus dur, de plus brillant que les pleurs les habitait. Il retint son souffle, ressentit de la crainte. Elle ressemblait à une araignée.

– Ralph, sur mon bureau, se trouve une enveloppe. Voudriez-vous me l'apporter, je vous prie ?

Endolori, effrayé, il se leva et alla jusqu'au bureau; saisissant la lettre, il la considéra avec curiosité. L'enveloppe était vierge, mais le dos avait été dûment scellé avec de la cire rouge qui portait l'empreinte des armes de Mary Carson : une tête de bélier entourée d'un grand D. Il la lui apporta, la lui tendit, mais d'un signe elle l'invita à s'asseoir en repoussant la lettre.

– Elle est à vous, dit-elle avec un gloussement. L'instrument de votre destin, Ralph, voilà ce qu'est cette lettre. L'ultime et la plus féroce estocade de notre long combat. Quel dommage que je ne sois plus là pour assister à ce qui se passera. Mais je sais ce qu'il adviendra parce que je vous connais, je vous connais infiniment mieux que vous le supposez. Insupportable vanité ! Cette enveloppe contient le destin de votre vie et de votre âme. Je dois vous perdre au profit de Meggie, mais je suis assurée qu'elle ne vous aura pas non plus.

– Pourquoi haïssez-vous Meggie à ce point ?

– Je vous l'ai déjà dit. Parce que vous l'aimez.

– Pas de la façon dont vous l'entendez ! Elle est l'enfant que je ne peux avoir, le sourire de ma vie. Meggie est une idée, Mary, une idée !

Sur quoi, la vieille femme ricana.

– Je ne veux pas que nous parlions de votre chère Meggie ! Je ne vous reverrai jamais, et je ne tiens pas à perdre mon temps en m'appesantissant sur elle. La lettre. Je veux que vous me juriez sur vos vœux de prêtre que vous ne l'ouvrirez pas avant d'avoir constaté ma mort par vous-même; ensuite, vous la décachetterez immédiatement, avant de m'enterrer. Jurez.

– Il est inutile de jurer, Mary. Je ferai ce que vous me demandez.

– Jurez-le-moi, sinon je la reprends !

– Eh bien, entendu ! convint-il en haussant les épaules. Sur les vœux que j'ai prononcés, je le jure. Je n'ouvrirai pas la lettre avant de vous avoir vue morte puis j'en prendrai connaissance avant que vous soyez enterrée.

– Parfait, parfait.

– Mary, je vous en prie, n'ayez aucune inquiétude. C'est là une de vos lubies, sans plus. Demain matin, vous en rirez.

– Je ne verrai pas le matin. Je vais mourir cette nuit; je ne suis pas assez faible pour me vautrer dans l'attente du plaisir de vous revoir. Quelle déchéance ce serait ! Je vais me coucher maintenant. M'accompagnerez-vous jusqu'en haut de l'escalier ?

Il ne la croyait pas mais il jugeait inutile de discuter, et elle n'était pas d'humeur à se laisser détourner de son caprice par une plaisanterie. Dieu seul décidait de la mort d'un être, à moins que, par la libre volonté qu'il nous a accordée, on mette soi-même un terme à sa vie. Elle avait déclaré qu'elle ne se suiciderait pas. Il l'aida donc à gravir les marches, secours nécessaire car elle s'essoufflait; en haut de l'escalier, il lui prit les mains, se pencha pour les embrasser. Elle les retira.

– Non, pas ce soir. Sur la bouche, Ralph. Embrassez-moi sur la bouche comme si nous étions amants !

A la lumière éclatante des candélabres, supportant pour la réception quatre cents bougies de cire, elle lut le dégoût sur le visage du prêtre, son recul instinctif; elle souhaita mourir alors, le souhaita avec tant de force qu'elle ne pouvait se résoudre à attendre.

– Mary, je suis prêtre ! Je ne peux pas !

Elle émit un rire aigu, étrange.

– Oh, Ralph, quel imposteur vous faites ! Imposteur en tant qu'homme, imposteur en tant que prêtre ! Quand je pense qu'une fois vous avez eu l'audace de me proposer de me faire l'amour ! Étiez-vous tellement certain que je refuserais ? Comme je le regrette ! Je donnerais mon âme pour vous voir essayer de trouver une échappatoire si nous pouvions revenir en arrière jusqu'à cette nuit ! Imposteur ! Imposteur ! Imposteur ! Vous n'êtes rien de plus, Ralph ! Un imposteur impuissant, inutile ! Un homme impuissant et un prêtre impuissant ! Je suis sûre que vous seriez incapable de bander suffisamment pour pénétrer la Vierge Marie elle-même ! Avez-vous jamais bandé, père de Bricassart ? Imposteur !

Dehors, l'aube ne se devinait pas encore, ni même le vague halo qui la précède. L'obscurité douce, épaisse, brûlante, enveloppait Drogheda. Les réjouissances devenaient extrêmement bruyantes; si le domaine avait eu des voisins immédiats, la police eût été appelée depuis bien longtemps. Un homme vomissait abondamment, de façon révoltante, sur la véranda et, à l'abri d'un buisson, deux formes s'enlaçaient. Le père Ralph évita aussi bien l'ivrogne que les amants, traversa la pelouse fraîchement tondue, élastique sous le pied, en proie à un tel désarroi qu'il ne savait où ses pas le menaient, ce qui ne lui importait guère. Il voulait seulement s'éloigner d'elle, la vieille araignée, qui croyait tisser son cocon de mort par cette nuit si belle. A une heure aussi matinale, la chaleur n'était pas encore étouffante; un léger courant d'air animait l'air pesant et des parfums capiteux montaient des boronias et des rosiers, divine immobilité que seules connaissent les latitudes tropicales et subtropicales. Oh Dieu, être vivant, réellement vivant ! Etreindre la nuit, et la vie, et être libre !

Il se figea à l'extrémité de la pelouse et leva les yeux vers le ciel, agitant une antenne toute d'instinct à la recherche de Dieu. Oui, là-haut, quelque part, entre ces points scintillants d'une lumière si pure, si inaccessible; et qu'en était-il de ce ciel nocturne ? Le couvercle bleu d'une journée soulevé, un homme autorisé à entrevoir l'éternité ? Seule, la vision de la voûte céleste parsemée d'étoiles pouvait convaincre l'homme de l'éternité et de l'existence de Dieu.

Elle a raison, évidemment. Un imposteur. Un véritable imposteur. Ni prêtre ni homme. Seulement quelqu'un qui souhaiterait savoir comment être l'un ou l'autre. Non ! Ni l'un ni l'autre ! Prêtre et homme ne peuvent coexister – être un homme équivaut à ne pas être prêtre. Pourquoi me suis-je pris les pieds dans sa toile ? Son poison est violent, peut-être plus perfide que je ne le pense. Que contient la lettre ? Combien cela ressemble à Mary de m'appâter ! Que sait-elle, que devine-t-elle ? Qu'y a-t-il à savoir ou à deviner ? Seulement la futilité et la solitude. Doute, peine. Toujours la peine. Pourtant vous vous trompez, Mary. Je suis capable de bander. Il se trouve simplement que j'ai choisi, que j'ai passé des années à me prouver que cette turgescence pouvait être contrôlée, subjugée, dominée. Car cette érection sied à l'homme et je suis prêtre.

Quelqu'un pleurait dans le cimetière. Meggie, évidemment. Qui, sinon elle ? Il remonta les pans de sa soutane et enjamba la clôture de fer forgé, en proie à une impression d'inéluctabilité; il n'en avait pas encore fini avec Meggie cette nuit. S'il avait affronté l'une des femmes de sa vie, il lui fallait affronter l'autre. Son détachement amusé lui revint; elle ne pouvait l'en détourner longtemps, la vieille araignée. La perfide vieille araignée. Que Dieu la condamne à la pourriture, à la pourriture !

– Meggie chérie, ne pleure pas, dit-il en s'asseyant à côté d'elle sur l'herbe humide de rosée. Tiens, je parie que tu n'as même pas de mouchoir. Les femmes n'en ont jamais. Prends le mien et essuie-toi les yeux comme une bonne petite fille.

Elle prit le carré de batiste, obtempéra.

– Tu n'as même pas ôté ta belle robe. Et tu es là depuis minuit ?

– Oui.

– Bob et Jack savent-ils où tu es ?

– Je leur ai dit que j'allais me coucher.

– Et qu'y a-t-il, Meggie ?

– Vous ne m'avez pas adressé la parole de toute la soirée !

– Ah ! Je m'en doutais. Allons, Meggie, regarde-moi.

Loin dans l'est, montait une lueur perlée, éclaboussant l'obscurité, et les coqs de Drogheda saluèrent à pleine voix les prémices de l'aube. Il fut donc à même de se rendre compte que les traces de larmes ne parvenaient pas à ternir la beauté de ses yeux.

– Meggie, tu étais, et de très loin, la plus jolie jeune fille de la réception, et tout le monde sait que je viens à Drogheda plus souvent que mes fonctions ne me l'imposent. Je suis prêtre et, en conséquence, je dois être au-dessus de tout soupçon, un peu comme la femme de César... mais je crains que les gens ne voient pas les choses du même œil. Parmi les prêtres, je peux être considéré comme jeune et pas trop mal de ma personne. (Il marqua une pause, se demandant comment Mary Carson aurait accueilli ce genre d'euphémisme, et il émit un rire silencieux.) Si je t'avais accordé la moindre attention, tout Gilly aurait été au courant en moins de temps qu'il ne faut pour le dire. Toutes les lignes téléphoniques de la région auraient propagé la nouvelle. Comprends-tu ce que je veux dire ?

Elle secoua la tête; les courtes boucles devenaient de plus en plus éclatantes dans la lumière qui s'intensifiait.

– Tu es trop jeune pour connaître les usages du monde, reprit-il, mais il te faut les apprendre. Et il semble que ce soit toujours mon lot de devoir te les enseigner. Ce que je tiens à te faire comprendre, c'est que les gens prétendraient que je m'intéresse à toi en tant qu'homme, pas en tant que prêtre.

– Mon père !

– Abominable, n'est-ce pas ? dit-il en esquissant un sourire. Mais c'est ce qu'on dirait, je peux te l'assurer. Tu comprends, Meggie, tu n'es plus une enfant, tu es une jeune fille. Mais tu n'as pas encore appris à dissimuler l'affection que tu me portes, et si je m'étais approché de toi pour te parler sous le feu de tous les regards, tes yeux t'auraient trahie et on n'aurait pas manqué de mal interpréter ton attitude.

Elle le regarda bizarrement; un voile soudain, impénétrable, tomba sur ses yeux, puis, brusquement, elle détourna la tête et lui présenta son profil.

– Oui, je comprends. J'étais idiote de ne pas avoir compris.

– Maintenant, tu ne crois pas qu'il est temps de rentrer chez toi ? Evidemment, tout le monde fera la grasse matinée, mais si quelqu'un se réveillait à l'heure habituelle, tu te trouverais dans une position délicate. Et tu ne peux pas dire que tu étais avec moi, Meggie, pas même à ta famille.

Elle se leva et resta un instant immobile, les yeux baissés sur lui.

– Je m'en vais, mon père. Mais je souhaiterais qu'on vous connaisse mieux; alors, personne n'imaginerait des choses pareilles à votre sujet. Vous ne nourrissez pas de telles pensées, n'est-ce pas ?

Pour une raison quelconque, la remarque le blessa, le blessa profondément, résultat que n'avaient pu atteindre les cruels sarcasmes de Mary Carson.

– Non, Meggie, tu as raison. Je ne nourris pas de telles pensées. (Il se leva, esquissa un sourire sans joie.) Et si je te disais que j'aimerais bien que ce soit le cas, est-ce que cela te semblerait bizarre ? (Il lui posa la main sur la tête.) Non, je ne le souhaite pas du tout ! Rentre chez toi, Meggie, rentre chez toi !

– Bonne nuit, mon père, dit-elle en levant vers lui un regard triste.

Il lui prit les mains, se pencha et les embrassa.

– Bonne nuit, ma chère petite Meggie.

Il la suivit des yeux pendant qu'elle passait à travers les tombes, enjambait la clôture; dans la robe brodée de boutons de roses, la silhouette qui s'éloignait lui parut gracieuse, féminine et un peu irréelle. Cendre de roses.

– Rien ne saurait mieux convenir, dit-il à l'ange.

Les voitures s'éloignaient de Drogheda en vrombissant lorsqu'il traversa la pelouse; les derniers invités partaient enfin. A l'intérieur, les musiciens emballaient leurs instruments, chancelant sous le rhum et l'épuisement, les servantes fatiguées et les aides occasionnelles s'efforçaient de débarrasser. Le père Ralph secoua la tête à la vue de Mme Smith.

– Envoyez tout le monde se coucher, lui conseilla-t-il. Il est infiniment plus facile de mener à bien une telle tâche quand on est frais et dispos. Je veillerai à ce que Mme Carson ne vous adresse aucun reproche.

– Aimeriez-vous manger quelque chose, mon père ?

– Grand Dieu, non ! Je vais me coucher.

En fin d'après-midi, une main lui effleura l'épaule. Il tendit le bras pour la saisir sans avoir le courage d'ouvrir les yeux et essaya de la maintenir contre sa joue.

– Meggie, marmotta-t-il.

– Mon père, mon père ! Oh, je vous en prie, réveillez-vous !

Le ton de Mme Smith le tira de sa léthargie et il retrouva subitement toute sa lucidité.

– Qu'y a-t-il, madame Smith ?

– C'est Mme Carson, mon père. Elle est morte.

Sa montre lui apprit qu'il était six heures passées; hébété, accablé par la lourde chaleur de la journée qui l'avait plongé dans la torpeur, il ôta son pyjama, enfila sa soutane, se passa l'étole pourpre autour du cou, et prit les saintes huiles, l'eau bénite, sa grande croix d'argent, son chapelet à grains d'ébène. Il ne lui vint pas un instant à l'esprit que Mme Smith eût pu se tromper. Il savait que l'araignée était morte. Avait-elle hâté son trépas en fin de compte ? Si tel était le cas, Dieu fasse qu'elle n'eût rien laissé en évidence et que sa mort ne parût pas suspecte au docteur. De quelle utilité pouvait lui être l'extrême-onction, il l'ignorait. Mais il n'en fallait pas moins qu'il lui administrât les derniers sacrements. S'il s'y refusait, il y aurait une enquête, toutes sortes de complications. Pourtant, sa réaction ne lui était pas dictée par l'éventualité d'un suicide; il jugeait simplement que le fait d'officier sur le corps de Mary Carson relevait de l'obscénité.

Elle était bien morte; son décès avait dû intervenir quelques minutes après qu'elle se fût retirée : il remontait à une bonne douzaine d'heures. Les fenêtres étaient étroitement closes, et il flottait dans la pièce une sorte d'humidité due à l'eau contenue dans de grands récipients dont elle exigeait la présence discrète dans sa chambre afin de préserver la fraîcheur de sa peau. Un bruit curieux emplissait l'atmosphère; après un instant d'hébétude, il se rendit compte qu'il entendait le bruissement des mouches, des hordes de mouches bourdonnantes qui s'agglioméraient, vrombissaient, s'invectivaient follement, se précipitaient au festin qu'elle leur offrait, se repaissaient d'elle, s'accouplaient sur elle, déposant leurs œufs en elle.

– Pour l'amour de Dieu, madame Smith, ouvrez les fenêtres ! s'écria-t-il, le souffle court.

Livide, il s'approcha du lit.

Elle avait dépassé le stade de la rigidité cadavérique et était de nouveau flasque, répugnante de flaccidité. Les yeux fixes se lézardaient, les lèvres minces noircissaient; et partout sur son corps des mouches. Il dut demander à Mme Smith de les écarter tandis qu'il administrait l'extrême-onction, marmottait les exhortations en latin. Quelle farce, elle était maudite. Quelle puanteur elle dégageait ! Oh, Dieu ! Plus infecte que n'importe quel cheval mort dans la verdure d'un enclos. Il répugnait à toucher son cadavre, comme il avait répugné à la toucher vivante, surtout ces lèvres criblées d'œufs de mouches. Dans quelques heures, elle ne serait qu'un grouillement d'asticots.

Enfin, tout fut accompli. Il se redressa.

– Allez immédiatement prévenir M. Cleary, madame Smith et,

pour l'amour de Dieu, dites-lui que ses fils fabriquent tout de suite un cercueil. Nous n'avons pas le temps d'en faire venir un de Gilly; elle est en train de pourrir sous nos yeux. Seigneur ! J'en ai l'estomac révulsé. Je vais aller prendre un bain et je laisserai mes vêtements devant la porte; brûlez-les. Jamais je ne pourrai me débarrasser de la puanteur qui les imprègne.

De retour dans sa chambre, en culotte de cheval et chemise – il n'avait pas emporté deux soutanes –, il se rappela la lettre et sa promesse. Sept heures venaient de sonner; il entendait le bruit étouffé que faisaient les servantes et leurs aides du moment en remettant de l'ordre pour retransformer la salle de réception en chapelle, préparer la maison pour les funérailles du lendemain. Impossible de l'éviter, il lui faudrait retourner à Gilly dans la soirée afin d'y prendre une autre soutane et les vêtements sacerdotaux nécessaires pour la messe de requiem. Il n'oubliait jamais certains objets quand il quittait le presbytère pour quelque domaine éloigné; soigneusement rangés dans les compartiments de sa mallette, se trouvaient les objets du culte pour les naissances, les morts, les bénédictions, et les vêtements sacerdotaux qui lui permettaient de dire la messe quel que fût le calendrier ecclésiastique. Mais il n'en était pas moins Irlandais et transporter la chasuble noire de deuil équivalait à tenter le sort. La voix de Paddy résonna à proximité de la maison, mais il ne pouvait envisager de le rencontrer pour le moment; il savait que Mme Smith ferait le nécessaire.

Assis à sa fenêtre, il contempla le paysage qu'offrait Drogheda dans le soleil couchant, les eucalyptus dorés, la profusion de roses rouges, jaunes et blanches dans les massifs qui s'embrasaient à cette heure; puis, il tira la lettre de Mary Carson de sa valise et la tint entre ses doigts. Elle avait insisté pour qu'il la lût avant qu'on l'enterrât et, venant du tréfonds de lui-même, une petite voix lui conseillait de la lire *immédiatement*, pas plus tard au cours de la soirée après avoir retrouvé Paddy et Meggie, mais *maintenant*, avant d'avoir vu qui que ce soit en dehors de Mary Carson.

L'enveloppe contenait quatre feuillets; il les déplia et s'aperçut immédiatement que les deux derniers représentaient son testament. Les deux premières pages lui étaient adressées sous forme de lettre.

Mon très cher Ralph,

Comme vous avez pu le constater, le deuxième document contenu dans cette enveloppe est mon testament. J'en ai déjà établi un autre, signé et scellé, parfaitement valable, qui se trouve à l'étude de Harry Gough à Gilly; le testament ci-inclus est de beaucoup ultérieur et, bien entendu, il annule celui que détient Harry.

En fait, je l'ai établi il y a seulement quelques jours, et j'ai demandé à Tom et au poseur de clôture d'y apposer leur signature en tant que témoins, puisque j'ai cru comprendre qu'on ne pouvait faire appel à un bénéficiaire pour cette formalité. Ce document est parfaitement légal, bien que n'ayant pas été établi par Harry. Aucune cour de justice du pays ne peut en nier la valeur, je vous l'assure.

Mais pourquoi n'ai-je pas demandé à Harry d'établir ce testament si je souhaitais modifier les dispositions du premier ? C'est très simple, mon cher Ralph. Je tenais essentiellement à ce que personne n'ait connaissance de ce document à part vous et moi. C'est le seul exemplaire qui soit et vous le détenez. Pas une âme n'est au courant de ce fait, partie très importante de mon plan.

Vous rappelez-vous ce passage de l'Évangile où Satan entraîne Notre-Seigneur Jésus-Christ sur la montagne et le tente en Lui offrant le monde entier ? Comme il est plaisant de savoir que je dispose d'une parcelle du pouvoir de Satan, et que je suis en mesure de tenter celui que j'aime (doutez-vous que Satan ait aimé le Christ ? Pas moi) en lui offrant le monde entier. L'évocation de votre dilemme a considérablement stimulé mes pensées au cours de ces dernières années et, plus je me rapproche de la mort, plus mes visions m'apportent de délices.

Après avoir lu le testament, vous comprendrez ce que j'entends. Tandis que je brûlerai en enfer, hors de ce monde qu'à présent je connais, vous serez encore vivant, mais vous brûlerez dans un enfer de flammes plus ardentes que celles qu'aucun dieu ne saurait produire. Oh, mon Ralph, je vous ai jaugé à la perfection ! Si je n'ai jamais rien su d'autre, j'ai toujours su comment faire souffrir ceux que j'aime. Et vous êtes une proie infiniment plus délectable que ne l'a jamais été feu mon cher Michael.

Quand j'ai fait votre connaissance, vous vouliez Drogheda et mon argent, n'est-ce pas, Ralph ? Vous considériez l'un et l'autre comme un tremplin vous permettant d'acheter le droit à votre juste place. Mais alors, Meggie est entrée en scène et vous avez écarté de votre esprit toute idée de me cultiver, n'est-ce pas ? Je suis devenue une excuse pour vos visites à Drogheda afin que vous puissiez la voir. Je me demande si vous auriez changé d'allégeance aussi facilement si vous aviez su ce que je représente réellement. Vous en doutez-vous, Ralph ? Je ne pense pas que vous en ayez la moindre idée. Il est peut-être malséant de la part du testateur de mentionner le montant exact de l'actif de la succession, mais je juge préférable d'en faire état ici même afin d'être certaine que vous disposerez de tous les renseignements nécessaires lorsque le moment viendra pour vous de prendre un décision. A quelques centaines de milliers de livres près, ma fortune se monte à plus de treize millions de livres sterling.

J'arrive en bas de la deuxième feuille et je n'ai pas l'intention de m'attarder plus longtemps sur cette lettre. Lisez mon testament, Ralph, et après l'avoir lu, décidez de ce que vous ferez. Le remettrez-vous à Harry Gough pour authentification ou le brûlerez-vous sans jamais souffler mot de son existence à quiconque ? C'est là une décision qu'il vous appartient de prendre. Il me faut ajouter que le testament qui se trouve à l'étude de Harry est celui que j'ai établi un an après l'arrivée de Paddy et dans lequel je lui lègue tout. Vous savez donc exactement ce qui est en jeu.

Ralph, je vous aime au point que j'aurais pu vous tuer pour m'avoir repoussée si je ne savais pas qu'il s'agit là d'une forme de représailles infiniment plus réjouissante. Je ne suis pas du genre noble; je vous aime, mais je veux que vous hurliez d'angoisse. Parce que, voyez-vous, je sais ce que sera votre décision. Je le sais aussi sûrement que si j'étais là à vous observer. Vous hurlerez, Ralph, vous saurez ce qu'est l'angoisse. Alors, lisez, mon beau prêtre ambitieux ! Lisez mon testament, et choisissez votre destin.

La lettre ne comportait ni signature ni paraphe. Il sentit la sueur lui inonder le front, dégouliner le long de son dos depuis la nuque. Et il voulut se lever immédiatement afin de brûler les deux documents, sans lire le contenu du deuxième. Mais elle avait bien jaugé sa proie, la grosse, la vieille araignée. Evidemment, il continuerait sa lecture; il était trop curieux pour résister à la tentation. Dieu ! Qu'avait-il bien pu faire pour qu'elle lui infligeât un tel tourment ? Pourquoi les femmes le faisaient-elles tant souffrir ? Pourquoi n'était-il pas petit, tordu, laid ? Si tel avait été le cas, peut-être aurait-il pu être heureux.

Les deux autres feuillets étaient recouverts de la même écriture précise, minuscule. Aussi mesquine et vindicative que son âme.

Je soussignée, Mary Elizabeth Carson, saine de corps et d'esprit, déclare que ceci est mon testament, rendant ainsi nulles et non avenues toutes dispositions testamentaires antérieures établies par moi.

A la seule exclusion des legs particuliers ci-dessous mentionnés, je lègue la totalité de mes biens, mobiliers et immobiliers, à la sainte Église catholique romaine, sous les conditions énoncées ci-après :

Premièrement, que ladite sainte Eglise catholique romaine, ci-dessous dénommée l'Eglise, sache en quelle estime et affection je tiens son prêtre, le père Ralph de Bricassart. C'est uniquement *en raison de sa bonté, en reconnaissance du guide spirituel qu'il a été pour moi, du soutien qu'il m'a apporté et qui ne s'est jamais démenti que je dispose ainsi de mon avoir.*

Deuxièmement, que l'Église bénéficie des effets de ce legs aussi longtemps qu'elle appréciera la valeur et les capacités dudit père Ralph de Bricassart.

Troisièmement, que ledit père Ralph de Bricassart soit responsable de l'administration et de la gestion de tous mes biens mobiliers et immobiliers en tant qu'administrateur principal de la succession.

Quatrièmement, qu'au décès dudit père Ralph de Bricassart, ses propres dispositions testamentaires soient légalement reconnues en ce qui concerne l'administration ultérieure de mes biens. C'est-à-dire que l'Eglise continuera à en être dûment propriétaire, mais que le père Ralph de Bricassart sera seul responsable de la nomination de son successeur pour en assurer l'administration; il ne sera pas tenu à choisir un successeur parmi les ecclésiastiques ou les membres laïques de l'Eglise.

Cinquièmement, que le domaine de Drogheda ne soit jamais vendu ni morcelé.

Sixièmement, que mon frère, Padraic Cleary, soit maintenu en tant que directeur du domaine de Drogheda avec le droit d'habiter ma maison et qu'il lui soit versé un salaire à la seule discrétion du père Ralph de Bricassart et d'aucune autre personne.

Septièmement, qu'en cas de décès de mon frère, ledit Padraic Cleary, sa veuve et ses enfants soient autorisés à demeurer au domaine de Drogheda et que la situation de directeur échoie successivement à chacun de ses fils, Robert, John, Hugh, Stuart, James et Patrick, à l'exclusion de Francis.

Huitièmement, qu'à la mort de Padraic ou du dernier fils qui lui restera, à l'exclusion de Francis, les mêmes droits que ceux dudit Padraic Cleary soient transmis à ses petits-enfants.

Legs particuliers.

A Padraic Cleary, les biens mobiliers de mes maisons sur le domaine de Drogheda.

A Eunice Smith, ma gouvernante, qu'elle demeure à son poste avec un juste salaire aussi longtemps qu'elle le désirera et, de plus, qu'on lui verse la somme de cinq mille livres sterling sur-le-champ et qu'au moment de sa retraite on lui verse une pension équitable.

A Minerva O'Brien et Catherine Donnelly, qu'elles continuent à occuper leur emploi aussi longtemps qu'elles le désireront et, par ailleurs, qu'on leur verse immédiatement la somme de mille livres à chacune et qu'au moment de leur retraite il leur soit versé une pension équitable.

Au père Ralph de Bricassart, que la somme de dix mille livres sterling lui soit versée annuellement tout au long de sa vie pour son usage personnel et sans qu'il ait à en rendre compte.

Le document était dûment signé, daté et certifié.

Sa chambre donnait à l'ouest. Le soleil se couchait. Le voile de poussière qui accompagnait chaque été emplissait l'atmosphère baignée de silence et des doigts de soleil se glissaient à travers les fines particules avec tant de luminosité que tout semblait d'or et de pourpre. Des nuages effilochés, nimbés de lueurs scintillantes, décrivaient des traînées argentées devant la grande boule sanglante, suspendue juste au-dessus des arbres disséminés dans les enclos les plus éloignés.

– Bravo ! soliloqua-t-il. Je l'avoue, Mary, vous m'avez battu. Un coup de maître. C'est moi qui ai été dupe, pas vous.

A travers ses larmes, il ne parvenait pas à distinguer les feuilles qu'il tenait à la main et il les éloigna avant qu'elles soient tachées. Treize millions de livres sterling. *Treize millions de livres !* En effet, c'était bien là ce qu'il s'était efforcé de ferrer avant l'époque de Meggie. Et à l'arrivée de celle-ci, il avait abandonné son projet car il ne pouvait mener de sang-froid une telle campagne qui aboutirait à la priver de son héritage. Mais qu'en aurait-il été s'il avait connu la fortune exacte de la vieille araignée ? Quelle eut été sa réaction dans ce cas ? Il n'imaginait pas que Mary Carson laisserait seulement le dixième de cette somme. Treize millions de livres !

Pendant sept ans, Paddy et sa famille avaient vécu dans la maison du régisseur; tous avaient travaillé d'arrache-pied pour Mary Carson. Pour quoi ? Les misérables gages qu'elle leur versait ? Jamais le père Ralph n'avait eu connaissance que Paddy se fût plaint d'être traité avec mesquinerie, estimant sans doute qu'à la mort de sa sœur, il serait simplement récompensé de la façon dont il avait géré la propriété avec un salaire de régisseur tandis que ses fils effectuaient le travail d'éleveurs confirmés pour des gages équivalant à ceux d'ouvriers agricoles. Paddy s'en était accommodé et il en était venu à aimer Drogheda comme si le domaine lui appartenait, estimant à juste titre que ce serait un jour le cas.

– Bravo, Mary, répéta le père Ralph.

Les premières larmes qu'il eût versées depuis son enfance ruisselaient sur le dos de ses mains, mais pas sur le papier.

Treize millions de livres sterling et encore la possibilité de devenir cardinal de Bricassart. En spoliant Paddy Cleary, sa femme, ses fils – et Meggie. Comme elle avait diaboliquement su lire en lui ! Si elle avait dépouillé Paddy de tout, sa voie eût été clairement tracée : il aurait saisi le testament, serait descendu aux cuisines pour le jeter dans le poêle sans la moindre hésitation. Mais elle s'était assurée que Paddy ne serait pas dans le besoin, qu'il mènerait une vie plus facile à Drogheda après sa mort que de son vivant, et que le domaine ne pourrait pas lui être totalement enlevé. Ses bénéfices et le titre, oui, mais pas la terre en soi. Non, il ne serait pas propriétaire de ces fabuleux treize millions de livres, mais il jouirait du respect et vivrait dans l'aisance. Meggie n'aurait pas faim, elle ne serait pas dépouillée de tout. Miss Cleary ne serait pas non plus considérée sur un pied d'égalité avec Miss Carmichael et l'aristocratie coloniale. Tout à fait respectable, mondainement admise, mais pas le dessus du panier. Jamais le dessus du panier.

Treize millions de livres. La possibilité de laisser derrière soi Gillanbone et la perpétuelle obscurité, de tenir sa place dans la hiérarchie de l'Eglise, la bonne volonté assurée de ses pairs et supérieurs, et tout cela alors qu'il était encore assez jeune pour rattraper le temps perdu. Mary Carson avait fait de Gillanbone l'épicentre du territoire dévolu à l'archevêque légat du pape, en l'assortissant d'une vengeance dont les remous se feraient sentir jusqu'au Vatican. Aussi riche que fût l'Eglise, treize millions de livres n'en étaient pas moins treize millions de livres. Pas une somme susceptible d'être méprisée, même par l'Eglise. Et il serait le seul instrument qui pût l'amener dans son giron, instrument reconnu par l'encre bleue de l'écriture irrécusable de Mary Carson. Il savait que Paddy ne contesterait jamais le testament; et Mary Carson aussi, que Dieu la fasse pourrir en enfer. Oh ! sans aucun doute, Paddy serait furieux, il se refuserait à le revoir ou même à lui adresser la parole, mais son dépit ne l'entraînerait pas à un procès.

Y avait-il réellement une décision à prendre ? Ne savait-il pas déjà, n'avait-il pas su dès l'instant où il avait lu le testament, quelle serait sa réaction ? Ses larmes s'étaient taries. Avec son aisance habituelle, le père Ralph se leva, s'assura que sa chemise était bien rentrée dans sa culotte de cheval et s'approcha de la porte. Il lui fallait se rendre à Gilly, y prendre une soutane et les vêtements sacerdotaux. Mais, tout d'abord, il devait revoir Mary Carson.

En dépit des fenêtres ouvertes, la puanteur régnait dans la chambre; pas le moindre souffle de brise pour communiquer un peu de vie aux rideaux inertes. D'un pas ferme, il s'approcha du lit, baissa les yeux. Les embryons des œufs de mouche commençaient à se transformer en asticots dans toutes les parties humides du visage, des gaz de putréfaction ballonnaient ses bras et ses mains grasses, formaient des taches verdâtres, la peau se fendillait. Oh, Dieu ! Dégoûtante vieille araignée. Tu as gagné, mais quelle victoire ? Le triomphe d'une caricature d'humanité en cours de désintégration sur une autre. Tu ne peux pas vaincre ma Meggie, pas plus que tu ne peux lui ôter ce qui n'a jamais été tien. Je brûlerai peut-être en enfer à tes côtés, mais je connais l'enfer qui a été prévu pour toi : la contemplation de mon indifférence à ton égard qui persistera tant que nous pourrirons ensemble dans l'éternité...

Paddy l'attendait dans le hall du rez-de-chaussée; il paraissait souffrant, bouleversé.

– Oh, mon père ! dit-il en s'avançant. C'est atroce ! Quel choc ! Jamais je ne me serais attendu à ce qu'elle nous quitte ainsi; elle était si bien hier soir. Mon Dieu, que vais-je faire ?

– L'avez-vous vue ?

– Que Dieu me vienne en aide, oui !

– Dans ce cas, vous savez ce qui vous reste à faire. Je n'ai jamais vu un cadavre se décomposer aussi rapidement. Si on ne le met pas en bière dans les quelques heures qui viennent, vous serez obligé de la verser dans un fût à essence. Elle doit être enterrée à la première heure demain matin. Ne perdez pas de temps à fignoler soncercueil; vous n'aurez qu'à le recouvrir des roses du jardin. Mais pressez-vous, mon vieux ! Je pars pour Gilly chercher tout ce qui est nécessaire à la cérémonie.

– Revenez dès que vous le pourrez, mon père, supplia Paddy.

Mais le père Ralph s'absenta plus longtemps que ne l'aurait exigé un simple aller et retour au presbytère. Avant de passer chez lui, il prit la direction de l'une des rues les plus prospères de Gillanbone et arrêta sa voiture devant une maison assez prétentieuse, entourée d'un jardin bien entretenu.

Harry Gough commençait à dîner, mais il quitta la table et se rendit dans le salon quand la servante lui apprit le nom de son visiteur.

– Mon père, voulez-vous partager notre dîner ? Corned-beef et chou accompagnés de pommes de terre bouillies et de sauce au persil; exceptionnellement le bœuf n'est pas trop salé.

– Non, Harry, je ne peux pas. Je suis simplement venu vous dire que Mary Carson est morte ce matin.

– Grand dieu ! J'ai assisté à sa réception hier soir ! Elle paraissait si bien, mon père !

– Je sais. Elle était très bien quand je l'ai aidée à monter l'escalier vers trois heures, mais elle a dû mourir presque tout de suite après s'être couchée. Mme Smith l'a trouvée à six heures ce soir. A ce moment, la mort avait fait son œuvre depuis si longtemps qu'elle était hideuse... Songez que la pièce est restée close comme une couveuse pendant toute cette journée étouffante. Oh, Seigneur, je prie pour oublier cet effroyable spectacle ! Indescriptible, Harry, atroce.

– Elle est enterrée demain ?

– Il le faut.

– Quelle heure est-il ? Dix heures ? Nous dînons aussi tard que les Espagnols par cette chaleur, mais inutile de s'inquiéter, il est encore temps de téléphoner pour annoncer la nouvelle. Voulez-vous que je m'en charge à votre place, mon père ?

– Merci, c'est bien aimable à vous. Je ne suis venu à Gilly que pour y chercher les objets du culte. Je ne m'attendais pas à devoir dire la messe des morts quand j'ai quitté le presbytère. Il me faut retourner à Drogheda aussi rapidement que possible; on a besoin de moi là-bas. La messe sera célébrée à neuf heures demain matin.

– Dites à Paddy que j'apporterai le testament de Mary Carson afin de le lire tout de suite après l'enterrement. Vous êtes aussi l'un des bénéficiaires, mon père. Je vous demanderai donc d'assister à la lecture de ses dernières volontés.

– Je crains que nous nous heurtions à une légère difficulté, Harry. Voyez-vous, Mary a fait un autre testament. Hier soir, après avoir quitté la réception, elle m'a remis une enveloppe scellée et a tenu à ce que je lui promette solennellement que je l'ouvrirais dès que je me serais assuré de sa mort. J'ai donc obéi à sa volonté et me suis aperçu qu'il s'agissait de nouvelles dispositions testamentaires.

– Mary a établi un nouveau testament ? Sans moi ?

– Apparemment. Je crois qu'elle y pensait depuis longtemps, mais j'ignore ce qui l'a poussée à se montrer aussi discrète.

– Avez-vous le document sur vous, mon père ?

– Oui.

Le prêtre glissa la main sous sa chemise et tendit les feuillets soigneusement pliés.

Le notaire n'éprouva pas le moindre scrupule à les lire sur-le-champ. Lorsqu'il eût achevé, il leva les yeux et le père Ralph y lut ce qu'il aurait souhaité ne pas y voir : admiration, colère, un certain mépris.

– Eh bien, mes félicitations, mon père. En fin de compte, vous avez tout.

N'étant pas catholique, il pouvait se permettre cette remarque.

– Croyez-moi, Harry, la surprise a été aussi grande pour moi que pour vous.

– Est-ce là le seul exemplaire ?

– Pour autant que je sache, oui.

– Et elle vous l'a remis tard la nuit dernière ?

– Oui.

– Alors, pourquoi ne l'avez-vous pas détruit afin de vous assurer que ce pauvre vieux Paddy entrerait en possession de ce qui lui revient de droit ? L'Eglise ne peut à aucun titre revendiquer les biens de Mary Carson.

Le prêtre fixa sur lui un regard un rien narquois.

– Oh, mais ça n'aurait pas été correct, Harry ! C'est à Mary qu'il appartenait de disposer de ses biens comme elle l'entendait.

– Je conseillerai à Paddy d'attaquer le testament.

– Vous aurez raison.

Et sur ces mots, ils se séparèrent. Avant que quiconque se présentât le lendemain matin pour assister à l'enterrement de Mary Carson, tout Gillanbone et toute la région savaient où allait l'argent. Les dés étaient jetés; impossible de faire marche arrière.

Il était quatre heures du matin quand le père Ralph passa la dernière barrière et pénétra dans l'enclos central car il ne s'était pas pressé pour revenir à Drogheda. Tout au long du trajet, il s'était efforcé de faire le vide dans son esprit; il se refusait à penser. Ni à Paddy ou à Fee, ni à Meggie ou à cette masse puante qu'ils avaient (du moins il l'espérait) versée dans son cercueil. Au lieu de quoi, il ouvrit ses yeux et son esprit à la nuit, aux fantomatiques squelettes argentés des arbres morts qui se dressaient, solitaires, dans l'herbe luisante, aux ombres épaisses projetées par les buissons, à la lune pleine crevant le ciel comme une bulle. A un moment, il arrêta la voiture et descendit, s'approcha d'une clôture de fil de fer tendu à l'extrême et, pris de lassitude, s'adossa à ce support tout en respirant l'odeur ensorcelante des eucalyptus et des fleurs sauvages. La terre était si belle, si pure, si indifférente au destin des créatures assez présomptueuses pour croire qu'elles la régentaient. Les humains pouvaient peut-être croire la posséder durant un moment mais, à long terme, c'est elle qui leur imposait sa loi. Tant qu'ils ne seraient pas capables d'influer sur le temps et de commander la pluie, elle aurait le dessus.

Il gara sa voiture assez loin derrière la maison et s'en approcha lentement. De la lumière brillait à toutes les fenêtres; un murmure lui parvint, venant du logement de Mme Smith; celle-ci récitait un chapelet en compagnie des deux servantes irlandaises. Une ombre se déplaça dans l'obscurité d'une glycine; il s'immobilisa, poils hérissés. Elle l'avait surpris de bien des façons, la vieille araignée. Mais ce n'était que Meggie, attendant patiemment son retour. En culotte de cheval et bottes, bien vivante.

– Tu m'as fait peur, dit-il brutalement.

– Je suis désolée, mon père. Je n'en avais pas l'intention. Mais je ne voulais pas rester à l'intérieur avec Papa et les garçons; M'man est chez nous avec les petits. Je suppose que je devrais être en train de prier avec Mme Smith, Minnie et Cat, mais je n'ai pas envie de prier pour elle. C'est un péché, n'est-ce pas ?

Il n'était pas d'humeur à encenser la mémoire de Mary Carson.

– Je ne crois pas que ce soit un péché, Meggie; par contre, l'hypocrisie en est un. Moi non plus, je n'ai pas envie de prier pour elle. Elle n'était pas... très bonne. (Il lui dédia un sourire éclatant.) Alors, si tu as pêché en me confiant ta pensée, moi aussi, et dans mon cas c'est beaucoup plus grave. Je suis censé aimer tout le monde, fardeau qui ne t'a pas été imposé.

– Vous vous sentez bien, mon père ?

– Oui, ça va, dit-il en levant les yeux vers la maison avec un soupir. Je n'ai pas envie d'entrer non plus, c'est tout. Je ne tiens pas à me trouver sous le même toit qu'elle jusqu'à ce qu'il fasse jour et que les démons des ténèbres aient été chassés. Si je selle les chevaux, m'accompagneras-tu pour une promenade que nous ferons durer jusqu'à l'aube ?

La main de la jeune fille effleura la manche noire, retomba.

– Moi non plus, je ne veux pas entrer.

– Attends-moi une minute pendant que je mets ma soutane dans la voiture.

– Je vais aux écuries.

Pour la première fois, elle essayait de le rencontrer sur son terrain, celui des adultes; il percevait la différence en elle aussi sûrement qu'il sentait l'odeur des roses montant des jardins de Mary Carson. Les roses. Cendres de roses. Les roses, les roses partout. Pétales dans l'herbe. Roses d'été, rouges, et blanches, et jaunes. Parfum de roses, lourd et doux dans la nuit. Roses roses réduites en cendres par la nuit. Cendres de roses, cendres de roses. Ma Meggie, je t'ai abandonnée. Mais ne comprends-tu pas que tu es devenue une menace ? Alors, je t'ai écrasée sous le talon de mon ambition; tu n'as pas plus de substance pour moi qu'une rose froissée dans l'herbe. L'odeur des roses. L'odeur de Mary Carson. Roses et cendres, cendres de roses.

– Cendres de roses, murmura-t-il en enfourchant sa monture. Allons-nous-en aussi loin de l'odeur des roses que nous le sommes de la lune. Demain, la maison en sera pleine.

Il éperonna l'alezane et partit au petit galop, précédant Meggie sur le chemin qui bordait le ruisseau, tenaillé par l'envie de pleurer. Jusqu'à ce qu'il eût senti les bouffées de parfum montant des roses qui demain recouvriraient le cercueil de Mary Carson, il n'avait pas eu pleinement conscience de l'imminence de l'événement. Il s'en irait bientôt. Trop de pensées, trop d'émotions, toutes irrépressibles. L'Eglise ne le laisserait pas moisir à Gilly un seul jour après avoir appris les termes de l'incroyable testament; il serait appelé à Sydney immédiatement. *Immédiatement !* Il fuyait la douleur, n'en ayant jamais connue de telle, mais celle-ci cheminait sans effort à sa hauteur. Ce n'était pas un quelconque incident dans un avenir vague; cela allait se produire immédiatement. Et il lui semblait voir le visage de Paddy, la répulsion du brave homme, sa façon de se détourner. Après quoi, il ne serait plus le bienvenu à Drogheda, et il ne reverrait jamais Meggie.

L'acceptation vint alors, martelée, rythmée par les sabots dans une sensation d'envol. Cela valait mieux ainsi, valait mieux ainsi, valait mieux ainsi. Au galop, encore au galop. Oui, ce serait sûrement moins douloureux alors, replié dans la sécurité d'une quelconque cellule d'évêché, de moins en moins douloureux, moins et encore moins jusqu'à ce qu'enfin la peine s'estompe de sa conscience. Il fallait que ce soit mieux ainsi. Mieux que de rester à Gilly pour la voir se transformer en une créature qu'il ne souhaitait pas, puis devoir la marier un jour à quelque inconnu. Hors de la vue, hors de l'esprit.

Alors, que faisait-il avec elle en ce moment à chevaucher à travers buis et buissons si loin du ruisseau ? Il ne parvenait pas à en comprendre la raison, ne ressentait que de la douleur. Pas la douleur de la trahison; elle n'était pas de mise. Seulement la douleur de devoir la quitter.

– Mon père, mon père ! Je n'arrive pas à vous suivre ! Pas si vite, mon père, je vous en prie !

Rappel au devoir – et à la réalité. Comme dans un film au ralenti, il cisailla la bouche de sa monture pour lui faire faire demi-tour, et resta en selle jusqu'à ce que sa jument eût calmé son excitation. Et attendre que Meggie le rattrapât ? Là était le malheur. Meggie le rattrapait.

Non loin d'eux rugissait la Tête du Forage, grande mare sentant le souffre, dont le tuyau gros comme une manche à air de bateau crachait l'eau chaude. Tout autour du petit lac surélévé, tels des rayons partant du moyeu d'une roue, les rigoles se glissaient à travers la plaine, striant de façon incongrue l'herbe émeraude. Les berges de l'étang, amas de vase grise, donnaient asile à de petits crustacés d'eau douce.

Le père Ralph se mit à rire.

– Ça sent l'enfer, Meggie, tu ne trouves pas ? Vapeurs de soufre, là, en plein dans son domaine, chez elle. Elle devrait en reconnaître l'odeur quand elle y descendra, croulant sous les roses, tu ne crois pas ? Oh ! Meggie...

Les chevaux étaient dressés à rester sur place, rênes pendantes; il n'y avait aucune clôture à proximité et pas d'arbres sur des centaines de mètres à la ronde. Mais un peu plus loin, à l'extrémité de la mare la plus éloignée de la Tête du Forage, là où l'eau était moins chaude, un tronc d'arbre servait aux baigneurs pour se sécher l'hiver.

Le père Ralph s'assit, et Meggie l'imita tout en restant à bonne distance; elle se tourna sur le côté afin de l'observer.

– Qu'y a-t-il, mon père ?

Elle lui parut curieuse, cette question si souvent tombée des lèvres de la jeune fille. Il sourit.

– Je t'ai vendue, ma petite Meggie. Vendue pour treize millions de pièces d'argent.

– Vous m'avez *vendue* ?

– Figure de rhétorique. Ça n'a pas d'importance. Approche-toi. Nous n'aurons peut-être plus l'occasion de causer.

– Vous voulez dire pendant la durée du deuil ?

(Elle se rapprocha.) Je ne vois pas quelle différence ça peut faire.

– Ce n'est pas ce que je veux dire, Meggie.

— Alors, c'est parce que je grandis et qu'on pourrait jaser à notre sujet ?

— Pas exactement. Je vais partir.

Et voilà : foncer tête baissée, la charger d'un autre fardeau. Ni cris, ni pleurs, ni tempête de protestations. Seulement une légère contraction, comme si le fardeau se posait de guingois, ne s'équilibrait pas pour qu'elle pût le porter aisément. Et un souffle retenu, pas même un soupir.

— Quand ?

— C'est une question de jours.

— Oh, mon père ! Ce sera encore plus dur que pour Frank.

— Et, pour ma part, plus dur que ce que j'ai pu connaître dans toute mon existence. Je n'ai aucune consolation. Toi, au moins, tu as ta famille.

— Vous avez votre Dieu.

— Bien dit, Meggie. Tu as vraiment grandi !

Mais, femelle tenace, elle revint à la question qu'il lui avait été impossible de poser pendant la chevauchée de cinq kilomètres. Il partait, ce serait dur de se passer de lui, mais l'interrogation n'en demeurait pas moins importante en soi.

— Mon père, dans l'écurie, vous avez dit « cendres de roses ». Vouliez-vous parler de la couleur de ma robe ?

— En un sens, peut-être. Mais je crois que j'entendais surtout autre chose.

— Quoi ?

— Rien que tu puisses comprendre, ma petite Meggie. La mort d'une idée qui n'avait pas le droit de naître, ni de grandir.

— Il n'y a rien qui n'ait pas le droit de naître, pas même une idée.

Il tourna la tête pour mieux l'observer.

— Tu sais de quoi je parle, n'est-ce pas ?

— Je crois.

— Tout ce qui naît n'est pas bon, Meggie.

— Non. Mais puisque c'est né, c'était avec l'intention de l'être.

— Tu parles comme un jésuite. Quel âge as-tu ?

— J'aurai dix-sept ans dans un mois, mon père.

— Et tu as passé ces dix-sept ans à trimer. Eh bien, un rude labeur aide à mûrir. A quoi penses-tu, Meggie, quand tu as le temps de penser ?

— Oh ! à Jims et Patsy et à mes autres frères, à Papa, à M'man, à Hal et à tante Mary. Quelquefois à faire pousser des bébés, j'aimerais bien ça. Et aux moutons, à monter à cheval. Et à toutes les choses dont parlent les hommes. Le temps, la pluie, le potager, les poules, à ce que je ferai demain.

— Rêves-tu d'avoir un mari ?

— Non, mais je suppose qu'il m'en faudra un si je veux faire pousser des bébés. Ce n'est pas bon pour un enfant de ne pas avoir de père.

En dépit de sa peine, il sourit; elle incarnait un si curieux mélange d'ignorance et de sens moral. Sur quoi, il se tourna sur le côté, lui prit le menton au creux de sa main et la contempla. Comment faire, que fallait-il faire ?

– Meggie, récemment j'ai pris conscience d'une chose dont j'aurais dû m'apercevoir depuis longtemps. Tu n'as pas été tout à fait franche en me disant à quoi tu pensais, n'est-ce pas ?

– Je... commença-t-elle.

Et tomba le silence.

– Tu n'as pas dit que tu pensais à moi, n'est-ce pas ? Si tu ne te sentais pas coupable, tu aurais prononcé mon nom en même temps que celui de ton père. C'est peut-être une bonne chose que je m'en aille, tu ne crois pas ? Tu commences à être un peu trop âgée pour nourrir une toquade d'écolière quoique, évidemment, tu ne sois pas tellement avertie pour une fille qui va avoir dix-sept ans. Il me plaît que tu ignores à peu près tout des réalités de la vie, mais je sais combien peuvent être douloureuses les amourettes de gamine; j'en ai suffisamment souffert.

Elle parut sur le point de parler mais, finalement, ses paupières retombèrent sur ses yeux brillants de larmes, et elle secoua la tête.

– Ecoute, Meggie, il s'agit d'une simple phase, une borne sur la route qui te conduit à ta vie de femme. Dans quelques années, tu rencontreras celui qui deviendra ton mari, et tu seras infiniment trop occupée à organiser ton existence pour penser à moi, sauf comme à un vieil ami qui t'a aidée à traverser les terribles convulsions de l'adolescence. Ce qu'il te faut éviter, c'est de rêver de moi avec romantisme et d'en prendre l'habitude. Il m'est interdit de te considérer à la façon d'un mari. Je ne te vois pas du tout d'après cette optique, Meggie, est-ce que tu me comprends ? Quand je te dis que je t'aime, ce n'est pas en tant qu'homme. Je suis prêtre, pas homme. Alors, ne rêvasse pas sur moi. Je vais partir et je doute fort que j'aie le temps de revenir à Drogheda, même pour une simple visite.

Les épaules de la jeune fille restaient affaissées comme si la charge était trop pesante, mais elle leva la tête pour le regarder en face.

– Je ne rêverai pas de vous, ne vous inquiétez pas. Je sais que vous êtes prêtre.

– Vois-tu, je ne pense pas m'être trompé en choisissant ma vocation; elle comble en moi un besoin qu'aucun être humain ne pourrait jamais satisfaire, pas même toi.

– Je sais. Je m'en rends compte quand vous dites la messe. Vous avez un pouvoir. Je suppose que vous vous sentez en parfaite communion avec Notre-Seigneur.

– Je perçois chaque souffle suspendu à l'église, Meggie. Chaque jour, je meurs et chaque matin en disant la messe je ressuscite. Mais est-ce parce que je suis un prêtre élu par Dieu, ou parce que je sens chacun des souffles suspendus, que je devine le pouvoir que j'ai sur toutes les âmes présentes ?

– Est-ce que ça a de l'importance ? C'est comme ça, c'est tout.

– Ça n'aurait probablement pas d'importance pour toi, mais ça en a pour moi. Je doute, je doute.

Elle revint au sujet qui lui tenait à cœur.

– Je ne sais pas comment je pourrai me passer de vous, mon père. D'abord Frank, maintenant vous. Avec Hal c'est différent, je sais qu'il est mort et qu'il ne pourra jamais revenir, mais vous et Frank êtes vivants ! Je me demanderai toujours comment vous allez, ce que vous faites, si tout va bien pour vous, si je pourrais vous aider d'une façon quelconque. Il faudra même que je me demande si vous êtes toujours vivant, n'est-ce pas ?

– J'éprouverai les mêmes sentiments, Meggie, et je sais qu'il en va de même pour Frank.

– Oh non ! Frank nous a oubliés... Vous aussi, vous nous oublierez.

– Je ne t'oublierai jamais, Meggie, aussi longtemps que je vivrai. Et ce sera mon châtiment que de vivre longtemps, très longtemps. (Il se leva, lui tendit la main pour qu'elle se redresse, et lui passa les bras autour des épaules en un geste protecteur, affectueux.) Le moment est venu de nous dire adieu, Meggie. Nous n'aurons plus l'occasion d'être seuls tous les deux.

– Si vous n'aviez pas été prêtre, mon père, m'auriez-vous épousée ?

Le rappel de son état le secoua.

– Ne m'appelle donc pas tout le temps mon père ! Tu peux dire Ralph.

La remarque ne répondait pas à la question qu'elle lui avait posée.

Bien qu'il la tînt contre lui, il n'avait pas l'intention de l'embrasser. Le visage levé vers le sien était presque invisible car la lune avait disparu et il faisait très sombre. Il sentait les petits seins dressés au creux de sa poitrine; sensation curieuse, déconcertante. Plus déroutant encore était le fait qu'elle se nichait contre lui avec l'abandon d'une femme qui se presserait chaque soir contre un homme; tout naturellement, ses bras s'étaient levés pour le prendre par le cou et elle le serrait étroitement.

Il n'avait jamais posé sur les lèvres d'une femme un baiser d'amant; il ne voulait pas commencer, pas plus, pensait-il, que Meggie ne le souhaitait. Un doux effleurement sur la joue, une rapide étreinte, comme ce qu'elle pourrait attendre de son père si celui-ci s'en allait. Elle était sensible et fière; il avait dû la blesser profondément en se livrant à la froide inspection des rêves chéris qu'elle nourrissait. Sans aucun doute, elle désirait autant que lui mettre un terme à ces adieux. Cela la réconforterait-elle de savoir qu'il souffrait plus qu'elle ? Lorsqu'il pencha la tête pour lui déposer un baiser sur la joue, elle se hissa sur la pointe des pieds et, plus par hasard que par intention, elle lui effleura les lèvres. Il se rejeta en arrière, comme s'il avait goûté le poison de l'araignée, puis, avant de la perdre, il pencha la tête vers elle, tenta de dire quelque chose contre la douce bouche fermée et, en essayant de répondre, elle écarta les lèvres. Le corps juvénile parut perdre ses angles aigus, devenir fluide, parcelle de ténèbres tiède et fondante; d'un bras il lui entourait la taille tandis que, de sa main libre, il lui caressait la nuque, les cheveux, lui maintenant le visage vers le ciel, comme s'il craignait qu'elle lui échappât à l'instant même, avant qu'il pût appréhender et répertorier cette incroyable présence qu'était Meggie. Meggie, et pas Meggie, trop étrangère pour être familière car sa Meggie n'était pas femme, ne sentait pas comme une femme, ne serait jamais une femme pour lui. Pas plus qu'il ne pouvait être un homme pour elle.

La pensée triompha de ses sens en déroute; il arracha les bras qui lui entouraient le cou, la repoussa et tenta de voir son visage dans l'obscurité. Mais elle baissait la tête, se refusait à le regarder.

– Il est temps que nous partions, Meggie.

Sans un mot, elle s'approcha de son cheval, se mit en selle et l'attendit; généralement, c'était lui qui l'attendait.

Le père Ralph avait vu juste. A cette époque de l'année, les jardins de Drogheda croulaient sous les roses et la maison en regorgeait. Dès huit heures ce matin-là, il ne restait pratiquement pas la moindre fleur dans les massifs. Les premières personnes venues pour assister aux obsèques commencèrent à se manifester peu après que la dernière rose eut été moissonnée; du café, du pain et du beurre les attendaient dans la petite salle à manger. Quand Mary Carson aurait été inhumée dans son caveau, un repas plus substantiel serait servi dans la grande salle à manger afin que les gens venus de loin puissent se restaurer avant de repartir. Le bruit s'était répandu comme une traînée de poudre; on ne pouvait douter de l'efficacité des lignes téléphoniques de Gilly. Tandis que les lèvres prononçaient des phrases conventionnelles, les yeux et les esprits spéculaient, récapitulaient, souriaient, non sans malice.

– J'apprends que nous allons vous perdre, mon père ? remarqua méchamment Miss Carmichael.

Jamais il n'avait paru aussi lointain, aussi dénué de sentiments humains que ce matin-là dans son aube toute simple, sans dentelles, et sa terne chasuble noire brodée d'une croix d'argent. Il semblait n'être présent que physiquement alors que son esprit voguait au loin, mais il regarda Miss Carmichael distraitement, parut se ressaisir et sourit avec une joie évidente.

– Les voies de Dieu sont impénétrables, Miss Carmichael, laissa-t-il tomber avant d'aller s'adresser à un autre de ses paroissiens.

Personne n'aurait pu deviner les pensées qui l'habitaient; il appréhendait la confrontation imminente avec Paddy pendant la lecture du testament et redoutait la rage qui ne manquerait pas d'empoigner cet homme; il avait *besoin* de la hargne et du mépris de Paddy.

Avant de commencer la messe de requiem, il se tourna pour faire face à sa congrégation; la salle était comble et il planait un tel relent de roses que l'air entrant par les fenêtres grandes ouvertes ne parvenait pas à dissiper leur lourd parfum.

– Je n'ai pas l'intention de me livrer à une longue oraison funèbre, déclara-t-il de sa voix claire, à la diction presque oxfordienne, entachée d'un léger accent irlandais. Mary Carson était connue de tous. Pilier de la communauté, pilier de l'Église qu'elle aimait plus que tout être vivant.

A ce stade, certains des assistants auraient juré que ses yeux étaient moqueurs tandis que d'autres auraient soutenu, tout aussi énergiquement, qu'ils étaient voilés par un chagrin réel et durable.

– Pilier de l'Eglise qu'elle aimait plus que tout être vivant, répéta-t-il d'une voix encore plus claire, les yeux fixés sur son auditoire. Pour passer de vie à trépas, elle était seule, sans l'être pourtant car, à l'heure de notre mort, Notre-Seigneur Jésus-Christ est avec nous, en nous, prenant sur lui le fardeau de notre agonie. Le plus grand comme le plus humble des êtres humains ne meurt pas seul et la mort est douce. Nous sommes réunis afin de prier pour son âme immortelle; que celle que nous avons aimée pendant sa vie trouve au ciel sa juste et éternelle récompense. Prions.

Le cercueil grossier disparaissait sous les roses et il reposait sur un petit charreton que les garçons avaient fabriqué en ayant recours à diverses pièces prises sur du matériel agricole. En dépit des fenêtres ouvertes et du parfum entêtant des fleurs, l'odeur de décomposition assaillait toutes les narines. Le docteur avait parlé lui aussi.

– Quand je suis arrivé à Drogheda, elle était déjà dans un tel état de décomposition que j'ai été pris de nausées, expliqua-t-il au téléphone à Martin King. Jamais je n'ai éprouvé autant de commisération à l'égard de quelqu'un que j'en ai ressenti pour Paddy Cleary à cet instant. Non seulement il avait été dépouillé de Drogheda, mais il lui fallait aussi mettre en bière cet abominable tas de pourriture !

– Dans ce cas, je ne serai pas volontaire pour porter le cercueil, répondit Martin King.

Il s'était exprimé à voix si basse, en raison du chapelet de récepteurs branchés sur la même ligne, que le médecin dut lui faire répéter ses paroles à trois reprises avant de comprendre.

De là, le charreton; personne ne voulait porter sur l'épaule la dépouille mortelle de Mary Carson en traversant la pelouse jusqu'au caveau. Et personne ne regretta de voir se refermer sur elle les portes du caveau; chacun put enfin respirer normalement.

Tandis que les assistants se groupaient dans la grande salle à manger pour se restaurer ou tout au moins faire semblant, Harry Gough entraîna Paddy, sa famille, le père Ralph, Mme Smith et les deux servantes jusqu'au salon. Aucun des visiteurs n'avait la moindre intention de se hâter pour rentrer chez lui, ce qui expliquait que tous faisaient mine de manger. En réalité, ils tenaient à être sur place pour voir la tête de Paddy quand celui-ci sortirait du salon après la lecture du testament. On devait en tout cas lui rendre justice, à lui et à sa famille : pendant les obsèques, aucun d'eux ne s'était comporté comme s'il avait conscience du rang élevé auquel il pouvait à présent prétendre. Avec sa bonté coutumière, Paddy avait pleuré sa sœur et Fee restait égale à elle-même, comme si elle ne s'intéressait pas à ce qui lui arrivait.

– Paddy, je veux que vous attaquiez le testament, déclara Harry

Gough après avoir donné lecture de l'étonnant document d'une voix sèche, indignée.

– Satanée vieille garce ! laissa échapper Mme Smith.

Bien qu'elle aimât le prêtre, elle lui préférait de beaucoup les Cleary. Ceux-ci avaient apporté des enfants, des bébés dans sa vie.

Paddy secoua la tête.

– Non, Harry ! Je n'en ferai rien. La propriété était à elle et elle avait le droit d'en disposer à sa guise. Si elle tenait à la léguer à l'Église, nous devons nous incliner devant ses volontés. Je n'irai pas jusqu'à prétendre que je ne suis pas un peu déçu, mais je ne suis qu'un type assez ordinaire, alors c'est peut-être mieux comme ça. Je ne crois pas que j'aimerais tellement avoir sur les épaules la responsabilité d'un domaine aussi vaste que Drogheda.

– Vous ne comprenez pas, Paddy ! insista Harry Gough en détachant ses mots comme s'il s'adressait à un enfant. Ce n'est pas seulement Drogheda. Le domaine ne représente qu'une partie infime de ce que votre sœur lègue, croyez-moi. Elle est actionnaire majoritaire d'une centaine de sociétés de tout premier ordre; elle est propriétaire d'aciéries, de mines d'or, de la Michar Limited qui possède un bâtiment de neuf étages à Sydney rien que pour ses bureaux. Elle avait la plus grosse fortune d'Australie ! Assez curieusement, elle m'a demandé de me mettre en rapport avec les directeurs de la Michar Limited à Sydney, il y a à peine un mois, pour connaître le montant exact de son avoir. Au moment de sa mort, sa fortune se montait à plus de treize millions de livres sterling.

– Treize millions de livres ! répéta Paddy du ton dont on évoque la distance séparant la terre du soleil, évaluation totalement inconcevable. Voilà qui liquide la question, Harry. Je ne veux pas assumer la responsabilité d'affaires aussi énormes.

– Il n'y a aucune responsabilité à assumer, Paddy ! Vous ne comprenez pas ? De telles fortunes se gèrent par elles-mêmes ! Vous n'auriez absolument pas besoin de vous en occuper; il y a des centaines de personnes employées uniquement pour s'en charger. Attaquez le testament, Paddy, je vous en prie ! Je vous mettrai en rapport avec les meilleurs avocats du pays et je vous épaulerai jusqu'au bout, jusqu'au Conseil de la couronne si nécessaire.

Prenant subitement conscience que sa famille avait aussi son mot à dire, Paddy se tourna vers Bob et Jack, ébahis, assis côte à côte sur un banc de marbre florentin.

– Alors, les gars, qu'est-ce que vous en dites ? Voulez-vous essayer de faire main basse sur ce fameux paquet... les treize millions de la tante Mary ? Si vous le souhaitez, j'attaquerai le testament; sinon, je m'abstiendrai.

– Mais, n'importe comment, nous pouvons continuer à vivre à Drogheda, c'est bien ce que dit le testament ? s'enquit Bob.

– Personne ne peut vous chasser de Drogheda tant qu'il restera un seul des petits-enfants de votre père, expliqua Harry.

– Nous vivrons ici, dans la grande maison, avec Mme Smith et Minnie et Cat pour s'occuper de nous et nous toucherons un bon salaire, renchérit Paddy comme s'il s'émerveillait de sa chance et négligeait son infortune.

– Alors, qu'est-ce qu'on demande de plus ? demanda Bob à son frère. Tu n'es pas d'accord ?

– Ça me convient, répondit sobrement Jack.

Le père Ralph ne tenait pas en place. N'ayant même pas pris le temps d'ôter ses vêtements sacerdotaux, il ne s'était pas assis; tel un beau et sombre sorcier, il se tenait dans la pénombre au fond de la pièce, à l'écart, les mains glissées sous la chasuble noire, les traits figés. Au fond de ses yeux bleus si lointains s'accumulait un ressentiment accablant, horrifié. Il ne subirait même pas le châtiment ardemment souhaité de la colère et du mépris; Paddy allait tout lui offrir sur un plateau d'argent, de bonne volonté, et le *remercier* de soulager les Cleary d'un fardeau.

– Et Fee, et Meggie ? intervint sèchement le prêtre à l'adresse de Paddy. Vous ne tenez pas les femmes de votre famille suffisamment en estime pour les consulter aussi ?

– Fee ? interrogea Paddy d'une voix anxieuse.

– Je m'en tiendrai à ta décision, Paddy. Ça m'est égal.

– Meggie ?

– Je ne veux pas de ses treize millions de pièces d'argent, répondit-elle, les yeux rivés sur le père Ralph.

– Alors, voilà qui met un terme à cette affaire, Harry, dit Paddy en se tournant vers le notaire. Nous ne voulons pas attaquer le testament. Que l'Église hérite de l'argent de Mary, et grand bien lui fasse.

Harry se frappa dans les mains.

– Nom de dieu, ça me fait mal au ventre de vous voir dépouillés.

– Je remercie ma bonne étoile, dit doucement Paddy. Sans Mary, je serais encore en train de trimer chez l'un et chez l'autre pour gagner ma vie en Nouvelle-Zélande.

En quittant le salon, Paddy arrêta le père Ralph et lui tendit la main, face à tous les assistants passionnés, groupés devant la porte de la salle à manger.

– Mon père, ne croyez surtout pas que nous ayons le moindre ressentiment à votre endroit. Tout au long de sa vie, Mary n'a jamais été influencée par un autre être humain, prêtre, frère ou mari. Croyez-moi, elle a agi exactement comme elle le voulait. Vous avez été très bon pour elle, et vous avez été très bon pour nous. Nous ne l'oublierons jamais.

La culpabilité. *Le fardeau*. Le père Ralph faillit ne pas esquisser un mouvement pour prendre la main noueuse, tachée, mais le cerveau du cardinal l'emporta; il l'étreignit fiévreusement et, au supplice, sourit.

– Merci, Paddy. Soyez certain que je veillerai à ce que vous ne manquiez jamais de quoi que ce soit.

Il partit dans la semaine sans avoir reparu à Drogheda. Il passa ces quelques jours à emballer ses maigres biens et rendit visite à tous les domaines de la région où vivaient des familles catholiques, à l'exception de Drogheda.

Le père Watkin Thomas, nouveau venu du pays de Galles, arriva pour prendre la charge de la paroisse de Gillanbone tandis que le père Ralph de Bricassart devenait secrétaire particulier de l'archevêque Cluny Dark. Mais son travail se limitait à peu de choses; il disposait de deux sous-secrétaires. Il s'occupait essentiellement de découvrir ce dont exactement Mary Carson avait été propriétaire et à combien se montait son avoir, tout en rassemblant les rênes du pouvoir pour le compte de l'Église.

LIVRE III
1929-1932
PADDY

CHAPITRE 8

Le Nouvel An arriva, coïncidant avec le bal de la Saint-Sylvestre qu'Angus MacQueen donnait chaque année à Rudna Hinish, sans que l'emménagement dans la grande maison eût été terminé. Il ne s'agissait pas là d'une opération qu'on pouvait bâcler; il fallait emballer les objets de tous ordres accumulés pendant sept ans et, par ailleurs, Fee insistait pour que le salon de leur nouvelle demeure fût achevé avant la prise de possession. Aucun des membres de la famille ne faisait preuve de hâte bien qu'il tardât à chacun de déménager. Sous certains rapports, la grande maison ne serait guère différente : elle ne disposait pas d'électricité et les mouches y étaient tout aussi abondantes. Mais, en été, on y enregistrait sept ou huit degrés de moins qu'à l'extérieur en raison de l'épaisseur de ses murs de pierre et de l'ombre dispensée sur le toit par les eucalyptus. Par ailleurs, la salle de bains était un véritable luxe, disposant d'eau chaude tout l'hiver, grâce aux tuyaux qui couraient à l'arrière de l'énorme poêle situé dans les cuisines, tout à côté; seule, l'eau de pluie alimentait cette installation. Dix cabines de bain et de douche étaient à la disposition des habitants de la grande maison; cette dernière ainsi que les petites bâtisses annexes étaient libéralement pourvues de cabinets intérieurs, signe d'opulence que les envieux habitants de Gilly taxaient de sybaritisme. Mis à part l'hôtel Impérial, deux cafés, le presbytère et le couvent, la région de Gillanbone ignorait le confort de toilettes intérieures. Mais le domaine de Drogheda pouvait se permettre ce luxe grâce à son nombre considérable de toitures et de citernes pouvant capter et conserver l'eau de pluie. La règle était stricte : pas de prodigalité avec la chasse d'eau et emploi d'abondantes quantités de désinfectant à moutons. Mais, après les trous creusés dans la terre, cela tenait du paradis.

Le père Ralph avait adressé à Paddy un chèque de cinq mille livres dès le début du mois de décembre pour faire face aux premiers frais, expliquait-il. Paddy tendit la lettre à Fee avec une exclamation de stupeur.

– Dire que je n'ai probablement pas gagné une telle somme dans toute une vie de labeur !

– Qu'est-ce qu'on va en faire ? demanda Fee qui, après un bref coup d'œil au chèque, leva des yeux brillants vers son mari. De l'argent, Paddy ! Enfin de l'argent ! Tu te rends compte ? Oh ! je me moque des treize millions de livres de la tante Mary... une telle somme est irréelle. Mais *ça*, c'est vrai ! Qu'allons-nous en faire ?

– Le dépenser, répondit simplement Paddy. Quelques vêtements neufs pour les enfants... et toi ? Tu aimerais peut-être t'acheter différentes choses pour la grande maison, non ? De mon côté, je ne vois rien d'autre dont nous ayons besoin.

– C'est idiot, mais moi non plus. (Elle se leva, quitta la table du petit déjeuner et appela Meggie d'une voix impérieuse.) Viens ! Nous allons jeter un coup d'œil dans la grande maison.

Bien qu'à ce moment trois semaines se fussent écoulées depuis les quelques jours frénétiques qui avaient suivi la mort de Mary Carson, aucun des Cleary ne s'était approché de loin ou de près de la grande maison; mais, maintenant, la visite de Fee rattrapait largement leur répugnance initiale. Elle allait d'une pièce à l'autre, suivie de Meggie, Mme Smith, Minnie et Cat; elle stupéfiait sa fille qui ne lui avait jamais connu une telle vivacité. Elle soliloquait continuellement : ceci était atroce, cela positivement horrible; Mary était-elle daltonienne, était-elle dénuée du moindre goût ?

Dans le salon, Fee s'arrêta plus longuement, examinant les lieux d'un œil critique ; seule, la salle de réception était plus vaste. Le salon mesurait douze mètres de long sur dix de large avec une hauteur sous plafond de quatre mètres cinquante. L'ensemble formait un curieux mélange du meilleur et du pire en matière de décoration; la peinture crème qui avait jauni ne mettait guère en valeur les magnifiques moulures du plafond ni les panneaux sculptés des murs. Les immenses portes-fenêtres qui se succédaient pratiquement sans interruption sur toute la longueur de la véranda étaient encadrées de lourds rideaux en velours marron qui noyaient d'une ombre profonde les sièges bruns, deux étonnants bancs de malachite et deux autres, splendides, en marbre florentin, ainsi qu'une massive cheminée de marbre crème veiné de rose. Sur le sol de teck poli, trois tapis d'Aubusson se détachaient avec une précision géométrique; un lustre de cristal de Waterford, d'un mètre quatre-vingts de haut, était littéralement collé au plafond, sa chaîne d'origine enroulée autour d'un piton.

– Vous pouvez être félicitée, madame Smith, laissa tomber Fee. C'est absolument atroce, mais d'une propreté rigoureuse. Je vais faire en sorte que vous ayez à entretenir un mobilier digne de vos soins. Ces bancs inestimables sans quoi que ce soit pour les mettre en valeur... c'est une honte ! Depuis le premier jour où je suis entrée dans cette pièce, j'ai eu envie de la transformer en un endroit digne de susciter l'admiration de tous, tout en offrant suffisamment de confort pour donner à chaque visiteur envie de s'y éterniser.

Le bureau de Mary Carson, un hideux meuble victorien, supportait l'appareil téléphonique; Fee s'en approcha, regarda le bois triste avec mépris.

– Mon secrétaire sera merveilleux ici, déclara-t-elle. Je vais commencer par cette pièce; nous emménagerons dès qu'elle sera achevée, pas avant. Alors, nous pourrons disposer d'un endroit où nous pourrons nous réunir sans être déprimés, ajouta-t-elle en s'asseyant pour décrocher le récepteur.

Tandis que sa fille et ses servantes se rassemblaient en un petit groupe abasourdi, elle fit en sorte que Harry Gough payât de sa personne. Mark Foys enverrait des échantillons de tissu par le courrier du soir; Nock & Kirbys lui ferait parvenir un répertoire de peintures; Grace Brothers lui expédierait des albums de papier peint; ces établissements et d'autres magasins de Sydney lui adresseraient des catalogues de mobilier spécialement établis à son intention. D'un ton rieur, Harry Gough assura qu'il lui enverrait un tapissier compétent et une équipe de peintres capables d'exécuter le travail méticuleux qu'exigeait Fee. Un point pour Mme Cleary ! Elle allait balayer hors de la maison tout ce qui rappelait Mary Carson.

L'entretien téléphonique achevé, Fee donna ordre aux trois femmes d'arracher sur-le-champ les rideaux de velours marron qui allèrent immédiatement rejoindre le tas d'ordures en une débauche de prodigalité qu'elle organisa personnellement, allant jusqu'à y mettre le feu elle-même.

– Nous n'en avons pas besoin, affirma-t-elle. Et je ne veux pas les infliger aux pauvres de Gillanbone.

– Bien sûr, M'man, approuva Meggie, pétrifiée.

– Nous n'aurons pas de rideau, déclara Fee, pas le moins du monde soucieuse de cette atteinte flagrante aux critères de décoration de l'époque. La véranda est infiniment trop large pour laisser entrer le soleil directement, alors à quoi serviraient des rideaux ? Je veux que cette pièce puisse être vue.

Les tissus arrivèrent, ainsi que les peintres et le tapissier; Meggie et Cat durent monter tout en haut des échelles pour laver les parties supérieures des fenêtres tandis que Mme Smith et Minnie en nettoyaient le bas et que Fee allait et venait, observant tout d'un regard perçant.

Au cours de la deuxième semaine de janvier, tout fut achevé, et la rumeur se répandit par l'intermédiaire du téléphone local. Mme Cleary avait transformé le salon de Drogheda en un palais, et ne serait-il pas courtois que Mme Hopeton accompagnât Mme King et Mme O'Rourke pour présenter leurs vœux à la famille Cleary à l'occasion de leur emménagement dans la grande maison ?

Personne ne mit en doute la réussite de Fee. Les tapis d'Aubusson au décor de roses éteintes avaient été jetés comme au hasard sur le parquet poli à l'égal d'un miroir. Une nouvelle peinture crème recouvrait les murs et le plafond dont chaque moulure et sculpture se détachait en doré, mais dans les grands ovales des panneaux des motifs de papier peint rappelaient les bouquets de roses des tapis sur un fond de soie noire entourée de crème et d'or, évoquant quelque peu l'art pictural japonais. Le lustre à cristaux de Waterford avait été rabaissé jusqu'à ce que sa partie inférieure tintât à deux mètres seulement du parquet; nettoyé, chacun de ses milliers de prismes miroitait ainsi qu'un arc-en-ciel et sa grande chaîne de bronze pendait librement au lieu d'être enroulée autour de son piton. De gracieuses petites tables crème et or supportaient girandoles, cendriers et vases en cristal de Waterford débordants de roses crème et rosées; tous les fauteuils confortables avaient été recouverts de soie moirée crème et réunis en petits groupes intimes autour d'ottomanes invitant au repos. Dans un angle ensoleillé se détachait la vieille épinette supportant un bouquet de roses. Au-dessus de la cheminée, trônait le portrait de la grand'mère de Fee dans sa crinoline rose pâle et, lui faisant face à l'autre bout de la pièce, un autre portrait, encore plus grand, représentant une Mary Carson jeune, aux cheveux rouges dont le visage rappelait celui de la reine Victoria lors de ses premières années de règne, sanglée dans une robe à tournure raide et noire.

– Très bien, approuva Fee. Maintenant, nous pouvons abandonner la maison près du ruisseau et emménager. Je m'occuperai des autres pièces tout à loisir. Oh, quel plaisir d'avoir de l'argent et de pouvoir le dépenser dans une belle demeure !

Trois jours avant leur déménagement, alors que le soleil n'était pas encore levé, les coqs saluèrent la nouvelle journée par des chants joyeux.

– Misérable engeance maugréa Fee en enveloppant une assiette dans un vieux journal. Je me demande de quoi ils sont si fiers. Pas un seul œuf pour le petit déjeuner, en ce moment où tous les hommes sont à la maison en attendant qu'on en finisse avec le déménagement. Meggie, il faudra que tu ailles visiter les nichoirs à ma place, j'ai trop à faire. (Elle jeta distraitement les yeux sur une feuille jaunie du *Sydney Morning Herald* et esquissa une moue désabusée devant une publicité vantant un corset pour taille de guêpe.) Je me demande pourquoi Paddy s'abonne à tous ces journaux; personne n'a jamais le temps de les lire. Ils s'empilent trop vite pour qu'on puisse tous les brûler dans la cuisinière. Regarde celui-ci, il date de notre arrivée ! Enfin, ils servent au moins à emballer la vaisselle.

C'est agréable de voir M'man si gaie, pensa Meggie en descendant vivement l'escalier. Bien qu'il tardât à chacun de vivre dans la grande maison, M'man semblait la plus surexcitée à cette perspective, comme si elle se rappelait ce que l'existence représentait dans une telle résidence. Comme elle est intelligente, quel goût parfait elle a ! Personne ne s'en était rendu compte auparavant parce qu'il n'y avait ni temps ni argent pour mettre ses qualités en valeur. Meggie exultait; Papa s'était rendu chez le bijoutier de Gilly et avait utilisé une partie des cinq mille livres pour acheter à M'man un tour de cou en perles véritables et des boucles d'oreilles assorties mais ornées aussi de quelques petits diamants. Il devait lui offrir l'ensemble à l'occasion de leur premier dîner dans la grande maison. Maintenant qu'elle avait vu le visage de sa mère exempt de sa sévérité habituelle, il lui tardait de surprendre son expression quand elle verrait les perles. De Bob aux jumeaux, les enfants attendaient cet instant avec impatience car Papa leur avait montré le grand écrin plat, en cuir, l'ouvrant pour livrer à leur contemplation les grains d'une opalescence laiteuse reposant sur leur lit de velours noir. Le bonheur épanoui de leur mère les avait profondément touchés; cela tenait de la joie ressentie à l'approche d'une bonne pluie vivifiante. Jusque-là, ils n'avaient jamais bien compris à quel point elle avait dû être malheureuse tout au long de ces années.

Le poulailler, immense, renfermait quatre coqs et plus de quarante poules. La nuit, celles-ci s'abritaient sous un appentis à demi écroulé dont le sol, soigneusement balayé était entouré de caisses d'oranges remplies de paille pour la ponte; à l'arrière, on distinguait des perchoirs de diverses hauteurs. Mais pendant la journée, les volailles se répandaient dans l'enceinte grillagée. Lorsque Meggie poussa la porte et se glissa à l'intérieur, les poules la harcelèrent, croyant qu'elles allaient être nourries, mais Meggie ne leur apportait du grain que dans la soirée et elle rit devant le ridicule ballet des volatiles tout en s'avançant vers l'appentis.

– Franchement, vous êtes impossibles ! leur lança-t-elle d'un ton sévère en visitant les nichoirs. Plus de quarante poules et seulement quinze œufs ! Pas même assez pour le petit déjeuner, sans parler d'un gâteau ! Eh bien, je préfère vous prévenir... si vous n'y mettez pas rapidement bon ordre, vous finirez à la casserole, toutes autant que vous êtes ! Et cet avertissement est valable pour les seigneurs des lieux tout comme pour leurs épouses, alors, inutile de déployer la queue et de gonfler le poitrail comme si vous n'étiez pas en cause, messieurs !

Les œufs soigneusement posés dans son tablier, Meggie regagna la cuisine en chantonnant.

Elle trouva Fee assise dans le fauteuil de Paddy, les yeux rivés sur un exemplaire du *Smith's Weekly,* visage blême, lèvres tremblantes. Meggie entendait ses frères et son père de l'autre côté de la cloison et les rires de Jims et Patsy qui venaient d'avoir six ans. Ils n'étaient jamais autorisés à se lever avant le départ des hommes.

– Qu'est-ce qu'il y a, M'man ? s'enquit Meggie.

Fee ne répondit pas; elle demeurait immobile, le regard perdu, des gouttes de sueur perlant sur sa lèvre supérieure, les yeux figés dans la douleur, comme si elle faisait appel à toutes ses forces pour ne pas hurler.

– Papa ! Papa ! appela Meggie d'une voix aiguë, en proie à la peur.

L'affolement qui perçait dans son cri tira Paddy hors de sa chambre alors qu'il venait d'enfiler son gilet de flanelle. Bob, Jack, Hughie et Stu lui emboîtèrent le pas. Sans mot dire, Meggie désigna sa mère.

Etreint par une angoisse indicible, Paddy se pencha sur sa femme, lui saisit le poignet qui retomba inerte.

– Qu'est-ce qu'il y a, chérie ? demanda-t-il.

L'extrême tendresse qui perçait dans sa voix était inconnue des enfants, pourtant ceux-ci comprirent que le ton dont usait leur père devait être celui que leurs parents employaient quand ils n'étaient pas là.

Elle parut suffisamment reconnaître ces intonations particulières pour émerger de l'abîme dans lequel elle se débattait; les grands yeux gris se relevèrent sur le visage angoissé, si bon, usé, déjà vieux.

– Là, dit-elle en désignant un article en bas de page.

Stuart vint se tenir derrière sa mère, lui posa doucement la main sur l'épaule; avant de lire l'article, Paddy dévisagea son fils, puis sa femme, et il opina. Ce qui avait éveillé sa jalousie chez Frank n'existait pas en Stuart, à croire que leur amour pour Fee les reliait plus étroitement au lieu de les séparer.

Paddy lut à haute voix, lentement, d'un ton devenant de plus en plus triste. Le titre annonçait : UN BOXEUR CONDAMNE A PERPETUITE.

Francis Armstrong Cleary, 26 ans, boxeur professionnel, a été condamné ce jour par le tribunal de Goulburn pour le meurtre de Ronald Albert Cumming, ouvrier agricole âgé de 32 ans, perpétré en juillet dernier. Le jury a prononcé son verdict après seulement dix minutes de délibération, demandant que soit appliquée la peine la plus sévère que pût prononcer la Cour. Il s'agit, déclara le juge FitzHugh-Cunneally, d'un cas patent et sans équivoque. Cumming et Cleary s'étaient violemment querellés dans un bar de l'hôtel du Port le 23 juillet. Un peu plus tard, ce même soir, le sergent Tom Beardsmore, de la police de Goulburn, accompagné de deux agents, se présenta à l'hôtel du Port, appelé par le propriétaire de cet établissement, M. James Ogilvie. Dans une venelle, derrière l'hôtel, les policiers découvrirent Cleary qui décochait des coups de pieds dans la tête de Cumming étendu sur le sol, évanoui. Ses poings étaient couverts de sang et se refermaient sur des touffes de cheveux appartenant à Cumming. Au moment de son arrestation, Cleary était ivre, mais lucide. Il fut tout d'abord accusé de coups et blessures, mais il eut à répondre d'une inculpation de meurtre après que Cumming eut succombé à un traumatisme crânien à l'hôpital de Goulburn le lendemain.

Maître Arthur Whyte, son défenseur, plaida non coupable arguant de l'aliénation mentale de son client, mais quatre experts psychiatres, cités par la Couronne, déclarèrent sans équivoque qu'en vertu de la loi M'Naghten, Cleary ne pouvait être considéré comme irresponsable. Dans ses recommandations au jury, le juge FitzHugh-Cunneally déclara qu'il ne s'agissait pas de déterminer la culpabilité ou l'innocence du prévenu puisque le verdict ne pouvait que conclure à la culpabilité, mais il demanda aux jurés de réfléchir avant de se prononcer soit pour la clémence, soit pour la sévérité puisqu'il s'en tiendrait à leur opinion. En condamnant Cleary, le juge FitzHugh-Cunneally taxa l'acte du prévenu de « sauvagerie inhumaine » et déplora que la nature du crime sans préméditation commis en état d'ivresse écartât la peine de mort car il considérait les poings de Cleary comme des armes tout aussi dangereuses qu'un revolver ou un couteau. Cleary a été condamné aux travaux forcés à perpétuité, peine qu'il purgera à la prison de Goulburn, cet établissement ayant été conçu pour abriter les prisonniers de nature violente. Lorsqu'on lui demanda s'il avait quelque chose à dire, Cleary répondit : « Je demande simplement que ma mère n'en sache rien ».

Paddy se reporta au haut de la page pour en découvrir la date : 6 décembre 1925.

– C'est arrivé depuis plus de trois ans, murmura-t-il consterné.

Personne ne lui répondit ni n'esquissa le moindre mouvement car personne ne savait ce qu'il convenait de faire; du devant de la maison leur parvint le rire joyeux des jumeaux dont les voix devenaient de plus en plus aiguës sous l'exaltation du bavardage.

– « Je... demande seulement... que ma mère n'en sache rien », balbutia Fee d'une voix atone. Et on a scrupuleusement respecté sa volonté ! Oh, mon Dieu ! Mon pauvre, pauvre Frank !

Paddy essuya ses larmes du revers de la main, puis il s'accroupit devant sa femme, lui caressa doucement les genoux.

– Fee, ma chérie, prépare une valise. Nous devons aller le voir.

Elle se redressa à demi avant de se rejeter en arrière. Dans son visage blême aux traits tirés, ses yeux luisaient, fixes, comme morts, pupilles dilatées, iris pailletés d'or.

– Je ne peux pas y aller, dit-elle.

Pas la moindre trace de désespoir dans sa voix, mais chacun perçut l'angoisse qui la tenaillait.

– S'il me revoyait, il en mourrait, reprit-elle après un silence. Oh, Paddy, il en mourrait ! Je le connais si bien... sa fierté, son ambition, sa détermination à devenir quelqu'un... Qu'il gravisse seul son calvaire si c'est ce qu'il veut. Tu as lu ses paroles : « Je demande seulement que ma mère n'en sache rien ». Nous devons l'aider à garder son secret. Qu'est-ce qui pourrait sortir de bon d'une entrevue, aussi bien pour lui que pour nous ?

Paddy continuait à pleurer, mais pas sur Frank; sur la vie qui avait déserté le visage de Fee, devant la mort qui venait de se réinstaller dans ses yeux. Un oiseau de malheur que ce garçon; un fléau qui se dressait toujours entre Fee et lui, la raison du retrait de celle-ci qui les avait exclus, lui et ses enfants, de son cœur. Chaque fois qu'un semblant de bonheur se préparait, Frank surgissait pour le lui enlever. Mais l'amour que Paddy portait à Fee était aussi profond et indéracinable que celui qu'elle vouait à Frank; il ne lui était plus possible de faire peser tout le blâme sur le jeune homme, pas depuis la nuit du presbytère. Alors, il dit :

– Eh bien, Fee, si tu juges qu'il est préférable de ne pas essayer de nous mettre en rapport avec lui, nous nous abstiendrons. Pourtant, j'aimerais savoir s'il va bien et si nous pouvons faire quoi que ce soit pour lui. Ne crois-tu pas que je devrais écrire au père de Bricassart pour lui demander de s'occuper de Frank ?

Les yeux restèrent éteints, mais une légère roseur lui envahit les joues.

– Oui, Paddy, fais-le. Assure-toi seulement qu'il ne dise pas à Frank que nous sommes au courant. Ça facilitera peut-être les choses à Frank s'il a la certitude que nous ignorons tout.

En quelques jours, Fee retrouva presque tout son allant et l'intérêt qu'elle portait à la décoration de la grande maison la tint occupée. Mais le mutisme se réinstalla en elle, froid, seulement moins sévère, enclos dans la placidité. Elle paraissait s'inquiéter davantage de l'allure que prendrait la demeure que du bien-être de sa famille. Peut-être estimait-elle qu'ils étaient capables de se passer d'elle sur le plan spirituel et que Mme Smith et les servantes s'occupaient d'eux sur le plan matériel.

Pourtant, chacun avait été profondément affecté en apprenant le triste sort de Frank. Les aînés souffraient beaucoup pour leur mère, passant de longues heures d'insomnie en se rappelant ses traits bouleversés au moment de la lecture du malencontreux article. Ils l'aimaient, et la gaieté qu'elle avait déployée au cours des semaines précédentes leur avait laissé entrevoir un visage qu'ils ne devaient jamais oublier et qu'ils avaient un désir passionné de voir refleurir. Si, jusqu'alors, leur père avait représenté le pivot de leur vie, à partir de ce moment, leur mère tint le même rôle. Ils se mirent à la traiter avec une tendresse, avec une sollicitude que l'indifférence de Fee, aussi évidente fût-elle, ne pouvait décourager. De Paddy à Stu, les mâles de la famille s'allièrent pour donner à Fee la vie qu'elle souhaitait et ils exigeaient que tous y participent. Personne ne devait plus jamais la blesser ni lui causer la moindre peine. Quand Paddy lui offrit les perles, elle les prit avec un bref remerciement sans que son expression eût varié, sans montrer de plaisir ou d'intérêt en examinant le présent; mais chacun pensa que sa réaction eût été tout autre si elle n'avait pas appris le sort de Frank.

Si l'emménagement dans la grande maison n'était pas intervenu, la pauvre Meggie aurait souffert bien davantage car, sans l'admettre comme membre à part entière du club, réservé aux hommes, de la protection de M'man (ayant peut-être le sentiment que la participation de Meggie serait moins totale que la leur), son père et ses frères aînés jugeaient normal qu'elle se chargeât de toutes les corvées qui répugnaient manifestement à Fee. Or, en raison de l'emménagement, Mme Smith et les servantes allégèrent le fardeau de Meggie. Le soin des jumeaux déplaisait particulièrement à Fee, mais Mme Smith assuma la pleine charge de Jims et Patsy, avec une telle ardeur que Meggie ne pouvait la plaindre; elle fut même heureuse de constater que ses deux petits frères appartenaient enfin entièrement à la gouvernante. Meggie souffrait aussi pour sa mère, mais avec quelques restrictions par rapport aux hommes car ses sentiments étaient durement mis à l'épreuve; la fibre maternelle, profondément ancrée en elle, était très affectée par l'indifférence croissante de Fee à l'égard de Jims et Patsy. Quand j'aurai des enfants, pensait-elle, jamais je n'en aimerai un plus que les autres.

La vie dans la grande maison se révéla très différente. Au début, il paraissait étrange de disposer d'une chambre particulière et, pour les femmes, de ne pas avoir à s'inquiéter d'une quelconque corvée domestique, à l'intérieur ou à l'extérieur. Minnie, Cat et Mme Smith se chargeaient de tout, depuis la lessive et le repassage jusqu'à la cuisine et le nettoyage; elles se montraient horrifiées quand on leur offrait de les aider. En échange d'une nourriture abondante et de gages réduits, des chemineaux, en une interminable procession, furent provisoirement portés sur les registres d'embauche du domaine pour fendre le bois, nourrir volailles et cochons, traire les vaches, aider le vieux Tom à entretenir les superbes jardins et se charger du gros nettoyage.

Paddy avait eu des nouvelles du père Ralph.

Les revenus de l'avoir de Mary se montent approximativement à quatre millions de livres par an, en raison du fait que Michar Limited est une société privée dont la majorité des investissements portent sur l'acier, l'armement des bateaux et les mines », écrivait le père Ralph. *« Ce que je vous ai attribué ne représente donc qu'une goutte d'eau dans la mer et n'atteint même pas dix pour cent des bénéfices annuels de Drogheda. Ne vous inquiétez pas pour les mauvaises années. Les comptes du domaine sont si satisfaisants que je pourrais éternellement rétribuer vos fonctions sur ses seuls intérêts. Donc, les sommes que vous touchez vous sont dues et ne lèsent en rien Michar Limited. Elles proviennent du domaine et non de la société. Je vous demande simplement de tenir les registres de la propriété à jour et le plus scrupuleusement possible en prévision d'une vérification éventuelle.*

C'est après avoir reçu cette lettre que Paddy tint un soir à réunir la famille dans le splendide salon. Il présidait, son nez romain chaussé de lunettes cerclées d'acier, installé dans un grand fauteuil crème, les pieds confortablement posés sur une ottomane assortie, sa pipe dans un cendrier en cristal de Waterford.

– Comme tout ça est agréable, dit-il avec un sourire en jetant un regard heureux autour de lui. Je crois que nous ferions bien de voter des félicitations à M'man pour sa réussite. Qu'est-ce que vous en pensez, les gars ?

Sa proposition fut saluée par un murmure d'assentiment venant des garçons; Fee inclina la tête, s'arrachant un instant de ce qui avait été le fauteuil à oreilles de Mary Carson, maintenant recouvert de soie moirée de teinte crème. Blottie sur une ottomane qu'elle avait préférée à un autre siège, Meggie ramena les pieds sous elle et garda les yeux obstinément rivés sur la chaussette qu'elle reprisait.

– Le père de Bricassart a mis la situation au clair et il s'est montré très généreux, reprit Paddy. Il a déposé sept mille livres en banque à mon nom et a ouvert des livrets d'épargne avec deux mille livres pour chacun d'entre nous. Je dois recevoir quatre mille livres par an en tant que directeur du domaine, Bob en touchera trois mille comme directeur adjoint. Tous les garçons en âge de travailler, Jack, Hughie et Stu recevront deux mille livres annuellement, et il sera placé au nom des jumeaux mille livres par an jusqu'à ce qu'ils soient en âge de décider de leur sort.

« Plus tard, le domaine garantira à chacun des jumeaux un revenu égal à celui d'un Cleary travaillant à plein temps à Drogheda, même s'ils choisissent une autre activité. Quand Jims et Patsy auront douze ans, ils seront envoyés en pension au collège Riverview à Sydney et éduqués aux frais de la propriété.

« M'man doit recevoir deux mille livres par an pour ses besoins personnels ainsi que Meggie. La somme affectée aux frais de la maison se montera à cinq mille livres, bien que je me demande pourquoi le père Ralph imagine que nous avons besoin de tant d'argent pour ce poste.

Il précise que nous désirerons peut-être procéder à certains travaux. Il me donne des instructions sur les gages que je dois verser à Mme Smith, Minnie, Cat et Tom, et je dois dire qu'il se montre très généreux. La décision m'appartient quant aux autres gages. Mais mon premier geste en tant que directeur sera d'embaucher au minimum six éleveurs supplémentaires afin que Drogheda soit géré comme il convient; la propriété est trop vaste pour une poignée d'hommes. »

Ce fut la seule critique qu'il se permit concernant la gestion de sa sœur.

Aucun d'eux n'avait jamais rêvé de tant d'argent; il restèrent assis, silencieux, essayant de s'imprégner de leur chance.

– Nous ne pourrons jamais dépenser cet argent, pas même la moitié, commenta Fee. D'autant que tout est réglé d'avance.

Paddy l'enveloppa d'un regard tendre.

– Je sais, M'man, mais c'est bien agréable de penser que nous n'aurons plus jamais à nous inquiéter d'argent. (Il s'éclaircit la gorge.) A présent, il semble que M'man et Meggie, notamment, vont se trouver un peu désorientées. Je n'ai jamais été très porté sur les chiffres, mais M'man est capable d'additionner, de soustraire, de diviser et de multiplier comme un professeur d'arithmétique. Aussi va-t-elle devenir la comptable du domaine, en lieu et place de l'étude de Harry Gough. Je ne m'en étais jamais aperçu mais Harry utilisait un clerc à plein temps uniquement pour s'occuper des comptes de Drogheda et, en ce moment, il est un peu à court de personnel et il ne voit donc aucune objection à se décharger de cette besogne. En fait, c'est lui qui a suggéré que M'man pourrait être un excellent comptable. Il va nous envoyer quelqu'un de Gilly pour te mettre au courant, Fee. C'est très compliqué, apparemment. Il faut équilibrer les balances, tenir les livres de comptes, les registres, tout consigner... Ça te donnera pas mal de travail, mais je crois que tu préféreras ça à la lessive et à la cuisine.

Quant à Meggie, la langue lui démangeait de crier : et moi ? Je faisais autant de lessives et de cuisine que M'man !

Fee alla jusqu'à sourire; la première fois depuis les nouvelles concernant Frank.

– Ce travail me plaira, Paddy. Vraiment beaucoup. Il me donnera l'impression d'être partie intégrante de Drogheda.

– Bob va t'apprendre à conduire la nouvelle Rolls parce que c'est à toi qu'il appartiendra d'aller à Gilly où tu auras à t'occuper de la banque et voir Harry. Et puis, ça te donnera une certaine indépendance de savoir que tu peux te rendre n'importe où sans avoir recours à l'un de nous. J'ai toujours pensé qu'il serait bon que vous conduisiez toutes les deux, mais nous manquions de temps. D'accord, Fee ?

– D'accord, répondit-elle joyeusement.

– Maintenant, Meggie, nous allons nous occuper de toi.

Meggie enfonça son aiguille dans la chaussette, leva les yeux vers son père avec une expression à la fois interrogative et lourde de ressentiment; elle devinait ce qu'il allait dire : ta mère sera occupée avec la comptabilité, c'est donc à toi qu'il appartiendra de surveiller le travail de la maison et ses abords immédiats.

– Je serais désolé de te voir transformée en une petite demoiselle oisive et snob, comme certaines des filles d'éleveurs que nous connaissons, laissa tomber Paddy avec un sourire qui ôtait tout mépris à ses paroles. Aussi vais-je te mettre au travail à plein temps, ma petite Meggie. Tu t'occuperas des enclos les plus proches de la maison à notre place... la Tête du Forage, le Ruisseau, Carson, Winnemurra et Réservoir Nord. Tu t'occuperas aussi de l'enclos central. Tu seras responsable des chevaux du domaine, qu'ils soient au travail ou au repos. Pendant les grands rassemblements et l'agnelage, nous viendrons évidemment te prêter main-forte mais, entre-temps, tu te débrouilleras toute seule. Jack t'apprendra à te faire obéir des chiens et à te servir d'un fouet. Vois-tu, je te considère comme un garçon manqué et j'ai pensé que tu préférerais t'occuper des enclos plutôt que de la maison, acheva-t-il avec un sourire plus large que jamais.

Ressentiment et mécontentement s'étaient envolés pendant qu'elle écoutait son père. Il redevenait son Papa; il l'aimait et pensait à elle. Que s'était-il passé pour qu'elle ait pu douter de lui ? Elle éprouvait une telle honte que l'envie lui prenait de s'enfoncer la grande aiguille à repriser dans la cuisse, mais elle était trop heureuse pour envisager sérieusement de s'infliger une pareille douleur qui, d'ailleurs, n'aurait été qu'une façon extravagante d'exprimer son remords.

– Oh, Papa, j'adorerais ça ! s'écria-t-elle, rayonnante.

– Et moi, Papa ? demanda Stuart.

– Les femmes n'ont plus besoin de toi dans la maison, alors tu iras dans les enclos, Stu.

– Entendu, Papa.

Il dédia à Fee un regard appuyé, nostalgique, mais se tut.

Fee et Meggie apprirent à conduire la nouvelle Rolls qui avait été livrée à Mary Carson une semaine avant sa mort, et Meggie s'initia à la façon de travailler les chiens pendant que Fee se penchait sur les livres de compte.

Meggie, en ce qui la concernait personnellement, eût été parfaitement heureuse sans l'absence persistante du père Ralph. Cette vie correspondait à ce qu'elle avait toujours souhaité : se trouver dans les enclos, à cheval, pour y accomplir un travail d'éleveur. Néanmoins, la perte du père Ralph lui causait toujours une douleur aussi vive; le souvenir de son baiser se rangeait dans les rêves chéris pouvant être revécus des milliers de fois. Le souvenir ne supplantait cependant pas la réalité; elle avait beau essayer, la sensation véritable ne pouvait être retrouvée, seulement son ombre, tel un nuage léger, triste.

Quand il écrivit pour leur parler de Frank, du même coup il brisa l'espoir qu'elle nourrissait, s'attendant à ce qu'il se servît de ce prétexte pour venir à Drogheda. La description qu'il donnait de son voyage à la prison de Goulburn pour voir Frank était soigneusement formulée, dépouillée de la peine qu'il avait engendrée, ne laissant rien soupçonner de la psychose du détenu qui s'aggravait de jour en jour. Il avait, en vain, essayé de faire placer Frank à l'asile de Morisset où l'on internait les psychopathes coupables de crime. Il se contenta donc de brosser un portrait idéalisé d'un Frank résigné à payer ses fautes envers la société et, dans un passage souligné, il assurait que Frank ne se doutait pas que sa famille était au courant des événements. Il avait prétendu avoir eu vent de l'incarcération du jeune homme par hasard, en lisant un article d'un journal de Sydney, et lui avait affirmé que sa famille continuerait à tout ignorer de l'affaire. Après quoi, Frank s'était calmé, écrivait-il, et les choses en étaient restées là.

Paddy envisagea la vente de l'alezane du père Ralph. Meggie se servait du hongre noir, qu'elle avait autrefois monté pour le plaisir, comme animal de travail car il avait la bouche moins dure et un caractère plus agréable que les juments capricieuses ou les chevaux ombrageux de l'enclos central. Les bêtes de travail étaient intelligentes, mais rarement placides. Même l'absence totale d'étalons n'en faisait pas des animaux dociles.

– Oh, je t'en prie, Papa, je peux aussi monter l'alezane ! supplia Meggie. Imagine de quoi nous aurions l'air si, après toutes ses bontés à notre égard, le père Ralph venait nous rendre visite et s'apercevait que nous avons vendu sa jument !

Paddy fixa sur elle un regard pensif.

– Meggie, je ne crois pas que le père Ralph revienne.

– Mais il le pourrait ! On ne sait jamais !

Les yeux si semblables à ceux de Fee eurent raison de lui; il ne pouvait envisager d'ajouter à sa peine, la pauvre gosse.

– Eh bien, c'est entendu, Meggie, nous garderons la jument. Mais veille à la monter aussi souvent que le hongre; je ne veux pas de chevaux gras à Drogheda, c'est bien compris ?

Jusqu'alors, elle avait répugné à monter la jument du père Ralph mais, à partir de ce moment, elle usa alternativement des deux animaux afin que ceux-ci gagnent leur avoine.

C'était une chance que Mme Smith, Minnie et Cat fussent folles des jumeaux; en effet, pendant que Meggie était dehors dans les enclos et que Fee restait assise des heures durant devant son secrétaire du salon, les deux enfants passaient des moments merveilleux. Ils étaient toujours dans les jambes de quelqu'un, mais avec tant de gaieté et une si constante bonne humeur qu'on ne pouvait leur en vouloir très longtemps. Le soir, dans sa petite maison, Mme Smith, depuis longtemps convertie au catholicisme, s'agenouillait pour dire ses prières avec une reconnaissance si exubérante dans le cœur qu'elle parvenait tout juste à l'endiguer. Aucun enfant de sa chair n'était venu la réjouir du vivant de Rob et, pendant des années, la grande maison n'avait pas accueilli de marmots, le personnel ayant reçu pour consigne de ne pas frayer avec les occupants des maisons d'éleveurs, proches du ruisseau. Mais les Cleary appartenaient à la famille de Mary Carson et, avec leur arrivée, il y eut enfin des enfants. Et maintenant que Jims et Patsy habitaient la grande maison en permanence, Drogheda tenait du paradis.

L'hiver avait été sec et les pluies d'été ne venaient pas. Haute jusqu'au genou et luxuriante, l'herbe fauve sécha sous l'impitoyable soleil au point que la fibre intérieure de chaque brin devint cassante. Pour regarder au loin dans les enclos, il fallait cligner des yeux et ramener bas sur le front le rebord du chapeau; l'herbe, vrai miroir d'argent, se creusait parfois en spirales sous l'effet du vent donnant naissance à des mirages bleus, scintillants ; des feuilles mortes et des brindilles volaient d'un tas à l'autre.

Oh, quelle sécheresse ! Même les arbres étaient secs, l'écorce tombait en grands rubans raides et craquants. Inutile de redouter déjà la famine pour les moutons – l'herbe durerait encore un an au moins, peut-être davantage – mais tout le monde souffrait d'une telle sécheresse. On pouvait toujours espérer que la pluie viendrait l'année suivante ou l'année d'après. Dans les années fastes, on bénéficiait de trente à quarante centimètres d'eau; dans les mauvaises, de moins de cinq et, parfois même, de pratiquement rien.

En dépit de la chaleur et des mouches, Meggie adorait la vie dans les enclos. Ce jour-là, elle montait l'alezane derrière un troupeau bêlant tandis que les chiens se tapissaient sur le sol, langue pendante, trompeusement inattentifs. Qu'un seul mouton quittât ses congénères et le chien le plus proche s'élancerait comme un dard, dents acérées prêtes à mordre un infortuné jarret.

Meggie amena sa monture devant le troupeau, soulagée de n'avoir plus à respirer la poussière que les bêtes avaient soulevée devant elle des kilomètres durant, et elle ouvrit le portail de l'enclos. Elle attendit patiemment pendant que les chiens, enchantés de montrer ce dont ils étaient capables, mordaient et grognaient pour faire passer les moutons. Il était plus difficile de rassembler et de conduire des bovins car ceux-ci décochaient des coups de pieds et chargeaient, tuant souvent un chien trop audacieux; c'était dans ces moments-là que le toucheur devait être prêt à intervenir, à utiliser son fouet, mais les chiens semblaient trouver du piment dans le risque qu'ils couraient en canalisant les bovins. Ce genre de tâche n'entrait cependant pas dans les attributions de Meggie; Paddy s'en chargeait personnellement.

Les chiens exerçaient sur elle une véritable fascination; ils faisaient preuve d'une intelligence stupéfiante. La plupart d'entre eux se rangeaient parmi les kelpies, chiens australiens mâtinés, à la robe d'un brun soutenu, aux pattes, poitrail et sourcils blancs, mais on dénombrait aussi des bleus du Queensland, plus grands, au pelage gris ardoise taché de noir, et diverses variétés issues de croisements entre kelpies et bleus du Queensland. Lorsqu'elles étaient en chaleur, les chiennes étaient saillies par des mâles sélectionnés, surveillées pendant la gestation et durant la mise bas. Dès le sevrage, on mettait les chiots à l'épreuve dans les enclos; s'ils étaient jugés prometteurs, on les gardait ou on les vendait, sinon une balle mettait un terme à leur vie.

Meggie siffla pour appeler ses chiens, ferma la barrière sur le troupeau et fit prendre à l'alezane la direction de la maison. A proximité se dressait un gros bouquet d'arbres, eucalyptus, gommiers et buis noirs, égayés de quelques wilgas. Elle gagna leur ombre avec soulagement et, ayant à présent tout loisir de regarder autour d'elle, contempla avec délices le spectacle qui s'offrait à ses yeux. Les gommiers donnaient asile à une foule d'inséparables qui piaillaient et sifflaient leur parodie de chant; des pinsons sautaient de branche en branche; deux cacatoès à huppe jaune observaient sa progression de leurs yeux malicieux, la tête penchée sur le côté; des bergeronnettes couraient à ras de terre à la recherche de fourmis avec un grotesque dandinement de la queue; de sinistres corbeaux croassaient perpétuellement. Leur cri pouvait être considéré comme le plus déplaisant de tout le répertoire de la gent ailée, si dépourvu de joie, désolé, évocateur de charogne et de mouches à viande, capable de vous glacer jusqu'à l'âme. Impossible d'imaginer un corbeau chantant comme un rossignol; le cri et la fonction se complétaient à la perfection.

Évidemment, il y avait des mouches partout; Meggie portait un voile sur son chapeau, mais ses bras en étaient constamment recouverts et la queue de l'alezane ne cessait de battre tandis que les muscles peauciers frémissaient continuellement. Meggie s'étonnait qu'un cheval pût sentir le contact d'un insecte aussi délicat et aérien qu'une mouche malgré l'épaisseur de sa peau et de son poil. Les mouches s'abreuvaient de sueur, d'où la raison de leur assiduité auprès des chevaux et des humains, mais ces derniers ne leur permettaient pas les libertés qu'elles prenaient avec les moutons, pondant leurs œufs sur la laine de la croupe ou partout où la toison était humide et sale.

L'air était empli du bourdonnement des abeilles, strié de la brillance fugitive des libellules à la recherche des rigoles, animé des couleurs chatoyantes des papillons. Le sabot de sa monture retourna un morceau de bois pourri qui retomba à l'envers; Meggie le regarda avec un frisson. Il abritait d'affreuses larves grasses et blanches, écœurantes, des limaces et des cloportes, des mille-pattes géants et des araignées. Des lapins émergeaient de leurs terriers, bondissaient, virevoltaient et rentraient chez eux, laissant des panaches de poussière dans l'herbe, puis ils se retournaient pour examiner les environs, nez frémissant. Un peu plus loin, un echidné abandonna sa chasse aux fourmis, pris de panique à la vue de Meggie. Il creusa le sol à une rapidité telle que ses pattes crochues furent dissimulées en quelques secondes et il commença à disparaître, comme absorbé par un gros tronc d'arbre. Son manège amusa Meggie; les cruelles épines étaient rabattues le long du corps afin de faciliter son enfouissement, la terre volait alentour.

Elle émergea du bouquet d'arbres et se retrouva sur le chemin de la maison. Un peu plus loin, un voile tacheté de gris semblait danser :

des galahs à la recherche d'insectes ou de larves, mais en entendant venir Meggie, ils s'envolèrent avec un bel ensemble en une vague d'un rose pourpré; poitrails et dessous d'ailes fendirent l'air au-dessus de sa tête, le gris magiquement transformé en rose foncé. Si je devais quitter Drogheda demain pour ne jamais y revenir, songea-t-elle, je revivrais au cœur de mes rêves chaque parcelle du domaine à travers un sillage rose laissé par une envolée de galahs... La sécheresse doit être terrible plus loin; les kangourous se rapprochent de plus en plus...

Des kangourous en troupeau, comptant peut-être deux mille individus, furent dérangés par les galahs alors qu'ils broutaient paisiblement et ils s'éloignèrent en longs bonds gracieux qui absorbaient les distances plus vite que ceux de tout autre animal, à part l'émeu. Les chevaux ne pouvaient se mesurer à eux.

Entre les moments agréables qu'elle consacrait à l'étude de la nature, elle pensait à Ralph, comme toujours. Dans son for intérieur, Meggie n'avait jamais considéré le sentiment qu'elle éprouvait pour lui sous l'angle d'une toquade de gamine; elle le qualifiait tout simplement d'amour, comme dans les livres. Les symptômes et sensations qu'elle ressentait ne différaient en rien de ceux d'une héroïne d'Ethel M. Dell. Il lui semblait injuste qu'une barrière aussi artificielle que la prêtrise pût se dresser entre elle et ce qu'elle souhaitait obtenir de lui, être sa femme Vivre avec lui comme Papa et M'man, dans une telle harmonie qu'il l'adorerait comme Papa adorait M'man. Il n'était jamais apparu à Meggie que sa mère méritait vraiment l'adoration que lui vouait Paddy, pourtant celle-ci n'était pas niable. Ralph ne tarderait pas à s'apercevoir que la vie avec elle était infiniment préférable à une existence solitaire; il ne lui était pas venu à l'esprit que Ralph ne pouvait renoncer à son état sous quelque prétexte que ce fût. Oui, elle savait qu'il était interdit à un prêtre d'être époux ou amant, mais elle avait pris l'habitude de contourner cet obstacle en dépouillant Ralph de sa fonction religieuse. Ses connaissances sommaires de la foi catholique n'avaient jamais atteint le stade du débat sur la nature des vœux prononcés par le prêtre et, n'éprouvant pas personnellement d'impérieux besoins religieux, elle s'abstenait volontairement de toute réflexion poussée dans ce domaine. Ne retirant aucune satisfaction de la prière, Meggie se pliait aux lois de l'Église simplement parce que le fait de les enfreindre conduisait en enfer pour l'éternité.

Ce jour-là, dans son rêve, elle évoquait le bonheur de vivre avec lui et de coucher auprès de lui comme Papa et M'man. Puis, la pensée de cette proximité l'énerva, lui communiqua un trémoussement d'impatience sur sa selle; elle la travestit en un déluge de baisers, ignorante qu'elle était de tout autre critère. Chevaucher à travers les enclos n'avait pas le moins du monde fait progresser son éducation sexuelle car la moindre effluve de chien dans le lointain supprimait tout désir d'accouplement chez les animaux et, comme dans tous les autres domaines de la région, les saillies de hasard n'étaient pas tolérées. Quand les béliers allaient rejoindre les brebis dans un enclos donné, Meggie était envoyée ailleurs, et la vue d'un chien montant sur un autre l'incitait simplement à un claquement de fouet afin de mettre un terme à leurs « jeux ».

Il est possible qu'un être humain ne soit pas en mesure de déterminer ce qui est pire : un besoin obscur, rudimentaire, avec l'impatience et l'irritabilité qui en résultent, ou un désir spécifique accompagné d'un besoin volontaire de le satisfaire. La pauvre Meggie soupirait sans très bien savoir après quoi, mais l'impulsion fondamentale n'en était pas moins là et l'attirait inexorablement vers Ralph de Bricassart. Aussi rêvait-elle de lui, se languissait-elle de lui, le voulait-elle; et elle s'affligeait car, en dépit de l'amour qu'il avait avoué lui porter, elle représentait si peu pour lui qu'il ne venait jamais la voir.

Au cœur de ses pensées, tout à coup chevaucha Paddy qui se dirigeait vers la maison par le même chemin; elle sourit, leva les rênes de l'alezane et attendit qu'il la rattrapât.

– Quelle agréable surprise ! lança-t-il en amenant son vieux rouan à côté de la jument de sa fille.

– Oui, en effet, répondit-elle. Est-ce qu'il fait très sec plus loin ?

– Un peu plus qu'ici. Seigneur, je n'ai jamais vu autant de kangourous ! Ils ne doivent plus rien trouver du côté de Milparinka. Martin King envisage une battue monstre, mais je ne vois pas comment nous pourrions diminuer le nombre de ces bêtes de façon appréciable, même si nous avions recours à des batteries de mitrailleuses.

Il était si gentil, si prévenant, compréhensif et aimant, et elle avait si rarement l'occasion de se trouver seule avec lui. Sans se laisser le temps de la réflexion, Meggie posa la question qui lui brûlait les lèvres, celle qui la rongeait, la consumait, malgré tous les efforts qu'elle déployait pour se rassurer.

– Papa, pourquoi le père de Bricassart ne vient-il jamais nous voir ?

– Il est occupé, Meggie, répondit Paddy d'une voix teintée de circonspection.

– Mais les prêtres ont aussi des vacances, n'est-ce pas ? Il aimait tant Drogheda. Je suis sûre qu'il serait heureux de passer ses vacances ici.

– D'une certaine façon, c'est vrai que les prêtres ont des vacances, Meggie, pourtant, ils sont toujours de service. Par exemple, chaque jour de leur vie, il leur faut dire la messe, même s'ils sont absolument seuls. Je crois que le père de Bricassart est un homme très avisé; il sait qu'il n'est pas possible de revenir à un mode de vie antérieur. Pour lui, ma petite Meggie, Drogheda est un peu le passé. S'il revenait, il n'en tirerait pas la même joie qu'avant.

– Tu veux dire qu'il nous a oubliés ? demanda-t-elle d'un ton morne.

– Non, pas vraiment. Si c'était le cas, il nous écrirait moins souvent et ne demanderait pas des nouvelles de chacun d'entre nous. (Il se tourna sur sa selle; ses yeux bleus exprimaient la pitié.) Je crois qu'il est préférable qu'il ne revienne jamais.

– Papa !

Paddy se jeta résolument dans les eaux bourbeuses des explications.

– Ecoute, Meggie, c'est mal de ta part de rêver d'un prêtre, et il est temps que tu le comprennes. Tu as assez bien gardé ton secret; je ne crois pas que qui que ce soit d'autre se doute des sentiments que tu nourris à cet endroit, mais c'est à moi que tu poses tes questions, n'est-ce pas ? Elles ne sont pas nombreuses, mais c'est suffisant comme ça. Maintenant, crois-moi. Il faut que tu cesses. C'est entendu ? Le père de Bricassart a prononcé des vœux sacrés qu'il n'a absolument pas l'intention de rompre, et tu t'es méprise sur l'affection qu'il te porte. Il t'a connue toute petite fille, et c'est sous ce jour qu'il te voit encore actuellement, Meggie.

Elle ne répondit pas; son visage n'exprima rien. Oui, pensa-t-il, elle est bien la fille de Fee.

Au bout d'un instant, d'une voix tendue, elle dit :

– Mais il pourrait cesser d'être prêtre; il aurait compris si j'avais eu la possibilité de lui en parler.

L'expression bouleversée de Paddy était trop éloquente pour qu'elle n'y ajoutât pas foi, et Meggie la jugea beaucoup plus convaincante que ses paroles, aussi véhémentes fussent-elles.

– Meggie ! Oh, grand dieu, voilà bien la pire rançon de cette existence qui nous tient éloignés de tout ! Tu devrais être à l'école, ma fille, et si tante Mary était morte plus tôt, je t'aurais expédiée à Sydney pour y continuer tes études pendant au moins deux ans. Mais tu es trop âgée à présent. Je ne voudrais pas qu'on rie d'une grande fille comme toi, ma pauvre petite Meggie. (Il continua plus doucement, espaçant ses mots pour leur conférer une cruauté plus aiguë, plus lucide, bien qu'il ne fût pas dans ses intentions d'être cruel mais de chercher seulement à dissiper ses illusions une fois pour toutes.) Le père de Bricassart est un prêtre, Meggie. Il ne peut jamais, jamais cesser d'être un prêtre, comprends-le. Les vœux qu'il a prononcés sont sacrés, trop solennels pour être rompus. Lorsqu'un homme embrasse la prêtrise, il ne peut revenir en arrière, et ses supérieurs du séminaire s'assurent avec rigueur que le novice sait parfaitement à quoi il s'engage. L'homme qui prononce ses vœux sait sans l'ombre d'un doute que rien, sinon la mort, ne saurait les rompre. Le père de Bricassart les a prononcés et il ne les rompra jamais. (Il soupira.) Maintenant tu sais, Meggie. Dorénavant, tu n'auras plus la moindre excuse pour rêver du père de Bricassart.

Le père Ralph de Bricassart s'exprimait d'une voix froide pourtant moins glaciale que ses yeux qui demeuraient rivés sur le visage blême du jeune prêtre tandis qu'il laissait tomber des paroles mesurées, dures.

– Votre conduite n'est pas digne de celle que Notre-Seigneur Jésus-Christ exige de ses prêtres. Je pense que vous le savez encore mieux que nous qui vous blâmons, mais je ne dois pas moins vous condamner au nom de notre archevêque, votre supérieur. Vous lui devez totale obéissance et il ne vous appartient pas de discuter ses recommandations et décisions.

« Vous rendez-vous réellement compte de la disgrâce dans laquelle vous avez plongé votre personne, votre paroisse et l'Église tout entière que vous êtes censé aimer plus que tout au monde. Les vœux de chasteté que vous avez prononcés étaient solennels et irrévocables, et les rompre est un péché d'une extrême gravité. Vous ne reverrez jamais la femme, évidemment, mais nous tenons à vous aider dans la lutte que vous mènerez pour surmonter la tentation. Nous avons donc pris des dispositions afin que vous partiez immédiatement pour assumer vos fonctions à la paroisse de Darwin, dans le Territoire du Nord. Vous vous rendrez à Brisbane ce soir par le train express et, de là, vous continuerez, toujours en chemin de fer, jusqu'à Longreach. Là, vous embarquerez dans un avion Qantas à destination de Darwin. On est en train d'emballer vos affaires en ce moment-même; on vous les remettra dans l'express avant le départ. Il est donc inutile que vous retourniez à votre paroisse actuelle.

« Maintenant, rendez-vous à la chapelle avec le père John et priez. Vous y resterez jusqu'au moment de prendre votre train. Afin de vous apporter réconfort et consolation, le père John vous accompagnera jusqu'à Darwin. Vous pouvez disposer.

Ils étaient sages et circonspects, les prêtres de l'administration; ils ne lui laissaient aucune possibilité d'un autre contact avec la jeune fille qu'il avait prise pour maîtresse. L'événement avait fait scandale dans la paroisse du jeune ecclésiastique et la situation devenait très gênante. Quant à la fille... qu'elle attende, et espère, et se pose des questions. A partir de maintenant, jusqu'à son arrivée à Darwin, il serait surveillé par l'excellent père John auquel on avait remis des ordres stricts; par la suite, toutes les lettres qu'il enverrait de Darwin seraient ouvertes et il se verrait interdire toute communication téléphonique interurbaine. Elle ne saurait jamais où il était allé et il ne pourrait jamais le lui apprendre. Pas plus qu'on ne lui laisserait la possibilité de retomber dans la même erreur avec une autre fille. A Darwin, dernière agglomération avant le désert, les femmes se révélaient quasi inexistantes. Ses vœux étaient irrévocables, jamais il ne pourrait en être délié; s'il s'avérait trop faible pour maîtriser ses instincts, l'Église s'en chargerait.

Après le départ du jeune prêtre et du chien de garde qui lui avait été affecté, le père Ralph quitta son bureau et passa dans une autre pièce. L'archevêque Cluny Dark était installé dans son fauteuil habituel près d'un autre ecclésiastique portant ceinture et calotte violettes. L'archevêque, un homme de haute taille à la splendide chevelure blanche, aux yeux d'un bleu très vif, était un bon vivant doté d'un sens de l'humour aigu et d'un grand amour de la table. Son visiteur représentait littéralement son antithèse : petit et mince, quelques rares mèches de cheveux bruns émergeant sous sa calotte, visage anguleux, ascétique, teint brouillé, ombré de poils de barbe à fleur de peau, grands yeux sombres. On aurait pu lui donner n'importe quel âge entre trente et cinquante ans, mais en fait il en avait trente-neuf, soit trois ans de plus que le père Ralph de Bricassart.

– Asseyez-vous et prenez une tasse de thé avec nous, mon fils, dit l'archevêque avec bonhomie. J'envisageais justement d'en faire apporter une autre théière. Avez-vous congédié le jeune prêtre en lui infligeant un sermon bien senti afin qu'il se repente de sa conduite ?

– Oui, monseigneur, déclara brièvement le père Ralph.

Il s'assit dans le troisième fauteuil, près de la table chargée de sandwiches au concombre, de gâteaux glacés de rose et de blanc, de galettes chaudes beurrées, de pots de cristal contenant confiture et crème fouettée, d'un service à thé en argent et de tasses de porcelaine Aynsley à la délicate bordure d'or.

– De tels incidents sont regrettables, mon cher ami, mais en dépit de notre ordination, il faut admettre que nous n'en restons pas moins de faibles créatures, dit le visiteur. J'éprouve une profonde commisération à l'endroit de ce pauvre prêtre et ce soir je prierai pour lui afin que Dieu lui insuffle la force nécessaire pour qu'il ne retombe pas dans ses erreurs.

Il s'exprimait d'une voix douce avec un accent étranger. De nationalité italienne, il occupait la fonction d'archevêque légat du pape auprès de l'Église catholique d'Australie, et répondait au nom de Vittorio Scarbanza di Contini-Verchese. Son rôle délicat consistait à servir de maillon entre la hiérarchie australienne et le Vatican, ce qui faisait de lui l'ecclésiastique le plus important de cette partie du monde.

Avant cette nomination, il avait, évidemment, espéré être affecté aux États-Unis d'Amérique mais, après réflexion, il jugea que l'Australie lui conviendrait très bien. Si, par sa population disséminée à travers un vaste continent, le pays était plus petit, il n'en comptait pas moins une bien plus forte proportion de catholiques. Contrairement au reste du monde anglophone, le fait d'être catholique n'était pas considéré comme une tare sociale, ne constituait pas un handicap pour un politicien ambitieux, un hommes d'affaires ou un juge. Et c'était une nation riche; elle aidait bien l'Église. Inutile de craindre que Rome l'oubliât tant qu'il serait en Australie.

Le légat du pape était aussi un homme extrêmement subtil et, au-dessus du cercle doré de sa tasse, il gardait les yeux fixés non sur l'archevêque Cluny Dark mais sur le père Ralph de Bricassart, appelé à devenir sous peu son secrétaire. Que l'archevêque Dark éprouvât une immense sympathie pour le prêtre était un fait reconnu, mais le légat du pape se demandait si, de son côté, il apprécierait un tel homme.

Ils étaient tous si grands, ces prêtres irlando-australiens qui le dépassaient d'une bonne tête; il en avait assez de devoir se rejeter en arrière pour voir leur visage. La façon de se comporter du père de Bricassart auprès de son supérieur actuel était parfaite; il alliait légèreté, aisance, respect sans servilité, sens de l'humour. Comment s'adapterait-il à un nouveau maître aussi différent ? La coutume voulait que le secrétaire nommé auprès du légat du pape fût pris dans les rangs de l'Eglise italienne, mais le Vatican portait beaucoup d'intérêt au père Ralph de Bricassart. Non seulement celui-ci se distinguait par sa fortune personnelle (contrairement à l'opinion générale, ses supérieurs n'avaient pas le pouvoir d'accaparer ses capitaux et il ne s'était pas proposé de les leur remettre), mais de son propre chef il avait aussi apporté une fortune considérable dans le giron de l'Eglise. De ce fait, le Vatican avait décidé que l'archevêque légat du pape devrait prendre le père de Bricassart comme secrétaire particulier, jauger le jeune ecclésiastique afin d'estimer sa valeur.

Un jour, le Saint Père devrait récompenser l'Église australienne par une barrette de cardinal, mais le temps n'était pas encore venu. Il appartenait donc à son représentant d'observer les prêtres de l'âge du père de Bricassart et, parmi ceux-ci, ce dernier semblait de très loin le candidat le mieux placé. Qu'il en soit ainsi. Que le père de Bricassart mette sa fougue à l'épreuve contre un Italien. Pendant un temps, ce pourrait être intéressant. Mais pourquoi fallait-il que cet homme soit d'une taille aussi démesurée ?

Empli de gratitude en raison de cette entrevue, le père Ralph buvait son thé en gardant un silence inhabituel. Le légat du pape remarqua qu'il mangeait un petit sandwich triangulaire et s'abstenait de toute autre friandise, qu'il buvait avidement quatre tasses de thé, n'y ajoutant ni lait ni sucre. Voilà qui correspondait au rapport qu'il avait reçu; dans ses habitudes personnelles, le prêtre faisait preuve d'une remarquable sobriété; sa seule faiblesse résidait dans une excellente (et très rapide) automobile.

– Vous portez un nom français, mon fils, dit le légat du pape d'une voix douce. Mais je crois comprendre que vous êtes irlandais. Comment expliquer cette bizarrerie ? Avez-vous des ascendants français ?

Le père Ralph secoua la tête en souriant.

– C'est un nom normand, monseigneur, très ancien et honorable. Je suis le descendant direct d'un certain Ranulf de Bricassart, baron de Guillaume le Conquérant. En 1066, il a débarqué en Angleterre avec son suzerain et l'un de ses fils s'y est fixé. La famille a prospéré sous les rois normands régnant en Angleterre et, par la suite, sous le règne d'Henri IV certains de ses membres passèrent en Irlande et s'y installèrent. Quand Henry VIII se sépara du pape, nous avons continué à observer la foi de Guillaume qui impliquait l'allégeance à Rome et non à Londres. Mais quand Cromwell à instauré le Commonwealth, nous avons perdu terres et titres et ils ne nous ont jamais été restitués. Charles avait des favoris à récompenser avec de la terre irlandaise. Vous savez, il y a mille raisons qui expliquent la haine des Irlandais à l'égard des Anglais.

« Cependant, nous sommes tombés dans une pauvreté relative tout en demeurant de loyaux serviteurs de l'Église et de Rome. Mon frère aîné possède un haras renommé dans le Comté de Meath et il espère que l'un de ses poulains gagnera un jour le Derby ou le Grand National. Je suis le deuxième fils et notre tradition familiale a toujours voulu que celui-ci entre dans les ordres s'il s'en sentait la vocation. Je suis très fier de mon nom et de mon lignage. Pendant quinze cents ans, il y a toujours eu des de Bricassart.

Ah, voilà qui était parfait ! Un vieux nom aristocratique et une famille qui a gardé la foi en dépit des émigrations et des persécutions.

– Et d'où vient le prénom de Ralph ?

– C'est une simple contraction de Ranulf, monseigneur.

– Je vois.

– Vous allez beaucoup me manquer, mon fils, dit l'archevêque Cluny Dark en répandant abondamment confiture et crème fouettée sur une galette qu'il avala d'une seule bouchée.

Le père Ralph rit.

– Vous me placez devant un dilemme, monseigneur ! Je me trouve entre mon ancien maître et mon nouveau; si je réponds pour plaire à l'un, je déplairai à l'autre. Puis-je faire remarquer à monseigneur qu'il me manquera tout en envisageant avec joie de servir monseigneur ?

Bien formulé; réponse de diplomate. L'archevêque di Contini-Verchese commença à penser qu'un tel secrétaire lui conviendrait, bien qu'il fût trop beau avec ces traits fins, ce teint éclatant, ce corps splendide.

Le père Ralph retomba dans le silence, le regard perdu vers la table. Il revoyait le jeune prêtre qu'il venait de tancer, l'expression de ses yeux anxieux quand il avait compris qu'il ne serait même pas autorisé à faire ses adieux à l'objet de sa flamme. Dieu tout-puissant, s'il s'était agi de lui et de Meggie ? On pouvait toujours s'en sortir blanc comme neige pendant un temps si l'on se montrait discret; constamment si l'on se limitait aux femmes rencontrées pendant les vacances loin de sa paroisse. Mais une liaison sérieuse et suivie ne manquait jamais d'être découverte.

A certains moments, seul l'agenouillement sur les dalles de marbre froid de la chapelle, prosternation prolongée jusqu'à ce qu'il fût engourdi par la douleur physique, l'empêchait de prendre le prochain train pour Gilly et se précipiter à Drogheda. Il se disait qu'il était simplement victime de la solitude, qu'il lui manquait l'affection humaine qui l'avait entouré à Drogheda. Il se répétait que rien n'avait changé quand il avait cédé à une faiblesse passagère en rendant son baiser à Meggie; que son amour pour elle tenait encore de l'imaginaire, qu'il n'était pas passé dans un monde différent possédant la plénitude troublante, déroutante que ne comportaient pas ses premiers rêves. Car il ne pouvait admettre que quoi que ce soit eût changé, et il gardait à l'esprit l'image de Meggie petite fille, s'interdisant toute autre vision qui pût démentir cette représentation.

Il s'était trompé. La peine ne s'estompa pas. Elle paraissait s'amplifier, devenir plus froide, hideuse. Auparavant, sa solitude demeurait abstraite et il eût été incapable d'imaginer qu'elle pût être comblée par un autre être humain. Mais à présent, la solitude avait un nom : Meggie. Meggie, Meggie, Meggie...

En émergeant de sa rêverie, il s'aperçut que l'archevêque di Contini-Verchese le considérait d'un regard fixe, et les grands yeux sombres semblaient infiniment plus perspicaces que les prunelles vives de Cluny Dark. Beaucoup trop intelligent pour prétendre par son expression que rien ne causait son humeur assombrie, le père Ralph rendit à son maître en puissance un regard aussi pénétrant que celui dont il était l'objet, puis il esquissa un sourire et haussa les épaules; il semblait dire : tout homme abrite la tristesse et ce n'est pas pécher que de se rappeler un chagrin.

– Dites-moi, mon fils, la chute brutale enregistrée dans le domaine économique n'a-t-elle pas affecté les affaires dont vous êtes chargé ? s'enquit le prélat italien d'une voix suave.

– Jusqu'ici, nous n'avons aucune inquiétude à avoir, monseigneur. La Michar Limited n'est guère sujette aux fluctuations du marché. Je suppose que les investissements moins judicieux que ceux de feue Mme Carson en souffrent davantage. Évidemment, le domaine de Drogheda n'enregistrera pas les mêmes bénéfices; le prix de la laine tombe. Mais Mme Carson était trop avisée pour placer ses fonds exclusivement dans l'élevage; elle lui préférait la solidité du métal. Pourtant, à mon avis, l'époque est particulièrement propice à des achats immobiliers, pas seulement de propriétés à la campagne, mais aussi de maisons et immeubles dans les principales grandes villes. Les prix sont ridiculement bas et ils remonteront obligatoirement. Je ne vois pas comment nous pourrions perdre dans des placements immobiliers au cours des années à venir si nous nous portons acquéreurs actuellement. La crise se terminera bien un jour.

– Évidemment, approuva le légat du pape.

Ainsi, non seulement le père de Bricassart était un diplomate-né, mais il se révélait aussi un homme d'affaires avisé ! Vraiment, Rome ne pouvait faire mieux que se l'attacher.

CHAPITRE 9

1930 était là, et Drogheda connaissait les effets de la crise. Le chômage sévissait dans toute l'Australie. Ceux qui en avaient la possibilité cessèrent de payer leur loyer et de s'acccrocher à ce qui avait été leur vie en continuant à chercher du travail puisqu'il n'y en avait pas. Abandonnés à leurs seules ressources, épouses et enfants campaient sur les terrains municipaux et faisaient la queue pour percevoir des allocations de secours; pères et maris avaient pris la route. L'homme déposait ses maigres biens dans une couverture, en attachait les quatre coins avec une courroie et jetait son balluchon sur l'épaule pour partir à l'aventure, espérant au moins manger à sa faim dans les domaines qu'il traverserait. Mieux valait s'enfoncer dans l'intérieur du pays que dormir sur les trottoirs de Sydney.

Les prix des vivres étaient bas, et Paddy entassait des provisions dans les dépendances de Drogheda qui bientôt en regorgèrent. Tout homme se présentant au domaine pouvait être assuré de repartir ventre et musette remplis. Assez curieusement, les vagabonds qui défilaient se renouvelaient constamment; une fois l'estomac calé par un repas chaud et chargé de provisions pour la route, ils reprenaient leur errance à la recherche de Dieu sait quoi, ne cherchant pas à rester sur place. Tous les domaines ne se montraient certes pas aussi hospitaliers et généreux que Drogheda, ce qui rendait encore plus inexplicable le besoin de partir de ces infortunés. Peut-être la lassitude et l'absence de but de ces hommes sans feu ni lieu les poussaient-elles à continuer leur course. La plupart parvenaient à survivre, certains mouraient et, si leurs corps étaient découverts, on les enterrait sur place avant que les corbeaux et les cochons sauvages ne se repaissent de leur cadavre. Les régions de l'intérieur étaient immenses et solitaires.

Dans ces circonstances, Stuart reprit ses fonctions à la maison et le fusil n'était jamais très éloigné de la porte de la cuisine. Les bons éleveurs se recrutaient aisément et Paddy disposait de neuf célibataires, enregistrés sur ses livres, qui logeaient dans le vieux bâtiment abritant depuis toujours les hommes seuls; ainsi la présence de Stuart n'était pas indispensable dans les enclos. Fee cessa de laisser traîner de l'argent un peu partout dans la maison et Stuart fabriqua une armoire destinée à dissimuler le coffre derrière l'autel de la chapelle. Parmi ces errants, rares étaient ceux qui nourrissaient de mauvaises intentions. Les malandrins préféraient rester dans les grandes villes car la vie sur la piste se révélait trop ascétique, trop solitaire et n'offrait que bien peu d'occasions de perpétrer un mauvais coup. Pourtant, personne ne blâmait Paddy de ne pas vouloir faire courir de risques aux femmes de sa maison; la réputation du domaine de Drogheda s'étendait très loin et pouvait attirer des indésirables.

Cet hiver-là amena des orages violents, certains secs, d'autres humides, et durant le printemps et l'été suivants il tomba tant de pluie que l'herbe de Drogheda devint plus drue et plus haute que jamais. Jims et Patsy peinaient sur leurs cours par correspondance; installés devant la table de cuisine de Mme Smith, ils bavardaient interminablement sur ce que serait leur vie quand il serait temps d'aller à Riverview, le pensionnat de Sydney. Mais Mme Smith se montrait si désagréable et acariâtre quand elle surprenait ce genre de conversation qu'ils cessèrent de parler de leur départ quand elle se trouvait à proximité.

Le temps sec revint; l'herbe qui montait jusqu'aux cuisses se dessécha totalement et grilla au point de se transformer en tiges argentées, craquantes. Endurcis par dix ans passés sur les plaines de terre noire, par les hauts et les bas, les intempéries allant de la sécheresse aux inondations, les hommes haussaient les épaules et occupaient chaque journée comme si celle-ci était la seule qui comptât. Ils voyaient juste; ce qui importait essentiellement était de survivre pendant le laps de temps qui séparait une bonne année de la prochaine, quelle qu'elle pût être. Personne ne pouvait prévoir la pluie. Un habitant de Brisbane, nommé Inigo Jones, se révélait capable de prévisions météorologiques à long terme relativement exactes; il se fondait sur une nouvelle conception relative à l'activité des taches solaires, mais sur les plaines de terre noire on n'ajoutait guère foi à ses dires. Que Sydney et Melbourne s'engouent de ses prédictions; les habitants des terres noires s'en tiendraient uniquement à celles que leur dictaient leurs vieux os.

Au cours de l'hiver 1932, les orages secs se manifestèrent de nouveau, accompagnés d'un froid vif, mais l'herbe encore luxuriante empêchait la poussière de se soulever et les mouches semblaient moins nombreuses qu'à l'accoutumée. Piètre consolation pour les moutons fraîchement tondus qui frissonnaient lamentablement. Mme Dominic O'Rourke, qui habitait une maison en bois sans grand caractère, aimait recevoir des amis de Sydney; l'une des attractions qu'elle offrait à ses hôtes était la visite de Drogheda afin de leur prouver que, même sur les plaines de terre noire, on pouvait vivre dans le luxe et le confort. A l'une de ces occasions, la conversation roula interminablement sur ces moutons maigres, ayant tout du rat mouillé, devant affronter l'hiver sans être protégés par leur toison de douze ou quinze centimètres d'épaisseur qui aurait repoussé au moment de la pleine chaleur de l'été. Mais, ainsi que Paddy le fit remarquer à l'un de ses visiteurs, la laine n'en était que meilleure. Seule la laine comptait, pas les moutons. Peu après qu'il eut fait cette déclaration, une lettre ouverte parut dans le *Sydney Morning Herald* exigeant des parlementaires une prompte législation pour mettre fin à ce que l'auteur appelait « la cruauté des éleveurs ». La pauvre Mme O'Rourke fut horrifiée, mais Paddy se contenta de rire à gorge déployée.

– Encore heureux que cet idiot n'ait pas vu un tondeur déchirer le ventre d'un mouton et le recoudre à l'aide d'une aiguille servant d'ordinaire pour les balles de laine, commenta-t-il dans l'espoir de réconforter Mme O'Rourke, affreusement gênée. Il n'y a vraiment pas de quoi être bouleversée, madame Dominic. Les citadins n'ont pas la moindre idée de la façon dont vivent les campagnards, et ils peuvent se permettre le luxe de s'apitoyer sur leurs animaux comme s'il s'agissait de leurs gosses. Ici, il en va différemment. Ici, vous ne verrez jamais homme, femme ou enfant ayant besoin d'assistance sans qu'on leur vienne en aide; pourtant, en ville, ces mêmes personnes qui chouchoutent leurs animaux de compagnie ignorent totalement l'appel au secours d'un autre être humain.

– Il a raison, chère amie, approuva Fee en levant les yeux. Nous éprouvons tous du mépris pour ce qui est trop abondant. Ici, ce sont les moutons; en ville, ce sont les humains.

Paddy visitait un lointain enclos par cette journée d'août quand éclata un violent orage. Il mit pied à terre, attacha soigneusement sa monture à un arbre, et s'assit sous un wilga en attendant une éclaircie. Frissonnant de peur, ses cinq chiens se blottirent les uns contre les autres non loin de lui tandis que les moutons, qu'il avait l'intention de transférer dans un autre enclos, se dispersaient en petits groupes bondissants. Et c'était un terrible orage qui contint le paroxysme de sa fureur jusqu'à ce que le centre de la tornade se trouvât directement au-dessus de Paddy. Celui-ci se boucha les oreilles, ferma les yeux et pria.

Non loin de l'endroit où il était assis à l'abri des branches basses du wilga se trouvait un amas de bois mort entouré d'herbe haute. Au centre de ce tas, squelettique, se dressait un grand eucalyptus dont le tronc dénudé s'élevait à douze mètres, braqué sur les nuages d'un noir d'encre qui·tourbillonnaient, limaient sa cime, le transformant en une pointe aiguë, acérée.

L'épanouissement d'un feu bleu, si vif qu'il lui lacéra les yeux malgré la protection de ses paupières closes, déclencha un réflexe chez Paddy qui bondit; il fut immédiatement jeté à terre comme un pantin sous le souffle d'une gigantesque explosion. La tête enfouie dans la poussière, il osa un regard et surprit l'ultime et spectaculaire bouquet de l'éclair qui dispersait des halos miroitants de bleu et de pourpre aveuglants le long de la lance morte que formait l'eucalyptus; puis, si vite qu'il eut à peine le temps de comprendre ce qui se produisait, tout prit feu. La dernière goutte d'humidité s'était depuis longtemps évaporée du tas de bois mort et l'herbe alentour était longue, sèche comme du papier. Tel un défi adressé par la terre au ciel, l'arbre géant exhala une colonne de flammes dépassant de très loin sa cime, les branches mortes et les souches s'enflammèrent au même instant et des langues de feu jaillirent du centre, tournoyant sous le vent en cercles concentriques de plus en plus larges. Paddy n'avait même pas eu le temps de détacher son cheval.

Le wilga desséché prit feu et la résine qu'il recelait fit exploser son tronc. Partout où Paddy portait les yeux se dressaient des murs de flammes; les arbres se transformaient en un ardent brasier et l'herbe sous ses pieds s'embrasait en rugissant. Il entendit son cheval hennir et en eut le cœur déchiré; il ne pouvait laisser mourir la pauvre bête, attachée, impuissante. Un chien hurla, et son hurlement se transforma en un cri d'agonie presque humain. Un instant, l'animal jaillit, sembla danser, torche vivante, puis s'écroula dans l'herbe que dévorait le feu. D'autres hurlements s'élevèrent quand les autres chiens qui tentaient de fuir se virent cernés par les flammes qui se propageaient plus vite sous le vent furieux que toute créature dotée de pieds ou d'ailes. Une étoile filante s'accrocha à ses cheveux et les roussit tandis que, debout, il s'interrogeait pendant une fraction de seconde sur la meilleure façon d'aller délivrer son cheval; il baissa les yeux et vit un grand cacatoès qui rôtissait à ses pieds.

Soudain, Paddy comprit que c'était la fin. Aucune issue pour échapper à cet enfer, pas plus pour lui que pour son cheval. Au moment où cette pensée le traversait, un arbre desséché, tout proche de lui, jeta des flammes dans toutes les directions, sa sève résineuse explosait. La peau du bras de Paddy se plissa, noircit; la flamboyance de ses cheveux s'atténua enfin sous un flamboiement encore plus vif. Une telle mort défie toute description car le feu se fraye un chemin de l'extérieur vers l'intérieur. Les organes qui résistent le plus longtemps avant que la combustion leur interdise tout fonctionnement sont le cerveau et le cœur. Les vêtements en feu, Paddy se débattait en hurlant au cœur de l'holocauste. Et chaque cri atroce portait un nom, celui de sa femme.

Tous les autres hommes parvinrent à rentrer à Drogheda avant que la tempête n'éclatât; ils abandonnèrent leurs chevaux dans la cour et se précipitèrent soit vers la grande maison, soit vers le bâtiment affecté aux ouvriers célibataires. Dans le salon de Fee, brillamment illuminé, où flambait un feu de bois dans la cheminée blanche et rose, les garçons prêtaient l'oreille aux mugissements du vent, sans toutefois tenter de sortir comme dans les premiers temps pour observer le déchaînement de l'orage. La merveilleuse odeur âcre que dégageait l'eucalyptus en brûlant dans l'âtre et l'amoncellement de sandwichs et de gâteaux posés sur la table roulante du thé de l'après-midi les retenaient, englués de douceur. Personne ne s'attendait à ce que Paddy réussît à rentrer.

Vers quatre heures, les nuages s'éloignèrent vers l'est et, inconsciemment, chacun respira mieux; il était impossible de se détendre pendant un orage sec, même en sachant que chaque maison de Drogheda était équipée d'un paratonnerre. Jack et Bob se levèrent et prétendirent qu'ils sortaient pour prendre l'air mais, en réalité, ils tenaient à exhaler leurs dernières craintes.

– Regarde ! dit Bob en pointant un doigt vers l'ouest.

Loin au-dessus des arbres qui entouraient l'enclos central pesait une énorme chape de fumée jaunâtre qui semblait s'élargir de seconde en seconde; ses bords déchiquetés s'étiraient comme des banderoles flottant au vent.

– Grand Dieu ! s'écria Jack en se précipitant vers le téléphone.

– Le feu ! Le feu ! hurla-t-il dans le récepteur tandis que les autres, une seconde médusés, se précipitaient vers l'extérieur. Un incendie à Drogheda... énorme !

Puis, il raccrocha; il n'avait pas besoin d'en dire plus au standard de Gilly et à ceux qui, branchés sur la ligne, décrochaient à la première sonnerie. Bien qu'aucun incendie ne se fût déclaré dans la région depuis l'arrivée des Cleary, chacun connaissait les mesures à prendre.

Les garçons se ruèrent vers leurs chevaux, les ouvriers jaillirent hors des bâtiments, tandis que Mme Smith ouvrait l'une des réserves et distribuait des dizaines de sacs de toile. La fumée s'élevait dans l'ouest et le vent soufflait de cette direction, l'incendie menaçait le cœur du domaine. Fee ôta sa longue jupe et enfila l'un des pantalons de Paddy, puis elle courut rejoindre Meggie aux écuries; toute personne capable de tenir un sac de toile serait utile.

Dans les cuisines, Mme Smith tisonna le feu et les servantes se mirent en devoir de décrocher les immenses marmites qui pendaient du plafond.

– Heureusement que nous avons tué un taurillon hier, remarqua la gouvernante. Minnie, voilà la clef de la cave. Cat t'accompagnera et vous apporterez toutes deux les réserves de bière et de rhum dont nous disposons. Ensuite, vous mettrez le pain sous la cendre pendant que je m'occuperai du ragoût. Dépêchez-vous, dépêchez-vous !

Enervés par l'orage, les chevaux sentaient la fumée et se laissaient difficilement seller; Fee et Meggie firent reculer les deux pur-sang piaffants et rétifs pour les amener dans la cour où elles pourraient mieux les maîtriser. Pendant que Meggie se débattait avec l'alezane, deux chemineaux débouchèrent en courant, venant de la route de Gilly.

– Le feu, m'dames, le feu ! Donnez-nous des chevaux, quelques sacs et on y va !

– Par là, un peu plus loin dans la cour, dit Meggie. Grand Dieu, j'espère que personne ne s'est trouvé pris dans ce brasier.

Les deux hommes saisirent les sacs de toile que leur tendait Mme Smith. Bob et les ouvriers étaient partis depuis cinq minutes. Les deux nouveaux venus les suivirent et, finalement en selle, Fee et Meggie partirent au galop le long du ruisseau, le traversèrent et se dirigèrent vers le rideau de fumée.

Derrière elles, Tom, le jardinier, acheva de remplir le camion-citerne à la pompe de la Tête du Forage et lança le moteur. Dans le cas présent, cet apport d'eau était dérisoire pour tenter de maîtriser l'incendie, mais on en aurait besoin pour conserver les sacs mouillés et asperger ceux qui les utilisaient. Tandis qu'il passait en première pour gravir la berge du ruisseau, Tom regarda derrière lui un instant, vers la maison du régisseur et les deux autres bâtiments vides, un peu plus loin. Là était le point faible du domaine, l'unique endroit où des matériaux inflammables étaient suffisamment proches des arbres bordant le ruisseau pour risquer de brûler. Le vieux Tom regarda vers l'ouest, secoua la tête sous le coup d'une décision soudaine, et parvint à traverser le petit cours d'eau et à en gravir l'autre berge en marche arrière. Les hommes ne parviendraient jamais à circonscrire l'incendie aux enclos; ils reviendraient. En haut de la gorge, juste à côté de la maison du régisseur, il brancha le tuyau à la citerne et commença à asperger le bâtiment, puis il agit de même pour les deux autres maisonnettes. C'était là ce qu'il pouvait faire de mieux; saturer les trois bâtisses d'eau pour qu'elles ne s'enflamment pas.

Tandis que Meggie galopait à côté de Fee, le nuage menaçant dans l'ouest s'enfla encore, et l'odeur de brûlé apportée par le vent devint de plus en plus âcre. L'obscurité gagnait; les animaux qui fuyaient vers l'est traversaient les enclos en troupeaux de plus en plus serrés, kangourous et sangliers, moutons et bêtes à cornes affolés, émeus et koalas, lapins par milliers. Bob a laissé les barrières ouvertes, remarqua Meggie en galopant de la Tête de Forage à Billa-Billa; tous les enclos de Drogheda portaient un nom. Mais la bêtise des moutons était telle qu'ils se heurtaient à une clôture et s'immobilisaient à un mètre d'un portail ouvert sans voir le passage.

Quand les hommes l'atteignirent, l'incendie avait gagné de quinze kilomètres et s'étendait aussi latéralement sur un front qui s'élargissait de seconde en seconde. Pendant que la longue herbe sèche et le vent violent propageaient le feu de bouquet d'arbres en bouquet d'arbres, ils se figeaient sur leurs montures apeurées et rétives, et regardaient vers l'ouest, impuissants. Inutile de tenter de circonscrire un tel brasier à cet endroit; une armée n'y parviendrait pas; il leur fallait retourner vers les bâtiments et mettre tout en œuvre pour protéger ce qui pouvait l'être. Déjà, le front avançait sur une largeur de sept kilomètres; s'ils ne fouaillaient pas leurs chevaux fatigués, eux aussi seraient pris. Dommage pour les moutons, dommage. Mais on n'y pouvait rien.

Le vieux Tom continuait à asperger les maisons près du ruisseau quand les cavaliers débouchèrent après avoir traversé le mince filet d'eau qui recouvrait le passage à gué.

– Bon boulot, Tom ! lui cria Bob. Continuez jusqu'à ce qu'il fasse trop chaud pour rester sur place mais surtout partez à temps. C'est compris ? Pas d'héroïsme inutile; votre vie a plus d'importance que quelques morceaux de bois et de verre.

Des voitures se pressaient aux abords de la maison et d'autres phares brillaient en cahotant sur la route de Gilly; un important groupe d'hommes attendait au moment où Bob entra dans la cour.

– Comment ça se présente, Bob ? s'enquit Martin King.

– Je crois que l'incendie est trop important pour être combattu, répondit Bob dont la voix laissait percer le désespoir. Il avance sur un front de sept kilomètres de large et, avec ce vent, il gagne pratiquement aussi vite qu'un cheval au galop. Je ne sais pas si nous pourrons sauver le domaine, mais je crois que Horry devrait se préparer à défendre sa propriété qui ne va pas tarder à être menacée, parce que je ne vois pas ce que nous pourrions faire pour arrêter la progression du feu.

– Voilà bien longtemps que nous n'avons pas eu de grands incendies; le dernier remonte à 1919. Je vais rassembler des hommes pour aller à Beel-Beel, mais nous sommes déjà nombreux et d'autres arrivent à la rescousse. Gilly peut réunir près de cinq cents personnes pour combattre le feu. Quelques-uns d'entre nous vont rester ici pour vous aider. Grâce au ciel, mon domaine est à l'ouest de Drogheda, c'est tout ce que je peux dire.

– Vous êtes vraiment rassurant, Martin, grommela Bob en souriant.

– Où est votre père ? s'enquit Martin King en jetant un regard alentour.

– A l'ouest de l'incendie, comme Bugela. Il est parti à Wilga rassembler quelques brebis pour l'agnelage, et Wilga est au moins à huit kilomètres de l'endroit où le feu s'est déclaré.

– Vous ne craignez pas que d'autres hommes aient été pris par l'incendie ?

– Non, grâce au ciel.

En un sens, c'est comme si on menait une guerre, pensa Meggie en entrant dans la maison: contrôler les mouvements, assurer le ravitaillement, conserver courage et force. Et la menace d'un désastre imminent. Tandis que d'autres hommes arrivaient pour se joindre à ceux qui se trouvaient déjà dans l'enclos central, et se mettaient à l'œuvre pour abattre les quelques arbres trop proches de la berge du ruisseau et dégager le périmètre des herbes trop hautes, Meggie se rappela qu'à son arrivée à Drogheda elle avait pensé que l'endroit serait infiniment plus beau s'il était partout planté d'arbres au lieu d'être nu et triste. Maintenant, elle en comprenait la raison. L'enclos central n'était autre qu'un gigantesque coupe-feu circulaire.

Chacun évoquait les incendies que Gilly avait connus au cours de ses soixante-dix ans d'existence. Assez curieusement, le feu n'avait jamais représenté une grande menace pendant une période de sécheresse prolongée parce qu'il n'y avait pas suffisamment d'herbe pour permettre à un incendie de se propager. C'était à des époques telles que celle-ci, un an ou deux après de fortes pluies ayant facilité la croissance et la luxuriance de l'herbe, que Gilly devait faire front à d'importants incendies qui parfois, ravageaient tout sur des centaines de kilomètres.

Martin King avait pris le commandement des trois cents hommes qui restaient sur place pour défendre Drogheda. Il était le plus ancien éleveur de la région et combattait des incendies depuis cinquante ans.

– J'ai soixante mille hectares à Bugela, dit-il, et, en 1905, j'ai perdu la totalité des moutons et des arbres de la propriété. Il m'a fallu quinze ans pour m'en remettre et, pendant un temps, j'ai bien cru que je n'y parviendrais jamais, parce que la laine ne valait pas lourd à l'époque et le bœuf non plus.

Le vent continuait à hurler, l'odeur de brûlé envahissait tout. Il faisait nuit mais, dans l'ouest, le ciel était illuminé d'une brillance infernale et la fumée qui retombait commençait à les faire tousser. Un peu plus tard, ils aperçurent les premières flammes, de grandes langues qui sautaient et se tordaient à une trentaine de mètres derrière le rideau de fumée, et un rugissement emplit leurs oreilles, comparable à celui qui monte d'une foule surexcitée assistant à un match de football. La partie ouest du rideau d'arbres entourant l'enclos central s'enflamma et se mua en un mur compact, incandescent; Meggie pétrifiée, regardait de tous ses yeux depuis la véranda de la grande maison et elle distingua les minuscules silhouettes des hommes qui se profilaient sur la ligne de feu, bondissants, gesticulants.

– Meggie, viens donc m'aider à empiler les assiettes sur le buffet, lança la voix de Fee. Tu sais, ça n'a rien d'une partie de plaisir.

À contrecœur, elle se retourna et entra.

Deux heures plus tard, le premier groupe d'hommes épuisés se manifesta; ils entrèrent en chancelant pour se restaurer et boire, reprendre des forces et retourner au combat. C'était pour remplir cette mission que les femmes du domaine s'étaient démenées: s'assurer qu'il y aurait abondance de ragoût, de pain, de thé, de rhum et de bière pour chacun de ces trois cents hommes. Lors d'un incendie, chacun effectuait la tâche qui lui convenait le mieux, ce qui impliquait que les femmes se chargent de la cuisine pour maintenir la force des hommes, plus aptes aux efforts physiques. Les caisses d'alcool se vidaient, les unes après les autres; noirs de suie, titubant de fatigue, les hommes avalaient de grandes rasades de bière, engouffraient d'énormes morceaux de pain et des assiettées de ragoût; après un dernier verre de rhum, ils repartaient combattre l'incendie.

Entre deux voyages aux cuisines, Meggie observait le feu, saisie par une sorte de respect auquel se mêlaient crainte et terreur. Le sinistre recelait une beauté surpassant toute merveille terrestre, car elle appartenait aux cieux, aux soleils si lointains que leur lumière n'arrivait plus que froide, à Dieu et au diable. Le front s'était étendu vers l'est et les encerclait totalement, et Meggie distinguait des détails que la ligne de feu imprécise ne lui avait pas permis de voir jusqu'alors. Maintenant s'élevaient du noir et de l'orange et du rouge et du blanc et du jaune. Un grand arbre se profilait en noir, cerclé d'une croûte orangée qui bouillonnait et scintillait; des braises rouges flottaient et pirouettaient comme des fantômes espiègles; des pulsations jaunes s'exhalaient du cœur des arbres consumés; une pluie d'étincelles cramoisies, tourbillonnantes, se déversa sous l'explosion d'un eucalyptus; des flammes oranges et blanches léchèrent quelque chose qui avait résisté jusque-là et qui, finalement, laissait échapper sa substance vaincue par le feu. Oh, oui ! Un spectacle grandiose dans la nuit, elle en garderait le souvenir toute sa vie.

Un brutal renforcement du vent incita les femmes à grimper sur le toit de la véranda en s'aidant des troncs tourmentés de la glycine car tous les hommes s'affairaient dans l'enclos central. Armées de sacs mouillés, mains et genoux roussis en dépit de la toile humide qui les protégeait, elles étouffaient les braises sur le toit, rejetaient des particules enflammées, terrifiées à l'idée que la tôle pût céder sous l'effet de la chaleur. Mais le gros de l'incendie s'était déplacé et sévissait à quinze kilomètres dans l'est, à Beel-Beel.

Le centre vital de Drogheda se trouvait à cinq kilomètres seulement de la limite est du domaine, la plus proche de Gilly. Beel-Beel jouxtait la propriété et, plus loin dans l'est se trouvait Narrengang. Quand le vent passa de soixante à quatre-vingts kilomètres à l'heure, toute la région comprit que rien, sinon la pluie, ne pouvait éviter que le feu continuât pendant des semaines, transformant en désert des centaines de kilomètres carrés de bonne terre.

Tout au long des pires moments de l'incendie, les maisons proches du ruisseau avaient tenu, grâce à Tom qui, comme un possédé, remplissait son camion-citerne, aspergeait les murs, repartait se ravitailler et recommençait. Mais, dès que le vent se renforça, Tom dut battre en retraite, en larmes. Les maisons ne pouvaient plus être sauvées.

– Tu ferais mieux de t'agenouiller et de remercier Dieu que la vitesse du vent n'ait pas augmenté quand le front de l'incendie se trouvait à l'ouest par rapport à nous, commenta Martin King. Sinon, tous les bâtiments auraient flambé et nous avec. Seigneur, j'espère qu'ils s'en sortiront à Beel-Beel.

Fee lui tendit un grand verre de rhum; il n'était plus un jeune homme, mais il avait combattu aussi longtemps qu'il le fallait et dirigé les opérations de main de maître.

– C'est bête, dit-elle, mais quand j'ai cru que tout était perdu, les idées les plus saugrenues me sont venues à l'esprit. Je ne pensais pas à la mort, ni aux enfants, ou à cette magnifique maison en ruines. J'étais incapable de penser à autre chose qu'à ma corbeille à couture, au tricot que j'ai en train, à la boîte de boutons dépareillés que je mets de côté depuis des années, au moule à gâteaux en forme de cœur que Frank m'a forgé il y a bien longtemps. Comment aurais-je pu survivre sans ces objets ? Toutes ces petites choses qui ne peuvent être remplacées ou achetées dans une boutique.

– Ce sont les pensées qui viennent à la plupart des femmes, admit Martin King. Bizarre, hein, la façon dont le cerveau réagit. Je me souviens qu'en 1905 ma femme s'est précipitée dans la maison pendant que je m'époumonais comme un fou, simplement pour sauver son ouvrage du moment, une broderie sur son tambour. (Il sourit.) Une fois la nouvelle maison terminée, elle n'a eu de cesse d'achever sa broderie, un de ces vieux ouvrages à la gloire du foyer... « Home, sweet home », si vous voyez ce que je veux dire. (Il posa le verre vide, secoua la tête à l'idée du bizarre comportement féminin.) Il faut que je m'en aille. Gareth Davies va avoir besoin de nous à Narrengang; et, à moins que je ne me trompe, Angus ne va pas tarder à se trouver dans la même situation à Rudna Hunish.

Fee blêmit.

– Oh, Martin ! Le feu s'est propagé si loin ?

– Nous venons de l'apprendre, Fee. Booroo et Bourke sont menacés.

Trois jours durant, le feu continua à s'étendre vers l'est sur un front qui s'élargissait constamment, puis survint une grosse pluie qui tomba à seaux pendant près de quatre jours et éteignit les derniers brasiers. Mais l'incendie s'était propagé sur cent soixante kilomètres, laissant derrière lui un sillage calciné et noirci de trente kilomètres de large, partant du centre des terres de Drogheda et allant jusqu'à la limite de la dernière propriété du district de Gillanbone, Rudna Hunish.

Jusqu'à la pluie, personne ne s'attendait à avoir des nouvelles de Paddy car tous le croyaient à l'abri, de l'autre côté de la zone de feu, coupé de chez lui par la chaleur que dégageaient le sol et les arbres continuant à se consumer. Si le feu n'avait pas endommagé la ligne téléphonique, ils auraient pu attendre un appel de Martin King parce qu'il était logique que Paddy eût foncé vers l'ouest et trouvé asile à Bugela. Mais au bout de six heures de pluie, toujours sans nouvelles, ils commencèrent à s'inquiéter. Pendant près de quatre jours, ils s'étaient répété continuellement qu'il n'y avait pas lieu de se tourmenter, que Paddy ne pouvait les joindre et qu'il avait sans doute décidé d'attendre jusqu'à ce qu'il pût rentrer à Drogheda plutôt que de se rendre chez Martin King.

– Il devrait être rentré maintenant, dit Bob qui, depuis un moment, arpentait le salon sous l'œil inquiet des autres.

Une ironie du sort avait voulu que la pluie apportât une soudaine fraîcheur et, de nouveau, un bon feu brûlait dans la cheminée.

– Qu'est-ce que tu proposes, Bob ? s'enquit Jack.

– Je crois qu'il est grand temps que nous partions à sa recherche. Il peut être blessé, ou à pied, avec la perspective d'un long chemin à parcourir pour rentrer. Son cheval a pu être pris de panique et l'avoir désarçonné. Il est peut-être étendu quelque part, incapable de marcher. Il avait des provisions pour une journée ou deux, mais sûrement pas pour quatre jours; pourtant, il n'y a pas lieu de croire qu'il puisse souffrir de la faim. Et pour le moment, il est inutile d'alerter tout le monde et je ne vais pas faire appel aux hommes de Narrengang; mais si nous ne l'avons pas trouvé avant la tombée de la nuit, je me rendrai chez Dominic et, dès demain, tous les habitants de la région seront à sa recherche. Dieu, si seulement les lignes téléphoniques pouvaient être rétablies !

Fee tremblait, les yeux fiévreux, à l'égal d'une bête traquée.

– Je vais passer un pantalon, dit-elle. Je ne peux pas rester là à attendre.

– M'man, reste à la maison ! supplia Bob.

– S'il est blessé, il peut se trouver n'importe où, Bob; rien ne nous dit qu'il n'est pas gravement atteint. Tu as envoyé les ouvriers à Narrengang, nous ne sommes donc pas nombreux pour partir à sa recherche. J'accompagnerai Meggie et, à toutes les deux, nous serons suffisamment fortes pour parer à toute éventualité; mais si elle s'en va seule, elle mobilisera l'un de vous, d'où une perte d'effectifs.

Bob céda:

– Bon, d'accord. Tu pourras monter le hongre de Meggie; tu l'as pris au début de l'incendie. Que chacun emporte un fusil et des cartouches en suffisance.

A cheval, ils traversèrent le ruisseau et entrèrent au cœur du paysage désolé. Pas trace de vert, de brun ou de quoi que ce soit, seulement une vaste étendue de terre calcinée, noire et spongieuse qui, assez incroyablement, continuait à fumer. Chaque feuille du moindre arbrisseau s'était transformée en un lambeau desséché recroquevillé sur lui-même, et là où il y avait eu de l'herbe, ils distinguaient çà et là de petites masses noires, ce qui restait des moutons pris par le feu et, de temps à autre, un tas plus volumineux, un bœuf ou un sanglier. Les larmes se mêlaient à la pluie le long de leurs joues.

Bob et Meggie ouvraient la marche, Jack et Hughie avançaient en deuxième position, Fee et Stuart à l'arrière. Pour ces deux derniers, la progression s'effectuait avec aisance; ils tiraient un réconfort de leur proximité, ne parlaient pas, chacun satisfait de la présence de l'autre. Parfois, les chevaux renâclaient à la vue d'une nouvelle horreur, mais celle-ce ne paraissait pas affecter les deux derniers cavaliers. La boue rendait leur avance lente et difficile, mais l'herbe calcinée, tassée, formait une sorte de tapis de corde où les sabots des chevaux trouvaient une prise. Chaque fois qu'ils avaient parcouru quelques mètres, ils s'attendaient à voir Paddy apparaître à l'horizon, mais le temps passait et il ne se manifestait pas.

Le cœur serré, ils s'aperçurent que l'incendie s'était amorcé beaucoup plus loin qu'ils ne l'avaient cru tout d'abord, dans l'enclos Wilga. Les nuées d'orage avaient probablement dissimulé la fumée jusqu'à ce que le feu se fût propagé sur une distance assez considérable. La délimitation les abasourdit. D'un côté, une ligne nettement marquée constituée d'une sorte de goudron noir et luisant, de l'autre s'étendait la terre qu'ils avaient toujours connue, fauve et bleuâtre, triste sous la pluie, mais vivante. Bob arrêta sa monture et revint pour faire part aux autres de ses impressions.

— C'est ici que nous allons commencer les recherches. Je vais partir vers l'ouest; c'est la direction la plus vraisemblable et je suis le mieux armé pour faire face à toute éventualité. Chacun dispose de suffisamment de munitions ? Parfait. Si vous découvrez quoi que ce soit, tirez trois coups de feu en l'air, et ceux qui entendront les détonations devront chacun répondre par un unique coup de feu, puis attendre. Celui qui aura tiré à trois reprises recommencera cinq minutes plus tard et continuera à la même cadence; ceux qui entendront les détonations tireront une fois pour lui répondre.

« Jack, tu partiras vers le sud, le long de la ligne de feu. Hughie, tu t'enfonceras dans le sud-ouest, tandis que je prendrai la direction de l'ouest. M'man et Meggie, allez vers le nord-ouest. Stu, tu suivras la bordure de l'incendie, plein nord. Et, je vous en supplie, que chacun avance lentement. La pluie empêche une bonne visibilité et il y a des amoncellements d'arbres brûlés à certains endroits. Appelez fréquemment; il peut ne pas vous voir mais vous entendre, et ne tirez pas si vous découvrez quelque chose. Il n'a pas emporté de fusil et, s'il entendait un coup de feu alors qu'il se trouverait hors de portée de voix pour y répondre, ce serait pour lui une situation atroce.

« Bonne chance, et que Dieu nous vienne en aide. »

Tels des pèlerins à l'ultime croisée des chemin, ils se séparèrent, bientôt absorbés par la grisaille du rideau de pluie, s'éloignant de plus en plus les uns des autres, s'amenuisant jusqu'à ce que chacun eût disparu dans la direction qui lui avait été assignée.

Stuart avait parcouru moins d'un kilomètre lorsqu'il remarqua un bouquet d'arbres calcinés à proximité immédiate de la ligne de démarcation tracée par l'incendie. Il avisa un petit wilga, noir et crêpelé comme la tignasse d'un négrillon, à côté des restes d'un tronc élevé se dressant encore non loin de la lisière de feu. Il découvrit la dépouille du cheval de Paddy, étendue, fondue, amalgamée au tronc d'un grand gommier, et deux des chiens de son père, petites boules noires dont les quatre membres pointaient vers le ciel, aussi raides que des bâtons. Il mit pied à terre; ses bottes s'enfoncèrent jusqu'aux chevilles dans la boue pendant qu'il tirait son fusil de la gaine de sa selle. Ses lèvres remuaient sous de muettes prières tandis qu'il se frayait un chemin à travers les scories glissantes. Sans les restes du cheval et des chiens, il aurait pu espérer qu'il s'agissait d'un chemineau, d'un quelconque vagabond pris au piège, mais Paddy disposait d'un cheval et il était accompagné de cinq chiens, un pauvre hère ne prenait pas la piste sur une monture avec une escorte de plus d'un chien. L'endroit était trop profondément enclavé au cœur de Drogheda pour qu'il pût s'agir d'un toucheur de bœuf ou d'un éleveur venant de Bugela. Un peu plus loin, il découvrit les corps calcinés de trois autres chiens; cinq en tout, cinq chiens. Il savait qu'il n'en trouverait pas un sixième, et il ne se trompait pas.

Non loin du cheval, dissimulés par un tronc d'arbre, reposaient les restes d'un homme. Aucune erreur possible. Luisante et brillante sous la pluie, la forme noire gisait sur le dos et formait un grand arc, ne touchant terre qu'à l'emplacement des fesses et des épaules. Les bras rejetés loin du corps s'incurvaient au coude et s'élevaient en une supplique vers le ciel; les doigts dont la chair se détachait laissaient apparaître des os calcinés, crispés en une étreinte sur le vide. Les jambes aussi étaient écartées, mais fléchies à hauteur des genoux et ce qui avait été une tête regardait la nue de ses orbites vides.

Pendant un instant, le regard clair, pénétrant, de Stuart resta fixé sur son père, et il ne vit pas l'enveloppe consumée, mais l'homme tel qu'il avait été au cours de sa vie. Il pointa son fusil vers le ciel, fit feu, rechargea, fit feu une deuxième fois, rechargea encore et fit feu une troisième fois. Une détonation lui parvint, atténuée par la distance, puis une autre, encore plus lointaine et à peine audible. Ce fut alors qu'il comprit que le coup de feu le plus proche avait dû être tiré par sa mère ou par sa sœur. Elles étaient parties vers le nord-ouest, lui était au nord. Sans attendre que s'écoule l'intervalle prévu de cinq minutes, il glissa une nouvelle cartouche dans la culasse, braqua l'arme en direction du sud et appuya sur la détente. Pause pour recharger, deuxième coup de feu, recharge, et troisième coup de feu. Il reposa le fusil sur le sol et se redressa, face au sud, tête penchée, oreille aux aguets. Cette fois, la première réponse lui parvint, venant de l'ouest, celle de Bob; la deuxième de Jack ou Hughie, et la troisième de sa mère. Il laissa échapper un soupir de soulagement; il ne voulait pas que les femmes fussent les premières à le rejoindre.

Aussi ne vit-il pas le gros sanglier émerger des arbres, venant du nord; il le reconnut à l'odeur. Aussi grosse qu'une vache, la masse oscillait et frémissait sur les pattes courtes et puissantes tandis que la bête avançait, tête baissée, fouillant de son groin la terre noircie et humide. Les coups de feu l'avaient dérangé et le monstrueux sanglier souffrait. Les rares poils noirs de l'un de ses flancs avaient été brûlés laissant voir la peau à vif, rouge. Ce que Stuart avait senti alors qu'il regardait vers le sud n'était autre que les agréables effluves que dégage la peau de porc en train de griller avant que le rôti ne sorte du four enrobé d'une croûte craquante. Tiré du paisible chagrin qui semblait toujours l'accompagner, Stuart tourna la tête au moment où une pensée le traversait; il avait l'impression d'être déjà venu ici, que cet endroit noirci et détrempé était gravé dans son cerveau depuis le jour de sa naissance.

Il se baissa, tâtonna à la recherche du fusil, tout en se rappelant que l'arme n'était pas chargée. Le sanglier restait figé dans une immobilité totale, ses petits yeux rougis exprimant une douleur intense, ses grandes défenses jaunes, aiguës, décrivant un demi-cercle vers le haut. Le cheval de Stuart hennit; il sentait le fauve; la tête massive du cochon sauvage se tourna vers lui et s'abaissa dans l'intention de charger. Stuart comprit que sa seule chance résidait dans l'intérêt que le sanglier portait au cheval. Profitant de la diversion, il se pencha, saisit le fusil, en fit jouer la culasse tandis que sa main libre plongeait dans la poche de sa veste pour y prendre une cartouche. Alentour, la pluie tombait, étouffant tous les sons hormis son propre crépitement. Mais le sanglier entendit le bruit de la culasse ramenée en arrière et, changeant de direction à l'ultime seconde, abandonna le cheval pour foncer sur Stuart. La bête était presque sur lui lorsqu'il fit feu, l'atteignant en plein poitrail, mais sans ralentir sa course. Les défenses amorcèrent un mouvement latéral et lui labourèrent l'entre-jambe. Il s'écroula; le sang jaillit, se répandit sur ses vêtements, gicla sur le sol.

Le sanglier pivota, soudain entravé par la douleur que lui causait la balle, et tenta de revenir à la charge; mais il oscilla, chancela, s'effondra. La masse de six cents kilos s'abattit sur sa victime, lui enfouissant la tête dans la boue noire. Un instant, les mains griffèrent le sol de chaque côté du corps en un frénétique et inutile effort pour se libérer; c'était là ce qu'il avait toujours su, pourquoi il n'avait jamais espéré, rêvé ou tiré des plans, se contentant d'attendre en s'abreuvant si profondément au monde vivant que le temps lui manquait pour s'apitoyer sur le sort qui l'attendait. Il pensa : M'man, M'man ! Je ne peux pas rester avec toi, M'man ! à la seconde où son cœur éclatait dans sa poitrine.

– Je me demande pourquoi Stu n'a plus tiré, dit Meggie à sa mère.

Les deux femmes se dirigeaient vers l'endroit d'où étaient venues ces deux séries de détonations, sans être à même d'accélérer le pas dans la boue, le cœur serré par l'anxiété.

– Il a probablement pensé que nous l'avions tous entendu, rétorqua Fee.

Mais au plus profond de son être, elle se rappelait le visage de Stuart au moment où ils s'étaient séparés pour chercher dans différentes directions, la façon dont il lui avait étreint la main, dont il lui avait souri.

– Nous ne devons pas être si loin maintenant, reprit-elle en pressant sa monture qui glissa en s'essayant à un petit trot.

Mais Jack était déjà sur place ainsi que Bob, et ils empêchèrent les femmes d'approcher quand celles-ci franchirent la lisière de terre intacte en venant vers les lieux où l'incendie avait éclaté.

– Ne va pas plus loin, M'man ! dit Bob lorsqu'elle mit pied à terre.

Jack s'était précipité vers Meggie et il lui maintenait les bras.

Les deux paires d'yeux gris se détournèrent, moins sous l'effet de la stupeur ou de la crainte que sous l'impact de la certitude; elles savaient.

– Paddy ? demanda Fee dans un souffle.

– Oui. Et Stu.

Aucun de ses fils ne parvenait à la regarder.

– Stu ? Stu ! Comment Stu ? Oh, mon Dieu ! qu'est-ce qui lui est arrivé ? Pas tous les deux... non !

– Papa a été pris dans l'incendie. Il est mort. Stu a dû déranger un sanglier qui l'a chargé. Il l'a abattu, mais la bête s'est écroulée sur lui et l'a étouffé. Il est mort aussi, M'man.

Meggie hurla, se débattit, s'efforçant de se libérer de l'étreinte de Jack, mais Fee restait immobile entre les mains sales, sanglantes, de Bob, statue de pierre aux yeux vides.

– C'est trop, dit-elle enfin en tournant la tête vers Bob. (La pluie lui ruisselait sur le visage, dégoulinait le long de ses cheveux collés.) Laisse-moi. Il faut que je les voie, Bob. Je suis la femme de l'un et la mère de l'autre. Tu ne peux pas m'en empêcher. Tu n'as pas le droit.

Meggie s'était calmée et elle restait dans les bras de Jack, la tête enfouie contre son épaule. Quand Fee commença à avancer, soutenue par Bob, Meggie les regarda, mais sans esquisser le moindre mouvement pour les suivre. Hughie émergea du rideau de pluie qui estompait les êtres et les choses; d'un signe de tête, Jack lui désigna Bob et sa mère.

– Accompagne-les, Hughie, reste avec eux. Meggie et moi retournons à Drogheda pour chercher de quoi les ramener. (Il lâcha sa sœur et l'aida à se remettre en selle.) Viens, Meggie. Le jour tombe. Nous ne pouvons pas les laisser là toute la nuit et ils ne bougeront pas tant que nous ne serons pas de retour.

Impossible pour tout véhicule muni de roues d'avancer dans un tel bourbier; finalement, Jack et le vieux Tom passèrent une chaîne dans une plaque de tôle ondulée qu'ils attelèrent à deux chevaux de trait. Le jardinier guida les bêtes tandis que Jack partait en avant muni de la plus forte lampe que possédait Drogheda.

Meggie resta à la maison, assise devant le feu de bois, veillée par Mme Smith qui s'efforçait de lui faire manger quelque chose; les larmes coulaient sur le visage de la gouvernante, bouleversée par la nouvelle et le chagrin silencieux de la jeune fille à laquelle le choc interdisait les pleurs. En entendant résonner le heurtoir de la porte, elle se tourna pour aller ouvrir, se demandant comment quelqu'un était parvenu à traverser le bourbier et s'étonnant, comme à l'accoutumée, de la rapidité avec laquelle les nouvelles se propageaient, de domaine en domaine, pourtant si éloignés les uns des autres.

Le père Ralph se tenait sous la véranda, en tenue de cheval et ciré, trempé et boueux.

– Puis-je entrer, madame Smith ?

– Oh, mon père, mon père ! s'écria-t-elle en se jetant dans les bras du prêtre abasourdi. Comment avez-vous appris ?

– Mme Cleary m'a télégraphié... civilité de directeur à propriétaire qui m'a beaucoup touché. L'autorisation de venir m'a été accordée par l'archevêque di Contini Verchese. Difficile à prononcer un nom pareil ! Et dire que j'y suis astreint une centaine de fois par jour. J'ai pris un avion qui a capoté dans la boue à l'atterrissage, ce qui m'a permis de connaître l'état du sol avant même d'y poser les pieds. Cher, merveilleux Gilly ! J'ai laissé ma valise chez le père Watty au presbytère et réussi à trouver un cheval qui m'a été prêté par le propriétaire de l'hôtel Impérial. Il m'a pris pour un fou et m'a parié une bouteille de Johnnie Walker que je ne pourrais jamais passer avec toute cette boue. Oh, madame Smith, ne pleurez donc pas comme ça ! Un incendie, aussi important et grave soit-il, n'est pas la fin du monde, dit-il avec un sourire en lui posant une main apaisante sur l'épaule. Je suis là afin de faire de mon mieux pour arranger les choses et j'espérais plus de compréhension de votre part. Je vous en prie, ne pleurez pas.

– Alors, vous n'êtes pas au courant, balbutia-t-elle entre deux sanglots.

– Au courant de quoi ? Que se passe-t-il ? Qu'est-il arrivé ?

– M. Cleary et Stuart sont morts.

Il blêmit, repoussa la gouvernante.

– Où est Meggie ? aboya-t-il.

– Dans le salon. Mme Cleary est encore dans l'enclos avec les corps. Jack et Tom sont partis pour les ramener. Oh ! mon père, par moments, en dépit de ma foi, je ne peux m'empêcher de penser que Dieu se montre trop cruel. Pourquoi les a-t-il emportés tous les deux ?

Mais dès la seconde où il avait appris où se trouvait Meggie, le père Ralph avait gagné le salon tout en se débarrassant de son ciré, laissant des traces d'eau boueuse derrière lui.

– Meggie ! s'écria-t-il.

Il alla vers elle, s'agenouilla à côté de son fauteuil, prit fermement les mains glacées entre les siennes.

Elle se laissa glisser à bas du siège, s'affaissa dans ses bras, nicha sa tête contre la chemise mouillée et ferma les yeux, tellement heureuse malgré sa douleur, son chagrin, qu'elle eût souhaité voir cet instant s'éterniser. Il était venu, preuve du pouvoir qu'elle exerçait sur lui; elle ne s'était pas trompée.

– Je suis trempé, ma petite Meggie. Tu vas te mouiller, chuchota-t-il, la joue dans les cheveux d'or roux.

– Ça n'a pas d'importance. Vous êtes venu.

– Oui, je suis venu. Je voulais m'assurer que vous n'étiez pas dans la peine. J'avais le sentiment que ma présence vous aiderait. Il fallait que je constate par moi-même. Oh, Meggie, ton père et Stu ! Comment est-ce arrivé ?

– Papa a été pris par le feu. Stu l'a trouvé et il a été tué par un sanglier qui est tombé sur lui après qu'il a tiré. Jack et Tom sont partis pour les ramener.

Il se tut, se contentant de la tenir dans ses bras et de la bercer comme un bébé jusqu'à ce que la chaleur du feu eût en partie séché sa chemise et ses cheveux et qu'il perçût une faible décontraction dans le corps qu'il serrait. Alors, il lui prit le menton, lui souleva la tête, la forçant à le regarder et, sans y penser, l'embrassa. C'était là une impulsion confuse qui ne prenait pas naissance dans le désir, seulement un geste instinctif, une offrande à ce qu'il avait lu dans les yeux gris. Quelque chose de particulier, une autre sorte de sacrement. Elle glissa les bras sous les siens, pressa ses mains contre le dos musclé; il ne put éviter un sursaut, étouffer une exclamation de douleur.

– Qu'y a-t-il ? demanda-t-elle en s'écartant un peu.

– J'ai dû me froisser quelques côtes quand l'avion s'est posé. Nous nous sommes embourbés jusqu'au fuselage. Un atterrissage plutôt mouvementé. Je me suis retrouvé en équilibre sur le dossier du siège avant.

– Laissez-moi voir.

Les doigts fermes, elle déboutonna la chemise, la lui tira des bras, la libéra de la culotte. Sous la peau hâlée et humide, une large et laide ecchymose rougeâtre s'étendait d'un côté à l'autre de la cage thoracique. Elle retint son souffle.

– Oh, Ralph ! Vous avez fait tout le chemin à cheval depuis Gilly avec ça ! Comme vous avez dû souffrir ! Vous vous sentez bien ? Pas de vertiges ? Vous pourriez faire une hémorragie interne !

– Non, ça va; je n'ai rien senti, franchement. J'étais si anxieux d'arriver pour m'assurer que vous n'aviez pas trop souffert de l'incendie que j'ai tout simplement oublié mon mal. Si j'avais fait une hémorragie interne, je m'en serais probablement aperçu depuis longtemps. Non, Meggie, pas ça !

Elle avait baissé la tête, ses lèvres effleuraient délicatement l'ecchymose, ses paumes remontaient le long de la poitrine, glissaient sur les épaules avec une sensualité délibérée qui le frappait de stupeur. Fasciné, terrifié, voulant à tout prix se libérer, il pivota, lui repoussa la tête, mais ne réussit qu'à se retrouver dans ses bras, serpents enroulés autour de sa volonté, étouffant jusqu'à l'ombre d'une velléité. Oubliée la douleur, oubliée l'Église, oublié Dieu. Il trouva sa bouche, lui écarta avidement les lèvres, affamé d'elle, sans découvrir dans l'étreinte l'apaisement de l'affolant élan qui montait en lui. Elle lui offrit son cou, dénuda ses épaules dont la peau était fraîche, unie, satinée; il lui semblait qu'il se noyait, s'enfonçait de plus en plus profondément, à bout de souffle, désarmé. La perception de son état mortel pesait sur lui, énorme poids lui écrasant l'âme, ouvrant les vannes au jaillissement amer de ses sens qu'emportait un flux irrésistible. Il eût souhaité pleurer; les derniers vestiges de son désir se tarirent sous le fardeau que lui assenait sa condition d'humain, et il délia les bras serrés autour de son corps misérable, se laissa retomber sur les talons, tête baissée, paraissant totalement absorbé par la contemplation de ses mains tremblantes posées sur ses genoux. Meggie, que m'as-tu fait ? Que me ferais-tu si je me laissais aller ?

– Meggie, je t'aime. Je t'aimerai toujours. Mais je suis prêtre, je ne peux pas... Je ne peux tout simplement pas !

Elle se releva vivement, rajusta son corsage, baissa les yeux sur lui et esquissa un sourire crispé qui eut pour seul effet de souligner la peine, l'échec qui se lisaient dans son regard.

– Bon, Ralph. Je vais aller voir si Mme Smith peut vous préparer quelque chose à manger; ensuite je vous apporterai le liniment dont on se sert pour les chevaux. C'est merveilleux pour les ecchymoses; ça supprime la douleur, infiniment mieux que les baisers, je suppose.

– Est-ce que le téléphone fonctionne ? parvint-il à articuler.

– Oui. Une ligne provisoire a été installée dans les arbres et nous sommes de nouveau reliés à Gilly depuis quelques heures.

Pourtant, il eut besoin de quelques minutes pour se maîtriser et retrouver son sang-froid après qu'elle eut quitté la pièce. Il alla s'asseoir devant le secrétaire de Fee.

– Passez-moi l'interurbain, s'il vous plaît. Ici, le père de Bricassart à Drogheda... Oh ! allô, Doreen; toujours fidèle au poste, je vois. Ça me fait plaisir d'entendre votre voix. On ne sait jamais qui se trouve au standard de Sydney... une voix anonyme et terne. Je voudrais obtenir une communication urgente avec Mgr l'archevêque légat du pape à Sydney. Son numéro est XX-2324. En attendant que vous ayez établi la communication, passez-moi Bugela, Doreen.

Il eut tout juste le temps d'annoncer la nouvelle à Martin King avant d'avoir Sydney à l'autre bout du fil, mais quelques mots à Bugela suffisaient. Gilly serait au courant par Martin King et les nombreux abonnés branchés sur la même ligne qui ne manqueraient pas à leur habitude de surprendre la conversation; donc, ceux qui seraient assez hardis pour chevaucher dans la boue assisteraient aux obsèques.

– Allô, monseigneur ? Ici, le père Ralph de Bricassart à Drogheda... Oh ! allô, Doreen ne coupez pas... Oui, merci, je suis bien arrivé, mais l'avion s'est embourbé jusqu'au fuselage et je devrai rentrer par chemin de fer... dans la boue, monseigneur. La boue... la boue... Non, monseigneur, ici, tout passage est impossible quand il pleut... Je suis venu à Drogheda à cheval depuis Gillanbone; c'est le seul moyen de transport qui soit envisageable sous la pluie... C'est pour cela que je vous téléphone, monseigneur. Il est heureux que je sois venu. J'ai probablement eu une sorte de prémonition.. Oui, c'est affreux... Plus encore que je ne le redoutais. Padraic Cleary et son fils Stuart sont morts. Le premier brûlé dans l'incendie, l'autre étouffé par un sanglier... Un sanglier, monseigneur... Un cochon sauvage... Oui, vous avez raison, on parle un anglais assez bizarre dans la région.

Du long de la ligne lui parvenait faiblement le souffle suspendu des indiscrets qui écoutaient la conversation et, malgré lui, il sourit. Il ne pouvait tout de même pas crier dans l'appareil pour intimer à tous de libérer la ligne – c'était la seule distraction populaire que Gilly pût offrir à ses citoyens avides de contacts – mais s'il y avait eu moins de monde à l'écoute, la communication eût été plus distincte à l'oreille de monseigneur.

– Avec votre permission, monseigneur, je resterai pour les obsèques et m'assurerai que la veuve et ses enfants ne manquent de rien... Oui, monseigneur, merci. Je rentrerai à Sydney dès que possible.

Évidemment, la standardiste écoutait aussi; il agita le crochet du récepteur et reparla immédiatement.

– Doreen, repassez-moi Bugela, je vous prie.

Il s'entretint avec Martin King durant quelques minutes et décida que les obsèques auraient lieu le surlendemain. De nombreuses personnes voudraient y assister en dépit de la boue et affronteraient le long parcours à cheval, mais celui-ci serait malaisé, ardu.

Meggie revint avec la bouteille de liniment pour chevaux, mais elle n'offrit pas de le lui passer; elle se contenta seulement de lui tendre le flacon sans mot dire. Puis, elle l'informa avec brusquerie que Mme Smith lui servirait un repas chaud dans la petite salle à manger mais pas avant une heure, ce qui lui laissait largement le temps de prendre un bain. Il prenait désagréablement conscience du fait que, d'une façon quelconque, Meggie estimait qu'il l'avait trompée, mais il ne comprenait pas pourquoi elle réagissait ainsi, ni sur quoi elle se fondait pour le juger. Elle savait qu'il était prêtre; alors, pourquoi cette colère ?

Dans la grisaille de l'aube, la petite caravane escortant les corps atteignit le ruisseau et s'immobilisa. Bien qu'encore contenue par ses berges, la Gillan était en crue et roulait une eau tumultueuse dont la profondeur atteignait dix mètres. Le père Ralph engagea son alezane dans le lit boueux et parvint à la faire nager jusque sur l'autre berge pour aller à leur rencontre, l'étole autour du cou et les objets du culte dans ses fontes. Tandis que Fee, Bob, Jack, Hughie et Tom piétinaient alentour, il dépouilla les corps de la toile qui les recouvrait et se prépara à les oindre. Après Mary Carson, rien ne pouvait plus l'écœurer; d'ailleurs, il ne trouvait rien de répugnant chez Paddy et Stu. Tous deux étaient noirs, chacun à sa manière; Paddy à la suite du feu et Stu à la suite de la suffocation, mais le prêtre les embrassa avec amour et respect.

Sur plus de vingt kilomètres, la plaque de tôle avait cahoté, rebondi derrière les deux chevaux de trait, labourant la boue, imprimant de profonds sillons qui seraient encore visibles bien des années plus tard, laissant une cicatrice même dans l'herbe des prochains printemps. Mais il semblait que le funèbre convoi ne pût aller plus loin. L'eau tumultueuse les obligeait à rester sur la berge opposée à Drogheda alors que la maison n'était plus qu'à deux kilomètres. Tous regardaient la cime des eucalyptus fantomatiques, nettement visibles en dépit de la pluie.

– J'ai une idée, dit Bob en se tournant vers le père Ralph. Mon père, vous seul avez un cheval frais; il faudra que ce soit vous. Les nôtres ne pourront traverser le cours d'eau qu'une fois... ils sont fourbus après toute cette boue, ce froid. Retournez à la maison et trouvez quelques bidons vides de deux cents litres; fermez-les soigneusement pour qu'ils ne puissent pas se remplir, soudez-les au besoin. Il nous en faudra douze, dix si vous n'en trouvez pas davantage. Attachez-les ensemble et ramenez-les de ce côté-ci. Nous leur ferons supporter la plaque de tôle et nous pousserons le tout en direction de l'autre berge, comme un radeau.

Le père Ralph obtempéra sans poser de questions; il n'avait pas de meilleure idée à soumettre. Dominic O'Rourke était arrivé avec deux de ses fils; c'était un voisin assez proche, compte tenu des distances séparant les domaines. Quand le père Ralph leur expliqua le plan de Bob, ils se mirent au travail sur-le-champ; ils trouvèrent des bidons vides, renversèrent ceux qui étaient utilisés pour garder de l'avoine et du grain, soudèrent les couvercles sur ceux qui avaient été épargnés par la rouille et qui paraissaient capables de résister à la traversée qui leur serait imposée. La pluie continuait à tomber, à tomber sans cesse. Elle continuerait au moins pendant deux jours.

– Dominic, je suis désolé d'avoir à vous demander ça, mais quand les Cleary arriveront, ils seront à bout de forces. Les obsèques doivent avoir lieu demain matin et, même si l'entrepreneur de pompes funèbres de Gilly réussissait à fabriquer les cercueils à temps, nous ne pourrions jamais les faire venir avec une telle boue. Est-ce que l'un de vous peut essayer de confectionner deux bières ? Je n'ai besoin que d'un homme avec moi pour traverser le ruisseau.

Les fils O'Rourke opinèrent; ils ne souhaitaient pas voir ce que le feu avait fait de Paddy et le sanglier de Stuart.

– On s'en chargera, P'pa, dit Liam.

Remorquant les bidons derrière leurs chevaux, le père Ralph et Dominic O'Rourke se rendirent jusqu'au ruisseau et le traversèrent.

– En tout cas, mon père, il y a une corvée qui nous sera épargnée, lui cria Dominic en cours de route. Nous n'aurons pas besoin de creuser des tombes dans cette saloperie de boue ! Je trouvais que la vieille Mary exagérait un peu en faisant construire ce caveau de marbre pour Michael, mais, si elle était là, je l'embrasserais !

– Très juste ! cria le père Ralph.

Ils lièrent les bidons sous la plaque de tôle, six de chaque côté, attachèrent solidement le suaire de toile et obligèrent les chevaux de trait épuisés à nager jusqu'à l'autre rive en tirant une corde qui remorquerait le radeau. Dominic et Tom montaient les fortes bêtes et, parvenus sur la berge opposée, ils regardèrent leurs compagnons restés en arrière qui assujettissaient la corde au radeau de fortune et le poussaient dans l'eau. Les chevaux de trait se mirent en marche, Tom et Dominic les excitant de la voix dès que le radeau commença à flotter. Il roulait et tanguait dangereusement, mais il demeura à flot suffisamment longtemps pour être hissé sur la terre ferme; plutôt que de perdre du temps à le démonter, les deux charretiers improvisés engagèrent leur monture sur le chemin menant à la grande maison, la plaque de tôle glissant mieux ainsi arrimée aux bidons qu'auparavant.

Un plan incliné menait à de grandes portes au bout de l'auvent de tonte; aussi placèrent-ils le radeau et sa charge dans l'immense bâtiment vide baigné d'odeurs de goudron, de sueur, de suint et de fumier. Emmitouflées dans des cirés, Minnie et Cat arrivèrent de la grande maison pour assurer la première veille; elles s'agenouillèrent de chaque côté de l'étrange catafalque, grains de chapelet cliquetant, voix s'élevant et s'abaissant comme une vague en une cadence trop connue pour exiger un effort de mémoire.

La maison se remplissait. Duncan Gordon était arrivé de Each-Uisge, Careth Davies de Narrengang, Horry Hopeton de Beel-Beel, Eden Carmichael de Barcoola. Le vieil Angus MacQueen avait arrêté un train de marchandises et était monté à bord de la locomotive pour se rendre à Gilly où il avait emprunté un cheval à Harry Gough, et les deux hommes avaient fait route ensemble jusqu'à Drogheda. Il avait traversé trois cents kilomètres de boue, d'une manière ou d'une autre.

– Je suis nettoyé, mon père, expliqua Horry au prêtre un peu plus tard tandis que tous les sept étaient attablés dans la petite salle à manger devant un pâté de rognons. L'incendie s'est propagé avec une telle rapidité d'un bout à l'autre de la propriété qu'il n'a pratiquement épargné aucun mouton, aucun arbre. Heureusement que les dernières années ont été bonnes. Je peux me permettre de reconstituer mon cheptel et, si cette pluie continue, l'herbe reviendra très vite. Mais que Dieu nous vienne en aide si un autre désastre s'abat sur nous au cours des dix prochaines années parce que je n'aurai plus rien pour y faire face.

Avec un plaisir évident, Gareth Davies découpa un morceau dans la pâte croustillante que Mme Smith avait préparée. Aucun désastre ne pouvait altérer longtemps le solide appétit des hommes des plaines noires; ils avaient besoin de se nourrir pour les affronter.

– Votre domaine est plus petit que le mien, Horry, intervint-il. J'estime que la moitié de ma terre a été ravagée et à peu près les deux tiers de mon cheptel. C'est pas de chance. Mon père, nous avons besoin de vos prières.

– Oui, renchérit le vieil Angus. Je n'ai pas été touché autant que Horry et Gareth, mon père, n'empêche que ça suffit comme ça. J'ai perdu vingt-quatre mille hectares de terre et la moitié de mes moutons. C'est dans des moments pareils, mon père, que je souhaiterais ne pas avoir quitté l'Écosse quand j'étais jeune.

– C'est une idée qu'on se fait sur le moment, Angus, répondit le père Ralph avec un sourire. Vous le savez bien. Vous avez quitté l'Écosse pour la même raison que j'ai quitté l'Irlande. Vous vous y sentiez trop à l'étroit.

– Oui, sans doute. La bruyère ne fait pas une aussi belle flambée que l'eucalyptus, hein, mon père ?

Étranges obsèques, songea le père Ralph en regardant autour de lui; les seules femmes présentes seront celles de Drogheda, les autres ne pourront venir à cause de la boue. Il avait administré une forte dose de laudanum à Fee après que Mme Smith l'eut déshabillée, séchée et étendue dans le grand lit partagé depuis si longtemps avec Paddy, et quand elle avait refusé de l'absorber, secouée par des sanglots qui tenaient de la crise de nerfs, il lui avait pincé le nez entre deux doigts pour la faire avaler de force. Bizarre, il n'avait pas imaginé que Fee pût s'effondrer. Le sédatif agit rapidement, d'autant qu'elle n'avait rien mangé depuis vingt-quatre heures. En la voyant profondément endormie, il se rassura un peu. Il surveillait aussi Meggie; pour le moment, elle était dans les cuisines où elle aidait Mme Smith à préparer les repas. Les garçons étaient au lit, tellement épuisés qu'ils étaient tout juste parvenus à se dépouiller de leurs vêtements avant de s'écrouler. Quand Minnie et Cat eurent achevé la première des veilles exigées par la coutume parce que les corps reposaient dans un bâtiment désert et non béni, Gareth et son fils Enoch prirent la suite; les autres se partagèrent les heures restantes. Entre-temps, ils causaient et mangeaient.

Aucun des jeunes hommes ne s'était joint à leurs aînés dans la salle à manger. Tous se trouvaient dans les cuisines, ostensiblement pour aider Mme Smith, mais en réalité pour contempler Meggie. Lorsqu'il s'en avisa, le père Ralph en conçut à la fois de l'irritation et du soulagement. Eh bien, c'était dans leurs rangs qu'elle devrait choisir un mari, et elle le ferait inévitablement. Enoch Davies avait vingt-neuf ans, un « Gallois noir », autrement dit un beau garçon aux cheveux et yeux sombres; Liam O'Rourke était âgé de vingt-six ans, cheveux blonds et yeux bleus, comme son frère cadet, Rory, plus jeune d'un an; Connor Carmichael était le portrait craché de sa sœur, plus vieux puisqu'il comptait trente-deux ans, et très bel homme, bien qu'un peu arrogant; d'après le père Ralph, la palme revenait au petit-fils du vieil Angus, dont l'âge, vingt-quatre ans, s'accordait le mieux avec celui de Meggie, un garçon charmant, avec les splendides yeux bleus de son grand-père, aux cheveux déjà gris, caractéristique de la famille MacQueen. Qu'elle tombe amoureuse de l'un d'entre eux, qu'elle épouse, qu'elle ait les enfants qu'elle souhaite si fort ! Oh Dieu, mon Dieu ! si vous exaucez mon vœu, je supporterai allégrement la douleur de l'aimer, allégrement...

Aucune fleur ne recouvrait les cercueils et tous les vases de la chapelle restaient vides. Les floraisons qui avaient échappé à la terrible chaleur de l'incendie avaient succombé sous la pluie et leurs pétales s'enlisaient dans la boue comme des papillons englués. Pas même un rameau de buisson ardent ou une rose précoce. Et tous étaient fatigués, si fatigués. Ceux qui avaient effectué un long trajet à cheval dans la boue pour venir apporter un dernier hommage à Paddy étaient fatigués, ceux qui avaient ramené les corps étaient fatigués, ceux et celles qui s'étaient attelés au dur travail de cuisine et de nettoyage étaient fatigués, le père Ralph était si fatigué qu'il avait l'impression d'évoluer dans un rêve, ses yeux allant du visage pincé, désespéré de Fee, à celui de Meggie exprimant à la fois chagrin et colère, et à l'affliction collective du clan compact que formaient Bob, Jack et Hughie...

Pas d'oraison funèbre; Martin King prononça seulement quelques mots touchants au nom de l'assistance et le prêtre commença immédiatement à célébrer la messe de requiem. Comme à l'accoutumée, il avait apporté son calice, les sacrements et une étole, car aucun ecclésiastique ne se déplaçait sur de telles distances sans emporter les objets du culte quand il allait proposer assistance et réconfort, mais il n'avait aucun des vêtements sacerdotaux. Le vieil Angus était passé au presbytère à Gilly et s'était chargé de la chasuble de deuil qu'il avait enveloppée dans un ciré et placée en travers de sa selle. Le père Ralph était donc vêtu selon les règles pour célébrer l'office des morts tandis que la pluie frappait aux vitres, tambourinait sur le toit de tôle.

La messe terminée, il fallut sortir sous la pluie battante, traverser les pelouses roussies par la chaleur pour se rendre au petit cimetière entouré de sa clôture blanche. A cette occasion, il ne manqua pas de volontaires pour porter les boîtes rectangulaires, toutes simples, sur l'épaule; les hommes glissaient, pataugeaient dans la boue, s'efforçant de voir où ils posaient les pieds sous la pluie qui les aveuglait. Et les petites clochettes sur la tombe du cuisinier chinois tintèrent lugubrement : Hi Sing, Hi Sing, Hi Sing.

La cérémonie s'acheva. Les visiteurs repartirent à cheval, le dos courbé sous leur ciré, certains d'entre eux ressassant les perspectives de ruine, les autres remerciant Dieu d'avoir échappé à l'incendie et à la mort. Et le père Ralph rassembla ses affaires, sachant qu'il lui fallait partir avant d'en être incapable.

Il alla retrouver Fee, assise devant le secrétaire, silencieuse, les yeux fixés sur ses mains.

– Fee, ça va aller ? s'enquit-il en se laissant tomber dans un fauteuil d'où il pouvait la voir.

Elle se tourna vers lui, si figée, si brisée dans son âme que le prêtre eut peur et ferma les yeux.

– Oui, mon père, ça ira. J'ai les livres à tenir, et cinq fils qui me restent... six en comptant Frank, mais je suppose que nous ne pouvons pas compter Frank, n'est-ce pas ? Jamais je ne pourrai vous remercier assez à ce sujet. C'est un tel réconfort pour moi de savoir que vous et les vôtres veillez sur lui, que vous adoucissez quelque peu son sort. Oh, comme je souhaiterais le voir, ne serait-ce qu'une fois !

Un phare, songea-t-il. Elle est comme un phare qui émet des éclairs de chagrin chaque fois que son esprit atteint un paroxysme d'émotion trop violente pour être contenue. Un grand éclat, puis une longue période sans rien.

– Fee, il y a une chose à laquelle je voudrais que vous réfléchissiez.

– Oui, de quoi s'agit-il ?

Elle était de nouveau retombée dans son néant.

– Est-ce que vous m'écoutez ? demanda-t-il brutalement, inquiet et plus effrayé que jamais.

Un long instant, il crut qu'elle s'était tant repliée sur elle-même que la dureté de sa voix ne l'avait pas touchée, mais, de nouveau, le phare émit un éclat, puis ses lèvres s'écartèrent.

– Mon pauvre Paddy ! Mon pauvre Stuart ! Mon pauvre Frank ! gémit-elle.

Puis elle se ressaisit, se retrancha une fois de plus derrière son inflexible maîtrise, comme si elle était résolue à étendre ses périodes d'ombre jusqu'à ce que la lumière n'éclatât plus tout au long de sa vie.

Ses yeux parcoururent la pièce sans paraître la reconnaître.

– Oui, mon père, je vous écoute, dit-elle.

– Fee, et votre fille ? Vous rappelez-vous que vous avez une fille ?

Les yeux gris se levèrent, s'appesantirent un instant sur lui, presque avec pitié.

– Une femme peut-elle l'oublier ? Qu'est-ce qu'une fille ? Seulement un rappel de la douleur endurée, une version plus jeune de soi qui répétera toutes les actions que l'on a accomplies, qui versera les mêmes pleurs. Non, mon père, je m'efforce d'oublier que j'ai une fille... si je pense à elle, c'est comme à l'un de mes fils. Ce sont ses fils qu'une mère se rappelle.

– Vous arrive-t-il de pleurer, Fee ? Je ne vous ai vue en larmes qu'une fois.

– Vous ne me verrez jamais plus de la sorte, mon père; j'en ai fini avec les pleurs. (Tout son corps tressaillit.) Vous savez, mon père, il y a deux jours, j'ai compris à quel point j'aimais Paddy, mais comme tout ce qui m'est arrivé dans la vie, c'était trop tard. Trop tard pour lui, trop tard pour moi. Si vous saviez combien j'aurais voulu le prendre dans mes bras, lui dire que je l'aimais ! Oh mon Dieu, je souhaite qu'aucun être humain ne connaisse jamais ma douleur !

Il se détourna de ce visage ravagé pour lui donner le temps de se ressaisir et à lui de fouiller plus avant l'énigme que représentait Fee.

– Non, dit-il, personne d'autre ne pourra jamais ressentir votre propre douleur.

Elle esquissa un pauvre sourire.

– Oui, c'est un réconfort, n'est-ce pas ? Elle n'est peut-être pas très enviable, mais ma peine est mienne.

– J'aimerais que vous me promettiez quelque chose, Fee.

– Si vous voulez.

– Occupez-vous de Meggie. Ne l'oubliez pas. Obligez-là à se rendre aux bals de la région, qu'elle rencontre quelques jeunes gens, poussez-la à penser au mariage, qu'elle ait un foyer bien à elle. J'ai remarqué que tous les fils de vos voisins ne la quittaient pas des yeux aujourd'hui. Donnez-lui la possibilité de les rencontrer de nouveau et dans des circonstances moins pénibles que celles-ci.

– Si vous voulez, mon père.

Avec un soupir, il l'abandonna à la contemplation de ses mains fines et blanches.

Meggie l'accompagna jusqu'à l'écurie où le hongre bai du propriétaire de l'hôtel Impérial s'était gavé de foin et d'avoine, se croyant sans doute au paradis des chevaux pendant deux jours. Il lui jeta sa vieille selle sur le dos et se pencha pour boucler la sangle pendant que Meggie l'observait, appuyée contre une botte de paille.

– Mon père, regardez ce que j'ai trouvé, lui dit-elle en lui tendant une rose gris pâle au moment où il se redressait. C'est la seule. Je l'ai découverte dans un buisson, sous les réservoirs, derrière la maison. Elle a échappé à la chaleur de l'incendie et elle était à l'abri de la pluie. Je l'ai cueillie pour vous. Gardez-la en souvenir de moi.

Il prit le bouton de rose à demi éclos d'une main pas très assurée et le regarda.

– Meggie, je n'ai pas besoin de souvenir de toi, ni maintenant, ni jamais. Je te porte en moi, tu le sais; je suis incapable de te le cacher.

– Mais il y a parfois une réalité qui s'attache à un souvenir, insista-t-elle. On peut le contempler et se rappeler tout ce que l'on risquerait d'oublier sans quelque chose de tangible. Je vous en prie, prenez-le, mon père.

– Appelle-moi Ralph, dit-il.

Il ouvrit sa petite valise contenant les objets du culte et en tira le grand missel revêtu de nacre coûteuse, un bien personnel. Son défunt père le lui avait donné le jour de son ordination, treize ans auparavant. Les pages s'ouvrirent sur un signet formé d'un large ruban blanc; il feuilleta le livre saint, y déposa la rose et le referma.

– Tu voudrais que je te laisse un souvenir, Meggie ? C'est bien ça ?

– Oui.

– Je ne t'en donnerai pas. Je veux que tu m'oublies, je veux que tu regardes autour de toi, que tu trouves un bon garçon, que tu l'épouses et que tu aies les enfants que tu désires si ardemment. Tu es née pour être mère; tu ne dois pas t'accrocher à moi, c'est mauvais pour toi. Je ne renoncerai jamais à l'Église, et je vais être tout à fait franc avec toi, pour ton bien. Je ne veux pas renoncer à l'Église parce que je ne t'aime pas à la façon d'un mari, me comprends-tu ? Oublie-moi, Meggie !

– Vous ne m'embrassez pas pour me dire adieu ?

Pour toute réponse, il se mit en selle et fit avancer la bête vers la porte avant de se coiffer du vieux feutre que lui avait prêté le propriétaire du cheval. Un instant, ses yeux bleus étincelèrent, puis sa monture sortit sous la pluie et glissa dans la boue du chemin menant à Gilly. Elle ne tenta pas de le suivre, mais demeura dans la pénombre de l'écurie humide, respirant les odeurs de fumier de cheval et de foin; elles lui rappelaient la grange de la Nouvelle-Zélande, et Frank.

Trente heures s'étaient écoulées depuis son départ de Drogheda quand le père Ralph entra dans les appartements de l'archevêque légat du pape; il traversa la pièce pour baiser l'anneau de son maître et, las, se laissa tomber dans un fauteuil. Ce ne fut qu'en sentant le regard appuyé des beaux yeux omniscients qu'il se rendit compte combien son allure devait être bizarre, pourquoi tant de gens l'avaient dévisagé depuis qu'il était descendu du train à la gare centrale. Oubliant la valise déposée au presbytère de Gilly, il avait attrapé l'express du soir deux minutes avant le départ et avait parcouru mille kilomètres dans un train glacial, vêtu d'une chemise, d'une culotte de cheval et de bottes, trempé, sans même s'en apercevoir. Il regarda sa tenue avec un sourire triste et leva les yeux vers l'archevêque.

– Je suis désolé, monseigneur. Il s'est déroulé tant d'événements que je n'ai pas songé à la bizarrerie de ma mise.

– Inutile de me présenter des excuses, Ralph. (Contrairement à son prédécesseur, il préférait appeler son secrétaire par son nom de baptême.) Vous avez l'air très romantique, très fringant même, malgré votre fatigue. Mais quelque peu séculier, non ?

– En ce qui concerne l'aspect séculier, j'en conviens volontiers. Mais pour ce qui est du côté romantique et fringant, monseigneur, vous me voyez ainsi parce que vous ignorez tout de la tenue habituelle de Gillanbone.

– Mon cher Ralph, s'il vous prenait l'envie d'aller vêtu d'un sac de cendres, vous n'en parviendriez pas moins à avoir l'air romantique et fringant ! Le costume de cavalier vous sied, il vous sied vraiment. Presque autant que la soutane, et ne perdez pas votre salive à prétendre que vous n'avez pas conscience que la robe vous va mieux que le complet noir d'ecclésiastique. Vous avez une façon curieuse et particulièrement séduisante de vous déplacer. Et vous avez conservé votre sveltesse. Je crois que vous la conserverez toujours. Je crois aussi que, quand je serai appelé à Rome, je vous emmènerai. Je tirerai infiniment d'amusement de l'effet que vous produirez sur nos prélats italiens, pansus et courts sur pattes. Le beau chat souple parmi les pigeons gras et médusés.

Rome ! Le père Ralph se redressa dans son fauteuil.

– Est-ce que ça a été pénible, Ralph ? demanda l'archevêque en caressant de sa main baguée le dos soyeux de son chat abyssin ronronnant sur ses genoux.

– Terrible, monseigneur.

– Vous éprouvez beaucoup d'affection à l'égard de cette famille.

– Oui.

– Et en aimez-vous tous les membres également ou certains plus que d'autres ?

Mais le père Ralph était au moins aussi rusé que son maître, et il le servait depuis suffisamment longtemps pour avoir percé le mécanisme de sa pensée. Il déjoua le piège avec une franchise trompeuse, méthode qui, il l'avait découvert, endormait immédiatement les soupçons de monseigneur. Il ne venait pas à l'esprit de ce cerveau subtil et tortueux qu'un étalage de franchise pût être infiniment plus trompeur qu'une esquive.

– J'aime tous les membres de cette famille mais, ainsi que vous le dites, certains plus que d'autres. C'est Meggie, la fille, que je préfère. J'ai toujours éprouvé pour elle un sentiment de responsabilité personnelle parce que la famille ne compte que des fils et oublie jusqu'à son existence.

– Quel âge a cette Meggie ?

– Je ne sais pas exactement. Oh ! environ une vingtaine d'années, je suppose. Mais j'ai fait promettre à sa mère d'abandonner un peu ses livres afin de s'assurer que sa fille se rendra à quelques bals de la région pour y rencontrer des jeunes gens de son âge. Elle risque de gâcher sa vie en restant cloîtrée à Drogheda, ce qui serait lamentable.

Il n'exprimait que la vérité; le remarquable flair de l'archevêque le perçut immédiatement. Bien qu'il ne comptât que trois années de plus que son secrétaire, sa carrière au sein de l'Église n'avait pas subi les à-coups de celle de Ralph et, sous bien des rapports, il se sentait infiniment plus vieux que son subordonné ne pourrait jamais l'être; le Vatican sapait la substance vitale de celui qui y était exposé trop tôt, et Ralph était abondamment pourvu de cette substance vitale.

Relâchant quelque peu sa vigilance, il continua à observer son secrétaire et reprit le jeu passionnant consistant à chercher ce qui, exactement, motivait Ralph de Bricassart. Au début, il avait eu la certitude qu'il devait y avoir chez cet homme une faiblesse de la chair, d'une façon ou d'une autre. Son étonnante beauté de visage et de corps suscitait certainement bien des désirs, beaucoup trop pour qu'il n'en prît pas conscience. Et, au fil du temps, sa première impression s'était révélée à demi valable; la perception de sa séduction ne lui échappait pas, mais celle-ci paraissait alliée à une indéniable innocence. Quel que fût le feu intérieur qui animait le père Ralph, ce n'était pas la chair. Il avait fait en sorte que le prêtre se trouvât en compagnie d'homosexuels habiles, sachant se montrer absolument irrésistibles pour ceux qui éprouvaient la moindre tendance à cette perversion, mais sans résultat. Il l'avait observé en compagnie des plus belles femmes du pays, sans résultat. Pas la moindre lueur d'intérêt ou de désir dans ses yeux, même quand il ne se savait pas observé. Il arrivait en effet que l'archevêque eût recours à des subalternes pour exercer une surveillance qui lui était fidèlement rapportée.

Il commençait à croire que la faiblesse du père Ralph résidait dans sa fierté d'être prêtre et dans son ambition; deux facettes de sa personnalité qu'il comprenait d'autant mieux qu'elles étaient siennes. L'Église ne manquait pas de postes pour les ambitieux, comme toutes les grandes institutions qui puisent dans leurs rangs pour se perpétuer. La rumeur publique soutenait que le père de Ralph avait dépouillé les Cleary, cette famille qu'il prétendait tant aimer, de l'héritage leur revenant de droit. En admettant que ce fût le cas, il convenait d'autant plus de se l'attacher. Et comme ces magnifiques yeux bleus avaient brillé en entendant prononcer le nom de Rome ! Le moment était peut-être venu de tenter une nouvelle manœuvre. Il avança paresseusement un pion sur l'échiquier de la conversation mais, sous leurs paupières mi-closes, les yeux sombres demeuraient très vigilants.

– J'ai reçu des nouvelles du Vatican pendant votre absence, Ralph, dit-il en déplaçant légèrement le chat. Ma petite Sheba, comme tu es égoïste. Tu me donnes des fourmis dans les jambes.

– Ah ? fit le père Ralph en se rejetant contre le dossier de son siège pour mieux voir son interlocuteur tant il devait lutter pour garder les yeux ouverts.

– Oui, vous pourrez aller vous coucher, mais pas avant d'avoir entendu les nouvelles dont je dois vous faire part. Il y a peu de temps, j'ai adressé une communication personnelle et privée au Saint-Père, et sa réponse est arrivée aujourd'hui par le truchement de mon ami, le cardinal Monteverdi... Je me demande s'il descend du musicien de la Renaissance. C'est curieux, mais j'oublie toujours de le lui demander quand je le rencontre. Oh ! Sheba, pourquoi sors-tu tes griffes quand tu es heureuse ?

– Je vous écoute, monseigneur. Je n'ai pas encore cédé au sommeil, dit le père Ralph en souriant. Pas étonnant que vous aimiez tant les chats, vous leur ressemblez, monseigneur, vous faites durer le plaisir en jouant avec votre proie. (Il claqua des doigts.) Viens, viens ma belle Sheba; laisse-le et viens sur moi. Il est cruel.

La chatte abandonna immédiatement la robe violette et sauta sur les genoux du prêtre; elle s'y coucha en remuant la queue tout en reniflant les curieuses odeurs de chevaux et de boue, ravie. Pétillants, les yeux bleus du père Ralph plongèrent dans ceux de l'archevêque; les paupières mi-closes, tous deux demeuraient vigilants à l'extrême.

– Comment réussissez-vous cet exploit ? s'enquit le prélat. Le chat n'obéit jamais à personne, mais Sheba va vers vous comme si vous lui offriez caviar et valériane. Bête ingrate !

– J'attends, monseigneur.

– Et pour me punir, vous m'avez enlevé ma chatte. Bon, vous avez gagné, je m'incline. D'ailleurs vous arrive-t-il jamais de perdre ? Question intéressante. Je dois vous féliciter, mon cher Ralph. Dorénavant, vous porterez la mitre et la chape, et on s'adressera à vous en disant monseigneur, évêque de Bricassart.

Voilà qui l'incite à ouvrir les yeux et en grand ! jubila le prélat. Pour une fois, le père Ralph ne tentait pas de dissimuler, ou de cacher, ses véritables sentiments. Il rayonnait, tout simplement.

LIVRE IV
1933-1938
LUKE

CHAPITRE 10

La terre retrouva sa vigueur avec une rapidité stupéfiante; en une semaine, de petites pousses vertes percèrent le bourbier gluant et, en deux mois, de minuscules feuilles apparurent sur les arbres grillés. Si les gens faisaient preuve d'endurance et de ressort, c'est qu'ils étaient à l'image de la terre; ceux qui n'avaient pas le cœur bien accroché ne restaient pas longtemps dans le grand Nord-Ouest. Mais il faudrait des années avant que les cicatrices ne s'estompent. Bien des couches d'écorce devraient se former et retomber en longues bandes déchiquetées avant que les troncs ne redeviennent blancs, rouges ou gris, et un certain pourcentage d'arbres ne retrouveraient jamais la vie, ils resteraient là, noirs, sombres. Pendant des années, les squelettes lentement désintégrés baliseraient la plaine, élimés par le temps, peu à peu recouverts de la poussière soulevée par les sabots des moutons. Et, courant à travers Drogheda en direction de l'ouest, les sillons nets et profonds imprimés dans la boue par les ondulations de la tôle qui avait constitué l'étrange corbillard demeureraient visibles; longtemps, les chemineaux qui connaissaient l'histoire les désignèrent à leurs camarades d'infortune qui l'ignoraient et, finalement, le récit entra dans la légende des plaines de terre noire.

Drogheda perdit environ un cinquième de ses terres dans l'incendie, vingt-cinq mille moutons; bagatelle pour une exploitation qui, au cours des récentes années fastes, possédait un cheptel se montant à quelque cent vingt-cinq mille têtes. Il était absolument hors de propos de s'en prendre à la malignité du sort, ou à la colère de Dieu, selon l'angle sous lequel on considère un désastre naturel. La seule manière d'envisager les choses consistait à retrancher les pertes et à recommencer. Ce n'était pas la première catastrophe qui s'abattait sur la région et personne ne pensait que ce pût être la dernière.

Mais la vue des jardins de Drogheda dénudés et roussis au printemps serrait le cœur. Les habitants du domaine pouvaient survivre à la sécheresse grâce aux citernes de Michael Carson, mais rien ne résistait au feu. La glycine elle-même ne parvint pas à fleurir; lorsqu'elle avait été léchée par les flammes, ses tendres grappes commençaient tout juste à se former et elles pendaient, tristes, desséchées. Les rosiers rabougris ne se paraient que d'épines, les pensées n'avaient pas résisté, les arbustes ressemblaient à de la paille brunâtre, dans les coins ombragés les fuchsias se courbaient lamentablement sans espoir de retrouver jamais la vie, les pois de senteur grillés ne dégageraient plus leur doux parfum. L'eau puisée dans les citernes au cours de l'incendie avait été remplacée par la pluie abondante qui avait suivi le désastre, et chacun à Drogheda consacrait ses rares instants de loisir à aider le vieux Tom afin que le domaine retrouvât un jour ses jardins.

Bob décida de poursuivre la politique de Paddy consistant à s'adjoindre plus de main-d'œuvre afin que le domaine rendît à plein et il embaucha trois ouvriers-éleveurs supplémentaires : Mary Carson préférait ne pas inscrire dans ses livres d'employés permanents, se contentant des Cleary, et avoir recours à une main-d'œuvre saisonnière au moment des grands rassemblements de l'agnelage et de la tonte, mais Paddy avait le sentiment que les hommes travaillaient mieux lorsqu'ils savaient pouvoir compter sur une place à demeure et, en fin de compte, la différence n'était guère sensible. La plupart des ouvriers-éleveurs souffraient d'une bougeotte chronique et ne restaient jamais très longtemps où que ce soit.

Les nouvelles maisons bâties un peu plus en retrait du ruisseau abritaient les hommes mariés; le vieux Tom disposait d'un joli cottage de trois pièces à l'ombre d'un poivrier, derrière le paddock, et il gloussait d'une joie de propriétaire chaque fois qu'il y entrait. Meggie continuait à s'occuper d'une partie des enclos intérieurs et sa mère de la tenue des livres.

Fee avait succédé à Paddy pour la correspondance entretenue avec Mgr Ralph et, fidèle à elle-même, elle s'abstenait de révéler aux autres le contenu des lettres, sauf en ce qui concernait strictement la gestion du domaine. Meggie grillait de s'emparer de ce courrier et de le lire avidement, mais Fee ne lui en laissait pas la possibilité; elle enfermait les missives dans un coffret métallique dès qu'elle en avait pris connaissance. Avec la disparition de Paddy et de Stu, s'en était allée toute possibilité d'atteindre Fee. En ce qui concernait Meggie, dès le départ de Mgr Ralph, Fee avait tout oublié de sa promesse. Meggie refusa poliment quelques invitations à divers bals et réceptions; le sachant, Fee ne changea en rien son attitude et ne l'engagea pas à sortir de sa réserve. Liam O'Rourke profitait de la moindre occasion pour passer en voiture à Drogheda; Enoch Davies téléphonait fréquemment, tout comme Connor Carmichael et Alastair MacQueen. Mais, auprès de chacun d'eux, Meggie se montrait lointaine, sèche, au point qu'ils désespérèrent de jamais éveiller chez elle le moindre intérêt.

L'été fut très humide, mais sans qu'il y eût de crues assez prolongées pour causer de véritables inondations; le sol n'en était pas moins constamment boueux et, sur son cours de deux mille quatre cent cinquante kilomètres, le Barwon-Darling charriait un flot tumultueux qui rongeait les berges. Quand vint l'hiver, la pluie continua de tomber sporadiquement; l'habituel rideau brunâtre soulevé par le vent n'était plus poussière puisque devenu eau. Aussi la marche à laquelle la crise avait incité tant d'hommes se ralentit-elle; il devenait infernal d'avancer à travers les plaines détrempées, et le froid, ajouté à l'humidité, causait des ravages en déclenchant des pneumonies chez les errants qui ne bénéficiaient que d'un abri précaire.

Bob s'inquiétait; il redoutait le piétin si le temps persistait; les mérinos supportaient mal l'humidité du sol qui pouvait entraîner une infection du sabot. La tonte était devenue pratiquement impossible car les ouvriers se refusaient à opérer sur des toisons détrempées et, à moins que la boue ne séchât avant la période de l'agnelage, nombre d'agneaux mourraient sur la terre bourbeuse et froide.

La sonnerie du téléphone retentit, deux tintements longs, un court, signal affecté à Drogheda. Fee répondit et se retourna.

– C'est pour toi, Bob.

– Allô... Ah ! c'est toi Jimmy... Oui, c'est Bob... Ouais, d'accord. Oh, bien ! Bons certificats ? Envoie-le-moi... S'il est aussi bien que ça, tu peux lui annoncer qu'il aura la place, mais je veux quand même le voir... Je n'achète pas chat en poche, et je ne fais guère confiance aux certificats... D'accord... Merci, salut.

Bob regagna son siège.

– Il s'agit d'un ouvrier-éleveur, un gars bien d'après Jimmy. Il a travaillé dans les plaines du Queensland occidental du côté de Longreach et Charleville. Il a été aussi toucheur de bœufs. Certificats de tout premier ordre. C'est un excellent cavalier, bon dresseur de chevaux. Avant, il était tondeur et, qui plus est, un as dans son boulot, s'il faut en croire Jimmy. Plus de deux cent cinquante bêtes par jour ! C'est ce qui m'étonne un peu. Pourquoi un champion de la tonte se contenterait-il du salaire d'un berger ? Il est rare qu'un tondeur de cette force abandonne la tondeuse pour la selle. En tout cas, c'est un gars qui pourra être utile dans les enclos, hein ?

Au fil des ans, l'accent de Bob devenait de plus en plus traînant et typiquement australien mais, en compensation, ses phrases se raccourcissaient. Il allait sur ses trente ans et, à la grande déception de Meggie, ne semblait pas attiré par les jeunes filles qu'il rencontrait aux rares réceptions auxquelles les convenances l'obligeaient à assister. D'une part, il se montrait extrêmement timide et, d'autre part, il était si totalement absorbé par la terre que rien d'autre ne l'intéressait. Jack et Hughie lui ressemblaient de plus en plus; les trois frères auraient même pu passer pour des triplés lorsqu'ils étaient assis sur l'un des bancs de marbre, seule concession au confort de la maison à laquelle chacun d'eux se pliait. En vérité, ils préféraient camper dans les enclos et, lorsqu'ils dormaient sous un toit, ils s'étendaient à même le plancher de leurs chambres à coucher de crainte que le lit ne les amollît. Le soleil, le vent, la sécheresse avaient tanné leur peau claire piquetée de taches de rousseur, la transformant en une sorte d'acajou moucheté qu'éclairaient leurs yeux bleu pâle et tranquilles, cernés de rides profondes à force de cligner des paupières pour regarder l'herbe aux tons argentés dans le lointain. Il était presque impossible de leur donner un âge ou de déterminer lequel était le plus vieux ou le plus jeune des trois. Chacun d'eux avait hérité du nez romain et du visage avenant de Paddy, mais d'une stature mieux venue que celle de leur père au corps court et aux bras allongés par tant d'années de tonte. Au lieu de quoi, ils avaient acquis la beauté ascétique et l'aisance du cavalier. Pour le moment, les femmes, le confort et le plaisir ne les obsédaient pas.

– Ce nouvel ouvrier est-il marié ? s'enquit Fee en traçant à l'encre rouge une ligne nette sur son livre.

– J'sais pas. J'ai pas demandé. On le saura demain à son arrivée.

– Comment doit-il venir jusqu'ici ?

– Jimmy l'accompagnera en voiture. Il veut voir les vieux moutons de Tankstand.

– Eh bien, souhaitons qu'il reste un certain temps. S'il n'est pas marié, je suppose qu'il repartira au bout de quelques semaines, dit Fee. C'est à croire que les employés de cette sorte sont incapables de rester en place.

Jims et Patsy étaient pensionnaires à Riverview; ils se juraient bien de ne pas rester à l'école une minute de plus après avoir atteint les quatorze ans requis par la loi. Ils grillaient de voir venir le jour où ils rejoindraient Bob, Jack et Hughie dans les enclos; Drogheda serait à nouveau aux mains de la famille et les ouvriers temporaires pourraient aller et venir comme bon leur semblerait. Le goût de la lecture, qu'ils partageaient avec les autres Cleary, ne leur rendait pas Riverview plus cher; les livres pouvaient être transportés dans les fontes ou les poches de veste et lus avec infiniment plus de plaisir à l'ombre d'un wilga que dans une salle de classe sous la férule d'un jésuite. Le dépaysement leur avait été pénible. Ils n'appréciaient guère les salles de classe, aux grandes fenêtres, les spacieux terrains de jeu, les superbes jardins et les facilités de tous ordres, pas plus que Sydney, ses musées, salles de concert et galeries d'art. Ils fréquentaient les fils d'autres éleveurs et passaient leurs heures de loisir à évoquer avec nostalgie la maison ou à vanter l'importance et la splendeur de Drogheda à des camarades ébahis mais que n'effleurait pas le doute; quiconque habitait à l'ouest de Burren Junction avait entendu parler du grandiose domaine de Drogheda.

Plusieurs semaines s'écoulèrent avant que Meggie ne rencontrât le nouvel ouvrier-éleveur; son nom avait été dûment enregistré dans les livres, Luke O'Neill, et, dans la grande maison, il faisait davantage les frais de la conversation que tout autre employé de Drogheda. D'une part, il avait refusé de coucher dans le baraquement des célibataires et s'était installé dans la dernière maison libre le long du cours d'eau. D'autre part, après s'être présenté à Mme Smith, il s'était concilié les faveurs de la gouvernante qui, pourtant, ne se préoccupait guère des ouvriers. La curiosité de Meggie au sujet de cet homme avait été éveillée longtemps avant qu'elle ne le rencontrât.

Sa jument alezane et le hongre noir logeaient dans les écuries au lieu de se contenter du paddock; de ce fait, Meggie commençait sa journée plus tard que les hommes et il arrivait que, des semaines durant, elle ne rencontrât pas un seul des employés. Mais elle finit par tomber sur Luke O'Neill, tard un après-midi d'été, alors que le soleil bas à l'horizon empourprait les arbres et que les ombres s'allongeaient, glissant lentement vers l'oubli de la nuit. Elle revenait de la Tête de Forage et se dirigeait vers le passage à gué pour traverser le ruisseau tandis qu'il arrivait du sud-est pour emprunter la même voie.

Il avait le soleil dans les yeux et elle le vit avant qu'il ne l'aperçût; il montait un grand cheval bai, ombrageux, à la crinière et à la queue noire. Elle connaissait bien la bête car c'était à elle qu'il appartenait d'effectuer la rotation des chevaux de travail et elle s'était demandé pourquoi elle voyait si rarement cet animal depuis quelque temps. Les hommes ne l'appréciaient guère et ne le montaient que contraints et forcés. Apparemment, il ne répugnait pas au nouvel ouvrier, ce qui prouvait sa compétence en tant que cavalier; le bai avait une solide réputation de carne qui se cabrait dès l'aurore et avait une fâcheuse propension à mordre celui qui le montait dès qu'il mettait pied à terre.

La taille d'un homme à cheval était difficile à déterminer car les meneurs de troupeaux australiens utilisaient de petites selles anglaises, sans troussequin ni pommeau, et ils montaient genoux ployés, torse très droit. Le nouvel employé paraissait grand mais, parfois, le tronc pouvait être démesuré et les jambes courtes, aussi Meggie réserva-t-elle son jugement. Cependant, contrairement à la plupart de ses collègues, l'homme préférait une chemise blanche et une culotte de velours clair à la flanelle grise et au drap sombre. Que d'élégance ! songea Meggie, amusée. Grand bien lui fasse s'il ne renâcle pas devant tant de lessive et de repassage !

– Bonjour, patronne ! lança-t-il lorsqu'il arriva à sa hauteur.

Il la salua en ôtant son chapeau et le remit, bas sur la nuque, en lui imprimant un angle crâne. Ses yeux bleus et rieurs considérèrent Meggie avec une admiration non dissimulée.

– Ma foi, vous n'êtes sûrement pas la patronne, alors, vous devez être sa fille, remarqua-t-il. Je m'appelle Luke O'Neill.

Meggie marmotta quelques mots indistincts, mais elle se refusa à reporter le regard sur lui, si troublée et irritée qu'elle ne trouvait pas les banalités appropriées à la situation. Oh, ce n'était pas juste ! Comment quelqu'un d'autre osait-il avoir les yeux et les traits du père Ralph ! Ce n'était pas la façon dont il la regardait; sa gaieté lui appartenait en propre et ne recelait aucun amour brûlant pour elle; dès le premier instant où elle avait vu le père Ralph s'agenouiller dans la poussière de la gare de Gilly, Meggie avait lu l'amour dans les yeux du prêtre. Regarder sans *ses* yeux et ne pas *le* voir ! Plaisanterie cruelle, punition.

Inconscient des pensées qu'il suscitait, Luke O'Neill garda son bai vicieux à hauteur de la jument placide de Meggie tandis que les bêtes faisaient jaillir des gerbes d'eau en traversant le ruisseau au courant encore tumultueux après tant de pluie. Ça, pas de doute, c'est une beauté ! Quels cheveux ! Ce qui évoquait la carotte chez les mâles de la famille Cleary avait chez elle une tout autre allure. Si seulement elle voulait bien relever la tête pour lui donner la possibilité de voir la totalité de son visage ! Elle s'y décida au même instant avec une expression telle qu'il sentit ses sourcils se froncer sous l'effet de la surprise; elle ne le regardait pas exactement comme si elle lui vouait de la haine, mais comme si elle tentait de voir en lui quelque chose qu'elle ne parvenait pas à découvrir, ou comme si elle avait distingué quelque chose qu'elle n'aurait pas souhaité trouver. Quoi qu'il en soit, elle semblait troublée. Luke n'avait pas l'habitude d'être jaugé à son désavantage par les femmes. Pris tout naturellement dans le délicieux piège des cheveux d'or roux embrasés par la lumière crépusculaire et des yeux gris, son intérêt se repaissait du mécontentement et de la déception qu'elle montrait. Il continuait à l'observer : bouche rose entrouverte, rosée de transpiration sur la lèvre supérieure et le front en raison de la chaleur, sourcils dorés, arqués par l'étonnement.

Son sourire révéla les fortes dents blanches du père Ralph; pourtant, ce n'était pas le sourire du père Ralph.

– Vous savez, vous avez tout de l'enfant émerveillé, bouche ouverte en oh ! et en ah !

– Je suis désolée, dit-elle en détournant les yeux. Je n'avais pas l'intention de vous dévisager. Vous m'avez rappelé quelqu'un, c'est tout.

– Dévisagez-moi autant que vous le voudrez. Ça vaut mieux que d'avoir à regarder le sommet de votre crâne, aussi joli soit-il. Qui est-ce que je vous rappelle ?

– Personne d'important. Seulement, c'est bizarre de voir quelqu'un qui semble si familier... et pourtant terriblement différent.

– Comment vous appelez-vous, petite Miss Cleary ?

– Meggie.

– Meggie... C'est un nom qui ne vous va pas. Il n'est pas assez bien pour vous. J'aurais préféré que vous vous appeliez Belinda ou Madeline, mais si Meggie est le mieux que vous ayez à offrir, va pour Meggie. C'est le diminutif de quoi... Margaret ?

– Non, de Meghann.

– Ah, voilà qui est mieux ! Je vous appellerai Meghann.

– Non, il n'en est pas question ! rétorqua-t-elle sèchement. Je déteste ce nom.

Il se contenta de rire.

– Vous avez été trop gâtée et habituée à ce qu'on vous passe tous vos caprices, petite Miss Meghann. Si je veux vous appeler Euphrasie, Zéphirine ou Anastasie, rien ne m'en empêchera, vous savez.

Ils venaient d'atteindre le paddock; il se laissa glisser à bas de son bai, décocha un coup de poing sur la tête du cheval qui essayait de le mordre, et l'animal se détourna, soumis. Debout, il attendait manifestement pour tendre la main à Meggie afin de l'aider à mettre pied à terre. Mais elle éperonna sa jument et l'engagea sur le chemin de l'écurie.

– Cette délicate alezane ne fraie pas avec les chevaux du commun ? cria-t-il derrière elle.

– Sûrement pas ! répondit-elle sans se retourner.

Oh, ce n'était pas juste ! Même debout sur ses deux pieds, il ressemblait au père Ralph; aussi grand, aussi large d'épaules et étroit de hanches, et avec un soupçon de cette même grâce bien que déployée différemment. Le père Ralph se déplaçait comme un danseur, Luke O'Neill comme un athlète. Ses cheveux étaient aussi épais, noirs et bouclés, ses yeux aussi bleus, son nez aussi fin et droit, sa bouche aussi bien dessinée. Et pourtant, il ne ressemblait pas davantage au père Ralph que... que... qu'un eucalyptus gris, si haut et pâle et splendide, à un eucalyptus bleu, aussi haut et pâle et splendide.

Après cette rencontre due au hasard, Meggie prêta l'oreille aux opinions et aux bavardages concernant Luke O'Neill. Bob et ses frères se montraient enchantés de son travail et paraissaient bien s'entendre avec lui; apparemment, il n'avait pas en lui une once de paresse, si l'on en croyait Bob. Même Fee prononça son nom un soir dans la conversation en remarquant qu'il était particulièrement bel homme.

– Te rappelle-t-il quelqu'un ? demanda Meggie d'un ton qui se voulait désinvolte.

Elle était étendue de tout son long sur le tapis en train de lire.

Fee réfléchit un instant.

– Ma foi, je suppose qu'il ressemble un peu au père de Bricassart. Même stature, même teint... mais rien de vraiment frappant. Ils sont trop différents en tant qu'hommes. Meggie, j'aimerais que tu t'assois dans un fauteuil comme une dame pour lire ! Ce n'est pas parce que tu es en culotte de cheval que tu dois te conduire en garçon manqué.

– Peuh ! rétorqua Meggie. Comme si quelqu'un y prêtait attention !

Et il en alla ainsi. Il y avait ressemblance, mais les hommes derrière les visages étaient si dissemblables que seule Meggie en souffrait, car elle était amoureuse de l'un d'eux et s'en voulait de trouver l'autre attrayant. Dans les cuisines, elle constata la faveur dont bénéficiait le nouvel ouvrier et elle découvrit aussi comment il pouvait se permettre le luxe de porter chemise blanche et culotte claire dans les enclos; ayant succombé à son charme léger et enjôleur, Mme Smith les lui lavait et les lui repassait.

– Oh ! C'est le type même du bel Irlandais ! soupira Minnie, extatique.

– Il est australien, corrigea Meggie, un rien exaspérée.

– Il est p't-être né ici, chère petite Miss Meggie, mais avec un nom comme O'Neill, il est aussi irlandais que les cochons de saint Paddy, sans vouloir manquer de respect à votre pauvre père, Miss Meggie... qu'il repose en paix et chante avec les anges. M. Luke, pas Irlandais... ? Avec ces cheveux noirs et ces yeux bleus ? Dans l'ancien temps, les O'Neill étaient les rois d'Irlande.

– Je croyais que c'étaient les O'Connor, la taquina Meggie.

Une lueur apparut dans les petits yeux ronds de Minnie.

– Oh ! mais, Miss Meggie, il y avait de la place pour tous, c'était un grand pays.

– Allons donc ! Un pays qui a à peu près la même superficie que Drogheda ! Et d'ailleurs, O'Neill est un nom d'orangiste; ne me raconte pas d'histoire.

– Oui, c'est vrai. Mais c'est un grand nom irlandais, et il existait avant même ces damnés orangistes. C'est un nom qui vient de l'Ulster; c'est bien normal qu'il y en ait quelques-uns qui soient devenus orangistes, non ? Mais il y a eu le fameux O'Neill de Clandeboy et le O'Neill Mor dans le temps, ma chère petite Miss Meggie.

Meggie déposa les armes; Minnie avait depuis longtemps perdu le fanatisme des militants du Sud qui l'animait auparavant et elle pouvait maintenant prononcer le mot « orangiste » sans voir rouge.

A une semaine de là, Meggie rencontra de nouveau Luke O'Neill près du ruisseau. Elle le soupçonna de l'avoir attendue, mais sans savoir quelle contenance prendre au cas où elle ne se tromperait pas.

– Bonsoir, Meghann.

– Bonsoir, répondit-elle en regardant droit entre les oreilles de son alezane.

– Il y a bal de la tondaison à Braich y Pwll samedi prochain. Voulez-vous que nous y allions ensemble ?

– Merci de me l'avoir demandé, mais je ne sais pas danser. Donc, je ne vois pas pourquoi j'irais au bal.

– Je vous apprendrai à danser en deux temps trois mouvements alors ce n'est pas un obstacle. Puisque j'emmènerai la sœur du patron, croyez-vous que Bob me prêtera la vieille Rolls, ou peut-être même la neuve ?

– Je vous ai dit que je n'irai pas ! riposta-t-elle en serrant les dents.

– Vous m'avez dit que vous ne saviez pas danser, et je vous ai répondu que je vous apprendrai. Vous n'avez jamais prétendu que vous ne m'accompagneriez pas si vous saviez danser, ce qui m'a autorisé à penser que c'est la danse qui présentait une objection à vos yeux, pas moi... Allez-vous vous défiler ?

Éxaspérée, elle le toisa méchamment, mais il se contenta de rire.

– Vous êtes gâtée-pourrie, jeune Meghann. Il est grand temps qu'on ne vous passe plus tous vos caprices.

– Je ne suis pas gâtée !

– A d'autres ! La seule fille au milieu de tous ces frères qui n'ont d'yeux que pour elle, toute cette terre, l'argent, une maison luxueuse, des domestiques... ? Je sais que c'est l'Église qui est propriétaire, mais les Cleary ne sont pas sans le sou.

Voilà la grande différence entre eux, pensa-t-elle, triomphante; cette idée ne lui était pas venue à l'esprit depuis qu'elle l'avait rencontré. Le père Ralph ne se serait pas laissé prendre aux apparences, mais cet homme ne possédait pas sa sensibilité; il ne percevait pas ce qui se cachait sous la surface. Il chevauchait à travers la vie sans lui voir ni complexité ni peine.

Abasourdi, Bob tendit les clefs de la nouvelle Rolls sans le moindre commentaire; il s'était contenté de dévisager Luke en silence, puis avait souri.

– Je n'imaginais pas Meggie allant au bal, mais emmenez-là, Luke, et amusez-vous bien ! Ça lui plaira probablement, pauvre gosse. Elle n'a jamais l'occasion de sortir. Nous devrions penser à la distraire, mais il y a tant de choses à faire...

– Pourquoi ne viendriez-vous pas aussi avec Jack et Hughie ? demanda Luke qui ne semblait pas redouter la compagnie.

Bob secoua la tête, horrifié.

– Non, merci. On n'est pas très portés sur la danse.

Meggie mit sa robe cendre de roses car elle n'en avait pas d'autre; il ne lui était pas venu à l'esprit d'utiliser une partie de l'argent que le père Ralph versait à son compte en banque pour se faire faire des toilettes. Jusque-là, elle avait réussi à refuser les invitations, d'autant que des hommes tels qu'Enoch Davies et Alastair MacQueen étaient aisément découragés par un non énergique. Ils n'avaient pas l'aplomb de Luke O'Neill.

Mais, en s'examinant dans la glace, elle pensa qu'elle accompagnerait peut-être sa mère à Gilly la semaine prochaine pour passer chez la vieille Gert afin de lui commander quelques robes.

Elle répugnait à porter cette toilette; si elle en avait eu une autre qui fût à peu près possible, elle l'aurait immédiatement ôtée. En un temps révolu, un autre homme, différent, aux cheveux noirs lui aussi... La robe s'incorporait si totalement à l'amour et aux rêves, aux larmes et à la solitude que la porter pour un individu tel que Luke O'Neill relevait du sacrilège. Elle s'était habituée à cacher ses sentiments, à paraître toujours calme et heureuse. La maîtrise de soi l'enrobait comme l'écorce revêt l'arbre et parfois, la nuit, elle pensait à sa mère et frissonnait.

Finirait-elle comme M'man, retranchée de tout sentiment ? Est-ce ainsi que les choses avaient commencé pour M'man après qu'elle eut connu le père de Frank ? Et quelle serait la réaction de M'man si elle apprenait que Meggie connaissait la vérité au sujet de Frank ? Oh, cette scène au presbytère ! Elle semblait s'être déroulée la veille, Papa et Frank face à face, et Ralph qui la serrait si fort qu'elle en avait mal. Les choses atroces qu'ils avaient criées. Peu à peu, elles avaient toutes pris leur place. Elle avait suffisamment grandi pour comprendre que le fait d'avoir des enfants impliquait davantage que ce qu'elle croyait autrefois, un quelconque contact physique rigoureusement interdit en dehors du mariage. Quelle honte, quelle humiliation avait dû connaître M'man à cause de Frank ! Pas étonnant qu'elle se fût murée en elle-même. Si cela m'arrivait, pensa Meggie, je préférerais mourir. Dans les livres, seules les filles les plus vulgaires, les plus viles avaient des enfants hors du mariage; pourtant, M'man n'était ni vile ni vulgaire, elle n'avait jamais pu l'être. De tout son cœur, Meggie souhaitait que M'man lui en parlât ou qu'elle-même eût le courage d'aborder la question. Peut-être qu'elle aurait pu l'aider, même un tout petit peu. Mais M'man n'était pas le genre de femme à se confier ou à susciter les confidences. Devant sa glace, Meggie soupira, souhaitant de tout son être que rien de tel ne lui arrivât.

Pourtant elle était jeune; en un tel moment, alors qu'elle se regardait dans sa robe cendre de roses, elle souhaitait connaître des sensations, sentir des émotions déferler sur elle comme un vent fort et chaud. Elle ne voulait pas se traîner en petite automate pour le restant de ses jours; elle voulait le changement, et la vitalité, et l'amour. L'amour, et un mari, et des enfants. A quoi bon languir pour un homme qui ne viendrait pas à elle ? Il ne la voulait pas, il ne la voudrait jamais. Il disait l'aimer, mais pas comme un époux. Parce qu'il était marié à l'Église. Tous les hommes étaient-ils ainsi, aimaient-ils une notion intangible plus qu'ils ne pouvaient aimer une femme ? Non, sûrement pas tous les hommes. Les êtres les plus difficiles, peut-être, les plus complexes, avec leur océan de doutes, d'objection, de rationalité. Mais il devait exister des hommes plus simples, des hommes capables d'aimer une femme au-dessus de tout. Des hommes comme Luke O'Neill, par exemple.

– Je crois que vous êtes la plus belle fille que j'aie jamais vue, déclara Luke en lançant le moteur de la Rolls.

Les compliments sortaient du domaine habituel de Meggie; du coin de l'œil, elle lui dédia un regard étonné, mais ne dit mot.

– C'est rudement agréable, hein ? remarqua Luke, pas le moins du monde affecté par le manque d'enthousiasme de sa compagne. Il suffit de tourner une clef, d'appuyer sur un bouton du tableau de bord, et le moteur démarre. Pas de manivelle sur laquelle on s'éreinte en espérant que le malheureux moulin se mettra en marche avant qu'on soit complètement crevé. Ça c'est la vie, Meghann. Aucun doute sur la question.

– Vous ne me laisserez pas seule, n'est-ce pas ? demanda-t-elle.

– Grand dieu, non ! Vous êtes ma cavalière, n'est-ce pas ? Autrement dit, vous êtes à moi pour toute la soirée, et je n'ai pas l'intention de laisser sa chance à un autre.

– Quel âge avez-vous, Luke ?

– Trente ans. Et vous ?

– Presque vingt-trois.

– Tant que ça, hein ? Vous avez l'air d'une gosse.

– Je ne suis pas une gosse.

– Oh ! Alors, vous avez déjà dû être amoureuse.

– Une fois.

– C'est tout ? A vingt-trois ans ? Ah, Seigneur ! A votre âge, j'avais déjà été amoureux une bonne douzaine de fois.

– J'aurais probablement pu l'être aussi, mais je rencontre bien peu d'hommes dont je puisse tomber amoureuse à Drogheda. Pour autant que je me souvienne, vous êtes le premier employé du domaine qui ait osé davantage qu'un timide bonjour.

– Si vous n'allez pas au bal parce que vous ne savez pas danser, vous restez en dehors du coup, sans aucune chance de vous mettre dans le bain. Mais n'ayez crainte, nous arrangerons ça en un rien de temps. Dès la fin de la soirée, vous saurez danser et, en quelques semaines, vous deviendrez une vraie championne. (Il lui coula un regard furtif.) Mais vous ne me ferez jamais croire que les fils des autres gros colons de la région ne vous ont pas invitée à un bal de temps à autre. Pour les employés, je comprends; vous êtes au-dessus de la condition d'un ouvrier ordinaire, mais certains des pontes du mouton ont bien dû vous guigner.

– Si je suis au-dessus de la condition d'un ouvrier ordinaire, pourquoi m'avez-vous demandé de vous accompagner ? riposta-t-elle.

– Oh, j'ai un aplomb de tous les diables ! dit-il en souriant. Allons, ne changez pas de sujet ; il a bien dû y avoir quelques gars dans les environs de Gilly qui vous ont demandé d'aller danser avec eux.

– Quelques-uns, reconnut-elle. Mais je n'en ai jamais eu envie; vous m'avez forcé la main.

– Dans ce cas, ils sont tous bêtes à manger du foin, déclara-t-il, péremptoire. Je sais reconnaître une belle fille quand j'en vois une.

Elle n'était pas très sûre d'apprécier la façon dont il s'exprimait, mais il ne se laissait pas aisément remettre en place.

Tout le monde assistait au bal de la tondaison, depuis les fils et les filles de colons, jusqu'aux ouvriers agricoles et à leurs épouses lorsqu'ils étaient mariés, aux servantes, gouvernantes, citadins de tous âges et des deux sexes. Par exemple, c'était l'occasion pour les institutrices de rencontrer les stagiaires des différents domaines, les employés de banque et les broussards vivant dans les coins les plus reculés du pays.

L'étiquette, réservée aux réceptions plus cérémonieuses, n'était certes pas de mise. Le vieux Mickey O'Brien était venu de Gilly avec son violon et il y avait toujours des volontaires pour l'accompagner à l'accordéon; ceux-ci se remplaçaient à tour de rôle tandis que le vieux violoniste jouait sans relâche, assis sur un baril ou une balle de laine, sa lèvre pendante, laissant échapper de la salive parce qu'il n'avait pas la patience de la ravaler, ce qui eût compromis son rythme.

Ce n'était pas le genre de bal auquel Meggie avait assisté pour l'anniversaire de Mary Carson. Là se succédaient des danses vigoureuses, en groupe : gigue, polka, quadrille, mazurka, sans autre contact que l'effleurement passager des mains du cavalier ou un tourbillon effréné entre des bras rudes. Rien de propice à l'intimité, à la rêverie. Chacun semblait considérer la fête comme un exutoire; les intrigues sentimentales pouvaient être mieux conduites ailleurs, loin du tapage et des flonflons.

Meggie s'aperçut bientôt qu'on lui enviait son grand et beau cavalier. Il était l'objet de regards alanguis et séducteurs, presque à l'égal du père Ralph, mais plus ouvertement. Autant que le père Ralph en suscitait. En suscitait. Quelle chose affreuse que de devoir penser à lui au passé.

Fidèle à sa promesse, Luke ne la laissa seule que le temps d'une brève visite aux toilettes; Enoch Davies et Liam O'Rourke assistaient à la fête et ils n'auraient pas demandé mieux que de le remplacer auprès d'elle. Mais il ne leur en laissa pas la moindre possibilité. Quant à Meggie, elle était trop étourdie par tout ce qui l'entourait pour comprendre qu'elle avait parfaitement le droit d'accepter les invitations à danser de la part d'autres hommes que son cavalier. Bien qu'elle n'entendît pas les commentaires, ceux-ci n'échappèrent pas à Luke qui s'en réjouissait dans son for intérieur. Quelle audace avait ce type, un moins que rien, qui venait de la leur souffler sous le nez ! La réprobation n'avait aucun sens pour lui. Ils avaient eu leur chance; s'ils n'en avaient pas tiré le maximum, tant pis pour eux.

La dernière danse était une valse. Luke prit la main de Meggie, lui passa le bras autour de la taille, l'attira contre lui. C'était un excellent danseur. A sa grande surprise, Meggie s'aperçut qu'il lui suffisait de le suivre partout où il l'entraînait. Et quelle sensation extraordinaire que de se trouver ainsi contre un homme, de sentir les muscles de sa poitrine et de ses cuisses, de s'imprégner de la chaleur de son corps. Ses brefs contacts avec le père Ralph avaient été d'une telle intensité qu'elle n'avait pas eu le temps de percevoir ses réactions secrètes, et elle avait cru honnêtement qu'elle serait incapable de ressentir le même émoi dans d'autres bras. Pourtant, l'expérience présente était très différente, excitante; son pouls s'accélérait et elle comprit que Luke s'en était rendu compte à la façon dont il la fit subitement tournoyer, la serrant plus étroitement contre lui tandis qu'il pressait sa joue dans ses cheveux.

Alors que la Rolls les ramenait vers Drogheda dans un doux ronronnement de moteur, se riant de la piste cahotante qui, parfois, ne se distinguait plus de l'herbe, ils n'échangèrent que de rares paroles. Cent kilomètres séparaient Braich y Pwll de Drogheda. Tout au long du trajet, il fallait traverser des enclos sans jamais apercevoir un toit, sans la moindre lumière indiquant un foyer, sans intrusion humaine. La ligne de collines qui traversait Drogheda ne s'élevait guère à plus de trente mètres mais, sur les plaines de terre noire, franchir cette éminence équivalait à se trouver au sommet des Alpes. Luke arrêta la voiture, descendit et contourna la Rolls pour ouvrir la portière à Meggie. Elle posa pied à terre à côté de lui, tremblant un peu; allait-il tout gâcher en essayant de l'embrasser ? Tout était tellement noyé de silence, si éloigné d'âme qui vive !

Non loin de la voiture, une vieille barrière tombait en ruine; maintenant légèrement Meggie par le coude pour s'assurer qu'elle ne trébucherait pas avec ses chaussures à hauts talons, Luke l'aida à traverser le sol accidenté, les trous de terriers de lapins. Agrippée avec force à la barrière, le regard perdu vers les plaines, elle demeurait sans voix; tout d'abord, en raison de sa terreur, puis, quand sa panique s'estompa en voyant qu'il n'esquissait pas le moindre mouvement vers elle, en raison de sa surprise.

Presque aussi nettement que les rayons du soleil, la pâle lueur de la lune soulignait les vastes étendues dans le lointain, l'herbe luisante et ondoyante dont la mouvance semblait engendrée par un soupir, tourbillon d'argent, de blanc et de gris. Les feuilles étincelaient tout à coup comme des étincelles quand le vent les agitait, et de grands golfes d'ombre s'étalaient sous les bouquets d'arbres, recelant autant de mystère que les gouffres béants du monde souterrain. Elle leva la tête, essaya de compter les étoiles, et y renonça; aussi délicats que des gouttes de rosée sur une toile d'araignée, les points lumineux s'embrasaient, disparaissaient, s'embrasaient, disparaissaient, en une pulsation aussi éternelle que celle de Dieu. Ils semblaient suspendus au-dessus d'elle comme un filet, si beaux, silencieux, perçants, scrutant l'âme, gemmes des yeux d'insectes soudain brillants sous une lumière vive, aveugles quant à l'expression, infinis quant à la perception de la toute-puissance. Les seuls bruits provenaient du vent chaud, courant sur l'herbe, des sifflements dans les arbres, d'un claquement dû à la rétraction du métal émanant de la Rolls qui refroidissait, et d'un oiseau ensommeillé quelque part, tout proche, qui se plaignait qu'on eût troublé son repos; seule odeur, l'indéfinissable fragrance de la brousse.

Luke tourna le dos à la nuit, tira sa blague à tabac, son cahier de feuilles de papier et commença à rouler une cigarette.

– Etes-vous née ici, Meghann ? s'enquit-il en frottant paresseusement les brins de tabac dans sa paume.

– Non. Je suis née en Nouvelle-Zélande. Nous sommes venus à Drogheda il y a treize ans.

Il glissa les brins de tabac dans leur fourreau qu'il roula de façon experte entre le pouce et l'index; il en mouilla le bord et enfonça quelques brindilles rétives à l'intérieur du tube à l'aide d'une allumette qu'il gratta pour allumer sa cigarette.

– Vous vous êtes amusée ce soir, n'est-ce pas ?

– Oh, oui !

– J'aimerais vous emmener à d'autres bals.

– Merci.

Il retomba dans le silence; il fumait doucement en regardant audessus du toit de la Rolls en direction du bouquet d'arbres où l'oiseau continuait à exprimer son mécontentement par des cris d'indignation. Lorsqu'il ne resta plus qu'un mégot entre ses doigts tachés, il le jeta à terre et l'écrasa d'énergiques coups de talon jusqu'à ce qu'il eût la certitude de l'avoir bien éteint. Personne ne saurait mieux broyer un mégot qu'un homme hantant la brousse australienne.

Avec un soupir, Meggie abandonna sa contemplation de la lune, et il l'aida à remonter en voiture. Il était infiniment trop avisé pour l'embrasser à ce stade, d'autant qu'il avait l'intention de tout mettre en œuvre pour l'épouser; il fallait d'abord qu'elle eût envie d'être embrassée.

Mais il y eut d'autres bals tout au long de l'été qui s'éteignit dans une splendeur pourpre et poussiéreuse; peu à peu, on s'était habitué au domaine à ce que Meggie se fût trouvé un cavalier bien de sa personne. Ses frères évitèrent de la taquiner car ils l'aimaient et éprouvaient de la sympathie pour Luke O'Neill, le travailleur le plus infatigable qu'ils eussent jamais embauché; à leurs yeux, il n'existait pas de meilleure recommandation. Au fond du cœur, ils se savaient plus proches de la classe laborieuse que de celle des colons; il ne leur vint jamais à l'esprit de juger Luke O'Neill sur son impécuniosité. Quoi qu'il en soit, la tranquille présomption de Luke qui se voulait différent des ouvriers ordinaires porta ses fruits; cette disposition d'esprit lui valut d'être traité en égal.

Il eut bientôt l'habitude de prendre le chemin de la grande maison lorsqu'il ne passait pas la nuit dans les enclos; Bob ne tarda pas à déclarer qu'il était ridicule qu'il mangeât seul alors que la table des Cleary regorgeait de nourriture; après quoi, il sembla stupide de l'obliger à parcourir une distance d'un kilomètre et demi pour rentrer chez lui alors qu'il avait l'amabilité de tenir compagnie à Meggie et de lui parler jusqu'à une heure avancée de la nuit; on lui proposa donc d'emménager dans l'une des petites maisons d'invités derrière la grande bâtisse.

A ce stade, Meggie pensait beaucoup à lui, de façon moins désobligeante qu'auparavant quand elle le comparait au père Ralph. La vieille blessure se cicatrisait. Au bout d'un certain temps, elle oublia que le père Ralph avait souri autrement avec la même bouche, alors que Luke souriait de cette manière, que les yeux bleu vif du père Ralph recelaient une sérénité distante alors que ceux de Luke brillaient d'une passion tourmentée. Elle était jeune et n'avait pu savourer l'amour, même si elle l'avait goûté en de brefs instants. Elle souhaitait le rouler sur la langue, en humer le bouquet, s'en abreuver jusqu'à connaître l'ivresse. Le père Ralph était devenu Mgr Ralph; jamais, jamais il ne lui reviendrait. Il l'avait vendue pour treize millions de pièces d'argent, et il lui en restait une rancœur. S'il n'avait pas utilisé cette phrase la nuit près de la Tête de Forage, elle ne se serait pas posé de questions, mais il l'avait employée et, depuis, pendant d'innombrables nuits, elle s'était retournée dans son lit en se demandant le sens exact de ces mots.

Et les mains la démangeaient quand elle sentait le dos de Luke contre ses paumes et qu'il la serrait contre lui en dansant; elle était troublée par cet homme, par son contact, sa vitalité subjuguante. Oh ! elle ne sentait jamais ce feu sombre envahir ses os à la pensée de Luke; jamais elle ne pensait que s'il lui arrivait de ne plus le voir, elle se flétrirait, se dessécherait. Elle n'était pas parcourue de frémissements lorsqu'il la regardait. Mais elle avait appris à connaître d'autres hommes, tels que Liam O'Rourke, Enoch Davies, Alastair MacQueen, quand Luke l'accompagnait dans les réceptions de plus en plus nombreuses de la région, et aucun d'eux ne suscitait en elle l'émoi que Luke O'Neill y faisait naître. S'ils étaient assez grands de taille pour l'obliger à lever la tête, elle s'apercevait que leurs yeux n'étaient pas comparables à ceux de Luke. Il leur manquait toujours quelque chose que Luke possédait, bien qu'elle fût incapable de déterminer exactement ce quelque chose. Elle se refusait à admettre que la séduction qu'il exerçait sur elle résidait dans sa seule ressemblance avec le père Ralph.

Ils parlaient beaucoup, mais toujours de généralités; la tonte, la terre, les moutons, ce qu'ils souhaitaient de la vie, ou parfois des lieux qu'ils avaient connus ou de quelque événement politique: Il lisait un livre de temps à autre, mais ce n'était pas un lecteur impénitent comme Meggie et, en dépit des efforts qu'elle déployait, elle ne parvenait pas à le convaincre de lire tel ou tel ouvrage du seul fait qu'elle l'eût trouvé intéressant. Il n'amenait jamais la conversation sur des sujets intellectuels et, plus irritant et symptomatique que tout, il ne manifestait jamais le moindre intérêt pour la vie de Meggie et ne lui demandait pas ce qu'elle en attendait. Parfois, elle grillait de lui parler de sujets infiniment plus proches de son cœur que les moutons ou la pluie, mais lorsqu'elle s'y essayait, il réussissait invariablement à détourner la conversation sur des voies plus impersonnelles.

Luke O'Neill était habile, vaniteux, extrêmement travailleur et avide de s'enrichir. Il était venu au monde dans une cahute de torchis, exactement à hauteur du tropique du Capricorne, dans les faubourgs de Longreach dans le Queensland occidental. Son père était la brebis galeuse d'une famille irlandaise prospère mais implacable, sa mère, la fille d'un boucher allemand de Winton; lorsqu'elle exigea d'épouser son suborneur, elle fut aussi désavouée. Ils eurent dix enfants dans ce taudis et pas un seul qui possédât une paire de chaussures – non que les souliers fussent très indispensables dans cette région torride. Luke père, qui gagnait sa vie en tant que tondeur quand l'envie lui en prenait (mais il se sentait surtout du goût pour le rhum frelaté) mourut dans un incendie ayant éclaté dans un boui-boui du coin alors que le jeune Luke avait dix ans. Dès qu'il le put, le gamin suivit la tournée de tonte en tant que panseur; son occupation consistait à badigeonner d'une sorte de goudron fondu les blessures occasionnées par les tondeurs lorsqu'ils entamaient la chair des moutons.

Luke ne renâclait certes pas au travail; il s'en repaissait comme d'autres peuvent se repaître de l'oisiveté, soit parce que son père avait été un pilier de cabaret et objet de quolibets, soit parce que sa mère allemande lui avait légué l'amour du travail.

En grandissant, il passa de panseur à manœuvre; il courait le long des boxes pour saisir les grandes toisons qui se détachaient en un seul morceau, les soulevant comme des cerfs-volants pour les porter jusqu'à la table d'effilage. Puis, il apprit cet art qui consistait à couper les bords des toisons encroûtées de saletés avant de les transférer dans un réceptacle à l'intention du sélectionneur, lequel était l'aristocrate de la tonte; l'homme qui, tel un dégustateur de vins ou un « nez » dans l'industrie du parfum, ne peut être formé s'il n'est pas doté d'un profond instinct pour remplir son office. Et Luke ne possédait pas l'instinct du sélectionneur; il lui fallait se tourner soit vers le pressage des toisons, soit vers la tonte, s'il voulait gagner plus d'argent, ce qu'il désirait ardemment. Sa force physique lui permettait de manœuvrer la presse pour tasser les pelages selon leurs catégories afin d'en former des balles massives, mais un bon tondeur gagnait bien davantage.

Déjà, dans le Queensland occidental, il s'était taillé une réputation de travailleur infatigable, et il n'éprouva aucune difficulté à être embauché comme apprenti tondeur. Avec de l'aisance, une bonne coordination de mouvements, de la vigueur et de l'endurance, qualités toutes indispensables et que Luke avait le bonheur de posséder, un homme pouvait espérer devenir un tondeur de premier ordre. Bientôt, Luke réussit à tondre plus de deux cents moutons par jour, six jours par semaine : le travail était payé une livre pour cent tontes, toutes exécutées à l'aide de l'instrument à tête étroite en vigueur dans le pays. Les grosses tondeuses de Nouvelle-Zélande avec leur large peigne grossier étaient illégales en Australie bien qu'elles permettent un travail deux fois plus rapide.

C'était une besogne harassante : se pencher de toute sa hauteur en maintenant le mouton serré entre les genoux, passer régulièrement la tondeuse sur tout le corps de l'animal afin de dégager la toison en un seul morceau avec un minimum de coupures infligées à la bête, tout en rasant la peau de suffisamment près pour satisfaire le contremaître qui ne manquait pas de surgir si l'un des tondeurs ne se conformait pas à ses rigoureux critères. Luke ne craignait pas la chaleur et la transpiration ni la soif qui l'obligeait à boire jusqu'à douze litres d'eau par jour. Il ne craignait même pas les hordes de mouches qui l'assaillaient car il était né dans un pays de mouches. Et il ne s'inquiétait guère des moutons, souvent considérés comme un véritable cauchemar par les tondeurs; laine en paquets, humide, agglomérée, envahie de mouches mortes, les toisons variaient constamment mais il s'agissait toujours de mérinos, ce qui signifiait que la laine recouvrait la bête depuis les sabots jusqu'au nez sur une peau fragile et granuleuse qui se dérobait sous les doigts.

Non, ce n'était pas le travail en soi qui accablait Luke car plus il travaillait dur, plus il se sentait en forme; par contre, le bruit, le fait d'être enfermé et l'odeur lui répugnaient. Un bâtiment de tonte est un véritable enfer. Il décida donc de devenir patron, celui qui va et vient devant les lignes de tondeurs courbés et considère d'un œil de propriétaire les toisons dont les bêtes sont dépouillées en un mouvement souple, coulé.

Au bout du plancher, sur sa chaise cannée
Le patron est assis, l'œil partout, animé.

Telles étaient les paroles de la vieille complainte de tonte et Luke O'Neill décida d'incarner l'image qu'elles évoquaient. Le patron, le chef, le maître éleveur, le colon. Pas question pour lui de se complaire dans une vie de tondeur, perpétuellement courbé, bras allongés; il voulait jouir du plaisir de travailler au grand air, l'œil rivé sur l'argent qui rentrait à flot. Seule la perspective de devenir tondeur pilote aurait pu l'inciter à continuer dans le métier, faire partie de la poignée d'hommes qui réussissaient à tondre plus de trois cents mérinos par jour selon les critères les plus exigeants et en utilisant des instruments à tête étroite. Accessoirement, ils réalisaient de véritables fortunes en prenant des paris; malheureusement, Luke était un peu trop grand pour s'incorporer à cette élite; les quelques secondes supplémentaires qu'il lui fallait pour se pencher faisaient toute la différence entre un bon tondeur et un tondeur pilote.

Il prit conscience des limites qui lui étaients imposées et se tourna vers un autre moyen pour sortir de sa condition. A ce moment de sa vie, il découvrit la séduction qu'il exerçait sur les femmes. Sa première tentative eut lieu en tant qu'ouvrier éleveur à Gnarlunga, domaine dont l'héritière était relativement jeune et jolie. Ce ne fut que par malchance qu'en fin de compte elle lui préféra le Pommy dont les curieux exploits commençaient à s'inscrire dans la légende de la brousse. De Gnarlunga, il partit pour Bingelly où il fut embauché pour le dressage des chevaux; là, il garda l'œil sur la maison où une vieille fille assez disgraciée, l'héritière, vivait avec son père devenu veuf. Pauvre Dot, il l'avait presque conquise mais, finalement, elle s'était rangée aux avis de son père et avait épousé le fringant sexagénaire, propriétaire du domaine voisin.

Ces deux tentatives lui avaient coûté trois ans de sa vie et il jugea que vingt mois par héritière se révélaient infiniment trop longs et fastidieux. Pendant un temps, il serait plus avisé de voyager, d'aller loin, de changer constamment de paysage jusqu'à ce que cet élargissement de son horizon lui fasse découvrir une autre proie en puissance. Tout en s'amusant énormément, il partit sur les routes à bétail du Queensland occidental, descendit le Cooper et la Diamantina, le Barcoo et le Bulloo Overflow, s'insinua en Nouvelle-Galles du Sud. Il avait trente ans et il était plus que temps de trouver la poule qui lui pondrait quelques œufs d'or.

Tout le monde avait entendu parler de Drogheda, mais Luke dressa l'oreille en apprenant que le domaine ne comptait qu'une seule fille. Aucun espoir de la voir hériter, mais peut-être sa famille la doterait-elle d'une modeste terre de quarante mille hectares du côté de Kynuna ou de Winton. Le pays était agréable pour la région de Gilly, mais trop peuplé et boisé à son goût. Luke rêvait de l'immensité du lointain Queensland occidental, où l'herbe s'étendait à l'infini et où les arbres ne représentaient guère qu'un souvenir se situant quelque part dans l'est. Simplement l'herbe, encore et encore, sans commencement et sans fin, où un propriétaire pouvait s'estimer heureux en nourrissant un mouton sur quatre hectares de terre. Car, parfois, il n'y avait pas d'herbe, seulement un désert plat et craquelé, un sol noir haletant. L'herbe, le soleil, la chaleur et les mouches; à chaque homme son paradis, et tel était celui de Luke O'Neill.

Il avait soutiré les autres renseignements sur Drogheda à Jimmy Strong, l'agent de la AML & F, qui l'avait amené jusqu'au domaine le premier jour, et il avait encaissé un rude coup en découvrant que l'Eglise en était propriétaire. Pourtant, il avait appris combien rares et disséminées se révélaient les héritières de propriétés; quand Jimmy Strong lui expliqua que la fille unique possédait un compte en banque bien alimenté, que ses frères étaient fous d'elle, il décida de mettre son projet à exécution.

Mais, bien que Luke eût depuis longtemps fixé l'objectif de sa vie à quarante mille hectares dans la région de Kynuna ou de Winton et qu'il s'efforçât d'atteindre son but avec un zèle tenant de l'idée fixe, il aimait l'argent infiniment plus que ce qu'il pourrait lui procurer; pas la propriété de la terre et la puissance qui en découlait, mais la perspective d'entasser des rangées de chiffres sur son carnet bancaire, à *son nom*. Ce n'était ni Gnarlunga ou Bingelly qu'il avait voulu avec tant d'acharnement, mais la valeur que représentaient les domaines en espèces sonnantes et trébuchantes. Un homme grillant vraiment de devenir patron ne se serait jamais orienté sur Meggie Cleary, démunie de terre. Pas plus qu'il n'aurait recherché la joie du travail physique comme Luke O'Neill.

Pour la treizième fois en treize semaines, Luke emmena Meggie au bal donné, cette fois, par l'institution de la Sainte-Croix à Gilly. Meggie était trop naïve pour se douter de la façon dont il découvrait les endroits où avaient lieu de telles manifestations et de la manière dont il obtenait les invitations mais, régulièrement, le samedi, il demandait à Bob les clef de la Rolls, et il emmenait Meggie quelque part dans un rayon de deux cents kilomètres.

Ce soir-là, il faisait froid tandis qu'elle se tenait contre une barrière et contemplait le paysage sans lune. Sous ses pieds, elle sentait le crissement du gel. L'hiver arrivait. Le bras de Luke lui enserra la taille et il l'attira à lui.

– Vous avez froid, remarqua-t-il. Nous ferions mieux de rentrer.

– Non, ça va maintenant. Je me réchauffe, répondit-elle, un rien haletante.

Elle perçut un changement en lui, dans la pression du bras qui la tenait distraitement, de façon impersonnelle. Mais c'était agréable de se serrer contre lui, de sentir la chaleur qui irradiait de son corps, de cette musculature d'homme. En dépit du cardigan, elle prit conscience de la main de Luke qui se déplaçait maintenant en petits cercles caressants, tentant de susciter une réaction. A ce stade, si elle déclarait qu'elle avait froid, il s'arrêterait; si elle ne disait mot, il la jugerait consentante. Elle était jeune et souhaitait ardemment savourer l'amour. Luke était le premier homme en dehors de Ralph qui l'intéressât, alors pourquoi ne pas connaître le goût de ses baisers ? Mais qu'ils soient différents ! Qu'ils ne ressemblent pas aux baisers de Ralph !

Estimant que son silence équivalait à un consentement, Luke lui posa la main sur l'épaule, lui imprima un mouvement afin qu'elle lui fît face et pencha la tête. Etait-ce là la sensation engendrée par un baiser ? Ce n'était jamais qu'une sorte de pression ! Quelle réaction était-elle censée avoir pour indiquer que ce contact lui plaisait ? Elle remua les lèvres sous les siennes et souhaita immédiatement s'en être abstenue. La pression s'accentua; il entrouvrit la bouche, força la sienne de ses dents et de sa langue qu'il insinua profondément, habilement. Odieux. Pourquoi l'impression avait-elle été si différente lorsque Ralph l'avait embrassée ? Alors, elle n'avait pas ressenti ce dégoût un peu nauséeux; le vide s'était fait dans son esprit; elle s'était seulement ouverte à lui comme un coffre lorsqu'on appuie sur un ressort secret. Que diable faisait-il ? Pourquoi sentait-elle son corps tressaillir de la sorte, s'accrocher à lui, alors qu'elle souhaitait si ardemment s'arracher à son étreinte.

Luke avait découvert le point sensible qui rendait Meggie vulnérable et il accentua la pression de ses doigts sur le flanc ployé pour lui communiquer un frisson. Jusqu'ici, elle ne faisait guère preuve d'un enthousiasme délirant. Il arracha ses lèvres des siennes et les écrasa contre le cou flexible. Elle parut apprécier davantage ce contact; elle haleta et ses mains montèrent à la rencontre des épaules musclées, mais lorsqu'il laissa glisser sa bouche vers la gorge tout en cherchant à la dénuder plus avant, elle le repoussa brusquement et s'écarta.

– Ça suffit, Luke !

L'épisode l'avait déçue, un peu écœurée. Luke en eut parfaitement conscience tandis qu'il l'aidait à monter en voiture, puis il roula une cigarette dont il éprouvait le plus grand besoin. Il s'imaginait volontiers un amant consommé; jusque-là, aucune de ses conquêtes ne s'était jamais plainte mais il ne s'agissait pas de jeunes filles telles que Meggie. Même Dot MacPherson, l'héritière de Bingelly, infiniment plus riche que Meggie, était grossière au possible, ne se prévalait pas de chics pensionnats de Sydney ou autres chichis. En dépit de son allure, Luke ne pouvait se targuer d'une expérience sexuelle supérieure à celle de l'ouvrier agricole moyen; il ignorait à peu près tout du mécanisme secret de la femme en dehors de ce qui lui plaisait personnellement, et tout de la théorie. Ses nombreuses conquêtes n'hésitaient pas à lui crier leur satisfaction, ce qui sous-entendait simplement qu'elles s'en tenaient à leurs expériences limitées et que, par ailleurs, elles ne se montraient pas toujours d'une franchise totale. Une fille qui s'abandonnait visait le mariage quand le partenaire se révélait aussi séduisant et travailleur que Luke, aussi était-elle toujours prête à lui mentir pour lui être agréable. Et rien ne pouvait être plus satisfaisant que s'entendre traiter d'amant exceptionnel. Luke n'imaginait pas combien d'autres hommes avaient été floués de la sorte, et depuis toujours.

Il continuait à penser à Dot, qui avait cédé aux objurgations de son père après que celui-ci l'eût bouclée dans le baraquement des tondeurs pendant une semaine avec une carcasse grouillante de mouches pour tout potage; mentalement, Luke haussa les épaules. Il avait affaire à forte partie avec Meggie et il ne pouvait se permettre de l'effrayer ou de la dégoûter. Le plaisir devait attendre, c'est tout. Il la courtiserait à la façon qu'elle souhaitait manifestement, fleurs et prévenances, et pas trop de pelotage.

Pendant un moment régna un silence gênant, puis Meggie soupira et se laissa aller contre le dossier de son siège.

– Je suis désolée, Luke.

– Moi aussi, je suis désolé. Je n'avait pas l'intention de vous manquer de respect.

– Oh non ! vous ne m'avez pas manqué de respect. Vraiment pas ! Seulement, je ne suis pas très habituée à... à ça... Vous m'avez effrayée, pas manqué de respect.

– Oh, Meghann ! s'exclama-t-il en lâchant le volant pour saisir ses mains qu'elle tenait sagement croisées sur ses genoux. Ecoutez, n'y pensez plus. Vous êtes encore une petite fille et je suis allé trop vite. N'y pensons plus.

– Oui, c'est ça, n'y pensons plus, acquiesça-t-elle.

– Il ne vous avait jamais embrassée, lui ? demanda Luke, curieux.

– Qui ?

Y avait-il de la crainte dans sa voix ? Mais pourquoi aurait-elle ressenti de la crainte ?

– Vous m'avez dit que vous aviez déjà été amoureuse, alors j'en ai déduit que vous étiez un peu plus avertie. Je suis désolé, Meghann. J'aurais dû comprendre que, bouclée comme vous l'êtes dans ce coin perdu avec une famille comme la vôtre, vous vouliez simplement dire que vous aviez eu une toquade d'écolière pour un type quelconque qui ne vous a même pas remarquée.

Oui, oui, oui. Qu'il voie les choses sous cet angle !

– Vous avez parfaitement raison, Luke. Ce n'était qu'une toquade d'écolière.

Devant la maison, il l'attira de nouveau à lui et lui déposa sur les lèvres un long baiser tendre, sans chercher à forcer sa bouche. Elle ne réagit pas vraiment mais s'abandonna davantage. Il regagna le cottage d'invité qui lui avait été dévolu avec la satisfaction de ne pas avoir compromis ses chances de succès.

Meggie se traîna jusqu'à son lit et demeura étendue, les yeux ouverts sur le halo que la lampe dessinait au plafond. En tout cas, elle avait acquis une certitude : rien dans les baisers de Luke ne lui rappelait ceux de Ralph. Et, à une ou deux reprises vers la fin de leur étreinte, elle avait ressenti un surprenant émoi lorsqu'il lui avait enfoncé les doigts dans le flanc et embrassé le cou. Inutile de comparer Luke à Ralph; d'ailleurs, elle n'était plus très sûre de le vouloir; mieux valait oublier Ralph; il ne pouvait être son mari. Luke, si.

La deuxième fois que Luke l'embrassa, Meggie se comporta très différemment. Ils s'étaient rendus à une magnifique réception donnée à Rudna Hunish, à la limite territoriale que Bob avait imposée à leurs escapades, et, d'emblée, la soirée s'était révélée prometteuse. Luke était au meilleur de sa forme, plaisantant tellement à l'aller qu'elle n'avait cessé de rire, puis il s'était montré tendre et attentionné à son égard pendant tout le bal. Et Miss Carmichael avait mis tout en œuvre pour le lui enlever ! Elle s'était avancée sur le terrain où Alastair MacQueen et Enoch Davies n'osaient s'aventurer, s'attachant à eux, flirtant ostensiblement avec Luke qu'elle obligea, ne serait-ce que par politesse, à danser avec elle. Il s'agissait d'une réception assez cérémonieuse où les couples évoluaient avec un certain formalisme et Luke invita Miss Carmichael pour une valse lente. Mais il était retourné vers Meggie dès la fin de la danse, sans mot dire, se contentant de regarder au plafond, laissant clairement entendre qu'il considérait Miss Carmichael comme une pimbêche ennuyeuse. Et Meggie apprécia fort sa réaction; depuis le jour où Miss Carmichael s'était immiscée dans sa joie lors de la fête de Gilly, elle lui vouait une vive antipathie. Elle n'avait jamais oublié la façon dont le père Ralph avait ignoré la belle amazone pour soulever une petite fille et l'aider à passer une flaque d'eau; ce soir Luke agissait de même. Oh, bravo ! Luke, vous êtes merveilleux !

La route était longue pour regagner la maison et il faisait très froid. Luke avait réussi à soutirer quelques sandwichs et une bouteille de champagne au vieil Angus MacQueen, et lorsqu'ils eurent parcouru à peu près les deux tiers du chemin, il arrêta la voiture. A bord des véhicules, le chauffage était alors aussi rare en Australie qu'il l'est encore de nos jours, mais la Rolls en possédait un; cette nuit-là, il fut particulièrement apprécié car il s'était formé sur le sol une couche de glace de cinq centimètres.

– Oh, que c'est agréable d'être installé confortablement, sans manteau, par une nuit pareille ! remarqua Meggie en souriant.

Elle prit le petit gobelet télescopique en argent que Luke lui tendait et mordit dans un sandwich au jambon.

– Oui, en effet, acquiesça-t-il. Vous êtes jolie comme un cœur ce soir, Meghann.

Était-ce la couleur des yeux de la jeune fille ? A vrai dire, il n'appréciait pas spécialement le gris qu'il considérait comme un peu terne, mais en regardant les yeux de Meggie, il aurait pu jurer qu'ils recelaient toutes les teintes du spectre, tirant sur le bleu, le violet, l'indigo et le ciel par une belle journée d'été ensoleillée, un vert profond et mousseux, un soupçon de jaune brun. Et ils brillaient doucement, tels des gemmes translucides, cernés de longs cils recourbés qui scintillaient comme s'ils avaient été plongés dans de la poudre d'or. Il tendit la main et, délicatement, effleura du doigt une frange de cils, puis examina attentivement sa phalange.

– Luke ! Qu'est-ce qu'il y a ?

– Je n'ai pas pu résister à la tentation; je tenais à m'assurer que vous n'aviez pas un pot de poudre d'or sur votre coiffeuse. Vous savez, vous êtes la seule fille que j'aie jamais rencontrée dont les cils soient recouverts de vrai or.

– Oh ! (Elle porta la main à ses yeux, regarda ses doigts et rit.) Mais c'est vrai ! Et il tient !

Le champagne lui chatouillait les narines et pétillait doucement dans sa gorge; elle se sentait merveilleusement bien.

– Et des sourcils d'or véritable qui ont la même forme que les voûtes des églises, et les plus magnifiques cheveux d'or véritable... Je m'attends toujours à ce qu'ils soient durs comme du métal, et pourtant ils sont doux et fins comme ceux d'un enfant... Et votre peau, vous devez aussi la poudrer d'or, elle brille tant... Et la plus belle bouche qui soit, faite pour le baiser...

Elle le dévisageait, lèvres roses légèrement entrouvertes comme lors de leur première rencontre; il tendit la main pour la débarrasser du gobelet.

– Je crois qu'un peu plus de champagne vous ferait du bien, dit-il en saisissant la bouteille.

– Je reconnais volontiers qu'il est agréable de s'arrêter pour une petite pause avant de reprendre la route, et je vous remercie d'avoir pensé à demander à M. MacQueen des sandwichs et du champagne.

Le gros moteur de la Rolls ronronnait doucement dans le silence, de l'air chaud se déversait à l'intérieur avec une sorte de soupir; deux genres de bruits, distincts, lénifiants. Luke dénoua se cravate et la retira, ouvrit le col de sa chemise.

Leurs vestes reposaient sur le siège arrière, inutiles étant donné la chaleur qui régnait dans la voiture.

– Oh, que c'est bon ! Je ne sais pas qui a inventé la cravate et déclaré qu'un homme n'était jamais convenablement habillé sans cet engin de torture, mais si jamais je le rencontrais, je l'étranglerais volontiers avec son invention.

Il se tourna brusquement, se pencha vers elle, et sa bouche se calqua exactement au galbe de la sienne, comme un morceau de puzzle trouvant son complément. Bien qu'il ne la maintînt pas et se tînt relativement écarté d'elle, elle eut l'impression d'être rivée à lui et s'abandonna lorsqu'il l'attira contre sa poitrine. Il lui enserra la tête de ses doigts pour mieux profiter de cette bouche ensorcelante, étonnamment vivante, en épuiser la sève. Avec un soupir, il se laissa aller à la sensation qui l'envahissait, oublieux de tout ce qui n'était pas ces lèvres soyeuses s'adaptant enfin aux siennes. Elle lui glissa les bras autour du cou, plongea ses doigts tremblants dans les cheveux sombres tandis que la paume de sa main libre venait se poser sur la peau hâlée de la base du cou. Cette fois, il ne brûla pas les étapes, bien qu'il eût perçu son érection avant même de lui verser un deuxième gobelet de champagne, seulement en la contemplant. Sans qu'il la libère, ses lèvres papillonnèrent sur les joues duveteuses, les yeux clos, se posèrent longuement sur les paupières, revinrent vers les pommettes satinées à l'extrême, vers la bouche dont la forme enfantine le rendait fou, l'avait rendu fou depuis leur première rencontre.

Et son cou, ce petit creux à sa base, la peau de son épaule si délicate et fraîche, et sèche... Incapable de suspendre son élan, effrayé à l'idée qu'elle lui demandât d'arrêter, il retira la main qui retenait une boucle dorée et ses doigts s'acharnèrent sur la longue rangée de boutons qui fermaient la robe dans le dos, firent glisser hors de la soie les bras menus et consentants, puis abaissèrent les épaulettes de la combinaison de satin. Le visage enfoui entre le cou gracile et l'épaule, il laissa courir le bout de ses doigts le long du dos nu, percevant les frissons étonnés que sa caresse faisait naître, le durcissement subit des seins. Sa tête descendit en une recherche aveugle, irrépressible, d'une surface bombée, d'un doux coussin, ses lèvres écartées accentuèrent leur pression et se refermèrent bientôt sur le bout de sein ferme, tendu, au cœur d'un fouillis soyeux. Sa langue s'attarda pendant une minute éblouissante, puis ses doigts pressèrent le dos arqué avec un plaisir insoutenable, et il aspira, mordilla, embrassa, aspira encore... Vieille et éternelle impulsion, sa caresse préférée qui, jamais, ne le conduisait à l'échec. C'était si bon, bon, bon ! Il ne laissa pas échapper un cri, frissonna seulement, s'abreuva avec volupté à cette chair douce.

Tel un nourrisson rassasié, il laissa le bouton dressé lui échapper des lèvres, déposa un baiser éperdu d'amour et de gratitude sur le sein et demeura d'une immobilité totale que troublait seulement son halètement. Il sentait qu'elle lui butinait les cheveux, laissait sa main glisser dans l'entrebâillement de sa chemise et, soudain, il parut se ressaisir, ouvrit les yeux. Prestement, il se redressa, ramena les bretelles de sa combinaison sur ses épaules, ajusta la robe qu'il reboutonna adroitement.

– Je crois que nous ferions bien de nous marier, Meghann, dit-il en l'enveloppant d'un regard doux et rieur. Je ne pense pas que tes frères approuveraient le moins du monde ce que nous venons de faire.

– Oui, je crois que ça vaudrait mieux, moi aussi, convint-elle, paupières baissées, joues délicatement empourprées.

– Annonçons-leur la nouvelle demain matin.

– Pourquoi pas ? Le plus tôt sera le mieux.

– Samedi prochain, je te conduirai à Gilly. Nous irons trouver le père Thomas... Je suppose que tu préfères un mariage à l'église... Nous ferons publier les bans et tu choisiras une bague de fiançailles.

– Merci, Luke.

Et voilà. Elle s'était engagée; il n'y avait pas à revenir en arrière. Dans quelques semaines, après le délai légal pour la publication des bans, elle épouserait Luke O'Neill. Elle deviendrait... Mme Luke O'Neill ! Comme c'était curieux ! Pourquoi avait-elle dit oui ? Parce qu'*il* m'a dit qu'il le fallait, *il* en a décidé ainsi. Mais pourquoi ? Pour qu'*il* échappe au danger ? Pour se protéger, ou pour me protéger, moi ? Ralph de Bricassart, parfois, je crois que je vous hais...

L'incident de la voiture s'était révélé saisissant, déconcertant. Rien à voir avec la première fois. Tant de sensations merveilleuses, terrifiantes. Oh, le contact de ses mains ! Ce délicieux tourment ressenti dans la poitrine qui irradiait en cercles, s'élargissant de plus en plus à travers tout son corps ! Et il avait agi exactement au moment où elle cherchait à se ressaisir, à l'instant où sa conscience se manifestait dans l'hébétude, lui criant, alors qu'il lui ôtait ses vêtements, qu'il lui fallait hurler, le gifler, s'enfuir. L'apaisement, la griserie distillée par le champagne, la chaleur, la découverte qu'il était délicieux de ployer sous des baisers bien appliqués s'étaient dissipés mais, dès qu'il lui avait posé les lèvres sur la poitrine en un embrassement goulu, elle s'était sentie transfigurée, avait oublié jusqu'à la notion de bon sens, répudié sa conscience et toute idée de fuite. Elle avait écarté ses épaules de la poitrine musculeuse; ses hanches semblaient s'affaisser contre lui, tout comme ses cuisses et cette région innomée qu'il pressait de ses mains vigoureuses contre une arête de son corps aussi dure que de la pierre; et elle avait simplement souhaité demeurer ainsi pour le restant de ses jours, secouée jusqu'à l'âme, vide, béante, quémandant... Quémandant quoi ? Elle ne le savait pas. Lorsqu'il l'avait repoussée, elle s'était aperçue qu'elle ne souhaitait pas partir, elle aurait même été capable de se précipiter sauvagement sur lui. Et tout cela s'était ligué pour sceller sa résolution inébranlable d'épouser Luke O'Neill. Et puis elle était convaincue qu'il lui avait fait la chose par laquelle commencent les enfants.

Personne ne manifesta beaucoup de surprise en apprenant la nouvelle, et personne ne songea à s'opposer au mariage. Seule source d'étonnement pour la famille : le refus catégorique de Meggie d'écrire à Mgr Ralph pour lui faire part de ses fiançailles et son opposition presque hystérique à l'idée émise par Bob qui souhaitait inviter

Mgr Ralph à la réception qui serait donnée à Drogheda pour cette grande occasion. Non, non, non ! avait-elle hurlé. Meggie, qui n'élevait jamais la voix ! Elle paraissait éprouver du ressentiment à l'idée que le prélat ne fût jamais venu les voir; son mariage ne regardait qu'elle, et s'il n'avait pas fait montre de la politesse la plus élémentaire en leur rendant visite à Drogheda, elle se refusait à lui imposer une obligation qu'il ne pourrait décliner.

Fee promit donc de ne pas souffler mot de la nouvelle dans ses lettres; il semblait d'ailleurs que cela lui était égal, tout comme le choix de Meggie quant à son époux. La tenue des livres d'un domaine aussi important que Drogheda exigeait tout son temps. Ce qu'elle y consignait aurait pu fournir à un historien une description exemplaire de la vie dans une exploitation spécialisée dans l'élevage du mouton, car elle ne se contentait pas seulement de chiffres et de comptes. Tous les déplacements des troupeaux étaient consignés, tout comme les changements de saison, les conditions météorologiques quotidiennes, et même ce que Mme Smith servait aux repas. Le dimanche 22 juillet 1934, entra dans ses livres la note suivante : *Ciel clair, dégagé, température à l'aube : 1 degré. Pas de messe aujourd'hui. Bob présent; Jack à Murrimbah avec deux ouvriers, Hughie à West Dam avec un ouvrier. Pete-la-Barrique conduit les moutons de trois ans de Budgin à Winnemurra. Température élevée à quinze heures, 29 degrés. Baromètre stable, 777 millimètres. Vent d'ouest. Menu du dîner : corned-beef, pommes de terre bouillies, carottes et chou, pudding au raisin. Meghann Cleary doit épouser Luke O'Neill, ouvrier-éleveur, le samedi 25 août en l'église de la Sainte-Croix à Gillanbone. Note consignée à vingt et une heures; température 7 degrés, lune à son dernier quartier.*

CHAPITRE 11

Luke offrit à Meggie une bague de fiançailles en diamant, modeste mais très jolie avec ses deux pierres d'un quart de carat serties dans des cœurs de platine. Les bans furent publiés afin que le mariage eût lieu le samedi 25 août, à midi, en l'église de la Sainte-Croix. La cérémonie serait suivie d'un déjeuner intime à l'hôtel Impérial auquel étaient conviées Mme Smith, Minnie et Cat. Jims et Patsy resteraient à Sydney car Meggie s'était énergiquement élevée contre le projet de les faire venir, déclarant qu'elle ne voyait pas l'intérêt de leur imposer un voyage de près de deux mille kilomètres aller et retour pour assister à une cérémonie dont ils ne pouvaient réellement comprendre la portée. Elle avait reçu leurs lettres de félicitations; la longue missive décousue et enfantine de Jims et celle de Patsy qui consistait en deux mots : « Bonne chance ». Les jumeaux connaissaient bien Luke car ils avaient chevauché avec lui dans les enclos de Drogheda lors des dernières vacances.

Mme Smith fut chagrinée par l'insistance de Meggie qui ne voulait entendre parler que d'une cérémonie aussi simple que possible; elle eût souhaité voir l'unique fille de Drogheda se marier avec accompagnement de cymbales, d'oriflammes flottant au vent et festivités s'étendant sur plusieurs jours. Mais Meggie s'insurgea à tel point devant toute perspective de tralala qu'elle refusa de porter l'habituelle toilette de mariée; elle irait à l'église dans une robe de tous les jours, avec un chapeau de tous les jours, ainsi elle serait prête pour partir en voyage après la cérémonie.

Le dimanche qui suivit celui où ils avaient pris leurs dispositions pour le mariage, Luke se laissa tomber dans un fauteuil en face de sa fiancée.

– Chérie, je sais où je t'emmènerai pour notre lune de miel, dit-il.

– Où ?

– Dans le Queensland du Nord. Pendant que tu étais chez la couturière, j'ai causé avec quelques gars au bar de l'Impérial; ils m'ont expliqué qu'il y a de l'argent à gagner dans le pays de la canne à sucre pour un homme vigoureux auquel le travail ne fait pas peur.

– Mais, Luke, tu as déjà une bonne place ici !

– Un homme qui se respecte ne peut pas vivre aux crochets de sa belle-famille. Je veux que nous amassions de l'argent pour acheter une propriété dans le Queensland occidental et je tiens à y arriver avant d'être trop vieux pour la faire rapporter. Quand on n'a pas d'instruction, il est difficile de trouver une bonne situation, surtout avec cette crise, mais on manque d'hommes dans le Queensland du Nord, et je gagnerai dix fois plus d'argent qu'en restant à Drogheda.

– A quoi faire ?

– A couper la canne à sucre.

– Couper la canne à sucre ? Mais c'est un travail de coolie !

– Non, tu te trompes. Les coolies sont de trop petite taille pour avoir le même rendement que les blancs, et puis tu sais aussi bien que moi que la loi australienne interdit l'immigration des Noirs et des Jaunes qui sont prêts à se livrer à un travail de manœuvre pour un salaire moindre que celui des Blancs, ce qui enlèverait le pain de la bouche des Australiens. On manque de coupeurs de canne et il y a beaucoup d'argent à gagner. Peu d'hommes sont assez grands et vigoureux pour couper de la canne; moi, je le suis.

– Est-ce que tu entends par là que tu envisages de nous faire vivre dans le Queensland du Nord, Luke ?

– Oui.

Le regard de Meggie dépassa l'épaule de son fiancé et se posa au-delà de la vitre pour contempler Drogheda: les grands eucalyptus, l'enclos central, le bouquet d'arbres plus loin. Ne plus vivre à Drogheda ! Etre quelque part où Mgr Ralph ne pourrait jamais la retrouver, vivre sans jamais le revoir, s'attacher à cet étranger assis en face d'elle si irrévocablement qu'aucun retour en arrière ne serait possible... Les yeux gris se fixèrent sur le visage impatient, vivant de Luke; ils reflétaient plus de beauté mais aussi une indéniable tristesse. Il ne fit que le percevoir; pas de larmes, les paupières ne s'abaissaient pas, pas plus que les commissures des lèvres. Mais il ne se préoccupait pas des chagrins qu'abritait Meggie car il n'avait aucune intention de lui laisser prendre suffisamment d'importance pour qu'il s'inquiétât à son sujet. Bien sûr, elle représentait une sorte de prime pour un homme qui avait tenté d'épouser Dot MacPherson de Bingelly, mais son attrait physique et sa nature docile ne faisaient que renforcer Luke dans sa détermination à maîtriser les élans de son cœur. Aucune femme, même aussi douce et belle que Meggie Cleary, n'exercerait jamais un ascendant suffisant sur lui pour lui dicter sa conduite.

Aussi, fidèle à lui-même, il alla droit au but. Par moments, la ruse était nécessaire mais, en l'occurrence, elle lui serait moins utile que la brusquerie.

– Meghann, je suis un peu vieux jeu, dit-il.

– Vraiment ?

Elle le considéra, intriguée. Le ton de sa réplique laissait clairement entendre : quelle importance ?

– Oui, reprit-il. Je crois que quand un homme et une femme se marient, tous les biens de la femme doivent devenir ceux de l'homme, comme la dot dans l'ancien temps. Je sais que tu as un peu d'argent et je tiens à te dire dès maintenant que quand nous serons mariés tu me signeras les papiers nécessaires pour qu'il me revienne. Je trouve plus correct de te faire part de mes intentions pendant que tu es encore libre et en mesure d'accepter ou de refuser.

Il n'était jamais venu à l'esprit de Meggie qu'elle conserverait son argent, imaginant simplement qu'une fois mariée, il deviendrait la propriété de Luke, pas la sienne. Toutes les Australiennes, à quelques rares exceptions près chez celles qui avaient reçu une éducation plus raffinée, avaient été habituées à se considérer plus ou moins comme l'esclave de leur seigneur et maître, et cette règle s'appliquait tout spécialement à Meggie. Fee et les enfants avaient toujours été sous la coupe de Papa et, depuis sa mort, Fee avait transmis les pouvoirs de celui-ci à Bob, son successeur. L'homme possédait l'argent, la maison, la femme et les enfants. Meggie n'avait jamais mis en question qu'il en fût ainsi.

– Oh ! s'exclama-t-elle. Je ne savais pas qu'il était nécessaire de signer des papiers, Luke. Je croyais que ce qui était à moi devenait automatiquement ta propriété après le mariage.

– C'était bien comme ça dans le temps, mais ces abrutis de politiciens de Canberra ont tout changé quand ils ont accordé le droit de vote aux femmes. Je veux que tout soit clair et net entre nous, Meghann; c'est pour ça que je tiens à ce que tu saches dès maintenant comment seront les choses.

– Mais je n'y vois aucun inconvénient, Luke dit-elle en riant.

Elle se conformait aux règles du bon vieux temps. Dot n'aurait pas cédé aussi facilement.

– Combien as-tu ? demanda-t-il.

– Actuellement, quatorze mille livres. J'en reçois deux mille chaque année.

Il émit un sifflement admiratif.

– Quatorze mille livres ! Mais c'est beaucoup d'argent, Meghann. Il vaut mieux que je m'en occupe. Nous irons trouver le directeur de la banque la semaine prochaine et rappelle-moi de lui dire que tout ce qui te sera versé à l'avenir devra être mis à mon nom aussi. Je ne vais pas en toucher un centime, tu le sais. Ce capital servira à acheter notre domaine un peu plus tard. Pendant les quelques années qui viennent, nous allons travailler dur tous les deux et économiser chaque sou que nous gagnerons. C'est d'accord ?

– Oui, Luke, acquiesça-t-elle.

Une simple négligence de la part de Luke faillit compromettre son mariage. Il n'était pas catholique. Lorsque le père Watty s'en aperçut, il leva les bras au ciel avec horreur.

– Doux Jésus ! Luke, pourquoi ne l'avez-vous pas dit plus tôt ? Seigneur, il faudra que vous me veniez en aide pour que Luke O'Neill soit converti et baptisé avant le mariage !

Luke dévisagea le père Watty avec étonnement.

– Qui a parlé de conversion, mon père ? Je suis très heureux comme ça, n'appartenant à aucune religion; mais si ça vous inquiète, considérez-moi comme mormon ou mahométan, ou tout ce qui vous passera par la tête. Mais pas question de m'inscrire comme catholique.

En vain le supplièrent-ils; Luke se refusait à envisager une conversion.

– Je n'ai rien contre le catholicisme ou l'Irlande du Sud, et je trouve qu'en Ulster les catholiques en voient de cruelles, mais je suis orangiste et je n'ai rien d'un homme qui retourne sa veste. Si j'étais catholique et que vous vouliez me convertir à la religion méthodiste, je réagirais de la même façon. Ce n'est pas tant le catholicisme que je refuse... je ne veux pas être un renégat, c'est tout. Il faudra que votre troupeau se passe de moi, mon père, et il n'y a pas à revenir là-dessus.

– Dans ce cas, vous ne pouvez pas vous marier !

– Et pourquoi pas ? Si vous ne voulez pas nous marier, je peux aller trouver le révérend de l'Église d'Angleterre et je parie qu'il n'y verra pas d'objection, ou encore Harry Gough qui est juge de paix.

Fee esquissa un sourire amer, se rappelant ses démêlés avec Paddy et un prêtre; démêlés dont elle était sortie vainqueur.

– Mais, Luke, il faut que je me marie à l'église, protesta Meggie avec effroi. Sinon, je vivrai dans le péché !

– Eh bien, en ce qui me concerne, j'estime qu'il vaut infiniment mieux vivre dans le péché que retourner sa veste, déclara Luke qui, parfois, faisait preuve d'un curieux esprit de contradiction.

Certes, il voulait l'argent de Meggie, mais une farouche obstination lui interdisait de céder.

– Oh, cessez toutes ces bêtises ! lança Fee à l'adresse du prêtre. Agissez comme Paddy et moi avons agi et finissons-en avec cette discussion ! Le père Thomas peut vous marier au presbytère s'il ne veut pas souiller son église.

Et tous de la dévisager, stupéfaits, mais elle obtint gain de cause; le père Watkin céda et accepta de les marier au presbytère tout en refusant de bénir les alliances.

Cette sanction partielle de l'Église laissa à Meggie le sentiment qu'elle commettait un péché, pourtant pas assez grave pour aller en enfer, et la vieille Annie, la gouvernante du presbytère, fit de son mieux pour conférer à la bibliothèque du père Watkin une ambiance d'église à grand renfort de vases de fleurs et de candélabres de cuivre. La cérémonie n'en fut pas moins gênante; très mécontent, le prêtre faisait sentir à chacun qu'il ne s'y pliait qu'à son corps défendant afin d'éviter la honte d'un mariage civil. Pas de messe nuptiale, pas de bénédiction.

Cependant, tout était consommé. Meggie était Mme Luke O'Neill, en route pour le Queensland du Nord et une lune de miel quelque peu retardée par le laps de temps exigé pour arriver à destination. Luke se refusa à passer la nuit du samedi au dimanche à l'hôtel Impérial parce que le train assurant la correspondance de Goondiwindi ne partait qu'une fois par semaine, le samedi soir, pour attraper le courrier Goondiwindi-Brisbane du dimanche, ce qui leur permettrait d'arriver à Brisbane le lundi, en temps voulu pour sauter dans l'express de Cairns.

Le train de Goondiwindi était bondé. Il ne comportait pas de couchettes et ils restèrent assis toute la nuit sans grande intimité. Heure après heure, le convoi roula, empruntant un itinéraire tortueux, renâclant parfois pour gagner le Nord-Est, s'arrêtant interminablement chaque fois que l'envie prenait au mécanicien de se préparer un peu de thé ou pour laisser passer un troupeau de moutons vagabondant le long des rails, à moins que ce ne fût pour échanger quelques mots avec un convoyeur de bétail.

– Quel nom bizarre que ce Goondiwindi, et si difficile à prononcer !

Ils étaient assis dans le seul endroit qui fût ouvert le dimanche à Goondiwindi, l'atroce salle d'attente aux murs peints de la couleur chère à l'administration, le vert, et offrant aux voyageurs quelques bancs noirs et inconfortables. Pauvre Meggie; elle était nerveuse, mal à l'aise.

– Oui, en effet, répondit Luke avec un soupir.

Il n'avait pas envie de parler et, qui plus est, il était affamé. Impossible d'obtenir quoi que ce soit un dimanche, pas même une tasse de thé; ils durent attendre d'êtres arrivés à Brisbane, le lundi matin, pour se restaurer et étancher leur soif. Après quoi, ils quittèrent le buffet de South Bris pour traverser la ville jusqu'à la gare de Roma Street d'où partait le train à destination de Cairns. Là, Meggie s'aperçut que Luke leur avait retenu deux places assises de deuxième classe.

– Luke, nous ne manquons pas d'argent ! s'écria-t-elle, lasse et exaspérée. Si tu as oublié de passer à la banque, j'ai cent livres que Bob m'a données, là, dans mon sac. Pourquoi n'as-tu pas pris des wagons-lits de première classe ?

Il la dévisagea, les traits tirés par la stupeur.

– Mais le voyage jusqu'à Dungloe ne dure que trois jours et trois nuits ! Pourquoi dépenser de l'argent pour un wagon-lit alors que nous sommes tous deux jeunes, sains et vigoureux ? Rester assise quelques heures dans un train ne va pas te tuer, Meghann ! Il serait tout de même temps que tu comprennes que tu as épousé un simple ouvrier, pas un satané colon !

Meggie s'effondra à sa place, près de la fenêtre; elle logea son menton tremblant au creux d'une main et regarda à travers la glace afin que Luke ne remarquât pas les larmes qui lui montaient aux yeux. Il l'avait rembarrée de la façon dont on s'adresse à une enfant irresponsable, et elle commençait à se demander s'il ne la considérait pas sous ce jour. La révolte l'envahissait, à vrai dire à peine une esquisse de rébellion, pourtant son inflexible fierté lui interdisait l'indignité d'une querelle. Au lieu de quoi, elle se répéta qu'elle était l'épouse de cet homme et que la condition de mari était récente pour lui; il fallait lui laisser le temps de s'y habituer. Ils vivraient ensemble, elle lui préparerait ses repas, repriserait ses vêtements, s'occuperait de lui, mettrait ses enfants au monde, serait une bonne épouse. Elle se rappela combien Papa estimait M'man, combien il l'avait adorée. Donner du temps à Luke.

Ils se rendaient dans une ville nommée Dungloe, soixante-dix kilomètres avant Cairns, le terminus nord de la ligne qui suivait toute la côte du Queensland. Plus de seize cents kilomètres à rouler sur une voie étroite, à tanguer continuellement dans un compartiment bourré sans avoir la possibilité de s'étendre ou de s'étirer. Bien que le paysage fût infiniment plus peuplé et coloré, Meggie ne parvenait pas à s'y intéresser.

Elle avait mal à la tête, ne parvenait pas à conserver le moindre aliment et il faisait une chaleur atroce, bien pire que tout ce qu'elle avait pu connaître à Gilly. La ravissante robe de mariée en soie rose était noire de la suie qui s'engouffrait par les fenêtres; sa peau restait poisseuse sous une transpiration qui ne s'évaporait pas et, plus humiliant encore que la gêne physique qu'elle endurait, elle sentait monter en elle de la haine à l'égard de Luke. Celui-ci ne semblait pas le moins du monde fatigué ou affecté par le voyage; très à l'aise, il bavardait avec deux voyageurs qui se rendaient à Cardwell. Les rares fois où il regarda dans sa direction, il se pencha vers elle avec tant d'indifférence qu'elle se contracta et trouva un dérivatif en jetant un journal roulé par la fenêtre à une équipe de cheminots en haillons, avides de nouvelles, qui travaillaient le long de la ligne, masse en main, et criaient :

– Journal ! Journal !

– L'équipe d'entretien de la ligne, expliqua-t-il, la première fois que l'incident se produisit.

Il semblait prendre pour acquis qu'elle était heureuse et aussi à l'aise que lui, enchantée par la contemplation de la plaine côtière qui défilait. Alors qu'elle la regardait sans la voir, la détestant avant même de l'avoir foulée.

A Cardwell, les deux voyageurs descendirent, et Luke se rendit dans la boutique vendant du poisson et des pommes de terre frites juste en face de la gare; il en rapporta deux portions graisseuses dans du papier journal.

– Il paraît que tant qu'on n'a pas goûté le poisson de Cardwell, on ne peut pas y croire, Meghann chérie. C'est le meilleur poisson du monde ! Tiens, régale-toi. Tu vas m'en dire des nouvelles ! C'est la nourriture typique du pays des bananes. Crois-moi, le Queensland, c'est ce qu'il y a de mieux !

Meggie jeta un coup d'œil au morceau de poisson graisseux, porta un mouchoir à sa bouche et se précipita vers les toilettes. Il l'attendait dans le couloir lorsqu'elle en sortit un instant plus tard, blême, frissonnante.

– Qu'est-ce qu'il y a ? Tu ne te sens pas bien ?

– Je ne me suis pas sentie bien depuis que nous avons quitté Goondiwindi.

– Grand dieu ! Pourquoi est-ce que tu ne me l'as pas dit ?

– Pourquoi ne l'as-tu pas remarqué ?

– Tu me semblais très bien.

– C'est encore loin ? demanda-t-elle, abandonnant la partie.

— Oh ! Il faut compter entre trois et six heures. Tu sais, dans le coin, on ne se fait pas beaucoup de bile pour l'horaire. Maintenant que les gars sont descendus, c'est pas la place qui nous manque. Étends-toi et pose tes petits petons sur mes genoux.

— Oh, ne me parle pas comme à un bébé ! lança-t-elle d'un ton sec. Je me sentirais infiniment mieux si nous nous étions arrêtés pendant deux jours à Bundaberg !

— Allons, Meghann, sois une chic fille ! On y est presque. Il ne reste que Tully et Innisfail, et après c'est Dungloe.

L'après-midi tirait à sa fin quand ils descendirent du train; Meggie s'accrochait désespérément au bras de Luke, trop fière pour avouer qu'elle était incapable de marcher normalement. Il demanda au chef de gare le nom d'un hôtel pour ouvriers, souleva leurs valises et sortit dans la rue, Meggie titubant derrière lui comme un ivrogne.

— C'est juste au bout du pâté de maisons, en face, expliqua-t-il pour la réconforter. Tu vois là-bas... cette bâtisse à un étage.

Bien que la chambre fût de dimensions réduites et surchargée de grands meubles victoriens, elle parut paradisiaque à Meggie qui se laissa tomber sur le bord du lit.

— Étends-toi un peu avant le dîner, mon amour, conseilla-t-il. Je vais sortir pour me repérer un peu.

Il quitta la chambre d'un pas alerte, l'air aussi frais et dispos que le matin de leur mariage. Celui-ci avait eu lieu le samedi et ils venaient de débarquer le jeudi en fin d'après-midi; cinq jours assis dans des compartiments bondés, à étouffer dans la chaleur, la fumée de cigarette et la suie.

Le lit se balançait en cadence, faisant entendre un cliquetis quand les roues d'acier mordaient sur une autre section de rail, mais Meggie enfouit la tête dans l'oreiller avec reconnaissance et s'abîma dans le sommeil.

Quelqu'un lui avait retiré ses chaussures et ses bas avant de la recouvrir d'un drap; Meggie se tortilla, ouvrit les yeux et regarda autour d'elle. Assis sur le rebord de la fenêtre, un genou remonté, Luke fumait. Il se retourna quand il l'entendit remuer et sourit.

— Eh bien, tu fais une charmante jeune mariée ! Je grille de commencer ma lune de miel et ma femme roupille pendant près de deux jours ! J'étais un peu inquiet quand je n'ai pas pu te réveiller, mais le patron de l'hôtel m'a expliqué que ça arrive souvent aux femmes après le voyage en train et avec l'humidité du pays. Il m'a conseillé de te laisser dormir tout ton soûl. Comment tu te sens à présent ?

Ankylosée, elle se redressa, s'étira et bâilla.

— Je me sens beaucoup mieux, merci. Oh, Luke ! Je sais que je suis jeune et vigoureuse, mais je n'en suis pas moins une femme. Physiquement, je résiste moins bien que toi.

Il vint s'asseoir sur le bord du lit, lui caressa le bras en un geste charmant de repentir.

– Je suis désolé, Meghann. Vraiment navré. J'avais oublié que tu étais une femme. Tu vois, je ne suis pas encore habitué à être en puissance d'épouse. C'est tout. As-tu faim, chérie ?

– Je meurs de faim. Tu te rends compte qu'il y a presque une semaine que je n'ai rien avalé ?

– Alors, prends un bain, passe une robe propre et nous irons faire un tour dans Dungloe.

Un restaurant chinois jouxtait l'hôtel, Luke y entraîna Meggie qui découvrit ainsi la cuisine orientale. Elle était tellement affamée que n'importe quoi lui aurait paru bon, mais ce repas était succulent. Elle se moquait éperdument qu'il fût constitué de queues de rat, d'ailerons de requins, d'entrailles de gibier, ainsi que la rumeur le prétendait à Gillanbone qui ne s'enorgueillissait que d'un café tenu par des Grecs dont les spécialités se résumaient au steak-pommes frites. A l'hôtel, Luke s'était fait remettre deux bouteilles de bière dans un sac en papier et il insista pour qu'elle en bût un verre en dépit de l'aversion qu'elle vouait à ce breuvage.

– Ne bois pas trop d'eau au début, conseilla-t-il. La bière ne te donnera pas de coliques.

Puis, il la prit par le bras et l'emmena fièrement à travers Dungloe, comme si la ville lui appartenait. Attitude logique en quelque sorte puisque Luke était originaire du Queensland. Quelle étonnante agglomération que Dungloe ! Elle avait un caractère particulier et ne ressemblait en rien aux villes de l'Ouest. A peu près de la même importance que Gilly, ses maisons ne couraient pas interminablement le long d'une unique rue principale; Dungloe présentait des pâtés de maisons rectilignes et tous ses magasins et bâtisses étaient peints en blanc, pas en marron. Les fenêtres comportaient des impostes verticales, vraisemblablement pour capter le moindre souffle de brise et, chaque fois que c'était possible, on se passait de toit, comme dans le cas du cinéma, par exemple, qui ne montrait qu'un écran, des murs hourdis et des rangées de chaises pliantes en toile, mais pas l'ombre d'une toiture.

Une véritable jungle mordait sur les abords de la ville. Les plantes grimpantes envahissaient tout – poteaux, toits, murs. Des arbres poussaient tranquillement au milieu de la route, parfois entourés de maisons, à moins qu'ils n'aient prospéré au centre de constructions antérieures. Difficile de déterminer quels étaient les premiers arrivants, arbres ou habitations, car il émanait de l'ensemble une impression de végétation exubérante, échappant à tout contrôle. Des cocotiers plus hauts et plus droits que les eucalyptus de Drogheda agitaient leurs palmes sous un ciel d'un bleu profond, mouvant; partout où Meggie portait les yeux ce n'était qu'un embrasement de couleurs. Pas de terre brune ou grise ici. Toutes les espèces d'arbres semblaient en pleine floraison – pourpre, orange, écarlate, rose, bleu, blanc.

On croisait de nombreux Chinois en pantalon de soie noire, minuscules chaussures noires et blanches, chemise blanche à col de mandarin, natte dans le dos. Hommes et femmes se ressemblaient tant que Meggie éprouvait des difficultés à les distinguer les uns des autres. La presque totalité du commerce de la ville semblait être aux mains des Chinois; un grand magasin, infiniment mieux pourvu que tout ce que possédait Gilly, se nommait AH WONG'S et la plupart des autres établissements portaient des noms chinois.

Toutes les maisons reposaient sur des pilotis très hauts, comme l'ancien logement du régisseur à Drogheda. Ce mode de construction était destiné à permettre un maximum de circulation d'air, expliqua Luke, et à empêcher les termites de les faire écrouler un an après leur édification. En haut de chaque pilotis, on distinguait une sorte d'assiette de tôle au bord retourné vers le bas; incapables d'articuler leur corps par le milieu, les termites ne pouvaient franchir l'obstacle et pénétrer dans le bois de la maison. Évidemment, ils se rabattaient sur les pilotis, mais lorsque ceux-ci était pourris, le mode de construction permettait de les remplacer aisément par des neufs. Méthode infiniment plus pratique et moins coûteuse que de reconstruire l'ensemble. La majorité des jardins pouvaient s'assimiler à la jungle, enchevêtrement de bambous et de palmiers, à croire que les habitants avaient renoncé à toute tentative d'ordonnance florale.

L'allure des hommes et des femmes la choqua. Pour aller dîner et se promener au bras de Luke, elle s'était pliée aux convenances en vigueur à Gilly : chaussures à talons hauts, bas de soie, combinaison de satin, robe de soie évasée avec ceinture et manches s'arrêtant aux coudes. Elle portait des gants et un grand chapeau de paille. Et elle cédait à l'exaspération en surprenant la façon dont les gens la regardaient, à croire que c'était elle qui n'était pas convenablement habillée !

Les hommes se promenaient pieds nus, jambes nues et, généralement, torse nu, sans autres vêtements que de tristes shorts kaki; les rares individus qui se couvraient la poitrine avaient recours à des gilets de corps, pas à des chemises. Les femmes étaient encore pires. Quelques-unes portaient des robes étriquées en cotonnade, manifestement sans le moindre sous-vêtement, pas de bas, des sandales éculées. Mais la majorité exhibaient des shorts courts, allaient pieds nus et se couvraient les seins à l'aide d'un indécent petit boléro sans manches. Dungloe était une ville civilisée, pas une plage; pourtant, ses habitants blancs déambulaient dans un négligé épouvantable; les Chinois étaient mieux habillés.

Partout des bicyclettes, par centaines; quelques voitures, pas le moindre cheval. Oui, très différent de Gilly. Et il faisait chaud, chaud, chaud. Ils passèrent devant un thermomètre qui, assez inexplicablement, accusait seulement 32 degrés; à Gilly, lorsque le mercure montait à 46, l'atmosphère semblait plus fraîche qu'ici. Meggie avait l'impression de se déplacer à travers un mur d'air compact que son corps devait découper comme du beurre humide, gluant, à croire que ses poumons s'emplissaient d'eau chaque fois qu'elle respirait.

– Luke, je n'en peux plus ! Je t'en prie, rentrons, dit-elle en haletant après n'avoir parcouru guère plus qu'un kilomètre.

– Si tu veux. C'est l'humidité qui te fait cet effet-là. Elle tombe rarement au-dessous de quatre-vingt-dix pour cent, hiver comme été, et la température reste presque toujours entre vingt-neuf et trente-cinq degrés. On s'aperçoit à peine des variations de saisons mais, en été, la mousson fait monter l'humidité jusqu'à cent pour cent pendant toute la canicule.

– Il pleut en été, pas en hiver ?

– Il pleut toute l'année. La mousson atteint toujours le pays et quand elle ne souffle pas, elle est remplacée par les alizés du sud-est. Ces vents charrient beaucoup de pluie. Dungloe enregistre une précipitation pluvieuse annuelle qui varie entre deux mètres cinquante et sept mètres cinquante.

Sept mètres cinquante de pluie par an ! La pauvre région de Gilly cède à l'extase lorsque le ciel pousse la libéralité jusqu'à lui envoyer quarante centimètres, alors qu'ici, à seulement trois mille kilomètres de Gilly, il tombe jusqu'à sept mètres cinquante.

– Est-ce que ça se rafraîchit le soir ? s'enquit Meggie en arrivant à l'hôtel.

Les nuits chaudes de Gilly étaient supportables en comparaison de ce bain de vapeur.

– Pas beaucoup. Tu t'y habitueras. (Il ouvrit la porte de leur chambre et s'effaça pour la laisser entrer.) Je vais descendre prendre une bière au bar, mais je serai de retour dans une demi-heure. Ça devrait te laisser assez de temps.

– Oui, Luke, dit-elle en le dévisageant après une seconde d'effarement.

Dungloe se situait à dix-sept degrés au sud de l'équateur, aussi la nuit tombait-elle comme un coup de tonnerre; un instant, il semblait à peine que le soleil baissait et, la minute suivante, des ténèbres d'un noir d'encre se répandaient, épaisses et tièdes comme de la mélasse. Lorsque Luke revient, Meggie avait éteint la lampe et ramené le drap jusque sous son menton. En riant, il l'arracha et le jeta à terre.

– Il fait suffisamment chaud comme ça, mon amour. Nous n'avons pas besoin de drap.

Elle l'entendait marcher dans la chambre, distinguait son ombre pendant qu'il se déshabillait.

– J'ai mis ton pyjama sur la coiffeuse, chuchota-t-elle.

– Un pyjama ? Par un temps pareil ? Je sais qu'à Gilly on piquerait une crise à l'idée qu'un homme ne porte pas de pyjama, mais nous sommes à Dungloe ! Tu as mis une chemise de nuit ?

– Oui.

– Alors, enlève-la. Elle ne ferait que nous gêner.

A tâtons, Meggie parvint à se dépouiller de la chemise de nuit en linon que Mme Smith avait brodée avec tant d'amour pour sa nuit de noces; elle rendit grâces au Ciel en pensant que l'obscurité empêchait Luke de la voir. Il avait raison; elle se sentait plus à l'aise et au frais étendue là, nue, laissant la brise qui pénétrait par les impostes largement ouvertes courir sur sa peau. Mais la pensée d'un autre corps chaud dans le lit à côté d'elle n'en était pas moins déprimante.

Les ressorts gémirent; Meggie sentit une peau humide lui effleurer le bras et elle ne put réprimer un sursaut. Il se tourna sur le côté, la prit dans ses bras et l'embrassa. Tout d'abord, elle demeura passive, s'efforçant de ne pas penser à cette bouche largement ouverte, à la langue pénétrante, indécente, puis elle commença à se débattre pour se libérer; elle ne voulait pas ce contact par une telle chaleur, elle ne voulait pas être embrassée, elle ne voulait pas Luke. La scène ne ressemblait en rien à cette nuit dans la Rolls en revenant de Rudna Hunish. Elle ne percevait rien chez lui qui ressemblât à de la tendresse; une partie du corps de cet homme lui repoussait les cuisses avec insistance tandis qu'une main aux ongles carrés, coupants s'enfonçait dans ses fesses. Sa crainte se mua en terreur, accablée qu'elle était, non seulement par la force physique et la détermination de Luke, mais aussi par la non-perception qu'il avait d'elle. Soudain, il la lâcha, se redressa, tâtonna, et parut saisir quelque chose qu'il tira, étira, avec un bruit étrange.

– Autant prendre des précautions, haleta-t-il. Couche-toi sur le dos. Il est temps. Non, pas comme ça ! Ouvre les jambes, bon dieu ! Tu es ignare à ce point-là ?

Non, non, Luke, je ne veux pas ! souhaitait-elle crier. C'est horrible, obscène; quel que soit ce que tu me fais subir, il est impossible que les lois de l'Église et des hommes le permettent ! Il s'était laissé tomber sur elle, hanches soulevées, il la fouillait d'une main tandis que de l'autre il la maintenait par les cheveux si énergiquement qu'elle n'osait bouger. Elle frémissait, sursautait sous la chose étrangère, qui lui labourait les cuisses; elle s'efforçait de se conformer à ce qu'il voulait, écartait davantage les jambes, mais il était beaucoup plus large qu'elle et elle sentit les muscles de son bas-ventre se crisper sous une crampe en raison du poids qui l'écrasait et de la posture inhabituelle. Malgré la brume trouble de la peur et de l'épuisement qui noyait son esprit, elle ne sentait pas moins le déploiement d'une force puissante; lorsqu'il la pénétra, elle laissa échapper un long cri perçant.

– La ferme ! intima-t-il. (Il retira la main qui lui tenait les cheveux et la lui appliqua sur la bouche.) A quoi ça rime ? Tu veux ameuter tout ce putain de bistrot en faisant croire que je t'assassine ? Reste tranquille, et ça te fera pas plus mal qu'aux autres ! Reste tranquille, reste tranquille !

Elle se débattait comme une possédée pour se débarrasser de cette chose atroce, douloureuse, mais il la clouait de son poids, étouffait ses cris de la main, et le supplice continuait encore, encore et encore. Rigoureusement sèche puisque ses sens n'avaient pas été le moins du monde éveillés, elle sentait ses muqueuses douloureusement entamées et limées par le préservatif encore plus sec tandis qu'il entrait en elle, en ressortait, de plus en plus vite, le souffle court; puis, un changement quelconque intervint, la fit frissonner, avaler sa salive. La douleur s'estompa, ne laissant que la souffrance lancinante de la déchirure et il lui parut charitable lorsqu'il s'arracha d'elle, roula sur le côté, et demeura étendu sur le dos, haletant.

– Ça sera meilleur pour toi la prochaine fois, dit-il entre deux halètements. La première fois, c'est toujours douloureux pour la femme.

Alors, pourquoi n'as-tu pas eu la prévenance élémentaire de me le dire avant ? eut-elle envie de s'écrier, mais elle ne trouva pas suffisamment d'énergie pour articuler les mots, trop absorbée par la pensée qui la hantait : le désir de mourir. Non seulement à cause de la douleur, mais aussi à la suite de la révélation qu'il lui avait infligée; elle n'avait pas d'identité propre pour lui; elle n'était qu'un instrument.

La deuxième fois se révéla tout aussi douloureuse, comme la troisième, d'ailleurs. Exaspéré, s'attendant à ce que la souffrance de sa femme s'évaporât comme par enchantement après le premier assaut, il ne comprenait pas pourquoi elle continuait à se débattre et à crier; finalement, il céda à la colère, lui tourna le dos et s'endormit, Meggie sentait les larmes ruisseler le long de ses joues, se perdre dans ses cheveux. Étendue sur le dos, elle souhaitait mourir ou, tout au moins, retrouver son ancienne vie à Drogheda.

Était-ce là ce que le père Ralph avait voulu lui expliquer bien des années auparavant en faisant allusion à un passage secret par où venaient les enfants ? Agréable façon de finir par comprendre. Rien d'étonnant à ce qu'il eût préféré ne pas aller plus loin dans ses explications. Pourtant, Luke avait suffisamment apprécié cet acte pour s'y livrer à trois reprises en rapide succession. Manifestement, ça ne lui causait aucune douleur. Et, pour cette raison, elle lui en voulut, détesta l'acte.

Épuisée, si endolorie que le moindre mouvement lui était insupportable, Meggie trouva lentement une position moins pénible en s'étendant sur le flanc et, dos tourné à Luke, elle pleura dans l'oreiller. Le sommeil la fuyait; son compagnon dormait si profondément que les timides mouvements qu'elle esquissait ne modifiaient en rien le rythme de sa respiration. Abîmé dans le sommeil, Luke semblait ménager ses forces; paisible, il ne ronflait pas, ne remuait pas; en attendant l'aube tardive, elle songea que s'il avait été simplement question d'être étendue à côté de lui, elle aurait peut-être apprécié sa compagnie. L'aurore survint, aussi rapidement, aussi dépourvue de joie que le crépuscule; il lui paraissait étrange de ne pas entendre le chant du coq et les autres bruits qui, à Drogheda, accompagnaient le réveil, émanant des moutons et des chevaux, des porcs et des chiens.

Luke s'éveilla et se retourna; elle sentit qu'il lui embrassait l'épaule, mais elle éprouvait une telle lassitude à laquelle venait s'ajouter la nostalgie de la grande maison qu'elle oublia toute pudeur et ne tenta même pas de se couvrir.

– Allons, Meghann, laisse-moi te regarder, ordonna-t-il en lui posant la main sur la hanche. Tourne-toi vers moi comme une bonne petite fille.

Rien n'avait d'importance ce matin-là; Meggie se retourna avec un tressaillement et le regarda d'un œil morne.

– Je n'aime pas Meghann, dit-elle, trouvant là la seule forme de protestation qu'elle pût émettre. Je voudrais que tu m'appelles Meggie.

– Je n'aime pas Meggie, rétorqua-t-il. Mais si Meghann te déplait à ce point, je t'appellerai Meg. (Il laissa errer sur elle un regard rêveur.) Ce que tu es bien faite ! (Il effleura un sein au bout rose, quasi indiscernable au centre de son aréole.) Surtout ça. (Il se cala confortablement contre les oreillers, s'étendit sur le dos.) Allons, viens, Meg, embrasse-moi. C'est ton tour de me faire l'amour, et ça te plaira peut-être mieux comme ça, hein ?

Je ne t'embrasserai plus aussi longtemps que je vivrai, pensa-t-elle en regardant le long corps musclé, le coussin de poils noirs sur la poitrine qui s'arrêtait à la hauteur du ventre en une mince ligne et refleurissait en une touffe au centre de laquelle se nichait le bourgeon trompeusement petit et innocent, pourtant capable de caüser tant de douleur. Comme ses jambes étaient velues ! Meggie avait grandi parmi des hommes qui n'ôtaient jamais le moindre vêtement en présence des femmes mais dont les chemises à col ouvert dévoilaient les poils de la poitrine par temps chaud. Tous étaient blonds et ne la choquaient pas; cet homme brun était étranger, répugnant. Les cheveux de Ralph étaient tout aussi noirs, mais elle se rappelait bien son torse hâlé à la peau lisse, sans le moindre duvet.

– Obéis, Meg ! Embrasse-moi.

Elle se pencha, l'embrassa; il lui prit les seins au creux de ses paumes, l'obligea à continuer ses baisers; il lui saisit la main et la plaqua sur son bas-ventre. Avec un sursaut, elle se redressa, regarda ce qui s'agitait sous ses doigts, changeait, grandissait.

– Oh, Luke, je t'en prie ! Luke, ne recommence pas ! Pas encore ! Ne recommence pas ! Je t'en supplie.

Les yeux bleus la scrutèrent, dubitatifs.

– Ça fait si mal que ça ? Bon, d'accord. On va faire autre chose mais, pour l'amour de Dieu, tâche de faire preuve d'un peu plus d'enthousiasme.

Il l'attira sur lui, lui écarta les jambes, la souleva par les aisselles, plaqua les lèvres à son sein, comme il l'avait fait dans la voiture la nuit où elle s'était engagée à l'épouser. Présente seulement de corps, Meggie supporta la caresse; au moins, il ne la pénétrait pas, et ça n'était pas plus pénible qu'un simple mouvement. Quelles étranges créatures que les hommes ! Ils s'adonnaient à cet acte comme s'ils y trouvaient le plus grand plaisir qui fût au monde. C'était dégoûtant, une parodie d'amour. Sans l'espoir de voir l'acte culminer en un enfant, Meggie eût catégoriquement refusé de se plier à une quelconque étreinte.

– Je t'ai trouvé du travail, annonça Luke au petit déjeuner dans la salle à manger de l'hôtel.

– Quoi ? Avant même que j'aie la possibilité d'arranger notre maison, Luke ? Avant même que nous en ayons une ?

– Il est inutile de louer une maison, Meg. Je vais couper la canne; tout est arrangé. La meilleure équipe de coupeurs de Queensland compte des Suédois, des Polonais, des Irlandais : c'est un type nommé Arne Swenson qui la dirige. Je suis allé le trouver pendant que tu dormais après le voyage. Il lui manque un homme et il veut bien me prendre à l'essai. Je serai donc obligé d'habiter le baraquement avec les autres. Nous coupons du lever au coucher du soleil six jours par semaine. Et d'ailleurs, nous nous déplaçons le long de la côte, partout où le travail nous appelle. Ce que je gagnerai dépendra de la quantité de cannes à sucre que je couperai, et si je suis capable d'abattre autant de besogne que les vingt autres gars de l'équipe d'Arne, je me ferai vingt livres par semaine. Vingt livres par semaine ! Tu te rends compte ?

– Es-tu en train de me dire que nous ne vivrons pas ensemble, Luke ?

– On ne peut pas, Meg ! Les femmes ne sont pas autorisées dans les baraquements. Et qu'est-ce que tu ferais toute seule dans une maison ? Il vaut mieux que tu travailles aussi; tout l'argent que nous ferons rentrer servira à acheter notre domaine.

– Mais où est-ce que j'habiterai ? Quel genre de travail pourrais-je fournir ? Il n'y a pas de bétail par ici.

– Non, et c'est dommage. C'est pour ça que je t'ai trouvé une place où tu seras logée, Meg, et nourrie. Je n'aurai pas à assurer ton entretien. Tu travailleras comme servante à Himmelhoch, chez Ludwig Mueller. C'est le plus gros planteur de cannes de la région et sa femme est infirme; elle ne peut pas s'occuper de son intérieur. Je t'y amènerai demain matin.

– Mais quand est-ce que je te verrai, Luke ?

– Le dimanche. Luddie sait que tu es mariée, il te laissera libre le dimanche.

– Eh bien ! Tu as tout prévu pour ta satisfaction personnelle, hein ?

– En effet. Oh, Meg, nous allons être riches ! Nous travaillerons dur et nous économiserons chaque centime et, avant longtemps, nous serons en mesure de nous acheter le plus beau domaine du Queensland occidental. J'ai déjà les quatorze mille livres déposées à la banque de Gilly, les deux mille de revenu qui te sont versées tous les ans, et les treize cents et quelques livres que nous pourrons gagner par an à nous deux. Ce ne sera pas long, mon amour, je te le promets. Garde le sourire et prends ton mal en patience... fais-le pour moi. Pourquoi nous contenter d'une maison de location alors que, plus nous travaillerons dur à présent, plus vite nous aurons la nôtre ?

– Si c'est ce que tu veux... (Elle baissa les yeux sur son sac.) Luke, est-ce que tu m'as pris mes cent livres ?

– Je les ai déposées en banque. On ne peut pas se promener avec des sommes pareilles, Meg !

– Mais tu m'as tout pris, jusqu'au dernier sou ! Je n'ai pas un centime. Il me faut tout de même de l'argent de poche.

– Pourquoi diable aurais-tu besoin d'argent de poche ? Tu seras à Himmelhoch dès demain matin et tu ne pourras rien dépenser là-bas. Je m'occuperai de la note d'hôtel. Il est grand temps que tu comprennes que tu as épousé un ouvrier, Meg, que tu n'es pas la fille dorlotée d'un colon avec de l'argent à jeter par les fenêtres. Mueller versera tes gages directement à mon compte en banque où je déposerai aussi ce que je gagnerai. Je ne dépense rien pour moi, Meg, tu le sais. Nous n'y toucherons ni l'un ni l'autre parce que tout cet argent représente notre avenir, notre domaine.

– Oui, je comprends, acquiesça-t-elle. Tu fais preuve de beaucoup de bon sens, Luke. Mais qu'arrivera-t-il si j'ai un enfant ?

Un instant, il fut tenté de lui dire la vérité, qu'il n'y aurait pas d'enfant avant que le domaine devînt réalité, mais l'expression du visage levé vers lui l'en dissuada.

– Eh bien, nous règlerons la question lorsqu'elle se présentera. Je préférerais que nous n'ayons pas d'enfants avant d'avoir acheté notre domaine : alors, contentons-nous d'espérer que ce sera le cas.

Pas de foyer, pas d'argent, pas d'enfant. Pas de mari, d'ailleurs. Meggie éclata de rire. Luke l'imita, souleva sa tasse pour porter un toast.

– Aux capotes anglaises, dit-il.

Le lendemain matin, ils se rendirent à Himmelhoch par l'autobus, une vieille Ford sans glaces pouvant contenir douze voyageurs. Meggie se sentait un peu mieux car Luke l'avait laissée tranquille après qu'elle l'eût détourné vers son sein, ce qu'il semblait apprécier tout autant que cette autre chose épouvantable. Malgré le désir de maternité qui la tenaillait, le courage lui avait manqué. Le premier dimanche où elle ne serait pas endolorie, elle se prêterait à un nouvel essai. Peut-être un enfant se formait-il déjà en elle ? Alors, elle n'aurait plus jamais besoin de subir ce contact à moins qu'elle n'en veuille d'autres. L'œil plus clair, elle regarda autour d'elle avec intérêt pendant que l'autobus bringuebalait le long de la piste de terre rouge.

Un pays à vous couper le souffle, si différent de Gilly; elle dut admettre qu'il possédait une grandeur et une beauté dont la région de Gillanbone était totalement dépourvue. Dès le premier coup d'œil, on se rendait compte que cette contrée ne manquait jamais d'eau. La terre prenait des couleurs de sang fraîchement répandu, un écarlate soutenu, et les plantations de canne à sucre à côté de champs en jachère tranchaient résolument sur le sol : longues feuilles vert clair se balançant à cinq ou six mètres de hauteur et coiffant des tiges lie-de-vin, aussi épaisses que les bras de Luke. Nulle part au monde, s'enthousiasmait Luke, la canne à sucre n'atteignait une telle hauteur, n'était aussi riche en sucre, le plus fort rendement connu. La terre d'un rouge éclatant formait une couche profonde de plus de trente mètres, gorgée de matières nutritives, convenant exactement à la canne qui donnait son maximum d'autant qu'elle bénéficiait de fortes précipitations pluvieuses. Et nulle part au monde, elle n'était coupée par des blancs, au rythme accéléré imposé par des blancs âpres au gain.

– Tu es parfait en conférencier, Luke, ironisa Meggie.

Il lui coula un regard en biais, soupçonneux, mais s'abstint de tout commentaire car l'autobus venait de s'arrêter pour les laisser descendre.

Himmelhoch, une grande maison blanche coiffant une colline, se nichait au milieu de cocotiers, de bananiers et de splendides palmiers plus petits dont les feuilles se déployaient vers l'extérieur en grands éventails comme des queues de paon. Une plantation de bambous de douze mètres de haut protégeait la demeure du plus fort des vents de mousson; bien qu'érigée sur une colline, elle n'en était pas moins construite sur pilotis.

Luke se chargea de la valise; Meggie peinait pour monter l'allée rouge à côté de lui, elle haletait, toujours correctement mise, portant encore bas et chaussures, son chapeau avachi lui retombant sur les yeux. Le magnat de la canne à sucre était absent, mais sa femme vint sur la véranda en se dandinant entre deux cannes au moment où ils commençaient à en gravir les marches. Elle souriait; à la vue de ce visage avenant, Meggie se sentit immédiatement ragaillardie.

– Entrez, entrez ! lança-t-elle avec un accent australien prononcé.

S'attendant à des inflexions allemandes, Meggie céda à la joie. Luke posa la valise, serra la main que la maîtresse de maison lui tendit après s'être débarrassée de sa canne droite, puis il se précipita pour descendre les marches afin de ne pas manquer l'autobus qui le ramènerait en ville. Arne Swenson devait le prendre devant le café à dix heures.

– Quel est votre prénom, madame O'Neill ?

– Meggie.

– Oh, c'est charmant ! Moi, c'est Anne, et je préfèrerais que vous m'appeliez par mon prénom. Je me sens très seule ici depuis que ma bonne m'a quittée il y a un mois, mais il est difficile de trouver quelqu'un de bien et j'ai dû me débrouiller toute seule. Il n'y a que Luddie et moi à servir; nous n'avons pas d'enfants. J'espère que vous vous plairez chez nous, Meggie.

– J'en suis persuadée, madame Mueller... Anne.

– Laissez-moi vous montrer votre chambre. Pouvez-vous vous charger de la valise ? Je ne peux pas porter grand-chose.

La pièce, meublée de façon austère comme le reste de la demeure, donnait sur le seul côté de la maison où la vue n'était pas gênée par un brise-vent quelconque, et bénéficiait de la même véranda que la salle de séjour; celle-ci sembla très nue à Meggie avec ses meubles de rotin et l'absence de tout tissu.

– Il fait trop chaud ici pour le velours ou le chintz, expliqua Anne. Nous vivons dans le rotin et avec aussi peu de vêtements que la décence l'autorise. Il faudra que je vous apprenne ou vous ne résisterez pas. Vous devez étouffer avec des bas et une robe pareille.

Elle-même portait un boléro très échancré et un short court d'où émergeaient ses pauvres jambes tordues, mal assurées. En fort peu de temps, Meggie se retrouva accoutrée de la même façon, grâce aux prêts d'Anne, en attendant que Luke consentît à lui acheter des vêtements. Elle fut humiliée d'avoir à expliquer que son mari ne lui laissait pas le moindre argent, mais le fait d'avoir à subir cet état de choses atténua la gêne qu'elle éprouvait à aller si peu vêtue.

– Eh bien, mes shorts ont bien meilleure allure sur vous que sur moi, remarqua Anne qui continuait à lui faire la leçon. Luddie vous apportera le bois pour le feu; vous ne devez pas le couper vous-même ni le monter. Je voudrais bien que nous ayons l'électricité comme les endroits plus proches de Dunny mais le gouvernement ne se presse pas. Peut-être que l'année prochaine la ligne viendra jusqu'à Himmelhoch, mais en attendant, nous devons nous contenter de la vieille cuisinière. Oh ! vous verrez, Meggie, dès l'instant où nous aurons le courant, nous ferons installer une cuisinière électrique, la lumière et un réfrigérateur.

– Je suis habituée à m'en passer.

– Oui, mais vous venez d'une région où la chaleur est sèche. Ici, c'est pire, bien pire. Je crains que ce climat n'affecte votre santé. C'est souvent le cas pour les femmes qui ne sont pas originaires d'ici ou n'y ont pas été élevées. Ça a un rapport quelconque avec le sang. Nous sommes à la même latitude sud que Bombay et Rangoon au nord; un pays qui ne convient ni à l'homme ni à la bête s'ils n'y ont pas vu le jour. (Elle sourit.) Oh, que c'est agréable de vous avoir ! Vous et moi allons couler des jours heureux. Aimez-vous la lecture ? Luddie et moi en sommes littéralement fous.

– Oh, oui ! s'écria Meggie dont le visage s'illumina.

– Magnifique ! Vous serez trop heureuse pour que votre grand et beau mari vous manque beaucoup.

Meggie ne répondit pas. Luke lui manquer ? Était-il beau ? Elle songea que, si elle ne le revoyait jamais, elle serait parfaitement heureuse. Mais il était son mari et la loi lui imposait de vivre avec lui. Elle s'était engagée dans le mariage sans bandeau sur les yeux; elle ne pouvait s'en prendre qu'à elle-même. Et peut-être qu'avec les rentrées d'argent et le domaine du Queensland occidental devenu réalité, le temps leur serait donné de vivre ensemble, de s'installer, de se connaître, de s'entendre.

Ce n'était pas un méchant homme, il ne suscitait pas l'aversion, mais il avait été seul si longtemps qu'il ne savait abriter en lui quelqu'un d'autre. C'était un homme simple, terriblement obstiné, tout d'une pièce. Ce qu'il désirait était concret, même s'il s'agissait d'un rêve; récompense positive qui viendrait sûrement couronner un travail sans relâche, un sacrifice de tous les instants. Ses qualités devaient lui attirer le respect. Pas une minute, elle n'imagina qu'il pût dilapider l'argent pour son plaisir personnel. Il avait exprimé sa vraie pensée en lui annonçant ses projets; chaque centime que tous deux gagneraient resterait à la banque.

L'ennui, c'est qu'il n'avait ni le temps ni le désir de comprendre une femme; il ne percevait pas la différence qui pouvait exister entre celle-ci et un homme, n'admettait pas les besoins qu'elle manifestait. Enfin, la situation aurait pu être pire si elle s'était retrouvée face à quelqu'un de beaucoup plus froid et de moins attentionné qu'Anne Mueller. Au sommet de cette colline, il ne lui arriverait rien de mauvais. Mais, dieu, que c'était loin de Drogheda !

Cette pensée lui vint après qu'Anne lui eût fait visiter la maison; toutes deux se tenaient sur la véranda de la salle de séjour surplombant

Himmelhoch. Dans les grandes plantations, les cannes agitaient leurs panaches sous le vent, un vert éclatant, verni par la pluie, qui descendait sur une longue pente jusqu'à la berge d'un cours d'eau, infiniment plus large que la Barwon, où poussait une folle végétation tropicale. Au-delà, s'étageaient d'autres plantations, grands carrés de vert vénéneux découpés dans la terre rouge, se ruant à l'assaut d'une grande montagne où, tout à coup, les cultures s'arrêtaient pour laisser place à la jungle. Derrière le cône que formait l'éminence, très loin, d'autres pics se devinaient, se fondaient dans le rouge. Le ciel était d'un bleu plus profond, plus dense qu'à Gilly, parsemé de nuages mousseux, et la couleur de l'ensemble était vive, intense.

– Ça, c'est le mont Bartle Frere, dit Anne en désignant le pic isolé. Dix-huit cents mètres d'altitude. On prétend que ce n'est qu'une masse de minerai, mais qui ne peut être exploitée à cause de la jungle.

Le vent lourd, paresseux, apporta une bouffée de puanteur nauséeuse que Meggie cherchait vainement à chasser de ses narines depuis la descente du train. Une odeur de pourriture, mais insupportablement sirupeuse, insinuante; présence tangible qui ne semblait jamais décroître quelle que fût la force du vent.

– Cette odeur est celle de la mélasse, expliqua Anne en remarquant le reniflement écœuré de Meggie.

Elle alluma une cigarette à bout doré.

– C'est dégoûtant, commenta Meggie.

– Oui. C'est pour ça que je fume. Mais, dans une certaine mesure, vous vous y habituerez, bien que, contrairement à la plupart des odeurs, celle-ci ne disparaîsse jamais totalement. Jour et nuit, la mélasse est là.

– Quels sont ces bâtiments le long de la rivière, ceux qui ont de grandes cheminées noires ?

– L'usine de broyage. C'est là que la canne est transformée en sucre brut. Les déchets, le résidu sec de la canne dont on a extrait le sucre s'appelle la bagasse; les deux produits, sucre et bagasse, sont expédiés à Sydney pour y être raffinés. Du sucre brut, on extrait la mélasse, le vesou, le sirop de sucre, le sucre brun, le sucre blanc et le glucose liquide. La bagasse est utilisée pour fabriquer des plaques employées dans le bâtiment, assez semblables à celles de fibrociment. Rien n'est perdu, absolument rien. C'est pourquoi, malgré la crise, la culture de la canne à sucre demeure une entreprise très rentable.

Avec ses un mètre quatre-vingt-sept, Arne Swenson avait exactement la taille de Luke et il était tout aussi beau. Sa peau luisait sous le hâle doré, foncé, dû à sa perpétuelle exposition au soleil; ses cheveux blonds, bouclés, lui auréolaient la tête; ses traits fins de Suédois s'apparentaient tant à ceux de Luke qu'à les voir ensemble on ne manquait pas de se souvenir que le sang des Vikings coulait dans les veines des Écossais et des Irlandais.

Luke avait abandonné son pantalon et sa chemise blanche en faveur du short. Avec Arne, il grimpa dans une vieille camionnette asthmatique, une Ford T, qui partit rejoindre l'équipe procédant à des coupes près de Goondi. La bicyclette d'occasion qu'il avait achetée se trouvait sur la galerie à côté de sa valise, et il grillait de commencer à travailler.

Les autres membres de l'équipe coupaient depuis l'aube et ils ne levèrent même pas la tête quand Arne arriva du baraquement, suivi de Luke. L'uniforme des coupeurs consistait en un short, des brodequins, d'épaisses chaussettes de laine et un chapeau de toile. Yeux plissés, Luke considéra les hommes en plein travail; ceux-ci formaient un tableau étonnant. Recouverts de la tête aux pieds d'une poussière noire comme du charbon, ils allaient, formes courbées sur lesquelles la sueur traçait des sillons rosés le long des torses, des bras et des dos.

– Suie et saletés de la canne, expliqua Arne. Nous sommes obligés de la brûler avant de pouvoir la couper.

Il se pencha pour ramasser deux instruments; il en tendit un à Luke et s'arma de l'autre.

– C'est un coupe-coupe, dit-il en soulevant le sien. Le modèle qui rend le mieux pour venir à bout de la canne. C'est facile quand on a le coup.

Il sourit et se lança avec une aisance trompeuse dans la démonstration d'un tour de main, certainement plus difficile à acquérir qu'il n'y paraissait.

Luke examina l'instrument meurtrier qu'il tenait à la main et qui ne ressemblait pas du tout à la machette des Antilles. Il se terminait en un large triangle au lieu d'une pointe effilée et comportait un dangereux crochet, ressemblant à un ergot de coq, à l'une des extrémités de la lame.

– La machette est trop petite pour la canne du Queensland du Nord, expliqua Arne en achevant sa démonstration. Ça, c'est le joujou qui convient. Tu t'en rendras compte. Tâche de le garder bien tranchant, et bonne chance.

Il s'éloigna vers son secteur, abandonnant Luke, un peu déconcerté. Puis, avec un haussement d'épaules, celui-ci se mit au travail. En quelques minutes, il comprit pourquoi on abandonnait cette besogne aux esclaves et aux races insuffisamment évoluées pour savoir qu'il existait des moyens plus faciles de gagner sa vie; comme la tonte, pensa-t-il avec un sourire crispé. Se pencher, tailler, se redresser, agripper la canne rebelle, très lourde dans le haut, la laisser glisser sur toute sa longueur dans la paume, en couper les feuilles à la volée, la laisser retomber sur un tas rectiligne, s'approcher des autres bouquets de tiges, se pencher, tailler, se redresser, couper à la volée, ajouter la nouvelle canne au tas...

La canne grouillait de vermine : rats, péramèles, cancrelats, crapauds, araignées, serpents, guêpes et mouches. Toutes les espèces qui mordaient et piquaient douloureusement étaient bien représentées. Pour cette raison, les coupeurs brûlaient la canne avant de procéder à la récolte, préférant la crasse des plantes calcinées aux risques infligés par la canne verte, grouillante. Cela n'empêchait pourtant par les hommes d'être piqués, mordus, entaillés. Sans la protection que lui offraient ses brodequins, Luke aurait eu les pieds en plus mauvais état encore que ses mains, mais aucun des coupeurs ne portaient de gants. Ceux-ci ralentissaient la cadence et le temps était de l'argent dans ce jeu. D'ailleurs, les gants donnaient un genre efféminé.

Au coucher du soleil, Arne mit fin au travail et vint se rendre compte de la façon dont Luke s'en était tiré.

– Eh, pas mal, mon pote ! s'écria-t-il en assenant une bourrade dans le dos de Luke. Cinq tonnes... Pas mal pour un premier jour.

Un court trajet séparait la plantation du baraquement, mais la nuit tropicale tombait si brusquement que l'équipe n'y parvint qu'en pleine obscurité. Avant d'entrer, ils se rassemblèrent dans une douche commune, puis, serviettes autour des reins, s'engouffrèrent à l'intérieur où le coupeur faisant office de cuisinier cette semaine-là avait préparé des montagnes de ses spécialités qui tenaient toute la grande table. Le menu comportait steaks, pommes de terre, pain sous la cendre, et gâteau roulé à la confiture; affamés, les hommes se jetèrent sur la nourriture dont il ne resta bientôt plus une miette.

Deux rangées de bat-flanc se faisaient face à l'intérieur d'un baraquement étroit et long en tôle ondulée; avec force soupirs et jurons adressés à la canne, d'une originalité qui eût fait pâlir d'envie le plus mal embouché des toucheurs de bœufs, les hommes s'effondrèrent, moulus, sur les draps écrus, firent glisser les moustiquaires sur leurs anneaux et, en quelques instants, sombrèrent dans le sommeil, formes indistinctes sous leurs tentes de gaze.

Arne retint Luke.

– Fais voir tes mains. (Il examina les entailles saignantes, les ampoules, les piqûres.) Passe-les d'abord au bleu, ensuite sers-toi de cette pommade. Si tu veux m'en croire, tu les enduiras tous les soirs d'huile de coprah. Tu as de grandes pognes, alors, si ton dos résiste, tu peux devenir un bon coupeur. En une semaine, tu t'endurciras, tu n'auras plus aussi mal.

Chacun des muscles du splendide corps de Luke endurait une douleur distincte; il n'avait conscience de rien, sinon d'une intolérable souffrance. Mains enveloppées et ointes, il s'étendit sur la paillasse qui lui avait été désignée, tira sa moustiquaire et ferma les yeux sur un monde suffocant, piqueté de petits trous. S'il s'était douté de ce qui l'attendait, jamais il n'aurait gaspillé son énergie sur Meggie; elle était reléguée au tréfonds de son esprit, notion importune, superflue, flétrie. Il comprit qu'il la délaisserait aussi longtemps qu'il couperait la canne.

Il lui fallut la semaine prévue pour s'endurcir et parvenir au minimum de huit tonnes par jour qu'exigeait Arne des membres de son équipe. Puis, il s'employa à surpasser Arne. Il voulait plus d'argent, peut-être une association. Mais, par-dessus tout, il tenait à susciter les mêmes expressions admiratives que celles dont Arne était l'objet; celui-ci était considéré comme un dieu car il était le meilleur coupeur du Queensland et, en conséquence, vraisemblablement le meilleur coupeur du monde. Lorsqu'ils allaient en ville le samedi soir, les buveurs se précipitaient pour offrir d'innombrables tournées de rhum et de bière à Arne et les femmes tournaient autour de lui comme des mouches autour d'un pot de miel. Il existait bien des similitudes entre Arne et Luke. Tous deux étaient vaniteux et appréciaient fort la vive admiration dont les femmes les gratifiaient, mais les choses n'allaient jamais plus loin. Ils n'avaient rien à accorder aux femmes; ils réservaient tout à la canne.

Pour Luke, le travail se parait d'une beauté et d'une douleur qu'il semblait avoir attendues tout au long de sa vie. Se pencher, se redresser, et se repencher dans ce rythme rituel tenait de la participation à un mystère hors de portée du commun des mortels. Car, ainsi que le lui avait enseigné l'observation exercée sur Arne, le fait de réaliser cet ensemble de mouvements de façon harmonieuse et efficace faisait accéder un homme à l'élite des ouvriers du monde entier; il pouvait porter haut la tête où qu'il soit avec la certitude que la quasi-totalité des hommes qu'il rencontrait ne tiendrait pas une seule journée dans une plantation de cannes à sucre. Le roi d'Angleterre ne valait pas mieux que lui, et le roi d'Angleterre l'admirerait s'il le connaissait. Il pouvait considérer avec pitié et mépris médecins, avocats, bureaucrates, patrons de domaines. Couper la canne à sucre de la façon dont le faisait l'homme blanc, âpre au gain, atteignait à l'accomplissement le plus total.

Assis sur le bord de sa paillasse, il sentait les muscles noueux, cordés, de ses bras se gonfler; il regardait ses paumes calleuses marquées de cicatrices, ses longues et belles jambes tannées, et il souriait. L'homme capable d'effectuer un tel travail sans se contenter de survivre, mais en l'aimant, était réellement un homme. Il se demandait si le roi d'Angleterre pouvait en dire autant.

Quatre semaines s'écoulèrent avant que Meggie ne revît Luke. Chaque dimanche elle poudrait son nez poisseux, passait une jolie robe de soie — bien qu'elle eût abandonné le supplice de la combinaison et des bas — et attendait son mari qui ne venait jamais. Anne et Luddie Mueller s'abstenaient de tout commentaire, voyant simplement son animation s'estomper au fil des heures chaque dimanche, puis disparaître, quand la nuit arrivait, comme un rideau tombant sur une scène brillamment illuminée, désertée. Certes, ce n'est pas qu'elle souhaitait vraiment sa venue, mais il était sien, ou elle était sienne, selon l'angle sous lequel on se plaçait. Imaginer qu'il ne pensait pas à elle alors qu'elle passait jours et semaines à attendre l'emplissait de rage, de frustration, d'amertume, d'humiliation et de chagrin. Évidemment, elle avait abhorré ces deux nuits à l'hôtel de Dunny, mais au moins elle avait compté pour lui à ces moments-là; maintenant, elle en arrivait à regretter de ne pas s'être coupé la langue plutôt que d'avoir crié sa douleur, mais elle ne pouvait revenir en arrière. Sa souffrance l'avait éloignée de Luke après lui avoir gâché son plaisir. La hargne qu'elle avait ressentie devant l'indifférence qu'il manifestait pour sa douleur se mua en remords et elle finit pas se juger coupable.

Le quatrième dimanche, elle ne se mit pas en frais de toilette, se contentant d'arpenter la cuisine pieds nus, en short et boléro, tout en préparant un petit déjeuner chaud pour Luddie et Anne qui appréciaient cette incongruité une fois par semaine. En entendant un bruit de pas sur les marches de la véranda qui desservait la cuisine, elle abandonna ses œufs grésillant dans la poêle; un instant, elle considéra avec stupeur le grand type velu qui se tenait sur le seuil. Luke ? Était-ce Luke ? Il semblait taillé dans le granit, inhumain. Mais l'effigie traversa la cuisine, lui posa un baiser retentissant sur la joue et s'assit devant la table. Meggie cassa d'autres œufs dans la poêle et ajouta quelques tranches de lard.

Anne Mueller entra, sourit aimablement, tout en fulminant intérieurement. Ce salaud, à quoi voulait-il en venir en négligeant si longtemps sa jeune épouse ?

– Je suis heureuse de constater que vous vous êtes souvenu que vous aviez une femme, dit-elle. Venez sur la véranda partager notre petit déjeuner. Luke, aidez Meggie à porter le lard et les œufs, je prendrai le porte-toasts avec les dents, comme j'en ai l'habitude.

Ludwig Mueller était né en Australie, mais son ascendance allemande se devinait nettement : le teint rougeâtre, incapable de résister aux effets combinés de la bière et du soleil, la tête grise et carrée, les yeux bleu pâle, reflets de la Baltique. Sa femme et lui éprouvaient beaucoup de sympathie pour Meggie et ils s'estimaient heureux de s'être attaché ses services. Luddie lui en était tout spécialement reconnaissant car il n'avait pas manqué de constater qu'Anne était infiniment plus heureuse depuis que cette tête dorée scintillait à travers la maison.

– Comment marche la coupe, Luke ? s'enquit-il en se servant d'œufs au lard.

– Si je vous disais que ça me plaît, est-ce que vous me croiriez ? demanda Luke en se servant à son tour.

Le regard pénétrant de Luddie se fixa sur le beau visage et il opina.

– Oui. Vous avez exactement le genre de tempérament et de constitution qui conviennent, je crois. Ce travail vous donne le sentiment de valoir plus que les autres, de leur être supérieur.

Absorbé par les plantations de cannes à sucre dont il avait hérité, loin des milieux intellectuels et sans possibilité de changer de vie, Luddie se consacrait avec passion à l'étude de la nature humaine; il dévorait de gros ouvrages reliés en peau de chagrin portant des noms d'auteurs tels que Freud, Jung, Huxley et Russell.

– Je commençais à croire que vous ne viendriez jamais voir Meggie, remarqua Anne en étalant du beurre fondu sur ses toasts.

Le beurre ne leur parvenait que sous cette forme, mais cela valait mieux que de s'en passer.

– Eh bien, pour le moment, Arne et moi avons décidé de travailler le dimanche. Demain, nous partons pour Ingham.

– Autrement dit, la pauvre Meggie ne vous verra pas souvent.

– Meg comprend les choses. Ça ne durera que quelques années. Et puis, nous aurons la pause de l'été. Arne m'a dit qu'à ce moment-là il pourra me faire embaucher à la raffinerie de Sydney, et j'y emmènerai peut-être Meg.

– Qu'est-ce qui vous oblige à travailler si dur, Luke ? s'enquit Anne.

– Il me faut réunir suffisamment d'argent pour le domaine que j'achèterai dans l'Ouest, dans la région de Kynuna. Meg ne vous en a pas parlé ?

– Je crains que notre Meggie ne soit pas très portée sur les confidences. Mais dites-nous de quoi il s'agit, Luke.

Tous trois observèrent l'expression qui jouait sur le visage vigoureux et hâlé de Luke, la lueur pétillant dans ses yeux très bleus; depuis son arrivée, avant le petit déjeuner, Meggie n'avait pas ouvert la bouche. Il s'étendit longuement sur la merveilleuse région de Kynuna, l'herbe, les grands oiseaux gris qui se confondaient avec la poussière de l'unique route du pays, les milliers et les milliers de kangourous qui jaillissaient dans le soleil chaud et sec.

– Et un jour prochain, un grand morceau de cette région m'appartiendra. Meg a un peu d'argent de côté pour ça, et au rythme où nous travaillons, ça ne demandera pas plus de quatre ou cinq ans. On y arriverait plus tôt si je me contentais d'un petit domaine mais, en sachant ce que je peux gagner en coupant la canne, j'ai envie de continuer un peu plus longtemps et d'acheter une très belle propriété. (Il se pencha; ses grandes mains couvertes de cicatrices entourèrent la tasse.) Vous savez, j'ai presque dépassé le record d'Arne, l'autre jour. J'ai coupé onze tonnes dans la journée !

Le sifflement de Luddie reflétait une authentique admiration et tous deux se lancèrent dans une discussion concernant le rendement. Meggie buvait son thé fort et sans lait à petites gorgées. Oh, Luke ! Tout d'abord, il avait été question de deux ans. A présent, il s'agissait de quatre ou cinq, et qui sait de combien il serait question la prochaine fois qu'il évoquerait le sujet ? Luke adorait son travail, on ne pouvait en douter. Alors, l'abandonnerait-il quand le moment serait venu ? L'abandonnerait-il ? D'ailleurs, souhaitait-elle attendre jusque-là pour le savoir ? Les Mueller se montraient très bons et elle n'était certes pas surchargée de travail, mais si elle devait vivre sans mari, mieux valait habiter Drogheda. Depuis un mois qu'elle vivait à Himmelhoch, elle ne s'était jamais réellement sentie bien un seul jour; elle n'avait pas d'appétit, souffrait sporadiquement de diarrhée; il lui semblait qu'elle était cernée par une léthargie dont elle ne pouvait s'évader. Habituée à toujours se sentir en grande forme, elle s'affolait devant les malaises qu'elle éprouvait.

Après le petit déjeuner, Luke l'aida à laver la vaisselle, puis il l'emmena pour une promenade jusqu'à la plantation de cannes à sucre la plus proche; il parla constamment du sucre, de la canne, de son merveilleux travail de coupeur, de la vie magnifique qu'il menait au grand air, des types formidables qui faisaient partie de l'équipe d'Arne. Combien cela le changeait de la tonte, et comme il préférait ça.

Ils firent demi-tour et remontèrent la colline; Luke l'entraîna dans la fraîcheur étonnante qui régnait dans le sous-sol de la maison, entre les pilotis. Anne avait transformé la pièce en une sorte de serre; des morceaux de tuyaux de terre cuite de différents diamètres et longueurs, emplis de terre, servaient de pots dans lesquels poussaient d'étranges fleurs : orchidées de toutes variétés, fougères, plantes rampantes et grimpantes, graminées exotiques. Le sol élastique exhalait une forte odeur de copeaux. De grands paniers de fil de fer pendaient aux poutres, débordant de fougères, d'orchidées et de tubéreuses; des cornes de cerf poussaient dans l'écorce des pilotis; de magnifiques bégonias de diverses teintes avaient été plantés à la base de tous les tuyaux-pots de fleurs. Telle était la retraite favorite de Meggie, l'unique endroit d'Himmelhoch qu'elle préférât à tout ce que Drogheda pouvait offrir. Car, là-bas, on ne pourrait jamais envisager de faire pousser tant de merveilles dans un espace aussi réduit; l'air ne renfermait pas suffisamment d'humidité.

– Tu ne trouves pas ça ravissant, Luke ? Crois-tu qu'au bout de deux ans de vie ici, nous pourrons louer une maison où j'habiterai ? Je voudrais tant arranger quelque chose comme ça.

– Pourquoi diable souhaites-tu vivre seule dans une maison ? Nous ne sommes pas à Gilly, Meg. Ce n'est pas le genre d'endroit où une femme seule est en sûreté; tu es bien mieux ici, crois-moi. Tu n'es pas heureuse ?

– Je suis aussi heureuse qu'on peut l'être chez les autres.

– Ecoute, Meg, il faudra que tu te contentes de ce que tu as jusqu'à ce que nous partions vers l'Ouest. Il n'est pas question de dépenser de l'argent en loyer et de te faire mener une vie oisive en continuant à économiser. Tu m'entends ?

– Oui, Luke.

Il fut déconcerté au point d'oublier qu'il l'avait entraînée sous la maison pour l'embrasser. Au lieu de quoi, il lui assena sur les fesses une tape désinvolte qui n'en fut pas moins douloureuse, et descendit l'allée jusqu'à l'endroit où il avait laissé sa bicyclette, appuyée à un arbre. Il avait préféré pédaler sur trente kilomètres pour venir la voir plutôt que de dépenser le prix d'un billet d'autocar. Il lui fallait donc couvrir cette même distance au retour.

– La pauvre gosse ! dit Anne à Luddie. Je le tuerais volontiers !

Janvier vint et s'en fut, le mois le plus creux de l'année pour les coupeurs de canne, mais Luke ne donnait toujours pas signe de vie. Il avait vaguement parlé d'emmener Meggie à Sydney, mais il y alla en compagnie d'Arne, et sans elle. Célibataire, Arne avait une tante qui possédait une maison à Rozelle, à quelques minutes de marche de la Raffinerie coloniale (pas de frais de transport, économies). A l'intérieur de ces immenses murs de béton, qui évoquaient une forteresse se dressant sur la colline, un coupeur ayant des relations pouvait trouver de l'embauche. Luke et Arne gardaient la forme en empilant des sacs de sucre et en occupant leurs heures de loisir à la natation et au surfing.

Abandonnée à Dungloe auprès des Mueller, Meggie transpira pendant la saison humide, ainsi qualifiait-on l'époque de la mousson. La saison sèche s'étendait de mars à novembre et, dans cette partie du continent, elle ne se révélait pas vraiment sèche mais, comparée à celle qui la précédait, elle semblait paradisiaque. Pendant la saison humide, le ciel s'ouvrait, laissant tomber des cataractes d'eau, pas toute la journée mais sporadiquement; entre deux déluges, la terre fumait, de grands nuages de vapeur blanche s'élevaient des plantations de cannes, du sol, de la jungle, des montagnes.

Au fil du temps, Meggie ressentait le besoin de plus en plus vif d'avoir un chez-elle et elle savait à présent qu'elle ne le trouverait jamais dans le Queensland du Nord. D'une part, le climat ne lui convenait pas, peut-être parce qu'elle avait passé la majeure partie de sa vie dans une région sèche. D'autre part, elle détestait la solitude, l'absence de chaleur humaine, l'abandon à une torpeur irrépressible. Elle détestait le grouillement d'insectes et de reptiles qui transformaient chaque nuit en supplice pour lequel se liguaient crapauds géants, tarentules, cancrelats, rats; rien ne semblait pouvoir les tenir à distance de la maison et elle en était terrifiée. Ils étaient si gros, si agressifs, si affamés. Par-dessus tout, elle détestait le « dunny », qui n'était pas seulement le mot de patois local s'appliquant aux cabinets, mais le diminutif de Dungloe, à la grande délectation de ses habitants qui se livraient continuellement à des plaisanteries à son sujet. Mais un dunny de Dunny avait de quoi révulser l'estomac car, sous ce climat bouillonnant, les trous dans le sol étaient hors de question à cause de la typhoïde et autres fièvres intestinales. Au lieu d'un trou dans la terre, les dunnys de Dunny étaient constitués d'un bidon goudronné qui puait et, au fur et à mesure qu'il se remplissait, grouillait de bruyants asticots et vers de tous ordres. Une fois par semaine, la tinette était remplacée par une vide, mais il eût fallu les permuter infiniment plus souvent.

Meggie se révoltait contre l'acceptation tranquille de la population qui considérait un tel état de chose comme normal; une vie entière dans le Queensland du Nord ne parviendrait pas à lui faire partager cette conception. Pourtant, avec tristesse, elle songeait que toute sa vie risquait fort de se passer dans ce pays, tout au moins jusqu'à ce que Luke fût trop vieux pour couper de la canne. Bien qu'elle rêvât avec nostalgie à Drogheda, sa fierté lui interdisait d'avouer à sa famille que son mari la négligeait; plutôt que de le reconnaître, elle accepterait sa condamnation à perpétuité, c'est tout au moins ce qu'elle se répétait avec acharnement.

Les mois s'écoulèrent, puis une année, et le temps se traîna vers la fin d'une deuxième année. Seule la constante bonté des Mueller retint Meggie à Himmelhoch tandis qu'elle se débattait dans son dilemme. Si elle avait écrit à Bob pour lui demander l'argent du voyage de retour à la maison, il le lui aurait envoyé par mandat télégraphique, mais la pauvre Meggie ne pouvait se résoudre à avouer à sa famille que Luke la laissait sans un sou vaillant. Si elle s'y décidait un jour, ce serait au moment où elle quitterait définitivement Luke et elle n'était pas encore mûre pour envisager une telle mesure. Tout dans son éducation se liguait pour l'empêcher de quitter Luke; l'aspect sacré du mariage, l'espoir de satisfaire un jour son besoin de maternité, la position que Luke occupait en tant que mari et maître de sa destinée. Et puis, entraient en ligne de compte les éléments dûs à sa propre nature : sa fierté obstinée, inflexible, la conviction obsédante qu'elle était tout aussi responsable que Luke de sa situation actuelle. Si quelque chose ne péchait pas chez elle, Luke se serait peut-être conduit très différemment.

Elle l'avait vu six fois au cours de ces dix-huit mois d'exil et elle songeait souvent, sans même soupçonner l'existence de l'homosexualité, que Luke aurait dû être marié à Arne puisque indéniablement il vivait avec lui et préférait de beaucoup sa compagnie à celle de sa femme. Les deux hommes s'étaient associés et erraient constamment le long des quinze cents kilomètres de côte, suivant les récoltes des diverses plantations, paraissant vivre uniquement pour le travail. Lorsque Luke lui rendait visite, il ne recherchait pas la moindre intimité avec elle, se contentant de rester assis une heure ou deux à causer avec Luddie et Anne, d'emmener sa femme pour une promenade, de lui donner un baiser amical et de repartir.

Les trois occupants de la maison, Luddie, Anne et Meggie, vouaient tout leur temps libre à la lecture. Himmelhoch possédait une bibliothèque infiniment mieux fournie que les quelques rayonnages de Drogheda, d'un niveau de culture plus évolué, et bien plus salace. Meggie apprit beaucoup par ses lectures.

Un dimanche de juin 1936, Luke et Arne se manifestèrent ensemble, visiblement très contents d'eux. Ils annoncèrent qu'ils étaient venus pour offrir une vraie fête à Meggie car ils l'emmenaient à un ceilidh.

Contrairement à la tendance générale poussant les groupes ethniques d'Australie à se disperser pour se fondre dans la population, les diverses nationalités de la péninsule du Queensland du Nord s'efforçaient de préserver farouchement leurs traditions. Chinois, Italiens, Allemands et Irlando-Ecossais constituaient les quatre groupes essentiels des habitants de la région et quand les Écossais organisaient un ceilidh, tous leurs compatriotes à des kilomètres à la ronde y assistaient.

A la stupéfaction de Meggie, Luke et Arne portaient le kilt; lorsqu'elle retrouva son souffle, elle reconnut qu'ils étaient absolument magnifiques. Rien n'est plus masculin qu'un kilt pour un homme viril; à chaque pas énergique, les plis se déploient à l'arrière tandis que le devant reste rigoureusement immobile sous le poids de la bourse en cuir brut; sous l'ourlet, battant les genoux, les beaux et vigoureux mollets gainés de losanges bariolés, ressortent encore davantage en raison des chaussures à boucles. La chaleur ne leur permettait pas de porter le plaid et la veste; ils s'étaient contentés de chemises blanches entrouvertes sur la poitrine, manches relevées au-dessus des coudes.

– Qu'est-ce que c'est un ceilidh ? demanda-t-elle au moment où tous trois s'en allaient.

– C'est le nom gaélique pour une assemblée, une réunion.

– Pourquoi diable portez-vous des kilts ?

– On ne nous laisserait pas entrer si nous n'en portions pas. Et nous ne manquons jamais d'assister à tous les ceilidhs entre Brisbane et Cairns.

– Vraiment ? Je me doute que vous assistez à pas mal de réunions, sans ça, je ne vois pas très bien Luke dépenser de l'argent pour un kilt. N'est-ce pas, Arne ?

– Un homme a bien le droit de se détendre un peu, rétorqua Luke, un rien sur la défensive.

La réunion se tenait dans une sorte de grange tombant en ruine au milieu des marais de palétuviers entourant l'embouchure du Dungloe. Oh, quel pays de puanteurs ! songea désespérément Meggie dont les narines frémissantes s'efforçaient de se fermer aux indescriptibles et écœurants relents qui les assaillaient. Mélasse, moisissures, déjections, et maintenant les marais de palétuviers. Tous les effluves de pourriture de la grève concentrés en une unique puanteur.

Effectivement, tous les hommes qui se présentaient à l'entrée de la grange portaient un kilt; lorsqu'elle pénétra et jeta un regard autour d'elle, Meggie comprit à quel point la femelle du paon, si terne, devait se sentir éblouie par la splendeur déployée par son mâle. Éclipsées, les femmes paraissaient inexistantes, impression qui ne fit que s'accentuer au fil des heures.

Deux joueurs de cornemuse revêtus du tartan compliqué d'Anderson à fond bleu pâle, juchés sur une estrade branlante, distillaient un air joyeux dans une synchronisation parfaite, cheveux blonds, sueur dégoulinant sur les faces rudes.

Quelques couples dansaient, mais l'essentiel de l'activité bruyante émanait d'un groupe d'hommes qui se passaient des verres, vraisemblablement remplis de whisky écossais. Meggie se retrouva coincée dans un angle avec plusieurs femmes et elle se contenta d'observer la scène, fascinée. Aucune femme ne se parait du tartan d'un clan car les Écossaises ne portent que le plaid, et il faisait infiniment trop chaud pour supporter un aussi lourd tissu autour des épaules. Aussi les invitées se contentaient-elles de leurs pauvres robes de cotonnade qui semblaient se renfrogner, s'affaisser plus qu'à l'accoutumée devant l'arrogance des kilts des mâles. Il y avait le rouge éclatant et le blanc du clan Menzies, le joyeux noir et jaune du clan MacLeod de Lewis; le bleu vitrail et les carreaux rouges du clan Skene, les dessins vifs et compliqués du clan Ogilvy, le ravissant rouge, gris et noir du clan MacPherson. Luke paré des couleurs du clan MacNeil, Arne en tartan des Basses-Terres. Magnifique !

Luke et Arne était manifestement très connus, très aimés; sans nul doute, ils sortaient souvent sans elle. Et qu'est-ce qui les avait poussés à l'amener ce soir-là ? Elle soupira, s'appuya au mur; les autres femmes posaient sur elle des regards curieux, particulièrement en direction de son alliance et, sans nul doute, elles portaient une vive admiration à Luke et à Arne et vouaient bien de l'envie à Meggie. Je me demande ce qu'elles diraient si je leur expliquais que le grand brun, celui qui est mon mari, m'a vue deux fois en tout et pour tout au cours des deux derniers mois et qu'il ne vient jamais me trouver avec l'idée de partager ma couche ? Regardez-les, ces deux-là, ces vaniteux, ces bellâtres écossais ! Et aucun d'eux n'est vraiment écossais; ils se contentent de jouer ce rôle parce qu'ils savent que le kilt leur va bien et qu'ils aiment être un pôle d'attraction. Quelle belle paire d'imposteurs vous faites ! Vous êtes trop amoureux de vous-même pour souhaiter l'amour d'un autre être ou en avoir besoin.

A minuit, les femmes furent reléguées contre les murs; les joueurs de cornemuse attaquèrent *Caber Feidh* et la danse sérieuse commença. Pendant le restant de ses jours, chaque fois qu'elle entendrait un air de cornemuse, Meggie se retrouverait dans cette vieille grange; le simple tournoiement d'un kilt suffirait à la transporter au cœur du marais de palétuviers; un étrange mélange de rêve et de sons, de vie et d'éclatant dynamisme se fixait à jamais dans sa mémoire avec tant d'acuité, d'envoûtement, qu'il y demeurerait gravé à jamais.

Et tombèrent sur le sol les épées croisées; deux hommes du clan MacDonald levèrent les bras au-dessus de leur tête, mains flexibles harmonieusement agitées comme celles d'un danseur de ballet et, très gravement, à croire qu'à la fin les épées seraient plongées dans leur poitrine, commencèrent à se frayer délicatement un chemin entre les lames.

Un grand cri aigu surmonta le son des cornemuses qui attaquaient un nouvel air. Une fois les épées ramassées, chacun des assistants se lança dans la danse, bras entrelacés et dénoués, kilts tourbillonnants. Jeté, chassé-croisé, branle écossais, ils exécutèrent toutes les figures; les coups de pied assenés sur le plancher résonnaient, se répercutaient le long des poutres, les boucles des chaussures scintillaient et, chaque fois que la figure changeait, l'un des hommes rejetait la tête en arrière et émettait ce cri aigu, hululant, qui déclenchait un écho dans les autres gorges exaltées pendant que les femmes regardaient, oubliées.

Il n'était pas loin de quatre heures du matin quand la réunion s'acheva. A l'extérieur ne régnait pas la fraîcheur astringente de l'Écosse; ils se retrouvèrent dans la nuit baignée de torpeur tropicale que crevait une lune lourde, pleine, se traînant sous les stries du ciel tandis que s'exhalaient les miasmes puants des palétuviers. Pourtant, quand Arne prit le volant de la vieille Ford asthmatique, Meggie entendit monter un triste et vieux chant écossais, *Fleurs de la Forêt*, pour accompagner le départ des joyeux drilles qui rentraient chez eux. Chez eux. Quel chez-eux ?

– Alors, ça t'a plu ? s'enquit Luke.

– Ça m'aurait plu davantage si j'avais pu danser, rétorqua-t-elle.

– Quoi, à un ceilidh ? Pas question, Meg. D'après la coutume, seuls les hommes devraient danser, alors, on est plutôt chics avec les femmes puisqu'on les laisse faire quelques tours de piste.

– Il me semble que seuls les hommes font beaucoup de choses, surtout s'il s'agit de choses agréables, réjouissantes.

– Eh bien, excuse-moi, répondit Luke d'un ton sec. Et moi qui pensais que ça te changerait un peu, c'est pour ça que je t'ai emmenée. Rien ne m'y obligeait, tu sais. Et si tu ne m'en es même pas reconnaissante, du diable si je te sors encore !

– N'importe comment, tu n'en as probablement pas l'intention, riposta Meggie. Tu ne tiens pas à m'admettre dans ta vie. J'ai beaucoup appris au cours de ces quelques heures. Mais ce n'était sûrement pas ce que tu avais l'intention de m'apprendre. Il devient de plus en plus difficile de me faire prendre des vessies de cochon pour des lanternes, Luke. En fait, j'en ai par-dessus la tête de toi, de la vie que je mène, de tout !

– Chut ! intima-t-il, scandalisé. Nous ne sommes pas seuls.

– Alors, tu n'as qu'à venir seul ! s'écria-t-elle. Je n'ai jamais la possibilité de te voir seul pendant plus de quelques minutes.

Arne arrêta la voiture au pied de la colline de Himmelhoch. Il adressa un sourire compréhensif à Luke.

– Vas-y, mon vieux, dit-il. Accompagne-la. Ne te presse pas.

– Je ne plaisante pas, Luke, reprit Meggie dès qu'ils se furent éloignés. Je regimbe, tu comprends ? Je sais parfaitement que je t'ai promis de t'obéir mais, de ton côté, tu as promis de m'aimer et de me protéger, alors nous sommes tous les deux des menteurs. Je veux rentrer chez moi, à Drogheda.

Il songea aux deux mille livres annuelles qui risquaient de ne plus alimenter son compte.

– Oh, Meg ! se récria-t-il d'un ton lamentable. Écoute, ma chérie, il n'y en a plus pour tellement longtemps, je t'assure. Et cet été, je t'emmènerai avec moi à Sydney, parole d'O'Neill ! La tante d'Arne va avoir un appartement de libre dans sa maison et nous pourrons y vivre pendant trois mois et prendre du bon temps ! Tiens le coup encore un an ou deux pendant que je couperai la canne et, ensuite, nous achèterons notre propriété et nous nous installerons. D'accord ?

Le clair de lune baignait son visage; il paraissait sincère, bouleversé, contrit. Et il ressemblait terriblement à Ralph de Bricassart.

Meggie céda parce que le désir d'avoir des enfants la tenaillait toujours.

– D'accord, acquiesça-t-elle. Encore un an. Mais je compte t'accompagner à Sydney, Luke. Tâche de ne pas oublier ta promesse !

CHAPITRE 12

Chaque mois, fidèle à son devoir, Meggie écrivait à Fee et à ses frères, leur donnant de longues descriptions du Queensland du Nord, s'ingéniant à apporter à ses récits une pointe d'humour, ne faisant jamais la moindre allusion aux différends qui l'opposaient à Luke. Pour sa famille, les Mueller étaient des amis de Luke chez lesquels elle logeait parce que son mari voyageait beaucoup. La réelle affection qu'elle portait au couple se sentait sous chaque mot les concernant; de ce fait, personne ne s'inquiétait à Drogheda où l'on regrettait seulement son éloignement et à peine lui reprochait-on de ne jamais venir les voir. Mais comment aurait-elle pu avouer à sa famille qu'elle ne disposait pas de l'argent nécessaire pour leur rendre visite sans leur dire à quel point son mariage avec Luke O'Neill lui pesait ?

De temps à autre, elle trouvait le courage de poser une question banale au sujet de Mgr Ralph mais, la plupart du temps, Bob oubliait de lui transmettre le peu qu'il avait appris de Fee concernant l'évêque. Puis, vint une lettre où il était longuement question de celui-ci.

« Un jour, il nous est tombé du ciel. Il nous a paru un peu déconcerté et ennuyé. Il a été stupéfait de ne pas te trouver ici. Il était fou de rage que nous ne lui ayons rien dit au sujet de Luke et toi. Mais quand M'man lui a expliqué qu'il s'agissait d'une de tes lubies et que tu avais refusé de lui faire part de ton mariage, il s'est calmé et n'en a plus jamais soufflé mot. Mais j'ai l'impression que tu lui manquais bien plus que tous les autres membres de la famille, et je suppose que c'est normal puisque tu passais plus de temps avec lui que n'importe lequel d'entre nous, et je crois qu'il t'a toujours considérée comme sa petite sœur. Il errait partout comme une âme en peine; on aurait dit qu'il s'attendait à te voir surgir au détour du chemin. Pauvre type. Nous n'avions pas non plus la moindre photo de toi à lui montrer et c'est seulement quand il m'a demandé de voir les photographies du mariage que je me suis aperçu qu'on n'en avait pas fait. Il m'a demandé si tu avais des enfants, et je lui ai répondu que je ne le croyais pas. Tu n'en as pas, n'est-ce pas Meggie ? Depuis combien de temps es-tu mariée ? Ça doit faire pas loin de deux ans ? Sûrement, puisque nous sommes en juillet. Comme le temps passe, hein ? J'espère que tu auras bientôt des gosses parce que je crois que l'évêque

serait content d'apprendre cette nouvelle. J'ai proposé de lui donner ton adresse, mais il n'en a pas voulu. Il m'a répondu que ce serait inutile parce qu'il partait pour Athènes, en Grèce, où il doit passer quelque temps avec l'archevêque pour lequel il travaille. Un Rital, qui a un nom long comme le bras que je suis incapable de me rappeler. Tu te rends compte, Meggie, ils doivent partir en avion ! En tout cas, quand il s'est aperçu que tu n'étais pas à Drogheda pour l'accompagner dans ses promenades, il n'est pas resté longtemps. Il s'est contenté d'une ou deux balades à cheval, a dit la messe pour nous chaque jour et est reparti moins d'une semaine après son arrivée. »

Meggie posa la lettre. Il savait, il savait ! Enfin, il savait ! Qu'avait-il pensé ? En avait-il éprouvé du chagrin, et à quel point ? Et pourquoi l'avait-il poussée à agir de la sorte ? Ça n'avait rien arrangé. Elle n'aimait pas Luke. Elle n'aimerait jamais Luke. Il n'était qu'un substitut, l'homme susceptible de lui donner des enfants qui, physiquement, ressembleraient à ceux qu'elle aurait pu avoir de Ralph de Bricassart. Oh, dieu, quel gâchis !

L'archevêque di Contini-Verchese préférait descendre dans un hôtel laïque plutôt que profiter de l'appartement qu'on lui offrait au palais épiscopal d'Athènes, résidence de l'évêque orthodoxe. Il devait accomplir une mission très délicate, d'une certaine importance. Plusieurs questions devaient être discutées avec les dirigeants de l'Eglise orthodoxe grecque, le Vatican montrant à l'égard des orthodoxies grecque et russe un intérêt affectueux qu'il ne pouvait vouer au protestantisme. Après tout, les rites d'Orient pouvaient être considérés comme des schismes, pas des hérésies; leurs évêques, comme ceux de Rome, remontaient jusqu'à saint Pierre en une lignée ininterrompue.

L'archevêque savait que sa nomination en vue de cette mission relevait de l'épreuve diplomatique, marchepied pour des travaux plus importants à Rome. Une fois de plus, son don des langues lui servait car sa parfaite connaissance du grec avait fait pencher la balance en sa faveur. On n'avait pas hésité à le faire venir d'Australie par la voie des airs.

Et il était inconcevable qu'il se déplaçât sans Mgr Ralph de Bricassart. Au fil des ans, il s'était habitué à compter de plus en plus sur cet homme étonnant. Un Mazarin, un vrai Mazarin; Mgr di Contini-Verchese vouait plus d'admiration à Mazarin qu'à Richelieu, la comparaison était donc particulièrement flatteuse. Ralph possédait toutes les qualités que l'Eglise aime trouver dans ses hauts dignitaires. Conservateur dans sa théologie et son éthique, il faisait preuve d'une intelligence vive et subtile, son visage ne trahissait jamais ses pensées; il maîtrisait au plus haut point l'art de plaire à tous, que ceux-ci éprouvent pour lui sympathie ou antipathie, qu'ils soient ou non de son avis. Pas de flagornerie chez lui, mais de la diplomatie à l'état pur. Si l'attention était fréquemment appelée sur cet homme d'exception, nul doute qu'il ne parvînt à un poste éminent. Et cela comblerait Sa Grandeur di Contini-Verchese qui tenait à garder le contact avec Mgr de Bricassart.

Il faisait très chaud, mais l'évêque Ralph ne se souciait guère de l'air sec d'Athènes après l'humidité de Sydney. Il marchait rapidement, comme à l'accoutumée, en bottes, culotte de cheval et soutane; il gravit la montée rocheuse menant à l'Acropole, traversa le sombre propylée, dépassa l'Érechtéion, grimpa la pente aux dalles grossières et glissantes débouchant sur le Parthénon, descendit et se retrouva au-delà de la muraille.

Là, le vent ébouriffant ses boucles brunes, maintenant parsemées d'un peu de gris près des oreilles, il se dressa et regarda au-delà de la cité blanche en direction des collines lumineuses jusqu'au transparent et stupéfiant bleu de la mer Egée. Juste au-dessous de lui, se trouvait la Plaka avec ses cafés aux toits en terrasses, ses colonies de bohémiens et, sur un côté, un grand théâtre léchant la roche. Dans le lointain, se devinaient colonnes romaines, forts des croisés et châteaux vénitiens, mais pas le moindre vestige du passage des Turcs. Quel peuple étonnant que les Grecs ! Haïr la race qui les avait dominés pendant plus de sept cents ans au point qu'une fois libérés ils avaient rasé mosquées et minarets jusqu'au dernier. Et d'une origine tellement ancienne, à l'héritage si riche ! Ses ancêtres normands n'étaient que des barbares vêtus de peaux de bêtes quand Périclès constellait de marbre le sommet du rocher et quand Rome n'était qu'un village grossier.

A ce moment seulement, à près de vingt mille kilomètres de distance, il put penser à Meggie sans être tenaillé par l'envie de pleurer. Et même alors, les lointaines collines devinrent floues un instant avant qu'il ne parvînt à maîtriser ses émotions. Comment pouvait-il lui tenir rigueur de ce mariage alors qu'il l'y avait poussée ? Il avait immédiatement compris pourquoi elle s'était montrée si résolue à lui taire ses projets; elle ne souhaitait pas qu'il rencontrât son jeune mari ni qu'il fît partie de sa nouvelle vie. Evidemment, il avait supposé que, quel qu'il fût, son époux habiterait à Gillanbone, sinon à Drogheda, qu'elle continuerait à vivre là où il la savait en sûreté, exempte de soucis et de dangers. Mais, en y réfléchissant, il comprit qu'elle voulait à tout prix éviter qu'il s'endormît dans cette quiétude. Non, elle avait été obligée de partir et, aussi longtemps qu'elle et son Luke O'Neill vivraient ensemble, elle ne rentrerait pas à Drogheda. Bob affirmait que le couple économisait pour acheter un domaine dans le Queensland occidental, et cette nouvelle l'avait achevé. Meggie avait l'intention de ne jamais lui revenir.

Mais es-tu heureuse, Meggie ? Est-il bon pour toi ? L'aimes-tu, ce Luke O'Neill ? Quel genre d'homme est-ce pour qu'il t'ait détachée de moi ? Qu'avait-il, lui, simple ouvrier agricole, pour que tu l'aies préféré à Enoch Davies, Liam O'Rourke ou à Alastair MacQueen ? Serait-ce parce que je ne le connaissais pas, que je ne pouvais faire la comparaison ? As-tu agi ainsi pour me torturer, Meggie, me rendre la pareille ? Mais pourquoi n'as-tu pas d'enfants ? Qu'a donc cet homme qui le pousse à errer comme un vagabond et t'oblige à vivre chez des amis ? Pas étonnant que tu n'aies pas d'enfants ; il ne reste pas assez longtemps auprès de toi. Meggie, pourquoi ? Pourquoi as-tu épousé Luke O'Neill ?

Il se retourna et descendit la pente de l'Acropole, déambula dans les rues animées d'Athènes. Il flâna dans le marché autour de la rue Evripidou, fasciné par les gens, les énormes paniers de calmars et de poissons qui sentaient fort sous le soleil ; non loin de là, des légumes et des chaussons à sequins voisinaient. Les femmes l'amusèrent, elles lui adressaient des œillades franches et audacieuses, legs d'une culture fondamentalement différente de la sienne, si puritaine. Si leur admiration hardie avait eu un fond lascif (aucun mot plus adéquat ne lui vint à l'esprit), il se serait senti gêné à l'extrême, mais il l'acceptait dans le sens où elle lui était vouée en tant qu'hommage à une extraordinaire beauté physique.

L'hôtel, établissement très luxueux et coûteux, se situait sur le square Omonia. L'archevêque di Contini-Verchese était installé dans un fauteuil près de la porte-fenêtre donnant sur le balcon de son appartement et il réfléchissait ; quand Mgr Ralph entra, il tourna la tête, sourit.

– Juste à temps, Ralph. Je voudrais prier.

– Je croyais que tout était arrangé. Y a-t-il des complications de dernière heure, Votre Grandeur ?

– Ce n'est pas de cela qu'il s'agit. Je viens de recevoir une lettre du cardinal Monteverdi qui m'expose les souhaits du Saint-Père.

Mgr Ralph sentit le durcissement soudain de ses épaules, un curieux picotement de la peau autour des oreilles.

– Alors, de quoi s'agit-il ?

– Dès que les entretiens que je mène seront terminés, et on peut considérer qu'ils le sont... je gagnerai Rome où la barrette de cardinal me sera accordée. Je devrai continuer mon œuvre au Vatican sous la direction même de Sa Sainteté.

– Tandis que moi... ?

– Vous deviendrez l'archevêque de Bricassart et vous retournerez en Australie pour y occuper mon poste en tant que légat du pape.

Le picotement de la peau qui lui taquinait les alentours des oreilles se mua en une rougeur brûlante ; la tête lui tournait, il chavirait. Lui, un non-Italien être honoré de la légation pontificale ! Décision sans précédent ! Oh, on pouvait compter sur lui, il accéderait au cardinalat !

– Évidemment, vous recevrez formation et instruction à Rome au préalable. Ce qui demandera environ six mois au cours desquels je serai près de vous et vous présenterai à ceux qui sont mes amis. Je tiens à ce que vous les connaissiez car le moment viendra où je vous appellerai, mon cher Ralph, pour m'aider à remplir ma tâche au Vatican.

– Monseigneur, je ne pourrai jamais assez vous remercier ! C'est à vous que je dois cette distinction exceptionnelle.

– Dieu m'a accordé suffisamment d'intelligence pour que je

perçoive les capacités d'un homme qui ne saurait rester dans l'ombre, Ralph. Maintenant, agenouillons-nous et prions. Dieu est bon.

Le chapelet et le missel de Ralph se trouvaient sur une table proche ; d'une main tremblante il saisit le rosaire et fit tomber le livre saint qui s'ouvrit, juste aux pieds de l'archevêque. Celui-ci le ramassa et regarda curieusement la forme fine, brune, évoquant du papier de soie, qui avait été une rose.

– Comme c'est curieux ! Pourquoi conservez-vous ceci ? Est-ce un souvenir de votre famille. . . peut-être de votre mère ?

Les yeux, qui savaient percer l'artifice et la dissimulation, étaient rivés sur lui et le temps manquait à Ralph pour travestir son émotion, son appréhension.

– Non, dit-il avec une grimace. Je ne veux conserver aucun souvenir de ma mère.

– Mais vous devez attacher beaucoup de valeur à ceci pour le garder avec tant d'amour entre les pages du livre qui vous est le plus cher. Que vous rappellent ces pétales ?

– Un amour aussi pur que celui que je porte à Dieu, Vittorio. Ils n'entachent pas ce livre, ils l'honorent.

– Je l'ai tout de suite compris parce que je vous connais. Mais cet amour fait-il courir un danger à celui que vous portez à l'Église ?

– Non. C'est pour l'Église que je l'ai abandonnée, que je l'abandonnerai toujours. Je suis allé si loin au-delà d'elle qu'aucun retour n'est possible.

– Ainsi, je comprends enfin votre tristesse ! Mon cher Ralph, ce n'est pas aussi terrible que vous le pensez, vraiment pas. Vous vivrez pour rendre service à de nombreuses personnes, vous serez aimé par de nombreuses personnes. Et elle, nantie de l'amour qui est contenu dans ce souvenir si ancien et encore parfumé, n'en sera jamais démunie. Parce que vous avez gardé l'amour en même temps que la rose.

– Je ne pense pas qu'elle le comprenne le moins du monde.

– Oh, si ! Si vous l'avez aimée ainsi, elle est suffisamment femme pour comprendre. Sinon, vous l'auriez oubliée et vous auriez abandonné cette relique depuis longtemps.

– A certains moments, seule une longue prosternation m'a empêché d'abandonner ma charge pour courir vers elle.

L'archevêque quitta son fauteuil et vint s'agenouiller à côté de son ami, ce bel homme qu'il aimait comme il avait aimé peu d'êtres en dehors de Dieu et de son Église qui, pour lui, étaient indivisibles.

– Vous n'abandonnerez pas votre charge, Ralph, et vous le savez parfaitement. Vous appartenez à l'Église, vous lui avez toujours appartenu et vous lui appartiendrez toujours. Chez vous, la vocation est réelle, profonde. Nous allons prier maintenant, et j'ajouterai la Rose à mes prières pour le restant de mes jours. Notre-Seigneur nous envoie bien des chagrins et des épreuves pour accompagner notre marche vers la vie éternelle. Nous devons apprendre à les supporter, moi tout autant que vous.

A la fin août, Meggie reçut une lettre de Luke lui annonçant qu'il était hospitalisé à Townsville, atteint de la maladie de Weill, mais qu'il ne courait aucun danger et ne tarderait pas à être rétabli.

« Aussi, il semble que nous n'ayons pas besoin d'attendre jusqu'à la fin de l'année pour nos vacances. Je ne peux pas retourner dans les plantations tant que je n'aurai pas retrouvé ma forme à cent pour cent. Et je crois que le meilleur moyen, c'est de prendre de bonnes vacances. Alors, dans à peu près une semaine, je passerai te prendre. Nous irons au lac Eacham, sur le plateau d'Atherton, pour y passer quelque temps jusqu'à ce que je puisse reprendre le travail. »

Meggie parvenait à peine à y croire et elle se demandait si elle souhaitait ou non être avec lui maintenant que l'occasion s'en présentait. Bien que la douleur morale eût demandé beaucoup plus de temps pour se cicatriser que la douleur physique, le souvenir de l'épreuve qu'avait représenté sa lune de miel dans l'hôtel de Dunny avait été repoussé depuis si longtemps qu'il avait perdu le pouvoir de la terrifier ; par ailleurs, ses lectures lui avaient fait comprendre que cet échec était dû à l'ignorance, la sienne et celle de Luke. Oh, Seigneur, je vous supplie que ces vacances me fassent devenir mère ! Si seulement, elle pouvait avoir un enfant à aimer, tout serait plus facile. Anne serait enchantée d'avoir un bébé sous son toit, Luddie aussi. Le couple le lui avait répété bien souvent, espérant que Luke viendrait séjourner à Himmelhoch assez longtemps pour modifier l'existence vide et dénuée d'amour de sa femme.

Quand elle leur parla de la lettre, ils se dirent ravis, tout en restant un rien sceptiques.

– Aussi sûr que deux et deux font quatre, ce misérable va trouver une excuse pour partir sans elle, dit Anne à Luddie.

Luke avait emprunté une vieille voiture quelque part, et il vint prendre Meggie tôt un matin. Il était maigre, ridé et jaune, comme s'il avait été confit dans le vinaigre. Épouvantée, Meg lui passa sa valise et grimpa à côté de lui.

– Qu'est-ce que c'est que la maladie de Weill, Luke ? Tu m'as dit que tu ne courais aucun danger, mais on dirait pourtant que tu as été très malade.

– Oh ! c'est une sorte de jaunisse qui guette tous les coupeurs. Il paraît que les rats qui grouillent dans la canne sont porteurs de germes qu'ils nous refilent par une simple coupure. Je suis costaud et je n'ai pas été aussi touché que bien des copains. Les toubibs assurent que je serai en pleine forme en un rien de temps.

La route serpentait au creux d'une gorge profonde, en pleine jungle, et menait vers l'intérieur des terres ; un torrent en crue rugissait et cascadait en contrebas ; d'une paroi jaillissait une magnifique chute d'eau qui allait grossir le lit principal. La voiture roulait entre l'escarpement et l'eau, sous une arche humide et scintillante de lumières et d'ombres fantastiques et, au fur et à mesure qu'ils gagnaient de l'altitude, l'atmosphère se faisait plus froide, d'une exquise fraîcheur ; Meggie avait oublié la merveilleuse impression dans laquelle la plongeait l'air frais. La jungle se penchait vers eux, si impénétrable que personne n'osait s'y aventurer. Sa masse échappait aux regards, masquée par les pesantes et immenses feuilles des lianes qui retombaient de la cime des arbres en un flot continu et sans fin, comme un rideau de velours vert tiré sur la forêt. Meggie distinguait sous cette protection l'éclair de magnifiques fleurs et papillons, les immenses toiles tissées par les araignées géantes, élégamment mouchetées, immobiles au centre de leurs pièges, de fabuleux champignons qui grignotaient des troncs moussus, des oiseaux à longues queues rouges ou dorées.

Le lac Eacham se nichait au sommet du plateau, idyllique dans ce cadre encore sauvage. Avant la tombée de la nuit, ils sortirent sur la véranda de la pension de famille pour admirer l'eau calme. Meggie voulait observer les énormes chauves-souris frugivores, appelées renards volants qui, par milliers, évoluaient dans le ciel, comme une funeste avant-garde, en route vers les endroits où elles trouvaient leur nourriture. Monstrueuses et répugnantes, elles n'en étaient pas moins curieusement timides et absolument inoffensives. Les voir se détachant sur un ciel mêlé d'ombres avait quelque chose de terrifiant ; Meggie ne manquait jamais de les suivre des yeux depuis la véranda d'Himmelhoch.

Et quelle joie sans mélange que de se laisser tomber sur un lit doux et frais, de ne pas avoir besoin de rester étendue, immobile, au même endroit jusqu'à ce que celui-ci fût saturé de transpiration, ni de ramper prudemment jusqu'à une autre place, tout en sachant que la première ne sécherait pas. Luke tira un paquet brun et plat de sa valise, en sortit une poignée de petits objets ronds qu'il aligna sur la table de chevet.

Meggie tendit la main pour en examiner un.

– Qu'est-ce que c'est que ça ? s'enquit-elle avec curiosité.

– Une capote anglaise, expliqua-t-il, oubliant que, deux ans auparavant, il s'était promis de ne pas lui avouer qu'il faisait usage de préservatifs. J'en enfile une avant d'entrer dans toi. Sinon, nous risquerions d'avoir un enfant, et ça ficherait tout en l'air avant d'acheter notre domaine.

Assis, nu, sur le bord du lit, il paraissait très maigre avec ses côtes et ses hanches saillantes. Mais ses yeux bleus riaient ; il tendit la main pour saisir le préservatif qu'elle tenait toujours entre ses doigts.

– Nous y sommes presque, Meggie, presque ! J'estime qu'avec cinq mille livres de plus nous pourrons acheter le plus beau domaine qui soit à l'ouest de Charters Towers.

– Dans ce cas, tu peux considérer qu'il est à toi dès maintenant, déclara-t-elle avec calme. Je peux écrire à Mgr de Bricassart pour lui demander qu'il nous prête de l'argent. Il n'exigera même pas d'intérêts.

– Tu n'en feras rien du tout ! aboya-t-il. Bon dieu, Meg, tu n'as pas d'amour-propre ? Nous travaillons pour gagner ce qui sera à nous. Pas question d'emprunter ! Je n'ai jamais dû un centime à personne et je ne vais pas commencer.

Elle l'entendit à peine tant elle le regardait à travers un brouillard rouge, éblouissant. Jamais de sa vie, elle n'avait ressenti une telle colère ! Tricheur, menteur, égoïste ! Comment osait-il se conduire ainsi envers elle, la frustrer d'un enfant, essayer de lui faire croire qu'il avait l'intention de devenir éleveur ! Il avait trouvé sa voie avec Arne Swenson et la canne à sucre.

Dissimulant si bien sa hargne qu'elle se surprit elle-même, elle reporta toute son attention sur le petit rond de caoutchouc qu'elle tenait à la main.

– Parle-moi de ces. . . ces capotes anglaises. Comment empêchent-elles de faire un enfant ?

Il vint se tenir derrière elle et le contact de leurs corps la fit frissonner ; d'excitation, pensa-t-il ; de dégoût, en vérité.

– Tu es vraiment ignorante à ce point ?

– Oui, mentit-elle.

En tout cas, elle ignorait tout des préservatifs ; elle ne se rappelait pas avoir lu la moindre mention à leur sujet.

Les mains de Luke batifolaient sur ses seins, la chatouillaient.

– Ecoute, quand je jouis, il sort un jet de. . . oh ! je ne sais pas. . . d'un liquide, et si je suis dans toi sans rien, il reste là. S'il y reste suffisamment longtemps ou s'il y en a assez, il fait un enfant.

Ainsi, c'était ça ! Il s'enveloppait de cette chose, comme une peau sur une saucisse. Tricheur !

Il éteignit, l'attira sur le lit, et ne tarda pas à tâtonner à la recherche du préservatif ; elle entendit le même bruit que celui qu'elle avait surpris dans la chambre d'hôtel de Dunny, mais maintenant elle savait qu'il enfilait cette enveloppe de caoutchouc. Le tricheur ! Mais quel stratagème trouver pour déjouer cette précaution ?

S'efforçant de ne pas lui laisser voir à quel point elle avait mal, elle endura l'épreuve. Pourquoi l'acte se révélait-il si douloureux alors qu'il était naturel ?

– Ça n'a pas été bon pour toi, hein, Meg ? demanda-t-il, un peu plus tard. Tu dois être terriblement étroite pour que ça continue à te faire aussi mal après la première fois. Eh bien, je ne recommencerai plus. Ça ne t'ennuie pas si je te prends le sein ?

– Oh ! quelle importance ? fit-elle d'un ton las. Si ça ne doit pas me faire mal, d'accord.

– Tu pourrais te montrer un peu plus enthousiaste, Meg !

– Pourquoi ?

Mais l'érection se manifestait de nouveau ; deux ans s'étaient écoulés sans qu'il ait pu consacré temps et énergie aux jeux de l'amour. Oh ! c'était bon d'être avec une femme, excitant, et interdit. Il n'avait pas du tout l'impression d'être marié avec Meg ; ça ne différait en rien de ses expériences passées, culbuter une fille dans l'enclos derrière le bistrot de Kynuna, ou posséder à la sauvette la toute-puissante et fière Miss Carmichael contre le mur du bâtiment de tonte. Meggie avait de beaux seins, rendus fermes par l'équitation, exactement tels qu'il les aimait et, en toute franchise, il préférait prendre son plaisir en lui titillant un téton ; il adorait la sensation de sa verge, libre de caoutchouc, comprimée entre leurs ventres. Le préservatif amoindrit beaucoup le plaisir de l'homme, mais s'en passer pour la pénétrer équivalait à courir de gros risques.

A tâtons, il lui agrippa les fesses et l'obligea à s'étendre sur lui, puis il saisit un téton entre les dents, sentit la pointe se gonfler et durcir sous sa langue. Un immense mépris à l'endroit de Luke envahissait Meggie ; quelle grotesque créature qu'un homme qui grognait, suçait, s'acharnait, trouvant du plaisir à ça. Il s'excitait de plus en plus, lui malaxait le dos et la croupe, lapant avidement comme un chaton sevré venu se glisser sous le ventre de sa mère. Ses hanches amorcèrent un mouvement rythmé, tressautant en une sorte de reptation maladroite et, trop écœurée pour lui venir en aide, elle sentit l'extrémité du pénis libre de protection lui glisser entre les jambes.

Sa participation à l'acte étant des plus fragmentaires, elle avait tout le loisir de réfléchir. Et c'est alors qu'une idée lui vint. Aussi lentement et discrètement qu'elle le pût, elle le manœuvra jusqu'à ce qu'il se trouvât exactement sur la partie la plus douloureuse de son être ; retenant son souffle, dents serrées pour garder son courage, elle força le pénis à la pénétrer. Bien qu'elle ressentît une souffrance, celle-ci n'était en rien comparable à ce qu'elle avait connu jusque-là. Démuni de son enveloppe en caoutchouc, le membre glissait mieux, se révélait plus facile à introduire et intimement plus tolérable.

Luke ouvrit les yeux. Il s'efforça de la repousser, mais, oh, Seigneur ! Il éprouvait une sensation incroyable, libéré de la gêne du préservatif ; n'ayant jamais pénétré une femme sans cet accessoire, il n'avait pu se rendre compte de la différence. Il ressentait à tel point le contact, était si excité qu'il ne parvenait pas à la repousser avec suffisamment de vigueur ; finalement, il l'attira plus étroitement à lui, incapable de poursuivre sa succion du sein. Bien qu'il fût peu viril de se laisser aller à exhaler ses émotions, il ne put réfréner le cri qui s'échappa de lui et, ensuite, il l'embrassa tendrement.

– Luke ?

– Quoi ?

– Pourquoi est-ce que ce n'est pas toujours comme ça ? Tu n'aurais pas besoin de mettre ces capotes anglaises.

– On n'aurait pas dû se laisser aller comme ça, Meg. Pas question de recommencer. J'ai joui dans toi.

Elle se pencha sur lui, lui caressa la poitrine.

– Mais tu ne vois pas ? Je suis assise ! Ça ne reste pas à l'intérieur, ça s'écoule ! Oh, Luke, je t'en prie ! C'est tellement mieux, ça ne fait pas si mal. Je suis sûre qu'il n'y a pas de risque parce que je sens que ça s'écoule. Je t'en supplie.

Quel être humain pourrait résister à la répétition d'un plaisir parfait lorsqu'il lui est proposé de façon aussi logique ? Comme Adam, Luke acquiesça car, à ce stade, il était infiniment moins bien informé que Meggie.

– Il y a probablement du vrai dans ce que tu dis. C'est beaucoup plus agréable pour moi quand tu n'essaies pas de me repousser. D'accord, Meg, à partir de maintenant, nous ferons l'amour comme ça.

Et, dans l'obscurité, elle sourit, satisfaite. Car tout ne s'était pas écoulé. Dès l'instant où elle avait senti le sperme la quitter, elle avait noué ses muscles internes, s'était étendue sur le dos, croisant les genoux le plus haut possible, se rétractant avec toute la détermination dont elle était capable. Oho, mon bon monsieur, je t'aurai ! Attends, tu verras, Luke O'Neill ! J'aurai un enfant, même s'il doit me tuer.

Loin de la chaleur et de l'humidité de la plaine côtière, Luke se rétablit rapidement. Il mangeait bien et il commença à reprendre du poids ; le jaune maladif déserta son teint qui retrouva son hâle. Fasciné par le leurre que représentait une Meggie empressée et tendre au lit, il n'opposa guère de difficultés à se laisser convaincre de prolonger les deux semaines initialement prévues en trois, puis en quatre. Mais, après un mois, il regimba.

– Nous n'avons aucune excuse, Meg. J'ai retrouvé toute ma forme. Nous sommes là à nous prélasser comme des seigneurs, à dépenser de l'argent, et Arne a besoin de moi.

– Tu ne veux vraiment pas reconsidérer la question, Luke ? Si tu le souhaites réellement, nous pourrions acheter ton domaine dès maintenant.

– Continuons encore un peu la vie que nous menons, Meg.

Il se refusait à le reconnaître, évidemment, mais la fascination exercée par la canne à sucre le tenait, lui communiquant l'étrange besoin qu'éprouvent certains hommes pour un labeur particulièrement exigeant. Aussi longtemps que sa vigueur persisterait, Luke demeurerait fidèle à la canne. La seule façon dont Meggie espérait lui forcer la main consistait à lui donner un enfant, un héritier de la propriété proche de Kynuna.

Aussi regagna-t-elle Himmelhoch pour attendre et espérer. Je vous en supplie, Seigneur, je vous en supplie, donnez-moi un enfant ! Un enfant résoudrait tout ; alors, je vous en supplie, donnez-moi un enfant. Et en vint la promesse. Lorsqu'elle l'annonça à Anne et Luddie, ceux-ci laissèrent éclater leur joie. Surtout Luddie qui se dévoila être un trésor. Il exécuta sur la layette des travaux de broderie et de nids d'abeilles véritablement exquis, deux arts que Meggie n'avait jamais eu le temps de maîtriser et, pendant que ses doigts calleux, magiques, plantaient une aiguille minuscule dans le tissu délicat, Meggie aidait Anne à préparer la chambre de l'enfant.

Malheureusement, sa grossesse s'accompagnait de troubles de santé, dus peut-être à la chaleur, à moins que ce ne fût à sa tristesse. Meggie ne parvenait pas à en démêler les raisons. Les malaises matinaux persistaient tout au long de la journée ; en dépit de sa légère augmentation de poids, elle continuait à souffrir d'une rétention d'eau et d'une hypertension que le docteur Smith jugea dangereuse. Au début, on évoqua une hospitalisation à Cairns durant le reste de la grossesse mais, après avoir réfléchi à la situation de la jeune femme qui se trouverait dans cette ville éloignée sans mari et sans amis, le médecin décida qu'il serait préférable qu'elle demeurât avec Luddie et Anne qui s'occuperaient d'elle. Pourtant, trois semaines avant terme, il lui faudrait absolument se rendre à Cairns.

– Et tâchez d'obtenir de son mari qu'il aille la voir ! rugit le docteur à l'adresse de Luddie.

Meggie avait immédiatement écrit à Luke pour lui annoncer qu'elle était enceinte, débordant de l'habituelle conviction féminine voulant que, une fois l'enfant non désiré devenu réalité, Luke délirerait d'enthousiasme. La réponse de celui-ci mit fin à de telles illusions. Il était furieux. En ce qui le concernait, le fait de devenir père impliquait simplement qu'il aurait deux bouches inutiles à nourrir. Pilule amère pour Meggie, mais elle l'avala; elle n'avait pas le choix. Maintenant, l'enfant qui allait venir la liait à lui tout aussi étroitement que l'avait fait sa fierté.

Mais elle se sentait malade, impuissante, pas aimée ; même l'enfant ne l'aimait pas, il n'avait pas souhaité être conçu, ne désirait pas venir au monde. Elle sentait en elle les faibles protestations de la minuscule créature qui se refusait à être. Si elle avait été en état de supporter le voyage en chemin de fer de trois mille kilomètres, elle n'aurait pas hésité à rentrer chez elle, mais le docteur Smith secouait énergiquement la tête devant un tel projet. Monter dans un train pour une semaine ou plus, même avec des arrêts prolongés, risquait d'occasionner une fausse couche. Aussi déçue et malheureuse qu'elle fût, Meggie se refusait à exposer l'enfant à un danger. Pourtant, au fil du temps, son enthousiasme et son désir d'être mère se fanèrent en elle ; l'enfant en gestation devint de plus en plus lourd à porter, se chargea de ressentiment.

Le docteur Smith envisagea de la faire transporter plus tôt à Cairns. Il craignait qu'elle ne pût survivre à un accouchement à Dungloe qui ne disposait que d'un dispensaire rudimentaire. Sa tension artérielle ne cédait pas, la rétention d'eau s'accroissait ; il parla de toxémie et d'éclampsie, prononça d'autres mots scientifiques qui effrayèrent Luddie et Anne au point qu'ils acceptèrent ce départ alors qu'ils désiraient ardemment voir le bébé venir au monde à Himmelhoch.

A la fin mai, il ne restait que quatre semaines à courir, quatre semaines avant que Meggie ne fût débarrassée de cet intolérable fardeau, cet enfant ingrat. Elle apprenait à haïr l'être qu'elle avait tellement souhaité avant de découvrir les maux dont il serait la cause. Pourquoi avait-elle cru que Luke serait heureux de la naissance du bébé quand l'existence de celui-ci serait devenue réalité ? Rien dans l'attitude ou la conduite de Luke depuis leur mariage ne lui fournissait la moindre indication dans ce sens.

Par moments, elle reconnaissait que tout ça n'était que désastre ; elle renonçait à sa ridicule fierté et essayait de sauver des ruines ce qui pouvait l'être. Ils s'étaient mariés pour de fausses raisons : lui pour l'argent qu'elle avait, elle par dépit, pour échapper à Ralph de Bricassart tout en tentant de garder le reflet de celui-ci. Pas la moindre simulation d'amour entre eux, et seul l'amour aurait pu les aider, elle et Luke, à surmonter les énormes difficultés que créaient les divergences de leurs objectifs et de leurs désirs.

Assez bizarrement, elle ne paraissait pas éprouver de ressentiment envers Luke alors que, de plus en plus, elle s'apercevait qu'elle haïssait Ralph de Bricassart. Pourtant, tout bien considéré, Ralph s'était montré infiniment plus compréhensif et juste à son égard que Luke. Jamais il ne l'avait encouragée à rêver à lui, à le considérer sous un autre jour que celui de prêtre et d'ami car, même lors des deux occasions où il l'avait embrassée, elle avait été responsable de leurs baisers.

Alors, pourquoi lui en vouloir de la sorte ? Pourquoi haïr Ralph et pas Luke ? Reporter sur le prêtre le blâme de ses peurs et de ses lacunes, l'énorme ressentiment outragé qu'elle éprouvait, uniquement parce qu'il l'avait constamment repoussée alors qu'elle l'aimait et le désirait tant. Et lui reprocher la stupide impulsion qui l'avait poussée à épouser Luke O'Neill. Trahison à l'encontre d'elle-même et de Ralph. Peu importait qu'elle ne pût l'épouser, coucher avec lui, avoir un enfant de lui. Peu importait qu'il la repoussât, et il l'avait repoussée. Il n'en demeurait pas moins celui qu'elle voulait, et elle n'aurait jamais dû se contenter d'un autre.

Mais comprendre les erreurs ne les atténue en rien. Ça n'en était pas moins Luke O'Neill qu'elle avait épousé, l'enfant de Luke O'Neill qu'elle portait. Comment aurait-elle pu se réjouir à la pensée de l'enfant de Luke O'Neill alors que cet embryon d'être n'aspirait pas à la vie ? Pauvre petite chose. Au moins, une fois mis au monde, le bébé représenterait sa part d'humanité et pourrait être aimé en tant que tel. Pourtant... Que n'eût-elle donné pour que ce fût l'enfant de Ralph de Bricassart ! L'impossible, ce qui ne saurait être. Il était au service d'une institution qui entendait le garder intégralement pour elle, y compris cette partie de lui qui lui était inutile, sa virilité. Sa Sainte Mère l'Église l'exigeait de lui en tant que sacrifice à sa puissance, et le gâchait de la sorte, imprimant la négation à son être, s'assurant que, lorsqu'il mourrait, il ne se survivrait en personne. Mais un jour, l'Église devrait payer sa cupidité, un jour il n'y aurait plus de prêtres tels que Ralph de Bricassart parce que ceux-ci estimeraient suffisamment leur virilité pour comprendre que ce que l'Église exigeait d'eux équivalait à un sacrifice inutile, n'ayant pas le moindre sens...

Soudain, elle se leva et se mit à arpenter la salle de séjour où Anne lisait un exemplaire clandestin du roman interdit de Norman Lindsay, *Redheap*, se délectant manifestement de chacun des mots défendus.

– Anne, je crois que votre vœu sera exaucé.

– Comment ça, ma chérie ? demanda Anne en levant distraitement les yeux.

– Appelez le docteur Smith. Je vais avoir ce satané bébé ici, tout de suite.

– Oh ! Mon Dieu ! Montez dans la chambre et étendez-vous... pas dans votre chambre, dans la nôtre.

En maugréant contre les caprices du destin et la détermination des bébés à voir le jour, le docteur Smith quitta rapidement Dungloe au volant de sa voiture bringuebalante, accompagné de sa sage-femme qui transportait tout le matériel dont le dispensaire local pouvait se passer. Inutile d'amener Meggie dans cette foutue infirmerie; elle serait aussi bien à Himmelhoch. Mais c'est à Cairns qu'elle aurait dû se trouver.

– Avez-vous prévenu le mari ?demanda-t-il en montant les marches du perron, suivi de la sage-femme.

– Je lui ai télégraphié. Elle est dans ma chambre, j'ai pensé que vous auriez plus de place.

Boitillant dans leur sillage, Anne entra dans la chambre. Meggie était étendue sur le lit, yeux largement ouverts, sans signes apparents de douleurs à part une agitation spasmodique des mains, une rétraction du corps. Elle souleva légèrement la tête pour sourire à Anne et celle-ci lut la peur dans les yeux tournés vers elle.

– Je suis heureuse qu'on ne m'ait pas transportée à Cairns, dit Meggie. Ma mère n'est jamais allée à l'hôpital pour accoucher, et j'ai entendu Papa dire qu'elle avait beaucoup souffert pour Hal. Mais elle a survécu, et j'en ferai autant. Nous sommes dures au mal, nous, les femmes Cleary.

Au bout de plusieurs heures, le médecin alla rejoindre Anne sur la véranda.

– L'accouchement s'annonce long et difficile pour cette pauvre petite. Les premiers enfants viennent rarement au monde sans complications, mais celui-ci se présente mal et, malgré tous ses efforts, elle n'arrive à rien. A Cairns, on aurait pratiqué une césarienne mais, ici, c'est hors de question. Il faudra qu'elle l'expulse toute seule.

– A-t-elle toute sa connaissance ?

– Oh, oui ! C'est une petite âme courageuse; pas un cri, pas une plainte. D'après mon expérience, ce sont toujours les meilleures qui ont le plus de mal à accoucher. Elle me demande continuellement si Ralph est arrivé, et je suis obligé de lui mentir en prétendant que le Johnstone est en crue. Je croyais que son mari s'appelait Luke.

– Oui. C'est bien le cas.

– Hum ! Eh bien, c'est peut-être pour ça qu'elle demande après ce Ralph, quel qu'il soit. Luke ne lui apporterait guère de réconfort, n'est-ce pas ?

– Luke est un salaud.

Anne se pencha, doigts crispés sur la balustrade de la véranda. Un taxi venait de quitter la route de Dunny et s'engageait sur l'allée menant à Himmelhoch. Son excellente vue lui permit de distinguer à l'arrière du véhicule un homme aux cheveux noirs, et elle laissa échapper un cri de soulagement et de joie.

– Je n'en crois pas mes yeux, mais j'ai l'impression que Luke a fini par se rappeler qu'il avait une femme.

– Je ferais mieux de remonter auprès d'elle et de vous laisser l'affronter, Anne. Je ne parlerai de rien à la pauvre petite au cas où ce ne serait pas son mari. S'il s'agit bien de cet homme, versez-lui une tasse de thé et réservez l'alcool pour plus tard. Il en aura besoin.

Le taxi s'immobilisa; à la grande surprise d'Anne, le chauffeur descendit et alla ouvrir la portière arrière pour aider son passager à descendre. Joe Castiglione, propriétaire de l'unique taxi de Dunny, se montrait généralement moins courtois.

– Himmelhoch, monseigneur, dit-il en s'inclinant très bas.

Un homme en longue soutane noire ceinturée de pourpre descendit. Lorsqu'il se retourna, Anne, éberluée, eut un instant l'impression que Luke O'Neill lui jouait un tour de sa façon. Puis, elle vit qu'il s'agissait d'un homme très différent, ayant au moins dix ans de plus que Luke. Mon Dieu ! pensa-t-elle quand la gracieuse silhouette monta les marches deux à deux. C'est le plus bel homme que j'aie jamais vu ! Archevêque, pas moins ! Que vient faire un archevêque catholique chez un couple de vieux luthériens comme Luddie et moi ?

– Madame Mueller ? demanda-t-il, sourire aux lèvres, tout en l'enveloppant d'un regard clair et lointain.

On eût dit qu'il avait vu beaucoup de choses qu'il eût souhaité ne pas voir et que, depuis longtemps, il s'interdisait tout sentiment.

– Oui. Je suis Anne Mueller.

– Je me présente, archevêque Ralph de Bricassart, légat de Sa Sainteté le pape en Australie. J'ai appris qu'une certaine Mme Luke O'Neill demeurait chez vous.

– Oui, monsieur.

Ralph ? *Ralph* ? Était-ce là le Ralph qu'appelait Meggie ?

– Je suis l'un de ses très vieux amis. Pourrais-je la voir, je vous prie ?

– Ma foi... je suis certaine qu'elle en serait enchantée, archevêque... (Non, on ne devait pas dire archevêque, mais monseigneur, comme Joe Castiglione.) Dans des circonstances plus normales... mais en ce moment, Meggie est en train d'accoucher et elle souffre beaucoup.

Elle s'aperçut alors qu'il n'avait pas réussi à s'interdire tout sentiment, qu'il les avait seulement maîtrisés, les repoussant obstinément comme une abjection au tréfonds de lui. Ses yeux étaient si bleus qu'elle avait l'impression de s'y noyer, et ce qu'elle lut en eux l'incita à se demander ce que Meggie représentait pour lui, et ce qu'il représentait pour Meggie.

– Je savais que quelque chose n'allait pas ! s'écria-t-il. Je le sentais depuis longtemps mais, ces temps derniers, mon inquiétude s'est muée en obsession. Il me fallait venir et voir par moi-même. Je vous en prie, laissez-moi aller près d'elle. S'il vous faut une raison, je suis prêtre.

Anne n'avait jamais eu l'intention de lui interdire la chambre de Meggie.

– Venez, monseigneur. Par ici, je vous prie.

Tout en avançant lentement entre ses deux cannes, elle ne cessait de se tourmenter : la maison est-elle propre, en ordre ? Ai-je bien fait le ménage ? Ai-je jeté ce reste de gigot qui sentait fort ou son odeur filtre-t-elle encore de la cuisine ? Que le moment est mal choisi pour recevoir un homme de cette importance ! Luddie, est-ce que tu vas te décider à sortir ton gros cul de ce tracteur et à venir ? Le gosse a dû le prévenir depuis longtemps !

Il passa devant le docteur Smith et la sage-femme comme s'ils n'existaient pas, se laissa tomber à genoux à côté du lit, la main tendue vers elle.

– Meggie !

Elle s'extirpa de l'affreux cauchemar dans lequel elle se débattait et aperçut le visage aimé, proche du sien, les cheveux noirs et drus, ponctués de deux mèches blanches qui tranchaient dans la pénombre. Les traits fins et aristocratiques, un peu plus creusés, exprimaient encore plus de patience, en admettant que ce fût possible, et les yeux bleus, plongés dans les siens, débordaient d'amour, de fiévreuse attente. Comment avait-elle pu confondre Luke avec lui ? Personne n'était tout à fait comme lui, personne ne le serait jamais pour elle, et elle avait trahi ce qu'elle ressentait à son endroit. Luke représentait le côté sombre du miroir, Ralph resplendissait comme le soleil, et il était tout aussi lointain. Oh, comme c'était bon de le voir !

– Ralph, aidez-moi, dit-elle.

Il lui embrassa passionnément la main, puis la pressa contre sa joue.

– Toujours, ma Meggie, tu le sais.

– Priez pour moi et pour l'enfant. Si quelqu'un est en mesure de nous sauver, c'est bien vous. Vous êtes beaucoup plus proche de Dieu que nous. Personne ne nous veut, personne ne nous a jamais voulus, pas même vous.

– Où est Luke ?

– Je ne sais pas, et ça m'est égal.

Elle ferma les yeux et sa tête oscilla sur l'oreiller, mais ses doigts agrippaient fortement ceux du prêtre, se refusaient à les lâcher.

Puis, le docteur Smith lui tapa sur l'épaule.

– Monseigneur, je crois que le moment est venu pour vous de quitter cette chambre.

– Si sa vie est en danger, m'appellerez-vous ?

– Immédiatement.

Luddie était enfin revenu de la plantation, affolé, car il n'avait vu personne et n'osait entrer dans la chambre.

– Anne, elle va bien ? demanda-t-il à sa femme lorsque celle-ci sortit avec l'archevêque.

– Oui, en tout cas jusqu'ici. Le docteur refuse de se prononcer, mais je crois qu'il a bon espoir. Luddie, nous avons une visite. L'archevêque Ralph de Bricassart, un vieil ami de Meggie.

Plus au courant des usages que son épouse, Luddie mit un genou en terre et baisa l'anneau du prélat.

– Asseyez-vous, monseigneur. Tenez compagnie à Anne, je vais aller mettre une bouilloire sur le feu.

– Ainsi, vous êtes Ralph, dit Anne en appuyant ses cannes contre une table de bambou.

Le prêtre se laissa tomber en face d'elle; les plis de sa soutane laissèrent voir les bottes de cavalier, luisantes et noires, quand il croisa les genoux. Geste presque efféminé pour un homme mais, en tant qu'ecclésiastique, cela n'avait aucune importance; néanmoins, on décelait quelque chose d'intensément masculin chez lui, jambes croisées ou pas. Probablement pas aussi âgé que je l'ai cru tout d'abord, songea-t-elle. Peut-être tout juste la quarantaine. Quel gâchis de voir un homme aussi beau porter soutane !

– Oui, je suis Ralph.

– Depuis que Meggie est dans les douleurs, elle n'a cessé d'appeler un certain Ralph. Je dois avouer que j'étais intriguée. Je ne me rappelle pas l'avoir jamais entendue prononcer le nom de Ralph auparavant.

– Elle s'en serait bien gardée.

– Comment avez-vous connu Meggie, monseigneur ? Ça remonte à combien de temps ?

Un sourire crispé joua sur le visage du prêtre tandis que les extrémités de ses mains fines et belles se rejoignaient pour former une sorte d'ogive.

– J'ai connu Meggie quand elle avait dix ans, quelques jours seulement après qu'elle ait débarqué en Australie venant de Nouvelle-Zélande. En vérité, on pourrait affirmer que j'ai connu Meggie à travers inondations, incendies, paroxysmes émotionnels, et à travers la mort et la vie. En somme, tout ce que nous devons supporter. Meggie est le miroir dans lequel j'ai été contraint de contempler mon état de mortel.

– Vous l'aimez ! laissa tomber Anne d'un ton surpris.

– Depuis toujours.

– C'est une tragédie pour vous deux.

– J'espérais que ce n'en était une que pour moi. Parlez-moi d'elle. Que lui est-il arrivé depuis son mariage ? Il y a bien des années que je ne l'ai vue, mais j'éprouvais des craintes à son sujet.

– Je vous le dirai, mais seulement quand vous m'aurez parlé de Meggie. Oh ! pas sur un plan personnel, simplement sur le genre de vie qu'elle menait avant de venir à Dunny. Nous ne savons absolument rien d'elle, Luddie et moi, sinon qu'elle habitait quelque part près de Gillanbone. Nous aimerions avoir plus de détails parce que nous lui sommes très attachés. Mais elle ne nous a jamais rien dit. . . par fierté, probablement.

Luddie entra avec le plateau du thé accompagné de sandwichs et de biscuits. Il s'assit pendant que le prêtre esquissait un tableau de la vie de Meggie avant son mariage avec Luke.

– Jamais je n'aurais pu me douter d'une chose pareille ! Penser que Luke a eu l'audace de l'arracher à tout ça et de la forcer à travailler comme bonne à tout faire ! Et il a eu le culot de stipuler que ses gages devraient être versés à son propre compte en banque ! Savez-vous que cette pauvre petite n'a jamais eu un sou pour ses besoins personnels depuis qu'elle est ici ? J'ai demandé à Luddie de lui donner une prime en espèces pour Noël, l'année dernière, mais elle avait besoin de tant de choses qu'elle a épuisé la somme dans la journée, et elle s'est refusée à en accepter davantage de notre part.

– Ne plaignez pas Meggie, dit le prélat avec une certaine rudesse. Je ne pense pas qu'elle s'apitoie sur son sort, et sûrement pas sur son manque d'argent. En définitive, l'aisance lui a apporté bien peu de joies. Elle sait où s'adresser si elle ne peut pas s'en passer. J'ai l'impression que l'indifférence apparente de Luke l'a infiniment plus affectée que le manque d'argent. Ma pauvre Meggie !

Luddie et Anne remplirent à eux deux les vides du tableau de la vie de Meggie pendant que l'archevêque de Bricassart demeurait assis, mains toujours jointes, regard perdu sur la gracieuse courbe d'une palme de cocotier. Pas un seul muscle de son visage ne tressaillait, aucun changement ne se manifesta dans son beau regard détaché et lointain. Il avait beaucoup appris au service de Vittorio Scarbanza, cardinal di Contini-Verchese.

Le récit achevé, il soupira, s'arracha à la contemplation de la palme doucement agitée par le vent et reporta son regard sur ses hôtes dont les visages trahissaient l'anxiété.

– Eh bien, il va falloir que nous l'aidions puisque Luke s'y refuse. Si vraiment il la repousse, elle serait mieux à Drogheda. Je sais que vous ne voulez pas la perdre mais, dans son propre intérêt, essayez de la convaincre de rentrer. Dès que je serai de retour à Sydney, je vous enverrai un chèque à son intention, ce qui lui évitera la gêne d'avoir à demander de l'argent à son frère. Une fois chez elle, elle expliquera ce qu'elle voudra à sa famille. (Il jeta un regard en direction de la porte de la chambre à coucher et s'agita sur son siège.) Mon Dieu, hâtez la naissance de cet enfant !

Mais l'enfant ne vint au monde que vingt-quatre heures plus tard, alors que Meggie arrivait aux limites de l'épuisement et de la douleur. Le docteur Smith lui avait administré de fortes doses de Laudanum, vieille médication qui, à son avis, convenait mieux que toute autre; elle paraissait dériver, emportée par les tourbillons et maelströms de ses cauchemars au centre desquels tout cc qui était elle, à l'extérieur comme à l'intérieur, se rompait, se déchirait, se lacérait, crachait, hurlait, gémissait. Parfois, le visage de Ralph se précisait un court instant avant d'être emporté par un flot de douleur; mais son souvenir persistait et, tandis qu'il la veillait, elle ne cherchait pas à deviner si la mort aurait raison d'elle ou de l'enfant.

Quand il laissait la sage-femme s'occuper seule de la parturiente pour aller avaler un morceau, boire une gorgée de rhum et s'assurer qu'aucun de ses patients n'aurait l'incongruité d'être à l'article de la mort, le docteur Smith écoutait ce qu'Anne et Luddie estimaient pouvoir lui dévoiler de l'histoire de Meggie.

– Vous avez raison, Anne, convint-il. L'équitation est probablement à l'origine de tous les ennuis que cette petite connaît aujourd'hui. Lorsque la monte en amazone est passée de mode, les femmes en ont beaucoup pâti. La position à califourchon développe des muscles qui n'entrent pas en travail au moment de l'accouchement.

– J'ai toujours cru que c'était une histoire de bonne femme, intervint doucement l'archevêque.

Le docteur Smith l'enveloppa d'un regard malicieux. Il n'éprouvait guère de sympathie à l'endroit des prêtres catholiques qu'il considérait comme des cagots et des radoteurs.

– Libre à vous de croire ce que vous voulez, rétorqua-t-il. Mais, dites-moi, monseigneur, si les choses en arrivaient au point où nous devions choisir entre la vie de Meggie et celle de l'enfant, que vous dicterait votre conscience ?

– L'Église est inflexible sur ce point, docteur. Aucun choix ne doit jamais être opéré. L'enfant ne peut être sacrifié pour sauver la mère, pas plus que la mère ne doit être sacrifiée pour sauver l'enfant. (Il rendit son sourire au docteur Smith avec tout autant de malice.) Mais si les choses devaient en venir là, docteur, je n'hésiterais pas à vous demander de sauver Meggie, et au diable l'enfant.

Le docteur Smith en eut le souffle coupé; il rit et appliqua au prélat une grande tape dans le dos.

– Un bon point pour vous ! Soyez tranquille, je ne répéterai pas vos paroles mais, jusqu'à présent, l'enfant est bien vivant et nous n'aurions rien à gagner en le sacrifiant.

Pourtant, Anne ne put s'empêcher de penser : je me demande quelle aurait été votre réponse si l'enfant avait été de vous, archevêque ?

Environ trois heures plus tard, au moment où le soleil glissait tristement du ciel vers la masse brumeuse du mont Bartle Frere, le docteur Smith sortit de la chambre.

– Eh bien, c'est fini, dit-il non sans satisfaction. Meggie a encore un long chemin devant elle, mais tout ira bien si Dieu le veut. Quant à l'enfant, c'est une petite fille maigrichonne, geignarde, d'un peu moins de deux kilos, à la tête énorme et à l'humeur grincheuse assortie aux cheveux du roux le plus agressif qu'il m'ait jamais été donné de voir sur un nouveau-né. On ne réussirait pas à tuer cette petite larve avec une hache; je le sais parce que j'ai presque essayé.

Jubilant, Luddie déboucha la bouteille de champagne gardée pour l'occasion et tous les cinq trinquèrent; prélat, médecin, sage-femme, propriétaire de plantations et infirme souhaitèrent santé et longue vie à la mère et à son bébé braillard et peu commode. C'était le 1er juin, jour marquant le début de l'hiver australien.

Une infirmière arriva pour remplacer la sage-femme; elle resterait sur place jusqu'à ce que Meggie fût considérée comme hors de danger. Le médecin et l'accoucheuse s'en allèrent tandis qu'Anne, Luddie et l'archevêque se rendaient au chevet de Meggie.

Elle paraissait si minuscule et épuisée que l'archevêque se vit obligé d'emmagasiner une nouvelle douleur distincte au tréfonds de lui, douleur qui, plus tard, serait extirpée, examinée, endurée. Meggie, ma Meggie déchirée et battue. . . Je t'aimerai toujours, mais je ne peux pas te donner ce que Luke O'Neill t'a donné, même à mon corps défendant.

Le reflet d'humanité, pleurnichard, responsable de tout, était couché dans un berceau d'osier, loin du lit, n'appréciant pas le moins du monde l'attention dont il était l'objet de la part des personnes qui l'entouraient et le contemplaient. La petite fille hurlait sa colère, et continuait de hurler. Finalement, l'infirmière la souleva de son berceau, la porta dans la pièce destinée à servir de nursery.

– En tout cas, elle a de bons poumons, commenta l'archevêque avec un sourire.

Il s'assit sur le bord du lit et saisit la main pâle de la jeune accouchée.

– Je ne crois pas qu'elle apprécie beaucoup la vie, rétorqua Meggie en lui rendant son sourire.

Comme il avait veilli ! Aussi alerte et souple que jamais, mais incommensurablement plus vieux. Elle se tourna vers Anne et Luddie, leur tendit sa main libre.

– Mes chers amis, qu'aurais-je fait sans vous ? Luke a-t-il donné de ses nouvelles ?

– J'ai reçu un télégramme disant qu'il était trop occupé pour venir, mais il vous souhaite bonne chance.

– Comme c'est généreux de sa part, remarqua Meggie.

– Nous allons vous laisser causer avec l'archevêque, ma chérie, dit Anne en se penchant pour lui embrasser la joue. Je suis sûre que vous avez beaucoup de choses à vous dire. (Appuyée sur son mari, elle appela d'un doigt énergique l'infirmière qui restait bouche bée, comme si elle n'en croyait pas ses yeux.) Venez prendre une tasse de thé avec nous, Nettie. Monseigneur vous appellera si Meggie a besoin de vous.

– Comment as-tu appelé ta bruyante petite fille ? demanda-t-il dès qu'ils furent seuls.

– Justine.

– C'est un très joli nom. Mais pourquoi l'as-tu choisi ?

– Je l'ai lu quelque part et il m'a plu.

– Tu n'es pas heureuse de l'avoir, Meggie ?

Dans le visage ravagé, seuls les yeux vivaient, doux, emplis d'une lumière légèrement voilée, sans haine, mais aussi sans amour.

– Si, je suis heureuse de l'avoir. Oui, je le suis. J'ai tant fait pour l'avoir... Mais pendant que je la portais, je ne ressentais rien pour elle, sinon qu'elle ne voulait pas de moi. Je ne crois pas que Justine soit vraiment à moi, ni à Luke, ni à personne. Je crois qu'elle ne donnera rien d'elle à qui que ce soit.

– Je dois m'en aller, Meggie, dit-il doucement.

Les yeux gris se firent plus durs, plus brillants; sa bouche esquissa une vilaine moue.

– Je m'y attendais ! C'est curieux, on dirait que les hommes qui comptent dans ma vie se défilent toujours.

Il accusa le coup.

– Ne sois pas amère, Meggie. Je ne peux pas partir en te laissant dans un tel état d'esprit. Quel que soit ce qui t'est arrivé dans le passé, tu as toujours gardé ta douceur, et c'est ce qui m'est le plus cher chez toi. Ne change pas, ne deviens pas dure à cause de ce que tu as supporté. Je comprends combien ce doit être douloureux de penser que Luke ne se préoccupe même pas de venir, mais ne change pas. Tu ne serais plus ma Meggie.

Elle continuait à le regarder avec une expression ambiguë où la haine tenait sa part.

– Oh, je vous en prie, Ralph ! Je ne suis pas votre Meggie, je ne l'ai jamais été ! Vous ne vouliez pas de moi et vous m'avez jetée dans les bras de Luke. Pour qui me prenez-vous, pour une sorte de sainte ou une nonne ? Eh bien, ce n'est pas le cas. Je suis un être humain, comme les autres, et vous avez gâché ma vie. Pendant toutes ces années, je vous ai aimé et n'ai voulu personne d'autre que vous; je vous attendais... Je me suis tant efforcée de vous oublier... Alors, j'ai épousé un homme dans lequel je croyais trouver une certaine ressemblance avec vous, et lui non plus ne me veut pas; il n'a pas besoin de moi. Est-ce trop demander à un homme d'être désirée, qu'on lui soit nécessaire ?

Elle laissa échapper quelques sanglots, maîtrisa sa défaillance. De fines rides de douleur lui creusaient le visage; il ne les avait jamais vues auparavant et il savait que le repos et le retour à la santé ne les effaceraient pas.

– Luke n'est pas mauvais, pas même antipathique, reprit-elle. Simplement un homme. Vous êtes tous les mêmes, de grands papillons velus, attirés par une flamme ridicule, à l'abri d'un verre si clair que vous ne le voyez pas. Et si vous parvenez à vous frayer un chemin à l'intérieur du globe, vous vous heurtez à la flamme et vous retombez, brûlés, morts. Alors que pendant tout ce temps, dans la fraîcheur de la nuit, il y a de quoi vous nourrir, il y a de l'amour et de petits papillons à engendrer. Mais le voyez-vous, le désirez-vous ? Non ! Vous retournez vers la flamme, vous vous y heurtez jusqu'à ce que vous vous y brûliez, que vous en mouriez !

Il ne savait que lui répondre car il découvrait un aspect de la nature de Meggie qui lui était inconnu. Avait-il toujours existé ou s'était-il développé à la suite des déceptions qu'elle avait éprouvées, à la suite de son abandon ? Meggie, dire des choses pareilles ? Il avait à peine entendu ses paroles, bouleversé qu'il était qu'elle les proférât, et il ne comprenait pas qu'elles lui étaient inspirées par sa solitude, son impression de culpabilité.

– Te souviens-tu de la rose que tu m'as donnée le soir où je t'ai quittée à Drogheda ? demanda-t-il tendrement.

– Oui, je m'en souviens.

La vie avait déserté sa voix, la lueur dure s'effaça de ses yeux. Maintenant, ceux-ci restaient rivés sur lui, émanation d'une âme sans espoir, aussi vides et vitreux que ceux de sa mère.

– Je l'ai toujours dans mon missel. Et chaque fois que je vois une rose de cette teinte, je pense à toi. Meggie, je t'aime. Tu es ma rose, la plus belle image humaine et la pensée de ma vie.

Et les commissures des lèvres s'abaissèrent de nouveau, et le regard de briller avec une violence intense mêlée de haine.

– Une image, une pensée. Une image humaine et une pensée ! railla-t-elle. Oui, c'est ça. C'est bien tout ce que je représente. Vous n'êtes qu'un sot romantique et rêveur, Ralph de Bricassart ! Vous n'avez pas plus d'idée de ce qu'est la vie que le papillon allant se griller à la flamme ! Pas étonnant que vous soyez devenu prêtre ! Vous seriez incapable de mener une existence normale si vous étiez un homme comme les autres, un homme comme Luke !

« Vous dites m'aimer, mais vous n'avez pas la moindre idée de ce qu'est l'amour. Vous proférez simplement des paroles apprises parce que vous avez l'impression qu'elles sonnent bien ! Je n'arrive pas à comprendre pourquoi les hommes ne sont pas parvenus à se passer totalement des femmes, puisque c'est ce qu'ils souhaitent. Vous devriez imaginer un moyen de vous marier entre vous, vous seriez divinement heureux !

– Meggie, non ! Je t'en supplie !

– Oh, allez-vous-en ! Je ne veux plus vous voir ! Et vous avez oublié une chose au sujet de vos précieuses roses, Ralph. . . elles ont de méchantes épines, des épines acérées !

Il quitta la chambre sans se retourner.

Luke ne se donna même pas la peine de répondre au télégramme lui annonçant qu'il était l'heureux père d'une fille de deux kilos nommée Justine. Lentement, la santé de Meggie se rétablit et le bébé commença à profiter. Peut-être que si Meggie avait réussi à la nourrir, elle aurait tissé des liens plus étroits avec cette petite chose maigrichonne et irascible, mais les seins plantureux que Luke aimait tant téter ne contenaient pas une goutte de lait. Ironie du sort, pensa-t-elle. Comme son devoir le lui dictait, elle langeait l'enfant, le nourrissait au biberon, talquait cette bribe d'humanité à la face et au crâne rouges, se conformant simplement à l'usage; elle attendait que jaillisse en elle quelque merveilleuse émotion. Mais celle-ci ne vint jamais; elle ne ressentait pas le désir d'étouffer de baisers le petit visage, de mordiller les doigts minuscules, de bêtifier à l'extrême, ce dont raffolent habituellement les mères. Il ne lui semblait pas qu'il s'agissait de son enfant, et elle ne le voulait pas, n'en avait pas plus besoin que le bébé ne la voulait ou n'avait besoin d'elle.

Il ne vint jamais à l'esprit de Luddie et d'Anne que Meggie n'adorât pas Justine, qu'elle éprouvât moins de tendresse pour sa fille que celle qu'elle avait ressentie pour ses frères les plus jeunes. Chaque fois que Justine pleurait, Meggie était là pour la prendre dans ses bras, chantonner, la bercer. Et les fesses d'aucun bébé ne furent plus sèches et mieux langées. Curieusement, Justine ne semblait pas souhaiter être prise dans les bras et bercée; elle se calmait beaucoup plus rapidement lorsqu'on la laissait seule.

Au fil du temps, son apparence s'améliora. Sa peau de nourrisson perdit sa rougeur, acquit cette transparence veinée de bleu qui accompagne si souvent les cheveux roux, et ses petits bras et jambes s'étoffèrent pour devenir agréablement dodus. Ses mèches commencèrent à boucler, à s'épaissir et à prendre la flamboyance définitive qui avait été celle de son grand-père, Paddy. Chacun attendit anxieusement pour voir la couleur que prendraient ses yeux; Luddie pariait qu'ils seraient bleus, comme ceux de son père; Anne soutenait qu'ils auraient le gris de sa mère; seule Meggie n'avançait aucune opinion. Mais les yeux de Justine virèrent à une teinte qui lui appartenait en propre, assez déconcertante. A six semaines, ils commencèrent à se transformer et à neuf semaines parvinrent à leurs couleur et forme définitives. Personne n'avait jamais rien vu de tel. Le cercle extérieur de l'iris formait un anneau gris foncé, mais l'iris en soi était si pâle qu'on pouvait le qualifier de bleu ou de gris, s'apparentant plutôt à une sorte de blanc cassé. Des yeux perçants, gênants, inhumains, évoquant presque ceux d'un aveugle; mais, peu à peu, il devint évident que Justine jouissait d'une excellente vue.

Bien qu'il n'en eût rien dit, le docteur Smith s'était inquiété de la disproportion de la tête à la naissance, et il la surveilla attentivement au cours des six premiers mois de la vie de l'enfant. Il s'était demandé, surtout après avoir vu ces yeux étranges, si elle n'avait pas de l'eau dans le cerveau, ainsi qu'il le formulait encore, alors que, de nos jours, les manuels rangent cette affection sous la rubrique de l'hydrocéphalie. Mais il apparut que Justine ne souffrait d'aucune altération cérébrale ou malformation; elle avait simplement une très grosse tête et, au fur et à mesure de sa croissance, le reste de sa petite personne se développa et combla plus ou moins la disproportion.

Luke continuait à mener sa vie errante. Meggie lui avait écrit à plusieurs reprises mais sans recevoir de réponse, et il n'était même pas venu voir son enfant. D'une certaine façon, elle en était heureuse; elle n'aurait su quoi lui dire et elle ne croyait pas qu'il pût se montrer enchanté à la vue de la curieuse petite créature qu'était sa fille. Si à la place de Justine elle avait eu un fils, grand et fort, peut-être aurait-il cédé, mais Meggie préférait de beaucoup qu'il n'en fût rien. L'enfant représentait la preuve vivante que le grand Luke O'Neill n'était pas parfait, sinon il n'aurait pu engendrer que des fils.

Le bébé se portait mieux que Meggie et il se rétablit plus rapidement de l'épreuve de la naissance. Vers quatre mois, Justine cessa de crier aussi souvent et commença à s'amuser dans son berceau, tripotant les rangées de petites boules de couleurs vives tendues à sa hauteur. Mais elle ne souriait jamais à quiconque, même après avoir expulsé son rot.

La pluie vint tôt, en octobre, et elle tomba en averses vraiment diluviennes; le degré d'humidité atteignit cent pour cent et se maintint à ce niveau. Chaque jour, pendant des heures, des cataractes crépitaient en rafales autour d'Himmelhoch, transformant la terre rouge en fondrières, inondant les plantations de cannes, remplissant le large et profond Dungloe, sans pourtant le faire sortir de son lit car son cours était si limité que l'eau se perdait rapidement dans la mer. Tandis que, couchée dans son berceau, Justine contemplait le monde à travers ses yeux étranges, Meggie demeurait tristement assise, observant le Bartle Frere qui disparaissait derrière une muraille de pluie dense et, soudain, redevenait visible.

Le soleil arrivait à percer, extirpant de la terre des spirales de vapeur, faisant briller et scintiller la canne humide en petits prismes de diamant et conférant au fleuve l'aspect d'un grand serpent doré. Puis, suspendu en travers de la voûte céleste, un double arc-en-ciel apparut, parfait sur toute sa courbe, si éclatant dans ses couleurs se profilant sur les lugubres nuages bleu foncé que tout autre paysage que le Queensland du Nord en eût été affadi et rabaissé. Mais rien ne parvenait à délaver la brillance éthérée de cette région, et Meggie crut comprendre pourquoi le paysage de Gillanbone se limitait à un terne brun-gris; le Queensland du Nord lui avait aussi usurpé sa part de la palette.

Un jour, au début de décembre, Anne vint trouver Meggie sur la véranda; elle s'assit à côté d'elle et l'observa. Oh, qu'elle était maigre et sans vie ! Même la ravissante chevelure d'or roux s'était ternie.

– Meggie, je ne sais pas si j'ai bien agi mais, maintenant, c'est fait. Et je voudrais au moins que vous m'écoutiez avant de dire non.

Meggie s'arracha à la contemplation de l'arc-en-ciel et sourit.

– Vous avez l'air bien solennelle, Anne ! Que voulez-vous que j'écoute ?

– Luddie et moi sommes très inquiets à votre sujet. Vous ne vous êtes pas bien rétablie de la naissance de Justine et, à présent que la saison des pluies est là, vous avez encore plus mauvaise mine. Vous ne mangez pas et vous maigrissez. Je me suis toujours doutée que le climat d'ici ne vous convenait pas, mais tant que rien ne vous mettait à bas, vous vous en accommodiez. Maintenant, nous avons l'impression que vous êtes mal en point et, si on ne prend pas des mesures, vous allez tomber réellement malade.

Elle prit une longue inspiration.

– Aussi, il y a une quinzaine de jours, j'ai écrit à un ami qui tient une agence de voyages et je vous ai organisé des vacances. Ne protestez surtout pas pour les frais; ça n'entamera en rien le capital de Luke ou le vôtre. L'archevêque nous a adressé un très gros chèque pour vous, et votre frère nous en a envoyé un autre à votre intention et à celle de l'enfant. J'ai l'impression que toute votre famille souhaiterait vous voir à Drogheda. Après en avoir parlé, Luddie et moi avons jugé que nous devrions dépenser une partie de cet argent pour vos vacances. Je ne pense pas qu'aller à Drogheda vous conviendrait pour le moment; par contre, nous croyons que vous avez essentiellement besoin d'un certain temps de réflexion. Sans Justine, sans nous, sans Luke, sans votre famille. Avez-vous jamais été livrée à vous-même, Meggie ? Il est grand temps que vous le soyez. Nous vous avons loué un bungalow dans l'île de Matlock pour deux mois, du début janvier au début mars. Luddie et moi nous nous occuperons de Justine. Vous savez qu'il ne lui arrivera rien ici, mais, si nous avions la moindre inquiétude à son sujet, je vous jure que nous vous préviendrions immédiatement. L'île est reliée au continent par téléphone et il ne vous faudrait pas longtemps pour revenir.

Les arcs-en-ciel avaient disparu, le soleil aussi; il allait de nouveau pleuvoir.

– Anne, sans vous et Luddie et l'affection dont vous m'avez entourée pendant ces trois dernières années, je crois que je serais devenue folle. Vous le savez. Parfois, la nuit, je me réveille et je me demande ce qui me serait arrivé si Luke m'avait placée chez des gens moins bons. Vous vous êtes beaucoup plus occupés de moi que Luke.

– Balivernes ! Si Luke vous avait placé chez des gens antipathiques, vous seriez retournée à Drogheda et cela aurait peut-être mieux valu.

– Non. Cette expérience avec Luke n'a pas été agréable, mais il était infiniment préférable que je reste et que je tienne le coup.

La pluie commençait à gagner le long des plantations, estompant la canne, effaçant tout derrière son rideau, paysage sectionné comme par un couperet gris.

– Vous avez raison, je ne vais pas bien, reprit Meggie. Je me suis mal portée depuis que Justine a été conçue. J'ai essayé de me ressaisir, mais je suppose qu'à certains moments on atteint un point où on ne dispose plus de l'énergie suffisante pour y parvenir. Oh, Anne, je suis si lasse et découragée ! Je ne suis même pas une bonne mère pour Justine et pourtant je le lui dois. C'est à cause de moi et de moi seule qu'elle est venue au monde, elle ne l'a pas demandé. Mais je suis surtout découragée parce que Luke ne me donne pas l'occasion de le rendre heureux. Il refuse de vivre avec moi ou de me laisser lui préparer un foyer; il ne veut pas de l'enfant. Je ne l'aime pas. Je ne l'ai jamais aimé à la façon dont une femme doit aimer l'homme qu'elle épouse, et peut-être l'a-t-il compris dès le départ. Peut-être aurait-il agi différemment si je l'avais aimé. Alors comment puis-je lui en vouloir ? Je suis la seule à blâmer, je crois.

– C'est l'archevêque que vous aimez, n'est-ce pas ?

– Oh, depuis le moment où j'étais une toute petite fille ! J'ai été dure avec lui quand il est venu. Pauvre Ralph ! Je n'avais pas le droit de le traiter de la sorte parce qu'il n'a jamais encouragé l'élan qui me portait vers lui, vous savez. J'espère qu'il a eu le temps de comprendre que j'étais malade, épuisée, et terriblement malheureuse. Je ne pensais qu'à une chose. . . que, normalement, l'enfant aurait dû être le sien, qu'il ne le serait jamais, qu'il ne pourrait jamais l'être. Oh, ce n'est pas juste ! Les pasteurs protestants peuvent se marier, pourquoi pas les prêtres catholiques ? Et ne me dites pas que les pasteurs ne s'occupent pas aussi bien des fidèles que les prêtres parce que je ne vous croirai pas. J'ai connu des prêtres sans cœur et de merveilleux pasteurs. Mais à cause du célibat des prêtres, j'ai dû m'éloigner de Ralph, fonder un foyer et faire ma vie avec quelqu'un d'autre. Et je vais vous dire quelque chose, Anne. C'est là un péché tout aussi infâme que si Ralph rompait ses vœux, et peut-être même plus ignoble. J'en veux à l'Église d'estimer que mon amour pour Ralph ou celui qu'il me porte est méprisable.

– Partez un certain temps, Meggie. Reposez-vous, mangez, dormez, et cessez de vous tourmenter. Alors, quand vous reviendrez, vous parviendrez peut-être à convaincre Luke d'acheter ce domaine au lieu de se contenter d'en parler. Je sais que vous ne l'aimez pas, mais je crois que s'il vous en donnait la moindre possibilité vous pourriez être heureuse avec lui.

Les yeux gris épousaient la couleur de la pluie qui tombait en rafales autour de la maison; elles avaient élevé la voix, presque jusqu'à crier, pour se faire entendre sous l'incroyable crépitement des trombes d'eau.

– Mais toute la question est là, Anne ! Quand j'ai accompagné Luke à Atherton, j'ai enfin compris qu'il ne renoncerait à la canne à sucre que lorsqu'il n'aurait plus la force de la couper. Il adore cette vie. Il aime être avec des hommes aussi vigoureux et indépendants que lui. Il aime errer d'un endroit à un autre. Il a toujours eu une âme de vagabond, je m'en rends compte. Quant à éprouver le besoin d'une femme, ne serait-ce que pour le plaisir, il n'en est pas question tant il est épuisé par la canne. Comment pourrais-je vous expliquer ? Luke est le genre d'homme qui ne voit aucun inconvénient à manger à même la boîte de conserve qu'il vient d'ouvrir et à dormir directement sur le sol. Ne comprenez-vous pas ? On ne peut le tenter par des choses agréables parce qu'il ne s'en soucie pas. Parfois, j'ai même l'impression qu'il méprise les choses agréables, belles. Elles sont douces, elles risqueraient de l'amollir. Je ne dispose d'aucun moyen de pression suffisamment puissant pour l'arracher à son mode de vie actuel.

Elle leva les yeux avec impatience vers le toit de la véranda, irritée du perpétuel crépitement sur la tôle.

– Je ne sais pas si je suis assez forte pour admettre la solitude, le manque de foyer pendant les dix ou quinze ans à venir, Anne, ou plus exactement pendant le temps qu'il faudra à Luke pour perdre sa vigueur actuelle. C'est merveilleux d'être ici avec vous; je ne voudrais pas que vous me considériez comme une ingrate, mais je veux un chez-moi ! Je veux que Justine ait des frères et des sœurs, je veux astiquer mes propres meubles, coudre des rideaux pour mes propres fenêtres, cuisiner sur mon propre réchaud, pour mon homme à moi. Oh, Anne ! Je ne suis qu'une femme comme les autres; je ne suis ni ambitieuse, ni intelligente, ni bien éduquée, vous le savez. Je ne demande qu'un mari, des enfants, un chez-moi. Et que quelqu'un me porte un peu d'amour !

Anne sortit son mouchoir, s'essuya les yeux et essaya de rire.

– Quelle belle paire de pleurnichardes nous faisons ! Mais je vous comprends, Meggie, je vous comprends parfaitement. Je suis mariée avec Luddie depuis dix ans, les seules années réellement heureuses de ma vie. J'ai été frappée de paralysie infantile à cinq ans, et ça m'a laissée dans cet état. J'étais persuadée que personne ne me regardait, et Dieu sait que c'était bien le cas. Quand j'ai connu Luddie, j'avais trente ans et j'enseignais pour gagner ma vie. Il avait dix ans de moins que moi; je ne pouvais donc pas le prendre au sérieux quand il prétendait m'aimer et déclarait vouloir m'épouser. Quelle chose affreuse, Meggie, que de briser la vie d'un très jeune homme ! Pendant cinq ans, je me suis montrée aussi odieuse qu'il est possible de l'être, mais il m'est toujours revenu. Alors, je l'ai épousé, et j'ai été heureuse. Luddie prétend qu'il l'est aussi, mais je n'en suis pas sûre. Il lui a fallu renoncer à beaucoup de choses, notamment aux enfants, et il paraît plus vieux que moi ces temps-ci, pauvre diable.

– C'est la vie, Anne, et le climat.

La pluie s'arrêta aussi soudainement qu'elle avait commencé; le soleil apparut, les arcs-en-ciel miroitèrent, lisses dans la vapeur ambiante. Le mont Bartle Frere se profila, vêtu de lilas sur fond de nuages effilochés.

– Je vais partir, reprit Meggie. Je vous suis très reconnaissante d'y avoir pensé; c'est probablement ce dont j'ai besoin. Mais êtes-vous certaine que Justine ne vous causera pas trop d'ennuis ?

– Grand dieu, non ! Luddie a tout prévu. Anna Maria, qui travaillait pour nous avant votre arrivée, a une jeune sœur, Annunziata, qui a l'intention de devenir infirmière à Townsville. Elle n'aura que seize ans en mars et elle termine ses études dans quelques jours. Elle viendra pendant votre absence; elle est déjà une petite mère accomplie. Le clan des Tesoriero compte des hordes d'enfants.

– L'île Matlocl . . . où est-ce ?

– Tout près du passage de la Pentecôte, sur la Grande Barrière. C'est très tranquille et l'intimité doit y être préservée. J'ai l'impression qu'il s'agit surtout d'un endroit prévu pour les lunes de miel. Vous voyez ce que je veux dire. . . des bungalows disséminés un peu partout au lieu d'un hôtel. Vous ne serez pas obligée de dîner dans une salle à manger pleine de monde ou de vous montrer aimable avec toutes sortes de gens auxquels vous préféreriez ne pas adresser la parole. A cette époque de l'année, l'île est à peu près déserte en raison du danger des cyclones de l'été. Il n'y pleut pas, mais personne ne semble vouloir séjourner à proximité de la Barrière de Corail à cette saison. Probablement parce que la plupart des gens qui s'y rendent viennent de Sydney ou de Melbourne, que l'été est très agréable dans ces villes et qu'il est inutile d'en partir. Pour juin, juillet et août, les gens du Sud retiennent leurs bungalows trois ans à l'avance.

CHAPITRE 13

Le 31 décembre 1937, Meggie prit le train pour Townsville. Bien que ses vacances fussent à peine commencées, elle se sentait déjà beaucoup mieux car elle laissait derrière elle la puanteur de la mélasse, particulière à Dunny. La plus importante agglomération du Queensland du Nord, Townsville, comptait plusieurs milliers d'habitants vivant dans des maisons de bois, construites sur pilotis et toutes blanches. La correspondance entre le train et le bateau ne lui laissa pas le temps nécessaire pour visiter cette ville prospère. Mais, en un sens, Meggie ne regretta pas d'avoir à se précipiter vers le port, échappant ainsi à toute réflexion. Après cet atroce voyage à travers la mer de Tasmanie seize ans auparavant, elle redoutait les trente-six heures de mer qui l'attendaient à bord d'un bateau beaucoup plus petit que le *Wahine*.

Mais l'expérience se révéla très différente, un glissement doux sur une eau vitreuse, et elle avait vingt-six ans, pas dix. L'atmosphère s'apaisait entre deux cyclones, la mer était épuisée. Bien qu'il ne fût que midi, Meggie alla s'étendre et s'abîma dans un sommeil sans rêves jusqu'à ce que le steward la réveillât à six heures, le lendemain matin, en lui apportant une tasse de thé et des biscuits.

Sur le pont, elle découvrit une nouvelle Australie, encore différente. Dans un ciel clair, sans couleur, une lueur rose et perlée s'éleva lentement dans l'est jusqu'à ce que le soleil crevât l'horizon et que la lumière perdît son ton d'aurore, devînt jour. Silencieusement, le bateau fendait une eau sans teinte, si transparente que, du bord, le regard plongeait, s'enfonçait sur plusieurs brasses jusqu'à des grottes de pourpre, striées des formes scintillantes des poissons évoluant dans les parages. Dans le lointain, la mer se parait d'une couleur bleu-vert, parsemée de taches lie-de-vin, là où végétation et coraux revêtaient les fonds et, de tous côtés, on eût dit que des îles de sable blanc aux grèves hérissées de palmiers en jaillissaient spontanément, tels des cristaux émergeant d'une gangue de silice – îles couvertes de jungle et de montagnes, îlots plats, à la végétation buissonneuse crevant à peine la surface des eaux.

– Les îles à fleur d'eau sont de véritables récifs de coraux, lui expliqua un homme d'équipage. Lorsqu'elles forment un anneau et se referment sur un lagon, ce sont des atolls; ici, on appelle cayes les masses rocheuses plus émergées. Les îles accidentées sont des sommets montagneux, mais des récifs de corail les entourent et forment des lagons.

– Où est l'île Matlock ?

Le matelot la considéra avec curiosité; une femme seule partant en vacances sur une île de lune de miel telle que Matlock avait quelque chose d'incongru.

– En ce moment, nous venons d'embouquer la passe de la Pentecôte; ensuite, nous mettrons le cap sur la côte Pacifique du récif. La grève de Matlock donnant sur l'océan est battue par de grands rouleaux qui arrivent de cent milles au large à la vitesse d'un train express, en rugissant si fort qu'on ne s'entend plus penser. Vous vous rendez compte de ce que ça donnerait si on se laissait porter par la même lame sur une distance de cent milles ? (Il poussa un soupir assez dubitatif.) Nous toucherons Matlock avant le coucher du soleil, madame.

Et une heure avant le coucher du soleil, le petit bateau se fraya un chemin à travers des remous dont l'écume jaillissait, créant une muraille d'embruns en direction de l'est. Une jetée avançait vers le large sur près d'un kilomètre, soutenue par des piliers branlants enfoncés dans le récif émergé à marée basse; à l'arrière-plan se découpait une côte déchiquetée qui ne correspondait pas à l'idée que Meggie se faisait de la splendeur tropicale. Un homme âgé l'attendait; il l'aida à débarquer et se chargea de ses bagages que lui passait un matelot.

– Vous avez fait un bon voyage, madame O'Neill ? demanda-t-il en la saluant. Je suis Rob Walter. J'espère que votre mari vous rejoindra bientôt. Il n'y a pas beaucoup de monde à Matlock à cette époque de l'année; c'est surtout une station d'hiver.

Ensemble, ils avancèrent sur les planches disjointes; le corail émergé accrochait les derniers rayons de soleil et la mer redoutable reflétait un tumultueux embrasement d'écume rouge.

– Heureusement que nous sommes à marée basse, sinon votre débarquement aurait été plus mouvementé. Vous voyez la brume, là-bas, dans l'est ? C'est la limite de la Grande Barrière. Ici, à Matlock, nous y sommes rattachés par la peau des dents; vous sentirez l'île trembler constamment sous les coups de boutoir qui nous en viennent. (Il l'aida à monter en voiture.) Ici, nous sommes sur la côte au vent. . . un peu sauvage et inhospitalier, hein ? Mais attendez de voir la côte sous le vent. Ah ! ça, c'est autre chose !

Ils roulèrent sans se préoccuper de la vitesse puisqu'ils se trouvaient dans l'unique voiture de Matlock, descendirent l'étroite route taillée dans le corail crissant, à travers les palmiers et une épaisse végétation que coiffait une haute colline s'étirant sur une longueur de cinq kilomètres et formant l'épine dorsale de l'île.

– Oh, comme c'est beau ! s'écria Meggie.

Ils venaient de déboucher sur une autre route qui serpentait le long de la grève sablonneuse délimitant le lagon en forme de croissant.

Dans le lointain, se distinguait encore de l'écume blanche, là où la mer se brisait en une dentelle scintillante sur le récif protecteur, mais à l'intérieur de l'enceinte corallienne, l'eau restait unie et calme, miroir d'argent veiné de bronze.

– L'île a six kilomètres de large et douze de long, lui expliqua son guide.

Ils passèrent devant un bâtiment blanc, assez hétéroclite, à la véranda profonde dont les fenêtres épousaient la forme de vitrines.

– Le grand magasin, annonça le conducteur avec une fierté de propriétaire. C'est là que j'habite avec la patronne. Et ça lui plaît pas beaucoup de voir une femme seule venir ici, ça, je vous le garantis. Elle prétend que je risque de me laisser séduire. Heureusement que l'agence de voyages précisait que vous insistiez pour un calme complet, ça a un peu calmé la bourgeoise quand je vous ai donné le bungalow le plus éloigné que nous ayons. Il n'y a pas une âme dans ce coin. Le seul autre couple qui habite Matlock en ce moment a un cottage de l'autre côté. Vous pouvez vous balader toute nue si ça vous chante; personne ne vous verra. La patronne m'aura à l'œil pendant votre séjour. Quand vous aurez besoin de quelque chose, vous n'aurez qu'à décrocher votre téléphone et je vous l'apporterai. Inutile de vous déranger et de faire un aussi long trajet. Et, patronne ou pas, je passerai vous voir tous les jours vers le coucher du soleil, simplement pour m'assurer que vous allez bien. Vaudrait mieux que vous soyez à la maison à ce moment-là. . . et que vous portiez une robe, au cas où la bourgeoise profiterait de la balade.

Le bungalow de trois pièces, toutes de plain-pied, bénéficiait de sa courbe privée de plage blanche entre deux dents de la colline qui plongeaient dans la mer, et la route se terminait là. L'intérieur en était très simple, mais confortable. L'île fabriquait son propre courant et, en conséquence, la maison était équipée d'un petit réfrigérateur, de la lumière électrique, du téléphone, et même d'une T.S.F.; les toilettes comportaient une chasse d'eau et de l'eau douce alimentait la baignoire. Commodités plus modernes que celles dont Drogheda et Himmelhoch peuvent se prévaloir, songea Meggie, amusée. Évidemment, la plupart des clients venant de Sydney ou de Melbourne exigeaient un confort dont ils ne sauraient se passer.

Laissée seule tandis que Rob allait précipitamment retrouver sa soupçonneuse épouse, Meggie défit ses valises et inspecta son domaine. Le grand lit était infiniment plus confortable que ne l'avait été sa couche nuptiale, mais il fallait tenir compte du fait qu'elle se trouvait dans un paradis conçu pour les lunes de miel; les clients exigeaient donc avant tout un bon lit, alors que ceux de l'hôtel-bistrot de Dunny étaient généralement trop soûls pour trouver à redire aux ressorts perfides des sommiers. Le réfrigérateur et les placards de la cuisine regorgeaient de nourriture. Sur la table attendait un grand panier rempli de bananes, d'ananas et de mangues. Aucune raison pour qu'elle ne dormît pas bien, pour qu'elle ne mangeât pas bien.

Pendant la première semaine, la seule préoccupation de Meggie consista à manger et à dormir; elle ne s'était pas rendu compte de son épuisement ni combien le climat de Dungloe avait affecté son appétit. Dès qu'elle s'étendait dans le beau lit, elle sombrait dans le sommeil et dormait dix à douze heures d'affilée; les aliments lui paraissaient plus appétissants qu'ils ne l'avaient jamais été depuis son départ de Drogheda. Elle mangeait dès l'instant où elle se réveillait, allant même jusqu'à emporter des mangues sur la plage pour les déguster en prenant son bain. En vérité, c'était l'endroit le plus logique, à part une baignoire, pour manger des mangues, tant ce fruit est juteux. Sa petite plage à l'intérieur du lagon bénéficiait d'une mer plate comme un miroir, sans le moindre courant, et de faible profondeur, ce qui la comblait car elle ne savait pas nager. Mais l'eau salée semblait la soutenir et elle s'exerça à quelques brasses; lorsqu'elle parvenait à flotter pendant dix secondes de suite, elle était enchantée. La sensation d'être libérée de l'attraction terrestre l'incitait à progresser rapidement et il lui tardait de pouvoir évoluer avec l'aisance d'un poisson.

Aussi, s'il lui arrivait de regretter sa solitude, c'était uniquement parce qu'elle aurait aimé que quelqu'un lui apprît à nager. Autrement, se sentir seule, livrée à soi-même, tenait du paradis. Comme Anne avait eu raison ! Jamais, de toute sa vie, elle n'avait connu une telle impression. Se retrouver seule représentait un tel soulagement, une sérénité totale. Sa solitude ne lui pesait en rien; Anne, Luddie, Justine et Luke ne lui manquaient pas et, pour la première fois depuis trois ans, elle ne regrettait pas Drogheda. Le vieux Rob ne la dérangeait jamais; il se contentait de descendre le long de la route chaque jour au coucher du soleil afin de s'assurer que le geste amical de la main qu'elle lui adressait depuis la véranda n'était pas un signal de détresse, puis il faisait faire un demi-tour à sa voiture et disparaissait au détour du chemin, souvent accompagné de sa « bourgeoise », étonnamment jolie. A une occasion, il téléphona à Meggie pour lui annoncer qu'il comptait emmener le couple de vacanciers qui habitait de l'autre côté de l'île pour une promenade dans son bateau à fond transparent; pourquoi ne se joindrait-elle pas à eux ?

En regardant à travers le fond transparent du bateau, il sembla à Meggie qu'elle découvrait une planète insoupçonnée, un monde grouillant, d'une exquise fragilité où des formes délicates palpitaient, soutenues par le contact amoureux de l'eau. Elle s'aperçut que le corail vivant n'était pas violemment teinté comme celui qui était proposé dans les comptoirs de souvenirs. Il était d'un rose doux, ou beige, ou gris-bleu et, autour de chaque protubérance et branche oscillait un merveilleux arc-en-ciel de couleurs, sorte d'aura visible. Les tentacules des grandes anémones de mer tressaillaient, flottaient en stries bleues, rouges, orange ou pourpres; des coquilles ondulées, aussi grandes que des rochers, invitaient les explorateurs imprudents à jeter un coup d'œil dans leur intimité laissant deviner des gammes de couleurs sans cesse agitées entre leurs valves plumeuses; des éventails de dentelle rouge se balançaient sous les pulsations de la mer; des serpentins d'algues vertes dansaient librement, dérivaient. Aucun des quatre occupants du bateau n'aurait été le moins du monde surpris devant l'apparition d'une sirène : scintillement d'une gorge polie, luisance d'une torsion de queue, paresseux nuage effiloché d'une chevelure, sourire ensorceleur, propre à damner les marins. Et les poissons ! Autant de joyaux vivants quand ils filaient, rapides comme des flèches, par milliers et par milliers, ronds comme des lanternes chinoises, acérés comme des stylets, rayés de couleurs brillantes de vie encore exaltées par la propriété qu'a l'eau de casser la lumière; certains s'apparentant à une flamme avec leurs écailles d'or et de pourpre, d'autres tout de fraîcheur et de bleu argenté, d'autres encore striant l'eau comme des oripeaux bariolés aux tons plus criards que ceux des perroquets. Orphies au nez en aiguille, baudroies au mufle aplati, barracudas aux grands crocs, mérous à la gueule béante entrevus à l'orée d'une caverne et, à une occasion, requin gris et effilé qui parut prendre une éternité pour passer sous le bateau.

– N'ayez pas peur, dit Rob. Nous sommes à une latitude beaucoup trop sud pour redouter le venin des vives, mais ne vous aventurez jamais pieds nus sur le corail.

Oui, Meggie fut heureuse de cette promenade; mais elle ne souhaita pas la renouveler ni se lier d'amitié avec le couple que lui avait présenté Rob. Elle se baignait dans le lagon, marchait et s'étendait au soleil. Assez bizarrement, la lecture ne lui manquait pas car il semblait toujours y avoir quelque chose d'intéressant à observer.

Ayant suivi les conseils de Rob, elle ne portait plus de vêtements. Au début, elle avait tendance à se conduire comme un lapin percevant le relent d'un dingo que lui apportait la brise, elle se précipitait à couvert au moindre craquement de buisson ou lorsqu'une noix de coco tombait de sa branche comme un boulet de canon mais, après plusieurs jours d'indéniable solitude, elle se rassura; effectivement, comme le lui avait dit Rob, elle jouissait d'un domaine totalement privé. La pudeur n'était pas de mise et, en suivant les sentiers, étendue sur le sable, ou barbotant dans l'eau tiède et salée, elle commença à éprouver la sensation que peut avoir un animal né et élevé en cage, subitement lâché dans un monde aimable, ensoleillé, vaste et hospitalier.

Loin de Fee, de ses frères, de Luke, de l'asservissement inconscient de toute une vie, Meggie découvrait l'oisiveté à l'état pur; tout un kaléidoscope de modes de pensée qui se tissaient, se défaisaient en dessins nouveaux dans son esprit. Pour la première fois, son existence, son moi conscient, n'était pas absorbée par l'obsession d'un travail quelconque. Avec surprise, elle s'aperçut que l'activité physique consciente constituait la défense la plus efficace que puissent ériger les êtres humains contre l'activité uniquement mentale.

Plusieurs années auparavant, le père Ralph lui avait demandé à quoi elle pensait, et elle avait répondu : Papa et M'man, Bob, Jack, Hughie, Stu, les petits, Frank, Drogheda, la maison, le travail, la pluie. Elle n'avait pas cité son nom, mais il figurait en tête de liste, toujours. A présent, il lui fallait ajouter Justine, Luke, Luddie et Anne, la canne à sucre, la nostalgie d'un foyer, la pluie. Et toujours, évidemment, l'évasion salvatrice de la lecture. Mais tout était venu et reparti de façon si embrouillée, par bribes et par chaînons sans rapport entre eux; aucune possibilité, aucune formation qui lui permît de s'asseoir tranquillement et de réfléchir à ce qu'était exactement Meggie Cleary, Meggie O'Neill. Que voulait-elle ? Pourquoi pensait-elle qu'elle avait été mise sur terre ? Elle déplorait le manque de formation car il s'agissait là d'une lacune qu'elle ne pourrait jamais combler. Cependant, ici, elle disposait du temps, de la paix, voire de la paresse engendrée par l'oisiveté et le bien-être physique; elle pouvait s'étendre sur le sable et tenter de résoudre ses problèmes.

Eh bien, il y avait Ralph. Un rire crispé, désespéré. Mauvais point de départ mais, en un sens, Ralph ressemblait à Dieu : tout commençait et s'achevait avec lui. Depuis le jour où il s'était agenouillé dans la poussière de la gare de Gilly, nimbée de crépuscule, pour la prendre entre ses bras, il y avait eu Ralph, et même si elle ne devait jamais le revoir, elle imaginait que sa dernière pensée en ce bas monde serait pour lui. Quel effroi de s'apercevoir qu'une seule et même personne pût revêtir une telle importance !

Qu'avait-elle dit à Anne ? Que ses besoins étaient très ordinaires. . . un mari, des enfants, un foyer à elle. Quelqu'un à aimer. Ce n'était pas trop demander. Après tout, la plupart des femmes possédaient tout cela. Mais combien étaient réellement satisfaites ? Meggie pensa qu'à leur place elle le serait parce que, pour elle, ces besoins ordinaires se révélaient affreusement difficiles à combler.

Accepte, Meggie Cleary, Meggie O'Neill. Celui que tu veux est Ralph de Bricassart, et tu ne peux tout simplement pas l'avoir. Pourtant, en tant qu'homme, il semble t'avoir anéantie, face à tout autre. Bon, eh bien, d'accord. Admettons que l'homme, le quelqu'un à aimer, ne puisse être. Ce sera les enfants qu'il te faudra aimer, et l'amour que tu attends viendra d'eux. Ce qui, une fois de plus, te ramène à Luke et aux enfants de Luke.

Oh, doux Seigneur ! Doux Seigneur ! Non, pas doux Seigneur ! Qu'a fait le Seigneur pour moi, sinon me priver de Ralph ? Nous n'éprouvons guère de tendresse l'un pour l'autre, le Seigneur et moi. Et sache-le, mon Dieu, tu ne me fais plus peur comme autrefois. Combien je te craignais. Ton châtiment ! Toute ma vie, j'ai suivi la voie droite et étroite par crainte de toi. Et qu'est-ce que ça m'a rapporté ? Pas la moindre parcelle de satisfaction de plus que si j'avais enfreint toutes tes règles. Tu es un imposteur, Dieu, un démon de peur. Tu nous traites comme des enfants, brandissant le châtiment. Mais tu ne me fais plus peur. Parce que ce n'est pas Ralph que je devrais détester, mais toi. Tout cela est ta faute, pas celle de Ralph. Il vit seulement dans la crainte de toi comme je l'ai toujours fait. Qu'il puisse t'aimer m'est incompréhensible. Je ne vois pas en quoi tu es aimable.

Pourtant, comment puis-je cesser d'aimer un homme qui aime Dieu ? J'ai beau essayer de toutes mes forces, je ne semble pas y parvenir. Il est aussi inaccessible que la lune, et je pleure pour l'avoir.

Eh bien, il faut que tu cesses de pleurer, Meggie O'Neill, c'est tout. Tu devras te contenter de Luke et des enfants de Luke. En allant droit au but ou par ruse, tu vas arracher Luke à cette satanée canne à sucre, et vivre avec lui là où ne poussent même pas les arbres. Tu vas prévenir le directeur de la banque de Gilly qu'à l'avenir tes revenus doivent être portés à ton propre compte, et tu les utiliseras pour apporter confort et commodités à ton foyer sans arbres, ce que Luke ne songerait jamais à te procurer. Tu les emploieras pour éduquer les enfants de Luke et t'assurer qu'ils ne seront jamais dans le besoin.

Et il n'y a plus rien à ajouter, Meggie O'Neill. Je suis Meggie O'Neill, pas Meggie de Bricassart. D'ailleurs, ça sonne mal, Meggie de Bricassart. Il faudrait que je sois Meghann de Bricassart, et j'ai toujours détesté Meghann. Oh ! parviendrai-je jamais à cesser de regretter qu'ils ne soient pas les enfants de Ralph ? Toute la question est là, n'est-ce pas ? Répète-le-toi sans trêve : ta vie t'appartient, Meggie O'Neill, et tu ne vas pas la gâcher en rêvant d'un homme et d'enfants qui te sont interdits.

Voilà ! Voilà qui est entendu ! Inutile de s'appesantir sur le passé, sur ce qui doit être enseveli. Seul, compte l'avenir, et l'avenir appartient à Luke, aux enfants de Luke; il n'appartient pas à Ralph de Bricassart. Lui, c'est le passé.

Meggie se retourna dans le sable et pleura, comme elle n'avait plus pleuré depuis l'âge de trois ans, en gémissements bruyants, et seuls les crabes et les oiseaux entendirent sa désolation.

Anne Mueller avait choisi Matlock délibérément avec l'intention bien arrêtée d'y envoyer Luke dès qu'elle le pourrait. Après le départ de Meggie, elle télégraphia à Luke, lui disant que Meggie avait désespérément besoin de lui, le suppliant de venir. Sa nature ne la portait pas à se mêler des affaires des autres, mais elle aimait Meggie et avait pitié d'elle, elle adorait le petit bout capricieux et difficile porté par Meggie et engendré par Luke. Il fallait que Justine eût un foyer, et son père, et sa mère. Ce serait douloureux de la voir partir, mais préférable à la situation actuelle.

Luke arriva deux jours plus tard. Il était en route pour la raffinerie de Sydney et venir à Himmelhoch ne l'avait guère détourné de son chemin. Il était temps qu'il voie l'enfant; s'il s'était agi d'un garçon, il serait venu dès sa naissance, mais il avait cédé à une vive déception en apprenant qu'il avait une fille. Si Meggie tenait à avoir des enfants, que ceux-ci puissent au moins un jour continuer à diriger le domaine de Kynuna. Les filles n'avaient pas la moindre utilité; elles vous mangeaient la laine sur le dos et, une fois grandes, elles quittaient la maison et partaient travailler pour un autre au lieu de rester tranquilles comme les garçons pour aider leur père pendant ses vieux jours.

– Comment va Meg ? demanda-t-il en arrivant sur la véranda. Pas malade, j'espère ?

– Vous espérez. Non, elle n'est pas malade. Je vous parlerai d'elle dans un instant. Mais avant tout, venez voir votre ravissante petite fille.

Il considéra l'enfant, amusé et intéressé, mais sans émotion, pensa Anne.

– Ah ça, j'ai jamais vu des yeux pareils, dit-il. Je me demande de qui elle les tient.

– Pour autant qu'elle le sache, Meggie prétend que ça ne vient pas de son côté.

– Ni du mien. Ça a peut-être sauté plusieurs générations. C'est une drôle de petite chose; elle n'a pas l'air heureux, hein ?

– Comment pourrait-elle avoir l'air heureux ? demanda Anne en s'efforçant de garder son calme. Elle n'a jamais vu son père, elle n'a pas de vrai foyer et bien peu de chances d'en connaître un avant d'être adulte, si vous continuez à couper de la canne par monts et par vaux.

– J'économise, Anne ! protesta-t-il.

– Balivernes ! Je sais combien vous avez d'argent. J'ai des amis à Charters Towers qui m'envoient le journal local de temps à autre. J'ai lu des annonces proposant à la vente des propriétés dans l'Ouest beaucoup plus proches que Kynuna et beaucoup plus fertiles. La crise se fait encore sentir, Luke ! Vous pourriez trouver un domaine splendide pour beaucoup moins que ce que vous avez en banque, et vous le savez parfaitement.

– Vous avez mis le doigt dessus ! La crise continue et dans l'Ouest sévit une terrible sécheresse qui ruine tout, de Junee à Isa. Ça fait deux ans qu'elle dure, et pas la moindre pluie, pas une goutte d'eau. En ce moment même, je parie que Drogheda en souffre aussi. Alors, qu'est-ce que vous croyez que ça donne dans la région de Winton et de Blackall ? Non, je crois qu'il vaut mieux attendre.

– Attendre que le prix des terres monte après une bonne saison de pluie ? Allons donc, Luke ! C'est maintenant qu'il faut acheter. Avec les deux mille livres qui vous tombent chaque année, vous pouvez vous permettre de supporter une sécheresse de deux ans. Il vous suffit de ne pas avoir de bétail. Vivez sur les revenus de Meggie jusqu'à ce que la pluie vienne et, ensuite, achetez votre cheptel.

– Je ne suis pas encore prêt à abandonner la coupe de la canne, riposta Luke avec obstination, sans cesser de considérer les étranges yeux clairs de sa fille.

– Voilà enfin la vérité, hein ? Pourquoi ne pas l'avouer, Luke ? Vous ne voulez pas mener la vie d'un homme marié, vous préférez continuer votre existence actuelle, travailler dur avec des types de votre espèce, suer sang et eau, exactement comme un sur deux des Australiens que j'ai connus ! Qu'y a-t-il dans ce putain de pays qui pousse les hommes à préférer vivre entre eux plutôt que de mener une vie de famille, chez eux, avec leur femme et leurs enfants ? S'ils tiennent vraiment à une existence de célibataire, pourquoi diable se marient-ils ? Savez-vous combien il y a d'épouses délaissées uniquement à Dunny, qui se débattent pour gagner leur vie et essayer d'élever leurs enfants qui ne voient jamais leur père ? Oh ! il est en train de couper de la canne; il reviendra, vous savez, ce n'est qu'une absence provisoire. Ah ! Et à l'heure du courrier, elles s'attardent sur le pas de la porte, attendant le facteur, espérant que le salaud leur aura envoyé un peu d'argent. Mais la plupart du temps, ça n'est pas le cas. . . il arrive qu'il envoie quelque chose, mais pas suffisamment, juste un peu pour le courant !

Elle tremblait de rage; ses doux yeux bruns étincelaient.

– Vous savez, j'ai lu dans le *Brisbane Mail* que l'Australie compte le plus fort pourcentage de femmes abandonnées du monde civilisé. C'est le seul domaine dans lequel nous battons tous les autres pays. Il y a vraiment de quoi être fier de ce record !

– Calmez-vous, Anne ! Je n'ai pas abandonné Meg; elle est en sûreté et elle ne meurt pas de faim. Qu'est-ce qui vous prend ?

– Je suis malade de voir la façon dont vous traitez votre femme, voilà ce qui me prend ! Pour l'amour de Dieu, Luke, conduisez-vous en adulte; assumez vos responsabilités ! Vous avez une femme et un enfant ! Vous devriez leur constituer un foyer, être un mari et un père pour elles, pas un étranger.

– Je le ferai, je le ferai ! Mais je ne peux pas encore. Il me faut continuer à couper de la canne pendant encore quelques années pour être plus à l'aise aux entournures. Je ne veux pas vivre sur l'argent de Meg, et je serais obligé d'en arriver là tant que les choses ne s'amélioreront pas.

– Oh, bobards que tout ça ! s'exclama Anne avec un rictus méprisant. Vous l'avez épousée pour son argent, non ?

Une rougeur marbra le visage hâlé de Luke. Son regard se détourna d'Anne.

– Je reconnais que l'argent a joué un rôle, mais je l'ai épousée parce qu'elle me plaisait mieux que toutes les autres.

– Elle vous plaisait ! Et que diriez-vous de l'aimer ?

– L'amour ? Qu'est-ce que c'est que l'amour ? Une invention de bonne femme, c'est tout. (Il se détourna du berceau et de ce regard déconcertant, sans trop savoir si un enfant doté de tels yeux n'était pas capable de comprendre tout ce qui se disait.) Maintenant, si vous avez fini de me faire la leçon, dites-moi où est Meg ?

– Elle n'était pas bien et je l'ai obligée à prendre des vacances. Oh, ne vous affolez pas ! Pas avec votre argent. J'espérais pouvoir vous convaincre d'aller la rejoindre, mais je m'aperçois que c'est impossible.

– C'est hors de question. Arne et moi partons pour Sydney ce soir.

– Que dois-je dire à Meggie quand elle reviendra ?

Il haussa les épaules, grillant de s'en aller.

– Ce que vous voudrez. Oh ! dites-lui de tenir le coup encore un peu. Maintenant qu'elle a commencé à avoir des gosses, je ne verrais pas d'inconvénient à ce qu'elle me fasse un fils.

S'appuyant au mur pour se soutenir, Anne se pencha sur le berceau d'osier, souleva l'enfant, puis parvint à se traîner jusqu'au lit et à s'asseoir. Luke n'esquissa pas un geste pour l'aider ni pour prendre le bébé; il semblait avoir peur de sa fille.

– Allez-vous-en, Luke. Vous ne méritez pas ce que vous avez.

Vous m'écœurez. Retournez à votre fameux copain Arne, à la canne à sucre et à votre travail éreintant.

Il s'immobilisa sur le seuil.

– Comment est-ce qu'elle l'a appelée ? J'ai oublié son nom.

– Justine, Justine, Justine !

– Quel nom idiot, grommela-t-il, et il sortit.

Anne posa Justine sur le lit et éclata en sanglots. Dieu damne tous les hommes, à part Luddie ! Dieu les damne ! Etait-ce la fibre douce, sentimentale, presque féminine recelée par Luddie qui le rendait capable d'amour ? Luke avait-il raison ? L'amour n'était-il qu'une invention de bonne femme ? Ou s'agissait-il d'un sentiment que seules les femmes ou les hommes ayant une certaine proportion de féminité en eux étaient capables de ressentir ? Aucune femme ne pourrait retenir Luke, aucune n'y était jamais parvenue. Aucune ne pourrait jamais lui donner ce qu'il voulait.

Mais le lendemain matin, calmée, elle ne ressentait plus l'impression d'avoir enregistré un échec. Une carte postale de Meggie, arrivée au courrier, délirait d'enthousiasme sur l'île Matlock et exaltait les bienfaits qu'elle retirait de son séjour. C'était là un résultat positif. Meggie se sentait mieux. Elle reviendrait vers la fin de la mousson et serait en mesure de faire face à sa vie. Mais Anne résolut de ne rien lui dire au sujet de Luke.

Nancy, diminutif d'Annunziata, porta Justine sur la véranda tandis qu'Anne la suivait en boitillant, tenant entre ses dents un petit panier qui contenait quelques menus objets pour l'enfant : lange propre, boîte de talc et jouets. Elle s'installa dans un fauteuil de rotin, prit le bébé des mains de Nancy et lui donna le biberon tiède. C'était plaisant; une vie agréable. Elle s'était efforcée de faire entendre raison à Luke et, si elle avait échoué, elle aurait au moins l'avantage de voir Meggie et Justine demeurer encore un peu à Himmelhoch. Elle ne doutait pas qu'en fin de compte Meggie s'apercevrait qu'il n'y avait aucun espoir de sauver son mariage et qu'elle retournerait à Drogheda. Mais Anne appréhendait ce jour.

Une voiture de sport rouge, de marque anglaise, quitta la route de Dunny dans un vrombissement et s'engagea sur la longue allée en pente; il s'agissait d'un modèle récent et coûteux, au capot maintenu par des courroies de cuir, aux tuyaux d'échappement chromés, à la peinture rutilante. Tout d'abord, elle ne reconnut pas l'homme qui enjambait la portière basse car il portait l'uniforme des habitants du Queensland du Nord, rien d'autre qu'un short. Mon Dieu, quel beau type ! songea-t-elle en le voyant grimper les marches deux à deux. Si seulement Luddie mangeait un peu moins, il aurait quelques chances d'avoir une forme comparable à celle de cet homme. Mais il n'est pas si jeune... regarde ces merveilleuses tempes argentées – pourtant, je n'ai jamais vu de coupeur de cannes plus fringant.

Lorsque les yeux calmes et lointains plongèrent dans les siens, elle reconnut le visiteur.

– Grand Dieu ! s'exclama-t-elle en laissant échapper le biberon.

Il le récupéra, le lui tendit et s'appuya à la balustrade de la véranda, lui faisant face.

– Ça ira, dit-il. La tétine n'a pas touché le sol. Vous pouvez continuer à lui donner son biberon.

Tenaillé par la faim, le bébé commençait à s'agiter. Anne lui glissa la tétine entre les lèvres et retrouva assez de souffle pour parler.

– Eh bien, en voilà une surprise, monseigneur ! dit-elle en le considérant d'un regard amusé. Je dois avouer que vous ne ressemblez pas du tout à l'idée qu'on se fait d'un archevêque. Mais, chez vous, ça n'est jamais le cas, même avec l'accoutrement de votre état. Je me suis toujours imaginé les archevêques, quelle que soit leur religion, comme des individus gras et suffisants.

– Momentanément, je ne peux être considéré comme un archevêque; je ne suis qu'un prêtre qui prend des vacances bien gagnées, alors, vous pouvez m'appeler Ralph. Est-ce là le petit être qui a causé tant de difficultés à Meggie au moment où je venais la voir ? Pouvez-vous me passer l'enfant ? Je crois que je réussirai à tenir le biberon comme il faut.

Il s'installa dans un fauteuil à côté d'Anne, prit le biberon et le bébé qu'il continua de nourrir, jambes croisées avec désinvolture.

– Finalement, Meggie l'a-t-elle appelée Justine ?

– Oui.

– C'est un joli nom. Seigneur, regardez la couleur de ses cheveux ! Son grand-père tout craché !

– C'est ce que prétend Meggie. J'espère que cette pauvre petite gosse ne sera pas marquée de millions de taches de rousseur en grandissant, mais je crois que c'est inévitable.

– Ma foi, Meggie est une rousse dans son genre, et elle n'a pas la moindre tache de son. Mais son teint est différent, plus opaque.

Il posa le biberon vide, jucha le bébé sur son genou, face à lui, le pencha en avant comme pour un salut et lui frotta vigoureusement le dos.

– Parmi les devoirs qui m'incombent, je dois rendre visite à des orphelinats catholiques, aussi suis-je très au courant de la façon d'opérer avec les nourrissons. La mère Gonzague, qui dirige l'une des crèches où je vais fréquemment, prétend que c'est la seule façon de faire expulser son rot à un bébé. Si l'on se contente de le tenir contre l'épaule, le petit corps ne fléchit pas suffisamment en avant; l'éructation ne peut se faire aussi aisément et, lorsqu'elle a lieu, elle entraîne un renvoi de lait. Tandis qu'ainsi le bébé est plié en deux, ce qui retient le lait tout en laissant échapper les gaz.

Comme pour prouver la justesse de ce raisonnement, Justine émit plusieurs rots retentissants sans que la moindre trace de lait apparût sur ses lèvres. Il rit, lui frotta encore le dos et, quand rien de nouveau ne se produisit, nicha confortablement l'enfant dans le creux de son bras.

– Quels yeux stupéfiants, magnifiques ! reprit-il. Vous ne trouvez pas ? Vous pouvez faire confiance à Meggie. . . son enfant ne pouvait que sortir du commun.

– Dans cet ordre d'idée, quel père vous auriez fait, mon père !

– J'aime les nourrissons et les enfants; je les ai toujours aimés. Il m'est beaucoup plus facile d'apprécier leur compagnie puisque aucun des pénibles devoirs d'un père ne m'incombe.

– Non, c'est parce que vous ressemblez à Luddie. Vous avez une fibre féminine en vous.

Apparemment, Justine, qui d'ordinaire restait sur son quant-à-soi, lui rendait sa sympathie; elle venait de s'endormir. Ralph l'installa encore plus confortablement et tira un paquet de cigarettes de la poche de son short.

– Passez-les-moi, je vais vous en allumer une.

– Où est Meggie ? s'enquit-il en prenant la cigarette allumée qu'Anne lui tendait. Merci. Excusez-moi. Je vous en prie, prenez-en une.

– Elle n'est pas là. Elle ne s'est jamais réellement remise de l'accouchement, et la saison des pluies n'a rien arrangé. Luddie et moi l'avons envoyée en vacances pour deux mois. Elle sera de retour vers le premier mars, dans sept semaines.

Dès qu'elle eut parlé, Anne se rendit compte du changement qui intervenait en lui, comme si tous ses projets s'évaporaient soudainement en même temps que le plaisir infini qu'il comptait en tirer.

Il prit une longue inspiration.

– C'est la deuxième fois que je viens lui faire mes adieux sans la trouver... Avant de partir pour Athènes et maintenant. Je suis resté absent un an à cette époque et mon voyage aurait pu se prolonger bien davantage; je ne savais pas combien de temps je serais loin de l'Australie à ce moment-là. Je n'étais pas retourné à Drogheda depuis la mort de Paddy et de Stu; pourtant, j'avais compris qu'il me serait impossible de quitter l'Australie sans revoir Meggie. Et elle s'était mariée; elle était partie. J'envisageais d'entreprendre le voyage pour aller la voir, mais j'ai jugé que ce ne serait pas correct ni envers elle ni envers Luke. Cette fois, je suis venu parce que je savais que je ne pourrais contribuer à détruire ce qui n'existe pas.

– Où allez-vous ?

– A Rome, au Vatican. Le cardinal di Contini-Verchese a repris la charge du cardinal Monteverdi, décédé depuis peu. Et, fidèle à sa promesse, il m'a demandé de venir le seconder. C'est un grand honneur, mais c'est aussi bien davantage. Je ne peux refuser.

– Combien de temps serez-vous absent ?

– Oh ! très longtemps, je pense. Il y a des bruits de guerre en Europe, bien qu'ici un conflit nous paraisse très lointain. L'Église a besoin de tous les diplomates dont elle dispose et, grâce au cardinal di Contini-Verchese, je suis considéré comme tel. Mussolini s'est allié à Hitler; ils s'entendent comme larrons en foire et, d'une façon quelconque, le Vatican doit s'employer à concilier deux idéologie opposées, catholicisme et fascisme. Ce ne sera pas facile. Je parle très bien allemand; j'ai appris le grec quand j'étais à Athènes et l'italien pendant mon séjour à Rome. Je parle aussi couramment le français et l'espagnol. (Il soupira.) J'ai toujours été doué pour les langues, et j'ai délibérément cultivé ce don. Dans les circonstances présentes, il était inévitable que je sois transféré à Rome.

– Eh bien, monseigneur, à moins que vous ne partiez dès demain, vous pouvez encore voir Meggie.

Elle proféra ces paroles sans s'accorder le temps de la réflexion : pourquoi Meggie ne le verrait-elle pas encore une fois avant qu'il ne parte, surtout si, ainsi qu'il semblait le croire, il devait être absent très longtemps ?

Il tourna la tête vers elle. Ses beaux yeux lointains reflétaient une vive intelligence, et il n'était certainement pas de ceux auxquels on en contait. Oh, oui, c'était un diplomate-né ! Il comprenait exactement ce qu'elle entendait et les raisons qui la poussaient. Le souffle suspendu, Anne attendait sa réponse mais, un long instant, il garda le silence, les yeux fixés sur les plantations de cannes émeraude et le fleuve gonflé, le nourrisson oublié au creux de son bras. Fascinée, elle étudia son profil – la courbe d'une paupière, le nez étroit, la bouche secrète, le menton résolu. A quelles forces faisait-il appel en contemplant le paysage ? A quelle balance avait-il recours pour soupeser amour, désir, devoir, opportunité, volonté, espoir, et quel plateau l'emportait ? Il porta la cigarette à ses lèvres; Anne vit les doigts trembler et, sans bruit, elle exhala son souffle. Donc, il n'était pas indifférent.

Pendant près de dix minutes, il ne dit mot; Anne lui alluma une autre cigarette, la lui tendit, et il la fuma aussi posément que la précédente, sans détourner le regard des montagnes lointaines et des nuages de mousson qui pesaient sur le ciel.

– Où est-elle ? demanda-t-il d'une voix parfaitement normale en jetant le deuxième mégot par-dessus la balustrade de la véranda.

De ce qu'elle répondrait dépendrait la décision de cet homme; à présent, c'était à elle qu'il appartenait de réfléchir. Avait-on le droit de pousser des êtres humains sur une voie sans savoir sur quoi elle débouchait ? Sa fidélité allait évidemment à Meggie; elle se moquait éperdument de ce qui arriverait à cet homme. En un sens, il ne valait pas mieux que Luke. Voué de son plein gré à une lutte essentiellement masculine, sans le temps ni le désir de voir une femme l'entraver dans sa course, hanté par quelque rêve qui n'existait probablement que dans la confusion de son esprit... Pas plus de substance que la fumée de l'usine de broyage qui se perdait dans l'atmosphère lourde, chargée de mélasse. Mais c'était là ce qu'il voulait, et il se débattrait, passerait sa vie à poursuivre son rêve.

Il n'avait pas perdu son bon sens, quel que fût ce que Meggie représentait pour lui. Même pour elle – et Anne commençait à croire qu'il aimait Meggie plus que tout, à part cet étrange idéal – il ne compromettrait pas sa chance d'atteindre le but qu'il s'était fixé. Non, pas même pour elle. Aussi, si elle répondait que Meggie se trouvait dans quelque station balnéaire, surpeuplée à cette période de l'année, où il risquait d'être reconnu, il s'abstiendrait de la rejoindre. Personne ne savait mieux que lui qu'il n'était pas le genre d'homme susceptible de se perdre dans l'anonymat de la foule. Elle se passa la langue sur les lèvres, retrouva sa voix.

– Meggie a loué un bungalow dans l'île Matlock.

– Où ça ?

– L'île Matlock. Elle est située près du passage de la Pentecôte; un endroit tout spécialement aménagé pour l'intimité. D'ailleurs, à cette époque de l'année, elle est pratiquement déserte. (Elle ne put résister à l'envie d'ajouter une remarque ironique.) N'ayez aucune inquiétude, personne ne vous verra.

– Très rassurant, marmonna-t-il en tendant avec douceur le bébé endormi à Anne. Merci, dit-il en gagnant les marches. (Puis, il se retourna, une supplique pathétique dans l'œil.) Vous vous trompez complètement. Je veux seulement la voir, sans plus. Jamais je ne compromettrai Meggie en quoi que ce soit ni lui ferai courir un danger qui puisse mettre en péril son âme immortelle.

– Ou la vôtre, hein ? Dans ce cas, je vous conseille de vous rendre là-bas sous le nom de Luke O'Neill. Sa visite est attendue. Ainsi, vous serez assuré que ni Meggie ni vous ne risquez d'être éclaboussés par un scandale.

– Et si Luke se manifestait ?

– Impossible. Il est parti pour Sydney et ne sera de retour qu'en mars. J'étais la seule à pouvoir lui apprendre que Meggie se trouvait à Matlock, et je ne lui ai rien dit, monseigneur.

– Meggie s'attend-elle à la visite de Luke ?

– Oh, grand dieu, non ! répondit Anne avec un pâle sourire.

– Je ne lui ferai aucun mal, insista-t-il. Je veux seulement la voir, c'est tout.

– J'en ai parfaitement conscience, monseigneur. Mais, sans aucun doute, vous lui feriez moins de mal si vous vous montriez plus exigeant, riposta Anne.

Quand la vieille voiture de Rob s'essouffla le long de la route, Meggie était à son poste sur la véranda du bungalow, main levée pour signaler que tout allait bien et qu'elle n'avait besoin de rien. Il s'arrêta à l'endroit habituel pour faire demi-tour mais, auparavant, un homme en short, chemise et sandales sauta du véhicule, une valise à la main.

– 'voir, monsieur O'Neill ! cria Rob en embrayant.

Mais jamais plus Meggie ne confondrait Luke O'Neill et Ralph de Bricassart. Ce n'était pas Luke; même à cette distance, dans la lumière qui baissait rapidement, elle ne pouvait s'y tromper. Elle resta plantée là, bêtement, et attendit pendant qu'il descendait le sentier menant vers elle, lui, Ralph de Bricassart. Il avait enfin opéré son choix; il la voulait. Il ne pouvait y avoir aucune autre raison susceptible d'expliquer qu'il la rejoignît dans un endroit tel que celui-ci en se faisant passer pour Luke O'Neill.

Tout semblait paralysé en elle, jambes, esprit, cœur. Ralph venait revendiquer son bien; pourquoi n'éprouvait-elle aucune sensation ? Pourquoi ne se précipitait-elle pas sur le sentier pour se jeter dans ses bras, si totalement heureuse de le voir que rien d'autre ne comptait ? C'était Ralph, celui qu'elle avait toujours demandé à la vie; ne venait-elle pas de passer plus d'une semaine à essayer de chasser cette réalité de son esprit ? Dieu le damne ! Dieu le damne ! Pourquoi diable devait-il venir au moment où elle commençait enfin à l'écarter de son esprit, sinon de son cœur ? Oh, tout allait recommencer ! Hébétée, en sueur, hargneuse, plantée comme un morceau de bois, elle attendait, observant la forme gracieuse qui se précisait.

– Bonjour, Ralph, dit-elle, les dents serrées, sans le regarder.

– Bonjour, Meggie.

– Apportez votre valise à l'intérieur. Voulez-vous une tasse de thé bien chaud ?

Tout en parlant, elle le précéda dans la salle de séjour, toujours sans le regarder.

– Volontiers, répondit-il, aussi figé qu'elle.

Il la suivit dans la cuisine et l'observa tandis qu'elle branchait la prise d'une bouilloire électrique, remplissait la théière d'eau chaude sur l'évier et sortait tasses et soucoupes d'un placard. Lorsqu'elle lui tendit la grosse boîte de biscuits, il en prit quelques-uns et les posa sur une assiette. La bouilloire chanta, elle en vida le contenu dans la théière dont elle se chargea ainsi que de l'assiette de biscuits; il la suivit dans la salle de séjour avec les tasses et les soucoupes.

Les trois pièces avaient été construites en enfilade, la chambre donnant sur un côté de la salle de séjour, et la cuisine sur l'autre avec la salle de bain attenante. Ainsi, le bungalow bénéficiait de deux vérandas, l'une sur le sentier, l'autre sur la plage. Cette disposition fournissait une excuse à chacun d'eux; ils pouvaient regarder dans des directions opposées sans que leurs yeux se rencontrent. L'obscurité était tombée avec l'habituelle soudaineté tropicale, mais l'air entrant par les portes-fenêtres coulissantes s'emplissait du bruissement des vaguelettes mourant sur la grève, du grondement amorti des lointains rouleaux se brisant sur le récif, du souffle de la brise tiède.

Ils burent leur thé sans mot dire, mais aucun d'eux ne put avaler un biscuit, et le silence se prolongea après qu'ils eurent reposé leurs tasses; lui reportant son regard sur elle, elle gardant le sien rivé sur les facéties d'un minuscule palmier se tordant sous la brise.

– Qu'y a-t-il, Meggie, demanda-t-il enfin.

Il s'exprima avec tant de douceur et de tendresse que Meggie sentit son cœur lui cogner dans la poitrine, s'arrêter sous le coup de la douleur que lui causait la vieille question de l'adulte à la petite fille. Il n'était pas venu à Matlock pour voir la femme. Il était venu voir l'enfant. C'était l'enfant qu'il aimait, pas la femme. Il avait haï la femme dès la minute où elle était sortie de l'enfance.

Elle déplaça la tête à l'horizontale, puis leva les yeux vers lui, les plongea vers les siens, stupéfaite, outragée, furieuse; maintenant encore, encore maintenant ! Le temps s'arrêta, et elle le considéra ainsi, et il fut obligé de voir, souffle suspendu, la femme dans les yeux clairs, brillants. Les yeux de Meggie. Oh, Dieu, les yeux de Meggie !

Il avait été sincère envers Anne Mueller, il souhaitait seulement la voir, rien de plus; bien qu'il l'aimât, il n'était pas venu à elle en amant; seulement pour la voir, lui parler, être son ami, dormir sur le divan de la salle de séjour, tout en essayant une fois de plus d'extirper la racine de cette éternelle fascination qu'elle exerçait sur lui, imaginant que s'il pouvait regarder le pivot arraché en pleine lumière, il parviendrait à trouver le moyen spirituel de le détruire.

Il lui avait été difficile de s'adapter à une Meggie pourvue de seins, d'une taille, de hanches, mais il y était parvenu parce que, lorsqu'il plongeait dans ses yeux, il y voyait une lumière comparable à celle que déversait une lampe de sanctuaire. Un cerveau et un esprit dont le pouvoir d'attraction avait été tel qu'il n'avait jamais pu s'en libérer depuis qu'il l'avait vue pour la première fois, toujours inchangés à l'intérieur de ce corps douloureusement transformé; mais tout en ayant la preuve de leur persistance dans les yeux de la femme il ne parvenait pas à accepter le corps modifié, ni à maîtriser l'attirance que celui-ci exerçait sur lui.

Et, transposant ses propres souhaits et rêves, il n'avait jamais douté qu'elle entretînt les mêmes jusqu'à ce qu'elle se jetât sur lui, toutes griffes dehors, au moment de la naissance de Justine. Même alors, après que colère et peine se furent apaisées en lui, il avait attribué son attitude à la douleur qu'elle avait endurée, spirituelle, plus encore que physique. Maintenant, la voyant enfin telle qu'elle était, il pouvait déterminer à une seconde près l'instant où elle s'était dépouillée des écailles de l'enfance pour revêtir sa peau de femme; l'instant se situait dans le cimetière de Drogheda après la réception d'anniversaire donnée par Mary Carson. Quand il lui avait expliqué pourquoi il ne pouvait lui accorder trop d'attention, parce que les gens risquaient de croire qu'il s'intéressait à elle en tant qu'homme. Elle l'avait alors regardé, les yeux emplis d'une expression qu'il n'avait pas su lire, puis elle s'était détournée, et quand son regard s'était de nouveau posé sur lui l'étrange expression avait disparu. A partir de ce moment, il le comprenait maintenant, elle l'avait considéré sous un jour différent; elle ne l'avait pas embrassé dans un instant de faiblesse passagère, pour revenir à un mode de pensée antérieur, comme ça avait été le cas pour lui. Il avait entretenu ses illusions, les avaient nourries, rangées du mieux qu'il pouvait dans son mode de vie inchangé, les avait portées comme un cilice. Alors que, pendant tout ce temps, elle avait meublé son amour pour lui de désirs de femme.

Il lui fallait le reconnaître, il l'avait désirée physiquement depuis leur premier baiser, mais ce besoin charnel n'avait été qu'accessoire par rapport à l'amour qu'il lui vouait; il les scindait, les considérait comme distincts, non comme les facettes d'un même sentiment. Elle, pauvre créature incomprise, n'avait jamais succombé à cette folie.

A cet instant, s'il y avait eu un moyen quelconque de quitter l'île, il l'aurait fuie, tel Oreste devant les Erinyes. Mais il ne le pouvait, et il valait mieux qu'il eût le courage de demeurer devant elle plutôt que de passer la nuit à errer. Que puis-je faire ? Comment pourrais-je réparer ? Je l'aime ! Et si je l'aime, je dois l'aimer telle qu'elle est maintenant, non pour le souvenir d'un stade juvénile de son existence. C'est pour les aspects féminins de sa nature que je l'ai toujours aimée ; le poids du fardeau. Alors, Ralph de Bricassart, ôte tes œillères, vois-la telle qu'elle est, non telle qu'elle était il y a longtemps. Seize ans, seize longues et incroyables années... J'ai quarante-quatre ans et elle en a vingt-six. Aucun de nous n'est un enfant mais, de nous deux, c'est moi qui suis le plus puéril.

Tu as considéré les choses sous cet angle dès l'instant où je suis descendu de la voiture de Rob, n'est-ce pas Meggie ? Tu as supposé que j'avais enfin cédé. Et avant de te laisser seulement la possibilité de reprendre ton souffle, j'ai dû te montrer à quel point tu te trompais. J'ai lacéré le tissu de ton illusion comme s'il s'agissait d'un vieux chiffon. Oh, Meggie, que t'ai-je fait ? Comment ai-je pu être aveugle à ce point, tellement enfermé dans mon égocentrisme ? Je ne suis parvenu à rien en venant te voir, sinon à te briser. Au cours de toutes ces années, nous nous sommes aimés dans le malentendu.

Elle continuait à le regarder fixement, les yeux emplis de honte, d'humiliation mais, tandis que les expressions se succédaient sur le visage de Ralph pour aboutir à la dernière faite de pitié désespérée, elle parut prendre conscience de l'énormité, de l'horreur de son erreur. Et, plus encore, du fait qu'il avait percé son erreur.

Pars, vite ! Cours, Meggie, va-t-en d'ici avec la bribe de fierté qu'il t'a encore laissée. Dès l'instant où cette pensée la traversa, elle bondit hors de son fauteuil et s'enfuit.

Il la rattrapa avant qu'elle eût atteint la véranda ; l'élan imprimé à sa fuite la fit pivoter contre lui avec une telle force qu'il chancela. Tout cela n'avait aucune importance, pas plus sa lutte épuisante pour conserver l'intégrité de son âme que le long étouffement du désir par la volonté ; en quelques instants, il avait vécu plusieurs existences. Toute la puissance assoupie, maintenue en sommeil, ne demandait qu'un choc pour déclencher un chaos dans lequel l'esprit était subordonné à la passion, la volonté de l'esprit anéantie par la volonté du corps.

Et elle de lever les bras pour lui enlacer le cou, et lui de sentir les siens, crispés, la presser contre lui. Il pencha la tête, sa bouche chercha la sienne, la trouva ; cette bouche qui n'était plus un souvenir inopportun, redouté, mais une réalité. Elle le retenait de toutes ses forces comme si elle ne pouvait supporter l'idée de le voir se détacher d'elle ; elle semblait perdre toute consistance ; elle était sombre comme la nuit, enchevêtrement de souvenirs et de désirs, souvenirs importuns, désirs redoutés. Que d'années au cours desquelles il avait attendu cet instant, la désirant, niant le pouvoir qu'elle exerçait sur lui, allant même jusqu'à s'interdire de penser à elle en tant que femme !

La porta-t-il sur le lit ou leurs pas les y conduisirent-ils ? Il pensa qu'il avait dû la porter, mais il n'en était pas sûr ; seulement qu'elle était là, étendue, qu'il était là, étendu, la peau de Meggie sous ses mains, les mains de Meggie sur sa peau. Oh, Dieu ! Ma Meggie ! Comment m'a-t-on élevé depuis l'enfance pour voir en toi un sacrilège ?

Le temps arrêta ses pulsations pour s'écouler en un flot qui le submergea jusqu'à ne plus avoir de sens, seulement une dimension démesurée, plus réelle que le temps réel. Il la sentait sans pouvoir la percevoir en tant qu'entité distincte, souhaitant faire enfin d'elle et à jamais une partie de lui-même, un greffon qui devienne lui, non une symbiose qui la reconnaîtrait en tant qu'être distinct. Jamais plus il n'ignorerait le déchaînement de ses seins, du ventre, des fesses, les plis et replis s'ouvrant entre eux. En vérité, elle était faite pour lui car il l'avait faite; pendant seize ans, il l'avait façonnée et moulée sans en avoir conscience et sans se douter de la raison qui l'animait. Et il oublia qu'elle l'avait abandonné, qu'un autre homme lui avait montré la fin pour laquelle il l'avait toujours préparée à sa propre intention, car elle était sa chute, sa rose, sa création. C'était un rêve dont il ne s'éveillerait jamais, pas tant qu'il serait un homme doué d'un corps d'homme. Oh, mon Dieu ! Je sais, je sais ! Je sais pourquoi je l'ai abritée en moi en tant que notion et en tant qu'enfant longtemps après qu'elle eut dépassé ces deux stades, mais pourquoi dois-je en prendre conscience de cette façon ?

Parce qu'enfin il comprenait que l'objectif qu'il avait visé impliquait de n'être pas un homme. Pas un homme, jamais un homme; quelque chose d'infiniment plus grand, au-delà du destin d'un homme comme les autres. Et pourtant, en fin de compte, son destin était là, sous ses mains, frissonnant et illuminé par lui, par son homme à elle. Un homme, à jamais un homme. Doux Seigneur, pourquoi ne pas m'avoir évité cette épreuve ? Je suis un homme, je ne pourrai jamais être Dieu. C'était une illusion que cette vie en quête de divinité. Les prêtres sont-ils les mêmes, aspirant à être Dieu ? Nous renonçons à l'unique acte qui prouve irréfutablement notre condition d'homme.

Il l'enveloppa de ses bras et regarda les yeux pleins de larmes, le visage inerte, à peine lumineux, observa la bouche en bouton de rose qui s'ouvrit, exhala un soupir de plaisir étonné. Elle le retenait de ses bras, de ses jambes, corde vivante qui le liait à elle, soyeuse, douce, tourmentante; il nicha le menton au creux de l'épaule nacrée et sa joue rencontra la sienne; et de s'abandonner au besoin affolant, exaspérant de l'homme se colletant avec son destin. Emporté par un tourbillon, il se laissait glisser, plongeait dans une obscurité dense que suivait une lumière aveuglante; un instant, il se noyait dans le soleil, puis la brillance s'estompait, virait au gris et disparaissait. C'était cela être homme. Il ne pouvait être davantage. Mais ce n'était pas là la source de la douleur. Celle-ci se manifestait à l'ultime moment, limité, avec le vide, une perception désolée : l'extase est fugitive. Il ne pouvait supporter l'idée de se séparer d'elle, maintenant qu'il la possédait; il l'avait faite pour lui. Aussi s'accrocha-t-il à elle, comme un noyé s'accroche à un espar sur une mer déserte et, bientôt, léger, il refit surface, s'élevant sur une marée devenue rapidement familière, et succomba à l'impénétrable destin qui est celui de l'homme.

Qu'est-ce que le sommeil ? se demandait Meggie. Une bénédiction, un répit accordé par la vie, un écho de la mort, un exigeant tourment ? Quel qu'il fût, Ralph s'y était abandonné et demeurait étendu, un bras reposant sur elle; la tête contre son épaule dans une attitude encore possessive. Elle aussi était fatiguée, mais elle refusait de céder au sommeil. Elle avait l'impression que si elle relâchait sa vigilance il ne serait plus là quand elle retrouverait sa conscience. Plus tard, elle pourrait dormir, après qu'il se serait éveillé et que la bouche belle et secrète aurait prononcé ses premiers mots. Que lui dirait-il ? Regretterait-il ? Avait-il retiré un plaisir qui justifiât ce à quoi il avait renoncé ? Il avait combattu cet élan pendant tant d'années, l'avait obligée, elle, à le combattre avec lui; elle parvenait difficilement à croire qu'il avait enfin baissé les bras, mais certaines des paroles qu'il avait prononcées au cours de la nuit, exaltées par sa douleur, effaçaient le long désaveu qu'il lui avait opposé.

Elle était souverainement heureuse, plus heureuse qu'elle ne l'avait jamais été. Dès l'instant où il l'avait entraînée vers la couche avait débuté un poème charnel où tout se mêlait, bras, mains, peau et plaisir total. J'étais faite pour lui et seulement pour lui. . . C'est pour ça que je ressentais si peu de chose avec Luke ! Emportée au-delà des limites de l'endurance dans la marée qui submergeait son corps, elle ne pensait qu'à lui dispenser tout ce qu'elle pouvait receler, ce qui lui paraissait plus important que la vie en soi. Il ne devrait jamais regretter leur étreinte, jamais. Oh, comme il avait souffert ! A certains instants, elle avait eu l'impression de ressentir sa douleur comme s'il s'était agi de la sienne propre. Ce qui ne faisait que contribuer à son bonheur. Il y avait une part de justice dans la peine qui l'avait torturé.

Il s'éveillait. Elle lut dans le bleu de ses yeux le même amour qui l'avait réchauffée, lui donnant un but depuis l'enfance; et elle perçut aussi l'ombre d'une immense lassitude, pas du corps, mais de l'âme.

Il songeait que jamais au long de sa vie il ne s'était réveillé auprès d'une femme; en quelque sorte, ce moment se chargeait de plus d'intimité que l'acte sexuel qui le précédait, indication délibérée de liens sentimentaux, d'attachement. Léger et fluide comme l'air chargé de senteurs marines et végétales s'exhalant sous le soleil, il se laissa emporter un instant sur l'aile d'une nouvelle liberté : le soulagement de l'abandon après avoir tant combattu, la paix mettant un terme à une longue guerre incroyablement sanglante, et la perception du fait que la reddition est infiniment plus douce que les batailles. Ah, je t'ai livré un rude combat, ma Meggie ! Pourtant, en fin de compte, ce ne sont pas tes fragments que je dois recoller, mais les miens.

Tu as été placée sur mon chemin pour me montrer à quel point est fausse et présomptueuse la fierté d'un prêtre tel que moi; comme Lucifer, j'ai aspiré à ce qui n'appartient qu'à Dieu et, comme Lucifer, j'ai été déchu. Je pouvais me prévaloir de chasteté, d'obéissance, même de pauvreté avant Mary Carson. Mais, jusqu'à ce matin, je n'avais jamais connu l'humilité. Seigneur, si elle ne m'était pas si chère, mon fardeau serait moins pénible, mais parfois il m'arrive de penser que je lui porte infiniment plus d'amour qu'à vous, et cela aussi fait partie de la punition que vous m'infligez. D'elle, je ne doute pas. Vous ? Un artifice, un fantôme, un symbole. Comment puis-je aimer un symbole ? Et pourtant, c'est le cas.

– Si j'avais suffisamment de courage, j'irais faire quelques brasses et, ensuite, je préparerais le petit déjeuner, murmura-t-il, en proie à un impérieux besoin de dire quelque chose.

Il sentit contre sa poitrine les lèvres de Meggie esquisser un sourire.

– Va te baigner pendant que je préparerai le petit déjeuner. Inutile de passer un maillot, personne ne vient ici.

– Un vrai paradis ! (Il sauta à bas du lit et s'étira.) Quel temps magnifique ! Je me demande si c'est un présage.

Déjà la douleur de la séparation, du seul fait qu'il eût quitté le lit; étendue, elle l'observa pendant qu'il gagnait la porte-fenêtre donnant sur la plage; avant de passer le seuil, il s'immobilisa, se retourna et tendit la main.

– Tu viens avec moi ? Nous préparerons le petit déjeuner ensemble, tout à l'heure.

La marée était haute, les écueils immergés, le soleil chaud mais rafraîchi par la brise d'été; des touffes d'herbes acérées agitaient leurs antennes sur le sable où crabes et insectes menaient une sarabande.

– J'ai l'impression de découvrir le monde, dit-il en regardant autour de lui.

Meggie lui saisit la main; elle se sentait fautive et jugeait cette matinée ensoleillée plus inconcevable encore que la réalité rêveuse de la nuit. Elle posa les yeux sur lui, douloureusement. Le temps demeurait suspendu sur un monde différent.

– Comment pourrais-tu découvrir ce monde ? demanda-t-elle. Ce monde est à nous, uniquement à nous pour le temps qu'il durera.

– Comment est Luke ? s'enquit-il pendant le petit déjeuner.

Elle pencha la tête sur le côté, réfléchit.

– Physiquement, il ne te ressemble pas autant que je le croyais parce que, à cette époque, tu me manquais davantage : je ne m'étais pas habituée à me passer de toi. Je crois l'avoir épousé parce qu'il avait quelque chose de toi. En tout cas, j'étais décidée à me marier et il était nettement mieux que les autres. Je ne parle pas de sa valeur ou de sa gentillesse, ou des qualités que les femmes sont censées rechercher chez un mari. Il m'est difficile de démêler de quoi il s'agissait exactement, sinon, peut-être, qu'il est bien comme toi. Lui non plus n'a pas besoin de femme.

– C'est sous ce jour que tu me considères, Meggie ? s'enquit-il avec une grimace.

– Franchement ? Je le crois. Je ne comprendrai jamais pourquoi, mais je le crois. Il y a quelque chose chez Luke et chez toi qui estime que le besoin de femme est une faiblesse. Je ne parle pas seulement de coucher, mais d'avoir besoin, réellement besoin de la femme.

– Et, le sachant, nous ne te rebutons pas ?

Elle haussa les épaules, sourit avec une pointe de pitié.

– Oh, Ralph ! Je ne prétends pas que ça n'ait pas d'importance et ça m'a certainement causé beaucoup de peine, mais les choses sont ainsi, et je serais folle de le nier. Le mieux que je puisse faire est d'exploiter cette faiblesse, non d'ignorer son existence. Moi aussi, j'ai mes besoins, mes exigences. Et, apparemment, ils me conduisent à des hommes tels que toi et Luke, sinon je ne me serais jamais préoccupée de vous deux comme je l'ai fait. J'aurais épousé un être bon, aimable et simple comme mon père, quelqu'un qui aurait eu besoin de moi. Il y a du Samson dans chaque homme, je crois. Mais chez Luke et toi, cet aspect est plus prononcé.

Il ne se jugeait pas le moins du monde insulté; il souriait.

– Ma sage Meggie !

– Ce n'est pas de la sagesse, Ralph, simplement du bon sens. Je ne suis pas une personne particulièrement avisée, tu le sais. Mais considère le cas de mes frères. Je doute que les aînés se marient jamais ou même qu'ils aient des petites amies. Ils sont terriblement timides et craignent le pouvoir qu'une femme pourrait exercer sur eux, et ils restent sous l'emprise de M'man.

Les jours suivaient les jours, les nuits succédaient aux nuits. Même les fortes pluies d'été se paraient de beauté, permettant de se promener nu, d'écouter les crépitements sur le toit de tôle, elles se déversaient, aussi chaudes et caressantes que le soleil. Et quand celui-ci faisait son apparition, ils marchaient dans l'île, lézardaient sur la plage, se baignaient; et il lui apprenait à nager.

Quelquefois, quand il ne se savait pas observé, Meggie le regardait intensément, s'efforçant de graver chacun de ses traits dans sa mémoire, se rappelant combien, en dépit de l'amour qu'elle avait porté à Frank, l'image de celui-ci s'était estompée avec le temps. Il y avait les yeux, le nez, la bouche, les tempes argentées tranchant sur les boucles noires, le grand corps vigoureux qui avait gardé la minceur et la tonicité de la jeunesse, tout en ayant perdu un peu de sa souplesse. Et s'il se tournait, il s'apercevait qu'elle l'observait, et il savait qu'il lui offrait alors un regard plein d'une sourde douleur, d'un devenir affligeant. Elle comprenait le message implicite, ou croyait le comprendre; il lui fallait partir, retourner à l'Eglise, aux devoirs de sa charge. Plus jamais dans le même état d'esprit, peut-être, mais plus apte encore à servir. Car seuls ceux qui ont glissé et chu connaissent les vicissitudes du chemin.

Un jour, alors que le soleil était suffisamment bas à l'horizon pour ensanglanter la mer et consteller de jaune le sable de corail, ils étaient tous deux étendus sur la plage et il se tourna vers elle.

– Meggie, je n'ai jamais été si heureux, ou si malheureux.

– Je sais, Ralph.

– Oui, je le crois. Est-ce pour cela que je t'aime ? Tu n'as rien de très particulier, Meggie, et pourtant, tu ne ressembles à nulle autre. En ai-je eu le sentiment depuis tout ce temps ? Probablement. Ma passion pour le blond vénitien ! J'étais loin de me douter où elle me conduirait. Je t'aime, Meggie.

– Tu vas partir ?

– Demain. Il le faut. Mon bateau appareillera pour Gênes dans moins d'une semaine.

– Gênes ?

– Oui, je dois me rendre à Rome. Pour longtemps. Peut-être pour le restant de mes jours. Je ne sais pas.

– Ne t'inquiète pas, Ralph. Je n'essaierai pas de te retenir. Pour moi aussi, le séjour ici touche à sa fin. Je vais quitter Luke et retourner à Drogheda.

– Oh, Meggie ! Pas à cause de ce qui s'est passé, pas à cause de moi ?

– Non, bien sûr que non, affirma-t-elle en un pieux mensonge. Luke n'a pas besoin de moi. Je ne lui manquerai pas le moins du monde. Mais moi j'ai besoin d'un foyer, d'une maison et, à partir de maintenant, je crois que Drogheda remplira toujours cet office. Il serait injuste que la pauvre Justine grandisse sous un toit qui m'abrite aussi en tant que servante, bien qu'Anne et Luddie ne me considèrent pas comme telle. Mais il n'empêche que moi je me considère comme telle : Justine me verra aussi sous ce jour quand elle sera suffisamment grande pour comprendre qu'elle ne vit pas dans un foyer normal. Evidemment, d'une certaine façon, ce ne sera jamais le cas, mais je dois faire tout ce que je peux pour elle; aussi vais-je retourner à Drogheda.

– Je t'écrirai, Meggie.

– Non, surtout n'en fais rien. Crois-tu que j'aie besoin de lettres après ce que nous avons été l'un pour l'autre ? Je ne veux pas te faire courir le moindre risque et tes lettres pourraient tomber entre des mains peu scrupuleuses. Alors ne m'écris pas. Si jamais tu viens en Australie, il sera normal que tu nous rendes visite à Drogheda, mais je te préviens, Ralph, tu devras réfléchir avant de t'y décider. Il n'y a que deux endroits au monde où j'ai priorité sur Dieu... ici, à Matlock, et à Drogheda.

Il l'attira à lui, caressa ses cheveux.

– Meggie, je souhaiterais de tout cœur pouvoir t'épouser, n'être jamais plus séparé de toi. Je ne veux pas te quitter... Et, d'une certaine façon, je ne serai plus jamais libéré de toi. Je souhaiterais n'être jamais venu à Matlock. Mais nous ne pouvons rien changer à ce que nous sommes, et peut-être est-ce mieux ainsi. J'ai découvert certains aspects de moi qui ne m'auraient pas été dévoilés et auxquels je n'aurais jamais eu à faire face si je n'étais pas venu. Il est préférable de se colleter avec le connu qu'avec l'inconnu. Je t'aime. Je t'ai toujours aimée, et je t'aimerai toujours. Ne l'oublie pas.

Le lendemain, Rob se manifesta pour la première fois depuis qu'il avait amené Ralph et il attendit patiemment pendant qu'ils se faisaient leurs adieux. Il ne s'agissait certainement pas d'un couple de jeunes mariés puisqu'il était arrivé après elle et repartait le premier. Pas des amants non plus. Ils étaient mariés, ça se devinait rien qu'à les regarder. Mais ils s'aimaient, ils s'aimaient beaucoup. Comme lui et sa bourgeoise; une grande différence d'âge, ce qui faisait les bons ménages.

– Au revoir, Meggie.

– Au revoir, Ralph.

– Prends bien soin de toi.

– Oui. Et toi aussi.

Il se pencha pour l'embrasser; en dépit de sa résolution, elle s'accrocha à lui mais, quand il détacha les mains qui lui entouraient le cou, elle les ramena derrière son dos et les y garda.

Il monta dans la voiture et, tandis que Rob faisait marche arrière, il regarda droit devant lui à travers le pare-brise sans un seul coup d'œil vers le bungalow. Rares sont les hommes capables d'agir ainsi, songea Rob qui n'avait jamais entendu parler d'Orphée. Ils roulèrent en silence à travers le rideau de pluie et débouchèrent enfin de l'autre côté de Matlock où s'amorçait la longue jetée. Quand ils se serrèrent la main, Rob considéra le visage de son client avec un certain étonnement. Jamais il ne lui avait été donné de voir des yeux aussi humains, aussi tristes. La hauteur lointaine avait à jamais disparu du regard de l'archevêque Ralph de Bricassart.

Lorsque Meggie rentra à Himmelhoch, Anne sut immédiatement qu'elle allait la perdre. Oui, c'était la même Meggie, mais si différente pourtant. Quelles qu'aient été les résolutions de l'archevêque avant de se rendre à Matlock, sur l'île, les choses avaient enfin tourné à la satisfaction de Meggie. Il n'était que temps.

Meggie prit Justine dans ses bras comme si, maintenant seulement, elle comprenait ce que représentait sa fille. Elle berça la petite créature en regardant autour d'elle, un sourire aux lèvres. Ses yeux rencontrèrent ceux d'Anne, si vivants, si brillants d'émotion qu'elle sentit des larmes de joie perler à ses paupières.

– Jamais je ne pourrais assez vous remercier, Anne.

– Peuh ! Pour quoi ?

– Pour m'avoir envoyé Ralph. Vous deviez vous douter qu'ensuite je quitterais Luke et je vous en suis d'autant plus reconnaissante. Oh ! vous n'avez aucune idée de ce que cela a représenté pour moi. J'avais décidé de rester avec Luke, vous savez. Maintenant, je vais retourner à Dorgheda que je ne quitterai plus jamais.

– Je suis désolée de vous voir partir et encore plus triste de voir partir Justine, mais je suis heureuse pour vous deux, Meggie. Luke ne vous apportera jamais rien de bon.

– Savez-vous où il est ?

– Il est rentré de la raffinerie. Il coupe de la canne près d'Ingham.

– Il faudra que j'aille le trouver, que je le voie et que je lui parle. Et, Dieu sait si cette perspective me coûte, il faudra que je couche avec lui.

– Quoi ?

– J'ai deux semaines de retard alors que j'ai toujours été réglée au jour près, expliqua-t-elle, les yeux brillants. La seule autre occasion a été au moment où j'attendais Justine. Je suis enceinte, Anne, je le sais !

– Mon Dieu ! s'exclama Anne qui regardait Meggie comme si elle ne l'avait jamais vue. C'est peut-être une fausse alerte, bredouilla-t-elle après s'être passé la langue sur les lèvres.

Mais Meggie secoua la tête avec assurance.

– Oh, non ! Je suis enceinte, affirma-t-elle. Il y a des choses que l'on sent.

– Alors, vous allez vous retrouver dans un sérieux pétrin, marmonna Anne.

– Oh, Anne, ne soyez pas aveugle ! Ne voyez-vous pas ce que ça signifie ? Je ne pourrai jamais avoir Ralph, j'ai toujours su que je ne pourrais jamais l'avoir. Mais je l'ai, je l'ai ! (Elle rit, pressa Justine contre elle avec tant de véhémence qu'Anne craignit que l'enfant ne pleurât mais, curieusement, le bébé n'en fit rien.) J'ai de Ralph la part que l'Eglise n'aura jamais, la part de lui qui se perpétuera de génération en génération. A travers moi, il continuera de vivre parce que je sais que ce sera un garçon ! Et ce garçon aura des garçons qui engendreront des garçons à leur tour... Je battrai Dieu sur son propre terrain. J'aime Ralph depuis l'âge de dix ans, et je suppose que je l'aimerais encore si je devais vivre jusqu'à cent ans. Mais il n'est pas à moi, alors que son enfant le sera. A moi, Anne, à moi !

– Oh, Meggie ! s'exclama Anne, désarmée.

Tombèrent la passion, l'exaltation; elle redevint une fois de plus la Meggie habituelle, tranquille et douce, mais abritant en elle un fragment d'acier, la capacité de beaucoup supporter. Maintenant, Anne avançait avec précaution, se demandant ce qu'elle avait fait au juste en envoyant Ralph de Bricassart à Matlock. Etait-il possible que quelqu'un changeât à ce point ? Anne ne le croyait pas. Cet aspect avait toujours dû être présent en elle, si bien caché qu'il restait insoupçonnable. Meggie recelait infiniment plus qu'un fragment d'acier; en fait, elle était toute de métal.

– Meggie, si vous avez un peu d'affection pour moi, je voudrais que vous vous rappeliez quelque chose.

– J'essaierai, dit Meggie dont les paupières battirent sur les yeux gris.

– Au fil des ans, j'ai lu la plupart des ouvrages de Luddie, notamment ceux qui se rapportent à la Grèce antique dont les histoires me fascinent. On prétend que les Grecs ont un mot pour tout et qu'il n'existe pas de situations humaines que leurs auteurs n'aient dépeintes.

– Je sais. Moi aussi, j'ai lu certains des livres de Luddie.

– Alors, vous ne vous rappelez pas ? Les Grecs prétendent que c'est pécher contre les dieux que d'aimer au-delà de la raison. Et vous ne vous souvenez pas qu'ils disent que, lorsque quelqu'un est aimé de la sorte, les dieux en deviennent jaloux et le fauchent à la fleur de l'âge ? Il y a une leçon à tirer de tout ça, Meggie. C'est un sacrilège que d'aimer trop.

– Un sacrilège, Anne, voilà le mot clef ! Mais il n'y aura pas sacrilège dans mon amour pour l'enfant de Ralph, je l'aimerai avec toute la pureté que la Sainte Vierge portait à son fils.

Les yeux bruns d'Anne exprimaient une infinie tristesse.

– Oui, mais l'amour qu'elle lui portait était-il vraiment pur ? L'objet de son amour a été fauché à la fleur de l'âge.

Meggie posa Justine dans son berceau.

– Ce qui doit être sera. Je ne peux pas avoir Ralph, mais son enfant, si. J'ai l'impression... oh ! qu'enfin je peux assigner un but à ma vie... C'est ce qui a été le pire pour moi au cours des trois ans et demi qui viennent de s'écouler, Anne; il me semblait que ma vie n'avait aucun but. (Ses lèvres se tirèrent en un sourire brusque, résolu.) Je protégerai cet enfant de toutes les façons possibles, quel qu'en soit le prix pour moi. Et la première chose dans cet ordre d'idées est que personne, y compris Luke, ne puisse jamais prétendre qu'il n'a pas droit au seul nom que je sois en mesure de lui donner. La seule pensée de coucher avec Luke me rend malade, mais je m'y résoudrai. Je coucherais avec le Diable en personne si cela pouvait assurer l'avenir de l'enfant. Puis je retournerai à Drogheda et j'espère que je ne reverrai jamais Luke. (Elle se tourna, abandonnant le berceau.) Est-ce que Luddie et vous viendrez nous voir ? Drogheda a toujours des chambres pour les amis.

– Une fois l'an, aussi longtemps que vous le voudrez. Luddie et moi tenons à voir grandir Justine.

Seule la pensée de l'enfant de Ralph galvanisait le courage chancelant de Meggie tandis que le petit train tanguait et bringuebalait sur la voie menant à Ingham. Sans la nouvelle vie qu'elle était certaine d'abriter, coucher avec Luke eût représenté l'ultime péché contre elle-même; mais pour l'enfant de Ralph, elle aurait effectivement signé un pacte avec le Diable.

Sur le plan pratique, les choses ne seraient pas faciles non plus, elle le savait. Mais elle avait établi ses plans avec soin et, bizarrement, Luddie l'avait aidée en ce sens. Il n'avait pas été possible de lui cacher grand-chose; il était trop avisé, trop proche d'Anne. Il avait regardé Meggie avec tristesse, secoué la tête, puis lui avait donné d'excellents conseils. Le véritable objet de la mission de Meggie n'avait pas été mentionné, évidemment, mais Luddie était trop au fait de la nature humaine pour ne pas comprendre à mi-mot.

– Il ne faut pas dire à Luke que vous allez le quitter au moment où il sera épuisé après avoir passé une journée à couper la canne, expliqua Luddie, non sans délicatesse. Il serait infiniment préférable que vous profitiez d'un jour où il sera de bonne humeur. Le mieux serait que vous le voyiez le samedi soir ou le dimanche qui suit la semaine où il aura été affecté à la cuisine. La rumeur publique prétend que Luke est le meilleur cuisinier de l'équipe... il a fait son apprentissage quand il suivait les tondeurs et ceux-ci se montrent beaucoup plus pointilleux sur ce chapitre que les coupeurs de cannes. Autrement dit, la cuisine ne lui est pas pénible; il la considère probablement comme une activité de tout repos. Alors, voilà comment il faut procéder, Meggie. Apprenez-lui la nouvelle au moment où il sera en grande forme après une semaine passée dans la cuisine du baraquement.

Depuis quelque temps, il semblait que Meggie eût laissé très loin derrière elle le temps où elle rougissait; elle regarda fixement Luddie sans que la moindre roseur lui vînt aux joues.

– Vous serait-il possible de savoir quand Luke sera affecté à la cuisine, Luddie ? Ou s'il y a une façon dont je pourrais le découvrir si vous n'êtes pas en mesure de l'apprendre ?

– Oh ! ne vous inquiétez pas, dit-il joyeusement. Je n'ai qu'à faire agir le téléphone arabe.

L'après-midi était déjà bien avancé quand Meggie s'inscrivit, ce samedi, à l'hôtel-bistrot d'Ingham qui lui parut le plus respectable. Toutes les villes du Queensland du Nord s'enorgueillissent de posséder des débits de boisson aux quatre angles de chaque pâté de maison. Elle posa sa petite valise dans la chambre et regagna le hall dans l'espoir d'y découvrir un téléphone. Une équipe de rugby se trouvait en ville pour un match d'entraînement précédant la saison et les couloirs regorgeaient de joueurs à demi nus et totalement ivres qui, à sa vue, explosèrent en ovations et lui distribuèrent d'affectueuses tapes sur les fesses. Quand elle parvint enfin au téléphone, elle tremblait de peur; tout dans son aventure tenait du supplice mais, en dépit du tapage et des visages d'ivrognes qui se profilaient, elle réussit à appeler la ferme Braun où travaillait l'équipe de Luke. Elle demanda qu'on prévînt Luke O'Neill que sa femme était à Ingham et désirait le voir. Après quoi, devant l'effroi manifesté par sa cliente, le patron l'accompagna jusqu'à sa chambre et attendit qu'elle eût donné deux tours de clef.

Meggie s'adossa à la porte, bras et jambes coupés par le soulagement; même si elle ne devait pas prendre un seul repas jusqu'à son retour à Dunny, elle ne s'aventurerait pas dans la salle à manger. Par chance, sa chambre se trouvait à côté des toilettes des dames, ce qui devait lui permettre de s'y rendre chaque fois que ce serait nécessaire sans courir trop de risques. Dès qu'elle eut retrouvé l'usage de ses jambes, elle s'approcha du lit et s'y laissa tomber, tête baissée, le regard rivé sur ses mains tremblantes.

Tout au long du voyage, elle avait réfléchi à la meilleure façon de procéder, et tout en elle lui criait de faire vite, vite ! Avant de vivre à Himmelhoch, elle n'avait jamais lu la description d'une scène de séduction et, maintenant encore, bien qu'éclairée par de tels récits, elle n'était pas très sûre de ses capacités dans ce domaine. Mais il lui fallait s'y résoudre car elle savait que lorsqu'elle aurait commencé à parler à Luke, tout serait consommé. La langue lui démangeait de lui dire ce qu'elle pensait réellement de lui, mais plus encore elle était tenaillée par la hâte de se retrouver à Drogheda avec l'enfant de Ralph auquel son sacrifice aurait donné un nom.

Frissonnante dans l'air sirupeux, elle se dévêtit et s'étendit sur le lit, yeux clos, s'efforçant de ne penser qu'à la sauvegarde de l'enfant de Ralph.

Les rugbymen n'inquiétèrent pas le moins du monde Luke quand il pénétra seul dans l'hôtel à neuf heures. La plupart d'entre eux cuvaient leur alcool et leurs camarades encore sur pied étaient trop ivres pour remarquer quoi que ce soit en dehors de leurs verres de bière.

Luddie avait vu juste; à la fin de sa semaine de cuisine, Luke était reposé, heureux d'un dérivatif et débordant de bonne volonté. Lorsque le fils de Braun avait apporté le message de Meggie au baraquement, il finissait la vaisselle du soir et envisageait de se rendre à bicyclette à Ingham afin de rejoindre Arne et les copains pour la fiesta habituelle du samedi soir. Il accueillit la perspective de retrouver Meggie comme un changement agréable; depuis leurs vacances à Atherton, il s'était surpris à la désirer de temps à autre en dépit de son épuisement physique. Seule, sa répugnance à entendre sa femme entonner la rengaine maison-foyer-famille l'avait empêché d'aller à Himmelhoch chaque fois qu'il se trouvait dans les parages de Dunny. Mais aujourd'hui, puisqu'elle s'était dérangée, il se réjouissait à l'idée de coucher avec elle. Il acheva rapidement la vaisselle et eut la chance d'être ramassé par un camion après avoir à peine pédalé sur cinq cents mètres. Pourtant, alors qu'il poussait sa bicyclette pour gagner l'hôtel où Meggie était descendue, une partie de son enthousiasme fondit. Toutes les pharmacies étaient fermées et il n'avait pas de préservatifs. Il s'immobilisa, regarda une vitrine emplie de chocolats piquetés de vermine, ramollis par la chaleur et constellés de mouches mortes, puis il haussa les épaules. Ma foi, c'était un risque à courir. Une nuit seulement et, s'il y avait un enfant, avec un peu de chance ce serait peut-être un garçon cette fois.

Meggie sursauta nerveusement quand elle l'entendit frapper. Elle sauta à bas du lit et s'approcha de la porte.

– Qui est là ?

– Luke.

Elle tourna la clef, entrouvrit la porte et passa derrière le battant quand Luke le repoussa. Dès qu'il fut entré, elle referma soigneusement et le considéra. Il la regardait; ses seins étaient plus gros, plus ronds, plus appétissants que jamais. Les tétons avaient perdu leur teinte rose pâle pour se parer d'un rouge soutenu depuis la naissance de l'enfant. S'il avait eu besoin du moindre stimulant, cette poitrine aurait largement suffi. Il s'avança, empoigna Meggie, la souleva et la porta sur le lit.

Lorsque vint le jour, elle ne lui avait pas encore adressé la parole, bien que le contact de cette peau satinée lui eût fait atteindre un degré de fièvre qu'il n'avait encore jamais connu jusque-là. Maintenant, étendue au bord du lit, elle lui paraissait curieusement lointaine.

Il s'étira paresseusement, bâilla, s'éclaircit la gorge.

– Alors, qu'est-ce qui t'amène à Ingham, Meg ? s'enquit-il.

Elle tourna la tête, le considéra avec de grands yeux débordants de mépris.

– Alors, qu'est-ce qui t'amène ? répéta-t-il, un rien irrité.

Pas de réponse, seulement le même regard fixe, vénéneux, comme si elle ne voulait même pas se donner la peine de parler. Ridicule après la nuit qu'ils venaient de passer.

Ses lèvres s'ouvrirent, elle sourit.

– Je suis venue t'annoncer que je retournais à Drogheda, laissa-t-elle tomber.

Un instant, il ne la crut pas, puis il la regarda avec plus d'attention et se rendit compte qu'elle ne badinait pas.

– Pourquoi ? demanda-t-il.

– Je t'avais prévenu de ce qui arriverait si tu ne m'emmenais pas à Sydney, dit-elle.

L'étonnement qu'il manifesta n'était pas feint.

– Mais, Meg, ça remonte à dix-huit mois, et je t'ai offert des vacances ! Quatre semaines à Atherton, elles m'ont coûté assez cher ! Je ne pouvais pas me permettre de t'emmener à Sydney en plus !

– Depuis, tu es allé à Sydney à deux reprises, deux fois sans moi, dit-elle avec obstination. La première fois, je peux le comprendre puisque j'attendais Justine mais Dieu sait que je serais volontiers partie en vacances au moment de la saison des pluies, en janvier.

– Oh, grand Dieu !

– Quel grippe-sou tu fais, Luke, continua-t-elle plus gentiment. Tu es à la tête de vingt mille livres, de l'argent qui m'appartient de plein droit, et tu lésines sur les quelques malheureuses livres que t'aurait coûtées mon voyage à Sydney. Toi et ton argent ! Tu me rends malade !

– Je n'y ai pas touché ! s'écria-t-il. Il est à la banque, tout, jusqu'au dernier sou, et j'en ajoute toutes les semaines.

– Oui, c'est bien ça. A la banque, là où il sera toujours. Tu n'as pas la moindre intention de le dépenser, n'est-ce pas ? Tu veux seulement l'adorer, comme le veau d'or. Reconnais-le, Luke. Tu es avare. Et, qui plus est, un fieffé imbécile ! Traiter ta femme et ta fille plus mal que des chiens, ignorer jusqu'à leur existence, sans parler de leurs besoins ! Espèce d'égoïste, de bellâtre à la manque, de salaud !

Blême, tremblant, il cherchait ses mots; que Meg se dressât contre lui, surtout après la nuit qu'ils venaient de passer, lui paraissait aussi incongru que d'être mortellement mordu par un papillon. L'injustice des accusations qu'elle proférait le confondait, mais il semblait que rien ne saurait la convaincre de la pureté de ses intentions. Typiquement femme, elle ne voyait que l'apparence, incapable d'apprécier le grand dessein que masquait celle-ci.

– Oh, Meg ! s'exclama-t-il d'un ton qui laissait percer stupéfaction, désespoir et résignation. Je ne t'ai jamais maltraitée. Non, absolument pas ! Personne ne pourrait prétendre que j'ai été cruel envers toi. Personne ! Tu as eu suffisamment à manger, un toit au-dessus de ta tête, tu as eu chaud...

– Oh, oui ! coupa-t-elle. Ça, je te l'accorde; je n'ai jamais eu si chaud de ma vie ! (Elle secoua la tête, éclata de rire.) A quoi bon ? C'est comme si je parlais à un mur.

– Je pourrais en dire autant !

– Ne t'en prive surtout pas, rétorqua Meggie, glaciale, en sautant à bas du lit pour enfiler sa culotte. Je ne compte pas demander le divorce, reprit-elle. Je n'ai pas l'intention de me remarier. Si, de ton côté, tu voulais divorcer, tu saurais où me trouver. Légalement parlant, c'est moi qui suis fautive, n'est-ce pas ? Je t'abandonne... ou tout au moins, c'est ainsi que la justice considérera les choses. Toi et le juge, vous pourrez pleurer dans le giron l'un de l'autre sur les perfidies et l'ingratitude des femmes.

– Meg, je ne t'ai jamais abandonnée, insista-t-il.

– Tu peux garder mes vingt mille livres, Luke. Mais tu n'obtiendras plus jamais un sou de moi. Mes revenus me serviront à élever Justine et peut-être un autre enfant si j'ai de la chance.

– Alors, c'était ça ! s'emporta-t-il. Tout ce que tu cherchais, c'était encore un satané moutard, hein ? C'est pour ça que tu es venue ici... un chant du cygne, un petit cadeau de moi que tu pourras ramener à Drogheda ! Une autre saloperie de mouflet, pas moi ! Ça n'a jamais été moi, n'est-ce pas ? Pour toi, je ne suis qu'un étalon ! Bon dieu, quelle farce !

– C'est sous cet angle que la plupart des femmes considèrent les hommes, dit-elle non sans malice. Tu exaspères tout ce qu'il y a de mauvais en moi, Luke, et plus que tu ne le comprendras jamais. Sois beau joueur ! Je t'ai gagné plus d'argent en trois ans et demi que tu n'en as obtenu de la canne à sucre. S'il y a un autre enfant, tu n'auras pas à t'en préoccuper. A partir de cet instant, je ne veux plus jamais te revoir, aussi longtemps que je vivrai.

Elle s'était rhabillée; elle saisit son sac et la petite valise près de la porte, se retourna, la main sur la poignée.

– Laisse-moi te donner un petit conseil, Luke. Il pourra t'être utile si un jour tu mets la main sur une autre femme, quand tu seras trop vieux et trop fatigué pour continuer à te donner à la canne... Sache que tu embrasses comme un sagouin. Tu ouvres trop grand la bouche, tu veux avaler la femme en entier, comme un python. C'est très joli la salive, mais trop, ça devient de la bave. (Elle s'essuya la bouche d'un revers de la main.) Tu me fais vomir, Luke O'Neill ! Luke O'Neill, le grand c'est-moi-que ! Tu n'es rien du tout !

Après son départ, il demeura assis sur le bord du lit, le regard fixé sur la porte close. Puis il haussa les épaules et commença à s'habiller. Opération rapide dans le Queensland du Nord. Seulement un short à enfiler. Et, s'il se dépêchait, il pourrait attraper un camion pour retourner au baraquement en compagnie d'Arne et des copains. Ce bon vieil Arne. Ce bon vieux camarade. L'homme est idiot. S'envoyer une femme, c'est bien joli, mais les copains c'est autre chose !

LIVRE V
1938-1953
FEE

CHAPITRE 14

Préférant n'avertir personne de son retour, Meggie rentra à Drogheda par le camion postal en compagnie du vieux Bluey Williams, Justine dans un panier posé sur le siège à côté d'elle. Bluey se montra enchanté de la revoir et vivement intéressé par ses faits et gestes au cours des quatre dernières années; pourtant, quand ils se rapprochèrent du domaine, il garda le silence comprenant qu'elle souhaitait rentrer chez elle dans une atmosphère de paix.

Retour au brun et argent, retour à la poussière, retour à cette merveilleuse pureté et à cette austérité qui manquaient tant au Queensland du Nord. Pas de débauche végétale ici, pas de décomposition accélérée pour faire place à de nouvelles plantes, seulement une constance lente comme le cycle des constellations. Plus que jamais, des kangourous. Ravissants petits wilgas symétriques, ronds comme des matrones, presque timides. Galahs aux ventres roses planant en grandes vagues au-dessus du camion. Emeus en pleine course. Lapins bondissant avec effronterie hors de la route dans une bouffée poudreuse et blanche. Squelettes d'arbres morts, décolorés, tranchant sur l'herbe. Mirages de bosquets se découpant sur le lointain horizon incurvé, entrevus en traversant la plaine de Dibban-Dibban, alors que seules les lignes bleues et miroitantes de leurs bases indiquaient la réalité des arbres. Le bruit qui lui avait tant manqué, sans jamais imaginer qu'il pût lui manquer : le croassement désolé des corbeaux. Les voiles vaporeux et bruns de la poussière fouettée par le vent sec de l'automne évoquant des rideaux de pluie sale. Et l'herbe, l'herbe beige-argenté du grand Nord-Ouest, s'étendant jusqu'au ciel comme une bénédiction.

Drogheda, Drogheda ! Eucalyptus et poivriers géants, assoupis, bourdonnant d'abeilles. Parcs à bestiaux et bâtiments de grès jaunes, crémeux; insolites pelouses vertes entourant la grande maison, fleurs automnales des jardins, giroflées et zinnias, asters et dahlias, soucis et chrysanthèmes, roses, et encore des roses. Le gravier de l'arrière-cour, Mme Smith se dressant sur le seuil, bouche bée, puis riant, pleurant, Minnie et Cat arrivant en courant, vieux bras noueux comme des chaînes autour de son cœur. Car Drogheda était son foyer, et là était son cœur, à jamais.

Fee sortit pour voir ce qui causait un tel tapage.

– Bonjour, M'man. Je rentre à la maison.

Rien n'altéra les yeux gris mais, éclairée par la maturité qui lui était venue, Meggie comprit. M'man était heureuse; seulement, elle ne savait pas comment le montrer.

– As-tu quitté Luke ? s'enquit Fee, estimant que Mme Smith et les servantes avaient tout autant qu'elle le droit d'être au courant.

– Oui. Je ne retournerai jamais auprès de lui. Il ne voulait pas d'un foyer, ni de ses enfants, ni de moi.

– Ses enfants ?

– Oui. J'en attends un autre.

Un concert de oh ! et de ah ! de la part des servantes, et Fee donnant son opinion de cette voix mesurée sous laquelle perçait de la joie.

– S'il ne veut pas de toi, alors tu as eu raison de rentrer. Nous nous occuperons de toi ici.

Son ancienne chambre donnant sur l'enclos central, les jardins, et une chambre contiguë pour Justine, et pour l'autre enfant quand il arriverait. Oh, comme c'était bon d'être chez soi !

Bob aussi fut heureux de la voir. Il ressemblait de plus en plus à Paddy, un peu voûté et noueux, la peau cuite par le soleil, desséchée jusqu'aux os. Il avait la même et douce force de caractère mais, peut-être parce qu'il n'avait pas engendré une grande famille, il lui manquait l'attitude toute paternelle de Paddy, et il ressemblait aussi à Fee. Serein, maître de lui, peu enclin à exprimer ses sentiments et opinions. Il doit avoir à peu près trente-cinq ans, songea Meggie, soudain surprise, et il n'est toujours pas marié. Puis, Jack et Hughie se manifestèrent, répliques de Bob, sans son autorité; leurs sourires timides lui souhaitaient la bienvenue à Drogheda. Ce doit être ça, pensa-t-elle; s'ils sont timides, c'est à cause de la terre car la terre n'a que faire de faconde et de mondanités. Elle n'a besoin que de ce qu'ils apportent, un amour silencieux et une soumission sans faille.

Ce soir-là, tous les Cleary étaient à la maison afin de décharger un camion de céréales que Jims et Patsy étaient allés chercher à la coopérative de Gilly.

– Je n'ai jamais vu une telle sécheresse, Meggie, expliqua Bob. Pas de pluie depuis deux ans, pas une seule goutte d'eau, et ces satanés lapins causent encore plus de dégâts que les kangourous. Un vrai fléau. Ils mangent plus d'herbe que les moutons et les kangourous réunis ! Il va falloir apporter des aliments dans les enclos, mais tu connais les moutons.

Meggie ne les connaissait que trop bien; des bêtes idiotes, incapables de comprendre le moins du monde où se trouvaient des éléments de survie. Le peu de cervelle que l'animal d'origine avait dû posséder était pratiquement anéanti à la suite des sélections opérées chez ces aristocrates de la laine. Les moutons se refusaient à manger autre chose que de l'herbe, à la rigueur des broussailles provenant de leur environnement naturel. Mais Drogheda ne disposait pas de suffisamment de main-d'œuvre pour couper les broussailles en vue d'alimenter un troupeau de cent mille bêtes.

Si je comprends bien, je pourrai t'être utile, dit Meggie.

– Et comment ! Si tu peux de nouveau surveiller les enclos les plus proches, tu libéreras un homme qui sera mieux employé à couper des broussailles.

Fidèles à leur parole, les jumeaux étaient rentrés définitivement. A quatorze ans, ils avaient abandonné Riverview pour hanter les plaines de terre noire. Déjà, ils évoquaient Bob, Jack et Hughie à leur période juvénile, portant les vêtements qui, progressivement, remplaçaient le vieux drap gris et la flanelle en tant qu'uniforme de l'éleveur du grand Nord-Ouest : culotte de velours côtelé, chemise blanche, feutre gris à calotte plate et à large bord, bottes de cheval s'arrêtant au-dessus de la cheville et à talons plats. Seule, la poignée de métis aborigènes, qui logeaient dans les bas-quartiers de Gilly, imitait les cowboys de l'ouest américain en bottes fantaisies à hauts talons et immenses chapeaux. Pour les habitants des plaines de terre noire, un tel accoutrement relevait d'une affectation ridicule, s'apparentant à une toute autre culture. On ne pouvait marcher à travers les broussailles en bottes à hauts talons, et on était souvent obligé de mettre pied à terre. Quant aux feutres démesurés, ils étaient infiniment trop lourds et trop chauds.

La jument alezane et le hongre noir étaient morts; vides, les écuries, Meggie affirma qu'elle se contenterait d'un cheval de travail, mais Bob alla trouver Martin King pour lui acheter deux demi-sang – une jument blanche à crinière et queue noires et un hongre alezan haut de jambes. Assez curieusement, la perte de la jument alezane causa un choc plus violent à Meggie que sa séparation d'avec Ralph, réaction à retardement, comme si le fait du départ de ce dernier s'en trouvait plus nettement sanctionné. Mais c'était si bon de hanter de nouveau les enclos, de chevaucher accompagnée des chiens, de manger la poussière soulevée par les troupeaux de moutons bêlants, d'observer les oiseaux, le ciel et la terre.

Il faisait terriblement sec. L'herbe de Drogheda avait toujours réussi à survivre aux périodes de sécheresse dont Meggie se souvenait mais, cette fois, il en allait différemment. Il ne subsistait que des touffes d'herbe entre lesquelles on distinguait le sol noir, craquelé en un fin réseau de fissures, béantes comme des bouches assoiffées. La responsabilité de cet état de chose incombait essentiellement aux lapins. Au cours des quatre années d'absence de Meggie, ceux-ci s'étaient démesurément multipliés, bien qu'ils eussent vraisemblablement constitué un fléau depuis longtemps. Mais en un laps de temps très court, leur nombre avait dépassé le point de saturation. Ils pullulaient, partout, et dévoraient l'herbe précieuse.

Elle apprit à poser les pièges à lapins. En dépit de l'horreur qu'elle ressentait à voir les charmantes petites créatures broyées par les dents d'acier, elle n'en était pas moins trop proche de la terre pour reculer devant une tâche indispensable. Tuer au nom de la survie ne relevait pas de la cruauté.

– Que le diable emporte le salaud qui avait le mal du pays et a trouvé le moyen d'importer les premiers lapins d'Angleterre ! ne cessait de répéter Bob avec hargne.

Les lapins n'étaient pas originaires d'Australie et leur importation sentimentale avait totalement bouleversé l'équilibre écologique du continent, contrairement aux moutons et aux bovins, ceux-ci ayant fait l'objet d'un élevage scientifique dès leur introduction dans le pays. Il n'existait aucun prédateur naturel pour contrôler le nombre des lapins, et les renards importés ne s'acclimataient pas. L'homme devait donc s'ériger en prédateur; mais il y avait trop peu d'hommes et beaucoup trop de lapins.

Quand sa grossesse fut suffisamment avancée pour qu'elle ne pût plus se tenir en selle, Meggie resta à la maison où, en compagnie de Mme Smith, Minnie et Cat, elle s'occupa à coudre et à tricoter à l'intention du petit être qui s'agitait en elle. Il (elle était sûre que ce serait un garçon) s'incorporait à elle plus étroitement que Justine ne l'avait jamais fait; elle ne souffrait pas de malaises ni de dépression et envisageait sa mise au monde avec joie. Peut-être Justine était-elle la cause involontaire de cet état de choses; à présent que le bébé aux yeux pâles se transformait en une petite fille d'une vive intelligence, Meggie cédait à une véritable fascination devant le processus de changement et l'enfant elle-même. Il y avait bien longtemps que son indifférence à l'égard de Justine était tombée et elle désirait ardemment dispenser de l'amour à sa fille, l'étreindre, l'embrasser, rire avec elle. Certes, le fait d'essuyer une rebuffade polie la glaçait, mais c'est ainsi que Justine réagissait devant toute démonstration d'affection.

Quand Jims et Patsy étaient revenus à Drogheda, Mme Smith avait cru pouvoir les reprendre sous son aile et elle éprouva une vive déception en constatant qu'ils lui préféraient les chevauchées dans les enclos. Aussi Mme Smith se tourna-t-elle vers la petite Justine et se trouva-t-elle tout aussi énergiquement écartée que Meggie. Il semblait que Justine ne voulait pas être étreinte, embrassée, amusée.

Elle marcha et parla tôt, à neuf mois. Une fois capable de se déplacer sur ses petites jambes et même de s'exprimer avec beaucoup de précision, elle traça sa voie comme elle l'entendait et fit exactement tout ce qu'elle voulait. Non qu'elle fût bruyante ou effrontée, elle était simplement constituée d'un métal réellement très dur. Meggie ignorait tout des gènes, sinon, elle aurait peut-être réfléchi à ce qui pouvait résulter d'un mélange de Cleary, Armstrong et O'Neill. Brassage ne pouvant que créer un puissant bouillonnement humain.

Mais ce qui déroutait surtout chez Justine était son refus obstiné de sourire ou de rire. Chacun des habitants de Drogheda mit tout en œuvre pour tenter d'arracher un sourire à la fillette, mais en vain. Sur le plan de la solennité innée, Justine surpassait sa grand-mère.

Le premier octobre, alors que Justine avait exactement seize mois, le fils de Meggie vint au monde à Drogheda. Il avait presque quatre semaines d'avance sur les prévisions et n'était donc pas attendu. Après deux ou trois vives contractions, la poche des eaux se rompit, et il fut libéré par Mme Smith et Fee quelques minutes après que le docteur eut été appelé par téléphone. Meggie eut à peine le temps de se dilater. Les douleurs étant réduites à un minimum, l'épreuve arriva si rapidement à conclusion qu'elle put être jugée pratiquement inexistante; en dépit des points de suture qui se révélèrent indispensables tant la venue de l'enfant avait été précipitée, Meggie se sentait merveilleusement bien. Totalement secs pour Justine, ses seins étaient gonflés à l'extrême. Cette fois, inutile d'avoir recours aux biberons et aux boîtes de lait.

Et il était si beau ! Un corps long, fin, des cheveux blonds couronnant son petit crâne parfait, des yeux bleu clair qui ne laissaient présager aucun changement ultérieur. Comment auraient-ils pu virer d'ailleurs ? C'étaient les yeux de Ralph. Et il avait les mains de Ralph, le nez, la bouche, et même les pieds de Ralph. L'amoralité de Meggie lui permettait d'être heureuse à l'idée que Luke eût à peu près la même stature, le même teint et des traits relativement proches de ceux de Ralph. Mais les mains du bébé, la façon dont ses sourcils se rejoignaient, ses petites mèches déjà rebelles, la forme de ses doigts et de ses orteils s'apparentaient tant à Ralph et si peu à Luke... Mieux valait que personne ne se souvînt des caractéristiques propres à chacun de ces deux hommes.

– Lui as-tu choisi un nom ? s'enquit Fee qui paraissait fascinée par l'enfant.

Meggie observa sa mère qui tenait le bébé dans ses bras et elle en éprouva de la joie. M'man allait de nouveau aimer. Oh ! peut-être pas de la façon dont elle avait aimé Frank mais, au moins, un sentiment l'habiterait.

– Je vais l'appeler Dane.

– Quel nom bizarre ! Pourquoi ? Est-ce un prénom courant dans la famille O'Neill ? Je croyais pourtant que tu en avais fini avec les O'Neill.

– Ça n'a rien à voir avec Luke. C'est *son* nom que je lui donne, pas celui de quelqu'un d'autre. J'ai horreur des prénoms en usage dans une famille; c'est un peu comme si on souhaitait accoler un morceau d'individu existant déjà à la personnalité d'un nouveau-né. J'ai appelé ma fille Justine simplement parce que ce prénom me plaisait, et j'appelle mon fils Dane pour la même raison.

– Ma foi, ça sonne bien, reconnut Fee.

Les traits de Meggie se tirèrent en une grimace; ses seins gorgés de lait la lancinaient.

– Tu ferais bien de me le donner, M'man. Oh, j'espère qu'il a faim, très faim ! Pourvu que le vieux Bluey n'oublie pas le tire-lait ! Autrement, tu seras obligée d'aller à Gilly pour en rapporter un.

Il avait faim; il aspira avec tant de force que les petites gencives serrées sur le bout de sein communiquèrent une douleur à la jeune mère. En contemplant le bébé, yeux clos aux cils sombres pailletés d'or, sourcils duveteux, minuscules joues goulues, Meggie sentit monter en elle un amour si violent qu'elle en éprouva une sorte de souffrance, plus vive que ne pourraient jamais lui causer les tétées.

Il me comble; il faut qu'il me comble puisque je ne pourrai jamais avoir rien d'autre. Mais, par dieu ! Ralph de Bricassart, en raison même de ce Dieu que tu aimes plus que moi, tu ne sauras jamais ce que je t'ai volé – et ce que je lui ai volé. Je ne te parlerai jamais de Dane. Oh, mon enfant ! Elle le déplaça sur les oreillers pour l'installer plus confortablement au creux de son bras, pour mieux voir le parfait petit visage. Mon enfant ! Tu es à moi, et je ne te confierai jamais à qui que ce soit, surtout pas à ton père qui est prêtre et ne peut te reconnaître. N'est-ce pas merveilleux ?

Le bateau accosta à Gênes au début d'avril. L'archevêque de Bricassart débarqua dans une Italie embrasée par le printemps méditerranéen et il prit le train à destination de Rome. S'il en avait formulé le désir, le Vatican lui aurait envoyé une voiture avec chauffeur pour le conduire à Rome. Mais il craignait de sentir l'Eglise se refermer de nouveau sur lui et il souhaitait repousser le moment de l'épreuve aussi longtemps que possible. La Ville éternelle. Elle porte bien son nom, songea-t-il en regardant à travers la glace du taxi campaniles et dômes, places émaillées de pigeons, fontaines majestueuses, colonnes romaines dont les bases s'enfonçaient profondément dans les siècles. Pour lui, tout cela présentait peu d'intérêt. Seul lui importait le Vatican avec ses somptueuses salles de réception, ses austères appartements privés.

Un moine dominicain, vêtu de bure blanche et noire, le précéda le long des grands halls de marbre, à travers moult statues de bronze et de pierre qui n'auraient pas déparé un musée, se détachant sur de grandes fresques s'apparentant à Giotto, Raphaël, Botticelli et Fra Angelico. Il traversa la salle de réception d'un grand cardinal et, sans aucun doute, la riche famille di Contini-Verchese s'était montrée libérale pour réhausser le décor des appartements de son auguste rejeton.

Dans une pièce ivoire et or qui mettait en valeur les couleurs des tapisseries et des tableaux, les meubles et les tapis venus de France ainsi que les touches de pourpre qui se détachaient çà et là, se tenait Vittorio Scarbanza, cardinal di Contini-Verchese. La petite main lisse, ornée du scintillant rubis, se tendit vers Ralph en un geste de bienvenue; heureux de pouvoir baisser les yeux, l'archevêque de Bricassart traversa la salle, s'agenouilla et saisit les doigts pour embrasser l'anneau. Et il pressa sa joue contre la main, sachant qu'il ne pourrait mentir, bien qu'il en ait eu l'intention jusqu'à l'instant où ses lèvres avaient effleuré ce symbole de pouvoir spirituel, d'autorité temporelle.

Le cardinal di Contini-Verchese posa son autre main sur l'épaule courbée, congédia le moine d'un signe de tête puis, tandis que la porte se refermait doucement, ses doigts quittèrent l'épaule, se posèrent sur les cheveux fournis, les caressèrent tendrement. Les boucles avaient subi l'épreuve du temps; bientôt, elles ne seraient plus noires et leur couleur rejoindrait celle du fer. L'échine courbée se raidit, les épaules se redressèrent et l'archevêque de Bricassart leva les yeux vers le visage de son maître.

Ah, il y avait bien eu changement ! La bouche s'était étirée; elle avait connu la douleur et se révélait plus vulnérable; les yeux, toujours aussi beaux de couleur et de forme, n'en étaient pas moins très différents de ceux qu'il se rappelait. Le cardinal di Contini-Verchese avait toujours imaginé les yeux de Jésus bleus et, comme ceux de Ralph, calmes, allant au-delà de ce qu'il voyait et donc en mesure de tout englober, de tout comprendre. Mais peut-être s'agissait-il d'une fantaisie de son imagination. Comment pourrait-on percevoir les souffrances de l'humanité et souffrir soi-même sans que cela ne se reflète dans les yeux ?

– Venez vous asseoir, Ralph.

– Votre Eminence, je voudrais me confesser.

– Plus tard, plus tard ! Tout d'abord, nous avons à parler, et en anglais. De nos jours, les murs ont des oreilles mais, grâces en soient rendues à notre doux Jésus, peu d'oreilles entendent l'anglais. Asseyez-vous, Ralph, je vous en prie. Oh, comme c'est bon de vous voir ! Vos sages conseils, votre logique, votre conception parfaite de l'amitié m'ont manqué. On ne m'a jamais adjoint qui que ce soit pour lequel je puisse éprouver ne serait-ce qu'une infime parcelle de la sympathie que je vous porte.

Il pouvait percevoir le mécanisme de son cerveau en train de se plier, déjà, au cérémonial; même ses pensées revêtaient un tour plus guindé. Mieux que la plupart des individus, Ralph de Bricassart savait combien un être change selon la compagnie, jusque dans sa façon de parler. Pas, pour les oreilles en question, l'anglais populaire et courant. Et il s'assit dans un fauteuil proche, juste en face de la forme menue, vêtue de pourpre moirée à la couleur changeante et pourtant immuable, d'une propriété telle que les bords se fondaient au cadre ambiant plutôt qu'ils ne s'en détachaient.

L'atroce lassitude qu'il avait connue depuis des semaines semblait lui peser un peu moins sur les épaules; il se demandait pourquoi il avait tant redouté cette rencontre alors qu'au fond du cœur il devait savoir qu'il serait compris, pardonné. Mais là n'était pas la question, pas du tout. Il se débattait contre sa propre culpabilité, le fait d'avoir failli, de se révéler moindre que ce qu'il avait aspiré à être, de décevoir un homme qui s'était intéressé à lui, se montrant extraordinairement bon, un ami véritable. Il se sentait coupable en affrontant cette présence pure alors que lui-même n'était plus pur.

– Ralph, nous sommes prêtres, mais pas seulement prêtres; nous ne pouvons échapper à notre destin en dépit de notre soif d'absolu. Nous sommes des hommes avec les faiblesses et les défauts des hommes. Rien de ce que vous pourriez me dire ne saurait altérer l'image que je me suis faite de vous au cours des années que nous avons passées ensemble; rien de ce que vous pourriez me dire ne saurait vous amoindrir à mes yeux et ternir l'amitié que je vous porte. De nombreuses années durant, j'ai su que vous n'aviez pas pris conscience de notre faiblesse intrinsèque, de notre condition d'homme, mais je savais que vous y viendriez car nous y venons tous. Même le Saint-Père qui est le plus humble et le plus humain de nous tous.

– J'ai rompu mes vœux, Votre Eminence. Ce n'est pas aisément pardonnable. C'est un sacrilège.

– Vous avez rompu le vœu de pauvreté il y a bien des années, quand vous avez accepté le legs de Mary Carson. Cela nous laisse la chasteté et l'obéissance, n'est-ce pas ?

– Alors, tous trois sont rompus, Votre Eminence.

– Je souhaiterais que vous m'appeliez Vittorio comme autrefois ! Je ne suis pas choqué, Ralph, ni déçu. Telle était la volonté de Dieu, et je crois que vous aviez peut-être une grande leçon à apprendre qui ne pouvait être assimilée de façon moins destructrice. Les voies du Seigneur sont impénétrables. Mais je pense que vous n'avez pas agi à la légère, que vous n'avez pas rejeté vos vœux sans lutter. Je vous connais bien. Je sais que vous êtes fier, très imbu de votre état de prêtre, très conscient de votre soif d'absolu. Il est possible que vous ayez eu besoin de la leçon en question pour rabaisser votre orgueil, vous faire comprendre que vous êtes avant tout un homme et, en conséquence, pas aussi pétri d'absolu que vous le pensiez. N'est-ce pas le cas ?

– Si. Il me manquait l'humilité, et j'ai l'impression que, d'une certaine façon, j'aspirais à être Dieu. J'ai péché gravement et sans la moindre excuse. Je ne peux me pardonner, alors comment pourrais-je espérer le pardon divin ?

– Encore l'orgueil, Ralph, l'orgueil ! Il ne vous appartient pas de pardonner, ne le comprenez-vous pas encore ? Seul Dieu peut pardonner. Dieu seulement ! Et il pardonnera si le repentir est sincère. Il a pardonné des péchés beaucoup plus graves à de grands saints comme à de grands scélérats. Croyez-vous que Lucifer ne soit pas pardonné ? Il l'a été dès l'instant de sa rébellion. Son destin, en tant que prince de l'enfer, est son œuvre, pas celle de Dieu. Ne l'a-t-il pas déclaré ? « Mieux vaut régner en enfer que servir au ciel ! » Car il ne pouvait vaincre son orgueil, il ne pouvait supporter l'idée de soumettre sa volonté à la volonté de quelqu'un d'autre, même si ce quelqu'un était Dieu. Je ne veux pas vous voir commettre la même erreur, mon très cher ami. L'humilité était la seule qualité qui vous manquait, et c'est la qualité essentielle d'un grand saint... ou d'un grand homme. Tant que vous n'aurez pas abandonné le pardon à Dieu, vous n'aurez pas acquis l'humilité véritable.

Le visage énergique se crispa.

– Oui, je sais que vous avez raison. Je dois accepter ce que je suis sans question, m'efforcer simplement de m'améliorer sans éprouver l'orgueil de ce que je suis. Je me repens; je me confesserai donc et attendrai le pardon. Je me repens réellement, amèrement.

Il soupira; ses yeux trahissaient le conflit qui l'agitait mieux que ses paroles mesurées ne pouvaient l'exprimer, tout au moins dans cette pièce.

– Et pourtant, Vittorio, en un sens, je ne pouvais agir autrement. Ou je la détruisais, ou je prenais sur moi la destruction. Sur le moment, il m'a semblé ne pas avoir le choix parce que je l'aime sincèrement. Ce n'était pas sa faute si je m'étais toujours refusé à prolonger l'amour sur le plan physique. Son sort devenait plus important que le mien, voyez-vous. Jusqu'à cet instant, je m'étais toujours placé au-dessus d'elle parce que j'étais prêtre et que je la considérais comme un être de moindre importance. Mais j'ai compris que j'étais responsable de ce qu'elle est... J'aurais dû me détourner d'elle quand elle était enfant, mais je n'en ai rien fait. Je l'abritais dans mon cœur et elle le savait. Si je l'en avais sincèrement arrachée, elle l'aurait su aussi, et j'aurais perdu toute influence sur elle. (Il sourit.) Vous voyez que j'ai tout lieu de me repentir. Je me suis essayé à une petite création personnelle.

– C'était la Rose ?

L'archevêque de Bricassart rejeta la tête en arrière; ses yeux se fixèrent sur le plafond aux moulures dorées, tourmentées, s'accrochèrent au lustre baroque en verre de Murano.

– Aurait-il pu s'agir de quelqu'un d'autre ? Elle est mon unique tentative de création.

– Et n'en souffrira-t-elle pas, la Rose ? Ne lui avez-vous pas causé plus de mal ainsi qu'en la repoussant ?

– Je ne sais pas, Vittorio. Comme je voudrais le savoir ! Sur le moment, il m'a semblé impossible d'agir autrement. Je ne suis pas doué de la prescience de Prométhée, et l'émotion dont on est l'objet en de tels instants influe sur le jugement. D'ailleurs, c'est simplement... arrivé ! Mais je crois que je lui ai peut-être donné ce dont elle avait le plus besoin, la reconnaissance de son identité en tant que femme. Je ne veux pas dire qu'elle ne savait pas qu'elle était femme mais, moi, je ne le savais pas. Si je l'avais rencontrée en tant que femme la première fois, les choses auraient peut-être été éclairées d'un jour différent, mais je l'ai connue en tant qu'enfant.

– Vous paraissez faire preuve de suffisance, Ralph, et ne pas être encore prêt au pardon. C'est douloureux, n'est-ce pas ? Douloureux de vous être montré suffisamment humain pour céder à une faiblesse humaine. Avez-vous réellement agi dans un tel esprit de noble sacrifice ?

Avec un sursaut, il regarda dans les yeux sombres et s'y vit reflété en deux minuscules figures aux proportions insignifiantes.

– Non, reconnut-il. Je suis homme et en tant qu'homme j'ai découvert avec elle un plaisir insoupçonné. J'ignorais que le contact d'une femme fût tel, ou qu'il pût être source d'une joie aussi profonde. Je ne voulais jamais la quitter, pas seulement à cause de son corps, mais simplement parce que j'aimais être avec elle... lui parler, ne pas lui parler, manger la nourriture qu'elle préparait, lui sourire, partager ses pensées. Elle me manquera aussi longtemps que je vivrai.

Quelque chose apparut dans le visage ascétique, au teint brouillé, qui, assez inexplicablement, lui rappela les traits de Meggie au moment de leur séparation; le reflet d'un fardeau spirituel dont un autre se charge, la fermeté d'un caractère capable d'aller de l'avant en dépit de sa douleur, de ses chagrins, de sa peine. Que savait-il, le cardinal vêtu de soie pourpre dont le seul penchant humain semblait se limiter à sa langoureuse chatte abyssinienne ?

– Je suis incapable de me repentir de ce qu'elle m'a apporté, reprit

Ralph devant le silence de Son Eminence. Je me repens d'avoir rompu des vœux solennels et irrévocables. Jamais je ne pourrais aborder les devoirs de ma charge sous le même jour, avec le même zèle. De cela, je me repens amèrement. Mais en ce qui concerne Meggie... ?

L'expression de son visage en proférant le nom incita le cardinal di Contini-Verchese à se détourner pour se colleter avec ses propres pensées.

– Me repentir en ce qui concerne Meggie elle-même équivaudrait à l'assassiner, poursuivit Ralph en portant à ses yeux une main lasse. Je ne sais pas si je suis très clair ni même si mes paroles reflètent fidèlement ma pensée. Il me paraîtra toujours impossible d'exprimer par des mots ce que je ressens pour Meggie.

Il se pencha légèrement dans son fauteuil quand le cardinal reporta les yeux sur lui et observa ses images jumelles qui semblaient s'amplifier quelque peu. Les yeux de Vittorio évoquaient des miroirs; ils reflétaient ce qu'ils voyaient sans autoriser le moindre regard sur ce qu'ils recelaient profondément. Les yeux de Meggie, au contraire, accueillaient le regard qui pouvait la sonder jusqu'à l'âme.

– Pour moi, Meggie est une bénédiction, laissa-t-il tomber. Elle représente un vase sacré, une autre sorte de sacrement.

– Oui, je comprends, acquiesça le cardinal avec un soupir. Il est bon que vous éprouviez un tel sentiment. Je crois qu'aux yeux de Notre-Seigneur cela atténuera la faute. Pour votre bien, je vous conseille de vous confesser au père Giorgio, pas au père Guillermo. Le père Giorgio ne se méprendra pas sur vos sentiments et vos raisons. Il décèlera la vérité. Le père Guillermo est moins intuitif, et il risquerait de juger discutable votre véritable repentir. (Un sourire léger joua sur ses lèvres fines comme une ombre fugitive.) Eux aussi sont des hommes, mon cher Ralph, des hommes qui entendent les confessions des grands. Ne l'oubliez jamais. Ce n'est que dans le cadre de leur prêtrise qu'ils agissent comme les réceptacles de Dieu. Pour tout le reste, ce sont des hommes. Et le pardon qu'ils accordent vient de Dieu, mais les oreilles qui écoutent et jugent appartiennent à des hommes.

Un coup discret fut frappé à la porte; le cardinal di Contini-Verchese garda le silence et observa le plateau du thé que l'on venait déposer sur une table Boulle.

– Vous voyez, mon cher Ralph, depuis mon séjour en Australie, je m'adonne à l'habitude du thé de l'après-midi. On le prépare très bien dans nos cuisines, mais ce n'était pas le cas au début. (Il leva la main lorsque l'archevêque de Bricassart esquissa un geste vers la théière.) Non, laissez. Je le servirai moi-même. Ça m'amuse de jouer les maîtresses de maison.

– J'ai aperçu un grand nombre de chemises noires dans les rues de Gênes et de Rome, remarqua Ralph en regardant son supérieur verser le thé.

– Les cohortes du Duce. Nous devrons faire face à une époque très difficile, mon cher Ralph. Le Saint-Père exige qu'il n'y ait aucune rupture entre l'Eglise et le gouvernement séculier de l'Italie, et il a raison, comme en toutes choses. Quel que soit le déroulement des événements, nous devons rester libres afin de prendre soin de tous nos fidèles, même si ceux-ci devaient être séparés par une guerre et se combattre les uns les autres, au nom d'un même Dieu. Quel que soit le penchant de notre cœur et de nos sentiments, nous devons toujours nous efforcer de garder l'Eglise au-dessus de la mêlée, des idéologies politiques et des controverses internationales. J'ai voulu que vous soyez attaché à ma personne parce que je sais que l'expression de votre visage ne trahira jamais vos pensées quel que soit ce à quoi vous serez confronté, et parce que je sais aussi que vous êtes un diplomate-né.

Ralph esquissa un sourire triste.

– Vous favorisez ma carrière à mon corps défendant, n'est-ce pas ? Je me demande ce qu'il serait advenu de moi si je ne vous avais pas rencontré.

– Oh ! vous seriez devenu archevêque de Sydney, poste agréable et important, assura Son Eminence avec un sourire éclatant. Mais il ne nous appartient pas de choisir les voies qu'emprunteront nos vies. Nous nous sommes rencontrés parce qu'il devait en être ainsi, de même que nous devons maintenant œuvrer ensemble sous la direction du Saint-Père.

– Je ne vois pas la réussite au bout du chemin, déclara l'archevêque de Bricassart. J'ai l'impression que le résultat sera celui de l'impartialité, comme toujours. Personne ne nous approuvera, et tout le monde nous condamnera.

– Je le sais, et Sa Sainteté le sait aussi. Mais nous ne pouvons agir autrement. Et rien n'empêchera qu'au fond du cœur nous priions pour la chute rapide du Duce et du Führer.

– Croyez-vous réellement à la guerre ?

– Je ne vois aucune possibilité de l'éviter.

La chatte de Son Eminence abandonna le coin ensoleillé où elle avait dormi et sauta sur les genoux rutilants de son maître, avec un peu moins de souplesse car elle était vieille.

– Ah, Sheba ! Dis bonjour à notre vieil ami Ralph qu'il t'arrivait de me préférer.

Les sataniques yeux jaunes considérèrent l'archevêque de Bricassart avec hauteur et se fermèrent. Les deux hommes rirent.

CHAPITRE 15

Drogheda possédait un appareil de T.S.F. Le progrès avait fini par investir Gillanbone sous forme d'une station de radiodiffusion, et, enfin, il existait un concurrent à la ligne de téléphone commune pour divertir les habitants de la région. En soi, le poste de T.S.F., revêtu d'une ébénisterie de noyer, était un objet assez laid; il trônait sur le ravissant secrétaire du salon et sa source d'énergie, une batterie d'automobile, était dissimulée dans la partie inférieure du meuble.

Chaque matin, Fee, Meggie et Mme Smith en tournaient le bouton afin d'écouter les nouvelles régionales et le bulletin météorologique; chaque soir, Fee et Meggie branchaient l'appareil pour entendre les nouvelles nationales. Comme il était étrange d'être immédiatement relié avec l'extérieur, d'entendre parler des inondations, des incendies, des précipitations pluvieuses survenus dans chaque coin du pays, d'une Europe inquiète, de la politique australienne, sans avoir recours à Bluey Williams et à ses journaux périmés.

Lorsque le journal de la chaîne nationale de radiodiffusion annonça le vendredi 1er septembre 1939 qu'Hitler avait envahi la Pologne, seules Meggie et Fee se trouvaient à la maison pour l'entendre et ni l'une ni l'autre ne prêta attention à la nouvelle. On s'y attendait depuis des mois; d'ailleurs, l'Europe était à l'autre bout du monde. Rien à voir avec Drogheda, le centre de l'univers. Mais le dimanche 3 septembre, tous les hommes étaient rentrés des enclos pour entendre la messe dite par le père Watty Thomas et, eux, s'intéressaient à l'Europe. Ni Fee ni Meggie n'avaient songé à leur faire part des nouvelles du vendredi; de son côté, le père Watty, qui aurait pu leur en parler, était rapidement parti pour Narrengang.

Comme à l'accoutumée, le poste de T.S.F. fut branché ce soir-là afin d'écouter les nouvelles nationales. Mais en lieu et place du ton incisif de l'habituel speaker à l'accent d'Oxford, s'éleva la voix douce et typiquement australienne du premier ministre, Robert Gordon Menzies.

« Mes chers compatriotes, j'ai le pénible devoir de vous informer officiellement des conséquences qu'entraîne l'invasion de la Pologne perpétrée par l'Allemagne à laquelle la Grande-Bretagne vient de déclarer la guerre; de ce fait, l'Australie se trouve aussi impliquée dans le conflit...

« Il apparaît clairement que l'ambition d'Hitler ne se limite pas au rassemblement des peuples germaniques sous une même bannière, mais bien qu'il vise à étendre sa domination sur tous les pays qu'il pourra contraindre par la force. Si les nations libres ne s'opposaient pas à son projet, il n'y aurait plus en Europe et dans le monde aucune sécurité... Il va de soi que la position prise par la Grande-Bretagne est partagée par la totalité des peuples de l'Empire britannique...

« Notre résistance, et celle de la mère patrie, seront renforcées par notre production, la poursuite de nos occupations et de notre commerce, la coopération de tous à l'effort de guerre car c'est là notre force. Je sais qu'en dépit de l'émotion qui nous étreint en cette minute, l'Australie est prête à aller jusqu'au bout...

« Fasse que Dieu, dans sa grande bonté et sa miséricorde, délivre bientôt le monde de l'angoisse dans laquelle les peuples libres sont plongés. »

Dans le salon, suivit un long silence que vint rompre une allocution de Neville Chamberlain qui s'adressait aux peuples britanniques par le canal des ondes courtes; Fee et Meggie dévisageaient les hommes.

– En comptant Frank, nous sommes six, laissa tomber Bob dans le silence compact. Tous, Frank mis à part, sommes considérés comme fermiers; de ce fait, nous ne serons pas appelés. Sur les ouvriers-éleveurs dont nous disposons actuellement, j'estime que six voudront partir et que deux préféreront rester.

– Je veux m'engager ! s'écria Jack, les yeux brillants.

– Moi aussi, renchérit Hughie.

– Et nous deux aussi ! affirma Jims pour son compte personnel et celui de Patsy, muet comme à l'accoutumée.

Mais tous gardaient les yeux rivés sur Bob, le patron.

– Nous devons nous montrer raisonnables, déclara Bob. La laine est une matière première indispensable à l'effort de guerre, et pas seulement pour les vêtements; on l'utilise dans la fabrication des munitions et explosifs et pour toutes sortes de trucs bizarres dont nous ne sommes pas au courant. Par ailleurs, nous disposons de bétail pour le ravitaillement et de moutons pour la fourniture de peaux, colle, suif, lanoline... tous produits de première nécessité dans une guerre.

Nous ne pouvons donc pas partir et abandonner Drogheda, quel qu'en soit notre désir. Avec la guerre, il sera probablement très difficile de remplacer les ouvriers que nous perdrons. La sécheresse en est à sa troisième année; nous en sommes réduits à couper les broussailles et les lapins nous font tourner en bourriques. Pour le moment, notre devoir consiste à rester ici, à Drogheda, pas très exaltant en comparaison des champs de bataille, mais tout aussi nécessaire. Nous sommes plus utiles ici.

Les visages masculins s'affaissaient, ceux des femmes s'illuminaient.

– Et que se passera-t-il si la guerre dure plus longtemps que semble le croire ce bon vieux Robert la Fonte ? s'enquit Hughie donnant au premier ministre son sobriquet national.

Bob s'abîma dans la réflexion; les rides de son visage tanné se creusèrent encore plus profondément.

– Si les choses tournent plus mal et si ça dure vraiment longtemps, j'estime que tant que nous aurons deux ouvriers nous pourrons voir partir deux Cleary, mais uniquement si Meggie est prête à reprendre le collier et à s'occuper des enclos les plus proches. Ce serait rudement dur et, en temps normal, nous n'aurions pas la moindre chance de nous en tirer mais, avec cette sécheresse, je suppose que cinq hommes et Meggie travaillant sept jours par semaine pourraient assurer le roulement de Drogheda. Pourtant, c'est beaucoup demander à Meggie avec ses deux gosses en bas-âge.

– Sois tranquille, Bob; s'il le faut, je tiendrai le coup, assura Meggie. Mme Smith ne rechignera pas si je lui demande de se charger de Justine et de Dane. Dès que tu jugeras qu'on a besoin de moi pour maintenir la production de Drogheda, je me chargerai des enclos intérieurs.

– Alors, ce serait nous les deux hommes dont Drogheda pourrait se passer ! s'écria Jims en souriant.

– Non, c'est Hughie et moi ! intervint vivement Jack.

– Logiquement, ce devrait être Jims et Patsy, laissa lentement tomber Bob. Ce sont les plus jeunes et les moins expérimentés dans l'élevage alors qu'en tant que soldats nous sommes tous des bleus. Mais vous oubliez que vous venez tout juste d'avoir seize ans, les gars.

– Avant que la situation n'empire, nous en aurons dix-sept, rétorqua Jims. Nous faisons plus vieux que notre âge et nous n'aurons aucune difficulté pour nous engager avec une lettre de toi certifiée par Harry Gough.

– En tout cas, pour le moment, personne ne part ! Nous allons voir si nous ne pouvons pas obtenir une plus forte production de Drogheda malgré cette maudite sécheresse et ces saloperies de lapins.

Meggie se glissa sans bruit hors de la pièce et monta jusqu'à la chambre des enfants. Chacun dans son petit lit peint en blanc, Dane et Justine dormaient. Elle passa devant sa fille et se pencha sur son fils qu'elle contempla longuement.

– Dieu merci, tu n'es encore qu'un bébé, murmura-t-elle.

Près d'une année s'écoula avant que la guerre ne fît intrusion dans le petit univers de Drogheda; une année au cours de laquelle, un à un, les ouvriers quittèrent le domaine, les lapins continuèrent à se multiplier, et qui vit Bob se débattre vaillamment afin que les registres de la propriété fissent état d'un effort de guerre valable. Mais, au début de juin 1940, on apprit que le corps expéditionnaire britannique avait dû être évacué de l'Europe continentale à Dunkerque; des volontaires pour la deuxième force impériale australienne se ruèrent par milliers vers les centres de recrutement; Jims et Patsy se trouvaient parmi eux.

Quatre années à chevaucher dans les enclos par tous les temps avaient endurci les visages et les corps des jumeaux qui n'avaient plus rien de juvénile; par contre, ils atteignaient ce stade calme, sans âge, avec des rides au coin des yeux, de profonds sillons courant le long du nez jusqu'à la bouche. Ils présentèrent leurs lettres et furent enrôlés sans commentaires. Les broussards étaient bien vus. Généralement, ils tiraient bien, savaient obéir aux ordres et se montraient coriaces.

Jims et Patsy s'étaient engagés à Dubbo, mais ils furent affectés au camp d'entraînement d'Ingleburn, dans la banlieue de Sydney, et toute la famille les accompagna lorsqu'ils prirent le train du soir. Cormac Carmichael, le plus jeune fils d'Eden, se trouvait dans le convoi pour la même raison, lui aussi envoyé au camp d'Ingleburn. Les deux familles firent embarquer leurs rejetons confortablement dans un compartiment de première classe et piétinèrent gauchement sur place, grillant de se laisser aller aux larmes et aux embrassades afin d'avoir un souvenir chaleureux à conserver, mais ces sentiments étaient étouffés par la curieuse répugnance, toute britannique, de céder à une manifestation d'émotion. La grosse locomotive à vapeur hulula lugubrement, le chef de gare porta le sifflet à ses lèvres.

Non sans une certaine gêne, Meggie se pencha pour embrasser ses frères sur la joue, puis elle agit de même avec Cormac, ressemblant comme deux gouttes d'eau à son frère aîné, Connor. Bob, Jack et Hughie serrèrent la main aux trois jeunes gens; Mme Smith, en larmes, fut la seule à se livrer aux embrassades et aux épanchements auxquels tous auraient souhaité se laisser aller. Eden Carmichael, sa femme et sa fille, toujours jolie bien qu'elle ne fût plus de la première jeunesse, se plièrent aux mêmes formalités. Puis, chacun s'éloigna du bord du quai tandis que le train se mettait en branle avec quelques sursauts et s'éloignait lentement.

– Au revoir ! Au revoir ! criait-on de toutes parts.

Et d'agiter de grands mouchoirs blancs jusqu'à ce que le convoi ne fût plus qu'une traînée de fumée miroitante dans le coucher du soleil.

Ensemble, ainsi qu'ils l'avaient demandé, Jims et Patsy furent affectés à la 9e division australienne après un entraînement sommaire et envoyés en Egypte au début de 1941, juste à temps pour prendre part aux combats de Benghazi. Le général Erwin Rommel, qui venait d'être nommé en Afrique, avait jeté les formidables forces de l'Axe dans la bataille et renversé la situation grâce à une suite de mouvements tournants effectués en Afrique du Nord. Et, tandis que les forces britanniques battaient ignominieusement en retraite sous la pression de l'Afrika Korps jusqu'en Egypte, la 9e division australienne reçut l'ordre d'occuper et de tenir Tobrouk, poste formant enclave dans le territoire tenu par l'Axe. Ce plan put être mené à bien parce que la région était encore accessible par mer et pouvait être ravitaillée aussi longtemps que les navires britanniques croiseraient en Méditerranée. Les Rats de Tobrouk se terrèrent dix mois durant et subirent assaut sur assaut car Rommel engageait sporadiquement le gros de ses troupes pour les déloger, mais sans succès.

– Est-ce que tu sais ce que tu branles ici ? demanda le soldat de deuxième classe Col Stuart en léchant le papier de la cigarette qu'il venait de rouler.

Le sergent Bob Malloy repoussa suffisamment le chapeau à large bord relevé sur le côté des forces australiennes pour mieux voir son interlocuteur.

– Oh merde ! se contenta-t-il de répondre avec un sourire à la question si souvent posée.

– C'est toujours mieux que de traîner ses guêtres dans cette putain de cagna, remarqua le soldat Jims Cleary en tirant un peu sur le short de son frère pour reposer plus confortablement sa tête sur le ventre tiède.

– Ouais, mais dans la cagna, tu risques pas de te faire canarder, objecta Col en jetant son allumette éteinte en direction d'un lézard qui prenait le soleil.

– En tout cas, mon vieux, je préfère me faire canarder que de m'emmerder à mort, assura Bob en ramenant sur les yeux le bord de son chapeau.

Ils étaient confortablement installés au fond d'une tranchée, juste en face des mines et des barbelés qui coupaient l'angle sud-ouest du périmètre; de l'autre côté, Rommel s'accrochait obstinément à son unique portion du territoire de Tobrouk. Une grosse mitrailleuse de calibre 50 pointait sa gueule au-dessus du trou, flanquée de caisses de munitions soigneusement empilées, mais personne ne faisait preuve d'une énergie délirante ni ne semblait croire à la possibilité d'une attaque. Les fusils restaient appuyés au talus, baïonnettes scintillantes sous le chaud soleil de Tobrouk. Partout, des mouches bruissaient, mais tous quatre étaient des broussards australiens, aussi Tobrouk et l'Afrique du Nord ne recelaient pour eux aucune surprise en matière de chaleur, de poussière et de mouches.

– Heureusement que vous êtes jumeaux, dit Col en jetant des cailloux au lézard qui ne semblait pas disposé à quitter les lieux. Sans ça, vous auriez tout d'une paire de tantouzes en train de s'emmêler.

– Tu dis ça parce que tu es jaloux, riposta Jims qui sourit tout en caressant le ventre de Patsy. Mon frangin est le meilleur oreiller de Tobrouk.

– Ouais, pour toi, je comprends, mais ça doit pas être marrant pour ce pauvre Patsy. Allons, Harpo, ouvre-la un peu ! insista Bob.

Les dents blanches de Patsy se dévoilèrent sous un sourire mais, comme à l'accoutumée, il garda le silence. Les uns et les autres s'efforçaient de l'arracher à son mutisme mais sans réussir jamais à lui tirer autre chose qu'un non ou un oui indispensable; c'est ce qui lui avait valu le sobriquet de Harpo, le personnage muet des Marx Brothers.

– Vous avez appris la nouvelle ? demanda tout à coup Col.

– Quoi ?

– Les Matildas, les fameux tanks de la septième, se sont fait foutre en l'air par des quatre-vingt-huit à Halfaya. C'est le seul canon du désert d'un calibre assez gros pour démolir des chars. Les obus ont percé le blindage comme une écumoire.

– Tu parles ! Raconte ça à d'autres ! riposta Bob, sceptique. Tout gradé que je suis, on m'a pas mis au parfum, et toi, un deuxième classe, tu serais dans le secret des dieux ? Eh ben, mon vieux, moi je te le dis, les Verts-de-gris n'ont pas un canon capable de foutre en l'air un escadron de tanks.

– J'étais dans la tente de Morshead où je portais un message au pitaine quand j'ai entendu la nouvelle à la radio. Tu peux me croire, c'est vrai, affirma Col.

Un instant, personne ne dit mot; il était indispensable que tous les combattants d'un avant-poste assiégé, tel que Tobrouk, croient dur comme fer que leur camp bénéficiait d'une puissance militaire suffisante pour les sortir de là. Les nouvelles rapportées par Col n'avaient rien de réjouissant d'autant qu'aucun soldat de Tobrouk ne prenait Rommel à la légère. Ils avaient résisté aux assauts du général allemand parce qu'ils croyaient sincèrement que le combattant australien n'avait pas d'égal au monde en dehors du Gurkha et, si la foi représente quatre-vingt-dix pour cent de la force, ils avaient indéniablement prouvé leur valeur.

– Sales cons d'angliches ! explosa Jims. Ce qu'il nous faut en Afrique du Nord c'est davantage de soldats australiens !

Le concert d'acquiescements fut interrompu par une explosion au bord de la tranchée qui volatilisa le lézard et précipita les quatre hommes vers la mitrailleuse et leurs fusils.

– Putain de grenade ritale, toute en éclats et rien dans le ventre ! grommela Bob avec un soupir de soulagement. Si ç'avait été une Hitler spéciale, on serait en train de jouer de la harpe, pour sûr, et ça te plairait guère, hein, Patsy ?

Au début de l'opération Croisade, la 9e division australienne fut évacuée par mer et rejoignit Le Caire après un siège épuisant, sanglant, qui paraissait sans objet. Cependant, tandis que la 9e division était terrée à Tobrouk, les rangs sans cesse gonflés des troupes alliées en Afrique du Nord se fondaient pour former la 8e armée britannique sous son nouveau commandant en chef, le général Bernard Law Montgomery.

Fee portait une petite broche d'argent représentant le soleil levant, emblème des forces expéditionnaires australiennes; suspendue à deux chaînettes, une barre d'argent retenait deux étoiles d'or, une pour chacun de ses fils sous les drapeaux. Le bijou assurait à tous ceux qui la rencontraient qu'elle aussi tenait sa part dans l'effort de guerre du pays. Meggie n'avait pas le droit de porter une telle broche du fait que ni son mari ni son fils n'étaient soldats. Elle avait reçu une lettre de Luke l'informant qu'il continuerait à couper de la canne; il précisait qu'il tenait à la rassurer au cas où elle serait inquiète à l'idée qu'il se fût engagé. Rien ne laissait entendre qu'il se souvînt d'une seule des paroles qu'elle avait proférées dans la chambre de l'hôtel-bistrot d'Ingham. Avec un rire las et en secouant la tête, elle avait jeté la lettre dans la corbeille à papier de Fee tout en se demandant si sa mère se tourmentait au sujet de ses fils. Que pensait-elle réellement de la guerre ? Mais Fee n'en disait jamais mot bien qu'elle portât sa broche chaque jour et tout au long de la journée.

Parfois, une lettre arrivait d'Egypte; elle tombait en morceaux lorsqu'on dépliait la feuille tant les ciseaux du censeur avaient tailladé pour supprimer les noms de lieux et de régiment. La lecture de ces missives consistait essentiellement à en rassembler les fragments qui, finalement, n'exprimaient quasiment rien, mais elles remplissaient un office qui rejetait tous les autres détails dans l'ombre : tant qu'elles arrivaient, les garçons étaient encore vivants.

Il n'y avait pas eu de pluie. On eût dit que les éléments divins eux-mêmes conspiraient pour flétrir toute espérance car 1941 était la cinquième année d'une sécheresse désastreuse. Meggie, Bob, Jack, Hughie et Fee cédaient au désespoir. Le compte en banque de Drogheda était suffisamment approvisionné pour permettre d'acheter toute la nourriture nécessaire afin d'assurer la survie des moutons, mais la plupart de ces bêtes se refusaient à manger. Chaque troupeau possédait un chef naturel, le Judas; ce n'est que lorsqu'on réussissait à faire manger le Judas qu'on pouvait espérer voir les autres l'imiter, mais il arrivait parfois que même le spectacle d'un Judas en train de se repaître ne parvînt pas à inciter le reste du troupeau à toucher aux aliments déposés dans les enclos.

Donc, Drogheda aussi avait sa part de sacrifices sanglants, et tous abhorraient cette pratique. L'herbe avait totalement disparu, le sol ne formait plus qu'une plaine aride, craquelée, sombre, éclairée seulement par des bouquets d'arbres gris et bruns. Tous s'armaient de couteaux en même temps que de fusils; quand ils apercevaient un animal à terre, l'un d'eux lui coupait la gorge pour lui épargner une mort lente après avoir été énuclée par les corbeaux. Bob augmenta son cheptel de bovins qu'il nourrit avec du foin pour maintenir la part de Drogheda à l'effort de guerre. Aucun bénéfice ne pouvait en être tiré étant donné le prix du fourrage puisque les régions de culture les plus proches étaient tout aussi durement atteintes par la sécheresse que les pays d'élevage. Les récoltes se révélaient quasi inexistantes. Néanmoins, des nouvelles leur étaient parvenues de Rome leur recommandant d'agir pour le mieux sans se préoccuper de l'aspect pécuniaire.

Le temps que Meggie devait passer dans les enclos lui pesait affreusement. Drogheda n'avait réussi à conserver qu'un seul de ses ouvriers-éleveurs sans entrevoir encore la possibilité de remplacer ceux qui étaient partis. L'Australie avait toujours souffert d'une pénurie de main-d'œuvre. De ce fait, à moins que Bob ne remarquât son irritabilité et sa fatigue et lui accordât un dimanche de repos, Meggie travaillait dans les enclos sept jours par semaine. Cependant, quand son frère lui octroyait un moment de détente, celui-ci impliquait un surcroît de travail pour lui, aussi s'efforçait-elle de ne pas laisser percer sa lassitude. Il ne lui vint jamais à l'esprit qu'elle pouvait tout simplement refuser d'effectuer le travail d'un éleveur en prenant ses enfants pour excuse. Ceux-ci étaient bien soignés et ils avaient infiniment moins besoin d'elle que Bob. Elle ne se rendait pas compte qu'elle manquait à Justine et à Dane; elle imaginait que l'envie qui la tenaillait d'être avec eux ne relevait que de l'égoïsme puisque des mains familières et aimantes prenaient soin d'eux. C'est bien de l'égoïsme, se répétait-elle. Elle n'abritait pas non plus cette sorte de sentiment qui aurait pu lui indiquer qu'elle était tout aussi étrange aux yeux de ses enfants qu'ils l'étaient pour elle. Aussi continuait-elle à parcourir les enclos à cheval et, des semaines durant, à ne voir ses enfants que déjà couchés pour la nuit.

Chaque fois que Meggie contemplait Dane, elle en avait le cœur chaviré. Quel enfant magnifique ! Même des inconnus dans les rues de Gilly en faisaient la remarque quand Fee l'emmenait en ville. Son expression habituelle se parait d'un sourire; sa nature révélait une curieuse combinaison de sérénité et de bonheur profond, assuré; il paraissait avoir acquis son identité et la connaissance de soi sans passer par la phase douloureuse habituelle aux enfants, car il se trompait rarement sur les gens et les choses, et rien, jamais, ne l'exaspérait ou ne le déroutait. Aux yeux de sa mère, sa ressemblance avec Ralph semblait parfois effrayante mais, apparemment, personne ne la remarquait. Ralph avait quitté Gilly depuis longtemps et, bien que Dane eût les mêmes traits, la même conformation, il existait une énorme différence qui incitait à la méprise. Ses cheveux n'étaient pas noirs comme ceux de Ralph, mais blond pâle, pas de la couleur du blé ou d'un coucher de soleil, mais de celle de l'herbe de Drogheda, une teinte dorée, mêlée d'argent et de beige.

Dès l'instant où elle posa les yeux sur lui, Justine adora son petit frère; rien n'était trop beau pour Dane, rien ne se révélait trop ardu à obtenir pour le lui offrir. Quand il commença à marcher, elle ne le quitta plus d'une semelle, ce dont Meggie lui fut reconnaissante car elle s'inquiétait à l'idée que Mme Smith et les servantes fussent maintenant trop vieilles pour le surveiller étroitement. A l'occasion de l'un de ses rares dimanches de repos, Meggie prit sa fille sur ses genoux et lui parla sérieusement de la fonction qu'elle devait occuper auprès de Dane.

– Je ne peux pas rester à la maison et m'occuper de lui personnellement, expliqua-t-elle. Alors, tout dépend de toi, Justine. C'est ton petit frère et tu dois le surveiller constamment, t'assurer qu'il ne court aucun danger et qu'il ne lui arrivera rien de fâcheux.

Les yeux clairs brillaient d'une vive intelligence que n'altérait pas la dispersion habituelle que l'on rencontre chez un enfant de quatre ans. Justine acquiesça gravement.

– Ne t'inquiète pas, M'man, dit-elle avec vivacité. Je m'occuperai toujours de lui à ta place.

– Je souhaiterais pouvoir m'en charger moi-même, assura Meggie en soupirant.

– Pas moi ! s'exclama Justine, visiblement satisfaite. Ça me plaît d'avoir Dane tout à moi. Alors, ne t'inquiète pas, il ne lui arrivera rien.

Meggie ne retira aucun réconfort de cette assurance. Cette précoce petite bonne femme allait lui voler son fils, et elle ne pouvait l'éviter. Retour dans les enclos tandis que Justine monterait une garde vigilante auprès de Dane. Evincée par sa propre fille, un véritable monstre. De qui diable tenait-elle ? Pas de Luke, ni d'elle, ni de Fee.

Au moins, maintenant, Justine souriait et riait. Elle avait dû atteindre quatre ans avant de découvrir la moindre drôlerie dans quoi que ce soit et le fait qu'elle y parvint fut probablement dû à Dane qui riait depuis qu'il avait ouvert les yeux sur la vie. Parce qu'il riait, Justine rit aussi. Les enfants de Meggie tiraient un enseignement constant l'un de l'autre. Mais quelle humiliation de savoir qu'ils se passaient si bien de leur mère ! Quand cette satanée guerre sera terminée, songeait Meggie, Dane sera trop vieux pour éprouver les sentiments qu'il devrait nourrir à mon endroit. Il se rapprochera de plus en plus de Justine. Chaque fois que j'ai l'impression de mener ma vie à mon gré, il se produit invariablement quelque chose. Je n'ai pas souhaité cette guerre ni cette sécheresse, néanmoins, je dois les subir.

Peut-être valait-il mieux que Drogheda connût de telles difficultés. Si les choses avaient été plus aisées, Jack et Hughie se seraient engagés. Dans la situation présente, il leur fallait s'atteler au travail et s'efforcer de sauver ce qui pouvait l'être en se colletant avec l'épreuve qui, plus tard, devait être connue sous le nom de Grande Sécheresse. Plusieurs millions d'hectares de terre d'élevage et de cultures étaient touchés, depuis le sud de Victoria jusqu'à la chaîne des pâturages Mitchell dans le Territoire du Nord.

Mais la guerre retenait l'attention tout autant que la sécheresse. La présence des jumeaux en Afrique du Nord incitait les habitants de Drogheda à suivre la campagne qui s'y déroulait avec un intérêt fébrile tandis qu'avances et retraites se succédaient en Libye. La classe laborieuse dont ils étaient issus faisait d'eux d'ardents travaillistes, détestant le gouvernement de l'époque, libéral de nom mais conservateur de nature. Lorsqu'en août 1941, Robert Gordon Menzies démissionna, reconnaissant qu'il ne pouvait continuer à gouverner le pays, ils jubilèrent et quand le 3 octobre, on demanda au chef de l'opposition travailliste, John Curtin, de former un gouvernement, la nouvelle fut accueillie avec un enthousiasme délirant à Drogheda.

Tout au long de 1940 et 1941, la menace japonaise se précisa, surtout après que Roosevelt et Churchill eurent coupé l'approvisionnement en pétrole de la nation nippone. L'Europe était très loin et Hitler devrait faire parcourir vingt mille kilomètres à ses armées avant d'être en mesure d'envahir l'Australie, mais le Japon était en Asie, forme du péril jaune suspendu comme une épée de Damoclès au-dessus de l'Australie riche et sous-peuplée. Aussi, la nouvelle de l'attaque par les Japonais de Pearl Harbor ne causa pas la moindre surprise en Australie; tout le monde s'attendait à ce qu'un incident de cet ordre éclatât quelque part. Subitement, la guerre fut très proche; elle risquait même de se dérouler à leur porte. Aucun vaste océan ne séparait l'Australie du Japon, seulement de grands archipels et de petites mers.

Le jour de Noël 1941, Hong Kong tomba. Les Japonais ne réussiront pas à s'emparer de Singapour, répétait-on partout avec un optimisme de commande. Puis, on apprit le débarquement des troupes japonaises en Malaisie et aux Philippines; la grande base navale à l'extrémité de la péninsule malaise gardait ses batteries d'énormes canons braquées sur la mer, sa flotte prête à appareiller. Mais le 8 février 1942 les Japonais traversèrent l'étroit bras de mer de Johore, débarquèrent au nord de l'île de Singapour et prirent la ville à revers, rendant ainsi ses batteries impuissantes. Singapour tomba sans le moindre combat.

Et alors, vinrent les grandes nouvelles ! Toutes les troupes australiennes d'Afrique du Nord devaient rentrer au pays. Le premier ministre Curtin affronta la colère churchillienne sans sourciller, déclarant que l'Australie devait compter sur tous ses fils pour la défendre. Les 6e et 7e divisions australiennes s'embarquèrent rapidement à Alexandrie; la 9e léchait encore ses plaies au Caire après les affrontements de Tobrouk; elle devait rentrer au bercail dès que des navires seraient disponibles. Fee souriait, Meggie délirait de joie. Jims et Patsy allaient revenir.

Mais il n'en fut rien. Tandis que la 9e division attendait les transports de troupes, la situation se renversa une fois de plus; la 8e armée, en pleine déroute, évacuait Benghazi. Churchill passa un marché avec le premier ministre Curtin. La 9e division australienne demeurerait en Afrique du Nord et, en contrepartie, on enverrait un corps expéditionnaire américain pour défendre l'Australie. Pauvres soldats contraints à une perpétuelle navette à la suite de décisions prises dans des bureaux ne relevant même pas de leurs pays respectifs. Donner un peu ici, prendre un peu là.

Mais ce fut un rude coup pour l'Australie quand elle constata que la mère patrie chassait du nid tous ses poussins d'Extrême-Orient, même quand il s'agissait d'un poulet aussi gras et prometteur que l'Australie.

Le calme régnait dans le désert en cette nuit du 23 octobre 1942. Patsy remua légèrement, retrouva son frère dans l'obscurité et se nicha comme un enfant contre son épaule. Jims l'enlaça d'un bras et tous deux restèrent assis, communiant dans le silence. Le sergent Bob Malloy poussa du coude le soldat Col Stuart et sourit.

– Regarde-moi ces deux empaffés ! dit-il.

– Je t'encule à la course, riposta Jims.

– Allons, Harpo, dis quelque chose, marmonna Col.

Patsy lui dédia un sourire angélique, à peine visible dans l'obscurité, et imita remarquablement la trompe du personnage muet des Marx Brothers. A plusieurs mètres à la ronde, des protestations s'élevèrent, intimant à Patsy d'avoir à se taire. L'imminence de l'attaque exigeait le silence.

– Bon dieu, cette attente me crève, marmonna Bob avec un soupir.

– Moi, c'est le silence qui me crève ! s'écria brutalement Patsy.

– Espèce de minable faux-jeton, c'est moi qui vais te crever ! grommela Col d'une voix rauque en portant la main à sa baïonnette.

– Pour l'amour de Dieu, fermez-la ! chuchota le capitaine. Quel est l'abruti qui gueule comme ça ?

— Patsy ! lancèrent en chœur plusieurs voix.

Les éclats de rire flottèrent de façon rassurante sur les champs de mines, s'éteignirent dans un flot de jurons proférés à mi-voix par le capitaine. Le sergent Malloy consulta sa montre; l'aiguille des secondes approchait de 9 h 40.

Huit cent quatre-vingt-deux canons et obusiers britanniques tonnèrent simultanément. Le ciel bascula, le sol se souleva, se dilata, ne retrouva pas sa forme première car le tir de barrage continuait inexorablement sans le moindre répit, sans que diminuât l'intensité sonore qui vrillait les cerveaux. Inutile de s'enfoncer les doigts dans les oreilles; le titanesque vacarme montait de la terre, glissait le long des os, envahissait l'esprit. Dans leurs tranchées, les soldats de la 9e ne pouvaient qu'imaginer l'effet ressenti par les troupes de Rommel. Généralement, il était possible de déterminer le type et le calibre des bouches à feu en se fondant sur un détail quelconque mais, ce soir-là, les gueules d'acier formaient un chœur parfait, sans fausse note, et continuaient à tonner pendant que les minutes s'écoulaient.

Le désert s'illumina, non sous la lumière du jour, mais sous le feu d'un soleil d'enfer; un grand nuage ondoyant de poussière s'éleva, des spirales de fumée montèrent à plusieurs centaines de mètres, embrasées d'éclairs crachés par les explosions d'obus et de mines, les flammes jaillissaient des énormes concentrations d'explosifs. Tout ce dont Montgomery disposait était braqué sur les champs de mines — canons, obusiers, mortiers. Et tout ce dont Montgomery disposait devait être jeté dans la bataille à une cadence aussi rapide que le pouvaient les bras des artilleurs en sueur, esclaves alimentant les gorges de leurs armes comme de frénétiques petits oiseaux nourrissant un énorme coucou; les douilles devenaient de plus en plus chaudes, le laps de temps entre recul et recharge de plus en plus court tandis que les artilleurs se laissaient emporter par leur propre élan. Fous, fébriles, ils exécutaient une figure de danse, toujours la même, en servant leurs pièces.

C'était beau, extraordinaire — le paroxysme de l'existence d'un artilleur, qu'il vivrait et revivrait dans ses rêves, à l'état de veille et en sommeil, pendant le reste de ses jours inévitablement ternes. Et il souhaiterait de tout son être revenir en arrière, revivre ces cinq minutes auprès des canons de Montgomery.

Silence. Silence immobile, absolu, se brisant comme des vagues sur les tympans distendus; silence insoutenable. 9 h 55 exactement. Et les hommes de la 9e de se lever, de s'élancer hors des tranchées dans le no man's land, baïonnettes assujetties, mains tâtonnant sur les chargeurs, crans de sûreté libérés, bidons tâtés, munitions, montres vérifiées, casques ajustés, lacets soigneusement noués, s'efforçant de repérer l'emplacement des hommes qui transportaient les mitrailleuses. On voyait distinctement dans la lumière démoniaque du feu et le sable chauffé à blanc qui se muait en verre. Mais la chape de poussière les dissimulait à l'ennemi; ils étaient en sûreté. Pour le moment. Au bord même des champs de mines, ils s'immobilisèrent, attendirent.

Dix heures pile. Le sergent Malloy porta le sifflet à ses lèvres et en tira un son aigu qui s'étira le long des rangs de la compagnie; le capitaine hurla son ordre d'assaut. Sur un front de trois kilomètres, la 9e s'engagea dans les champs de mines et les canons crachèrent de nouveau derrière eux, tonnèrent. Ils y voyaient comme en plein jour; les obusiers braqués à un angle très court lançaient leurs projectiles à quelques mètres seulement devant eux. Toutes les trois minutes, le tir s'allongeait de cent mètres; et il fallait franchir ces cent mètres en priant pour que les mines anti-chars et celles destinées aux hommes aient bien été détruites par l'artillerie de Montgomery. Allemands et Italiens restaient dans les avant-postes dotés de mitrailleuses, de petits canons de 50, de mortiers. Parfois, un soldat marchait sur une mine intacte; on distinguait son jaillissement hors du sable avant que son corps ne se disloquât.

Pas le temps de penser, pas le temps de faire quoi que ce soit, sinon avancer en crabe entre deux tirs de barrage; cent mètres en avant toutes les trois minutes, prières sur les lèvres. Bruit, embrasement, poussière, fumée, terreur jusque dans les tripes. Des champs de mines sans fin, quatre ou cinq kilomètres pour les traverser, sans possibilité de retour en arrière. Parfois, lors des courtes pauses entre les tirs de barrage, parvenait le lointain, irréel, son aigrelet d'une cornemuse dans l'atmosphère saturée de sable brûlant. Sur la gauche de la 9e division australienne, le 51e écossais avançait à travers les champs de mines derrière une cornemuse qui précédait tous les commandants de compagnie. Pour un Ecossais, le son de cet instrument le menant à la bataille représentait le plus doux des appeaux et, pour un Australien, il paraissait amical, réconfortant. Mais pour un Allemand ou un Italien, il avait quelque chose d'infernal, il hérissait le poil.

La bataille continua douze jours durant, et c'est une très longue bataille que celle qui dure douze jours. Au début, la 9e eut de la chance, n'enregistrant que des pertes relativement légères à travers les champs de mines et pendant les premiers jours de l'avance dans les lignes tenues par Rommel.

– Tu sais, je préfère être à ma place et me faire canarder que d'être sapeur, grommela Col Stuart, appuyé à sa pelle.

– Ça, j'sais pas, mon vieux. J'ai l'impression qu'ils se la coulent douce, grogna le sergent. Attendre derrière les putains de lignes jusqu'à ce qu'on ait fait tout le boulot, puis s'amener avec leurs saloperies d'engins à déminer pour ouvrir de jolis petits chemins à ces putains de chars.

– Les chars y sont pour rien, Bob; c'est les sales cons du Q.G. qui font joujou avec, intervint Jims en appliquant quelques coups du plat de sa pelle contre le talus de leur nouvelle tranchée. Mais nom de dieu, j'aimerais bien que ces enfoirés se décident à nous garder au même endroit pendant un petit bout de temps ! J'ai retourné plus de terre ces cinq derniers jours qu'un putain de fourmilier pendant toute sa vie !

– Continue à taupiner, vieille noix, intima Bob sans s'apitoyer.

– Eh, regarde ! s'écria Col en désignant le ciel.

Dix-huit bombardiers légers de la R.A.F. descendaient le long de la vallée en parfaite formation de vol, lâchant leurs chapelets de bombes parmi Allemands et Italiens avec une merveilleuse et fatale précision.

– Putain que c'est beau ! commenta le sergent Bob Malloy, la tête renversée vers le ciel.

Trois jours plus tard, il était mort; un énorme éclat de shrapnel lui emporta le bras et la moitié du côté lors d'un nouvel assaut, mais personne n'eut le temps de s'arrêter, sauf pour lui arracher le sifflet, coincé dans ce qui lui restait de bouche. Maintenant, les hommes tombaient comme des mouches, trop fatigués pour maintenir leur vigilance et rapidité initiales, mais ils ne s'en accrochaient pas moins au misérable sol dénudé qu'ils venaient de conquérir malgré la défense acharnée de l'élite d'une magnifique armée. Pour eux, le combat se muait en un refus muet et obstiné de capituler.

La 9e tint en échec Graf von Sponeck et Lungerhausen tandis que les chars effectuaient une percée vers le sud et, finalement, Rommel fut vaincu. Le 8 novembre, il tenta de rassembler ses troupes au-delà de la frontière égyptienne, et Montgomery resta maître de tout le terrain. Une très importante victoire tactique que ce second El-Alamein. Rommel avait été obligé d'abandonner un grand nombre de chars, de canons et beaucoup de matériel. L'opération Torche pouvait commencer sa poussée en direction de l'est depuis le Maroc et l'Algérie avec plus de sécurité. Le Renard du Désert abritait encore une énergie farouche, mais une grande partie de son mordant était restée à El-Alamein. La plus importante et la plus décisive bataille du théâtre d'Afrique du Nord avait été livrée et le maréchal vicomte Montgomery d'Alamein en était le vainqueur.

Le second El-Alamein fut le chant du cygne de la 9e division australienne en Afrique du Nord. Les hommes allaient enfin rentrer pour se mesurer aux Japonais en Nouvelle-Guinée. Depuis mars 1941, ils n'avaient pratiquement pas cessé de se trouver en première ligne; arrivés avec un entraînement et un équipement sommaires, ils retournaient chez eux auréolés d'une réputation qui rivalisait avec celle de la 4e division indienne. Et, avec les effectifs de la 9e, se rembarquaient Jims et Patsy, sains et saufs.

Bien entendu, on leur accorda une permission pour se rendre à Drogheda. Bob alla les accueillir à Gilly à leur descente du train en provenance de Goondiwindi car la 9e était basée à Brisbane d'où elle ne repartirait pour la Nouvelle-Guinée qu'après un entraînement spécial en vue d'affronter la jungle. Lorsque la Rolls s'engagea dans l'allée, toutes les femmes attendaient sur la pelouse, Jack et Hughie un peu en arrière mais tout aussi impatients de revoir leurs jeunes frères. Tous les moutons que comptait encore Drogheda pouvaient tomber raides morts si l'envie leur en prenait, c'était jour de vacances.

Personne ne bougea, même quand la voiture se fut immobilisée et que les jumeaux en descendirent. Ils avaient tellement changé. Deux années de désert ayant réduit leurs uniformes en lambeaux, ils avaient touché une nouvelle tenue vert jungle, et ils parurent à tous différents, presque étrangers. D'une part, ils semblaient avoir beaucoup grandi, ce qui était le cas. Les deux dernières années de leur croissance étaient intervenues loin de Drogheda et, à présent, ils dépassaient leurs frères aînés d'une demi-tête. Plus des adolescents, mais des hommes; pourtant, pas des hommes de la même trempe que Bob, Jack et Hughie; épreuves, euphorie de la bataille, morts violentes les avaient façonnés comme Drogheda n'aurait jamais pu le faire. Le soleil d'Afrique du Nord les avait burinés, desséchés, leur communiquant un hâle acajou, les dépouillant des dernières couches d'adolescence. Oui, il était possible de croire que ces deux hommes en uniforme simple, avec leurs grands chapeaux au large bord relevé au-dessus de l'oreille gauche et agrafés par l'insigne du soleil levant du corps expéditionnaire australien, avaient tué leurs semblables. Cela se lisait dans leurs yeux, bleus comme ceux de Paddy, mais plus tristes, exempts de sa gentillesse.

– Mes garçons ! Mes garçons ! s'écria Mme Smith en se précipitant vers eux, le visage sillonné de larmes.

Non, peu importait ce qu'ils avaient fait, à quel point ils avaient changé, ils n'en restaient pas moins les nourrissons qu'elle avait lavés, langés, nourris, dont elle avait séché les pleurs, embrassé les plaies. Mais les plaies qui les marquaient à présent dépassaient le pouvoir qu'elle avait eu de guérir.

Puis, tous les entourèrent; la réserve britannique fondit. Ils riaient, pleuraient, la pauvre Fee elle-même leur tapotait le dos, s'efforçant de sourire. Après Mme Smith, il y eut Meggie à embrasser, Minnie à embrasser, Cat à embrasser, M'man à étreindre timidement, Jack et Hughie dont ils serrèrent les mains tendues, sans un mot. Les habitants de Drogheda ne sauraient jamais à quel point il était bon de rentrer chez soi; ils ne sauraient jamais combien cet instant avait été attendu, redouté.

Et quel appétit avaient les jumeaux ! Le rata n'avait pas grand-chose à voir avec ce genre de cuisine, déclaraient-ils en riant. Gâteaux au glaçage rose et blanc, biscuits au chocolat roulés dans la noix de coco, pudding cuit à la vapeur, salade de fruits à la crème des vaches de Drogheda. Se souvenant de leurs estomacs d'enfant, Mme Smith était convaincue qu'ils seraient malades pendant au moins une semaine, mais la profusion de thé qu'ils absorbèrent leur évita tout ennui digestif.

– C'est autre chose que le pain des bicots, hein, Patsy ?

– Ouais.

– Qu'est-ce que ça veut dire bicots ? demanda Mme Smith.

– C'est le nom qu'on donne aux Arabes, tout comme on appelle les Italiens des piafs, hein, Patsy ?

– Ouais.

C'était curieux. Ils parlaient volontiers, tout au moins Jims, des heures durant, de l'Afrique du Nord, des villes, des habitants, de la nourriture, du musée du Caire, de la vie à bord des transports de troupes, du repos au camp. Mais on avait beau les interroger, on ne pouvait obtenir d'eux que de vagues réponses en ce qui concernait les combats proprement dits, ce qu'ils avaient connu à Gazala, Benghazi, Tobrouk, El-Alamein; invariablement, ils changeaient de sujet. Par la suite, après la fin de la guerre, les femmes seraient appelées à constater le même phénomène; les hommes qui s'étaient réellement trouvés en première ligne répugnaient à ouvrir la bouche sur ce sujet; ils refusaient d'adhérer à des associations d'anciens combattants, ne voulaient avoir aucun rapport avec les institutions perpétuant le souvenir du conflit.

Drogheda donna une réception en leur honneur. Alastair MacQueen appartenait aussi à la 9e division et se trouvait en permission; Rudna Hunish fêta son retour avec autant de faste. Les deux plus jeunes fils de Dominic O'Rourke combattaient en Nouvelle-Guinée avec la 6e division et, bien qu'ils ne fussent pas présents, Dibban-Dibban donna aussi une réception. Tous les domaines de la région ayant un fils sous les drapeaux voulaient fêter le retour sains et saufs des trois garçons de la 9e. Femmes et jeunes filles les assaillaient, mais les héros de la famille Cleary leur échappaient dès qu'une occasion se présentait, plus effrayés qu'ils ne l'avaient été sur le champ de bataille.

En fait, Jims et Patsy se désintéressaient totalement des femmes; c'était à Bob, Jack et Hughie qu'ils s'accrochaient. Tard dans la nuit, une fois Fee et Meggie couchées, ils parlaient longuement avec leurs frères qui avaient été obligés de rester au pays, leur ouvraient leurs cœurs mal cicatrisés, encore saignants. Et ils chevauchaient dans les enclos exsangues, qui connaissaient leur septième année de sécheresse, heureux d'être en civil.

En dépit de l'aspect grillé et désolé de la terre, Jims et Patsy lui trouvaient une beauté ineffable, jugeaient la présence des moutons réconfortante, et le parfum des roses tardives du jardin leur semblait divin. Il leur fallait s'imprégner de tout cela assez profondément pour ne jamais plus l'oublier car leur premier départ s'était déroulé sous le signe de l'insouciance; ils n'avaient alors pas la moindre idée de ce qui les attendait. Cette fois, lorsqu'ils quitteraient la propriété, ils auraient accumulé, emmagasiné, tous les instants heureux pour s'en repaître et les chérir; ils emporteraient quelques pétales des roses de Drogheda dans leurs portefeuilles et même quelques brins de cette précieuse herbe. A l'égard de Fee, ils montraient compassion et bonté, mais à l'endroit de Meggie, Mme Smith, Minnie et Cat, ils faisaient preuve d'amour et de tendresse; elles avaient été leurs véritables mères.

Meggie se réjouissait de leur attitude aimante auprès de Dane avec lequel ils jouaient des heures durant, l'emmenant pour des promenades à cheval, riant, se roulant sur les pelouses avec lui. Justine semblait leur inspirer de la crainte; mais ils se montraient toujours gauches avec toutes les représentantes du sexe féminin qu'ils ne connaissaient pas aussi bien que les vieilles femmes de Drogheda. Par ailleurs, la pauvre Justine cédait à une furieuse jalousie devant la façon dont ils accaparaient Dane car elle n'avait plus personne avec qui jouer.

– C'est un petit bonhomme épatant, Meggie, dit Jims à sa sœur un jour qu'elle vint le rejoindre sur la véranda.

Installé dans un fauteuil de rotin, Jims observait Patsy et Dane qui jouaient sur la pelouse.

– Oui, acquiesça Meggie. Une petite merveille, hein ? (Elle sourit, s'assit en face de son jeune frère. Ses yeux débordaient de tendresse, les jumeaux aussi avaient été ses enfants.) Qu'est-ce qu'il y a, Jims ? Tu ne veux pas m'en parler ?

Il leva les yeux vers elle, vrillé par une douleur profonde, mais il secoua la tête.

– Non, Meggie. Je ne pourrai jamais parler de ça à une femme.

– Et quand tout sera fini et que tu te marieras, tu n'en parleras pas à ta femme ?

– Nous, nous marier ? Je ne crois pas. La guerre se charge de détruire toute velléité de sentiment chez l'homme. Si nous fondions un foyer, nous aurions des fils et pour quoi ? Pour les voir grandir, être entraînés dans ce que nous avons connu, voir ce que nous avons vu.

– Ne dis pas ça, Jims, non !

Il suivit le regard de sa sœur qui se posait sur Dane; l'enfant riait aux éclats parce que Patsy lui tenait la tête en bas.

– Ne le laisse jamais quitter Drogheda, Meggie, murmura Jims. A Drogheda, il ne peut lui arriver aucun mal.

L'archevêque de Bricassart se précipita dans le splendide couloir, haut de plafond, sans se préoccuper des visages surpris qui se tournaient vers lui; il fit irruption dans la salle d'audience du cardinal et se figea. Son Eminence recevait M. Papée, l'ambassadeur du gouvernement polonais en exil auprès du Saint-Siège.

– Mais, Ralph ! Que se passe-t-il ?

– Ça y est, Vittorio ! Mussolini a été renversé !

– Seigneur ! Le Saint-Père est-il au courant ?

– J'ai téléphoné moi-même à Castel Gandolfo, mais la radio diffusera la nouvelle d'une minute à l'autre. Un ami m'a appelé au Quartier général allemand.

– J'espère que le Saint-Père a fait ses valises, laissa tomber M. Papée avec une expression de légère, très légère, délectation.

– S'il se déguisait en moine franciscain, il pourrait peut-être s'échapper, pas autrement, déclara vivement l'archevêque de Bricassart. Kesselring a rendu la cité aussi imperméable qu'une bouteille.

– De toute façon, il ne partirait pas, affirma le cardinal di Contini-Verchese.

M. Papée se leva.

– Je vous demande l'autorisation de me retirer, Votre Eminence. Je suis le représentant d'un gouvernement ennemi de l'Allemagne. Si Sa Sainteté n'est pas en sécurité, moi non plus. Je dois aller m'occuper de certains documents qui se trouvent dans mes appartements.

Compassé, précis, diplomate jusqu'au bout des ongles, il laissa seuls les deux prélats.

– Il était venu vous voir pour intercéder en faveur de son peuple persécuté ?

– Oui. Le pauvre homme, il s'inquiète tant à son sujet.

– Et nous ? Est-ce que nous ne nous inquiétons pas de cette malheureuse Pologne ?

– Bien sûr que si, Ralph ! Mais il ignore à quel point la situation est épineuse.

– La vérité est que personne ne veut le croire.

– Ralph !

– Eh bien, n'est-ce pas exact ? Le Saint-Père a passé les premières années de sa vie à Munich et il a conçu une véritable passion pour les Allemands ! Et il continue à les aimer en dépit de tout. Si la preuve de l'ignominie de ses amis lui était présentée sous forme de ces pauvres corps mutilés, il déclarerait que ce doit être l'œuvre des Russes. Pas de ses chers Allemands; jamais un peuple aussi cultivé et civilisé ne se livrerait à de telles horreurs !

– Ralph, vous n'êtes pas membre de la Société de Jésus, mais vous êtes ici en raison de votre serment d'allégeance au Saint-Père. Vous avez le sang chaud de vos ancêtres irlandais et normands, mais je vous en supplie, soyez raisonnable ! Depuis septembre, nous attendions le jour où le couperet s'abattrait tout en priant pour que le Duce reste en place afin de nous protéger des représailles allemandes. Adolf Hitler a fait preuve d'une certaine contradiction dans son comportement car il savait qu'il avait deux ennemis irréductibles et, pourtant, il a tout mis en œuvre pour les ménager : l'Empire britannique et la sainte Eglise catholique de Rome. Or, poussé dans ses derniers retranchements, il a rassemblé toutes ses forces pour tenter d'écraser l'Empire britannique. Croyez-vous qu'il ne nous écraserait pas aussi si nous l'acculions ? Un seul mot de notre part pour dénoncer ce qui se passe en Pologne, et il nous écraserait. Et quel bien pourrait sortir de notre intervention, mon cher ami ? Nous n'avons pas d'armée, pas de soldats. Les représailles seraient immédiates et le Saint-Père serait expédié à Berlin; c'est là ce qu'il craint. Vous rappelez-vous le pape-marionnette d'Avignon il y a quelques siècles ? Voulez-vous voir *notre* pape transformé en marionnette à Berlin ?

– Je suis désolé, Vittorio, mais je ne vois pas les choses sous cet angle. Je prétends que nous devons dénoncer les agissements d'Hitler à la face du monde, proclamer ses pratiques barbares, crier sur les toits ! S'il nous fait fusiller, nous mourrons en martyrs, et notre sacrifice n'en sera que plus efficace.

– Généralement, vous vous montrez plus avisé, Ralph ! Il ne serait pas question de nous faire fusiller. Hitler sait aussi bien que nous qu'il n'est pas de bonne politique que de faire des martyrs. Le Saint-Père serait expédié à Berlin, quant à nous, nous nous verrions discrètement envoyés en Pologne. En Pologne, Ralph, en Pologne ! Souhaitez-vous mourir en Pologne où vous seriez moins utile que vous l'êtes ici actuellement ?

L'archevêque de Bricassart s'assit, serra les poings entre ses genoux, lança un regard venimeux en direction de la fenêtre derrière laquelle des colombes voletaient, dorées dans le soleil couchant, avant de regagner leurs pigeonniers. A quarante-neuf ans, il était plus svelte que jamais et il vieillissait merveilleusement bien, comme il faisait toutes choses.

– Ralph, nous sommes ce que nous sommes. Des hommes, mais seulement en second lieu. Avant tout, nous sommes des prêtres.

– Ce n'est pas ainsi que vous établissiez l'ordre des priorités quand je suis revenu d'Australie, Vittorio.

– A l'époque, je me plaçais sur un autre plan, et vous le savez parfaitement. Vous avez l'esprit de contradiction. Actuellement, il nous est impossible de penser en tant qu'hommes; nous devons penser en tant que prêtres parce que c'est là l'aspect primordial de notre vie. Quoi que nous pensions et quelle que soit la façon dont nous souhaiterions agir en tant qu'hommes, nous devons allégeance à l'Eglise et non à un pouvoir temporel ! Nous devons fidélité uniquement au Saint-Père ! Vous avez prononcé des vœux d'obéissance, Ralph. Voulez-vous les rompre de nouveau ? Le Saint-Père est infaillible en ce qui concerne les intérêts de l'Eglise.

– Il se trompe ! Son jugement est entaché de parti pris. Il concentre toute son énergie sur la lutte contre le communisme. Il considère l'Allemagne comme le plus grand ennemi de cette idéologie; il voit en elle la seule puissance capable d'empêcher l'emprise du communisme sur le monde occidental. Il souhaite voir Hitler demeurer fermement en place, tout comme il était satisfait de voir Mussolini régner sur l'Italie.

– Croyez-moi, Ralph, vous ignorez beaucoup de choses. C'est le pape; il est infaillible. Si vous en doutez, vous reniez votre foi.

La porte s'ouvrit discrètement, mais avec hâte.

– Votre Eminence, Herr General Kesselring.

Les deux prélats se levèrent; toute trace du différend qui venait de les opposer déserta leurs traits; ils sourirent.

– Nous sommes enchantés de vous voir, Votre Excellence. Voulez-vous vous asseoir ? Prendrez-vous un peu de thé ?

La conversation avait lieu en allemand puisque nombre des hauts dignitaires du Vatican parlaient cette langue. Le Saint-Père aimait s'exprimer en allemand et goûtait les intonations germaniques.

– Volontiers. Merci, Votre Eminence. Nulle part à Rome on ne saurait déguster un aussi savoureux thé anglais qu'au Vatican.

Le cardinal di Contini-Verchese esquissa un sourire bon enfant.

– C'est une habitude que j'ai acquise lorsque j'étais légat du pape en Australie, et dont, en dépit de mon ascendance italienne, je n'ai pu me défaire.

– Et vous, monseigneur ?

– Je suis irlandais, Herr General. Les Irlandais aussi raffolent du thé.

Le général Albert Kesselring s'adressait toujours à l'archevêque de Bricassart d'égal à égal; après ces prélats italiens, huileux, à l'esprit tortueux, il éprouvait du réconfort au contact d'un homme direct, dénué de subtilité et de ruse.

– Comme à l'accoutumée, monseigneur, je suis stupéfait de la pureté de votre accent allemand, le complimenta-t-il.

– J'ai le don des langues, Herr General, et, comme tous les talents... ce don ne mérite pas l'éloge.

– En quoi pouvons-nous vous être utiles, Votre Excellence ? s'enquit le cardinal avec onctuosité.

– Je suppose que vous êtes au courant du sort du Duce.

– Oui, Votre Excellence. Nous avons appris.

– Dans ce cas, vous devez vous douter de la raison de ma visite. Je suis ici pour vous assurer que tout va bien et vous demander de bien vouloir transmettre ce message à ceux qui se trouvent à Castel Gandolfo. Je suis si occupé actuellement qu'il m'est impossible de me rendre à Castel Gandolfo personnellement.

– Le message sera transmis. Vous avez tant à faire ?

– Evidemment. Vous comprendrez que, dorénavant, nous autres allemands, nous nous considérions en territoire ennemi.

– Ici, Herr General ? Ici, nous ne sommes pas sur sol italien, Herr General, et aucun homme ne peut être considéré comme ennemi... à l'exception, bien évidemment, des scélérats.

– Je vous demande pardon, Votre Eminence. Naturellement, je faisais allusion à l'Italie, pas au Vatican. Mais en ce qui concerne l'Italie, je suis obligé d'agir selon les ordres de mon Führer. L'Italie sera occupée et mes troupes, présentes jusqu'alors en tant qu'alliées, deviendront répressives.

L'archevêque de Bricassart, confortablement installé et donnant l'impression de ne jamais avoir été effleuré par le moindre combat idéologique, observa attentivement le visiteur. Ce dernier était-il au courant des actes de son Führer en Pologne ? Comment aurait-il pu les ignorer ?

Le prélat italien épingla à son visage une expression angoissée.

– Mon cher général, sûrement pas en ce qui concerne Rome. Oh, non ! Pas Rome avec son histoire, ses monuments inestimables ! Si vous amenez des troupes au sein des sept collines, il y aura lutte, destruction. Je vous en supplie, pas ça !

Le général Kesselring paraissait mal à l'aise.

– J'espère que les choses n'en viendront pas là, Votre Eminence. Mais, moi aussi, j'ai prêté serment; moi aussi, je dois obéir aux ordres. Il me faut combler les vœux de mon Führer.

– Vous intercéderez en notre faveur, Herr General ? Je vous en prie, il le faut ! Je me trouvais à Athènes il y a quelques années... intervint vivement l'archevêque de Bricassart, penché en avant, ouvrant de grands yeux charmeurs, encore mis en valeur par une mèche striée de blanc qui lui retombait sur le front. (Il avait parfaitement conscience de l'effet qu'il produisait sur le général et en usait sans le moindre scrupule.) Etes-vous déjà allé à Athènes, monsieur ?

– Oui, j'y suis allé, répondit le général d'une voix sèche.

– Dans ce cas, vous savez comment des hommes, appartenant à une époque relativement moderne, ont détruit les édifices qui se dressaient sur l'Acropole. Herr General Rome est demeurée intacte;

un monument de deux mille ans de soins, d'attentions, d'amour. Je vous en prie, je vous en supplie ! Ne mettez pas Rome en danger.

Le général considéra son interlocuteur avec une admiration non feinte; certes, son uniforme lui allait bien, mais pas mieux que la soutane, avec sa touche de pourpre impériale, ne seyait à l'archevêque de Bricassart. Celui-ci aussi avait une allure martiale, le corps beau et mince d'un soldat, et le visage d'un ange. Il ressemblait à saint Michel Archange, pas traité sous les traits d'un jeune éphèbe de la Renaissance, mais en homme vieillissant parfaitement, en homme qui avait aimé Lucifer, l'avait combattu, banni Adam et Eve, terrassé le dragon et se dressait à la droite de Dieu. Etait-il conscient de ce qu'il représentait ? C'était un homme qui valait qu'on se souvienne de lui.

– Je ferai de mon mieux, monseigneur, je vous le promets. Dans une certaine mesure, la décision m'appartient, je le reconnais. Ainsi que vous le savez, je suis un homme civilisé, un ami. Mais vous me demandez beaucoup. Si je déclare Rome ville ouverte, je me lierai les mains en étant dans l'impossibilité de faire sauter ses ponts et de convertir ses bâtiments en forteresses, ce qui pourrait fort bien nuire à l'Allemagne. Quelle assurance aurai-je que Rome ne récompensera pas ma mansuétude par de la traîtrise ?

Le cardinal di Contini-Verchese plissa les lèvres et émit des bruits de baisers à l'adresse de sa chatte, une élégante siamoise maintenant; il sourit avec douceur et regarda l'archevêque.

– Rome ne récompenserait jamais la mansuétude par de la traîtrise, Herr Général. Je suis persuadé que lorsque vous trouverez le temps d'aller rendre visite à ceux qui passent l'été à Castel Gandolfo, vous y recevrez les mêmes assurances. Viens, Kheng-see, ma chérie. Ah, comme tu es jolie ! dit-il en caressant l'animal lové sur ses genoux recouverts de pourpre.

– Vous avez là une bête exceptionnelle, Votre Eminence.

– Une aristocrate, Herr General. L'archevêque et moi portons tous deux des noms anciens et vénérables, mais ils ne sont rien en comparaison de la lignée de cette chatte. Son nom vous plaît-il ? En chinois, cela signifie Fleur de Soie. Il lui convient bien, n'est-ce pas ?

On servit le thé; tous gardèrent le silence tant que la sœur laie n'eut pas quitté la salle.

– Vous n'aurez pas à regretter la décision de déclarer Rome ville ouverte, Votre Excellence, assura avec un sourire suave l'archevêque au nouveau maître de l'Italie. (Il se tourna vers le cardinal, rejetant son charme comme un manteau abandonné; il n'en avait pas besoin avec cet homme aimé et respecté.) Votre Eminence, avez-vous l'intention de jouer les maîtresses de maison ou dois-je servir ?

– Les maîtresses de maison ? s'étonna le général Kesselring.

– C'est une petite plaisanterie de célibataire, expliqua le cardinal di Contini-Verchese en riant. Celui qui verse le thé est appelé « maîtresse de maison ». Vieille boutade anglaise, Herr General.

Ce soir-là, l'archevêque de Bricassart était las, agité, nerveux. Il lui semblait ne rien faire de positif qui pût contribuer à mettre fin à la guerre; son rôle se cantonnait à intercéder pour sauver quelques monuments et œuvres d'art; il en était venu à éprouver une haine virulente envers l'inertie du Vatican. Bien qu'il fût conservateur de tempérament, la pusillanimité des hauts dignitaires pontificaux l'irritait parfois profondément. Mis à part les humbles nonnes et prêtres qui occupaient des emplois de serviteurs, il y avait des semaines qu'il n'avait pas adressé la parole à un homme quelconque, quelqu'un qui n'eût pas un dessein politique, spirituel ou militaire à faire valoir. Même la prière lui venait moins facilement ces derniers temps, et Dieu paraissait à des années-lumière de distance, comme s'il s'était retiré pour permettre à ses créatures humaines de prendre les rênes afin de détruire le monde qu'il leur avait donné. Ce dont j'ai besoin, songea-t-il, serait une bonne dose de Meggie ou de Fee; à défaut, une bonne dose de quelqu'un qui ne se préoccuperait pas du destin du Vatican et de Rome.

Sa Grandeur descendit l'escalier privé de la grande basilique Saint-Pierre où ses pas l'avaient conduit. A cette époque, les portes en étaient fermées à clef dès la tombée du jour, signe de la paix inconfortable qui pesait sur Rome, plus éloquent que les compagnies d'Allemands en uniforme vert-de-gris arpentant les rues de la ville. Une lueur légère, surnaturelle, baignait l'abside vide; le bruit de ses pas se répercutait sur les dalles de pierre tandis qu'il marchait, s'immobilisait et se fondait dans le silence, faisait une génuflexion devant le maître-autel et reprenait son errance. Soudain, entre deux bruits de pas, il entendit un halètement. La lampe torche qu'il tenait à la main brilla; il en projeta le faisceau dans la direction du soupir, moins effrayé que curieux. Il était dans son domaine et pouvait le défendre sans connaître la peur.

Le faisceau de la lampe joua sur ce qui était devenu, à ses yeux, la plus belle sculpture de la création : la Pietà de Michel-Ange. Au-dessous des visages figés, se trouvait une autre face, non de marbre mais de chair, toute creusée d'ombres à l'égal d'une tête de mort.

– *Ciao*, dit Sa Grandeur avec un sourire.

Il n'y eut pas de réponse, mais il vit que les vêtements étaient ceux d'un fantassin allemand de deuxième classe; l'homme quelconque qu'il recherchait ! Peu importait qu'il fût allemand.

– *Wie geht's ?* demanda-t-il sans cesser de sourire.

Un sursaut fit perler de la sueur sur un large front d'intellectuel qui brilla tout à coup, tranchant sur les ténèbres.

– *Du bist krank ?* s'enquit-il alors, se demandant si le jeune homme n'était pas souffrant.

Une voix lui répondit enfin.

– *Nein.*

L'archevêque de Bricassart posa sa lampe sur le sol et s'avança; d'une main, il souleva le menton du soldat afin de regarder dans les yeux sombres, encore assombris par l'obscurité.

– Qu'y a-t-il ? demanda-t-il en allemand. (Il rit.) Vous l'ignorez, mais c'est là la principale fonction de ma charge... demander aux gens ce qu'il y a. Et je peux vous assurer que c'est une question qui m'a souvent valu beaucoup d'ennuis.

– Je suis venu prier, assura le jeune homme d'une voix aux fortes intonations bavaroises, trop grave pour son âge.

– Qu'est-il arrivé ? Vous vous êtes retrouvé enfermé ?

– Oui, mais ce n'est pas ce qui m'inquiète.

Sa Grandeur ramassa la torche.

– Eh bien, vous ne pouvez pas rester ici toute la nuit, et je n'ai pas la clef. Suivez-moi. (Il repartit en direction de l'escalier privé conduisant au palais pontifical; il s'exprimait d'une voix lente, douce.) Il se trouve que, moi aussi, je suis venu prier. Votre haut commandement m'a réservé une journée plutôt difficile. C'est ça, par ici. Espérons simplement que les gardes ne croiront pas que j'ai été arrêté... qu'ils se rendront compte que c'est moi qui vous escorte, et non l'inverse.

Après avoir encore marché une dizaine de minutes en silence, traversé couloirs, cours, jardins, halls, monté et descendu des marches, le jeune Allemand ne paraissait pas désireux de quitter la protection de son mentor qu'il suivait pas à pas. Enfin, Sa Grandeur ouvrit une porte et conduisit son protégé dans un petit salon à l'ameublement succinct et simple, fit jouer l'interrupteur d'une lampe et repoussa le battant.

Ils se dévisageaient mutuellement, pouvant enfin distinguer leurs traits respectifs. Le soldat allemand voyait un homme de très haute taille, au visage fin, aux yeux bleus, pénétrants; l'archevêque de Bricassart voyait un enfant accoutré d'un uniforme que toute l'Europe avait appris à redouter. Un enfant; sûrement pas plus de seize ans. De taille moyenne et d'une minceur d'adolescent, il n'en présentait pas moins une ossature qui laissait présager force et corpulence, et de très longs bras. Assez curieusement, son visage avait quelque chose d'italien, sombre et patricien, extrêmement séduisant; grands yeux brun foncé, aux cils longs et noirs, magnifique chevelure brune et ondulée. Rien de commun ou d'ordinaire chez lui en fin de compte, même si son rôle l'était; en dépit du fait qu'il avait souhaité parler à un homme quelconque, Sa Grandeur n'en était pas moins intéressée.

– Asseyez-vous, dit-il au jeune homme en s'approchant d'un coffre d'où il tira une bouteille de marsala.

Il versa un peu de vin dans deux verres, en tendit un au jeune soldat et emporta le sien en allant s'asseoir dans un fauteuil d'où il pourrait observer confortablement la fascinante expression de son hôte.

– L'Allemagne en est-elle réduite à mobiliser ses enfants ? demanda-t-il en croisant les jambes.

– Je ne sais pas, répondit le garçon. Je me trouvais dans un orphelinat, alors, n'importe comment, j'aurais dû le quitter sous peu.

– Comment vous appelez-vous, mon garçon ?

– Rainer Moerling Hartheim, répondit le jeune homme dont la voix s'enfla sous la fierté.

– Quel nom magnifique, remarqua gravement le prêtre.

– Oui, n'est-ce pas ? Je l'ai choisi moi-même.

On m'appelait Rainer Schmidt à l'orphelinat, mais quand j'ai été mobilisé, j'ai changé ce nom pour celui que j'avais toujours souhaité.

– Vous avez perdu vos parents ?

– Les sœurs m'appelaient un enfant de l'amour.

L'archevêque s'efforça de ne pas sourire; le garçon faisait preuve d'une telle dignité et assurance tranquille maintenant que la peur l'avait quitté. Mais de quoi avait-il eu peur ? Pas d'être découvert ou enfermé dans la basilique.

– Pourquoi étiez-vous tellement effrayé, Rainer ?

Le jeune soldat but vivement une gorgée de vin, leva la tête avec une expression de satisfaction.

– Délicieux. Il est doux. (Il s'installa plus confortablement.) Je voulais voir la basilique Saint-Pierre parce que les sœurs nous en parlaient souvent en nous montrant des photos. Aussi quand j'ai été envoyé à Rome, j'étais heureux. Nous sommes arrivés ici ce matin; dès que je l'ai pu, je suis venu. (Il fronça les sourcils.) Mais j'ai été déçu. Je croyais me sentir plus proche de Notre-Seigneur dans sa propre église; au lieu de quoi, c'était seulement énorme et froid. Je ne sentais pas sa présence.

L'archevêque sourit.

– Je comprends ce que vous voulez dire. Mais Saint-Pierre n'est pas vraiment une église, vous savez ? Pas au sens où on l'entend pour la plupart des églises. Saint-Pierre est l'Eglise. Il m'a fallu très longtemps pour m'y habituer.

– Je voulais prier pour deux choses, laissa tomber le jeune homme en hochant la tête pour faire comprendre qu'il avait entendu les paroles mais que celles-ci n'étaient pas celles qu'il eût souhaitées.

– Pour des choses qui vous effraient ?

– Oui. Je pensais que le fait de me trouver dans la basilique Saint-Pierre pourrait m'aider.

– Quelles sont les choses qui vous effraient, Rainer ?

– Qu'on me déclare juif et que mon régiment finisse malgré tout par être envoyé sur le front russe.

– Je vois. Pas étonnant que vous ayez peur. Y a-t-il effectivement une possibilité pour qu'on vous déclare juif ?

– Eh bien, regardez-moi ! rétorqua simplement le garçon. Au moment de l'enrôlement, quand ils ont établi ma fiche, ils ont dit qu'il faudrait vérifier. Je ne sais pas s'ils le peuvent ou non, mais je suppose que les sœurs en savaient plus long qu'elles ne m'en ont dit.

– Si c'est le cas, elles ne fourniront aucun renseignement, assura Sa Grandeur dans l'espoir de l'apaiser. Elles comprendront la raison de l'enquête.

– Vous le croyez vraiment ? Oh, je le voudrais tant !

– L'idée d'avoir en vous du sang juif vous troublerait-elle ?

– Peu importe le sang qui coule dans mes veines, répondit Rainer. Je suis né Allemand; c'est tout ce qui compte.

– Mais ce n'est pas ainsi qu'ils voient les choses, n'est-ce pas ?

– Non.

– Quant au front russe, il n'y a sûrement pas lieu de vous inquiéter actuellement. Vous êtes à Rome, la direction opposée.

– Ce matin, j'ai entendu notre commandant déclarer que nous

finirions peut-être par être envoyés sur le front russe. Ça ne va pas très bien là-bas.

– Vous êtes un enfant ! s'écria l'archevêque avec emportement. Vous devriez être à l'école.

– N'importe comment, je n'y serais plus à présent, rétorqua le jeune homme en souriant. J'ai seize ans, donc je travaillerais. (Il soupira.) J'aurais aimé continuer mes études; s'instruire est important.

L'archevêque de Bricassart laissa échapper un éclat de rire, puis il se leva et remplit les verres.

– Ne faites pas attention à moi, Rainer. Ne cherchez pas un sens à mes paroles. Simplement des pensées qui se succèdent. C'est l'heure à laquelle elles m'assaillent. Je ne me montre pas un très bon hôte, n'est-ce pas ?

– Vous êtes très bien, assura le garçon.

– Parlez-moi de vous, Rainer Moerling Hartheim, invita Sa Grandeur en se rasseyant.

Une curieuse expression d'orgueil joua sur le jeune visage.

– Je suis allemand et catholique. Je veux que l'Allemagne devienne un pays où la race et la religion n'entraînent pas de persécutions, et je consacrerai ma vie à cette fin... si je vis.

– Je prierai pour vous... pour que vous viviez et réussissiez.

– Vraiment ? demanda timidement le soldat. Est-ce que vous prierez réellement pour moi, personnellement, en me nommant ?

– Bien sûr. En fait, vous m'avez appris quelque chose. Dans ma condition, je n'ai qu'une arme à ma disposition, la prière. Je n'ai pas d'autre fonction.

– Qui êtes-vous ? s'enquit Rainer auquel le vin commençait à faire battre les paupières.

– L'archevêque Ralph de Bricassart.

– Oh ! je vous avais pris pour un prêtre ordinaire.

– Je suis un prêtre ordinaire, rien de plus.

– Je vous propose un marché ! lança le jeune soldat, les yeux brillants. Vous prierez pour moi, mon père, et si je vis assez longtemps pour mener mes projets à bien, je reviendrai à Rome afin que vous puissiez constater les effets de vos prières.

Les yeux bleus s'illuminèrent de tendresse.

– D'accord, marché conclu. Et quand vous viendrez, je vous dirai ce qui, d'après moi, est advenu de mes prières. (Il se leva.) Restez là, jeune politicien. Je vais voir si je peux vous trouver quelque chose à manger.

Ils causèrent jusqu'à ce que l'aube rosît dômes et campaniles et que le bruissement des ailes des pigeons se fît entendre devant la fenêtre. Puis, l'archevêque conduisit son nouvel ami à travers les salles de réception du palais, observant avec délices sa crainte mêlée de respect, et l'accompagna dehors dans l'air frais, vif. Bien qu'il ne s'en doutât pas, le jeune homme au nom magnifique allait effectivement être envoyé sur le front russe, emportant avec lui un souvenir étrangement doux et rassurant : à Rome, dans la propre église de Notre-Seigneur, un homme prierait pour lui chaque jour, nommément.

Lorsque la 9e division fût prête à s'embarquer pour la Nouvelle-Guinée, tout était pratiquement terminé, mis à part les opérations de ratissage. Déçue, la fameuse division australienne espérait qu'il y aurait encore un peu de gloire à glaner ailleurs, en pourchassant les Japonais à travers l'Indonésie. Guadalcanal avait ôté tout espoir aux armées nippones de débarquer en Australie. Et pourtant, comme les Allemands, les Japonais ne cédaient que pied à pied, s'accrochaient. Bien que leurs ressources fussent pitoyablement réduites, leurs armées fourbues par manque de ravitaillement et de renforts, ils n'en obligeaient pas moins Américains et Australiens à payer chèrement chaque pouce de terrain. En retraite, les Japonais abandonnèrent Buna, Gona, Salamaua et remontèrent la côte nord vers Lae et Finschafen.

Le 5 septembre 1943, la 9e division débarqua à l'est de Lae. Il faisait chaud, l'humidité atteignait cent pour cent et il pleuvait tous les après-midi bien que la saison des pluies ne fût attendue que deux mois plus tard. La menace de malaria obligeait les hommes à absorber des médicaments, de petits comprimés jaunes qui les rendaient tout aussi malades que s'ils avaient vraiment été atteints de malaria. Avec l'humidité ambiante, chaussettes et chaussures étaient constamment trempées; les pieds devenaient spongieux, la chair entre les orteils à vif et sanguinolente. Les piqûres des mouches de marais et des moustiques dégénéraient en plaies qui s'ulcéraient.

A Port Moresby, les soldats avaient pu constater l'état pitoyable des indigènes de Nouvelle-Guinée et, si ceux-ci ne parvenaient pas à supporter le climat sans contracter béribéri, malaria, pneumonie, affections chroniques de la peau, hypertrophie du foie et céder à un état de prostration, il n'y avait guère d'espoir pour l'homme blanc. A Port Moresby, ils virent aussi des survivants de Kokoda, victimes, non pas tant des Japonais, que de la Nouvelle-Guinée, émaciés, couverts de plaies, délirant de fièvre. Certes, les Japonais en avaient tué beaucoup, mais dix fois plus étaient morts de pneumonie à dix-huit cents mètres d'altitude par un froid glacial, vêtus de leurs minces tenues tropicales. Boue visqueuse, gluante, forêts spectrales qui luisaient des pâles lumières dispensées après le coucher du soleil par des champignons phosphorescents, ravins abrupts. à escalader dans un fouillis de racines enchevêtrées qui interdisaient à tout homme de lever les yeux, ne fût-ce qu'une seconde, alors qu'il constituait une cible facile pour un tireur embusqué. Tout était là diamétralement opposé à l'Afrique du Nord; aucun des hommes de la 9e ne regrettait d'être demeuré sur place pour prendre part aux deux combats d'El-Alamein plutôt que d'avoir été envoyé sur les pistes de Kokoda.

Lae, ville côtière, nichée au cœur d'une végétation exubérante où l'herbe le disputait à la forêt, était infiniment plus salubre en tant que champ de bataille que Kokoda. Elle ne comptait que quelques rares maisons européennes, une pompe à essence et une large concentration de huttes indigènes. Les Japonais faisaient toujours preuve du même cran, mais ils étaient peu nombreux et affaiblis, aussi usés par la Nouvelle-Guinée que les Australiens qu'ils avaient combattus, aussi affectés par la maladie. Après les massives concentrations d'artillerie et l'extrême mécanisation d'Afrique du Nord, il était curieux de ne jamais voir un mortier ou un canon; rien que des fusils-mitrailleurs et des mousquetons constamment prolongés de leurs baïonnettes. Jims et Patsy aimaient les combats au corps à corps, restant toujours à proximité l'un de l'autre pour mieux se couvrir mutuellement. Une sorte de déchéance, terrible, après l'Afrika Korps. De petits hommes jaunes, aux dents proéminentes, qui paraissaient tous porter lunettes. Totalement dépourvus de panache guerrier.

Quinze jours après le débarquement de la 9e à Lae, il n'y avait plus de Japonais. Une très belle journée pour un printemps de Nouvelle-Guinée. Le taux d'humidité avait un peu baissé, le soleil brillait dans un ciel subitement bleu au lieu de l'habituel blanc chargé de vapeur; la ligne de crêtes paraissait verte, pourpre et lilas au-delà de la ville. La discipline s'était relâchée; les hommes s'accordaient une journée de repos pour jouer au cricket, se promener, taquiner les indigènes afin de les faire rire et surprendre le rouge sang de leurs gencives édentées à force d'avoir mâchonné du bétel. Jims et Patsy vagabondaient dans l'herbe haute au-dessus de l'agglomération, car elle leur rappelait Drogheda; elle avait la même teinte, jaunie, décolorée, et ait longue comme au domaine après une saison de fortes pluies.

– Nous ne tarderons pas à rentrer, Patsy, assura Jims. Les Japs et les Chleuhs sont en déroute. La maison, Patsy, Drogheda. Je meurs d'impatience.

– Ouais, répondit Patsy.

Ils avançaient, épaule contre épaule, liés par une intimité infiniment plus grande que celle qui peut unir deux hommes ordinaires; parfois, ils s'effleuraient l'un l'autre, pas consciemment, mais à la façon dont un être touche son propre corps afin de soulager une légère démangeaison, ou machinalement pour s'assurer qu'il est toujours intact. Comme c'était agréable de sentir un vrai et chaud soleil sur le visage au lieu de percevoir la moiteur habituelle de bain turc dispensée par la grosse boule voilée de vapeur ! De temps à autre, ils levaient le nez vers le ciel, dilataient leurs narines pour s'imprégner de l'odeur de lumière chaude qui baignait une herbe ressemblant à celle de Drogheda, rêver un peu qu'ils étaient de retour là-bas, s'approchant d'un wilga dans l'éblouissement de midi pour s'étendre et laisser passer le gros de la chaleur, lire un livre, somnoler, rouler sur soi-même, sentir la terre belle et amicale à travers la peau, surprendre la pulsation d'un cœur puissant qui battait, là, dans les profondeurs du sol, à l'unisson avec le leur.

– Jims ! Regarde ! C'est un inséparable ! Un vrai, comme ceux de Drogheda ! s'exclama Patsy que la surprise avait tiré de son mutisme.

Peut-être existait-il aussi des perruches, dites inséparables, dans la région de Lae, mais l'ambiance de la journée et ce rappel absolument inattendu de Drogheda déclencha une soudaine exaltation chez Patsy. Riant, sentant l'herbe lui chatouiller les mollets, il pourchassa l'oiseau, arrachant son vieux chapeau, le maintenant devant lui comme s'il croyait sérieusement pouvoir attraper la perruche, la capturer. Jims l'observait en souriant.

Patsy s'était éloigné d'une vingtaine de mètres lorsque la rafale de mitrailleuse faucha l'herbe autour de lui; Jims le vit lever les bras, pivoter sur lui-même, mains dressées en un geste de supplication. De la taille aux genoux, le sang le recouvrait, brillant; la vie s'écoulait de lui.

– Patsy ! Patsy ! hurla Jims.

Chaque fibre de son corps ressentait la morsure des balles comme si elles s'étaient enfoncées dans sa chair; une agonie, il avait l'impression de mourir.

Il se fendit, prit son élan pour se ruer vers son frère, mais la prudence du soldat lui revint et il plongea tête la première dans l'herbe juste à la seconde où la mitrailleuse ouvrait de nouveau le feu.

– Patsy ! Patsy, ça va ? cria-t-il, stupidement puisqu'il avait vu le sang jaillir.

Pourtant, contre toute attente, une faible réponse lui parvint.

– Ouais.

Centimètre par centimètre, Jims rampa à travers l'herbe odorante; l'oreille aux aguets, il écoutait le vent, le bruissement de sa progression.

Quand il eut atteint son frère, il posa la tête sur l'épaule nue et pleura.

– Eh, arrête, dit Patsy. Je ne suis pas encore mort.

– C'est grave ? demanda Jims.

Il baissa le short inondé de sang et découvrit une chair sanguinolente, frémissante.

– En tout cas, je n'ai pas l'impression que je vais y passer.

Des hommes surgissaient autour d'eux, les joueurs de cricket portant encore leurs gants et leurs protège-tibias; l'un d'eux alla chercher un brancard tandis que les autres avançaient pour réduire au silence la mitrailleuse camouflée à l'autre extrémité de la clairière. L'opération fut accomplie avec une détermination encore plus farouche qu'à l'accoutumée car tout le monde aimait Harpo. S'il lui arrivait malheur, Jims ne serait jamais le même.

Une belle journée; la perruche était partie depuis longtemps, mais d'autres oiseaux pépiaient, gazouillaient sans crainte; ils ne s'étaient tus que pendant l'escarmouche.

– Patsy a une sacrée veine, assura le toubib à Jims un peu plus tard. Il a dû stopper une bonne douzaine de balles, mais la plupart l'ont atteint aux cuisses. Les deux ou trois qui ont pénétré un peu plus haut paraissent s'être logées dans l'os iliaque ou le muscle pelvien. Pour autant que je puisse en juger, ses tripes sont intactes; sa vessie aussi. Seulement il...

– Quoi ? s'impatienta Jims qui tremblait encore, bouche bleuie à force de crispations.

– Il est difficile de se prononcer à ce stade, évidemment, je ne n'ai rien du chirurgien de génie comme certains de ces caïds de Moresby. Eux t'en diront davantage, mais l'urètre a été atteint et pas mal des minuscules nerfs du périnée. Je suis à peu près sûr qu'il pourra être remis à neuf, mais il ne retrouvera probablement pas l'usage de certains nerfs. Malheureusement ceux-ci ne se raccommodent pas très bien. (Il se racla la gorge.) Ce que j'essaie de te dire, c'est qu'il sera peut-être privé de sensibilité dans la région génitale.

Jims baissa la tête, regarda le sol à travers le voile de ses larmes.

– Le principal c'est qu'il vive, dit-il.

On lui accorda l'autorisation de prendre l'avion avec son frère pour Port Moresby et d'y rester jusqu'à ce que Patsy fût jugé hors de danger. Celui-ci pouvait être considéré comme miraculé. Les balles s'étaient en effet éparpillées tout autour de l'abdomen sans s'y loger. Et le médecin de la 9e avait vu juste : la sensibilité des organes génitaux était sérieusement lésée. Peut-être reviendrait-elle partiellement par la suite, mais personne ne pouvait encore se prononcer.

– Ça n'a pas d'importance, dit Patsy étendu sur le brancard qui devait être embarqué dans l'avion à destination de Sydney. N'importe comment, je n'ai jamais été très porté sur les filles. Surtout, sois prudent, Jims, maintenant plus que jamais. J'ai de la peine de te quitter.

– T'en fais pas, je serai prudent, Patsy, assura Jims en souriant. (Il étreignit la main de son frère.) Tu te rends compte ? Etre obligé de finir la guerre sans mon meilleur copain... Je t'écrirai pour te dire comment ça se passe. Dis bonjour pour moi à Mme Smith, Meggie, M'man et aux frangins. Dans le fond, tu as de la chance de rentrer à Drogheda.

Fee et Mme Smith prirent l'avion pour Sydney afin d'être à l'atterrissage de l'appareil américain qui amenait Patsy de Townsville; Fee ne resta que quelques jours, mais Mme Smith s'installa dans un hôtel de Randwick proche de l'hôpital militaire du Prince de Galles. Patsy y demeura trois mois. Sa carrière militaire était achevée. Mme Smith versa bien des pleurs, mais la joie l'emporta souvent en voyant son protégé se rétablir peu à peu et, finalement, s'en tirer à si bon compte. Il ne pourrait jamais mener une vie totalement pleine, mais tous les autres plaisirs lui restaient : monter à cheval, marcher, courir. N'importe comment, le mariage ne semblait pas devoir entrer dans le destin des Cleary. Lorsqu'il fut autorisé à quitter l'hôpital, Meggie vint le chercher avec la Rolls, et les deux femmes l'installèrent sur le siège arrière entouré de couvertures et de magazines, priant pour que Dieu leur accordât une autre faveur : le retour de Jims.

CHAPITRE 16

Il fallut que le représentant de l'empereur Hiro-hito eût signé la reddition officielle du Japon pour que Gillanbone crût en la fin de la guerre. La nouvelle éclata le dimanche 2 septembre 1945, soit exactement six ans après le début des hostilités. Six années lourdes d'angoisse. Tant de places demeureraient vides à jamais : Rory, fils de Dominic O'Rourke, John, fils de Horry Hopeton, Cormac, fils d'Eden Carmichael. Le plus jeune fils de Ross MacQueen, Angus, ne marcherait plus; David, le fils d'Anthony King, marcherait, mais sans voir où il irait; Patsy, le fils de Paddy Cleary n'aurait jamais d'enfants. Et il y avait ceux dont les blessures n'étaient pas apparentes, mais restaient tout aussi profondes; ceux qui étaient partis joyeux, ardents, rieurs, mais étaient revenus sans tapage; ils parlaient peu et ne riaient que rarement. Au moment de la déclaration de guerre, qui aurait pu imaginer que le conflit durerait si longtemps et prélèverait un tel tribut ?

Gillanbone ne formait pas une communauté spécialement superstitieuse, mais ses plus cyniques citoyens eux-mêmes frissonnèrent ce dimanche 2 septembre car, le jour même où la guerre prenait fin, s'acheva aussi la pire sécheresse qu'eût enregistrée l'Australie au cours de son histoire. Pendant près de dix ans, aucune pluie digne de ce nom n'était tombée mais, ce jour-là, les nuages envahirent le ciel, noirs, sur une épaisseur de plusieurs centaines de mètres; ils crevèrent et déversèrent trente-six centimètres d'eau sur la terre assoiffée. Et une faible précipitation pluvieuse peut fort bien ne pas augurer la fin de la sécheresse si elle n'est pas suivie d'autres pluies, mais trente-six centimètres d'eau signifient herbe.

Meggie, Fee, Bob, Jack, Hughie et Patsy se tenaient sous la véranda baignée d'ombre d'où ils observaient les alentours, respirant le parfum d'une douceur insoutenable qui montait de la terre craquelée, réduite en poussière. Chevaux, moutons, bovins, porcs écartaient les pattes pour se camper sur le sol qui se dérobait et laissaient l'eau se déverser sur leurs corps frissonnants; la plupart d'entre eux étaient nés après qu'une telle pluie eut traversé leur monde. Dans le cimetière, le déluge entraînait la poussière, blanchissait tout, ravivait les ailes déployées de l'ange amical, inspiré de Botticelli. Le ruisseau exulta, se gonfla sous un raz de marée; son flot rugissant se mêla au tambourinement de la pluie qui détrempait tout. La pluie, la pluie ! La pluie. Une bénédiction longtemps retenue dans une immense main et, enfin, accordée. La pluie bénie, merveilleuse. Car la pluie signifiait herbe, et l'herbe était la vie.

Un duvet vert pâle apparut, dressa ses petits brins vers le ciel, se ramifia, éclata, se mua en un vert profond au fur et à mesure de sa croissance, puis se décolora et devint gras, se transforma en herbe beige argenté, celle de Drogheda, montant jusqu'aux genoux. L'enclos intérieur ressemblait à un champ de blé, ondoyant sous chaque risée malicieuse; les jardins qui entouraient la maison explosèrent en un feu d'artifice de couleurs; de gros bourgeons se déroulèrent, les grands eucalyptus redevinrent subitement blancs et vert clair après avoir ployé pendant neuf ans sous une chape de poussière. Bien que la folle prodigalité des citernes dues à Michael Carson eût encore permis de conserver un semblant de vie dans les jardins, la poussière s'était depuis longtemps installée sur chaque feuille et pétale, ternissant, abolissant leur éclat. Et une vieille légende s'était vérifiée; Drogheda disposait effectivement de suffisamment d'eau pour survivre à une sécheresse de dix ans, mais uniquement pour alimenter les abords immédiats de la maison.

Bob, Jack, Hughie et Patsy retournèrent dans les enclos et tirèrent des plans pour renouveler le cheptel; Fee ouvrit une bouteille neuve d'encre noire et reboucha frénétiquement son flacon d'encre rouge; Meggie vit la fin de sa vie en selle car Jims ne tarderait pas à rentrer et des hommes se présenteraient à la recherche d'un emploi.

Après neuf ans, il ne restait que bien peu de moutons et de bovins, uniquement des reproducteurs de choix, toujours gardés dans des enclos fermés et alimentés par des apports extérieurs, quelles que fussent les conditions climatiques, la fine fleur des étalons, béliers et taureaux. Bob partit pour l'est jusqu'à la ligne de partage des eaux afin d'acheter des brebis de bonne souche dans des propriétés moins durement touchées par la sécheresse. Jims rentra. Huit ouvriers-éleveurs furent portés dans les livres de Drogheda. Meggie raccrocha sa selle.

Peu de temps après, Meggie reçut une lettre de Luke, la deuxième depuis qu'elle l'avait quitté.

Ça ne sera plus très long maintenant, je crois; encore quelques années à couper la canne et j'arriverai au bout. Les reins me font un peu plus mal ces temps, mais je suis encore capable de me mesurer aux meilleurs coupeurs, huit à neuf tonnes. Arne et moi avons douze autres équipes qui travaillent pour nous; tous des braves types. L'argent circule plus facilement, l'Europe a besoin de sucre, aussi vite que nous pouvons le produire. Je me fais plus de cinq mille livres par an que je mets presque entièrement de côté. Ce ne sera pas long maintenant, Meg, avant que je parte pour Kynuna. Peut-être que quand j'aurai tout mis au point, tu voudras me revenir. Est-ce que je t'ai donné le gosse que tu voulais ? Bizarre comme les femmes ne rêvent que de mômes. C'est probablement ça qui nous a séparés, hein? Dis-moi ce que tu deviens et comment Drogheda a résisté à la sécheresse. Bien à toi, Luke.

Fee sortit sur la véranda où Meggie était assise, la lettre à la main, le regard perdu vers les pelouses d'un vert éclatant.

– Comment va Luke ?

– Toujours le même, M'man. Pas changé le moins du monde. Encore un petit bout de temps à couper cette satanée canne à sucre et, un jour, il achètera son domaine près de Kynuna.

– Irais-tu le rejoindre, Meggie ?

– Jamais de la vie.

Fee se laissa tomber dans un fauteuil de rotin qu'elle déplaça légèrement afin de mieux voir sa fille. Pas très loin, des hommes s'interpellaient, des bruits de marteau résonnaient; enfin les vérandas et les fenêtres du premier étage allaient être munies d'un fin treillage pour faire obstacle aux mouches. Pendant des années, Fee s'y était opposée obstinément. Quel que soit le désagrément des insectes, la maison ne serait jamais enlaidie par ces horribles moustiquaires ! Mais plus la sécheresse durait, plus les mouches se multipliaient; enfin, deux semaines avant que vînt la pluie, Fee avait cédé et donné ordre à un entrepreneur d'obturer d'un fin treillage toutes les fenêtres des bâtiments du domaine, pas seulement celles de la maison principale, mais aussi celles de toutes les habitations affectées au personnel, y compris le baraquement.

Mais elle se refusait à faire installer l'électricité bien que, depuis 1915, l'auvent de tonte disposât d'un générateur fournissant le courant. Drogheda sans le doux halo des lampes à pétrole ? Impensable. Pourtant, elle ne s'opposa pas à l'installation d'une dizaine de réfrigérateurs à pétrole et de l'une de ces nouvelles cuisinières à gaz butane; l'industrie australienne n'avait pas encore atteint le niveau de production du temps de paix mais, peu à peu, les appareils ménagers finiraient par s'imposer.

– Meggie, pourquoi ne divorces-tu pas pour te remarier ? demanda tout à coup Fee. Enoch Davies t'épouserait immédiatement; aucune autre femme n'a jamais retenu son attention.

Meggie leva vers sa mère un regard stupéfait.

– Grand dieu, M'man, j'ai vraiment l'impression que tu t'adresses à moi d'égale à égale... comme si tu parlais à une vraie femme.

Fee ne sourit pas; Fee souriait rarement.

– Eh bien, si tu n'es pas une femme à présent, tu ne le seras jamais. Pour ma part, je crois que tu remplis toutes les conditions. Je dois vieillir, j'ai envie de bavarder.

Meggie rit, enchantée de voir sa mère en de telles dispositions, souhaitant les voir durer.

– C'est la pluie, M'man. Ça ne peut être que ça. Oh, c'est merveilleux de revoir de l'herbe à Drogheda et des pelouses vertes autour de la maison !

– Oui, en effet. Mais tu éludes ma question. Pourquoi ne pas divorcer et te remarier ?

– C'est contraire aux lois de l'Église.

– Sornettes ! s'écria Fee. La moitié de toi tient de moi et je ne suis pas catholique. Ne me raconte pas d'histoires, Meggie. Si tu voulais réellement te remarier, tu divorcerais d'avec Luke.

– Oui, probablement. Mais je ne veux pas me remarier. Mes enfants et Drogheda suffisent amplement à mon bonheur.

Un gloussement, très semblable au sien, monta en écho d'un buisson aux chatons pourpres qui dissimulait l'auteur du rire.

– Écoute ! Il est là ! C'est Dane ! Sais-tu qu'à son âge il monte aussi bien à cheval que moi ? (Elle se pencha vers le jardin.) Dane ! Qu'est-ce que tu manigances ? Sors de là immédiatement !

Il émergea de sa cachette sous le buisson, les mains pleines de terre noire, la bouche maculée de taches suspectes.

– M'man ! Est-ce que tu savais que la terre a bon goût ? C'est vrai, tu sais, M'man !

Il se dressa devant elle; à sept ans, il était grand, délié, fort mais avec grâce, et son visage évoquait la finesse d'une figurine de porcelaine. Justine apparut, se tint à côté de lui; elle aussi était grande, mais maigre plutôt que mince, et terriblement marquée de taches de rousseur. Il était difficile de distinguer ses traits sous le piquetage brun, et ses yeux, toujours aussi pâles, communiquaient la même impression de malaise; ses cils et sourcils, trop blonds, ne tranchaient pas sur les taches de son. Des tresses, du même roux flamboyant que celui de Paddy, le disputaient aux boucles rebelles et encadraient son visage de farfadet. Personne n'aurait pu la qualifier de jolie, mais elle laissait sur ceux qu'elle rencontrait une impression durable, pas seulement à cause de ses yeux, mais aussi en raison de sa remarquable force de caractère. Rigide, droite, d'une intelligence ignorant le compromis, à huit ans Justine se préoccupait aussi peu de ce que l'on pensait d'elle que lorsqu'elle était bébé. Un seul être était véritablement très proche d'elle : Dane. Elle l'adorait toujours et le considérait encore comme sa propriété personnelle.

Cet état d'esprit avait donné lieu à bien des affrontements de volontés entre elle et sa mère. Justine avait été profondément bouleversée quand Meggie avait raccroché sa selle pour reprendre ses devoirs de mère. D'une part, Justine ne paraissait pas avoir besoin de la férule maternelle puisqu'elle était convaincue d'avoir raison en tout. D'autre part, elle n'avait rien de la petite fille exigeant une confidente ou une approbation chaleureuse. A ses yeux, Meggie représentait essentiellement une personne qui s'immisçait dans le plaisir que lui procurait la présence de Dane. Elle s'entendait infiniment mieux avec sa grand-mère dont elle approuvait pleinement le comportement. Fee gardait ses distances et accordait à chacun un minimum de bon sens.

– Je lui ai dit de ne pas manger de terre, assura Justine.

– Ma foi, ça ne le tuera pas, rétorqua Meggie. Mais ça n'est pas bon pour lui. (Elles se tourna vers son fils.) Dane, pourquoi as-tu fait ça ?

Il réfléchit gravement à la question.

– Elle était là, alors j'en ai mangé. Si c'était mauvais pour moi, ça aurait mauvais goût, non ? Et ça a bon goût.

– Pas nécessairement, intervint Justine d'un ton docte. Tu me désoles, Dane. Certaines des choses qui ont le meilleur goût n'en sont pas moins du poison.

– Quoi, par exemple ? fit-il, la défiant.

– La mélasse ! lança-t-elle d'un ton triomphant.

Dane avait été très malade après avoir englouti toute une boîte de mélasse découverte dans l'office de Mme Smith. Il encaissa le coup et contre-attaqua.

– Je suis encore là. Alors, ça ne pouvait pas être un vrai poison.

– C'est seulement parce que tu l'as vomie. Sinon, tu serais mort.

Argument irréfutable. Lui et sa sœur étaient à peu près de la même taille, aussi lui enlaça-t-il gentiment la taille et tous deux s'éloignèrent en sautillant à travers la pelouse en direction de la cabane que leurs oncles avaient construite sur leurs indications, parmi les branches souples d'un poivrier pleureur. Le danger que faisaient courir les abeilles avait soulevé bien des oppositions de la part des adultes quant à l'emplacement choisi, mais il apparut que les enfants avaient eu raison, les abeilles cohabitaient avec eux en bonne intelligence. Et les poivriers étaient les plus agréables des arbres, se prêtant à l'intimité. Ils dégageaient un parfum sec, odorant, et les grappes de minuscules boules roses qui pendaient à leurs branches se transformaient en paillettes rosâtres à la senteur violente quand on les écrasait sous les doigts.

– Dane et Justine sont si différents l'un de l'autre, et pourtant ils s'entendent si bien, remarqua Meggie. J'en suis toujours surprise. Je ne crois pas les avoir jamais vus se quereller; parfois, je me demande comment Dane réussit à éviter les disputes avec un être aussi résolu et obstiné que Justine.

Mais Fee avait une autre idée en tête.

– Seigneur, c'est le portrait craché de son père, dit-elle en observant Dane qui se glissait sous les frondaisons du poivrier et disparaissait à sa vue.

Un froid de glace envahit Meggie, réaction dont elle ne pouvait se défendre bien qu'elle eût entendu cette phrase des centaines de fois au fil des années. Réflexe engendré par son sentiment de culpabilité, évidemment. Les gens faisaient toujours allusion à Luke. D'ailleurs, pourquoi pas ? Il existait nombre de similitudes entre Luke O'Neill et Ralph de Bricassart. Mais, en dépit de tous ses efforts, Meggie ne parvenait jamais à être très naturelle lorsqu'on se livrait à des commentaires sur la ressemblance de Dane avec son père.

Elle prit une longue inspiration, s'efforça de paraître naturelle.

– Tu trouves, M'man ? demanda-t-elle en balançant négligemment le pied. Pour moi, ça n'est pas tellement évident. Dane n'a rien de Luke, ni dans le tempérament, ni dans le comportement.

Fee rit. Le son qu'elle produisait tenait du reniflement, mais il s'agissait d'un vrai rire. Devenus pâles avec l'âge et l'opacité de la cataracte, ses yeux se posèrent avec ironie sur le visage stupéfait de Meggie.

– Me prends-tu pour une idiote, Meggie ? Je ne veux pas parler de Luke O'Neill. Je trouve que Dane est le portrait craché de Ralph de Bricassart.

Du plomb. Le pied de Meggie était de plomb. Il retomba sur le carrelage espagnol. Son corps, devenu de plomb, se tassa, le cœur de plomb à l'intérieur de sa poitrine lutta pour battre en dépit de son poids. Bats, bon dieu, bats ! Il faut que tu continues à battre pour mon fils !

– Mais, M'man ! parvint-elle à articuler d'une voix, elle aussi, de plomb. Mais, M'man, quelle réflexion extravagante ! Le père Ralph de Bricassart ?

– Combien d'autres personnes connais-tu qui portent ce nom ? Luke O'Neill n'a jamais engendré de garçon. Dane est le fils de Ralph de Bricassart. Je l'ai compris à la seconde où je l'ai tiré hors de toi pour le mettre au monde.

– Alors... pourquoi n'as-tu rien dit ? Pourquoi as-tu attendu qu'il ait sept ans pour formuler une accusation aussi absurde et dénuée de fondement ?

Fee étendit les jambes, croisa les chevilles avec élégance.

– J'atteins enfin un âge avancé, Meggie, et les choses font moins mal maintenant. Quelle bénédiction que la vieillesse ! C'est si bon de voir Drogheda revivre. Sans doute est-ce pour ça que je me sens mieux... Pour la première fois depuis bien des années, j'ai envie de parler.

– Eh bien, je dois dire que quand tu te décides à parler tu as l'art de choisir ton sujet ! M'man, tu n'as absolument pas le droit de dire une chose pareille ! Ce n'est pas vrai ! assura Meggie d'une voix tremblante de désespoir, ne sachant pas très bien si sa mère inclinait vers la torture ou la commisération.

Soudain, la main de Fee jaillit, se posa sur le genou de Meggie. Fee sourit – pas avec amertume ou mépris, mais avec une curieuse compréhension.

– Ne me mens pas, Meggie. Mens à qui tu voudras, mais pas à moi. Rien ne pourra jamais me persuader que Luke O'Neill a engendré ce garçon. Je ne suis pas idiote, j'ai des yeux. Il n'y a rien de Luke en lui ; il n'y a jamais rien eu parce qu'il ne pouvait rien y avoir. Il est le reflet du prêtre. Regarde ses mains, l'implantation de ses cheveux, la façon dont ils bouclent sur le front, la forme de son visage, les sourcils, la bouche. Même la manière dont il se déplace. Ralph de Bricassart, Meggie, Ralph de Bricassart.

Meggie céda; l'ampleur de son soulagement se devina dans la façon dont son corps se laissa aller, détendu, décontracté.

– La hauteur que l'on devine dans son regard. Pour moi, c'est ce qui paraît le plus frappant. Est-ce tellement évident ? Est-ce que tout le monde est au courant, M'man ?

– Bien sûr que non, affirma catégoriquement Fee. Les gens ne cherchent pas plus loin que la couleur des yeux, la forme du nez, la conformation générale. Tout cela peut faire penser à Luke. Je sais parce que, pendant des années, j'ai observé ton manège avec Ralph de Bricassart. Il lui aurait suffi de lever le petit doigt pour que tu te jettes dans ses bras; alors, quand je te parle de divorce, tu pourrais t'abstenir de réflexions du genre « c'est contraire aux lois de l'Église ». Tu grillais d'enfreindre une loi de l'Église infiniment plus sérieuse que celle qui concerne le divorce. Sans vergogne, Meggie, voilà ce que tu étais. Sans vergogne ! (Un soupçon de rudesse se glissa dans sa voix.) Mais tu avais affaire à un homme obstiné. Avant tout, il tenait à être un prêtre parfait; tu n'arrivais qu'en second rang. Quelle idiotie ! Ça ne lui a servi à rien. Ce n'était qu'une question de temps avant que l'inévitable se produise.

De l'autre côté de la véranda, un homme laissa tomber un marteau et lâcha une bordée de jurons; Fee se raidit, frissonna.

– Dieu du ciel, je serai heureuse quand la pose de ces moustiquaires sera terminée ! (Elle revint au sujet qui lui tenait à cœur.) Crois-tu vraiment m'avoir abusée quand tu as refusé que Ralph de Bricassart célèbre ton mariage avec Luke ? Je n'étais pas dupe. Tu le voulais en tant qu'époux, non en tant qu'officiant. Puis, il est passé à Drogheda avant son départ pour Athènes, et tu n'étais pas là. Alors, j'ai su que, tôt ou tard, il se mettrait à ta recherche et te trouverait. Il errait dans la propriété comme une âme en peine. Tu as manœuvré habilement en épousant Luke, Meggie. Tant qu'il te savait en train de languir pour lui, Ralph ne voulait pas de toi, mais dès l'instant où tu appartenais à un autre, il a présenté tous les symptômes classiques du chien du jardinier. Bien sûr, il s'était persuadé que l'attachement qu'il te portait était pur, mais le fait demeure qu'il avait besoin de toi. Tu lui étais nécessaire comme aucune femme ne l'avait jamais été pour lui et, vraisemblablement, ne le sera jamais. Curieux, ajouta Fee qui semblait réellement intriguée. Je me suis toujours demandé ce qu'il pouvait bien te trouver, mais je suppose que les mères sont un peu aveugles en ce qui concerne leurs filles, tout au moins jusqu'à ce qu'elles soient trop vieilles pour envier leur jeunesse. Tu as les mêmes réactions envers Justine que celles que j'avais envers toi.

Elle s'adossa à son fauteuil, se balança légèrement, yeux mi-clos, mais elle ne cessait d'observer Meggie à la façon dont un entomologiste se penche sur un insecte.

– Quel que soit ce qu'il voyait en toi, il l'a découvert dès l'instant où il t'a vue, et ça n'a jamais cessé de l'enchanter, reprit-elle. Le plus pénible pour lui était de te voir grandir, mais la réalité lui est apparue quand il est venu pour découvrir que tu étais partie, mariée. Pauvre Ralph ! Il ne lui restait qu'à se lancer à ta recherche, et il t'a trouvée, n'est-ce pas ? Je l'ai compris quand tu es rentrée à la maison avant la naissance de Dane. Dès l'instant où tu avais eu Ralph de Bricassart, il n'était plus nécessaire que tu restes avec Luke.

– Oui, convint Meggie avec un soupir. Ralph m'a trouvée, mais ça n'a rien résolu pour nous. Je savais qu'il n'abandonnerait jamais son

Dieu. C'est pour cette raison que j'étais décidée à tirer de lui la seule chose que je puisse jamais espérer : un enfant, son fils, Dane.

– J'ai l'impression d'écouter un écho, dit Fee avec un rire grinçant. Il me semble m'entendre prononcer ces mêmes paroles.

– Frank ?

Le fauteuil râcla le sol; Fee se leva, se mit à marcher de long en large, faisant résonner le dallage; finalement, elle revint se planter devant sa fille qu'elle considéra attentivement.

– Eh bien, eh bien... Du tac au tac, hein, Meggie ? Et toi, depuis combien de temps étais-tu au courant ?

– Depuis que j'étais toute petite. Depuis le jour où Frank est parti.

– Son père était déjà marié. Il était beaucoup plus âgé que moi, un homme politique de premier plan. Si je te disais son nom, tu le reconnaîtrais immédiatement. Beaucoup de rues portent son nom en Nouvelle-Zélande, peut-être même une ville ou deux. Mais, pour les besoins de la cause, je l'appellerai Pakeha. C'est le mot maori pour désigner l'homme blanc, mais ça suffira. Il est mort maintenant, évidemment. J'ai en moi un peu de sang maori, mais le père de Frank était métis. Cet aspect ressortait davantage chez Frank parce que nous le lui avions légué l'un et l'autre. Dieu, que j'ai aimé cet homme ! Peut-être était-ce la voix du sang, je ne sais pas. Il était beau, grand, brun, avec des yeux noirs brillants et rieurs. L'opposé absolu de Paddy... cultivé, raffiné, plein de charme. Je l'aimais à la folie. Et je croyais que je n'aimerais jamais personne d'autre; je me suis vautrée dans cette illusion si longtemps que, lorsque je m'en suis débarrassée, il était trop tard... trop tard ! (Sa voix se cassa; elle se tourna en direction du jardin.) J'ai beaucoup à me faire pardonner, Meggie, tu peux me croire.

– Alors, c'est pour ça que tu aimais Frank plus que nous tous, laissa tomber Meggie.

– Je le croyais parce qu'il était le fils de Pakeha et que les autres appartenaient à Paddy. (Elle s'assit, émit un soupir douloureux, triste.) Et ainsi, l'histoire se renouvelle. J'ai ri intérieurement en voyant Dane, tu peux me croire.

– M'man, tu es une femme extraordinaire.

– Vraiment ? (Le fauteuil gémit, elle se pencha en avant.) Laisse-moi te confier un petit secret, Meggie. Extraordinaire ou simplement ordinaire, je suis une femme très malheureuse. Pour une raison quelconque, j'ai été malheureuse depuis le jour où j'ai connu Pakeha, essentiellement par ma faute. Je l'ai aimé, mais j'ai succombé comme jamais une femme ne devrait succomber. Et il y a eu Frank... Je me raccrochais à Frank et ignorais le reste. J'ignorais Paddy, qui était le meilleur être qui m'ait jamais approchée, mais je ne m'en apercevais pas, trop occupée que j'étais à le comparer à Pakeha. Oh, je lui étais reconnaissante et ne pouvais m'empêcher de l'admirer... (Elle haussa les épaules.) Enfin, c'est du passé... Ce que je voulais dire c'est que tout ça est néfaste. Tu le sais, n'est-ce pas ?

– Non. A mon sens, c'est l'Église qui peut être considérée comme néfaste en interdisant ce bonheur à ses prêtres.

– Curieuse coïncidence qu'Église soit du genre féminin. Tu as volé l'époux d'une autre femme, Meggie, tout comme moi.

– Ralph n'était lié à aucune autre femme que moi. L'Église n'est pas une femme, Maman... c'est une institution, sans plus.

– N'essaie pas de te justifier vis-à-vis de moi. Je connais par avance toutes les réponses. Je pensais comme toi, à l'époque. Le divorce était hors de question pour lui. Il était l'un des premiers hommes de sa race à accéder à un poste politique aussi élevé; il lui fallait choisir entre moi et son peuple. Quel homme aurait pu résister à un destin si noble ? Exactement comme ton Ralph a choisi l'Église, n'est-ce pas ? Alors, j'ai cru que ça m'était égal. Je prendrais ce qu'il pouvait me donner, j'aurais de lui un enfant à aimer.

Soudain, Meggie se rebella en voyant sa mère faire preuve de compassion à son endroit; elle lui en voulait d'insinuer qu'elle aussi avait tout gâché.

– Mais j'ai fait preuve de beaucoup plus de subtilité que toi, Maman. Mon fils a un nom que personne ne peut lui enlever, pas même Luke.

Un son sifflant s'extirpa de la gorge de Fee.

– C'est écœurant ! Oh, comme tu sais tromper ton monde, Meggie ! Et dire qu'on te donnerait le Bon Dieu sans confession ! Eh bien, mon père m'a acheté un mari pour donner un nom à Frank et se débarrasser de moi. Je parie que tu ne savais pas ça ! D'ailleurs, comment as-tu su ?

– Ça me regarde.

– Tu paieras, Meggie. Crois-moi, tu paieras. Tu ne t'en tireras pas mieux que moi. J'ai perdu Frank de la façon la plus atroce qu'une mère puisse perdre son fils. Je ne peux même pas le voir et j'en meurs d'envie... Tu verras ! Toi aussi, tu perdras Dane.

– Je ferai en sorte de le retenir. Tu as perdu Frank parce qu'il ne pouvait pas s'atteler à la même charrette que Papa. Je me suis assurée que Dane n'aurait pas de père pour lui passer la bride. C'est moi qui l'attellerai à Drogheda. Pourquoi crois-tu que je m'efforce déjà d'en faire un éleveur ? Il sera en sécurité à Drogheda.

– Papa l'a-t-il été ? Stuart l'a-t-il été ? On n'est nulle part en sécurité, et tu ne garderas pas Dane ici s'il veut s'en aller. Papa n'a pas réussi à atteler Frank... parce que Frank ne pouvait être attelé. Et tu crois que toi, une femme, seras capable de passer le harnais au fils de Ralph de Bricassart ? Tu te trompes lourdement. Ça va de soi. Ni l'une ni l'autre n'avons été capables de retenir le père, comment pourrions-nous espérer retenir le fils ?

– Je ne pourrais perdre Dane que si tu ouvrais la bouche, M'man. Et je te préviens, je te tuerais plutôt.

– Ne t'inquiète pas. Tu n'auras pas à te balancer au bout d'une corde à cause de moi. Ton secret sera bien gardé; je ne suis qu'une spectatrice attentive. Oui, c'est exactement ça, une spectatrice.

– Oh, M'man ! Qu'est-ce qui a pu te rendre ainsi ? Si atrocement murée en toi-même ?

Fee soupira.

– Simplement ce qui s'est produit longtemps avant ta naissance, dit-elle d'un ton pathétique.

Mais Meggie secoua le poing avec véhémence.

– A d'autres ! Après ce que tu viens de me dire ? Tu ne t'en tireras pas en mettant tout sur le dos du passé ! Balivernes, balivernes, balivernes ! Tu m'entends, M'man ? Tu as vécu les plus belles années de ta vie en te laissant engluer dans le passé, comme une mouche prise dans du sirop !

Les lèvres de Fee se fendirent en un large sourire; elle éprouvait une réelle satisfaction.

– Autrefois, je croyais qu'avoir une fille était loin d'être aussi important que d'avoir des fils, mais je me trompais. Tu me réjouis, Meggie, comme jamais mes fils ne pourront me réjouir. Une fille est une égale. Ce qui n'est pas le cas des fils, tu sais. Ceux-ci ne sont que des mannequins sans défense que nous dressons pour les abattre tout à loisir.

Meggie ouvrit de grands yeux.

– Tu es impitoyable. Dis-moi, alors, à quel moment nous fourvoyons-nous ?

– En naissant, répondit Fee.

Les hommes rentraient chez eux par milliers, se dépouillant de leurs uniformes kaki et de leurs chapeaux à large bord relevé sur le côté pour endosser des vêtements civils. Et le gouvernement travailliste, toujours au pouvoir, s'intéressa de très près aux grandes propriétés des plaines occidentales. Il était injuste que des terres aussi vastes appartiennent à une seule famille alors que des hommes ayant combattu pour l'Australie avaient besoin de s'installer et, par ailleurs, le pays devait exiger un rendement supérieur de son agriculture et de son élevage. Six millions d'individus pour une superficie aussi étendue que celle des États-Unis d'Amérique, et une poignée seulement qui détenait d'immenses domaines. Les plus grandes propriétés devaient être démembrées au profit des anciens combattants.

Bugela passe de 60 000 hectares à 28 000, deux anciens combattants reçurent chacun 16 000 hectares de Martin King. La surface de Rudna Hunish se montait à 50 000 hectares et Ross MacQueen en perdit 25 000 au profit de deux autres anciens combattants. C'était ainsi. Évidemment, le gouvernement indemnisait les éleveurs; mais à des tarifs plus bas que les cours habituels. Et ça faisait mal. Oh, combien ça faisait mal ! Aucune objection n'était retenue par Canberra; des propriétés aussi vastes que Bugela et Rudna Hunish devaient être démembrées. Il était évident qu'aucune famille n'avait réellement besoin d'une telle surface puisque le district de Gilly comptait de nombreux domaines prospères de moins de 20 000 hectares.

Ce qui faisait le plus mal était de savoir que, cette fois, tout semblait indiquer que les anciens combattants persévéreraient. Après la

Première Guerre mondiale, la plupart des grands domaines avaient fait l'objet d'un démembrement analogue, mais l'opération avait été mal menée; les nouveaux éleveurs n'avaient ni formation ni expérience et, progressivement, les descendants de colons avaient racheté à vil prix les terres qui leur avaient été enlevées. Cette fois, le gouvernement était prêt à prendre en charge la formation de ceux qui désiraient s'installer.

Presque tous les descendants de colons appartenaient au parti conservateur et, par principe, abhorraient le gouvernement travailliste, assimilant celui-ci aux ouvriers des villes industrielles, aux syndicats et aux intellectuels marxistes volontiers taxés de veulerie. Le plus difficile à admettre fut de constater que les Cleary, chauds partisans du gouvernement travailliste, ne perdaient pas un seul hectare de l'immense superficie de Drogheda. Étant donné que l'Église catholique en était propriétaire, le domaine fut naturellement déclaré intouchable. Les hurlements suscités par ce favoritisme purent être entendus de Canberra, mais on n'en tint pas compte en haut lieu. Il était particulièrement pénible pour les descendants de colons, qui s'étaient toujours considérés comme le groupe de pression le plus important du pays, de constater que celui qui brandissait le fouet à Canberra pouvait pratiquement agir à sa guise. L'Australie était essentiellement fédérale, ses gouvernements d'État virtuellement impuissants.

Ainsi, tel un géant dans un monde de lilliputiens, Drogheda continuait avec la totalité de ses cent mille hectares intacts.

La pluie venait et repartait, parfois suffisante, parfois trop abondante, parfois insuffisante, mais, grâces à Dieu, le pays ne connut plus de grandes sécheresses. Progressivement, le nombre des moutons et la qualité de la laine s'améliorèrent par rapport à l'époque ayant précédé la grande sécheresse, ce qui n'était pas un mince exploit. L'élevage connaissait une faveur accrue. Les hommes parlaient de Haddon Rig près de Warren et s'efforçaient de concurrencer son propriétaire, Max Falkiner, pour les meilleurs béliers et brebis à l'Exposition royale de Pâques de Sydney. Et le prix de la laine commença à enregistrer de faibles hausses, puis monta en flèche. L'Europe, les États-Unis et le Japon avaient besoin de toute la belle laine que l'Australie pouvait produire. D'autres pays fournissaient une laine plus rude pour l'industrie du tapis et du feutre, mais seules les longues et soyeuses fibres des mérinos australiens permettaient de fabriquer un lainage si fin qu'il glissait sous les doigts comme une caresse. Et ce genre de laine atteignait sa qualité optimale sur les plaines de terre noire du nord-est de la Nouvelle-Galles du Sud et du sud-ouest du Queensland.

On eût dit qu'après toutes ces années de difficultés venait la juste récompense. Les bénéfices de Drogheda dépassèrent tout ce qu'on pouvait imaginer. Chaque année des millions de livres. Assise à son bureau, Fee rayonnait; Bob ajouta deux autres ouvriers-éleveurs sur ses registres d'embauche. Sans les lapins, les conditions pastorales eussent été idéales, mais ces animaux constituaient toujours un réel fléau.

Dans la grande maison, la vie devint soudain très agréable. Les moustiquaires empêchaient les mouches d'entrer; à présent qu'elles étaient posées, tout le monde s'était habitué à leur aspect et chacun se demandait comment on avait pu s'en passer si longtemps. De multiples avantages compensaient leur laideur, comme le fait de pouvoir manger au frais sous la véranda quand il faisait très chaud parmi les entrelacs frémissants des glycines.

Les grenouilles aussi appréciaient les moustiquaires; de petites bestioles vertes au délicat manteau d'or scintillant. Sur leurs pattes palmées, elles se glissaient le long du treillage et, très solennelles et dignes, considéraient les convives. Soudain, l'une d'elle sautait, attrapait un papillon presque aussi gros qu'elle et se figeait de nouveau alors que les deux tiers de l'insecte se débattaient follement dans la gueule vorace. Leur manège amusait Dane et Justine et ils s'ingéniaient à supputer le temps qu'il faudrait à la grenouille pour engloutir totalement un gros papillon tout en regardant à travers le treillage et en avalant toutes les dix minutes un autre morceau d'insecte. Le papillon durait longtemps et se débattait encore fréquemment lorsque l'ultime bout d'aile disparaissait.

– Mince ! Drôle de destin ! gloussait Dane. Tu te rends compte de ce que ça doit être ? Une moitié de soi en train d'être digérée tandis que l'autre est encore vivante !

Avides de lecture – la passion de Drogheda –, les deux jeunes O'Neill disposaient d'un excellent vocabulaire, compte tenu de leur âge. Intelligents, vifs, ils s'intéressaient à tout. La vie était particulièrement agréable pour eux. Ils montaient des poneys pur-sang dont la taille augmentait en même temps que la leur; ils supportaient vaillamment leurs cours par correspondance et faisaient leurs devoirs sur la table de la cuisine de Mme Smith; ils jouaient dans leur cabane à l'abri du poivrier; ils avaient des animaux de compagnie, chats, chiens, et même un goanna qui marchait parfaitement en laisse et répondait à son nom. Leur animal favori, un petit cochon rose, appelé Iggle-Piggle, se révélait aussi intelligent qu'un chien.

Loin de la surpopulation urbaine, ils étaient rarement malades et ne souffraient jamais de rhumes ou de grippes. Meggie était terrifiée à l'idée de la poliomyélite, de la diphtérie, de tout ce qui pouvait surgir et les emporter; aussi recevaient-ils tous les vaccins possibles. Ils menaient une existence idéale, riche d'activités physiques et de stimulations intellectuelles.

Lorsque Dane eut dix ans et Justine onze, on les envoya en pension à Sydney, Dane à Riverview, comme l'exigeait la tradition, et Justine à Kincoppal. Quand elle les accompagna à l'avion pour la première fois, Meggie contempla longuement leurs petits visages blêmes, vaillamment composés, collés à la vitre, les mouchoirs agités; jamais encore ils n'avaient quitté la maison. Elle souhaitait ardemment partir avec eux, voir par elle-même comment ils seraient installés, mais les autres membres de la famille s'y étaient opposés si violemment qu'elle avait cédé. Tous, de Fee à Jims et Patsy, estimaient qu'il valait infiniment mieux les laisser voler de leurs propres ailes.

– Ne les chouchoute pas, intervint Fee avec sévérité.

Meggie eut l'impression d'abriter deux personnalités distinctes quand le DC 3 décolla dans un nuage de poussière et s'éleva dans l'air miroitant. Elle avait le cœur lourd à la pensée de perdre Dane, et léger à la pensée de perdre Justine. Pas d'ambivalence dans les sentiments qu'elle éprouvait pour Dane; sa nature gaie, égale, donnait et acceptait l'amour aussi simplement qu'il respirait. Mais Justine était un adorable et horrible monstre. On ne pouvait s'empêcher de l'aimer, car il y avait beaucoup à aimer chez elle : sa force, son intégrité, son indépendance – beaucoup de choses. Malheureusement, elle ne s'ouvrait pas à l'amour comme Dane, et jamais elle n'avait donné à Meggie le merveilleux sentiment de lui être indispensable. Elle ne se liait pas, ne se laissait aller à aucune espièglerie, et avait la désastreuse habitude de remettre les gens à leur place, surtout, semblait-il, sa mère. Meggie retrouvait en elle beaucoup de ce qui l'avait exaspérée chez Luke mais, au moins, Justine n'était pas pingre. De cela, on pouvait rendre grâces au ciel.

La ligne aérienne régulière permettait aux enfants de passer toutes leurs vacances, même les plus courtes, à Drogheda. Pourtant, après la période d'adaptation, Dane et Justine apprécièrent l'école. Dane éprouvait toujours une certaine nostalgie après une visite à Drogheda, mais Justine s'habitua à Sydney comme si elle y avait toujours vécu et, pendant les vacances, elle avait hâte de se retrouver en ville. Les jésuites de Riverview étaient enchantés, Dane se révélait un écolier modèle, aussi bien en classe que sur le terrain de sport. Par contre, les religieuses de Kincoppal étaient loin d'être enchantées; aucune fille, dotée d'yeux aussi étranges et d'une langue aussi acérée que Justine, ne pouvait espérer jouir d'une grande popularité. En avance d'un an sur Dane, elle était peut-être plus appliquée que lui, mais seulement en classe.

Le *Sydney Morning Herald* du 4 août 1952 ne manqua pas d'intérêt. Sa première page comportait rarement plus d'une photographie, disposée au centre et en haut, illustrant l'article intéressant du jour. Et, ce jour-là, la photo était un beau portrait de Ralph de Bricassart.

Sa Grandeur, l'archevêque Ralph de Bricassart, actuellement adjoint du secrétaire d'État au Saint-Siège à Rome, a ce jour été nommé cardinal de Bricassart par Sa Sainteté, le pape Pie XII.

Ralph, Raoul, cardinal de Bricassart s'est illustré en servant longtemps l'Église catholique romaine d'Australie, depuis son arrivée en tant que prêtre nouvellement ordonné en juillet 1919 jusqu'à son départ pour le Vatican en mars 1938.

Né le 23 septembre 1893 en république d'Irlande, le cardinal de Bricassart est le deuxième fils d'une famille qui peut remonter sa filiation jusqu'au baron Ranulf de Bricassart, compagnon de Guillaume le Conquérant qui débarqua en Angleterre en 1066. Par tradition, le cardinal de Bricassart entra dans les ordres. Admis au séminaire à l'âge de dix-sept ans, il fut envoyé en Australie peu après son ordination. Il passa ses premiers mois dans notre pays au service du défunt évêque Michael Clabby, du diocèse de Winnemurra.

En juin 1920, il fut transféré à la paroisse de Gillanbone, dans le nord-ouest de la Nouvelle-Galles du Sud. Il devint monseigneur et demeura à Gillanbone jusqu'en décembre 1928. Puis, il accéda au poste de secrétaire particulier de Sa Grandeur l'archevêque Cluny Dark, et occupa les mêmes fonctions auprès de l'archevêque légat du pape du moment, Son Éminence le cardinal di Contini-Verchese. Sur ces entrefaites, il fut nommé évêque. Lorsque le cardinal di Contini-Verchese se vit affecté à Rome pour y entamer une remarquable carrière au Vatican, Mgr de Bricassart fut nommé archevêque et nous revint d'Athènes en tant que légat du pape. Il tint cette importante fonction jusqu'à sa nomination à Rome en 1938; depuis lors, son ascension dans la hiérarchie centrale au sein de l'Église catholique romaine a été spectaculaire. Actuellement, âgé de 58 ans, il passe pour l'un des rares hommes ayant une influence prépondérante dans la politique pontificale.

Un envoyé spécial du Sydney Morning Herald *s'est entretenu hier avec plusieurs des anciens paroissiens du cardinal de Bricassart dans le district de Gillanbone. Son souvenir est resté vivace et empreint de beaucoup d'affection. Cette riche région d'élevage du mouton est à prédominance catholique.*

« Le père de Bricassart a fondé la bibliothèque de la Sainte-Croix, nous a dit Harry Gough, maire de Gillanbone. Elle rendait, surtout à l'époque, de remarquables services et avait été généreusement dotée dès le départ par la défunte Mary Carson et, après la mort de celle-ci, par le cardinal lui-même qui ne nous a jamais oubliés et s'est toujours montré attentif à tous nos besoins. »

« Le cardinal de Bricassart était le plus bel homme qu'il m'ait jamais été donné de voir, nous confie Mme Fiona Cleary, doyenne de Drogheda, l'un des plus vastes et plus prospères domaines de la Nouvelle-Galles du Sud. Pendant son séjour à Gilly, il a apporté un grand soutien spirituel à ses paroissiens et, notamment, aux habitants de Drogheda qui, ainsi que vous le savez, appartient maintenant à l'Église catholique. Pendant les inondations, il nous a aidés à déplacer nos troupeaux; il est venu à notre secours lors des incendies, ne serait-ce que pour enterrer nos morts. En fait, c'était un homme extraordinaire dans tous les domaines et il possédait infiniment de charme. Nous nous le rappelons parfaitement, bien que son départ remonte a plus de vingt ans. Oui, je crois qu'il est juste de prétendre qu'il manque à beaucoup d'entre nous dans la région de Gilly. »

Pendant la guerre, l'archevêque de Bricassart servit Sa Sainteté loyalement et avec une ferme constance; il mit tout en œuvre pour convaincre le maréchal Albert Kesselring de déclarer Rome ville ouverte après que l'Italie fut devenue l'ennemie de l'Allemagne. Florence, qui avait demandé en vain le même privilège, perdit nombre de ses trésors qui, par la suite, lui furent restitués uniquement parce que l'Allemagne était sortie vaincue du conflit. Dans les années qui suivirent immédiatement la guerre, le cardinal de Bricassart aida des milliers de personnes déplacées à trouver asile dans de nouveaux pays et contribua puissamment à favoriser le programme australien d'immigration.

Bien qu'Irlandais de naissance et en dépit du fait qu'il ne semble pas devoir exercer son influence dans notre pays en tant que cardinal de Bricassart, nous n'en avons pas moins le sentiment que, dans une large mesure, l'Australie peut à juste titre revendiquer cet homme remarquable comme l'un de ses fils.

Meggie rendit le journal à Fee à laquelle elle dédia un sourire triste.

– On doit le féliciter, ainsi que je l'ai dit à l'envoyé du *Herald*. Mais ils n'ont pas imprimé ça, n'est-ce pas ? commenta Meggie. Pourtant, ils ont fait paraître ton petit panégyrique presque mot pour mot. Quelle langue acérée tu peux avoir ! Enfin, je sais de qui Justine la tient ! Je me demande combien de personnes seront assez malignes pour lire entre les lignes de ta déclaration.

– Lui le sera en tout cas... si jamais il lit l'article.

– Je me demande s'il se souvient de nous, laissa tomber Meggie avec un soupir.

– Sans aucun doute. Après tout, il trouve encore le temps d'administrer Drogheda personnellement. Bien sûr qu'il se souvient de nous, Meggie. Comment pourrait-il en être autrement ?

– C'est vrai, j'avais oublié Drogheda. Nous représentons l'investissement le plus rentable. Il doit être très satisfait. Avec notre laine qui va chercher deux livres le kilo dans les ventes aux enchères, cette année le chèque de Drogheda doit faire pâlir d'envie les mines d'or. C'est une vraie toison d'or... Un rapport de plus de quatre millions de livres simplement en rasant nos agneaux bêlants !

– Ne sois pas cynique, Meggie, ça ne te va pas, dit Fee dont l'attitude, bien que toujours hautaine, se tempérait depuis quelque temps de respect et d'affection. Nous pouvons nous estimer heureux, tu ne crois pas ? N'oublie pas que notre argent tombe chaque année, qu'elle soit bonne ou mauvaise. Ralph a versé cent mille livres à Bob en tant que prime et chacun d'entre nous en a reçu cinquante mille. S'il nous obligeait à quitter Drogheda demain, nous pourrions nous permettre d'acheter Bugela, même au prix actuel de la terre qui a monté en flèche. Et combien a-t-il donné à tes enfants ? Des milliers et des milliers de livres. Sois-lui au moins reconnaissante.

– Mais mes enfants ignorent sa prodigalité et je ferai en sorte qu'ils continuent à l'ignorer. Dane et Justine grandiront en pensant qu'il leur faut faire leur chemin dans la vie sans l'aide du cher Ralph

Raoul, cardinal de Bricassart. Amusant que son deuxième prénom soit Raoul; très normand, tu ne trouves pas ?

Fee se leva, s'approcha de la cheminée et jeta la première page du *Herald* dans les flammes. Ralph, Raoul, cardinal de Bricassart frissonna, lui adressa un clin d'œil et se ratatina.

– Que feras-tu s'il revient, Meggie ?

– Pas de risque, riposta Meggie avec un reniflement.

– Il pourrait très bien revenir, assura Fee d'un air énigmatique.

Et il revint, en décembre. Très discrètement, sans que personne eût été prévenu, au volant d'une voiture de sport Aston Martin qu'il conduisit lui-même depuis Sydney. La presse n'avait pas mentionné sa présence en Australie et personne à Drogheda ne se doutait de sa prochaine venue. Quand la voiture s'immobilisa sur l'aire de stationnement flanquant la maison, personne ne l'entendit et ne vint l'accueillir sur la véranda.

Depuis Gilly, il avait ressenti les kilomètres dans chaque fibre de son corps, respiré les odeurs de la brousse, celle des moutons, de l'herbe sèche qui scintillait constamment dans le soleil. Kangourous et émeus, galahs et goannas, bourdonnements et vibrations de millions d'insectes, fourmis traversant la route en colonnes visqueuses et, partout, moutons gras et dodus. Il adorait cette vision car, sous un certain angle, elle était conforme à ce qu'il aimait en toutes choses; elle ne semblait pas avoir été effleurée par le passage du temps.

Seules, les moustiquaires étaient nouvelles, mais il remarqua avec amusement que, sans aucun doute, Fee s'était opposée à ce que la véranda de la grande maison faisant face à la route de Gilly fût close; dans cette partie, seules les fenêtres s'ornaient de treillage. Elle avait raison, évidemment; une large surface de grillage aurait compromis l'harmonie des lignes de cette ravissante façade géorgienne. Combien de temps vivaient les eucalyptus ? Ceux-ci avaient dû être transplantés à peu près quatre-vingts ans auparavant. Dans leurs branches hautes, les bougainvillées formaient un fouillis retombant de cuivre et de pourpre.

L'été était déjà là, plus que deux semaines avant Noël, et les roses de Drogheda atteignaient leur plein épanouissement. Des roses partout, roses et blanches et jaunes, pourpres comme le sang artériel, écarlates comme la soutane d'un cardinal. Parmi les glycines encore vertes grimpaient des rosiers assoupis, fleurs roses et blanches qui retombaient sur le toit de la véranda, le long du treillage, s'accrochaient amoureusement aux volets noirs du premier étage, leurs rameaux étirés vers le ciel. Les châteaux d'eau disparaissaient presque totalement à la vue, tout comme leurs supports. Et une tonalité se retrouvait partout parmi les roses, une sorte de gris pâle rosé. Cendres de roses ? Oui, c'était là le nom de cette teinte. Meggie avait dû les planter, ce ne pouvait être que Meggie.

Il entendit le rire de Meggie et se figea, terrifié, puis il s'obligea à avancer en direction du son, des délicieux trilles argentins. Exactement la façon qu'elle avait de rire quand elle était petite fille. Elle était là ! Là-bas, derrière un buisson de roses gris rose, près d'un poivrier. Il écarta de la main les grappes de fleurs, l'esprit en déroute sous l'impact de leur parfum et de ce rire.

Mais Meggie n'était pas là; il vit seulement un jeune garçon accroupi sur la pelouse drue en train de taquiner un petit cochon rose qui se précipitait maladroitement sur lui, galopait de côté, glissait. Ne se sachant pas observé, l'enfant rejetait sa tête flamboyante en arrière et riait. Le rire de Meggie, jaillissant de cette gorge étrangère. Sans en avoir l'intention, le cardinal de Bricassart laissa retomber les roses et passa à travers le buisson sans se préoccuper des épines. Le garçon, proche de l'adolescence, devait avoir entre douze et quatorze ans; il leva les yeux, surpris. Le cochon couina, sa queue se remit en spirale étroite, et il disparut.

Vêtu seulement d'un vieux short kaki, pieds nus, le gamin laissait voir un hâle doré et une peau satinée; son corps délié augurait déjà la force par la largeur des jeunes épaules, les muscles bien développés des mollets et des cuisses, soulignant le ventre plat, les hanches étroites. Ses cheveux, un peu longs et bouclés, avaient exactement le ton décoloré de l'herbe de Drogheda; ses yeux, sous des cils épais et étonnamment longs, reflétaient un bleu intense. Il évoquait un angelot parti en escapade.

– Bonjour, dit le garçon en souriant.

– Bonjour, répondit le cardinal, incapable de résister au charme de ce sourire. Qui est-tu ?

– Dane O'Neill, se présenta le gamin. Et vous ?

– Je m'appelle Ralph de Bricassart.

Dane O'Neill. Il était donc le fils de Meggie. Elle n'avait pas quitté Luke en fin de compte; elle était retournée à lui et avait mis au monde ce splendide garçon qui aurait pu être le sien s'il n'avait auparavant pris l'Église pour épouse. Quel âge avait-il quand il avait contracté ce mariage avec l'Église ? Guère plus que ce gamin et il n'était certainement pas plus mûr. S'il avait attendu, ce garçon aurait fort bien pu être son fils. Quelle absurdité, cardinal de Bricassart ! Si tu n'avais pas épousé l'Église, tu serais resté en Irlande pour y élever des chevaux et tu n'aurais jamais connu ton destin, jamais connu Drogheda, ni Meggie Cleary.

– Puis-je vous être utile ? demanda poliment le garçon en se relevant avec une grâce souple que le cardinal reconnut et imagina être celle de Meggie.

– Ton père est-il là, Dane ?

– Mon père ? répéta le gamin dont les fins sourcils se rejoignirent sous l'effet de la surprise. Non, il n'est pas là. Il n'a jamais été ici.

– Oh, je vois ! Alors, ta mère est-elle là ?

– Elle est à Gilly, mais elle sera bientôt de retour. Mais Mémé est à la maison. Si vous voulez la voir, je peux vous conduire. (Les yeux d'un bleu intense le considérèrent, s'élargirent, s'étrécirent.) Ralph de Bricassart. J'ai entendu parler de vous. Oh, le cardinal de Bricassart ! Votre Éminence, je suis désolé. Je ne voulais pas me montrer grossier.

Bien qu'il eût abandonné ses vêtements d'ecclésiastique pour des bottes, une culotte de cheval et une chemise blanche, Ralph portait au doigt l'anneau orné d'un rubis qu'il ne devait jamais retirer tout au long de sa vie. Dane O'Neill s'agenouilla, saisit la main effilée du cardinal dans les siennes, tout aussi effilées, et baisa respectueusement l'anneau.

– Relève-toi, Dane. Je ne suis pas ici en tant que cardinal de Bricassart. Je suis ici en tant qu'ami de ta mère et de ta grand-mère.

– Je suis désolé, Votre Éminence. Je croyais que j'aurais reconnu votre nom dès l'instant où il aurait été prononcé. Nous parlons souvent de vous ici. Mais votre prononciation est un peu différente et votre prénom m'a dérouté. Ma mère sera très heureuse de vous voir, je le sais.

– Dane, Dane, où es-tu ? lança une voix impatiente, grave, et délicieusement rauque.

Les frondaisons retombantes s'écartèrent pour livrer passage à une fillette d'une quinzaine d'années qui, après s'être courbée, se redressa prestement. Il sut immédiatement à qui il avait affaire grâce aux yeux et à la chevelure. La fille de Meggie. Couverte de taches de rousseur, visage aigu, traits accusés, ressemblant malheureusement bien peu à sa mère.

– Oh ! bonjour. Excusez-moi. Je ne savais pas que nous avions un visiteur. Je suis Justine O'Neill.

– Jussy, c'est le cardinal de Bricassart ! chuchota Dane. Baise son anneau, et vite !

Les yeux pâles, à l'égal de ceux d'un aveugle, jetèrent des éclairs de mépris.

– Tu es cucul la praline quand il est question de religion, Dane, rétorqua-t-elle sans même baisser la voix. Baiser un anneau est contraire aux règles de l'hygiène; très peu pour moi. D'ailleurs qu'est-ce qui nous prouve qu'il s'agit vraiment du cardinal de Bricassart ? Moi, il me fait plutôt l'effet d'un éleveur de la vieille école. Tu sais, comme M. Gordon.

– C'est lui, c'est lui, insista Dane. Je t'en prie, Jussy, sois aimable ! Sois aimable; fais-le pour moi !

– Je serai aimable, mais uniquement pour toi. Mais je ne baiserai pas son anneau, même pour toi. Dégoûtant. Je ne sais même pas qui l'a embrassé en dernier lieu. Peut-être quelqu'un qui avait un rhume.

– Inutile de baiser mon anneau, Justine. Je suis ici en vacances. Pour le moment, je ne suis pas cardinal.

– Tant mieux, parce que je vous avouerai franchement que je suis athée, déclara calmement la fille de Meggie Cleary. Après quatre ans passés à Kincoppal, j'ai acquis la conviction que la religion n'est qu'un ramassis d'inepties.

– C'est votre droit, rétorqua le cardinal en s'efforçant désespérément de paraître aussi digne et sérieux que son interlocutrice. Puis-je aller trouver votre grand-mère ?

– Bien sûr. Avez-vous besoin de nous ? s'enquit Justine.

– Non merci. Je connais le chemin.

– Parfait, laissa-t-elle tomber en se tournant vers son frère encore bouche bée devant le visiteur. Allons, viens, Dane. Viens m'aider !

Justine le tira brutalement par le bras tandis que Dane restait immobile, suivant des yeux la haute silhouette du cardinal qui disparaissait derrière les rosiers.

– Tu es vraiment cucul la praline, Dane. Qu'est-ce qu'il a de tellement extraordinaire ?

– C'est un cardinal ! riposta Dane. Tu te rends compte ? Un vrai cardinal en chair et en os à Drogheda !

– Les cardinaux sont les princes de l'Église, dit Justine. Dans le fond, tu as probablement raison, c'est très exceptionnel. Mais il ne me plaît pas.

Où aurait-il pu trouver Fee sinon à son bureau ? Il passa par une porte-fenêtre pour entrer dans le salon, ce qui l'obligea à pousser le treillage. Elle dut l'entendre, mais elle continua à travailler, le dos courbé, ses ravissants cheveux d'or devenus argentés. Avec difficulté, il se souvint qu'elle devait avoir soixante-douze ans.

– Bonjour, Fee, lança-t-il.

Lorsqu'elle leva la tête, il remarqua un changement dont il ne put préciser la nature; l'indifférence était là, mais plusieurs autres éléments s'y mêlaient. Comme si elle avait acquis moelleux et dureté simultanément, était devenue plus humaine, mais humaine à la façon de Mary Carson. Dieu, ce matriarcat de Drogheda ! Cela arriverait-il à Meggie aussi quand son tour viendrait ?

– Bonjour, Ralph, dit-elle comme s'il franchissait la porte-fenêtre chaque jour. Je suis heureuse de vous voir.

– Moi aussi, je suis heureux de vous voir.

– Je ne savais pas que vous étiez en Australie.

– Personne ne le sait. J'ai pris quelques semaines de vacances.

– Vous les passerez ici, j'espère ?

– Comment pourrais-je les passer ailleurs ? (Des yeux, il fit le tour des murs magnifiquemnt ornés; son regard se posa sur le portrait de Mary Carson.) Vous avez un goût exceptionnel, Fee, d'une sûreté étonnante. Cette pièce peut rivaliser avec n'importe quelle salle du Vatican. Ces ovales noirs sur lesquels se détachent des roses sont un trait de génie.

– Je vous remercie. Nous faisons humblement de notre mieux. Personnellement, je préfère la salle à manger. Je l'ai redécorée depuis votre dernier passage. Rose, blanche et verte. Ça paraît atroce, mais attendez de la voir. Pourtant, je me demande pourquoi je me donne tout ce mal. C'est votre maison, pas la nôtre.

– Pas tant qu'il y aura un Cleary vivant, Fee, rétorqua-t-il avec calme.

– Comme c'est réconfortant ! Eh bien, vous avez fait du chemin depuis que vous étiez curé de Gilly. Avez-vous lu l'article que le *Herald* a consacré à votre nomination ?

Il accusa le coup.

– Je l'ai lu. Votre langue s'est aiguisée, Fee.

– Oui, et qui plus est, je m'en délecte. Toutes ces années que j'ai passées, refermée sur moi-même, sans jamais dire un mot... Je ne savais pas ce que je perdais. (Elle sourit.) Meggie est à Gilly, mais elle ne tardera pas à être de retour.

Dane et Justine entrèrent par la porte-fenêtre.

– Mémé, est-ce qu'on peut aller faire une promenade à cheval jusqu'à la Tête du Forage ?

– Tu connais le règlement. Pas de promenade à cheval sans l'autorisation expresse de ta mère. Je suis désolée, mais ce sont ses ordres. Dites-moi, vous oubliez la politesse la plus élémentaire. Venez que je vous présente à notre visiteur.

– Je l'ai déjà rencontré.

– Oh !

– Comment se fait-il que tu ne sois pas en pension ? demanda le prélat à Dane en souriant.

– Pas en décembre, Votre Éminence. Nous avons deux mois de vacances pour l'été.

Trop de temps s'était écoulé; il avait oublié que, dans l'hémisphère sud, les enfants bénéficient de leurs grandes vacances en décembre et janvier.

– Comptez-vous rester ici lontemps, Votre Éminence ? s'enquit Dane, toujours fasciné.

– Son Éminence restera parmi nous aussi longtemps qu'il le pourra, Dane, intervint Fee. Mais je pense qu'il se lassera de s'entendre constamment appeler Votre Éminence. Comment allons-nous l'appeler ? Oncle Ralph ?

– Oncle ! s'exclama Justine. Il n'en est pas question, Mémé ! Nos oncles sont Bob, Jack, Hughie, Jims et Patsy. Alors, ce sera Ralph tout court.

– Ne sois pas grossière, Justine ! s'interposa Fee. Où sont passées tes bonnes manières ?

– Non, Fee, elle a raison. Je préfère que tout le monde m'appelle simplement Ralph, intervint vivement le cardinal en se demandant pourquoi cette gamine se montrait si agressive à son endroit.

– Je ne pourrai jamais ! protesta Dane, le souffle coupé. Je ne pourrai jamais vous appeler simplement Ralph.

Le cardinal de Bricassart traversa la pièce, prit les épaules nues entre ses mains et sourit; ses yeux bleus se faisaient très doux et brillaient d'un vif éclat dans la pénombre du salon.

– Bien sûr que tu le peux, Dane. Ce n'est pas un péché.

– Allez, viens, Dane ! lança Justine. Retournons à la cabane.

Le cardinal de Bricassart et son fils se tournèrent vers Fee, l'enveloppèrent ensemble d'un même regard.

– Que le Ciel nous vienne en aide ! s'exclama Fee. Allons, va, Dane. Va jouer dehors. (Elle frappa dans ses mains.) File !

Le garçon se précipita dehors et Fee reporta son attention sur ses registres. La prenant en pitié, le cardinal annonça qu'il se rendait aux cuisines. Comme l'endroit avait peu changé ! Toujours éclairé par des lampes à pétrole. Dégageant toujours une odeur d'encaustique et le parfum des roses débordant des grands vases.

Il resta longtemps à bavarder avec Mme Smith et les servantes; elles avaient beaucoup vieilli depuis son dernier passage et, assez bizarrement, l'âge leur seyait mieux qu'à Fee. Elles respiraient le bonheur. Un bonheur authentique, presque parfait. Pauvre Fee qui n'était pas heureuse. Il brûlait d'autant plus de retrouver Meggie, de voir si elle était heureuse.

Mais quand il quitta les cuisines, Meggie n'était pas encore de retour et, pour tuer le temps, il alla se promener en direction du ruisseau. Quelle impression de paix émanait du cimetière ! Six plaques de bronze se détachaient sur le caveau, exactement comme lors de son dernier passage. Il lui faudrait prendre les dispositions nécessaires pour être enterré là; il devrait se rappeler de donner les instructions voulues dès son retour à Rome. Non loin du mausolée, il remarqua deux nouvelles tombes, celle du vieux Tom, le jardinier, et celle de l'épouse de l'un des ouvriers-éleveurs employé à Drogheda depuis 1946. Une sorte de record. Mme Smith pensait que l'homme était resté avec eux uniquement parce que sa femme était enterrée là. Le parapluie traditionnel du cuisinier chinois avait perdu sa couleur après des années d'exposition à l'ardent soleil; l'initial rouge impérial était passé par diverses teintes avant d'atteindre un rose blanchâtre. Presque cendres de roses. Meggie, Meggie. Tu es retournée à lui, et tu lui as donné un fils.

Il faisait très chaud; un vent léger se leva, agita le feuillage des saules pleureurs le long du ruisseau, fit tinter les clochettes suspendues au parapluie du cuisinier chinois; elles entamèrent leur triste mélopée métallique: Hi Sing, Hi Sing, Hi Sing. ICI REPOSE CHARLIE LA CHOPE UN BRAVE TYPE. Les lettres aussi s'étaient à demi effacées, au point d'être presque indéchiffrables. C'était dans l'ordre des choses. Les cimetières devraient retourner au sein de la terre nourricière, perdre leurs contenus d'humains sous l'usure du temps jusqu'à ce que ceux-ci disparaissent totalement et que le vent seul en garde le souvenir en soupirant. Il ne voulait pas être enseveli dans une crypte du Vatican, parmi des hommes tels que lui. Ici, parmi les êtres ayant réellement vécu.

En se tournant, son regard rencontra l'œil glauque de l'ange de marbre. Il leva la main, le salua et reporta son attention au-delà de l'herbe, en direction de la grande maison. Et elle venait, Meggie. Mince, dorée, en culotte de cheval et chemise blanche, exactement semblable à la sienne, un feutre d'homme gris rejeté sur la nuque, bottée de marron. Comme un garçon. Comme son fils, qui aurait dû être le sien. Il était homme mais, lorsque lui aussi serait étendu là, il ne resterait rien qui pût rappeler cet état.

Elle se rapprocha, enjamba la barrière blanche, vint si près qu'il ne vit plus que ses yeux, ces yeux gris emplis de lumière qui n'avaient rien perdu de leur beauté et de leur pouvoir sur son cœur. Les bras dorés montèrent à la rencontre de son cou, et il sentit de nouveau son destin à portée de ses mains; on eût dit qu'il ne l'avait jamais quittée; cette bouche sous la sienne, vivante, pas un rêve, si longuement désirée, si longuement. Un autre genre de sacrement, sombre comme la terre, n'ayant rien à voir avec le ciel.

– Meggie, Meggie, murmura-t-il, le visage enfoui dans les cheveux blonds libérés du chapeau tombé sur l'herbe, la pressant contre lui.

– Tout ça n'a pas d'importance, n'est-ce pas ? Rien ne change jamais, dit-elle, les yeux clos.

– Non, rien ne change, assura-t-il avec conviction.

– Nous sommes à Drogheda, Ralph, je t'ai prévenu. A Drogheda, c'est à moi que tu appartiens. Pas à Dieu.

– Je sais. Je l'accepte. Mais je suis venu. (Il l'attira vers le tapis herbeux.) Pourquoi, Meggie ?

– Pourquoi quoi ?

Elle lui caressait les cheveux d'une main plus blanche que celle de Fee, encore vigoureuse, encore belle.

– Pourquoi es-tu retournée à Luke ? Pourquoi lui as-tu donné un fils ? s'enquit-il, torturé par la jalousie.

A travers les fenêtres grises, lumineuses, l'âme de Meggie le regardait, mais elle lui voilait ses pensées.

– Il m'y a obligée, dit-elle doucement. Une seule fois. Mais j'ai eu Dane; aussi, je ne le regrette pas. Dane valait largement tout ce que j'ai enduré pour lui.

– Excuse-moi, je n'avais pas le droit de te poser la question. Au départ, c'est moi qui t'ai jetée dans les bras de Luke, n'est-ce pas ?

– Oui, c'est vrai.

– C'est un garçon splendide. Ressemble-t-il à Luke ?

Intérieurement, elle sourit, saisit une touffe d'herbe, glissa la main dans l'entrebâillement de la chemise, la lui posa contre la poitrine.

– Pas vraiment. Aucun de mes enfants ne ressemble vraiment à Luke ou à moi.

– Je les aime parce qu'ils sont à toi.

– Tu es toujours aussi sentimental. L'âge te va bien, Ralph. J'en étais certaine et j'espérais avoir la chance de le constater. Trente ans que je te connais ! On dirait trente jours.

– Trente ans ? Tant que ça ?

– J'ai quarante et un an, mon cher. Ça fait bien le compte. (Elle se leva.) On m'a chargée de venir te chercher. Mme Smith a préparé un merveilleux thé en ton honneur et, un peu plus tard, quand il fera plus frais, nous mangerons un jambon rôti, accompagné de beaucoup de fritons.

Il marcha à côté d'elle, lentement.

– Ton fils a ton rire, Meggie. C'est le premier son humain qui m'a accueilli à Drogheda. J'ai cru que c'était toi. J'ai couru pour te retrouver, et c'est lui que j'ai découvert à ta place.

– Il est donc la première personne que tu aies vue à Drogheda ?

– Oui, probablement.

– Qu'as-tu pensé de lui, Ralph ? demanda-t-elle, anxieusement.

– Il m'a plu. Comment aurait-il pu en être autrement puisque c'est ton fils ? Mais j'ai été tout de suite conquis par lui, beaucoup plus que par ta fille. Elle n'éprouve d'ailleurs aucune sympathie à mon endroit.

– Justine est ma fille, mais c'est une vraie garce. Tu vois, j'ai appris à jurer en prenant de l'âge, surtout à cause de Justine. Et un peu à cause de toi. Et un peu aussi à cause de Luke. Et un peu à cause de la guerre. C'est drôle comme tout ça s'additionne.

– Tu as beaucoup changé, Meggie.

– Vraiment ? (La bouche douce, pleine, s'incurva en un sourire.) Je ne crois pas. Pas vraiment. C'est seulement le grand Nord-Ouest qui m'use peu à peu, me dépouille de mes couches successives, comme les sept voiles de Salomé. Ou comme un oignon, ainsi que le dirait Justine. Aucune poésie chez cette enfant. Je suis toujours la même vieille Meggie, Ralph; seulement un peu plus nue.

– Peut-être.

– Mais toi, tu as changé, Ralph.

– En quoi, ma Meggie ?

– Comme si le piédestal oscillait à la moindre brise et que la vue de là-haut soit décevante.

– C'est bien le cas, avoua-t-il avec un rire silencieux. Et dire qu'à une époque j'ai eu la témérité de prétendre que tu n'avais rien d'exceptionnel ! Je me rétracte. Tu es une femme unique, Meggie, unique !

– Que s'est-il passé ?

– Je ne sais pas. Ai-je découvert que les idoles de l'Église elles-mêmes avaient des pieds d'argile ? Me suis-je vendu pour une vulgaire assiettée de soupe ? Est-ce que je m'accroche au néant ? (Ses sourcils se rejoignirent sous l'effet de la douleur.) C'est peut-être là toute l'affaire résumée en quelques mots. Je ne suis qu'un tas de poncifs. C'est un monde vieux, aigri, pétrifié que celui du Vatican.

– J'étais plus réelle, mais tu ne le voyais pas.

– Je ne pouvais pas agir autrement, vraiment pas ! Je savais où j'aurais dû aller, mais sans parvenir à m'y résoudre. Avec toi, j'aurais pu être un homme meilleur, bien que moins auguste. Mais je ne pouvais tout simplement pas, Meggie. Oh, comme je voudrais te le faire comprendre !

Elle lui glissa une main fine le long du bras, tendrement.

– Mon cher Ralph, je le comprends. Je sais, je sais... Chacun de nous a quelque chose en lui qui ne peut être étouffé, même si cela nous fait hurler de douleur, au point de vouloir en mourir. Nous sommes ce que nous sommes, c'est tout. Comme la vieille légende celte de l'oiseau au poitrail transpercé d'une épine qui exhale son cœur dans son chant et meurt. Parce qu'il le faut, qu'il y est obligé. Nous pouvons savoir que nous nous trompons avant même d'agir, mais cette connaissance n'affecte pas le résultat, ni ne le change. Chacun chante son propre petit couplet, convaincu que c'est le chant le plus merveilleux que le monde ait jamais entendu. Ne comprends-tu pas ? Nous sécrétons nos propres épines, sans jamais nous interrompre pour en évaluer le coût. Nous ne pouvons qu'endurer la souffrance en nous disant qu'elle en valait largement la peine.

– C'est ce que je ne comprends pas. La souffrance. (Il baissa les yeux sur la main qui lui tenait si doucement le bras et lui causait pourtant une douleur si insupportable.) Pourquoi cette souffrance, Meggie ?

– Demande à Dieu, Ralph, répondit-elle. Il fait autorité en matière de souffrance, n'est-ce pas ? Il nous a fait ce que nous sommes. Il a créé le monde entier. Donc, il a aussi créé la souffrance.

Bob, Jack, Hughie, Jims et Patsy assistaient au dîner comme tous les samedis soir. Le lendemain, le père Watty devait venir dire la messe, mais Bob lui téléphona pour le prévenir que tout le monde avait l'intention de s'absenter. Pieux mensonge, afin de préserver l'incognito du cardinal. Les cinq fils Cleary ressemblaient plus que jamais à Paddy, plus vieux, parlant plus lentement, aussi immuables et endurants que la terre. Et comme ils aimaient Dane ! Ils semblaient ne jamais le quitter des yeux; ils parurent le suivre hors de la pièce quand il alla se coucher. Il n'était pas difficile de voir qu'ils n'attendaient que le jour où il aurait l'âge de se joindre à eux pour diriger Drogheda.

Le cardinal découvrit aussi la raison de l'inimitié de Justine. Dane s'était entiché de lui; suspendu à ses lèvres, il ne le quittait pas. La fillette était tout simplement jalouse.

Après que les enfants furent allés se coucher, il considéra ses hôtes: les frères, Meggie, Fee.

– Fee, abandonnez votre bureau un instant, dit-il. Venez vous asseoir ici, avec nous. Je veux vous parler... à tous.

Elle se tenait encore bien et ne s'était pas empâtée; la poitrine un peu moins ferme, peut-être, la taille légèrement épaissie; transformations dues davantage à l'âge qu'à un surcroît de poids. En silence, elle s'assit dans l'un des grands fauteuils crème en face du cardinal, Meggie à sa gauche, ses fils sur les bancs de marbre les plus proches.

– C'est au sujet de Frank, commença-t-il.

Le nom plana sur eux avec de lointaines résonances.

– Que voulez-vous nous dire au sujet de Frank ? demanda calmement Fee.

Meggie posa son tricot, regarda sa mère, puis Ralph.

– Parlez, dit-elle vivement, incapable de supporter un instant de plus la feinte sérénité de sa mère.

– Frank a purgé sa peine en prison pendant plus de trente ans. Vous en rendez-vous compte ? demanda le cardinal. Je sais que vous avez été tenus au courant par l'entremise de personnes qui m'étaient dévouées, comme convenu, mais je leur avais demandé d'éviter de vous peiner. Franchement, je ne voyais pas quel bien cela vous ferait d'apprendre les détails déchirants de la solitude et du désespoir de Frank puisqu'aucun de nous ne pouvait y porter remède. Je pense que Frank aurait été libéré il y a plusieurs années s'il ne s'était acquis une réputation de violence et d'instabilité au cours de ses premières années d'incarcération à Goulburn. Même pendant la guerre, alors que d'autres détenus se sont vus libérés pour partir sous les drapeaux, la demande de ce pauvre Frank a été refusée.

Fee leva les yeux qu'elle avait gardés fixés sur ses mains.

– C'est son tempérament, dit-elle sans trace d'émotion.

Le cardinal semblait éprouver quelques difficultés à trouver les mots convenant à la situation; pendant qu'il les cherchait, les membres de la famille ne le quittaient pas des yeux, étreints par l'angoisse et l'espoir, bien que ce ne fût peut-être pas le bien-être de Frank qui les préoccupât.

– Mon retour en Australie après une aussi longue absence vous a sans doute intrigués, reprit le cardinal sans regarder Meggie. Je ne me suis pas toujours occupé de vous autant que je l'aurais dû, et j'en ai conscience. Depuis le jour où je vous ai connus, j'ai toujours pensé d'abord à moi, accordant la priorité à ma personne. Et quand le Saint-Père a récompensé mes efforts en faveur de l'Église par la barrette de cardinal, je me suis demandé si je pouvais rendre un service quelconque à la famille Cleary afin de lui montrer combien je m'intéressais à elle. (Il prit une longue inspiration, posa les yeux sur Fee, évitant le regard de Meggie.) Je suis revenu en Australie pour voir ce que je pourrais faire au sujet de Frank. Vous souvenez-vous, Fee, du jour où je vous ai parlé après la mort de Paddy et de Stu ? Vingt ans ont passé, et je n'ai jamais pu oublier l'expression de vos yeux. Tant d'énergie et de vitalité... anéanties.

– Oh ! s'écria brusquement Bob, les yeux rivés sur sa mère. Oui, c'est bien ça.

– Frank va être libéré sur parole, reprit le cardinal. C'était la seule chose que je pouvais faire pour vous prouver mon attachement.

S'il s'était attendu à un éclair soudain et éblouissant jailli des ténèbres retenant Fee depuis si longtemps, il eût été déçu; tout d'abord, il n'apparut guère qu'une légère lueur et, peut-être, le tribut de l'âge ne permettrait-il jamais à cette pâle étincelle de devenir brasier. Pourtant, il en perçut toute l'ardeur dans les yeux des fils de Fee, et il éprouva une impression de devoir accompli telle qu'il n'en avait pas connue depuis la guerre, depuis la nuit où il s'était entretenu avec le jeune soldat allemand au nom si imposant.

– Merci, dit Fee.

– Sera-t-il le bienvenu à Drogheda ? demanda-t-il en se tournant vers les fils Cleary.

– C'est son foyer. Il est ici chez lui, répondit évasivement Bob.

Tout le monde approuva, sauf Fee qui semblait abîmée dans ses pensées.

– Ce n'est plus le même Frank, reprit doucement le cardinal. Je suis allé le voir dans sa cellule de Goulburn pour lui annoncer la nouvelle avant de venir ici, et j'ai été obligé de lui avouer que tout le monde à Drogheda avait toujours été au courant de ce qui lui était arrivé. Si je vous précise que cette révélation ne l'a pas fait sortir de ses gonds, vous aurez peut-être une idée du changement intervenu chez lui. Il était simplement... reconnaissant. Et impatient de revoir sa famille... Vous, surtout, Fee.

– Quand sera-t-il libéré ? demanda Bob après s'être raclé la gorge.

Le plaisir qu'il ressentait à l'idée d'une possible joie dispensée à sa mère le disputait manifestement à la crainte de ce qui pourrait se produire quand Frank serait de retour.

– Dans une semaine ou deux. Il arrivera par le train de nuit. Je voulais qu'il prenne l'avion, mais il m'a dit qu'il préférait le chemin de fer.

– Patsy et moi irons le chercher à la gare, proposa Jims avec empressement. (Puis, ses traits s'affaissèrent.) Oh, nous ne serions même pas capables de le reconnaître !

– Non, intervint Fee. J'irai le chercher moi-même, seule. Je ne suis pas encore gâteuse, que je sache. Je peux très bien conduire jusqu'à Gilly.

– M'man a raison, déclara énergiquement Meggie, prévenant le concert de protestations de ses frères. Laissons M'man aller l'accueillir seule à la gare. C'est elle qu'il doit voir en premier.

– Eh bien, le travail m'attend, bougonna Fee en se levant pour retourner à son bureau.

Les cinq frères se dressèrent comme un seul homme.

– Quant à nous, il est temps d'aller nous coucher, dit Bob avec un bâillement appliqué. (Il sourit timidement au cardinal.) Nous nous retrouverons au bon vieux temps quand vous nous direz la messe demain matin.

Meggie plia son tricot, le roula autour de ses aiguilles, se leva.

– Moi aussi, je vais vous souhaiter une bonne nuit, Ralph.

– Bonne nuit, Meggie.

Il la suivit des yeux pendant qu'elle quittait la pièce, puis se tourna vers le dos courbé de Fee.

– Bonsoir, Fee.

– Excusez-moi. Vous me parliez ?

– Je vous souhaitais une bonne nuit.

– Oh ! Bonne nuit, Ralph.

Il ne désirait pas monter à l'étage sur les pas de Meggie.

– Je crois que je vais aller faire un petit tour avant de monter me coucher. Il y a une chose que je tiens à vous dire, Fee.

– Oui ? Quoi donc ? fit-elle d'un ton distrait.

– Je ne suis pas dupe de votre attitude... pas un seul instant.

Elle émit un rire grinçant, un son étrange.

– Vraiment ? Je me le demande.

Tard et, dehors, les étoiles. Les étoiles du sud, tournoyant dans le ciel. Il avait perdu son emprise sur elles, bien qu'elle fussent toujours là, trop distantes pour réchauffer, trop faibles pour réconforter. Plus proches de Dieu qui les lui dérobait. Longtemps, il resta debout, le regard levé, écoutant le bruissement du vent dans les arbres, un sourire aux lèvres.

Il ne tenait pas à rencontrer Fee et il préféra emprunter l'escalier à l'autre extrémité de la maison; la lampe posée sur le bureau brillait encore et il distinguait la silhouette courbée sur les registres. Pauvre Fee. Comme elle devait redouter le moment de se coucher; peut-être, avec le retour de Frank, cet instant deviendrait-il plus facile. Peut-être.

En haut de l'escalier, un silence compact l'accueillit; sur la console, une lampe de cristal posait dans le hall une tache de lumière falote à l'intention de ceux qui, pour une raison quelconque, auraient à déserter leurs chambres au cours de la nuit. La flamme vacillait lorsqu'une bouffée de brise venait gonfler les rideaux. Il continua à avancer, silencieusement, sur le tapis épais.

La porte de la chambre de Meggie était grande ouverte et laissait échapper un flot de lumière; occultant un instant la lueur, il referma le battant derrière lui et donna un tour de clef. Elle avait passé un peignoir lâche et était assise sur une chaise près de la fenêtre d'où elle regardait sans le voir l'enclos intérieur, mais elle tourna la tête, le vit s'approcher du lit, s'asseoir sur le bord. Lentement, elle se leva et alla à lui.

– Viens, je vais t'aider à ôter tes bottes. C'est pour ça que je n'en porte jamais qui soient trop montantes. Je ne peux pas les retirer sans un tire-botte et ces engins abîment le cuir.

– C'est exprès que tu as choisi cette couleur, Meggie ?

– Cendres de roses ? demanda-t-elle en souriant. Ça a toujours été ma couleur favorite. Elle ne jure pas avec mes cheveux.

Il lui posa le pied sur la croupe pendant qu'elle lui retirait une botte et agit de même pour l'autre.

– Étais-tu tellement certaine que je viendrais te retrouver, Meggie ?

– Je te l'ai dit. A Drogheda, tu es à moi. Si tu n'étais pas venu, je serais allée te retrouver dans ta chambre. Ne t'y trompe pas.

Elle le débarrassa de sa chemise et, un instant, sa main se posa avec une sensualité fiévreuse sur le dos nu; puis, elle alla jusqu'à la lampe et l'éteignit tandis qu'il posait ses vêtements sur le dossier d'une chaise. Il l'entendait se déplacer dans l'obscurité, se dépouiller de son peignoir. Et demain, je dirai la messe. Mais ce sera demain matin, et la magie se sera dissipée depuis longtemps. Il y a encore la nuit, et Meggie. Je l'ai voulue. Elle aussi est un sacrement.

Dane était déçu.

– Je croyais que vous porteriez une soutane rouge.

– Cela m'arrive quelquefois, Dane, mais seulement dans l'enceinte du palais. A l'extérieur, je porte une soutane noire avec une ceinture rouge, comme celle-ci.

– Vous habitez vraiment un palais ?

– Oui.

– Il est plein de lustres ?

– Oui, mais Drogheda aussi.

– Oh, Drogheda ! fit Dane d'un air dégoûté. Je parie que les nôtres sont tout petits à côté des vôtres. Comme j'aimerais voir votre palais, et vous en soutane rouge !

– Qui sait, Dane ? Peut-être le verras-tu un jour, répliqua le cardinal en souriant.

Une curieuse expression jouait dans les yeux du garçon; son regard reflétait une certaine hausse, voire une certaine distance. Lorsque le cardinal se tourna au cours de la messe, il la retrouva, encore renforcée, mais il ne la reconnut pas, tout au plus lui parut-elle familière. Aucun homme ne se voit dans un miroir tel qu'il est, et aucune femme non plus.

Luddie et Anne Mueller étaient attendus pour Noël, comme tous les ans. La grande maison abritait des êtres au cœur léger, se préparant à passer de merveilleuses fêtes de la Nativité, telles qu'ils n'en avaient pas connues depuis des années. Minnie et Cat chantaient en travaillant, le visage bouffi de Mme Smith rayonnait, Meggie abandonnait Dane au cardinal sans commentaires et Fee paraissait beaucoup plus heureuse, moins rivée à son bureau. Les hommes saisissaient toutes les occasions pour revenir chaque soir à la maison car, après un dîner tardif, le salon bruissait de conversations, et Mme Smith avait pris l'habitude de préparer un en-cas comprenant des toasts au fromage, des petits pains beurrés et des brioches au raisin. Le cardinal protestait disant qu'une si bonne et abondante nourriture ne manquerait pas de le faire grossir mais, après trois jours passés à respirer l'air de Drogheda, à fréquenter les habitants de Drogheda, à absorber les aliments de Drogheda, il sembla se défaire du regard farouche, presque hagard, qu'il avait à son arrivée.

Une forte chaleur régna le quatrième jour. Le cardinal était parti avec Dane pour aller chercher un troupeau de moutons, Justine boudait, seule, sous le poivrier, et Meggie se vautrait paresseusement sur les coussins d'une banquette cannée de la véranda. Elle se sentait détendue, comblée, très heureuse. Une femme peut fort bien s'en passer plusieurs années durant, mais c'était bon, bon avec lui, l'homme, l'unique. Lorsqu'elle était avec Ralph, tout son être s'ouvrait à la vie, excepté la partie réservée à Dane. Malheureusement, lorsqu'elle était avec Dane, tout son être s'ouvrait à la vie, excepté la partie réservée à Ralph. Ce n'était que quand tous deux étaient présents simultanément dans son univers, comme maintenant, qu'elle se sentait vraiment complète. Eh bien, c'était dans l'ordre des choses. Dane était son fils, mais Ralph était son homme.

Pourtant, une ombre troublait son bonheur; Ralph n'avait pas compris. Aussi gardait-elle son secret. S'il était incapable de le découvrir par lui-même, pourquoi le lui dirait-elle ? Qu'avait-il jamais fait pour mériter qu'elle le lui apprenne ? Qu'il pût penser un seul instant qu'elle était volontairement retournée à Luke l'accablait. Il ne méritait pas qu'elle le lui dise s'il la croyait capable d'une telle abjection. Parfois, elle sentait les yeux pâles et ironiques de Fee fixés sur elle, et elle lui rendait son regard, imperturbable. Fee comprenait. Elle comprenait vraiment. Elle comprenait la haine mitigée, le ressentiment, le besoin de faire payer les années de solitude. Un chasseur de chimères, tel était Ralph de Bricassart; et pourquoi lui ferait-elle don de la plus exquise chimère qui fût, son fils ? Qu'il en soit privé. Qu'il souffre sans même le savoir.

La sonnerie du téléphone retentit, l'indicatif réservé à Drogheda. Meggie écouta le tintement distraitement, puis, se rendant compte que sa mère avait dû s'éloigner, elle se leva de mauvaise grâce et alla répondre.

– Mme Fiona Cleary, je vous prie, dit une voix d'homme.

Quand Meggie l'eût appelée, Fee s'approcha vivement, lui prit le récepteur des mains.

– Fiona Cleary à l'appareil, dit-elle.

Tandis qu'elle écoutait, debout, son visage perdit peu à peu ses couleurs, ses traits se tirèrent, retrouvèrent l'expression qu'ils avaient eue au cours des jours ayant suivi la mort de Paddy et de Stu.

– Merci, dit-elle avant de raccrocher, soudain ratatinée, vulnérable.

– Qu'est-ce que c'est, M'man ?

– Frank a été libéré. Il a pris le train du soir et arrive en fin d'après-midi. (Elle consulta sa montre.) Il me faut partir bientôt. Il est déjà deux heures passées.

– Laisse-moi t'accompagner, proposa Meggie, si débordante de bonheur qu'elle ne pouvait supporter une possible déception de sa mère.

Elle avait le sentiment que ces retrouvailles ne seraient pas une joie sans mélange pour Fee.

– Non, Meggie. Ça ira. Occupe-toi de tout ici, et qu'on ne serve pas le dîner avant que je sois de retour.

– C'est merveilleux, hein, M'man, de penser que Frank rentre à la maison pour Noël.

– Oui, répondit Fee. C'est merveilleux.

Personne n'empruntait plus le train du soir maintenant qu'il était possible de rallier Gillanbone par la voie des airs; le convoi poussif avait parcouru mille kilomètres depuis Sydney, abandonnant la plupart de ses passagers de deuxième classe dans de petites villes le long du parcours et il ne restait que bien peu de voyageurs débarquant à Gilly.

Le chef de gare connaissait Mme Cleary de vue, mais jamais il ne lui serait venu à l'idée d'engager la conversation avec elle; il se contenta donc de la regarder descendre les marches de bois de la passerelle enjambant la voie et la laissa seule, debout, très droite, sur le quai. Une femme qui a de l'allure, songea-t-il; robe et chapeau à la mode, chaussures à talons hauts. Beau corps, pas très ridée pour une femme de son âge, à croire que la vie d'épouse d'éleveur conserve.

De ce fait, superficiellement, Frank reconnut sa mère plus rapidement qu'elle ne le reconnut, bien que son cœur le lui eût désigné immédiatement. Il avait cinquante-deux ans, et ses années d'absence étaient celles qui l'avaient vu passer du stade de la jeunesse à celui d'âge mûr. L'homme qui se dressait dans le soleil couchant de Gilly était trop maigre, presque décharné, très pâle. Il avait le front dégarni, portait des vêtements informes qui pendaient sur une charpente ayant encore un reflet de puissance malgré sa petite taille; ses mains bien dessinées serraient le bord d'un chapeau de feutre gris. Il n'était pas voûté, ne paraissait pas malade, mais il restait planté là, gauchement, triturant son chapeau entre ses doigts sans paraître croire que quelqu'un pouvait être là à l'attendre, sans savoir comment agir.

Parfaitement maîtresse d'elle-même, Fee avança sur le quai d'un pas alerte.

– Bonjour, Frank, dit-elle.

Il leva les yeux qui, autrefois, brillaient, étincelaient, et qui, à présent, s'enfonçaient dans le visage d'un homme vieillissant. Pas du tout les yeux de Frank. Epuisés, patients, d'une extrême lassitude. Mais quand ils s'imprégnèrent de la vue de Fee, ils se meublèrent d'une extraordinaire expression, blessée, totalement sans défense, appel à l'aide d'un homme en train de mourir.

– Oh, Frank ! s'exclama-t-elle en l'étreignant. (Elle lui nicha la tête au creux de son épaule.) Tout va bien, chantonna-t-elle. Tout va bien, continua-t-elle d'une voix plus douce encore.

Au début, il resta silencieux et affaissé sur son siège. Mais quand la Rolls prit de la vitesse et sortit de la ville, il commença à s'intéresser à ce qui l'entourait. Il jeta un coup d'œil par la portière.

– Rien n'a changé, murmura-t-il.

– Non. Le temps s'écoule lentement ici.

Ils passèrent le pont de planches disjointes qui enjambait le mince filet d'eau bourbeux, bordé de saules pleureurs; la plus grande partie du lit de la rivière laissait voir un enchevêtrement de racines sur fond de gravier, des flaques formant des taches brunes, des eucalyptus poussant un peu partout, crevant la vase pierreuse.

– La Barwon, dit-il. Je pensais ne jamais la revoir.

Derrière eux s'élevait un énorme nuage de poussière; devant eux, la route se dévidait, toute droite, comme un exercice de perspective, à travers une immense plaine herbeuse, sans arbres.

– Une nouvelle route, M'man ?

Il semblait s'efforcer désespérément de trouver un sujet de conversation, vouloir tout mettre en œuvre pour que la situation parût normale.

– Oui. Elle a été construite pour relier Gilly à Milparinka juste après la guerre.

– On aurait pu en profiter pour la goudronner un peu.

– Pourquoi ? Nous sommes habitués à manger de la poussière par ici, et tu t'imagines ce que ça aurait coûté s'il avait fallu l'empierrer assez solidement pour qu'elle résiste à la boue ? La nouvelle route est droite, bien entretenue, et supprime treize portails sur les vingt-sept d'autrefois. Il n'en reste que quatorze entre Gilly et la maison, et tu vas voir ce qu'on en a fait, Frank. Plus besoin de les ouvrir et de les fermer.

La Rolls avança sur une rampe en direction d'un panneau d'acier qui se souleva paresseusement; dès que la voiture eut passé et se fut éloignée de quelques mètres sur la piste, le panneau redescendit de lui-même.

– Décidément, on n'arrête pas le progrès, commenta Frank.

– Nous avons été les premiers dans la région à faire installer les rampes automatiques, mais seulement entre la route de Milparinka et la maison, évidemment. Les portails des enclos doivent encore être ouverts et fermés à la main.

– Eh bien, je suppose que le type qui a inventé ce système a dû avoir son lot de portails à ouvrir et refermer, dit Frank avec un sourire.

Ce fut le premier signe de détente auquel il se laissa aller; puis il s'abîma de nouveau dans le silence et sa mère concentra son attention sur la route, voulant à tout prix éviter de le brusquer. Quand ils franchirent le dernier portail métallique et entrèrent dans l'enclos intérieur, Frank exhala un soupir; la surprise lui coupait le souffle.

– J'avais oublié à quel point c'était beau ! s'exclama-t-il.

– C'est notre foyer, dit Fee. Nous en avons pris soin.

Elle conduisit la Rolls jusqu'au garage, escorta son fils vers la grande maison, mais, cette fois, il portait sa valise lui-même.

– Préfères-tu une chambre dans la grande maison ou un cottage d'invité pour toi tout seul.

– Je préfère le cottage. Merci. (Ses yeux épuisés se posèrent sur le visage de sa mère.) Ça me paraîtra agréable de pouvoir m'isoler un peu, expliqua-t-il.

Ce fut la seule allusion qu'il fit jamais aux conditions de sa détention.

– Je crois que tu y seras mieux, dit-elle en le précédant dans le salon. La grande maison regorge d'invités en ce moment. Nous avons le cardinal, Dane et Justine sont en vacances, et Luddie et Anne Mueller doivent arriver après-demain pour passer les fêtes de Noël.

Elle tira un cordon de sonnette pour demander le thé et fit tranquillement le tour de la pièce afin d'allumer les lampes à pétrole.

– Luddie et Anne Mueller ? s'enquit-il.

Elle suspendit son geste, abandonnant un instant la mèche d'une lampe qu'il lui fallait remonter et le considéra.

– Beaucoup de temps a passé, Frank. Les Mueller sont des amis de Meggie. (La mèche ajustée à la hauteur voulue, elle s'assit dans son fauteuil à oreilles.) Nous dînerons dans une heure mais, avant, nous prendrons une tasse de thé, ne serait-ce que pour nous débarrasser la bouche de la poussière de la route.

Frank s'assit gauchement sur le bord d'une ottomane crème et promena un regard stupéfait dans la pièce.

– C'est si différent du temps de tante Mary...

– Ça, je le crois, convint Fee en souriant.

Puis, Meggie entra, et il lui fut plus difficile de retrouver sa sœur en cette femme mûre que de voir sa mère vieillie. Tandis que Meggie l'étreignait, l'embrassait, il détourna le visage, se ratatina sous sa veste informe, et chercha des yeux sa mère qui le regardait et semblait lui dire : ça n'a pas d'importance, tout cela te paraîtra bientôt normal, laisse seulement s'écouler un peu de temps. Passa une minute de silence pendant qu'il cherchait quelques mots à dire à cette étrangère, et la fille de Meggie entra; une grande gamine, maigre, qui s'assit avec raideur, ses longues mains lissant les plis de sa robe, yeux pâles fixés sur un visage, puis sur un autre. Elle est plus âgée que Meggie ne l'était quand j'ai quitté la maison, songea-t-il. Le fils de Meggie entra avec le cardinal et alla s'asseoir sur le sol, à côté de sa sœur; un beau garçon, calme, au regard lointain.

– Frank, c'est merveilleux ! s'écria le cardinal en lui serrant la main. (Il se tourna vers Fee, le sourcil interrogateur.) Une tasse de thé ? Excellente idée.

Les fils Cleary arrivèrent ensemble, et ce fut très pénible car ils ne lui avaient jamais pardonné. Frank savait pour quoi : pour le mal qu'il avait fait à leur mère. Mais il était incapable de trouver quoi que ce soit à leur dire susceptible de leur faire comprendre; il ne pouvait leur parler de sa peine, de sa solitude, ni les supplier de lui pardonner. Le seul être qui comptait réellement était sa mère, et elle n'avait jamais pensé qu'il y eût quoi que ce soit à pardonner.

Ce fut le cardinal qui mit tout en œuvre pour garder une certaine cohésion à la soirée; il entretint la conversation autour de la table pendant le dîner et, ensuite, au salon, causant avec une aisance de diplomate et faisant en sorte d'inclure Frank dans le clan.

– Bob, je voulais vous poser la question depuis mon arrivée... Où sont passés les lapins ? demanda le cardinal. J'ai vu des millions de terriers... et pas le moindre lapin.

– Ils sont tous morts, répondit Bob.

– Morts ?

– Oui, d'une maladie appelée myxomatose. Entre les lapins et les années de sécheresse, l'Australie était à peu près au bout du rouleau en tant que nation productrice vers 1947. Nous étions désespérés, continua Bob qui se précipitait sur la perche tendue, heureux de pouvoir discuter d'un sujet qui excluait Frank.

A ce moment, sans s'en douter, Frank s'aliéna Bob en disant :

– Je savais que les choses allaient mal, mais pas à ce point-là.

Il s'adossa à son siège, espérant avoir donné satisfaction au cardinal en contribuant un peu à la conversation.

– Eh bien, je n'exagère pas, croyez-moi ! rétorqua Bob sèchement. Comment Frank pourrait-il être au courant ?

– Que s'est-il passé ? demanda vivement le cardinal.

– Il y a deux ans, l'Organisation de recherches scientifiques et industrielles du Commonwealth s'est lancée dans un programme expérimental à Victoria, inoculant aux lapins un virus cultivé en vue de se débarrasser de ce fléau. Je ne sais pas très bien ce qu'est un virus, mais je crois qu'il s'agit d'une sorte de germe. Les chercheurs appelaient leur virus la myxomatose. Au début, ça n'a pas très bien marché, pourtant tous les lapins qui l'attrapaient en mouraient. Mais environ un an après l'inoculation de départ, la maladie s'est mise à progresser comme le feu dans les broussailles; on croit qu'elle est transmise par les moustiques, mais il paraît que ça a aussi un rapport avec une espèce de chardon jaune. Depuis, les lapins sont morts par millions et par millions. Ça les a totalement détruits. De temps à autre on en rencontre quelques-uns, malades, avec la tête toute enflée, pas beaux à voir. Mais c'est une réussite sensationnelle, Ralph, vraiment. Aucune autre bête ne peut attraper la myxomatose, pas mêmes les espèces proches. Grâce aux types de l'Organisation de recherches, les lapins ne sont plus un fléau.

Le regard du cardinal se fixa sur Frank.

– Vous vous rendez compte de ce que cela représente, n'est-ce pas, Frank ?

Le pauvre Frank secoua la tête, souhaitant que tous l'abandonnent à son anonymat.

– La guerre biologique menée sur une grande échelle... reprit le cardinal. Je me demande si le reste du monde sait qu'ici même, en Australie, entre 1949 et 1952, une guerre biologique a été engagée contre une population de milliards d'individus et est parvenue à supprimer l'espèce... ? Eh bien, c'est réalisable ! Il ne s'agit pas seulement d'articles à sensation dans les journaux, c'est un fait scientifique. Les pays qui disposent d'une telle arme pourraient tout aussi bien oublier leurs bombes atomiques ou à hydrogène. Je sais qu'il fallait le faire, que c'était absolument nécessaire, et c'est là probablement une réalisation scientifique de première importance qui n'a pas été ébruitée. Mais ça n'en est pas moins terrifiant.

Dane avait attentivement suivi la conversation.

– La guerre biologique ? Je n'en ai jamais entendu parler. Qu'est-ce que c'est exactement, Ralph ?

– Les mots sont nouveaux, Dane. Mais je suis diplomate au Vatican et, malheureusement, obligé de me tenir au courant de termes tels que « guerre biologique ». Pour simplifier, le mot équivaut à la myxomatose. La culture d'un germe susceptible de tuer ou de paralyser un genre spécifique d'êtres vivants.

Sans en avoir conscience, Dane se signa et se rejeta en arrière contre les genoux du cardinal de Bricassart.

– Alors, nous ferions mieux de prier, dit-il simplement. Vous ne croyez pas ?

Le cardinal baissa les yeux sur la tête blonde, sourit.

Les efforts que déploya Fee amenèrent Frank à s'adapter à la vie de Drogheda; sans tenir compte du sourd antagonisme qui animait le clan des frères Cleary, elle continua à agir comme si son fils aîné ne s'était absenté que pour quelque temps, n'avait jamais attiré le déshonneur sur la famille, ni douloureusement peiné sa mère. Paisiblement et discrètement, elle lui trouva l'abri qu'il semblait souhaiter, loin de ses autres fils; elle ne l'encouragea pas non plus à retrouver une partie de son ancienne vitalité, d'autant que celle-ci ne l'animait plus; Fee l'avait compris dès l'instant où il avait levé les yeux vers elle sur le quai de la gare de Gilly. Le dynamisme dont Frank avait autrefois fait preuve avait été anéanti par une existence qu'il se refusait à évoquer. Elle ne pouvait que s'efforcer de le rendre aussi heureux que possible, et la meilleure façon d'y parvenir consistait à voir dans le Frank actuel celui qu'il avait toujours été.

Il n'était pas question qu'il travaillât dans les enclos car ses frères s'y seraient opposés, et il ne voulait d'ailleurs pas mener un genre de vie qu'il avait toujours détesté. La croissance des plantes semblait le captiver; aussi Fee l'incita-t-elle à s'intéresser aux jardins sans pour autant lui assigner une besogne précise. Et, progressivement, ses frères s'habituèrent au retour de la brebis galeuse dans le giron de la famille; ils comprirent que la menace qu'avait autrefois fait peser Frank sur leur tranquillité s'était évanouie. Rien ne pourrait jamais modifier les sentiments que lui portait leur mère; peu importait qu'il fût en prison ou à Drogheda, elle le chérissait toujours aussi tendrement. La présence de Frank à Drogheda la rendait heureuse, et c'est tout ce qui comptait. Il ne s'immisçait pas dans leur existence et se conformait à l'image de ce qu'il avait toujours été, ni plus ni moins.

Cependant, la présence de Frank à Drogheda n'apportait pas une joie réelle à Fee; comment l'aurait-elle pu d'ailleurs ? Le voir chaque jour lui communiquait simplement un autre genre de tristesse que celle qu'elle avait ressentie pendant son absence. La terrible douleur de devoir constater la perte d'une vie, la perte d'un homme. Celle de son fils préféré, tant aimé, qui avait dû connaître des souffrances dépassant tout ce qu'elle pouvait imaginer.

Un jour, alors que Frank était de retour à Drogheda depuis environ six mois, Meggie entra dans le salon et trouva sa mère assise, regardant par l'une des grandes portes-fenêtres en direction de Frank qui taillait la haie de rosiers bordant l'allée. Elle se détourna et, quelque chose dans son visage soigneusement composé incita Meggie à porter les mains à son cœur.

– Oh, M'man ! dit-elle, désemparée.

Fee la regarda, secoua la tête et sourit.

– Ça n'a pas d'importance, Meggie.

– Si seulement je pouvais faire quelque chose !

– Tu le peux. Ne change rien dans ton attitude. Je te suis très reconnaissante. Tu es devenue une alliée.

aussi bien ... que possible, et à mi-... qu'il y ... à voir ... Frank, mais celui qu'il avait toujours été.

Il n'y avait pas de question qu'il travaille dans les ... car il ... trois ... après, ainsi ne voulait d'ailleurs pas même trop parler de ... où il avait toujours ... La ... de plaisir semblait lui ... ainsi que ... elle s'intéressait aux ... sans qu'il ... lui assigne une ... précise. Et progressivement, ses frères s'habituèrent au retour de la brebis égarée dans le giron de la famille ; ils comprirent que la menace qu'avait autrefois fait peser Frank sur leur tranquillité s'était évanouie. Rien ne pourrait plus modifier les ... que lui portait leur mère ; peu importait qu'il fût en prison ou à Drogheda, elle le chérissait toujours, aussi ... La présence de Frank à Drogheda, de la tendre ... et c'est tout ce qui comptait. Il ne ... dans leur existence et se conformait à l'image de ce qu'il avait toujours été, et plus ...

Cependant, la présence de Frank à Drogheda n'apportait pas une joie réelle, à peu ... comment ... elle ... ? Le voir chaque jour lui communiquait simplement un autre genre de tristesse que celle où elle avait ... pendant son absence. ... de devoir constater la perte d'une vie, la perte d'un homme. Celle de son fils préféré, tant aimé, qui avait ... des souffrances dépassant tout ce qu'elle pouvait imaginer.

Un jour, alors que Frank était de retour à Drogheda depuis environ six mois, Meggie entra dans le salon et trouva ... regardant par l'une des grandes portes-fenêtres en direction de Frank qui taillait la haie de rosiers bordant l'allée. Elle se détourna et quelque chose dans son visage ... Meggie ... porter les mains à son cœur.

— Oh, M'man ! dit-elle, désemparée.

Fee la regarda, secoua la tête et sourit.

— Ça n'a pas d'importance, Meggie.

— Si seulement je pouvais faire quelque chose !

— ... Ne change rien dans ton attitude. Je te suis très reconnaissante. Tu es devenue une alliée.

LIVRE VI
1954-1965
DANE

CHAPITRE 17

– Bon, dit Justine à sa mère, ma décision est prise. Je sais ce que je vais faire.

– Je croyais que tout était déjà réglé. Tu vas suivre les cours des Beaux-Arts à l'Université de Sydney, non ?

– Oh, c'était du bluff pour te tranquilliser pendant que je préparais mes plans. Mais maintenant tout est au point; alors, je peux dévoiler mes batteries.

Meggie s'arracha un instant à sa besogne consistant à découper des formes de sapin dans la pâte étalée devant elle; Mme Smith étant souffrante, mère et fille aidaient à la cuisine. Elle considéra Justine avec lassitude, impatience, impuissance. Comment pouvait-on agir avec un être de cette sorte ? Si Justine annonçait qu'elle avait l'intention de partir pour Sydney afin d'entrer dans un bordel comme pensionnaire, Meggie doutait de pouvoir l'en dissuader. Chère, horrible Justine, reine des têtes de mule.

– Vide ton sac, je grille d'impatience, dit Meggie en se remettant à découper des biscuits.

– Je vais être actrice.

– Quoi ?

– Actrice.

– Seigneur ! (Et d'abandonner de nouveau le moule à sapin.) Écoute, Justine, je ne suis pas une empêcheuse de danser en rond et je n'ai pas l'intention de te faire de la peine. Mais crois-tu réellement que tu aies le physique de l'emploi ?

– Oh, M'man ! s'exclama Justine d'un air écœuré. Pas une vedette de cinéma; une actrice ! Je ne veux pas tortiller des fesses, faire valoir mes seins ou me passer la langue sur les lèvres ! Je veux faire du théâtre ! (Elle entassait des morceaux de bœuf dégraissés dans un tonnelet de saumure.) J'ai suffisamment d'argent pour envisager n'importe quelle formation de mon choix, non ?

– Oui, grâce au cardinal de Bricassart.

– Alors il n'y a pas à revenir là-dessus. Je vais suivre les cours d'Albert Jones au théâtre Culloden, et j'ai écrit à l'Académie royale d'Art dramatique à Londres pour demander mon inscription sur les listes d'attente.

– Tu as vraiment réfléchi, Jussy ?

– Oui. J'y ai réfléchi depuis très longtemps. (Le dernier morceau de bœuf sanguinolent disparut dans la saumure; elle remit le couvercle du tonnelet, l'enfonça d'un coup de poing.) Voilà ! J'espère ne plus jamais avoir à tripoter du bœuf pour la conserve jusqu'à la fin de mes jours.

Meggie lui tendit une plaque recouverte de biscuits.

– Mets ça au four, tu veux ? Cent cinquante degrés. Je dois avouer que cette nouvelle me surprend. Je croyais que les petites filles qui rêvaient d'être comédiennes jouaient constamment un rôle vis-à-vis des autres, mais la seule personne avec laquelle je t'aie jamais vue jouer n'était autre que toi.

– Oh, M'man ! Te voilà repartie à confondre vedette de cinéma et actrice. Vraiment, tu es indécrottable !

– Eh bien, les vedettes de cinéma ne sont-elles pas des actrices ?

– D'une catégorie très inférieure, à moins qu'elles n'aient commencé par la scène. Après tout, même Laurence Olivier se permet un film de temps à autre.

Une photo dédicacée de Laurence Olivier trônait sur la coiffeuse de Justine; Meggie avait simplement estimé qu'il devait s'agir d'une toquade de collégienne, bien que, sur le moment, elle eût pensé que sa fille faisait preuve de goût. Les amies de Justine, qui venaient parfois passer quelques jours avec elle à Drogheda, gardaient précieusement les photographies de leurs idoles infiniment plus populaires.

– Je ne comprends toujours pas, marmonna Meggie en secouant la tête. Actrice !

Justine haussa les épaules.

– Et bien, où pourrais-je me permettre de crier, de hurler, de rugir ailleurs que sur une scène ? Ici, on ne m'y autorise pas, ni à l'école, ni nulle part ! J'aime crier, hurler et rugir, nom de dieu !

– Mais tu es tellement douée pour les beaux-arts, Jussy ! Pourquoi ne pas persévérer dans ce sens ? insista Meggie.

Justine s'écarta de l'immense cuisinière à gaz, tapota du doigt le manomètre d'une bouteille de butane.

– Il faudra que je dise à l'aide-jardinier de changer les bouteilles; il n'y a presque plus de pression. Mais ça ira encore pour aujourd'hui. (Les yeux clairs considérèrent Meggie avec pitié.) Tu n'as vraiment pas les pieds sur terre, M'man. Je croyais qu'il n'y avait que les gosses pour ne pas envisager le côté pratique d'une carrière. Je n'ai pas l'intention de crever de faim dans un grenier et d'être célèbre après ma mort. Je compte avoir ma part de gloire tant que je serai vivante et je veux mener une existence dorée, dans une réelle aisance. Aussi, la peinture sera mon violon d'Ingres et je jouerai la comédie pour gagner ma vie. Qu'est-ce que tu dis de ça ?

– Drogheda te servira des revenus confortables, Jussy, déclara Meggie à bout d'arguments, rompant ainsi le vœu de silence qu'elle s'était imposé pour les questions d'argent et quelles que soient les circonstances. Tu n'en arriverais jamais à mourir de faim dans un grenier; si tu préfères peindre, rien ne t'en empêche.

L'expression de Justine, soudain éveillée, montra un nouvel intérêt.
– Et ça représente quoi, ces revenus, M'man ?
– Suffisamment pour que tu n'aies pas besoin de travailler si tu le voulais.
– Charmante perspective ! Je finirais par papoter au téléphone et jouer au bridge; c'est tout ce qu'ont trouvé la plupart des mères de mes camarades. Parce que j'habiterai Sydney, pas Drogheda, tu sais. Je préfère de beaucoup Sydney à Drogheda. (Une lueur d'espoir brilla dans ses yeux.) Est-ce que j'ai assez d'argent pour me faire enlever mes taches de rousseur avec ce nouveau traitement électrique ?
– Je crois que oui. Pourquoi ?
– Parce qu'à ce moment-là on remarquera peut-être mon visage.
– Je croyais que la beauté n'avait pas d'importance pour une actrice.
– Oh, ça suffit, M'man ! Mes taches de rousseur sont une croix.
– Tu es certaine que tu ne préférerais pas peindre ?
– Tout à fait sûre, affirma Justine en esquissant quelques pas de danse. Je vais monter sur les planches et il n'y a pas à revenir là-dessus.
– Et comment as-tu été autorisée à suivre les cours du théâtre Culloden ?
– J'ai passé une audition.
– Et tu as été admise, toi ?
– Tu as une foi touchante en ta fille, M'man. Evidemment, j'ai été admise ! Je suis du tonnerre, tu sais. Un jour, je serai célèbre.
Meggie mélangea un colorant alimentaire vert dans un bol contenant déjà du glaçage et commença à en badigeonner les sapins déjà cuits.

– C'est important pour toi, Justine, la célébrité ?
– Et comment ! (Elle versa du sucre sur le beurre si mou qu'il adhérait déjà au bol; en dépit de la cuisinière à gaz qui avait remplacé le vieux poêle à charbon, il n'en faisait pas moins très chaud dans la cuisine.) Je suis bien décidée à tout faire pour devenir célèbre.
– Tu n'as pas l'intention de te marier ?
Les traits de Justine se crispèrent en une moue de mépris.
– Très peu pour moi ! Passer ma vie à essuyer des morves et à torcher des culs merdeux ? Faire des mamours à un type qui serait loin de me valoir tout en croyant qu'il m'est très supérieur ? Oh, non ! Ça, zéro pour la question !
– Franchement, tu exagères. Où diable as-tu appris à parler comme ça ?
Justine commença à casser des œufs dans une jatte, vivement et avec adresse, n'usant que d'une seule main.
– Dans ce si sélect collège de jeunes filles, évidemment. (Elle saisit un fouet, battit vigoureusement les œufs.) En vérité, nous formons une équipe de filles très bien. Très cultivées. Rares sont les troupeaux d'oies blanches susceptibles d'apprécier la délicatesse de ces vers latins, par exemple :

Il y avait un Romain de Vinidium
Dont la vêture était faite d'iridium;
Quand on lui demandait pourquoi une telle veste,
Il répliquait « *Id est Bonum sanguinem Praesidium* ».

Les lèvres de Meggie se crispèrent.

– Je vais certainement m'en vouloir de t'avoir posé la question, mais qu'à répondu le Romain ?

– C'est une protection foutrement bonne.

– C'est tout ? Je m'attendais à bien pire. Tu m'étonnes. Mais pour en revenir à ce que nous disions, ma chère petite, en dépit de tes efforts à changer de conversation, que reproches-tu au mariage ?

Justine imita l'un des rares éclats de rire ironiques de sa grand-mère qui tenaient plutôt du reniflement.

– M'man ! Vraiment, tu devrais être la dernière à me poser cette question.

Meggie sentit le sang lui affluer au visage et elle baissa les yeux sur le plateau d'arbres vert clair.

– Ne sois pas impertinente. Il est vrai qu'avec tes dix-sept ans, tu sais tout.

– Tu ne trouves pas ça curieux ? dit Justine à l'adresse de la jatte. Dès qu'on ose s'aventurer sur un terrain strictement réservé aux parents, on devient impertinente. J'ai simplement dit : tu devrais être la dernière à me poser cette question. C'est parfaitement exact, bon dieu ! Je n'entends pas nécessairement par là que tu es une ratée, une pécheresse, ou pire encore. En vérité, j'estime que tu as fait preuve de beaucoup de bon sens en te passant de ton mari. Pourquoi en aurais-tu eu besoin ? L'influence masculine pour élever tes gosses ne manquait pas avec les oncles; tu as suffisamment d'argent pour vivre. Je suis d'accord avec toi ! Le mariage est bon pour les oiseaux.

– Tu es exactement comme ton père !

– Encore un faux-fuyant. Chaque fois que je te contrarie, je deviens exactement comme mon père. Eh bien, je suis obligée de te croire sur parole puisque je n'ai jamais eu l'occasion de rencontrer cet honorable gentleman.

– Quand pars-tu ? demanda Meggie en désespoir de cause.

Justine sourit.

– Il te tarde de te débarrasser de moi, hein ? Je te comprends, M'man, et je ne t'en veux pas le moins du monde. Tu sais, je ne peux pas m'en empêcher. J'adore choquer les gens, surtout toi. Qu'est-ce que tu dirais de m'accompagner à l'aérodrome demain ?

– Disons après-demain. Demain, je t'emmènerai à la banque. Il vaut mieux que tu saches de combien d'argent tu peux disposer. Et, Justine...

Justine saupoudrait de farine la pâte qu'elle pliait adroitement, mais elle leva les yeux en remarquant l'altération survenue dans la voix de sa mère.

– Oui ?

– Si jamais tu as des ennuis, reviens à la maison, je t'en prie. Il y aura toujours ta place à Drogheda; je tiens à ce que tu t'en souviennes.

Rien de ce que tu pourras faire ne saurait être assez grave pour t'empêcher de revenir.
Le regard de Justine s'adoucit.
– Merci, M'man. Dans le fond, tu n'es pas un mauvais cheval. Seulement une vieille radoteuse.
– Vieille ? s'insurgea Meggie. Je ne suis pas vieille ! Je n'ai que quarante-trois ans !
– Seigneur, tant que ça ?
Meggie saisit un biscuit, le jeta à la tête de sa fille.
– Oh ! quel monstre tu fais ! s'exclama-t-elle en riant. Maintenant, j'ai l'impression d'avoir cent ans !
Justine sourit.
A cet instant, Fee entra pour voir comment allaient les choses dans la cuisine; Meggie salua son arrivée avec soulagement.
– M'man, sais-tu ce que Justine vient de me dire ?
Maintenant, les yeux de Fee ne pouvaient guère que se pencher sur les registres de Drogheda, mais derrière ses pupilles opacifiées l'intelligence se devinait, plus vive que jamais.
– Comment pourrais-je savoir ce que Justine vient de te dire ? s'enquit-elle gentiment en regardant les biscuits verts avec un petit frisson de dégoût.
– Parfois, j'ai l'impression que Justine et toi avez vos petits secrets en dehors de moi, riposta Meggie. Et maintenant que ma fille vient de me mettre au courant de ses projets, tu entres ici à point nommé alors que tu ne mets jamais les pieds dans la cuisine.
– Hum...heureusement qu'ils sont meilleurs qu'ils en ont l'air, commenta Fee en grignotant un biscuit. Je t'assure, Meggie, que je n'encourage pas ta fille à me prendre pour complice pour faire des cachotteries derrière ton dos. De quel nouveau chambardement es-tu responsable, Justine ? demanda-t-elle en se tournant vers sa petite-fille qui versait sa mixture onctueuse dans des moules farinés.
– J'ai dit à M'man que je voulais faire du théâtre, Mémé, c'est tout.
– C'est tout, hein ? Est-ce vrai, ou s'agit-il seulement de l'une de tes plaisanteries d'un goût douteux ?
– Oh, c'est vrai ! Je vais faire mes débuts au Culloden.
– Tiens, tiens, tiens ! s'exclama Fee qui s'appuya à la table tout en observant sa fille non sans ironie. Toujours étonnant de devoir constater combien les décisions des enfants nous échappent, n'est-ce pas, Meggie ?
Meggie ne répondit pas.
– Tu es contre, Mémé ? grogna Justine, prête à se battre.
– Moi ? Contre ? Ce que tu fais de ta vie ne me regarde pas. D'ailleurs, je pense que tu peux faire une bonne actrice.
– Vraiment ? s'écria Meggie, suffoquée.
– Bien sûr, riposta Fee. Justine n'est pas du genre à faire un choix à la légère, n'est-ce pas, ma petite fille ?
– Non, admit Justine en souriant.
Elle repoussa une mèche, collée par la transpiration, qui lui retombait sur l'œil. Meggie observa son expression tandis qu'elle

considérait sa grand-mère avec une affection qu'elle paraissait incapable de lui vouer.

– Tu es une bonne fille, Justine, déclara Fee en avalant le reste du biscuit dans lequel elle avait mordu avec peu d'enthousiasme. Pas mauvais du tout. Mais j'aurais préféré que tu les glaces en blanc.

– On ne peut pas glacer des arbres en blanc ! s'insurgea Meggie.

– Bien sûr que si quand il s'agit de sapins, rétorqua Fee. Ça pourrait être de la neige.

– Trop tard à présent, intervint Justine en riant. Ils sont vert dégueuli.

– Justine !

– Oh, désolée, M'man ! Je n'avais pas l'intention de t'offenser. J'oublie toujours que tu as l'estomac fragile.

– Je n'ai pas l'estomac fragile ! lança Meggie, exaspérée.

– Je suis venue voir si je pouvais avoir une tasse de thé, dit Fee qui tira une chaise à elle et s'assit. Sois gentille, Justine, mets la bouilloire sur le feu.

Meggie s'assit près de sa mère.

– Crois-tu vraiment que Justine puisse envisager de faire du théâtre, M'man, demanda-t-elle d'un ton anxieux.

– Pourquoi pas ? répondit Fee en suivant des yeux sa petite-fille qui se livrait au rituel du thé.

– Ça n'est peut-être qu'une toquade passagère.

– Est-ce une toquade passagère, Justine ? s'enquit Fee.

– Non, déclara énergiquement Justine en déposant tasses et soucoupes sur la vieille table de cuisine.

– Mets les biscuits sur une assiette, Justine, ne les présente pas dans leur boîte, dit machinalement Meggie. Et, pour l'amour de Dieu, n'apporte pas tout le bidon de lait sur la table, mets-en un peu dans un petit pot !

– Oh, M'man, excuse-moi, M'man, répondit Justine tout aussi machinalement. Je ne vois pas très bien à quoi riment tous ces chichis dans la cuisine. Je serai obligée de remettre les biscuits qui resteront dans leur boîte et de laver les assiettes en plus.

– Contente-toi de faire ce qu'on te dit; c'est tellement plus agréable.

– Pour en revenir à nos moutons, reprit Fee, je ne crois pas qu'il y ait matière à discussion. A mon avis, on devrait laisser Justine faire un essai, qui sera probablement couronné de succès.

– Je voudrais bien en être aussi sûre, marmonna Meggie d'un ton triste.

– Est-ce que tu as fait miroiter la célébrité et la gloire à ta mère, Justine ? s'enquit Fee.

– Célébrité et gloire entrent en ligne de compte, admit Justine. (Elle posa la vieille théière marron sur la table en un geste de défi et s'assit vivement.) Ne rouspète pas, M'man. Je ne vais pas faire le thé dans la théière d'argent pour le boire dans la cuisine. Un point, c'est tout.

– Cette théière convient parfaitement, dit Meggie avec un sourire.

– Oh, il est délicieux ! Rien de tel qu'une bonne tasse de thé, remarqua Fee avec un soupir de satisfaction. Justine, pourquoi t'obstines-tu à présenter les choses à ta mère sous un jour aussi défavorable ? Tu sais parfaitement que ce n'est pas une question de célébrité et de gloire, mais bien de toi-même.

– De moi-même, Mémé ?

– Evidemment, de toi-même. Tu as le sentiment d'être faite pour devenir actrice, n'est-ce pas ?

– Oui.

– Alors, pourquoi ne pas l'avoir expliqué à ta mère ? Pourquoi la bouleverser avec des bêtises que tu prends plaisir à débiter avec désinvolture ?

Justine haussa les épaules, but son thé et poussa sa tasse vide vers sa mère afin qu'elle la remplît.

– Sais pas, marmotta-t-elle.

– Je ne sais pas, corrigea Fee. J'espère que tu articuleras correctement sur les planches. Mais c'est bien pour toi-même que tu veux être comédienne, n'est-ce pas ?

– Oui, probablement, admit Justine de mauvaise grâce.

– Encore ce stupide et ridicule orgueil des Cleary ! Il te sera fatal à toi aussi, Justine, si tu n'apprends pas à le maîtriser. Cette peur idiote qu'on puisse rire de toi ou te tourner en ridicule ! Je me demande bien ce qui peut te laisser croire que ta mère serait capable de se montrer aussi cruelle, dit Fee en appliquant une tape sur la main de sa petite-fille. Ne rue pas dans les brancards, Justine. Montre-toi un peu plus souple.

– Je ne peux pas, assura Justine en secouant la tête.

Fee soupira.

– Eh bien, en admettant qu'elle te soit utile en quoi que ce soit, tu as ma bénédiction pour ce projet, mon enfant.

– Merci, Mémé. Je l'apprécie.

– Alors, sois assez aimable pour prouver ton appréciation de façon plus concrète en allant chercher ton oncle Frank; tu lui diras que le thé est servi dans la cuisine.

Justine sortit, et Meggie dévisagea longuement sa mère.

– M'man, tu es étonnante.

Fee sourit.

– Peut-être. Mais tu es bien obligée d'admettre que je n'ai jamais dicté la moindre règle de conduite à mes enfants.

– Non, en effet, acquiesça Meggie avec tendresse. Et tous, nous t'en savons gré.

Dès son retour à Sydney, Justine prit les dispositions voulues pour se faire enlever ses taches de rousseur, ce qui, malheureusement, ne pouvait se réaliser du jour au lendemain. Elle en avait tant qu'il lui faudrait compter environ douze mois pour en être débarrassée et, ensuite, elle ne pourrait jamais s'exposer au soleil sous peine de voir les éphélides réapparaître. Puis, elle se mit en quête d'un appartement;

à l'époque, en dénicher un à Sydney n'était pas un mince exploit car ses habitants construisaient des maisons particulières et considéraient la vie dans les immeubles collectifs comme une malédiction. Pourtant, elle finit par découvrir un logement de deux pièces à Neutral Bay dans l'une de ces vieilles bâtisses victoriennes qui, après avoir connu des jours meilleurs, avaient été transformées en appartements sans confort. Le loyer se montait à cinq livres dix shillings par semaine; somme outrageusement élevée si l'on tenait compte du fait que salle de bain et cuisine étaient partagées par tous les autres locataires. Cependant, Justine s'en trouva très satisfaite. Bien qu'elle eût reçu une excellente formation ménagère, l'intérieur ne comptait guère pour elle.

La vie à Bothwell Gardens lui parut infiniment plus passionnante que son apprentissage de comédienne au Culloden où il semblait qu'elle dût passer son temps à se faufiler derrière les portants en observant d'autres élèves en train de répéter, à donner une réplique occasionnelle et à apprendre par cœur d'interminables textes de Shakespeare, Shaw et Sheridan.

A part l'appartement de Justine, Bothwell Gardens comptait cinq autres logements, plus celui de Mme Devine, la propriétaire. Celle-ci, une Londonienne geignarde, aux yeux protubérants, affichait un souverain mépris à l'égard de l'Australie et des Australiens, qu'elle ne répugnait pourtant pas à voler. Le principal souci de sa vie semblait être le prix du gaz et de l'électricité, et sa principale faiblesse résidait en la personne du voisin de palier de Justine, un jeune Anglais qui exploitait sans vergogne sa nationalité auprès de l'irascible propriétaire.

– Je n'hésite pas à titiller l'intérêt de la vieille bique de temps à autre en évoquant l'Angleterre, confia-t-il à Justine. Ça m'évite de trop l'avoir sur le dos. Elle n'autorise pas les femmes à avoir des radiateurs électriques, même en hiver, mais elle m'en a donné un et je peux m'en servir même en plein été si ça me chante.

– Salaud, laissa tomber Justine sans grande conviction.

Il s'appelait Peter Wilkins et était voyageur de commerce.

– Venez me voir un de ces jours et je vous préparerai une bonne tasse de thé, dit-il à Justine dont les yeux pâles et déroutants le captivaient.

Justine se rendit à son invitation, choisissant un moment où Mme Devine ne hantait pas jalousement les couloirs, et elle ne tarda pas à devoir repousser les assauts de Peter. Des années de travail et d'équitation à Drogheda l'avaient dotée d'une force peu commune et elle n'éprouvait aucun scrupule à violer les règles désuètes de combat interdisant les coups au-dessous de la ceinture.

– Bon dieu, Justine ! haleta un beau jour Peter en essuyant les larmes que la douleur lui avait fait monter aux yeux. Laisse-toi aller, que diable ! Il faut que tu le perdes un jour ou l'autre. Fini le temps de la reine Victoria. On ne met pas son pucelage en conserve pour le mariage !

– Je n'ai pas l'intention de le mettre en conserve pour le mariage, répliqua-t-elle en ajustant sa robe. Mais je ne sais pas encore très bien à qui je vais faire cet honneur, c'est tout.

– Te fais pas d'illusions, t'es plutôt tocarde, fit-il méchamment, aiguillonné par la douleur.

– Oh, je sais. Rien qu'un sac d'os, Pete. Rengaine tes salades, tu n'arriveras pas à me blesser avec des mots. Et il ne manque pas d'hommes prêts à s'envoyer n'importe quelle fille s'il s'agit d'une pucelle.

– Et aussi pas mal de femmes ! Suis mon regard vers l'appartement d'en face.

– Oh, je sais, je sais, dit Justine.

Les deux filles qui vivaient dans l'appartement d'en face étaient lesbiennes et elles avaient salué l'arrivée de Justine avec joie, mais elles avaient rapidement déchanté en s'apercevant que la nouvelle venue n'était pas intéressée, ni même intriguée. Au début, Justine ne sut pas très bien à quoi elles voulaient en venir, mais lorsque ses voisines le lui firent crûment comprendre, elle haussa les épaules avec indifférence. De ce fait, après une période d'adaptation, elle leur prêta une oreille attentive, devint une confidente neutre, leur havre de toutes les tempêtes; elle régla la caution de Billie pour la sortir de prison, emmena Bobbie à l'hôpital Mater pour un lavage d'estomac après une explication particulièrement orageuse avec Billie, refusa de prendre parti pour l'une ou l'autre d'entre elles lorsque Pat, Al, Georgie et Ronnie se profilèrent tour à tour à l'horizon. C'est un genre de vie sentimentale assez décevant, pensa-t-elle. Les hommes ne valent guère mieux, mais il y a tout de même le piment qu'apporte la différence intrinsèque.

Ainsi, entre ses relations du Culloden et de Bothwell Gardens, auxquelles s'ajoutaient les jeunes filles qu'elle avait connues à Kincoppal, Justine avait beaucoup d'amis, et elle-même était considérée comme une vraie amie. Elle ne confiait jamais ses ennuis à ceux qui l'abreuvaient des leurs; elle avait Dane pour s'épancher bien que ce qu'elle considérait comme des soucis n'eût guère d'emprise sur elle. Son extraordinaire autodiscipline fascinait particulièrement ses amis; on eût dit qu'elle s'était entraînée depuis l'enfance à ne pas laisser les circonstances affecter son bien-être.

Chacun de ses amis se demandait avec intérêt quand, comment, et avec qui Justine se déciderait enfin à devenir une vraie femme, mais elle prenait tout son temps.

Arthur Lestrange, l'éternel jeune premier de la troupe d'Albert Jones, avait passé le cap des quarante ans avec quelque nostalgie l'année ayant précédé l'arrivée de Justine au Culloden. Il avait une bonne prestance, était un acteur consciencieux sur lequel on pouvait compter et son visage viril, aux traits nets, ombré de boucles blondes suscitait invariablement les applaudissements du public. La première année, il ne remarqua pas Justine qui savait se montrer discrète et faisait exactement ce qu'on lui demandait. Mais, au bout de douze mois, son traitement pour faire disparaître ses taches de rousseur s'acheva et elle commença à se détacher du décor au lieu de s'y fondre.

Débarrassée des taches de rousseur, elle se maquilla, ombra cils et sourcils et devint une fille assez jolie au visage de farfadet. Elle n'avait rien de la beauté saisissante de Luke O'Neill ni de la finesse de sa mère, mais elle était assez bien faite, quoique maigre. Seule, sa flamboyante chevelure tranchait sur son physique assez falot. Pourtant, sur scène, il en allait tout autrement; elle parvenait à faire croire à son public qu'elle était aussi belle qu'Hélène de Troie ou aussi laide qu'une sorcière.

Arthur la remarqua pour la première fois à l'occasion d'une répétition où on lui avait demandé de réciter un passage de *Lord Jim*, de Conrad, en prenant plusieurs accents. Elle fut vraiment extraordinaire. Il devina l'exaltation qui habitait Albert Jones et finit par comprendre pourquoi celui-ci consacrait tant de temps à Justine. Une imitatrice née, mais beaucoup plus que cela. Elle conférait du caractère à chaque parole qu'elle prononçait. Et il y avait sa voix, un don du ciel pour n'importe quelle actrice, profonde, rauque, pénétrante.

Aussi quand il l'aperçut, une tasse de thé à la main, un livre sur les genoux, il alla s'asseoir à côté d'elle.

– Que lisez-vous ?

Elle leva la tête, sourit.

– Proust.

– Vous ne le trouvez pas un peu ennuyeux ?

– Ennuyeux, Proust ? Seulement si on est insensible aux commérages. En fin de compte, Proust n'est pas autre chose qu'une vieille commère, vous savez.

Il éprouva la désagréable impression qu'elle le jugeait avec condescendance sur le plan intellectuel, mais il ne lui en voulut pas, voyant là un péché de jeunesse.

– Je vous ai entendue dans le passage de Conrad. Magnifique.

– Merci.

– Nous pourrions peut-être prendre une tasse de café ensemble quand vous aurez un moment; ça nous donnera l'occasion de parler de votre avenir.

– Si vous voulez, dit-elle en se replongeant dans son livre.

Il se félicita de l'avoir invitée à prendre le café plutôt que de l'avoir priée à dîner; sa femme le réduisait à la portion congrue et un repas exigeait de celle qu'il conviait une somme de gratitude qu'il n'était pas sûr de trouver chez Justine. Cependant, il ne tarda pas à passer à l'action après son invitation désinvolte et emmena Justine dans un petit établissement sombre au bas d'Elizabeth Street où il était relativement certain que sa femme ne viendrait pas le chercher.

Par bravade, Justine avait appris à fumer, écœurée de passer pour une dinde chaque fois qu'on lui offrait des cigarettes. Dès qu'ils se furent installés, elle tira de son sac un paquet de cigarettes pas encore entamé, en ôta la cellophane en s'assurant que la partie inférieure de l'enveloppe protégeait encore le reste du paquet. Arthur observa son application avec amusement et intérêt.

— Pourquoi diable vous donner tant de mal ? Contentez-vous d'arracher la cellophane d'un seul coup, Justine.

— Ça fait désordre.

Il saisit le paquet et caressa pensivement l'enveloppe presque intacte.

— Maintenant, si j'étais un disciple de l'éminent Sigmund Freud...

— Eh bien, si vous étiez Freud... (Elle leva la tête, vit la serveuse plantée près de la table.) Un cappuccino.

Il lui déplut de l'entendre passer elle-même sa commande, mais il s'abstint de tout commentaire, impatient d'exprimer la pensée qui lui trottait en tête.

— Un café viennois, je vous prie. Maintenant, revenons-en à ce que je vous disais au sujet de Freud. Je me demande ce qu'il penserait de votre geste. Il dirait peut-être...

Elle lui prit le paquet des mains, l'ouvrit, en tira une cigarette qu'elle alluma sans lui laisser le temps de lui présenter du feu.

— Il dirait quoi ?

— Il penserait que vous désirez garder les tissus membraneux intacts. Vous ne croyez pas ?

Le rire de Justine s'éleva dans l'atmosphère enfumée; plusieurs têtes d'homme se tournèrent avec curiosité.

— Vraiment ? Est-ce là une façon détournée de me demander si je suis encore vierge, Arthur ?

Il claqua la langue, exaspéré.

— Justine ! Je m'aperçois que, entre autres choses, je devrai vous enseigner l'art subtil du travestissement de la pensée.

— Entre quelles autres choses, Arthur ? demanda-t-elle en s'accoudant à la table, yeux pétillants dans la pénombre.

— Eh bien, qu'avez-vous besoin d'apprendre ?

— En vérité, je suis relativement instruite.

— En tout ?

— Tudieu, vous savez vraiment mettre l'accent sur certains mots, hein ? Très bien, il faudra que je me rappelle la façon dont vous avez dit ça.

— Certaines choses ne peuvent être apprises que par l'expérience, murmura-t-il d'une voix douce en portant la main à ses cheveux pour ramener une boucle rebelle derrière l'oreille.

— Vraiment ? Jusqu'ici l'observation m'a suffi.

— Ah, mais qu'en est-il lorsqu'il s'agit d'amour ? demanda-t-il avec une inflexion chaude dans le dernier mot. Comment pouvez-vous jouer Juliette sans savoir ce qu'est l'amour ?

— Vous marquez un point. Je suis d'accord avec vous.

— Avez-vous jamais été amoureuse ?

— Non.

— Savez-vous quoi que ce soit sur l'amour ?

Cette fois, il mit l'accent sur « quoi que ce soit » et non sur « amour ».

— Rien du tout.

— Ah ! Alors, Freud ne se serait pas trompé, n'est-ce pas ?

Elle prit son paquet de cigarettes et examina le cartonnage encore revêtu de son enveloppe. Elle sourit.

– Peut-être pas sur certains points.

D'un mouvement vif, il saisit le reste de l'enveloppe de cellophane qu'il tira et tint dans sa main, puis, d'un geste théâtral, il l'écrasa et laissa retomber la boule informe dans le cendrier où elle crissa, se tordit, se gonfla.

– J'aimerais vous faire découvrir ce qu'est une femme.

Pendant un instant, elle ne dit mot, fascinée par les sursauts de la cellophane dans le cendrier; puis, elle gratta une allumette et y mit délibérément le feu.

– Pourquoi pas ? fit-elle à l'adresse de la brève lueur. Oui, pourquoi pas ?

– Sera-ce un divin épisode nimbé de clair de lune et de roses, une cour passionnée, ou une aventure fugace et aiguë comme une flèche ? déclama-t-il, la main sur le cœur.

Elle rit.

– Trêve de romantisme, Arthur ! Personnellement, j'espère que ce sera long et aigu. Mais pas de clair de lune ni de roses, je vous en prie. Je ne suis pas du genre à apprécier une cour passionnée.

Il la considéra avec un peu de tristesse, secoua la tête.

– Oh, Justine ! Toute femme apprécie une cour passionnée... même vous, jeune vestale au sang de glace. Un jour, vous vous en apercevrez... vous soupirerez.

– Peuh ! fit-elle en se levant. Allons, venez, Arthur. Finissons-en avec cette formalité avant que j'aie changé d'avis.

– Maintenant ? Ce soir ?

– Pourquoi pas ? J'ai suffisamment d'argent sur moi pour payer une chambre d'hôtel si vous êtes à court.

L'hôtel Métropole n'était pas très éloigné; ils avancèrent dans les rues assoupies, bras dessus bras dessous, en riant. L'heure était trop avancée pour les dîners et pas assez pour la sortie des théâtres; peu de monde sur les trottoirs, seulement quelques matelots américains dont le navire effectuait une visite de courtoisie et des groupes de jeunes filles qui semblaient s'intéresser aux vitrines sans pour autant quitter les marins des yeux. Personne ne prêta attention à eux, ce qui convenait parfaitement à Arthur. Il entra dans une pharmacie pendant que Justine attendait dehors et en ressortit, rayonnant.

– Maintenant, nous pouvons y aller, ma chérie.

– Qu'avez-vous acheté ? Des capotes anglaises ?

Il eut un haut-le-corps.

– Pas question. Une capote anglaise me ferait l'effet d'être enveloppés dans une page du *Reader's Digest*... un condensé visqueux. Non, je vous ai acheté un peu de vaseline. Au fait, comment êtes-vous au courant de l'existence des capotes anglaises ?

– Après avoir passé sept ans dans un pensionnat catholique ? Que croyez-vous que nous y faisions ? Que nous passions notre temps à prier ? (Elle sourit.) A dire vrai, nous ne faisions pas grand-chose, mais nous parlions, et de tout.

M. et Mme Smith contemplèrent leur royaume, qui n'était pas si mal pour une chambre d'hôtel de Sydney à l'époque. L'avènement des Hilton se ferait encore attendre. Une très vaste pièce avec une vue splendide sur le pont de Sydney. Pas de salle de bain, évidemment, mais une cuvette et un pot à eau sur une table de toilette au dessus de marbre, digne accompagnement du volumineux mobilier victorien.

– Alors, qu'est-ce que je fais maintenant ? demanda-t-elle en tirant les rideaux. Quelle vue magnifique, hein ?

– Oui. Quant à ce que vous devez faire... il faut évidemment que vous retiriez votre culotte.

– Rien d'autre ? s'enquit-elle malicieusement.

Il soupira.

– Otez tous vos vêtements, Justine. Il faut sentir le contact de la peau pour que ce soit vraiment bon.

Vive, précise, elle se dépouilla de tous ses vêtements sans la moindre timidité, grimpa sur le lit, écarta les jambes.

– C'est bien comme ça, Arthur ?

– Seigneur Dieu ! s'exclama-t-il en pliant soigneusement son pantalon car sa femme ne manquait jamais de l'examiner pour s'assurer qu'il n'était pas froissé.

– Quoi ? Qu'y a t-il ?

– Vous êtes une vraie rousse, hein ?

– A quoi vous attendiez-vous ? A des plumes écarlates ?

– Les facéties ne sont pas particulièrement indiquées pour créer une ambiance favorable, chérie. Alors, je t'en prie, arrête. (Il rentra le ventre, se tourna, gagna le lit et s'y étendit; après quoi, il s'employa à la couvrir de petits baisers, soigneusement appliqués, sur le visage, le cou et le sein gauche.) Oh, que tu es adorable ! murmura-t-il en la prenant dans ses bras. Là, ça te plaît ?

– On dirait. Oui, c'est très agréable.

Tomba le silence, rompu seulement par des bruits de baisers et des soupirs épisodiques. Une énorme coiffeuse surmontée d'une psyché se dressait au pied du lit, le miroir encore incliné par un précédent client à l'esprit lascif pour réfléchir l'arène amoureuse.

– Eteins la lumière, Arthur.

– Chérie, il n'en est pas question ! Leçon numéro un : tous les gestes d'amour supportent la lumière.

Ayant procédé au cérémonial préliminaire en usant de ses doigts et enduit l'endroit voulu de vaseline, Arthur se mit en position entre les jambes de sa conquête. Un peu endolorie, mais très décontractée, sinon emportée par l'extase, tout au moins éprouvant un sentiment quelque peu maternel, Justine regarda au-dessus de l'épaule d'Arthur en direction du pied du lit et du miroir.

Raccourcies, les jambes paraissaient grotesques, celles d'Arthur sombres et velues coincées entre les siennes, lisses et maintenant dépourvues de taches de rousseur; pourtant, la majeure partie du miroir réfléchissait les fesses d' Arthur et, tandis qu'il s'agitait, elles se relâchaient, se contractaient, s'élevaient et retombaient, avec deux touffes de cheveux blond jaunâtre qui apparaissaient sporadiquement entre les globes jumeaux et lui adressaient joyeusement des signes comme à guignol.

Justine regarda, regarda encore. Elle s'enfonça énergiquement le poing dans la bouche, émit des gargouillis, des gémissements.

— Là, là, ma chérie. Ça va. Ça y est. Je t'ai dépucelée, chuchota-t-il. Maintenant, ça ne devrait plus te faire mal.

Sentant la poitrine lisse se soulever sous lui, il l'étreignit plus étroitement et murmura des mots inarticulés.

Soudain, elle rejeta la tête en arrière, ouvrit la bouche et exhala un long gémissement qui se mua en un rire tonitruant, irrépressible. Plus il cédait à la fureur et à la flaccidité, plus les rires de sa partenaire se faisaient sonores; elle pointait un doigt frénétique vers le pied du lit tandis que les larmes lui inondaient les joues. Elle sentait tout son corps en proie à des convulsions qui n'avaient pourtant rien à voir avec celles qu'avait envisagées le pauvre Arthur.

Sous bien des rapports, Justine était infiniment plus proche de Dane que leur mère ne l'était, et ce que tous deux éprouvaient pour M'man appartenait à M'man. Cela n'influait en rien sur ce qu'ils ressentaient l'un pour l'autre. Leurs liens s'étaient forgés très tôt et ils se renforçaient plutôt qu'ils ne se relâchaient. Lorsque M'man eut raccroché sa selle, ils étaient déjà assez grands pour s'installer devant la table de cuisine de Mme Smith pour y étudier leurs cours par correspondance; l'habitude du réconfort mutuel s'était alors instaurée entre eux, et à jamais.

Bien qu'il fussent de caractères très dissemblables, ils n'en partageaient pas moins nombre de goûts et de désirs; quant à ceux qui ne leur étaient pas communs, chacun d'eux les tolérait chez l'autre avec un respect instinctif, en tant qu'indispensable piment de particularité. Ils se connaissaient très bien, l'un l'autre. La tendance naturelle de Justine la poussait à déplorer les lacunes humaines chez ses semblables et à ignorer les siennes propres, tandis que la nature de Dane l'incitait à comprendre et à pardonner les lacunes humaines chez ses semblables et à se montrer impitoyable pour celles dont il était affligé. Elle se sentait d'une force invincible; il se savait d'une faiblesse dangereuse.

Et, assez curieusement, tout cela conspirait à former une amitié presque parfaite au nom de laquelle rien n'était impossible. Pourtant, comme Justine se montrait avec lui volontiers prolixe, Dane en savait beaucoup plus sur sa sœur et sur ce qu'elle ressentait que l'inverse. En un sens, elle lui apparaissait comme un peu sotte sur le plan moral car pour elle rien n'était sacré, et Dane comprenait que sa fonction consistait à fournir à Justine les scrupules dont elle était dépourvue. Aussi acceptait-il son rôle d'auditeur patient avec une tendresse et une compassion qui auraient éveillé la colère de sa sœur si elle y avait percé de tels sentiments. Mais aucun doute à ce sujet n'effleurait jamais Justine; elle lui avait rebattu les oreilles de n'importe quoi et absolument tout depuis qu'il avait l'âge de lui prêter attention.

– Devine ce que j'ai fait hier soir ? lui demanda-t-elle en ramenant soigneusement le bord de son chapeau de paille pour se protéger du soleil.

– Tenu ton premier rôle de vedette ? proposa Dane.

– Cloche ! Tu penses bien que je te l'aurais dit pour que tu puisses venir m'applaudir. Essaie encore de deviner.

– Tu as fini par encaisser un coup de poing que Bobbie destinait à Billie ?

– Tu gèles. C'est froid comme le sein d'une belle-mère.

Il haussa les épaules.

– Je donne ma langue au chat.

Ils étaient assis dans l'herbe juste au-dessous de la cathédrale Sainte-Marie. Dane avait téléphoné à sa sœur pour lui dire qu'il devait assister à une cérémonie particulière devant se tenir dans le sanctuaire; pourrait-elle venir le rejoindre dans le parc ? Bien sûr qu'elle le pouvait; elle mourait d'envie de lui raconter le dernier épisode. Ayant presque achevé sa dernière année à Riverview, Dane était le major de l'école, capitaine de l'équipe de cricket, de rugby, de hand ball et de tennis. Et qui plus est, le premier de sa classe. A dix-sept ans, il mesurait plus d'un mètre quatre-vingt-cinq; sa voix avait fini par se stabiliser dans le registre de baryton, et il avait échappé miraculeusement aux afflictions telles que boutons, maladresses et pomme d'Adam tressautante. Il était si blond qu'il n'avait pas réellement besoin de se raser mais, par ailleurs, il ressemblait davantage à un jeune homme qu'à un collégien. Seul, l'uniforme de Riverview lui assignait son état.

Une belle journée, chaude, ensoleillée. Dane ôta son canotier réglementaire et s'étendit dans l'herbe, Justine assise à ses côtés, penchée, les bras autour des genoux pour s'assurer que chaque centimètre de sa peau bénéficiait de l'ombre. Il souleva paresseusement une paupière, dévoila un œil bleu qui se braqua sur sa sœur.

– Alors, qu'est-ce que tu as fait hier soir, Jus ?

– J'ai perdu mon pucelage... tout au moins, je le crois.

Dan ouvrit grands les deux yeux.

– Espèce de folingue !

– Peuh ! J'estime qu'il était grand temps. Comment pourrais-je devenir bonne comédienne en continuant à ignorer tout ce qui se passe entre un homme et une femme ?

– Tu devrais te garder pour l'homme que tu épouseras.

Elle lui dédia une grimace exaspérée.

– Franchement, Dane, tu es parfois si vieux jeu que j'en suis gênée. Et si je ne rencontrais pas l'homme que je dois épouser avant d'avoir quarante ans ? Qu'est-ce que tu voudrais que je fasse ? Que je me serve de mes fesses pour m'asseoir pendant tout ce temps-là ? C'est ce que tu veux faire, toi ? Te garder pour le mariage ?

– Je ne crois pas que je me marierai.

– Eh bien, moi non plus. Alors, dans ce cas, pourquoi l'entourer d'un ruban bleu et le rengainer dans mon coffre aux espoirs inexistants ? Je ne veux pas mourir idiote.

Il sourit.

– Il n'en est plus question maintenant. (Il roula sur le ventre, se prit le menton dans la main et la considéra attentivement, une expression douce, inquiète sur le visage.) Ça s'est bien passé ? Je veux dire... est-ce que ça a été atroce ? Est-ce que tu as été écœurée ?

A l'évocation du souvenir, un léger tremblement agita les lèvres de Justine.

– Je n'ai pas été écœurée en tout cas. Ça n'a pas été atroce non plus. D'un autre côté, j'ai bien peur de rester fermée à l'extase dont tout le monde parle. J'irai simplement jusqu'à dire que c'est agréable. Et, en plus, je n'ai pas pris n'importe qui ; j'ai choisi avec discernement un homme très attirant, suffisamment vieux pour avoir de l'expérience.

Il soupira.

– Tu est vraiment folingue, Justine. J'aurais été beaucoup plus heureux si tu m'avais dit : « Ce n'est pas un Adonis, mais nous nous sommes rencontrés et je n'ai pu résister. » Je comprends que tu ne veuilles pas attendre jusqu'au mariage, mais il n'en reste pas moins que c'est un acte que tu devrais souhaiter en raison de la personne, et non en raison de l'acte en soi, Jus. Pas étonnant que tu n'aies pas connu l'extase !

L'expression de triomphe joyeux déserta le visage de Justine.

– Oh, le diable t'emporte ! Maintenant, je me sens moche. Si je ne te connaissais pas aussi bien, je croirais que tu essaies de me rabaisser... en tout cas, de rabaisser les motifs qui m'animent.

– Mais tu me connais. Jamais je ne te rabaisserai. Pourtant, il arrive que tes motifs soient carrément saugrenus, bêtes. (Il adopta un ton monocorde, solennel.) Je suis la voix de ta conscience, Justine O' Neill !

– Et tu es aussi une cloche ! (Oubliant son souci d'ombre, elle se rejeta dans l'herbe à côté de lui pour qu'il ne vît pas son visage.) Ecoute, tu sais pourquoi, non ?

– Oh, Jussy... ! commença-t-il tristement.

Mais les mots qu'il s'apprêtait à ajouter se perdirent car elle reprit la parole, très vite, avec un rien de véhémence.

– Jamais, jamais, jamais je n'aimerai qui que ce soit ! Si on aime les autres, ils vous tuent. Si on a besoin des autres, ils vous tuent. C'est vrai, je t'assure !

Il éprouvait toujours de la peine en la sentant fermée à l'amour, une peine d'autant plus grande qu'il savait être la cause de cette insensibilité. L'une des raisons primordiales de l'importance qu'elle revêtait à ses yeux résidait dans le fait qu'elle l'aimait suffisamment pour ne jamais lui tenir rigueur de quoi que ce soit, et qu'il n'eût jamais senti un quelconque amoindrissement de l'amour qu'elle lui portait dû à la jalousie ou au ressentiment. Il souffrait de la voir évoluer sur un cercle extérieur dont il était le moyeu. Il avait longuement prié pour que les choses changent, mais en vain. Cet échec n'avait en rien entamé sa foi, ayant seulement mis l'accent sur le fait que quelque part, à un moment quelconque, il lui faudrait payer pour l'émotion concentrée sur lui, gâchée sur lui aux dépens de Justine. Pourtant, elle portait beau; elle était parvenue à se persuader qu'elle se trouvait très bien sur cette orbite extérieure, mais il sentait le chagrin qui la minait. Il *savait.* Il y avait tant en elle à aimer et si peu en lui. Sans le moindre espoir de voir les choses sous un autre jour, il estimait qu'il avait bénéficié de la part du lion en matière d'amour à cause de sa beauté, de sa nature plus douce, de son aptitude à communiquer avec sa mère et les autres habitants de Drogheda. Et parce qu'il appartenait au sexe masculin. Bien peu de choses lui échappait et il avait profité des confidences et de la camaraderie de Justine comme personne. Sa sœur accordait à M'man une importance beaucoup plus grande qu'elle n'était prête à l'admettre.

Mais j'expierai, pensa-t-il. J'ai eu tout. D'une façon quelconque, il faudra que je paie, que je compense ce qui a manqué à Justine.

Soudain, ses yeux tombèrent sur sa montre et il sursauta en voyant l'heure. Il se redressa vivement; aussi considérable que fût la dette qu'il savait avoir envers sa sœur, il y avait Quelqu'un à Qui il devait encore davantage.

– Il faut que je m'en aille, Jus.

– Toi et ta bigoterie ! Quand vas-tu enfin laisser tomber toutes ces mômeries ?

– Jamais, j'espère.

– Quand est-ce que je te vois ?

– Eh bien, puisque nous sommes vendredi, demain, évidemment. Onze heures, ici.

– D'accord, sois sage.

Il s'était déjà éloigné de quelques mètres, canotier réglementaire de Riverview sur le crâne, mais il se retourna pour lui sourire.

– Ne le suis-je pas toujours ?

Elle lui rendit son sourire.

– Si, bien sûr. Tu es plus sage que nature; c'est moi qui me colle toujours dans des histoires impossibles. A demain.

D'immenses portes, intérieurement capitonnées de rouge, défendaient la cathédrale Sainte-Marie; Dane poussa un vantail et se glissa dans le sanctuaire, il avait quitté Justine un peu plus tôt qu'il n'était strictement nécessaire. Mais il faisait toujours en sorte d'entrer à l'église avant qu'il y eût foule, que l'édifice n'abritât soupirs, toux, bruissements, chuchotements. Seul, il se sentait tellement mieux. Un sacristain allumait les cierges du maître-autel; un diacre, songea-t-il sans risque d'erreur. Tête inclinée, il fit une génuflexion et se signa en passant devant le tabernacle, puis il se glissa silencieusement entre deux rangées de bancs.

A genoux, il posa le front entre ses mains jointes et laissa son esprit errer librement. Il ne priait pas consciemment, mais devenait plutôt partie intégrante de l'atmosphère qui lui paraissait dense et pourtant éthérée, ineffablement sainte, propre à la méditation. C'était comme s'il se transformait en flamme emprisonnée dans l'une des petites lampes de verre rouge du sanctuaire, toujours vacillante, sur le point de s'éteindre, pourtant soutenue par un apport d'essence vitale, irradiant une lueur minuscule mais durable, trouant l'ombre. Immobile, informe, oublieux de son identité humaine; c'était là ce que Dane ressentait dans un sanctuaire. Nulle part ailleurs il n'éprouvait un tel bien-être, une telle paix; un havre aux antipodes de la douleur. Ses cils se baissèrent, ses paupières se fermèrent.

De la galerie où se trouvaient les grandes orgues s'éleva un raclement de pieds, un souffle préliminaire, l'expulsion d'air des tuyaux. Les garçons appartenant à la chorale arrivaient tôt pour répéter avant la cérémonie. Ce n'était que la bénédiction du vendredi, mais l'un des amis et professeurs de Dane à Riverview officiait, et Dane avait tenu à y assister.

L'orgue exhala quelques accords, assourdis par un accompagnement perlé et, sous les sombres arches en dentelle de pierre, une voix juvénile, céleste, s'éleva, fluide, séraphique et douce, si imprégnée d'innocente pureté que les rares fidèles présents fermèrent les yeux, pleurant leur jeunesse perdue.

Panis angelicus
Fit panis hominum,
Dat panis caelicus
Figuris terminum.
O res mirabilis,
Manducat Dominus,
Pauper, pauper,
Servus et humilis...

Pain des anges, pain céleste, O prodige. Des profondeurs, j'ai crié vers Toi, O Seigneur ! Seigneur, entends ma voix ! Que Ton oreille soit attentive à ma supplique. Ne Te détourne pas, O Seigneur, ne Te détourne pas. Car Tu es mon Souverain, mon Maître, mon Dieu, et je suis ton humble serviteur. A Tes yeux, une seule chose compte, la bonté. Peu T'importe que Tes serviteurs soient beaux ou laids, pour Toi, seul le cœur importe; en Toi, tout est guérison, en Toi, je connais la paix.

Seigneur, loin de Toi est la solitude. Je prie pour que s'achève bientôt la douleur de la vie. Nul ne comprend que, si doué, j'éprouve tant de peine à vivre. Mais Toi, Tu le sais, et Tu es mon seul réconfort. Quel que soit ce que Tu exiges de moi, O Seigneur, je me plierai à Ta volonté car je T'aime. Et si j'osais Te demander une faveur, ce serait qu'en Toi tout le reste soit à jamais oublié...

– Tu es bien silencieuse, M'man, dit Dane. A quoi penses-tu ? A Drogheda ?

– Non, répondit Meggie d'une voix atone. Je pense que je vieillis. Je me suis découvert plusieurs cheveux blancs en les brossant ce matin. Mes articulations s'ankylosent.

– Tu ne seras jamais vieille, M'man, assura-t-il tranquillement.

– Je souhaiterais que tu dises vrai, mon chéri. Malheureusement, ce n'est pas le cas. Je commence à éprouver le besoin des eaux de la Tête de Forage, ce qui est un signe certain de vieillissement.

Ils étaient étendus, baignés du chaud soleil hivernal, sur des serviettes posées à même l'herbe de Drogheda, près de la Tête du Forage. A l'extrémité de la grande mare bouillonnante qui grondait, écumait, les vapeurs de soufre se dispersaient avant de se fondre dans le néant. C'était l'un des grands plaisirs de l'hiver que de se baigner dans les eaux de la Tête du Forage. Tous les maux et douleurs dus à l'âge cèdent un peu, songea Meggie en se tournant sur le dos, la tête à l'ombre du gros tronc d'arbre abattu sur lequel elle et le père Ralph s'était assis si longtemps auparavant. Un très long temps, en vérité. Elle était incapable d'évoquer le plus léger écho de ce qu'elle avait dû ressentir sous le premier baiser de Ralph.

Puis, elle entendit Dane se lever et elle ouvrit les yeux. Il avait toujours été son enfant chéri, son ravissant petit garçon. Bien qu'elle l'ait vu changer et grandir avec une fierté de propriétaire, elle n'en avait pas moins assisté à cette transformation en conservant l'image du bébé rieur qui venait se superposer aux traits de l'adulte. Elle n'avait pas encore admis qu'en réalité il n'avait plus rien d'un enfant.

Cependant, Meggie en prit soudain conscience à cette minute même en le voyant se découper au-dessus d'elle sur le ciel clair dans son maillot de bain très court.

Mon Dieu, tout est fini ! L'enfance, l'adolescence. C'est un homme. Orgueil, ressentiment, attendrissement féminin devant la vive, la terrifiante conscience de quelque imminente tragédie, colère, adoration, tristesse ; Meggie perçut tout cela dans son être en levant les yeux vers son fils. Il est terrible d'avoir mis au monde un homme, et plus terrible encore d'avoir mis au monde un homme tel que celui-ci. Si extraordinairement mâle, si extraordinairement beau.

Ralph de Bricassart, plus un peu d'elle-même. Comment n'eût-elle pas été touchée en voyant dans son extrême jeunesse le corps de l'homme qui s'était joint à elle dans l'amour ? Elle ferma les yeux, gênée, se reprochant d'avoir pensé à son fils en tant qu'homme. Quand il la regardait, voyait-il une femme en elle maintenant, ou restait-elle cette merveilleuse énigme, M'man ? Que le diable l'emporte, que le diable l'emporte ! Comment avait-il osé grandir ?

— As-tu quelques idées sur les femmes, Dane ? demanda-t-elle à brûle-pourpoint en ouvrant les yeux.

Il sourit.

— Les oiseaux et les abeilles, tu veux dire ?

— Ça, tu ne peux pas l'ignorer, pas avec une sœur comme Justine ! Dès qu'elle découvrait ce qui se cachait dans les manuels de physiologie, elle le claironnait à tous. Non. Je te demande simplement si tu as jamais mis en pratique les exposés cliniques de Justine.

Il secoua négativement la tête et se laissa glisser sur l'herbe à côté de sa mère. Il la regarda droit dans les yeux.

— C'est drôle que tu me poses cette question, M'man. Il y a déjà pas mal de temps que je voulais aborder ce sujet avec toi, mais je ne savais pas comment m'y prendre.

– Tu n'as que dix-huit ans, mon chéri. Il est encore un peu tôt pour mettre la théorie en pratique.

Seulement dix-huit ans. Seulement. Et un homme.

– C'est de ça que je voulais te parler. Ne pas mettre la théorie en pratique. Pas du tout.

Comme le vent était froid quand il soufflait de la ligne de partage des eaux ! Bizarre qu'elle ne l'ait pas remarqué jusque-là. Où était son peignoir ?

– Ne pas mettre la théorie en pratique. Pas du tout, répéta-t-elle d'un ton monocorde sans apporter la moindre interrogation à ses paroles.

– Oui, c'est ça. Je ne veux pas. Jamais. Non que je n'y aie pas songé, ni souhaité avoir une femme et des enfants. J'y ai pensé. Mais je ne peux pas. Parce qu'il n'y a pas assez de place pour les aimer en même temps que Dieu, pas de la façon dont je veux aimer Dieu. Voilà longtemps que je le sais. Je crois l'avoir toujours su, et, plus je vais, plus mon amour pour Dieu grandit. C'est un grand mystère que d'aimer Dieu.

Meggie demeurait étendue, le regard fixé sur ces yeux bleus, calmes, lointains. Les yeux de Ralph, tels qu'ils étaient. Mais brillant d'un feu inconnu de Ralph. Avait-il aussi été embrasé à dix-huit ans ? L'avait-il été ? S'agissait-il d'une exaltation qu'on ne pouvait ressentir qu'à dix-huit ans ? Quand elle était entrée dans la vie de Ralph, il avait dépassé ce stade de dix ans. Pourtant, son fils était un mystique, elle l'avait toujours su. Et elle ne croyait pas qu'à une phase quelconque de sa vie Ralph eût été enclin au mysticisme. Elle avala sa salive, ramena le peignoir plus étroitement sur elle.

– Alors, je me suis demandé ce que je pouvais faire pour lui prouver combien je L'aimais, continua Dane. Je me suis longtemps débattu avec cette question; je me refusais à envisager la réponse. Parce que je voulais une vie d'homme, j'y tenais. Mais je savais ce que Dieu attendait de moi. Je savais... Il n'y a qu'une chose que je puisse Lui offrir pour Lui prouver que rien d'autre que Lui n'existera jamais dans mon cœur. Je dois lui apporter en offrande son seul rival; c'est le sacrifice qu'il exige de moi. Je suis Son serviteur et Il n'aura aucun rival. Il me fallait choisir. Il me laissera profiter de toutes les joies, sauf de celle-là. (Il soupira, arracha un brin de l'herbe de Drogheda.) Je dois Lui prouver que je comprends pourquoi il m'a tant donné à ma naissance. Je dois Lui prouver que j'ai conscience du peu d'importance que représente ma vie d'homme.

– Non ! Tu ne peux pas ! Je ne te laisserai jamais faire une chose pareille ! s'écria Meggie, la main tendue vers le bras de son fils, l'agrippant.

Comme sa peau était douce ! Le signe d'une grande force sous l'épiderme, comme Ralph, exactement comme Ralph ! Et pas une fille ravissante qui puisse poser sa main sur cette peau, la poser comme un droit !

– Je veux être prêtre, reprit Dane. Je vais entrer à Son service totalement, lui offrir tout ce que j'ai et tout ce que je suis, être Son prêtre. Pauvreté, chasteté, obéissance. Il n'en exige pas moins de tous les serviteurs qu'Il a choisis. Ce ne sera pas facile, mais je suis résolu.

L'expression des yeux de sa mère ! Comme s'il l'avait tuée, écrasée contre la terre, sous son talon. Il ne s'était pas douté qu'il lui faudrait aussi sacrifier sa mère, imaginant seulement combien elle serait fière de lui, le bonheur qu'elle éprouverait à accorder son fils à Dieu. On lui avait dit qu'elle serait émue, exaltée, totalement d'accord. Au lieu de quoi, elle le considérait comme si la perspective de sa prêtrise était pour elle une sentence de mort.

– Je n'ai jamais rien souhaité d'autre, dit-il, désespéré en rencontrant le regard éteint. Oh, M'man, ne comprends-tu pas ? Je n'ai jamais, jamais voulu être autre chose que prêtre ! Je ne peux être autre chose que prêtre !

Elle laissa retomber sa main, abandonnant le bras de son fils; il baissa les yeux et vit les marques blanches laissées par les doigts, les petits arcs sur sa peau, là où les ongles s'étaient profondément incrustés. Elle leva la tête et éclata d'un rire fou, de grands éclats de rire hystériques, amers, sarcastiques.

– Oh, c'est trop beau pour être vrai ! haleta-t-elle lorsqu'elle fut enfin en mesure de parler, essuyant d'une main tremblante les larmes qui perlaient à ses yeux. Quelle incroyable ironie ! Cendres de roses, disait-il ce soir-là en chevauchant vers la Tête du Forage. Et je n'ai pas compris ce qu'il entendait par ces mots. Tu n'es que cendres et cendres tu redeviendras. A l'Eglise tu appartiens, à l'Eglise tu seras donné. Oh, c'est beau, beau ! Maudit sois Dieu ! Dieu, l'infâme ! Le pire ennemi des femmes, voilà ce qu'est Dieu ! Tout ce que nous nous efforçons de faire, Il fait en sorte de le défaire !

– Oh, non ! Non ! Non, M'man, je t'en prie !

Il pleura sur elle, sur sa peine qu'il ne comprenait pas, pas plus qu'il ne comprenait les mots qu'elle proférait. Ses larmes coulaient, son cœur se serrait; déjà le sacrifice commençait et d'une manière qu'il n'aurait jamais imaginée. Mais, bien qu'il pleurât sur elle, il ne pouvait renoncer au sacrifice, même pour elle. L'offrande devait être accomplie, et plus elle serait dure à accomplir, plus elle aurait de valeur à Ses yeux.

Elle l'avait fait pleurer et jamais jusque-là il n'avait versé de larmes par sa faute. Sa propre hargne, sa douleur devaient être résolument écartées. C'était injuste de faire retomber sur lui le châtiment qu'elle encourait. Il était ce que ses gènes l'avaient fait. Ou son Dieu. Ou le Dieu de Ralph. Il était la lumière de sa vie, son fils. Il ne devait pas avoir à souffrir à cause d'elle, jamais.

– Dane, ne pleure pas, murmura-t-elle en caressant les marques laissées par sa colère sur le bras duveteux. Je suis désolée. Je disais n'importe quoi. Tu m'as causé un choc, c'est tout. Evidemment, je suis heureuse pour toi, je le suis vraiment ! Comment ne le serais-je pas ? J'ai été surprise, je ne m'y attendais pas, c'est tout. (Elle émit un rire incertain.) Tu m'as asséné la nouvelle sans grand ménagement, tu sais.

Les yeux de Dane s'éclaircirent; il considéra sa mère avec un rien de doute. Pourquoi s'était-il imaginé l'avoir tuée ? C'était bien là les yeux de M'man tels qu'il les avait toujours connus, débordants d'amour, bien vivants. Il la prit dans ses bras jeunes, vigoureux, la serra contre lui.

– Tu es sûre que ça ne te fait pas de peine ?

– De la peine ? Une bonne mère catholique aurait-elle de la peine en apprenant que son fils veut devenir prêtre ? Impossible ! (D'un bond, elle se redressa.) Brrr ! Le temps s'est refroidi. Rentrons.

Négligeant les chevaux, ils étaient venus en Land Rover; Dane s'installa au volant tandis que sa mère prenait place à côté de lui.

– Où comptes-tu aller ? demanda Meggie en ravalant un sanglot.

– Probablement au séminaire Saint-Patrick. En tout cas, jusqu'à ce que j'aie arrêté ma décision. Peut-être entrerai-je dans un ordre. J'aimerais assez être jésuite, mais je n'en suis pas encore suffisamment certain pour me diriger dès maintenant vers la Compagnie de Jésus.

Meggie gardait les yeux rivés sur l'herbe brune qui s'élevait, retombait devant le pare-brise constellé d'insectes.

– J'ai une bien meilleure idée, Dane.

– Ah oui ?

Il était obligé de se concentrer sur la conduite du véhicule; par moments, la piste disparaissait et des troncs d'arbres récemment tombés la barraient à certains endroits.

– Je t'enverrai à Rome, au cardinal de Bricassart. Tu te souviens de lui, n'est-ce pas ?

– Si je me souviens de lui ? Quelle question, M'man ! Jamais je ne l'oublierai, même si je devais vivre mille ans. Pour moi, il incarne le prêtre parfait. Si je parvenais à me conformer à son image, je serais comblé.

– La perfection est toujours relative, commenta Meggie non sans une pointe d'aigreur. Mais je te confierai à lui parce que je sais qu'il s'occupera de toi, ne serait-ce que pour m'être agréable. Tu pourras entrer dans un séminaire de Rome.

– C'est vrai, M'man ? C'est vrai ? (Soudain, l'angoisse remplaça la joie qui illuminait ses yeux.) Aurons-nous assez d'argent ? Ce serait beaucoup moins coûteux si je restais en Australie.

– Grâce à ce même cardinal de Bricassart, mon chéri, tu ne manqueras jamais d'argent.

Devant la porte des cuisines, elle le poussa à l'intérieur.

– Va annoncer la nouvelle aux servantes et à Mme Smith, dit-elle. Elles seront folles de joie.

Elle se força à poser un pied devant l'autre, marcha pesamment jusqu'à la grande maison, jusqu'au salon où Fee était assise, exceptionnellement non à son bureau, mais en train de causer avec Anne Mueller devant le plateau du thé de l'après-midi. Quand Meggie entra, les deux femmes levèrent la tête, comprirent à son expression que quelque chose de grave s'était produit.

Pendant dix-huit ans, les Mueller étaient venus régulièrement séjourner à Drogheda et ils pensaient qu'il en serait toujours ainsi.

Mais Luddie Mueller était mort subitement dans le courant de l'automne précédent, et Meggie avait immédiatement écrit à Anne pour lui proposer de venir vivre à Drogheda. La place ne manquait pas et on pouvait même lui offrir un cottage d'amis si elle préférait s'isoler; elle paierait sa pension si sa fierté lui interdisait une hospitalité totale bien que, grâce au ciel, on disposât de suffisamment d'argent pour entretenir mille invités en permanence. Meggie vit dans les circonstances une possibilité de compenser quelque peu les bienfaits dispensés par les Mueller pendant ses années de solitude dans le Queensland du Nord, et Anne y trouva une planche de salut. Sans Luddie, Himmelhoch lui pesait. Pourtant, elle avait engagé un directeur de plantation, se refusant à vendre la propriété; à sa mort, celle-ci irait à Justine.

– Que se passe-t-il, Meggie ? s'enquit Anne.

Meggie se laissa tomber sur un siège.

– J'ai l'impression d'avoir été foudroyée par un éclair justicier.

– Quoi ?

– Vous aviez raison toutes les deux. Vous aviez prévu que je le perdrais. Je ne vous croyais pas. Je croyais vraiment être plus forte que Dieu, mais jamais une femme n'a pu se mesurer à Dieu. C'est un homme.

Fee versa une tasse de thé à sa fille.

– Tiens, bois ça, dit-elle comme si le thé avait un pouvoir reconstituant à l'égal du cognac. Comment l'as-tu perdu ?

– Il veut devenir prêtre.

Un rire nerveux se mêla à ses pleurs.

Anna ramassa ses cannes, clopina jusqu'au fauteuil de Meggie, s'assit maladroitement sur l'accotoir et caressa les ravissants cheveux d'or roux.

– Oh ! ma chérie ! Mais ce n'est pas si terrible que ça !

– Vous êtes au courant au sujet de Dane ? demanda Fee en se tournant vers Anne.

– Je l'ai toujours été, répondit Anne.

Meggie se calma.

– Ce n'est pas si terrible ? C'est le commencement de la fin. La justice immanente. J'ai volé Ralph à Dieu et je paie ma faute avec mon fils. Tu m'as dit que c'était du vol, Maman, t'en souviens-tu ? Je ne voulais pas te croire, mais tu avais raison, comme toujours.

– Va-t-il entrer à Saint-Patrick ? s'enquit Fee, toujours pratique.

Le rire de Meggie éclata, presque normal.

– Ce serait trop simple, M'man. Je vais l'envoyer à Ralph, évidemment. Une moitié de lui est Ralph; alors que celui-ci profite enfin de lui. (Elle haussa les épaules.) Dane est plus important que Ralph, et je savais qu'il voudrait aller à Rome.

– Avez-vous avoué à Ralph qu'il est le père de Dane ? s'enquit Anne qui n'avait jamais abordé la question.

– Non, et je ne le lui dirai jamais, jamais !

– Ils se ressemblent tant qu'il aurait pu s'en douter.

– Qui, Ralph ? Il ne se doute jamais de rien ! Et je garderai mon secret. Je lui envoie mon fils, sans plus. Pas le sien.

– Attention à la jalousie des dieux, Meggie, murmura doucement Anne. Ils n'en ont peut-être pas encore fini avec vous.

– Que pourraient-ils m'infliger de plus ? rétorqua Meggie dans un gémissement.

Lorsque Justine apprit la nouvelle, elle donna libre cours à sa fureur, bien que depuis trois ou quatre ans elle se doutât un peu que les choses tourneraient de la sorte. Pour Meggie, la décision de Dane intervint comme un éclair foudroyant, mais pour Justine ce fut une douche glacée à laquelle elle s'attendait obscurément.

D'une part, ayant été à l'école à Sydney avec lui, Justine était sa confidente et elle l'avait entendu évoquer des sujets qu'il ne mentionnait jamais devant sa mère. Justine était au courant de l'importance vitale que Dane accordait à la religion, pas seulement à Dieu, mais à la signification mystique des rites catholiques. S'il était né dans une famille protestante, il aurait fini par se tourner vers le catholicisme pour satisfaire un besoin de son âme. Pas pour Dane, un Dieu austère, calviniste. Il lui fallait un Dieu enchâssé dans les vitraux, baigné d'encens, drapé de dentelles et de broderies d'or, chanté par une musique élaborée, et adoré à travers les belles cadences latines.

Et puis, n'était-ce pas par une sorte d'ironie perverse qu'un être doté d'une aussi merveilleuse beauté considérât celle-ci comme une infirmité et déplorât son existence ? Car tel était le cas de Dane. Il se refermait sur lui-même à la moindre allusion concernant sa personne physique; Justine estimait qu'il aurait infiniment préféré naître laid, dénué de toute séduction. Elle comprenait en partie pourquoi il éprouvait ce sentiment et, peut-être parce que la propre carrière de Justine reposait sur une profession essentiellement narcissique, elle avait plutôt tendance à approuver l'attitude de son frère à l'égard de son apparence physique. Par contre, elle ne comprenait absolument pas la raison qui le poussait à détester sa beauté au lieu de se contenter de l'ignorer.

La sensualité n'était pas chez lui un point fort; Justine l'avait compris mais sans en percer exactement les raisons. Etait-ce parce qu'il avait appris à sublimer ses passions de façon presque parfaite, ou parce que, en dépit de ses attraits physiques, quelque pulsion cérébrale essentielle lui faisait défaut ? La première supposition était vraisemblablement la bonne puisqu'il se livrait chaque jour à un sport violent afin d'être certain d'aller se coucher complètement épuisé. Elle savait parfaitement que ses inclinations étaient « normales », c'est-à-dire hétérosexuelles, et elle connaissait le type de filles qui l'attirait – grandes, brunes et voluptueuses. Pourtant, il n'était pas sensuellement éveillé; il ne percevait pas le charme tactile des objets sur lesquels il posait la main, ni les odeurs de l'atmosphère qui l'entourait, pas plus qu'il n'était sensible aux formes et aux couleurs. Pour connaître une attirance sexuelle, il fallait que l'impact de l'objet fut provocant, irrésistible, et ce n'était que lors de ces rares occasions qu'il semblait prendre conscience du fait qu'il existait un plan terrestre, foulé par la plupart des hommes aussi longtemps qu'ils le pouvaient, celui du choix.

Il vint lui faire part de ses intentions dans les coulisses du Culloden après une représentation. Toutes les dispositions avaient été prises avec Rome ce jour-là; il mourait d'envie de le lui annoncer tout en sachant qu'elle ferait grise mine. Il ne lui avait jamais parlé de sa vocation religieuse avant qu'il l'eût souhaité car le sujet déclenchait invariablement la hargne de sa sœur. Mais quand il passa dans les coulisses ce soir-là, il lui était trop difficile de contenir sa joie plus longtemps.

– Tu es une cloche, dit-elle avec dégoût.

– Ma résolution est prise.

– Idiot.

– Traite-moi de tous les noms si ça te chante, ça ne changera rien, Jus.

– Tu crois que je ne le sais pas ? C'est la meilleure façon de me libérer de ce que j'ai sur le cœur.

– Les occasions ne devraient pas te manquer sur scène quand tu joues Electre. Tu es vraiment sensationnelle, Jus.

– Après cette nouvelle, je serai encore meilleure, fit-elle d'un ton grinçant. Tu vas entrer à Saint-Patrick ?

– Non, je pars pour Rome. Le cardinal de Bricassart m'y attend. M'man a tout arrangé.

– Oh, non, Dane ! C'est si loin !

– Alors, pourquoi ne viens-tu pas aussi, tout au moins jusqu'en Angleterre ? Avec l'expérience que tu as déjà acquise et ton talent, tu devrais pouvoir te faire engager sans grande difficulté.

Assise devant son miroir, encore vêtue de la robe d'Electre, elle se démaquillait; cerclés de lourdes arabesques noires, ses yeux étranges semblaient encore plus étranges. Elle opina avec lenteur.

– Mais oui, c'est vrai, je pourrais... marmotta-t-elle, pensive. Il est grand temps que je me décide... L'Australie devient un peu trop petite pour moi... D'accord, mon vieux ! Allons-y pour l'Angleterre !

– Du tonnerre ! Tu imagines ce que ça va être ! J'ai droit à des vacances, tu sais. On en accorde toujours dans les séminaires, exactement comme dans les universités. Nous pourrons prévoir de les passer ensemble, voyager un peu en Europe, rentrer quelque temps à Drogheda. Oh, Jus, j'ai pensé à tout ! Du moment que je te saurai toute proche, ce sera vraiment parfait !

Elle rayonna.

– Oui, hein ? La vie ne serait plus la même si je ne t'avais plus pour confident.

– Je craignais que tu me dises ça, répondit-il avec un sourire. Mais sérieusement, Jus, tu m'inquiètes. Je préfère te savoir pas trop loin pour que je puisse te voir de temps en temps. Sinon, qui serait la voix de ta conscience ?

Il se laissa glisser entre un énorme casque grec et un terrifiant masque de pythonisse pour s'asseoir à même le sol et mieux voir sa sœur; il se fit tout petit afin de ne pas gêner les allées et venues.

Il n'existait que deux loges de vedette au Culloden et Justine n'y avait pas encore droit. Elle se trouvait dans le vestiaire général au milieu d'un incessant va-et-vient.

– Sacré vieux cardinal de Bricassart ! éructa-t-elle. Je l'ai détesté dès l'instant où j'ai posé les yeux sur lui.

– Ce n'est pas vrai, protesta Dane en gloussant.

– Si, je l'ai détesté dès la première minute !

– Que non ! Une fois, pendant les vacances de Noël, la tante Anne m'a mis au courant de pas mal de choses, et je parie que tu ne le sais même pas.

– Qu'est-ce que je ne sais pas ? demanda-t-elle d'un ton circonspect.

– Que quand tu étais bébé, il t'a donné le biberon, t'a fait faire ton rot et t'a bercée jusqu'à ce que tu t'endormes. La tante Anne a expliqué que tu étais une enfant odieuse, un vrai chameau, et que tu détestais être prise dans les bras... Mais quand il t'a tenue et bercée, tu étais aux anges.

– Tu parles !

– Si, c'est vrai ! assura-t-il avec un sourire. D'ailleurs, pourquoi est-ce que tu le détestes tant ?

– C'est comme ça. Il me fait l'effet d'un vieux vautour décharné, et il me file l'envie de vomir.

– Moi, il me plaît. Il m'a toujours plu. Le prêtre parfait... voilà ce que dit de lui le père Watty. Et qui plus est, je crois qu'il a raison.

– Eh bien, qu'il aille se faire foutre ! Voilà ce que je dis, moi !

– Justine !

– Cette fois, je t'ai choqué, hein ? Je parie que tu ne te doutais même pas que je connaissais cette expression.

Il battit des paupières.

– Sais-tu seulement ce qu'elle signifie. Dis-le moi, Jussy. Allons, qu'est-ce que tu attends ?

Elle ne parvenait jamais à lui résister quand il la taquinait. Des lueurs voletèrent dans ses yeux pâles.

– Tu deviendras peut-être un Père la Colique, espèce de cloche, mais si tu ne connais pas encore le sens de cette expression, abstiens-toi de faire des recherches.

– Ne t'inquiète pas, je n'en ferai pas, dit-il avec sérieux.

Deux très jolies jambes féminines s'immobilisèrent près de Dane, pivotèrent. Il leva les yeux, rougit, détourna le regard, et dit d'une voix neutre :

– Oh, salut, Martha.

– Salut à toi.

C'était une très belle fille, pas spécialement douée en tant que comédienne, mais tellement décorative qu'elle jouait dans de nombreuses pièces; il se trouvait aussi qu'elle correspondait exactement au type de femmes susceptibles d'attirer Dane, et Justine avait souvent entendu les commentaires élogieux de son frère à l'égard de Martha. Grande, sexy selon la terminologie des magazines de cinéma, très sombre de cheveux et d'yeux, claire de peau, poitrine magnifique.

Elle se jucha sur l'angle de la coiffeuse de Justine et balança une jambe provocante sous le nez de Dane tout en l'observant avec une franche admiration, ce qui le déconcertait manifestement. Bon dieu, qu'il est beau ! Comment une fille aussi tarte et chevaline que Jus peut-elle avoir un frère aussi séduisant ? Il n'a peut-être que dix-huit ans, et ça serait un détournement de mineur, mais qu'est-ce que ça peut foutre ?

– Qu'est-ce que vous diriez de passer chez moi pour prendre une tasse de café et bavarder un peu ? demanda-t-elle en se penchant vers Dane. Avec votre sœur, ajouta-t-elle à contre cœur.

Justine secoua énergiquement la tête; une pensée soudaine lui communiqua une lueur dans l'œil.

– Non, merci, je ne peux pas. Il faudra te contenter de Dane.

Il secoua la tête tout aussi énergiquement que sa sœur, mais non sans un certain regret, comme s'il était tenté.

– Merci quand même, Martha, mais je ne peux pas. (Il consulta sa montre pour sauver les apparences.) Seigneur, il ne me reste qu'une minute au parcmètre. Tu en as encore pour longtemps, Jus ?

– Environ dix minutes.

– Je t'attendrai dehors. D'accord ?

– Poule mouillée, se moqua-t-elle.

Les yeux sombres de Martha le suivirent.

– Il est absolument sensationnel. Pourquoi est-ce qu'il ne me regarde même pas ?

Justine esquissa une grimace aigre-douce tout en finissant de se démaquiller. Les taches de rousseur réapparaissaient. Londres serait peut-être salutaire; pas de soleil.

– Oh, ne t'inquiète pas, il te reluque. D'ailleurs ça lui plairait. Mais est-ce qu'il se laissera aller ? Pas Dane.

– Pourquoi ? Qu'est-ce qu'il a ? Ne me dis surtout pas qu'il est pédé ! Merde, pourquoi faut-il que tous les gars splendides que je rencontre soient des tantes ? Pourtant, je ne l'aurais jamais cru pour Dane; il ne me fait pas du tout cet effet-là.

– Surveille ton langage, espèce de conne ! Il n'a vraiment rien d'une tante. Si un jour il reluquait seulement notre jeune premier à la voix de crécelle, ce cher Sweet William, je lui trancherais la gorge, et à Sweet William aussi, pour faire bon poids.

– Eh bien, si ce n'est pas une chochotte et que ça lui plaise, pourquoi est-ce qu'il ne saute pas sur l'occasion ? Il faut que je lui fasse un dessin, ou quoi ? Il me trouve peut-être un peu trop vieille pour lui ?

– Mon chou, à cent ans, tu ne seras pas encore trop vieille pour la plupart des hommes. Ne te bile pas pour ça. Non, Dane a rayé les femmes de sa vie, le con. Il veut être prêtre.

La bouche pulpeuse de Martha s'ouvrit; elle rejeta en arrière sa crinière noire.

– Tu me fais marcher !

– Non, c'est vrai, tout ce qu'il y a de vrai.

– Tu veux dire que tout ça va être gâché ?

– Je le crains. Il l'offre à Dieu.

– Alors, Dieu est un pédé de la plus belle eau, pire que Sweet Willie !

– Tu as peut-être raison, dit Justine. Faut croire qu'il n'apprécie guère les femmes, d'ailleurs. Deuxième galerie, voilà notre lot. Là-haut, au poulailler. Fauteuils d'orchestre et mezzanine rigoureusement réservés aux mâles.

– Oh !

Justine se tortilla pour s'extraire du costume d'Electre, passa une mince robe de coton, se souvint qu'il faisait froid dehors, enfila un cardigan et tapota gentiment la tête de Martha.

– T'en fais pas, mon chou. Dieu a été bon pour toi. Il ne t'a pas donné de cervelle. Crois-moi, c'est infiniment mieux comme ça. Tu ne feras jamais concurrence aux seigneurs de la création.

– Pas sûr. Je ferai volontiers concurrence à Dieu pour m'envoyer ton frère.

– Laisse tomber. Tu te bats contre l'ordre établi et tu pars perdante. Tu séduirais plus facilement Sweet William, crois-moi sur parole.

Une voiture du Vatican vint chercher Dane à l'aéroport, l'emporta à travers les rues ensoleillées, grouillantes de gens avenants et souriants; le nez collé à la glace, il se délectait, surexcité en découvrant les monuments qu'il ne connaissait que par des photos – colonnes romaines, palais rococo, Saint-Pierre, gloire de la Renaissance.

Et là, l'attendant, cette fois vêtu de pourpre de pied en cap, main tendue, anneau scintillant; Dane tomba à genoux, baisa le rubis.

– Relève-toi, Dane. Laisse-moi te regarder.

Il se redressa, sourit à l'homme grand, presque exactement de sa taille. Tous deux pouvaient se regarder dans les yeux. Pour Dane, le cardinal de Bricassart se nimbait d'une immense aura de pouvoir spirituel qui le lui désignait comme un pape plutôt que comme un saint; pourtant, ses yeux emplis d'une tristesse profonde n'étaient pas ceux d'un pape. Comme il avait dû souffrir pour avoir une telle expression, mais il avait dû noblement s'élever au-dessus de sa souffrance pour devenir ce prêtre parfait entre tous.

Et le cardinal de Bricassart considéra le fils qu'il ne savait pas être le sien, l'aimant, pensait-il, parce qu'il était l'enfant de sa chère Meggie. S'il avait eu un fils, il aurait souhaité qu'il fût à l'image de ce jeune homme, aussi grand, d'une beauté aussi saisissante, aussi gracieux. Mais infiniment plus satisfaisantes que n'importe quel attrait physique se devinaient la beauté, la simplicité de son âme. Il avait la force des anges et quelque chose de leur sublimité. Lui-même avait-il été ainsi à dix-huit ans ? Il tenta de se souvenir, revit les innombrables événements d'une existence déjà bien avancée; non, il n'avait jamais été ainsi. Etait-ce parce que cet être venait réellement à l'Eglise à la suite de son propre choix ? Pour lui, ça n'avait pas été le cas, bien qu'il ait eu la vocation; de cela, il était sûr.

– Assieds-toi, Dane. As-tu fait ce que je t'ai demandé, commencé à apprendre l'italien ?

– J'en suis arrivé au stade où je le parle couramment, mais sans encore maîtriser les expressions idiomatiques, et je le lis très bien. Le fait qu'il s'agisse de ma quatrième langue m'a probablement facilité les choses. Je parais être doué dans ce sens. Quelques semaines de séjour en Italie devraient me permettre de me familiariser avec la langue populaire.

– Oui, je n'en doute pas. Moi aussi j'ai le don des langues.

– Les langues sont très utiles, balbutia gauchement Dane.

L'intimidante silhouette pourpre l'impressionnait; soudain, il éprouvait des difficultés à retrouver en elle l'homme en costume de cheval montant le hongre alezan à Drogheda.

Le cardinal de Bricassart se pencha en avant, l'observa.

Je te demande de le prendre sous ta responsabilité, Ralph, disait la lettre de Meggie. Je te confie son bien-être, son bonheur. Ce que j'ai volé, je le rends. On l'exige de moi. Promets-moi seulement deux choses et j'aurai la certitude que tu as agi au mieux de ses intérêts. Premièrement, promets-moi de t'assurer de la réalité de sa vocation avant de le laisser s'engager définitivement. Deuxièmement, si elle est bien réelle, tu veilleras à ce qu'elle ne vacille pas. Si elle devait faiblir, je veux qu'il me revienne. Car c'est à moi qu'il appartient en premier. C'est moi qui le remets entre tes mains.

– Dane, es-tu vraiment sûr de ta vocation ?

– Absolument.

– Pourquoi ?

Les yeux de Dane étaient curieusement distants, gênants par leur expression familière, laquelle, pourtant, appartenait au passé.

– A cause de l'amour que je porte à Notre-Seigneur; je veux Le servir, être Son prêtre ma vie durant.

– Comprends-tu ce que Son service implique, Dane ?

– Oui.

– Qu'aucun autre amour ne doit jamais s'immiscer entre Lui et toi ? Que tu es sien exclusivement, que tu renonces à tout ?

– Oui.

– Que Sa volonté doit être faite en toute chose, qu'en entrant à Son service tu abandonnes ta personnalité, ton individualité, l'idée selon laquelle ton être propre est important ?

– Oui.

– Que si c'est indispensable tu dois faire face à la mort, l'emprisonnement, la faim en son nom ? Que tu ne dois rien posséder, n'accorder de valeur à rien qui puisse tendre à amoindrir ton amour pour Lui ?

– Oui.

– Es-tu fort, Dane ?

– Je suis un homme, Votre Eminence. Je suis un homme avant tout. Ce sera dur, je le sais. Mais je prie pour qu'Il me vienne en aide.

– Es-tu vraiment sûr de toi, Dane ? Rien d'autre ne pourrait te combler ?

– Rien.

– Et si, par la suite, tu devais changer d'avis, que ferais-tu ?

— Mais... je demanderais à partir, dit Dane, surpris. Si je changeais d'avis, ce serait uniquement parce que je me serais trompé sur ma vocation; il ne pourrait y avoir d'autres raisons. Donc, je demanderais à partir. Je ne L'en aimerais pas moins, mais je saurais que ce n'est pas là la façon dont Il entend que je Le serve.

— Mais une fois tes vœux prononcés et que tu seras ordonné, tu te rends compte qu'aucun retour en arrière ne sera possible, qu'aucune dispense ne te sera accordée, que tu n'auras aucun moyen de te libérer ?

— Je le comprends, assura Dane avec patience. Et s'il y a une décision à prendre, je l'aurais prise avant.

Le cardinal de Bricassart s'adossa à son fauteuil, soupira. Avait-il jamais fait preuve d'une telle certitude ? Avait-il jamais fait preuve d'une telle force ?

— Pourquoi es-tu venu à moi, Dane ? Pourquoi souhaitais-tu venir à Rome ? Pourquoi ne pas être resté en Australie ?

— Ma mère a pensé à Rome dont je rêvais depuis longtemps, mais je ne croyais pas que nous ayons assez d'argent.

— Ta mère est très sage. T'a-t-elle mis au courant ?

— Au courant de quoi, Votre Eminence ?

— Que tu disposes d'un revenu annuel de cinq mille livres et que plusieurs dizaines de milliers de livres se sont déjà accumulées à la banque à ton nom ?

Dane se raidit.

— Non. Elle ne m'en a jamais parlé.

— C'est très sage de sa part. Mais l'argent est là et tu peux rester à Rome si tu le désires. Le veux-tu ?

— Oui.

— En quoi est-ce que je compte dans ton univers, Dane ?

— Vous incarnez l'idée que je me fais du prêtre parfait, Votre Eminence.

Les traits du cardinal de Bricassart se crispèrent.

— Non, Dane. Tu ne dois pas me considérer sous ce jour. Je suis loin d'être un prêtre parfait. J'ai rompu tous mes vœux, comprends-tu ? Il m'a fallu apprendre ce qu tu sembles déjà savoir et de la façon la plus douloureuse qui soit pour un prêtre, en rompant mes vœux. Car je me refusais à admettre que j'étais tout d'abord homme, mortel et, ensuite seulement, prêtre.

— Votre Eminence, ça n'a pas d'importance, dit doucement Dane. Ce que vous me dites ne vous diminue en rien en regard de l'idée que je me fais du prêtre parfait. J'ai l'impression que vous ne comprenez pas exactement le sens que je veux donner à mes paroles, c'est tout. Je n'entends pas un automate, inhumain, au-dessus des faiblesses de la chair. Je vois en vous un homme qui a souffert, et grandi. Est-ce que je vous parais présomptueux ? Telle n'est pas mon intention, vraiment pas. Si je vous ai offensé, je vous en demande pardon. Il m'est difficile d'exprimer mes pensées ! Je sais que pour devenir un prêtre parfait, il faut laisser s'écouler bien des années, endurer de terribles souffrances, et tout cela sans cesser de garder les yeux rivés sur un idéal et Notre-Seigneur.

La sonnerie du téléphone retentit; le cardinal décrocha d'une main un rien tremblante et répondit en italien.

– Oui, merci. Nous allons venir immédiatement. (Il se leva.) C'est l'heure du thé. Nous allons le prendre avec l'un de mes vieux, très vieux amis. Après le Saint-Père, il est probablement le prélat le plus important de l'Eglise. Je lui ai annoncé ton arrivée, et il a exprimé le désir de te connaître.

– Merci, Votre Eminence.

Ils empruntèrent de nombreux couloirs, puis traversèrent d'agréables jardins, très différents de ceux de Drogheda, avec de hauts cyprès, des peupliers, des rectangles de pelouse nettement délimités, entourés de cloîtres au pavage moussu; ils passèrent devant des arches gothiques, sous des ponts Renaissance. Dane se repaissait de cette vision, heureux. Un monde si différent de l'Australie, si ancien, si permanent !

Il leur fallut un quart d'heure en marchant d'un bon pas pour atteindre le palais; ils y pénétrèrent et montèrent un grand escalier de marbre flanqué de tapisseries inestimables.

Vittorio Scarbanza, cardinal di Contini-Verchese, avait soixante-six ans à présent, le corps partiellement noué par les rhumatismes, mais l'esprit aussi vif et alerte que jamais. Sa chatte actuelle, une bleue de Russie nommée Natasha, ronronnait sur ses genoux. Ne pouvant se lever pour accueillir ses visiteurs, il se contenta d'un large sourire et d'un signe de tête pour les inviter à approcher. Ses yeux allèrent du visage familier à celui de Dane O'Neill et s'élargirent, se rétrécirent, s'immobilisèrent sur le jeune homme. Il sentit le cœur lui manquer, porta la main à sa poitrine en un geste instinctif de protection, et demeura un instant bouche bée, le regard fixé sur la jeune réplique du cardinal de Bricassart.

– Vittorio, ça va ? s'enquit anxieusement le cardinal de Bricassart en prenant le poignet fragile entre ses doigts pour en chercher le pouls.

– Bien sûr. Une petite douleur passagère, sans plus. Asseyez-vous, asseyez-vous !

– Tout d'abord, je voudrais vous présenter Dane O'Neill qui, ainsi que je vous l'ai dit, est le fils d'une de mes amies très chères. Dane, voici Son Eminence, le cardinal di Contini-Verchese.

Dane s'agenouilla, appuya ses lèvres contre l'anneau; au-dessus de la tête blonde penchée sur sa main, le cardinal di Contini-Verchese chercha le visage de Ralph, en fouilla les traits plus attentivement qu'il ne l'avait fait depuis bien des années. Il se détendit un peu; elle ne lui avait donc jamais dit. Et, bien sûr, il ne soupçonnerait pas ce que tous ceux qui les verraient ensemble supposeraient immédiatement. Pas père-fils, bien sûr, mais une étroite parenté. Pauvre Ralph ! Il ne s'était jamais vu marcher, il n'avait jamais observé les expressions de son propre visage, jamais surpris la façon dont son sourcil gauche se soulevait. Vraiment, Dieu faisait preuve de mansuétude en rendant les hommes si aveugles.

– Asseyez-vous. Le thé va bientôt être servi. Ainsi, jeune homme, vous voulez être prêtre, et vous vous êtes placé sous l'aile du cardinal de Bricassart ?

– Oui, votre Eminence.

– Votre choix était judicieux. Sous son aile, il ne vous arrivera rien de fâcheux. Mais vous paraissez un peu nerveux, mon fils. Est-ce le dépaysement ?

Dane sourit, du même sourire que Ralph, sans peut-être la conscience du charme qu'il dégageait, mais ressemblant tant à celui de Ralph qu'il perçait le vieux cœur fatigué comme le piquant d'un fil de fer barbelé.

– Je suis confondu, Votre Eminence. Je ne m'attendais pas à être si impressionné en me trouvant en présence de cardinaux. Je n'avais même pas rêvé qu'on puisse venir me chercher à l'aéroport ni que je prendrais le thé en votre compagnie.

– Oui, c'est inhabituel.. Ah ! voilà le thé ! (Heureux, il suivit des yeux la sœur qui disposait tasses et assiettes; il leva le doigt pour prévenir le geste de Ralph.) Ah, non ! C'est moi qui vais jouer les maîtresses de maison. Comment aimez-vous votre thé, Dane ?

– Comme Ralph, répondit-il précipitamment, puis il rougit. Excusez-moi, Votre Eminence. Je n'avais pas l'intention de dire ça...

– Aucune importance, Dane, intervint Ralph. Le cardinal di Contini-Verchese ne vous en tiendra pas rigueur. Nous nous sommes tout d'abord rencontrés en tant que Dane et Ralph, et nous nous connaissions infiniment mieux ainsi, n'est-ce pas. Le cérémonial est nouveau dans nos relations. Je préfère que nous en restions à Dane et Ralph en privé; Son Eminence n'y verra pas d'inconvénient, n'est-ce pas, Vittorio ?

– Non. Je suis partisan de l'usage du nom de baptême. Mais, pour en revenir à ce que je disais, sur le fait d'avoir des amis haut placés, mon fils, cette longue amitié avec Ralph pourra être gênante pour vous quand vous entrerez au séminaire que nous vous aurons choisi. Fournir continuellement de longues explications chaque fois que vos rapports donneront lieu à quelque remarque deviendrait vite fastidieux. Parfois, Notre-Seigneur permet un pieux mensonge, (Il sourit; l'or de ses dents accrocha la lumière.) Et, pour le bien de tous, je préférerais que nous ayons recours à une petite entorse à la vérité. S'il est difficile d'expliquer de façon satisfaisante les rapports d'amitié, il est plus aisé de mentionner les liens du sang. Nous dirons donc à tous que le cardinal de Bricassart est votre oncle, mon petit Dane, et nous en resterons là, acheva le cardinal di Contini-Verchese d'un ton suave.

Dane parut choqué, Ralph résigné.

– Ne soyez pas déçu par les grands, mon fils, reprit gentiment le cardinal di Contini-Verchese. Ils ont aussi des pieds d'argile, et il leur arrive de ménager leur tranquillité par de pieux mensonges. Vous venez d'apprendre là une leçon très utile mais, à vous voir, je doute que vous en profitiez. Pourtant, il vous faut comprendre que nous autres, cardinaux, sommes des diplomates, et jusqu'au bout des ongles. En vérité, je ne pense qu'à vous, seulement à vous, mon fils. La jalousie et le ressentiment sévissent tout autant dans les séminaires que dans les institutions séculières. Vous souffrirez un peu parce qu'on pensera que Ralph est votre oncle, le frère de votre mère, mais vous souffririez bien davantage si l'on croyait qu'aucune parenté ne vous unit. Nous sommes des hommes avant tout, et c'est à des hommes que vous aurez affaire, dans ce milieu comme dans les autres.

Dane courba la tête, puis il se pencha dans l'intention de caresser la chatte et s'immobilisa, main tendue.

– Puis-je ? J'adore les chats, Votre Eminence.

Rien ne pouvait lui ouvrir plus rapidement le chemin de ce cœur vieux mais fidèle.

– Oui. J'avoue qu'elle devient un peu lourde pour moi. Elle est gloutonne, n'est-ce pas, Natasha ? Va vers Dane; va vers la nouvelle génération.

Il était impossible à Justine de passer avec armes et bagages de l'hémisphère sud à l'hémisphère nord aussi rapidement que Dane. Lorsque la saison théâtrale s'acheva au Culloden et qu'elle abandonna sans regret Bothwell Gardens, son frère se trouvait à Rome depuis deux mois.

– Comment diable ai-je pu accumuler un tel fourbi ? bougonna-t-elle, entourée de vêtements, de papiers, de boîtes.

Meggie leva les yeux de l'endroit où elle se tenait agenouillée, une boîte d'éponges métalliques à la main.

– Pourquoi as-tu fourré ça sous ton lit ?

Une expression d'intense soulagement joua sur le visage empourpré de sa fille.

– Oh, quelle chance ! Elles étaient là ? Je croyais que le précieux caniche de Mme Devine les avait bouffées; je lui trouvais une sale mine depuis une semaine et je n'avais pas le courage de parler des éponges métalliques que je ne retrouvais pas. Je croyais que ce satané cabot les avait avalées; il est capable d'engloutir tout ce qui ne se dispose pas à le croquer. Pourtant, je ne peux pas dire que sa perte m'aurait causé un chagrin éternel, ajouta Justine, l'air pensif.

Assise sur les talons, Meggie éclata de rire.

– Oh, Jus, que tu es drôle ! (Elle jeta la boîte sur le lit parmi une montagne d'autres objets.) Tu ne fais pas honneur à Drogheda. Après tout ce que nous avons fait pour t'inculquer des notions de propreté et d'ordre...

– Vous perdiez votre temps. Veux-tu emporter ces éponges métalliques à Drogheda ? Je sais qu'en voyageant par bateau je peux faire suivre autant de bagages que je veux, mais je suppose que les éponges métalliques ne sont pas une denrée rare à Londres.

Meggie prit la boîte et la déposa dans un grand carton marqué Mme D.

– Je crois que nous ferions mieux de les offrir à Mme Devine.

Meggie prit la boîte et la déposa dans un grand carton marqué Mme D.

– Je crois que nous ferions mieux de les offrir à Mme Devine. Elle en aura besoin pour rendre l'appartement habitable si elle veut trouver un autre locataire.

Des assiettes sales s'entassaient en piles au bout de la table, laissant apparaître d'affreuses barbes de moisissures.

– Est-ce qu'il t'arrive de laver tes assiettes de temps en temps ? demanda Meggie.

Justine gloussa, pas le moins du monde repentante.

– Dane soutient que je ne les lave jamais, que je me contente de leur faire la barbe.

– Pour celles-ci, il faudrait d'abord que tu leur coupes les cheveux. Pourquoi ne les laves-tu pas au fur et à mesure que tu t'en sers ?

– Parce que ça m'obligerait à me trimbaler une fois de plus jusqu'à la cuisine, et comme je mange généralement après minuit, personne n'apprécie beaucoup le bruit de mes petits petons dans les couloirs.

– Passe-moi un carton vide; je vais les descendre et m'en charger, proposa Meggie, résignée.

Elle se doutait de ce qui l'attendait en venant à Sydney auprès de sa fille, mais elle n'en souhaitait pas moins assister au déménagement. Il n'était pas fréquent que qui que ce soit eût la possibilité d'aider Justine à faire quelque chose; chaque fois que Meggie s'y était essayée, l'aventure avait tourné à son désavantage. Mais exceptionnellement, pour les questions ménagères, la situation était inversée; elle pouvait aider sa fille à satiété sans avoir l'air d'une imbécile.

Finalement, tout fut bouclé; Justine et sa mère prirent place dans le break avec lequel Meggie était venue de Gilly pour gagner l'hôtel Australia où elle était descendue.

– J'aimerais que la famille se décide à acheter une maison à Palm Beach ou à Avalon, maugréa Justine en déposant sa valise dans la deuxième chambre de l'appartement. Cet hôtel est épouvantablement situé; tu te rends compte... ? Ce doit être rudement chouette de pouvoir se baigner directement sous ses fenêtres... Est-ce que ça ne vous inciterait pas à prendre l'avion un peu plus souvent pour quitter Gilly ?

– Personnellement, je ne vois pas ce que je viendrais faire à Sydney. Je n'y ai séjourné que deux fois en sept ans... La première pour assister au départ de Dane, maintenant au tien. Si nous avions une maison ici, nous ne nous en servirions jamais.

– Foutaises.

– Pourquoi ?

– Pourquoi ? Parce qu'il y a autre chose au monde que ce satané Drogheda, bon dieu ! Cette propriété me rend cinglée !

Meggie soupira.

– Crois-moi, Justine, il viendra un moment où tu aspireras à rentrer à Drogheda.

– Et tu espères ça aussi pour Dane, hein ?

Silence. Sans regarder sa fille, Meggie prit son sac sur la table.

– Nous allons être en retard. Mme Rocher a dit deux heures. Si tu veux que tes robes soient prêtes à temps, nous ferions bien de nous dépêcher.

– Charmante façon de me remettre en place, commenta Justine en souriant.

– Comment se fait-il, Justine, que tu ne me présentes aucun de tes amis. Je n'ai pas vu âme qui vive aux Bothwell Gardens à part Mme Devine, dit tout à coup Meggie alors qu'elle et sa fille étaient installées dans le salon de Germaine Rocher observant les mannequins languides qui évoluaient en minaudant.

– Oh, ils sont un peu timides... Ce truc orange me plaît assez; pas toi ?

– Pas avec tes cheveux. Cantonne-toi au gris.

– Peuh ! J'estime que l'orange va très bien avec mes cheveux. En gris, j'aurais l'air d'une souris ramenée par un chat, dégueulasse et à moitié pourrie. Mets-toi au goût du jour, M'man. Les rousses ne sont pas obligées de s'en tenir au blanc, gris, noir, vert émeraude, ou cette horrible teinte que tu affectionnes tant... comment s'appelle-t-elle déjà... ? Cendres de roses ? C'est victorien en diable !

– C'est bien le nom de la couleur, admit Meggie en se tournant vers sa fille pour lui faire face. Tu es un monstre, marmonna-t-elle, mais non sans affection.

Justine ne prêta aucune attention à la remarque. Ce n'était pas la première fois qu'elle l'entendait.

– Je vais prendre l'orange, la rouge, l'imprimée violette, la vert mousse et le tailleur bordeaux...

Chez Meggie, la colère le disputait au rire. Que faire avec une fille comme Justine ?

L'*Himalaya* devait appareiller de Port Darling trois jours plus tard. C'était un bon vieux navire, bas sur l'eau et tenant bien la mer, construit à l'époque où l'on prenait le temps de vivre et où chacun acceptait le fait que l'Angleterre fût à quatre semaines de l'Australie via le canal de Suez ou à cinq semaines par le cap de Bonne-Espérance. A présent, même les paquebots se conformaient à la mode de l'hydrodynamique avec des formes effilées de torpilleur pour arriver plus vite. Mais le résultat sur un estomac sensible faisait frémir les marins les plus endurcis.

– C'est marrant ! s'exclama Justine en éclatant de rire. Nous avons une magnifique équipe de football en première classe. Le voyage ne sera pas aussi ennuyeux que je le craignais. Quelques-uns de ces gars sont superbes.

– Alors, tu ne regrettes plus mon insistance à te faire voyager en première ?

– Peut-être pas.

– Justine, on dirait que tu t'ingénies à me pousser à bout, et tu as toujours été comme ça ! lança Meggie d'une voix coupante.

Elle perdait son sang-froid devant ce qu'elle prenait pour de l'ingratitude. En cette occasion, cette petite garce ne pouvait-elle pas au moins faire mine d'être attristée par la séparation ?

– Butée, tête de cochon ! maugréa Meggie. Tu es d'une obstination exaspérante !

Sur le moment, Justine ne répondit pas; elle détourna la tête et parut s'intéresser davantage aux marins qui demandaient aux visiteurs de regagner le quai qu'aux paroles de sa mère; ses dents interdirent une menace de frémissement à ses lèvres sur lesquelles elle accrocha un sourire éclatant.

– Je sais que je t'exaspère, dit-elle gaiement en faisant face à sa mère. Ça n'a pas d'importance. Nous sommes ce que nous sommes. Ainsi que tu le dis toujours, je tiens de mon père.

Elles s'embrassèrent gauchement avant que Meggie, délivrée, se mêlât à la foule qui se dirigeait vers les passerelles. Justine gagna le pont supérieur et s'appuya au bastingage tenant à la main des rouleaux de serpentins aux couleurs vives. Très au-dessous d'elle, sur le quai, elle aperçut la silhouette en robe et chapeau gris rose qui se rapprochait de l'endroit convenu, s'immobilisait en mettant une main en visière. Bizarre qu'à une telle distance on pût se rendre compte que M'man approchait de la cinquantaine. Encore un peu de chemin à parcourir, mais l'âge se devinait déjà dans sa posture. Un instant, elles s'adressèrent les gestes de rigueur, puis Justine lança le premier de ses serpentins dont Meggie attrapa adroitement l'extrémité. Un rouge, un bleu, un jaune, un orange; tournant, virevoltant, portés par la brise.

Des joueurs de cornemuse étaient venus souhaiter bon voyage à l'équipe de football; ils restaient plantés là, fanions au vent, plaids mouvants, jouant une curieuse version de « Maintenant, l'Heure est venue ». Les passagers se pressaient contre les bastingages, se penchaient, tenant désespérément leur extrémité des minces serpentins; sur le quai, des centaines de personnes étiraient le cou, s'attardaient avidement sur les visages qui s'en allaient si loin, des visages jeunes pour la plupart, partant pour voir à quoi ressemblait le moyeu de la civilisation à l'autre bout du monde. Ils vivraient là-bas, travailleraient, reviendraient peut-être dans deux ans, ne reviendraient peut-être plus jamais. Et chacun le savait, et chacun de supputer, de s'interroger.

Le ciel bleu se gonflait de petits nuages argentés tandis que sévissait le vent mordant de Sydney. Le soleil réchauffait les têtes levées et les omoplates de ceux qui se penchaient; des chaînes de serpentins multicolores reliaient le navire au quai. Puis, subitement, un fossé se creusa entre le flanc du bateau et les pilotis de la jetée; l'air s'emplit de cris et de sanglots et, un à un, des milliers de serpentins se rompirent, voletèrent brutalement avant de retomber inanimés, meublant la surface de l'eau de traînées emmêlées, se fondant aux pelures d'orange et aux méduses à la dérive.

Justine demeura obstinément à sa place, appuyée au bastingage, jusqu'à ce que la jetée ne représentât plus que quelques lignes ponctuées de têtes d'épingle rosâtres dans le lointain. Les remorqueurs de l'*Himalaya* firent pivoter le navire, l'entraînèrent sous le tablier du grand pont de Sydney, vers le courant épuré du flot ensoleillé.

Cela n'avait rien à voir avec une excursion jusqu'à Manly sur le ferry-boat, bien que le navire suivît le même chemin, passant à hauteur de Neutral Bay, puis de Rose Bay, et de Cremorne et de Vaucluse; certainement pas. Cette fois, on allait au-delà de Heads, au-delà des cruelles falaises et de la dentelle d'écume brassée à leurs pieds, vers l'océan. Douze mille milles de mer jusqu'à l'autre bout du monde. Et que les passagers revinssent chez eux ou non, ils n'appartiendraient ni à un continent ni à un autre, car ils auraient connu deux modes de vie différents.

L'argent, Justine s'en rendit compte, faisait de Londres un endroit particulièrement attrayant. Pas question pour elle de mener une existence misérable accrochée aux abords d'Earl's Court – « La Vallée des Kangourous », ainsi l'endroit était-il surnommé en raison des nombreux Australiens qui en avaient fait leur quartier général... Très peu pour elle le destin habituel des Australiens en Angleterre, s'entassant dans des auberges de jeunesse, travaillant pour une misérable pitance dans quelque bureau, école ou hôpital, frissonnant devant un minuscule radiateur dans une pièce froide et humide. Au lieu de quoi, Justine s'installa dans un appartement confortable de Kensington, proche de Knightsbridge, doté du chauffage central, et trouva un engagement dans la troupe de Clyde Daltinham-Roberts, la compagnie élisabéthaine.

Quand vint l'été, elle prit le train à destination de Rome. Par la suite, elle serait amenée à sourire en se souvenant du peu qu'elle vit lors de ce long voyage à travers la France et l'Italie; toutes ses pensées s'axaient sur ce qu'elle devrait dire à Dane, s'efforçant de se rappeler ce qu'il ne faudrait à aucun prix oublier. Il y avait tant à raconter que certains détails ne manqueraient pas de lui échapper.

Dane ? Cet homme grand, blond sur le quai était-il Dane ? Il ne paraissait pas différent et n'en était pas moins devenu un inconnu. Il n'appartenait plus au monde de Justine. Le cri qu'elle s'apprêtait à pousser pour attirer son attention reflua vers sa gorge; elle se rejeta un peu en arrière sur son siège afin d'observer son frère car le train s'était immobilisé à quelques mètres de l'endroit où il se tenait, scrutant de ses yeux bleus les compartiments, sans hâte, sans angoisse. Les épanchements seraient unilatéraux quand elle lui parlerait de la vie qu'ils avaient menée depuis son départ car elle savait d'ores et déjà qu'il n'était pas désireux de partager avec elle ce qu'il avait connu. Le diable l'emporte ! Il n'était plus son petit frère; la vie qu'il menait la tenait à distance, aussi loin que si elle était à Drogheda. Oh Dane ! Que peut-on ressentir à vivre la même chose vingt-quatre heures sur vingt-quatre ?

– Ah ! Tu commençais à croire que je t'avais fait faux bond, hein ? lança-t-elle en se glissant derrière lui avant qu'il ne l'aperçût.

Il se tourna, lui étreignit les mains et la considéra en souriant.

– Espèce de cloche, dit-il tendrement.

Il se chargea de la plus lourde des valises et glissa son bras sous le sien.

– C'est bon de te revoir, murmura-t-il au moment où ils sortaient de la gare.

Il l'aida à monter dans la Lagonda rouge qui était de tous ses déplacements. Dane avait toujours été un fanatique des voitures de sport; il en avait possédé une depuis le jour où il avait passé son permis de conduire.

– Pour moi aussi, c'est bon de te voir. J'espère que tu m'as dégoté une chouette crèche parce que, tu sais, je ne blaguais pas dans mes lettres. Je me refuse à être parquée dans une cellule du Vatican au milieu d'un troupeau de vieilles biques, dit-elle en riant.

– On ne t'aurait jamais admise au Vatican, pas avec ta crinière diabolique. Je t'ai retenu une chambre dans une petite pension pas très loin de l'endroit où je loge. On y parle l'anglais; alors, tu n'auras pas à t'inquiéter quand je ne serai pas avec toi. D'ailleurs, à Rome, on trouve toujours quelqu'un qui parle anglais.

– N'empêche que je déplore de ne pas avoir ton don des langues. Mais je me débrouillerai, sois tranquille. Je suis un mime de première et très forte pour les charades.

– J'ai deux mois de vacances, Jussy; tu ne trouves pas ça épatant ? Ça nous permettra de visiter la France et l'Espagne et même de passer un mois à Drogheda qui, je dois l'avouer, me manque.

– Vraiment ? (Elle se tourna vers lui, regarda les belles mains qui guidaient la voiture avec adresse dans le trafic insensé de Rome.) Moi, Drogheda ne me manque pas du tout. Londres est trop intéressant.

– Tu ne me donnes pas le change, ma vieille. Je sais ce que Drogheda et M'man représentent pour toi.

Justine croisa les mains sur ses genoux et ne répondit pas.

– Ça ne t'ennuierait pas de prendre le thé avec quelques-uns de mes amis cet après-midi ? s'enquit-il quand ils furent arrivés. Je me suis un peu avancé en acceptant pour toi. Ils désirent tellement te connaître et, comme je ne serai vraiment en vacances que demain, je n'ai pas pu refuser.

– Cloche ! Pourquoi est-ce que ça m'ennuierait ? Si nous étions à Londres, je te noierais au milieu de mes amis, alors il est normal que tu en fasses autant. Je serai heureuse de voir à quoi ressemblent tes camarades de séminaire, quoi que ce ne soit pas très marrant pour moi, hein ? Pas question d'en agrafer un.

Elle s'approcha de la fenêtre, jeta un coup d'œil au petit square triste, aux deux platanes étiques qui se dressaient au milieu du pavage du quadrilatère, aux trois tables qu'ils abritaient et au pan de mur d'une église sans grâce ni beauté architecturale particulière, recouvert d'un crépi lépreux.

– Dane...

– Oui ?

– Je te comprends. Je te comprends vraiment.

– Oui, je sais. (Son sourire s'effaça.) J'aimerais que M'man comprenne aussi, Jus.

– Pour M'man, c'est différent. Elle a le sentiment que tu l'as abandonnée; elle ne se rend pas compte qu'il n'en est rien, mais ne t'inquiète pas pour elle. Elle finira par accepter.

– Je l'espère. (Il rit.) Au fait, ce ne sont pas mes camarades de séminaire que tu vas rencontrer aujourd'hui. Jamais je ne voudrais vous exposer à une telle tentation, eux et toi. C'est le cardinal de Bricassart. Je sais qu'il ne t'est pas sympathique, mais promets-moi d'être gentille.

Une lueur malicieuse brilla dans les yeux de Justine.

– Je te le promets. Je baiserai même tous les anneaux qui me seront présentés.

– Oh, tu t'en souviens ! J'étais fou de rage contre toi ce jour-là... me faire honte en sa présence !

– Tu sais, depuis cette époque, j'en suis revenue de l'hygiène, et j'ai embrassé beaucoup de choses bien moins propres qu'un anneau. Il y a un horrible jeune type boutonneux au cours de comédie qui repousse du goulot avec un estomac en capilotade et que je dois embrasser à vingt-neuf reprises, rien n'est impossible. (Elle se tapota les cheveux, se regarda dans la glace.) Ai-je le temps de me changer ?

– Oh, tu es très bien comme ça !

– Qui y aura-t-il d'autre ?

Le soleil était trop bas pour réchauffer le vieux square et les plaques d'écorce qui se détachaient des platanes communiquaient aux arbres un air las, maladif. Justine frissonna.

– Le cardinal di Contini-Verchese sera là.

Le nom ne lui était pas inconnu, et elle ouvrit de grands yeux.

– Houh ! Tu nages en plein gratin.

– Oui. J'essaie de mériter cet honneur.

– Est-ce que ça signifie que certaines personnes te mettent des bâtons dans les roues, Dane ? s'enquit-elle, laissant parler son intuition.

– Non, pas vraiment. Peu importe ceux que l'on fréquente. Je n'y pense jamais, et personne ne me reproche mes relations.

La salle, les hommes en rouge ! Jamais de sa vie Justine n'avait été aussi consciente de l'inutilité des femmes dans la vie de certains hommes qu'en entrant dans un monde où l'élément féminin n'avait tout simplement aucune place, sinon en tant qu'humbles servantes-nonnes. Elle portait encore le tailleur de toile vert olive qu'elle avait passé dans le train, froissé par le voyage, et elle avança sur le tapis mœlleux, écarlate, tout en maudissant la hâte de Dane, souhaitant avoir insisté pour se changer.

Le cardinal de Bricassart se leva, souriant; quel bel homme, un physique de père noble.

– Ma chère Justine ! l'accueillit-il avec chaleur.

Il lui présenta son anneau avec une expression malicieuse, sous-entendant qu'il se rappelait parfaitement le jour de leur rencontre, et scruta le visage de la jeune fille pour y chercher quelque chose qui lui échappait.

– Vous ne ressemblez pas du tout à votre mère, reprit-il.

Un genou à terre, baiser l'anneau, sourire humblement, se relever, sourire moins humblement.

– Non, en effet. Je me serais volontiers accommodée de sa beauté dans la profession que j'ai choisie mais, sur scène, ça s'arrange. En vérité, le visage compte peu; ce qui importe, c'est ce qu'on y met de soi et de son art pour subjuguer le public.

Un petit rire sec s'éleva d'un fauteuil; une fois de plus, elle s'avança pour baiser l'anneau ornant une vieille main noueuse mais, à cette occasion, son regard rencontra des yeux sombres et, assez curieusement, elle y lut de l'amour. De l'amour pour elle, pour une personne qu'il n'avait jamais vue, dont il avait à peine entendu mentionner le nom. Mais le sentiment était réel. Elle n'éprouvait pas davantage de sympathie pour le cardinal de Bricassart que lorsqu'elle avait quinze ans; par contre, la vue de ce vieil homme lui réchauffait le cœur.

– Asseyez-vous, ma chère enfant, invita le cardinal di Contini-Verchese en désignant un fauteuil à côté de lui.

– Bonjour, minette, dit Justine en tendant la main vers la chatte bleu-gris, lovée sur les genoux pourpres de son maître. Comme elle est jolie !

– Oui, très.

– Comment s'appelle-t-elle ?

– Natasha.

La porte s'ouvrit, mais pas pour livrer passage à la table roulante du thé. Un homme, Dieu merci vêtu d'un complet veston; une seule soutane rouge de plus, pensa Justine, et je me mets à mugir comme un taureau.

Mais il ne s'agissait pas d'un homme ordinaire, même s'il était laïque. Un règlement intérieur doit rigoureusement interdire l'accès du Vatican aux hommes ordinaires, monologua intérieurement Justine, laissant libre cours à son impertinence. Pas vraiment petit, puissamment charpenté, il paraissait plus trapu qu'il ne l'était, épaules massives, torse démesuré, grosse tête léonine, bras longs comme ceux d'un tondeur. Du gorille dans cet homme, sinon qu'il respirait l'intelligence et se déplaçait avec l'allure d'un individu susceptible de s'emparer de ce qu'il voulait avec une rapidité devançant la pensée. S'en emparer, et peut-être l'écraser, mais jamais fortuitement, jamais sans raison; avec finesse, réflexion. Il était brun de teint, mais son épaisse crinière avait exactement la couleur de la laine d'acier et à peu près la même consistance, en admettant que les fibres métalliques se plient en minuscules ondulations régulières.

– Rainer, vous arrivez à temps, dit le cardinal di Contini-Verchese en indiquant l'autre fauteuil flanquant le sien. (Il continuait à s'exprimer en anglais.) Ma chère enfant, ajouta-t-il en se tournant vers Justine lorsque l'homme eut baisé son anneau et se fut relevé, j'aimerais vous présenter un excellent ami, Herr Rainer Moerling Hartheim. Rainer, voici la sœur de Dane, Justine.

L'homme s'inclina, claqua cérémonieusement des talons, lui adressa un bref sourire dénué de chaleur et s'assit, un peu trop loin sur le côté pour continuer à demeurer dans son champ de vision. Justine poussa un soupir de soulagement, surtout quand elle vit que Dane s'était laissé tomber à terre, avec l'aisance conférée par une longue habitude, à côté du fauteuil du cardinal de Bricassart, face à elle. Tant qu'elle pourrait poser le regard sur quelqu'un qu'elle connaissait et aimait, tout irait bien. Pourtant, la salle et les prélats en rouge, et maintenant cet homme au teint olivâtre commençaient à l'irriter plus que la présence de Dane ne l'apaisait; elle était froissée par la façon dont ces hommes l'excluaient. Aussi se pencha-t-elle sur le côté pour caresser de nouveau la chatte, consciente que le cardinal di Contini-Verchese perçait ses réactions et s'en amusait.

– Est-elle castrée ? s'enquit Justine.

– Bien sûr.

– Bien sûr ! Je me demande bien pourquoi vous vous êtes préoccupé de cette question. Le seul fait d'habiter en permanence de tels lieux devrait suffire à dessécher les ovaires de n'importe quelle représentante de la gent féminine.

– Au contraire, ma chère, riposta le cardinal di Contini-Verchese qui s'amusait beaucoup. Ce sont nous, les hommes, qui sommes psychologiquement desséchés.

– Permettez-moi d'être d'un autre avis, Votre Eminence.

– Ainsi, notre petit monde vous hérisse ?

– Eh bien, disons que je me sens un peu superflue, Votre Eminence. Endroit agréable à visiter, mais je ne pourrais pas y vivre.

– Je vous comprends. Je doute même que vous appréciez beaucoup la visite, mais vous vous habituerez à nous car j'espère que vous viendrez souvent nous voir.

Justine sourit.

– J'ai horreur de devoir me surveiller, confia-t-elle. Ça fait surgir ce qu'il y a de plus mauvais en moi... Je perçois les transes dans lesquelles j'ai plongé Dane sans avoir besoin de le regarder.

– Je me demandais combien de temps cela allait durer, dit Dane pas le moins du monde démonté. Chez Justine, il suffit de gratter le vernis et on découvre la rebelle. C'est pour ça que je suis heureux de l'avoir pour sœur. Je ne suis pas un rebelle, mais je les admire.

Herr Hartheim déplaça son fauteuil afin d'avoir Justine dans son champ de vision, même lorsqu'elle se redresserait après avoir caressé la chatte. A cet instant, l'animal se lassa de l'odeur étrange de la femme et, sans se relever, passa délicatement des genoux rouges aux genoux gris, se blottissant contre Herr Hartheim; celui-ci caressa la chatte de sa main puissante et elle se mit à ronronner si fort que tous éclatèrent de rire.

– Veuillez excuser mon existence, dit Justine qui appréciait les plaisanteries même lorsqu'elle en faisait les frais.

– Son moteur tourne toujours aussi rond, remarqua Herr Hartheim. La gaieté apportait d'étranges transformations à son visage. Il parlait très bien anglais, presque sans accent, mais avec des inflexions américaines; il roulait les R.

Le thé arriva avant que chacun eût repris son sérieux et, assez curieusement, ce fut Herr Hartheim qui le servit; il tendit une tasse à Justine avec un regard plus amical que celui qu'il lui avait dédié lors des présentations.

– Dans les milieux britanniques, le thé de l'après-midi représente le meilleur moment de détente de la journée, lui dit-il. On débat de bien des choses au-dessus d'une tasse de thé, n'est-ce pas ? Probablement parce que la nature même de ce breuvage permet d'en boire à n'importe quel moment entre deux heures et cinq heures et demie, et parler donne soif.

La demi-heure qui suivit parut lui donner raison, bien que Justine ne participât pas au débat. La conversation roula sur la santé précaire du Saint-Père, puis sur la guerre froide et, enfin, sur la récession économique; chacun des quatre hommes parlait et écoutait avec une attention qui captiva Justine; elle essayait de démêler les qualités pouvant leur être communes, même chez Dane qui lui paraissait si curieux, si étranger. Il contribuait activement à la discussion, et elle remarqua que ces trois hommes plus âgés l'écoutaient avec une étonnante humilité, voire un certain respect. Ses commentaires n'étaient ni dépourvus de fondement ni naïfs, mais ils se révélaient différents, originaux, *saints.* Etait-ce à cause de sa sainteté qu'on lui accordait une attention aussi soutenue ? En raison de ce qu'il l'abritait, et qu'ils en étaient dépourvus ? Etait-ce réellement une vertu qu'ils admiraient, brûlant de la posséder ? Etait-elle si rare ? Trois hommes si différents les uns des autres, et pourtant infiniment plus liés entre eux que l'un d'eux à Dane. Comme il était difficile de prendre Dane au sérieux autant qu'ils le faisaient ! Non que, de bien des façons, il n'eût agi comme un frère aîné plutôt que comme son cadet; non qu'elle n'eût pas conscience de sa sagesse, de son intelligence, ou de sa sainteté. Mais, jusqu'alors, il avait fait partie de son monde à elle. Il lui fallait reconnaître que tel n'était plus le cas.

– Si vous voulez aller faire vos dévotions, Dane, je reconduirai votre sœur jusqu'à son hôtel, dit résolument Herr Hartheim.

Et elle se retrouva, muette, en train de descendre l'escalier de marbre en compagnie de cet homme trapu, puissant. Dehors, dans le miroitement jaunâtre du coucher de soleil romain, il la prit par l'épaule et la guida vers une grosse Mercedes noire d'où jaillit le chauffeur.

– Vous n'allez pas passer votre première soirée à Rome seule, et Dane est occupé par ailleurs, dit-il en s'installant à sa suite dans la voiture. Vous êtes lasse et désorientée; il est donc préférable que vous ayez de la compagnie.

– Vous ne paraissez pas me laisser le choix, Herr Hartheim !

– Je préférerais que vous m'appeliez Rainer.

– Vous devez être un personnage important pour avoir une voiture aussi époustouflante et un chauffeur.

– Je serai un personnage encore plus important quand je serai chancelier de l'Allemagne de l'Ouest.

– Je suis étonnée que vous ne le soyez pas déjà.

– Impudente ! Je suis trop jeune.

– Vraiment ?

Elle se tourna sur le côté pour le regarder plus attentivement, s'aperçut qu'aucune ride ne marquait sa peau olivâtre, que celle-ci paraissait jeune, que les yeux, profondément enfoncés dans les orbites, ne se logeaient pas au creux de chairs flasques.

— Je suis gros et j'ai les cheveux gris, mais je les avais déjà comme ça à seize ans, et si je suis gros c'est parce que je n'ai pas toujours mangé à ma faim. Je n'ai que trente et un ans.

— Je vous crois sur parole, dit-elle en se débarrassant de ses chaussures. Mais, pour moi, c'est tout de même vieux... je me vautre dans la douceur de mes vingt et un ans.

— Vous êtes un monstre, commenta-t-il en souriant.

— Il est probable que j'en suis un. Ma mère dit la même chose. Seulement, je ne suis pas très certaine de ce que vous entendez par monstre l'un et l'autre; alors, allez-y de votre version, je vous en prie.

— Votre mère vous a-t-elle déjà donné la sienne ?

— Elle serait abominablement gênée si je la lui demandais.

— Ne pensez-vous pas que vous risquez de me gêner aussi ?

— Je vous soupçonne d'être un monstre, vous aussi, Herr Hartheim. Alors, je doute que quoi que ce soit vous mette dans l'embarras.

— Un monstre, répéta-t-il entre ses dents. Eh bien ! d'accord, Miss O'Neill, je vais tenter de vous donner la définition de ce terme. Une personne qui terrifie les autres, plane au-dessus d'eux, se sent si forte qu'elle ne peut être vaincue que par Dieu, qui n'a aucun scrupule et se soucie peu de la morale.

Elle gloussa.

— Pas possible, vous faites votre autoportrait ! Je croule sous la morale et les scrupules puisque je suis la sœur de Dane.

— Vous ne lui ressemblez pas du tout.

— C'est d'autant plus dommage.

— Son visage ne conviendrait pas à votre personnalité.

— Vous êtes certainement dans le vrai, mais avec son visage je me serais peut-être fabriqué une toute autre personnalité.

— Tout dépend de ce qui vient en premier, hein, la poule ou l'œuf ? Remettez vos chaussures, nous allons marcher.

Il faisait chaud et le soir tombait; les lumières brillaient et il semblait y avoir foule quels que soient les quartiers où leurs pas les entraînaient : scooters, minuscules et agressives Fiat, tricycles à moteur encombraient la chaussée comme des coulées de grenouilles fuyant un danger. Finalement, il s'immobilisa dans un petit square au pavé usé et poli par les siècles et entraîna Justine dans un restaurant.

— A moins que vous ne préfériez *al fresco* ? proposa-t-il.

— Du moment que vous ne nourrissez, je me moque éperdument que ce soit à l'intérieur, à l'extérieur ou entre les deux.

— Puis-je passer la commande pour vous ?

Les yeux pâles clignèrent, avec un peu de lassitude peut-être, mais encore combatifs.

— Je ne crois pas que j'apprécie beaucoup votre autorité super-masculine, laissa-t-elle tomber. Après tout, comment pouvez-vous connaître mes goûts ?

— Sœur Anne brandit sa bannière, murmura-t-il. Dans ce cas, dites-moi ce que vous aimez et vous pouvez être tranquille, vous aurez satisfaction. Poisson ? Veau ?

— Un compromis ? D'accord, je ferai la moitié du chemin,

pourquoi pas ? Je prendrai du pâté, quelques scampis et une énorme assiettée de saltimbocca; pour finir une cassata et un cappuccino. Débrouillez-vous avec ça pour passer la commande.

– Je devrais vous gifler, remarqua-t-il sans se départir de sa bonne humeur.

Il passa la commande au garçon sans y apporter aucune variante. Il s'exprimait dans un italien très fluide.

– Vous avez prétendu que je ne ressemblais pas du tout à Dane; croyez-vous vraiment que je ne lui ressemble en rien ? demanda-t-elle d'un ton un peu pathétique au moment du café.

Elle était restée silencieuse tout au long du repas, trop affamée pour perdre du temps à parler.

Il lui alluma une cigarette, gratta une allumette pour la sienne et se rejeta contre le dossier de son siège, dans l'ombre, afin de la mieux observer tout en évoquant sa première rencontre avec Dane quelques mois auparavant. Le cardinal de Bricassart avec quarante ans de moins; il s'en était rendu compte immédiatement, puis il avait appris qu'il s'agissait de l'oncle et du neveu, que la mère de Dane et de Justine O'Neill était la sœur du cardinal de Bricassart.

– Si, il y a une certaine ressemblance, concéda-t-il. Parfois même du visage. Davantage dans les expressions que dans les traits. Autour des yeux et de la bouche, dans la façon dont vous levez les paupières et dont vous serrez les lèvres. Pourtant, assez curieusement, vous ne partagez pas ces traits communs avec votre oncle, le cardinal.

– Mon oncle, le cardinal ? répéta-t-elle, abasourdie.

– Le cardinal de Bricassart. N'est-il pas votre oncle ? Je suis certain que c'est ce qui m'a été dit.

– Ce vieux vautour ? Il n'est pas de notre famille, grâce au ciel ! C'était le prêtre de notre paroisse, il y a des années, longtemps avant ma naissance.

Elle était très intelligente, mais aussi très fatiguée. Pauvre petite fille – c'est bien ce qu'elle était, une petite fille. Les dix ans qui les séparaient s'étiraient jusqu'à en devenir cent. Le soupçon entraînerait l'effondrement de son monde, et elle le défendait si vaillamment. Elle se refuserait probablement à ouvrir les yeux, même si on l'obligeait à regarder les choses en face. Comment donner le change ? En n'insistant pas, évidemment, mais sans pourtant changer trop rapidement de sujet.

– Cela explique bien des choses, dit-il avec légèreté.

– Explique quoi ?

– Le fait que la ressemblance de Dane avec le cardinal se cantonne à des généralités... taille, teint, stature.

– Oh, ma grand-mère m'a expliqué que notre père ressemblait assez au cardinal, déclara tranquillement Justine.

– Vous n'avez donc jamais vu votre père ?

– Pas même en portrait. Ma mère et lui se sont séparés définitivement avant la naissance de Dane. (Elle fit signe au garçon.) Un autre cappuccino, je vous prie.

– Justine, vous êtes une sauvage ! Laissez-moi passer la commande pour vous !

– Non, bon dieu, sûrement pas ! Je suis parfaitement capable de penser par moi-même, et je n'ai pas besoin qu'un type quelconque me dise toujours ce que je veux et quand je le veux. C'est compris ?

– Grattez le vernis et vous découvrirez la rebelle... C'est ce que Dane a dit.

– Il a raison. Oh ! si vous saviez à quel point j'ai horreur d'être cajolée, dorlotée, chouchoutée ! J'aime agir par moi-même, et je n'accepte pas qu'on me dise ce que j'ai à faire. Je ne demande pas de faveurs, mais je n'en accorde pas non plus.

– Je m'en aperçois, répliqua-t-il sèchement. Qu'est-ce qui vous rend si intraitable, *herzchen* ? Est-ce de famille ?

– Franchement, je n'en sais rien. Chez nous, les femmes sont trop rares pour qu'on le sache avec certitude. Seulement une par génération. Ma grand-mère, ma mère et moi. Mais des tas d'hommes, par contre.

– Sauf dans votre génération. Il n'y a que Dane.

– Probablement parce que ma mère a quitté mon père. Elle n'a jamais semblé s'intéresser à qui que ce soit d'autre. Maman est femme d'intérieur jusqu'au bout des ongles; elle aurait adoré dorloter un mari.

– Vous ressemble-t-elle ?

– Je ne crois pas.

– Vous vous aimez toutes les deux ?

– M'man et moi ? (Elle sourit sans trace de rancœur, un peu comme sa mère l'aurait fait si quelqu'un lui avait demandé si elle aimait sa fille.) Je ne suis pas très sûre que nous nous aimions; mais il y a quelque chose. Peut-être s'agit-il d'un simple lien biologique, je ne sais pas. (Ses yeux s'assombrirent.) J'aurais toujours souhaité qu'elle me parle comme elle parle à Dane et que je m'entende aussi bien avec elle que mon frère. Mais il y a sans doute une lacune chez l'une ou l'autre... probablement chez moi. C'est une femme beaucoup mieux que moi.

– Je ne la connais pas; je ne peux donc vous donner tort ou raison. Si cela peut vous réconforter le moins du monde, vous me plaisez telle que vous êtes. Non, je ne changerais rigoureusement rien chez vous, pas même votre ridicule agressivité.

– Comme c'est gentil de votre part ! Et après que je vous ai insulté, qui plus est. Je ne ressemble vraiment pas à Dane, n'est-ce pas ?

– Dane ne ressemble à personne en ce monde.

– Vous voulez dire qu'il n'appartient pas à ce monde ?

– Oui, peut-être. (Il se pencha en avant, hors de l'ombre, vers la faible lueur dispensée par la bougie fichée dans une bouteille de chianti.) Je suis catholique et ma religion est la seule chose qui ne m'ait jamais trahi. Je n'aime pas parler de Dane parce que, du fond du cœur, je sais qu'il est préférable de ne pas aborder certains sujets. Vous ne lui ressemblez pas dans votre attitude envers la vie, ou envers Dieu. Si on en restait là, hein ?

Elle le dévisagea avec curiosité.

– Entendu, Rainer, si vous voulez. Je vais passer un pacte avec vous... quel que soit le sujet de nos discussions, nous n'évoquerons jamais ni la nature de Dane ni la religion.

Bien des événements étaient intervenus dans la vie de Rainer Moerling Hartheim depuis sa rencontre avec Ralph de Bricassart en juillet 1943. Une semaine après leur entrevue, son régiment avait été envoyé sur le front de l'est où il passa le reste de la guerre. Déchiré, désemparé, trop jeune pour avoir été embrigadé dans les Jeunesses hitlériennes avant le début de la guerre, il eut le temps de réfléchir aux conséquences de l'hitlérisme, les pieds dans la neige, sans munitions, sur un front si démuni qu'il ne comptait guère qu'un soldat tous les cent mètres. Et la guerre ne lui laissa que deux souvenirs : celui d'une campagne atroce par un froid atroce et le visage de Ralph de Bricassart. Horreur et beauté, le diable et Dieu. A demi fou, à demi gelé, attendant sans la moindre défense que les partisans russes se laissent tomber sans parachutes des planeurs volant à très basse altitude pour atterrir dans les congères, il se frappait la poitrine et marmottait des prières. Mais il ne savait pas pour quoi il priait : des balles pour son fusil, échapper aux Russes, son âme immortelle, l'homme dans la basilique, l'Allemagne, une atténuation de la douleur.

Au printemps de 1945, il battit en retraite à travers la Pologne devant les Russes, animé, comme ses camarades, d'un unique objectif – atteindre une zone occupée par les Britanniques ou les Américains. Car, s'il tombait entre les mains des Russes, c'en serait fait de lui. Il déchira ses papiers et les brûla, enterra ses deux Croix de Fer, vola quelques vêtements et se présenta aux autorités britanniques à la frontière danoise. On l'envoya dans un camp pour personnes déplacées en Belgique. Là, pendant un an, il vécut de pain et de bouillie; c'était tout ce que les Britanniques, épuisés, pouvaient fournir pour nourrir les dizaines de milliers d'individus dont ils avaient la charge, en attendant qu'ils finissent par comprendre que la libération de ces malheureux serait en tous points préférable.

A deux reprises, les responsables du camp le convoquèrent pour le mettre au pied du mur. Un navire attendait au mouillage dans le port d'Ostende et chargeait des immigrants pour l'Australie. On lui remettrait des papiers et on l'embarquerait gratuitement pour gagner cette nouvelle patrie. En compensation, il devrait effectuer deux ans de travail pour le gouvernement australien à la discrétion de celui-ci. Après quoi sa vie lui appartiendrait en propre. Ce n'étaient pas les travaux forcés; il recevrait un salaire normal, évidemment. Mais lors de ces deux occasions, à force d'éloquence, il parvint à éviter cette forme d'émigration précipitée. Il avait haï Hitler, pas l'Allemagne, et il n'avait pas honte d'être allemand. A ses yeux, l'Allemagne était son foyer; elle avait meublé ses rêves depuis plus de trois ans. La seule pensée de se voir de nouveau perdu dans un pays où personne ne parlait sa langue, où il ne comprendrait personne lui faisait l'effet d'une malédiction. Aussi, au début de 1947, se retrouva-t-il sans un sou dans les rues d'Aachen, prêt à rassembler les morceaux de son existence avec une énergie farouche.

Lui et son âme avaient survécu, mais pas pour retourner à la pauvreté, à l'obscurité. Car Rainer était plus qu'un homme ambitieux, une sorte de génie. Il travailla pour Grundig, et étudia la matière qui l'avait passionné depuis ses premiers contacts avec les radars : l'électronique. Il bouillonnait d'idées, mais il refusa de les vendre à Grundig pour une part infime de leur valeur. Au lieu de quoi, il jaugea soigneusement le marché, puis épousa la veuve d'un homme qui était parvenu à conserver deux petits ateliers de radio et se lança dans les affaires à son compte. Son intelligence lui avait conféré la maturité d'un être beaucoup plus âgé et le chaos de l'Allemagne d'après guerre offrait d'immenses possibilités aux hommes jeunes et entreprenants.

Etant donné qu'il avait contracté un mariage civil, l'Eglise l'autorisa à divorcer; en 1951, il régla à Annelise Hartheim le double de la valeur des ateliers de son premier mari et reprit sa liberté; pourtant, il ne se remaria pas.

Ce que le jeune homme avait enduré dans la terreur glacée de Russie ne produisit pas une caricature d'individu dénué d'âme, mais cela étouffa en lui mollesse et douceur, exaspéra d'autres qualités – intelligence, implacabilité, détermination. Un homme qui n'a rien à perdre a tout à gagner, et un homme insensible ne peut être blessé. C'est tout au moins ce qu'il se répétait; en fait, il était curieusement semblable à celui qu'il avait rencontré à Rome en 1943. Comme Ralph de Bricassart, il comprenait qu'il agissait mal au moment même où il accomplissait l'acte; non que la conscience du mal qu'il abritait l'arrêtât le moins du monde, ne fût-ce qu'une seconde; il dut seulement payer sa réussite matérielle par la douleur et le tourment. Beaucoup de ses semblables auraient estimé qu'il l'avait payée trop cher mais, pour sa part, il jugeait qu'elle valait deux fois la souffrance endurée. Un jour, il serait à la tête de l'Allemagne et ferait de ce pays ce qu'il avait rêvé; il supprimerait le code aryen et luthérien, le remplacerait par un autre infiniment plus large. Sachant qu'il ne pourrait promettre de ne pas retomber dans le péché, il avait refusé l'absolution au confessionnal à plusieurs reprises, mais sa personnalité et sa religion finirent par s'accommoder et par former un tout jusqu'à ce que l'accumulation d'argent et de pouvoir l'eussent dépouillé peu à peu de sa culpabilité pour qu'il pût exprimer un réel repentir et être absout.

En 1955, devenu l'un des hommes les plus riches et les plus puissants de la nouvelle Allemagne de l'Ouest, nouvellement élu au parlement de Bonn, il retourna à Rome. Pour chercher le cardinal de Bricassart et lui montrer l'ultime résultat de ses prières. Par la suite, il ne put se souvenir de ce qu'il avait attendu de cette entrevue car, du début à la fin de l'entretien, il n'eut conscience que d'une seule chose : il décevait Ralph de Bricassart. Il avait compris pourquoi sans avoir besoin de poser la question. Mais il ne s'était pas attendu à la remarque du cardinal au moment où il prenait congé :

– J'avais prié pour que vous soyez meilleur que moi, parce que vous étiez si jeune. Aucune fin ne justifie tous les moyens. Mais je suppose que les graines de notre ruine sont semées avant notre naissance.

De retour dans sa chambre d'hôtel, il avait pleuré, mais s'était calmé en réfléchissant : le passé est résolu; à l'avenir, je serai tel qu'il le souhaite. Et parfois, il y parvenait, parfois il échouait, mais il essayait. Son amitié avec les prélats du Vatican devint ce qu'il avait de plus précieux au monde, et il s'envolait pour Rome chaque fois que son désespoir exigeait leur réconfort. Le réconfort. Le leur était d'une étrange sorte. Pas l'imposition des mains ni la suavité des paroles. Plutôt un baume venu de l'âme comme s'ils comprenaient sa souffrance.

Et, tout en marchant dans la chaude nuit romaine après avoir déposé Justine à sa pension, il songeait qu'il ne cesserait jamais d'être reconnaissant à la jeune fille. Car, en l'observant pendant qu'elle affrontait l'épreuve que représentait pour elle l'entrevue de l'après-midi, il avait ressenti un élan de tendresse à son endroit. Blessé, mais gardant la tête froide, le petit monstre. Elle était capable de se mesurer à eux sans céder de terrain. S'en rendaient-ils compte ? Il avait l'impression d'avoir éprouvé ce que lui aurait inspiré une fille dont il eût été fier, mais il n'avait pas de fille. Aussi l'avait-il enlevée à Dane, emportée, afin d'observer ses réactions après l'expérience accablante de cette synthèse ecclésiastique, renforcée par la présence d'un frère qui lui était inconnu, le Dane qui n'était plus, et ne pourrait jamais plus faire partie intégrante de sa vie.

Ce qu'il y avait d'agréable chez le Dieu personnel de Rainer, c'est qu'il pouvait tout pardonner. Il pouvait pardonner à Justine son athéisme foncier, et, à lui, la fermeture à double tour de son potentiel émotionnel jusqu'au moment où il lui conviendrait de le rouvrir. Pendant un temps, il avait cédé à l'affolement, croyant en avoir perdu la clef à jamais. Il sourit, jeta sa cigarette. La clef... Eh bien, parfois les clefs peuvent adopter d'étranges formes. Peut-être que chaque boucle de cette tête rousse était nécessaire pour faire jouer la serrure; peut-être que, dans une salle pourpre, son Dieu lui avait tendu une clef du même rouge.

Une éphémère journée disparue en une seconde. Mais en consultant sa montre il s'aperçut qu'il était encore tôt; il savait que l'homme qui détenait tant de pouvoir maintenant que le Souverain Pontife approchait de la mort serait encore éveillé, habitué qu'il était à partager les mœurs nocturnes de sa chatte. Ces atroces hoquets qui emplissaient la petite pièce de Castel Gandolfo, tordant le visage émacié, pâle, ascétique qui avait resplendi sous la tiare depuis tant d'années; il s'éteignait et c'était un grand pape. Peu importe ce que l'on disait; il était un grand pape. S'il avait aimé les Allemands, s'il aimait entendre parler allemand autour de lui, cela changeait-il quoi que ce soit ? Il n'appartenait pas à Rainer d'en juger.

Mais pour ce que Rainer voulait savoir à cet instant, Castel Gandolfo ne pouvait lui être d'aucun secours. Et de monter les marches conduisant à la salle pourpre afin de parler à Vittorio Scarbanza, cardinal di Contini-Verchese. Qui serait peut-être le prochain pape, ou peut-être pas. Depuis près de trois ans, il avait observé les yeux sagaces, tendres, sombres se poser là où ils aimaient avant tout se poser; oui, mieux valait chercher la réponse chez lui que chez le cardinal de Bricassart.

– Je ne croyais jamais m'entendre dire ça, mais Dieu soit loué ! nous partons pour Drogheda, dit Justine, en refusant de jeter une pièce dans la fontaine de Trevi. Nous devions voyager en France et en Espagne, au lieu de quoi nous sommes encore à Rome où je me sens aussi inutile qu'un nombril. Quelle plaie !

– Hum ! Ainsi, vous êtes convaincue de l'inutilité des nombrils ? remarqua Rainer. Je crois me souvenir que Socrate partageait cette opinion.

– Socrate ? Je ne m'en souviens pas ! Bizarre, je croyais avoir lu presque toutes les œuvres de Platon.

Elle se tortilla pour lui faire face et songea que les vêtements banals du touriste à Rome lui allaient infiniment mieux que le sobre complet qu'il portait lors des audiences du Vatican.

– Il était absolument convaincu de l'inutilité des nombrils au point que, pour prouver le bien-fondé de sa thèse, il dévissa son propre nombril et le jeta.

– Et que se produisit-il ? demanda-t-elle avec un frémissement des lèvres.

– Sa toge est tombée.

– Quelle blague ! gloussa-t-elle. D'ailleurs, on ne portait pas de toge à Athènes à cette époque. Mais j'ai la désagréable impression que votre histoire contient une morale. (Elle retrouva son sérieux.) Pourquoi perdez-vous votre temps avec moi, Rain ?

– Espèce de tête de mule ! Cessez d'amputer mon prénom de la sorte.

– Alors, vous ne comprenez pas, marmonna-t-elle en regardant pensivement les scintillants filets d'eau, le bassin malpropre, criblé de pièces sales. Etes-vous déjà allé en Australie ?

Un frémissement parcourut les épaules de Rainer.

– J'ai failli y aller par deux fois, *herzchen,* mais j'ai réussi à l'éviter.

– Eh bien, si vous y étiez allé, vous comprendriez. Vous avez un nom magique pour les Australiens lorsqu'on le prononce à ma façon. Rain. Vous savez bien qu'en anglais rain signifie pluie. La vie dans le désert.

Interdit, il laissa glisser sa cigarette.

– Justine, vous ne tombez pas amoureuse de moi ?

– Ce que les hommes peuvent être prétentieux ! Désolée de vous décevoir, mais c'est non. (Puis, comme pour adoucir la dureté de ses paroles, elle glissa la main dans la sienne, la serra.) C'est quelque chose de bien mieux.

– Qu'est-ce qui pourrait être mieux que de tomber amoureuse ?

– Presque n'importe quoi, d'après moi. Je ne veux pas avoir besoin d'un être de cette façon. Jamais.

– Peut-être avez-vous raison. C'est certainement une entrave quand ça vient trop tôt. Alors, qu'est-ce qui est mieux ?

– Trouver un ami. (Elle lui caressa la main.) Vous êtes mon ami, n'est-ce pas ?

– Oui. (Le sourire aux lèvres, il jeta une pièce dans la fontaine.) Là ! J'ai dû lui confier au moins mille deutsche marks au fil des ans, simplement pour avoir l'assurance que je continuerai à sentir la chaleur du sud. Parfois, dans mes cauchemars, je suis encore glacé.

– Vous devriez sentir la chaleur du vrai sud, dit Justine. Quarante cinq degrés à l'ombre... en admettant que l'on puisse en trouver.

– Pas étonnant que vous ne sentiez pas la chaleur.

Ses lèvres s'écartèrent en un rire silencieux, comme toujours; emprise du temps passé quand un vrai rire risquait de tenter le destin. Elle avait ôté ses chaussures, comme d'habitude; terrifié, il la regardait marcher pieds nus sur le pavé et l'asphalte assez chaud pour qu'on pût y cuire un œuf.

– Sale gosse ! Mettez vos chaussures.

– Je suis australienne. Nos pieds sont trop larges pour être à l'aise dans des souliers. C'est dû au fait que nous n'avons jamais de véritables grands froids; nous marchons pieds nus chaque fois que nous le pouvons. Je suis capable de traverser un enclos bourré d'épines et de les retirer de mes pieds sans même les sentir, lança-t-elle fièrement. Je serais probablement capable de marcher sur des charbons ardents. (Puis, brusquement, elle changea de sujet.) Aimiez-vous votre femme, Rain ?

– Non.

– Vous aimait-elle ?

– Oui. Elle n'avait aucune autre raison de m'épouser.

– La pauvre ! Vous vous êtes servi d'elle et vous l'avez laissée tomber.

– Est-ce que ça vous déçoit ?

– Non, je ne crois pas. En fait, je ne vous en admire que davantage. Mais ça me peine pour elle, et ça renforce ma résolution de ne jamais me laisser embarquer dans une telle connerie.

– Vous m'admirez ? demanda-t-il d'un ton uni, stupéfait.

– Pourquoi pas ? Je ne cherche pas en vous ce que votre femme a manifestement trouvé. J'éprouve de la sympathie pour vous. Vous êtes mon ami. Elle vous aimait, vous étiez son mari.

– Je crois, *herzchen,* que les ambitieux n'ont rien de très agréable pour leurs femmes, laissa-t-il tomber, non sans tristesse.

– C'est parce qu'ils tombent généralement sur des femmes du type carpette. Le genre « Oui, mon chéri, non, mon chéri, qu'est-ce que je peux faire pour toi, chéri ». La guigne, quoi. Si j'avais été votre femme, je vous aurais conseillé d'aller vous faire foutre ailleurs, mais je parie qu'elle ne vous l'a jamais dit.

– Non, la pauvre Annelise, admit-il, lèvres frémissantes. Elle était du genre martyre et ses armes étaient infiniment moins blessantes. En outre, elle ne s'exprimait pas d'une façon aussi directe et délicieusement châtiée.

Les larges orteils de Justine s'accrochaient au bord de la fontaine comme des doigts vigoureux. Elle se rejeta en arrière et retomba sur ses pieds avec aisance.

– Enfin, il faut convenir que vous vous êtes bien conduit avec elle à la fin. Vous vous en êtes débarrassé. Elle est infiniment plus tranquille sans vous, bien qu'elle ne s'en rende probablement pas compte. Tandis que moi je peux vous garder parce que je ne vous aurai jamais dans la peau.

– Vous êtes vraiment dure avec moi, Justine. Comment avez-vous appris tout ça sur mon passé ?

– J'ai demandé à Dane. Naturellement, comme à son habitude, il s'est contenté d'énoncer les faits, sans plus, mais j'en ai tiré mes déductions.

– Grâce à l'énorme somme d'expérience que vous avez accumulée, sans aucun doute. Quelle bluffeuse vous faites ! On prétend que vous êtes une excellente comédienne, mais j'ai du mal à le croire. Comment parvenez-vous à exprimer des émotions que vous n'avez jamais connues ? En tant que femme vous êtes plus retardée sur le plan affectif que la plupart des filles de quinze ans.

Elle se laissa tomber du bord de la fontaine, s'assit sur le muret et se pencha pour enfiler ses chaussures; l'air lugubre, elle agita encore ses orteils.

– Merde, j'ai les pieds enflés !

Aucune réaction de hargne ou d'indignation ne donnait à penser qu'elle avait entendu ce que Rainer venait de lui dire. A croire que les remontrances ou les critiques que l'on pouvait lui adresser étaient tout simplement neutralisées par un système occultant ses facultés auditives lorsque l'envie lui en prenait. Comme elle avait dû en entendre ! Un vrai miracle qu'elle ne détestât pas Dane.

– C'est une question à laquelle il est difficile de répondre, dit-elle enfin. Je dois en être capable, sinon je ne serais pas aussi bonne, n'est-ce pas ? Mais c'est un peu comme... une attente. Je veux parler de ma vie hors de scène. Je me réserve; on n'a toujours qu'un certain capital à dépenser. Nous sommes limités dans ce que nous pouvons donner, vous ne croyez pas ? Et, sur scène, je ne suis pas moi, ou plus exactement je suis une succession de moi. Nous abritons tous une profusion de soi. Pour moi, jouer est avant tout et essentiellement intellectuel; l'émotion ne vient qu'après. L'un libère l'autre et l'affine. C'est tellement plus que simplement pleurer, hurler ou s'extirper un rire juste. C'est magnifique, vous savez, de s'imaginer dans la peau d'un autre soi, de quelqu'un que j'aurais pu être si les circonstances l'avaient voulu. C'est là le secret. Pas de devenir quelqu'un d'autre, mais d'assimiler le rôle au point que le personnage devienne soi; et il devient moi. (Elle se remit brutalement sur pied comme si la surexcitation était trop grande pour qu'elle demeurât immobile.) Imaginez, Rain ! Dans vingt ans, je pourrai me dire j'ai commis des meurtres, je me suis suicidée, je suis devenue folle, j'ai sauvé des hommes ou je les ai ruinés. Oh ! les possibilités sont infinies.

– Et vous les incarnerez toutes; elles seront toutes vous. (Il se leva, lui prit de nouveau la main.) Oui, vous avez raison, Justine. Vous ne pouvez pas dépenser votre capital en dehors de la scène. Chez n'importe qui d'autre je crois que ce serait possible, mais chez vous je n'en suis pas si sûr.

CHAPITRE 18

Avec un peu d'imagination, les habitants de Drogheda auraient pu croire que Rome et Londres n'étaient pas plus éloignés que Sydney et que, quoique adultes, Dane et Justine étaient encore des enfants en pension. Evidemment, ils ne pouvaient revenir pour passer de courtes vacances comme jadis, mais une fois par an ils débarquaient pour un mois au moins. Généralement en août ou septembre, et ils ne paraissaient pas avoir beaucoup changé. Très jeunes. Etait-il important qu'ils eussent quinze et seize ans ou vingt-deux et vingt-trois ? Si les gens de Drogheda vivaient pour ce mois de début de printemps, ils s'abstenaient résolument de phrases telles que « Eh bien, plus que quelques semaines et ils seront là », ou « Grand dieu, il n'y a même pas un mois qu'ils sont partis ! ». Mais dès juillet, le pas des uns et des autres devenait plus alerte et des sourires permanents s'installaient sur les visages. Des cuisines aux enclos, en passant par le salon, on préparait cadeaux et réjouissances.

Entre-temps, il y avait les lettres. Celles-ci reflétaient généralement la personnalité de leurs auteurs, mais parfois elles se révélaient contradictoires. On aurait pu penser, par exemple, que Dane serait un correspondant d'une régularité méticuleuse tandis que Justine donnerait de ses nouvelles sporadiquement. Que Fee n'écrirait jamais. Que les frères Cleary enverraient deux lettres par an. Que Meggie enrichirait les postes en envoyant des missives chaque jour, tout au moins à Dane. Que Mme Smith, Minnie et Cat expédieraient des cartes de Noël et d'anniversaire. Qu'Anne Mueller écrirait souvent à Justine, jamais à Dane.

Dane avait d'excellentes intentions et, effectivement, il écrivait régulièrement. Par malheur, il oubliait souvent de poster son courrier; aussi il arrivait que l'on n'eût aucune nouvelle pendant deux ou trois mois, puis Drogheda recevait des dizaines de lettres en même temps. La loquace Justine rédigeait de longues missives, reflux de conscience, suffisamment grossières pour faire rougir, inquiéter, mais absolument passionnantes. Meggie n'écrivait que tous les quinze jours à ses deux enfants. Justine ne recevait jamais de lettres de sa grand-mère; par contre il en arrivait souvent à Dane. Chacun des oncles du jeune séminariste lui donnait régulièrement des nouvelles de la terre, des moutons, de la santé des femmes de Drogheda car tous estimaient qu'il était de leur devoir de l'assurer que tout allait bien à la maison. Pourtant, ils n'allaient pas jusqu'à agir de même envers Justine, laquelle en eût d'ailleurs été absolument stupéfaite. Quant aux autres, Mme Smith, Minnie, Cat et Anne Mueller, leur correspondance était conforme à ce qu'on pouvait en attendre.

Il était agréable de lire les lettres, et pénible de les écrire. Pour tous, sauf Justine qui était exaspérée de ne jamais en recevoir du genre qu'elle eût souhaité – épaisses, longues et franches. C'était par l'entremise de Justine que les gens de Drogheda recevaient des renseignements sur la vie de Dane car les lettres de celui-ci n'entraient jamais dans le vif du sujet contrairement à celles de sa sœur. Ainsi, écrivit-elle à une occasion :

Rain est arrivé à Londres par avion aujourd'hui. Il m'a dit qu'il avait vu Dane à Rome la semaine dernière. Il le voit beaucoup plus souvent que moi puisque Rome arrive en tête de liste de son carnet de voyage et Londres tout à fait en bas de page. Aussi je dois avouer que c'est essentiellement à cause de Rain que je retrouve Dane à Rome chaque année avant de partir pour chez nous. Dane aime bien venir à Londres, mais je m'oppose à ce qu'il se pointe ici quand Rain est à Rome. Egoïsme. Vous n'imaginez pas à quel point j'aime me trouver avec Rain. C'est l'une des rares personnes que je connaisse qui soit capable de m'en donner pour mon argent, et je souhaiterais le voir plus souvent.

Sur un certain plan, Rain a plus de chance que moi. Il rencontre des camarades de séminaire de Dane, moi pas. Je crois que Dane a l'impression que je les violerais sur place. A moins qu'il ne croie qu'eux me sauteraient dessus. Ah ! Si seulement ils me voyaient dans mon costume de Charmian. Il est sensationnel, les enfants, vraiment. Une sorte de vamp, une Theda Bara au goût du jour. Deux petits boucliers de bronze pour les nichons, des tas, des tas de chaînes et ce que j'imagine être une ceinture de chasteté – en tout cas, il faudrait un fameux ouvre-boîte pour en venir à bout. Avec une longue perruque noire, du fond de teint sombre sur le corps et mes petits morceaux de métal, je suis du tonnerre.

... Où en étais-je ? Ah oui ! Rain était la semaine dernière à Rome où il a retrouvé Dane et ses camarades. Ils sont tous partis en virée. Rain insiste toujours pour payer afin de ne pas gêner Dane. Ç'a été une nuit mémorable. Pas de femme, naturlich, mais tout le reste. Est-ce que vous pouvez imaginer Dane à genoux dans un bouiboui de Rome en train de débiter des vers à un vase de jonquilles ? Pendant dix minutes, il s'est efforcé de mettre les mots du poème dans l'ordre, mais sans y parvenir; alors il a renoncé et, une jonquille entre les dents, il s'est mis à danser. Pouvez-vous seulement imaginer Dane dans cette situation ? Rain prétend que c'est inoffensif et indispen-

sable. Trop de travail et pas de dérivatifs, etc. Les femmes étant hors de question, le mieux est une cuite carabinée; c'est tout au moins ce que prétend Rain. Ne croyez pas que ça arrive souvent, ce n'est pas le cas et, d'après ce que j'ai compris, quand ça se produit, c'est Rain qui mène la danse. Il peut donc garder à l'œil toute cette équipe de gamins attardés. Je dois avouer que j'ai beaucoup ri en imaginant l'auréole de mon cher frère en train d'aller valser dans les décors pendant qu'il dansait un flamenco, une jonquille entre les dents.

Dane passa huit ans à Rome avant d'être ordonné prêtre, et, au début de son séjour, un tel laps de temps paraissait à tous interminable. Pourtant, ces huit années passèrent plus vite qu'aucun des habitants de Drogheda ne l'avait imaginé. Personne se savait exactement ce qu'il allait faire après son ordination, sinon que, vraisemblablement, il rentrerait en Australie. Seules Justine et Meggie se doutaient qu'il désirerait demeurer en Italie et, pour sa part Meggie pouvait apaiser ses doutes en se remémorant le contentement de son fils lors de chacun de ses séjours à Drogheda. Il était australien, il voudrait rentrer chez lui. Pour Justine, il en allait différemment. Personne n'imaginait qu'elle pût revenir définitivement. Elle était comédienne et, en Australie, c'en serait fait de sa carrière, tandis que Dane pourrait exercer son ministère n'importe où avec le même zèle.

– C'est une véritable faillite, dit Meggie.

– Pardon, que disiez-vous, chérie ? demanda Anne.

Assises dans un angle chaud de la véranda, elles lisaient, mais Meggie avait reposé son livre sur ses genoux et, l'air absent, observait le manège de deux bergeronnettes sur la pelouse. Les pluies avaient été abondantes cette année; partout des vers et des insectes, et les oiseaux replets et heureux s'en donnaient à cœur joie. Pépiements et gazouillis meublaient l'air de l'aube au coucher du soleil.

– Je dis que c'est une véritable faillite, répéta Meggie dans une sorte de croassement. Un fiasco. Toutes ces promesses ! Qui aurait pu s'en douter en 1921 quand nous sommes arrivés à Drogheda ?

– Que voulez-vous dire ?

– Six fils au total, plus moi, et l'année d'après deux autres garçons. A quoi était-on en droit de s'attendre ? Des dizaines d'enfants, une cinquantaine de petits-enfants ? Et voyez où nous en sommes. Hal et Stu sont morts, aucun de ceux qui restent ne semble avoir la moindre intention de se marier et moi, qui ne peux léguer le nom des Cleary, j'ai été la seule à donner des héritiers à Drogheda. Et cela n'a tout de même pas comblé les dieux. Un fils et une fille. On aurait pu imaginer plusieurs petits-enfants. Et que se passe-t-il ? Mon fils entre en religion, et ma fille a embrassé une carrière de femme libre. Décidément, Drogheda est marqué.

– Je ne vois pas ce que la situation a de tellement étrange, répliqua Anne. Après tout, que pouvait-on attendre de la part de vos frères ? Parqués ici comme des kangourous timides, comment auraient-ils rencontré des filles susceptibles de devenir leurs épouses ? Quant à Jims et Patsy, ils sont restés marqués par la guerre. Pouvez-vous imaginer que Jims se marie en sachant que Patsy est trop diminué pour convoler ? Ils sont beaucoup trop proches l'un de l'autre pour envisager une quelconque séparation. Et d'ailleurs, la terre est exigeante, elle prend tout des hommes, d'autant qu'ils n'ont pas grand-chose à donner. J'entends sur le plan physique. Est-ce que ça ne vous a jamais frappée, Meggie ? Votre famille n'est pas très portée sur le sexe pour dire les choses brutalement. Et c'est d'ailleurs valable pour Dane et Justine. Certains individus ont des besoins impérieux, mais ce n'est pas le cas chez vous tous. Pourtant, Justine finira peut-être par se marier. Il y a Rainer, cet Allemand, auquel elle semble très attachée.

– Vous avez mis le doigt dessus, convint Meggie qui n'était pas d'humeur à être consolée. Elle lui semble très attachée. Sans plus. Après tout, elle le connaît déjà depuis sept ans. Si elle avait voulu l'épouser, ce serait fait depuis des années.

– Croyez-vous ? Je connais bien Justine, répondit Anne à juste titre car elle la connaissait mieux que quiconque à Drogheda, y compris Meggie et Fee. J'ai l'impression qu'elle est terrifiée à l'idée de se jeter tête la première dans un mariage d'amour avec tout ce que ça impliquerait, et je dois dire que j'admire Rainer. Il semble très bien la comprendre. Oh ! je n'irais pas jusqu'à dire qu'il est amoureux d'elle, je ne suis pas dans le secret des dieux. Mais s'il l'est, il a au moins l'intelligence d'attendre qu'elle soit prête à faire le plongeon. (Elle se pencha en avant; oublié, son livre tomba sur le carrelage.) Oh, écoutez cet oiseau ! Son chant en remontrerait à un rossignol. (Puis elle se décida à exprimer ce qu'elle avait sur le cœur depuis des semaines.) Meggie, pourquoi n'allez-vous pas à Rome assister à l'ordination de Dane ?

– Je n'irai pas à Rome, dit Meggie, les dents serrées. Je ne quitterai plus jamais Drogheda.

– Meggie, je vous en prie ! Vous risquez de lui faire tant de peine ! Allez-y, je vous en supplie. Sinon, il n'y aura pas une femme de Drogheda puisque vous êtes la seule qui soit suffisamment jeune pour entreprendre le voyage par avion. Je vous assure que si je croyais que mon vieux corps puisse survivre à cette expédition je n'hésiterais pas une seconde.

– Aller à Rome pour voir Ralph de Bricassart faire ses simagrées ? Je préférerais mourir.

– Oh, Meggie, Meggie ! Pourquoi les accabler, lui et votre fils, de vos frustrations ? Vous l'avez déjà reconnu... c'est votre propre faute. Alors, oubliez votre orgueil et partez pour Rome, je vous en prie.

– Ce n'est pas une question d'orgueil. (Elle frissonna.) Oh, Anne, j'ai peur d'y aller ! Parce que je n'y crois pas. Je n'arrive tout simplement pas à y croire ! J'en ai la chair de poule quand j'y pense.

– Et avez-vous songé qu'il pourrait ne pas revenir en Australie après avoir été ordonné prêtre ? Avez-vous envisagé cette éventualité ? On ne lui accordera plus de longues vacances comme quand il était au séminaire. Alors, s'il décide de rester à Rome, vous serez peut-être obligée d'aller en Italie si vous voulez le voir. Partez pour Rome, Meggie.

– Je ne peux pas. Si vous saviez comme j'ai peur ! Ce n'est pas une question d'orgueil, ni de voir Ralph l'emporter sur moi, ni aucune des raisons que je donne à tous pour mettre un terme aux questions dont on m'assaille. Dieu sait que mes deux hommes me manquent tant que je serais capable de faire le voyage à genoux si je pouvais penser, ne serait-ce qu'une minute, qu'ils ont besoin de moi. Oh, Dane serait content de me voir, mais Ralph ? Il a oublié jusqu'à mon existence. Je meurs de peur, je vous assure. Au tréfonds de moi, je sais que si je vais à Rome il arrivera quelque chose. Aussi je n'irai pas.

– Et que voulez-vous qu'il arrive ?

– Je ne sais pas... Si je le savais, j'aurais quelque chose à combattre, mais une impression... Comment peut-on combattre une impression ? Car il s'agit de ça. Une prémonition. Comme si les dieux se rassemblaient.

Anne rit.

– Vous vieillissez sérieusement, Meggie. Arrêtez !

– Je ne peux pas, je ne peux pas ! Et je suis une vieille femme.

– Ridicule. Vous êtes dans la pleine force de l'âge. En excellente santé et bien assez jeune pour sauter dans un avion.

– Oh, laissez-moi tranquille ! s'emporta Meggie en ramassant son livre.

Parfois, une foule qu'anime un but précis converge sur Rome. Pas pour le tourisme, la contemplation des gloires passées dans les reliques actuelles; pas pour occuper un laps de temps entre A et B avec Rome pour étape. Il s'agit là d'une foule unie par une seule et même émotion; elle éclate de fierté car elle vient pour voir fils, neveu, cousin, ami ordonné prêtre dans la grande basilique, l'église la plus vénérée du monde. Ses membres descendent dans d'humbles pensions, des hôtels de luxe, chez des amis ou parents. Mais ils sont totalement unis, en paix les uns avec les autres et avec le monde. Ils entreprennent les tournées classiques avec déférence : musée du Vatican avec la chapelle Sixtine pour couronner leur endurance; le Forum, le Colisée, la voie Appienne, la place d'Espagne, la cupide fontaine de Trevi, le spectacle son et lumière. Passant le temps dans l'attente du grand jour. On leur accordera le privilège exceptionnel d'une audience privée avec le Saint-Père et, pour eux, Rome n'aura rien de trop beau.

Cette fois, ce n'était pas Dane qui attendait Justine sur le quai comme lors des occasions précédentes. Il faisait retraite. A sa place, Rainer Moerling Hartheim arpentait l'asphalte sale comme un gros animal. Il n'accueillit pas Justine avec un baiser; il ne se livrait jamais à une telle démonstration, il lui passa seulement un bras autour des épaules et la pressa contre lui.

– Vous avez tout de l'ours, remarqua Justine.

– De l'ours ?

– Au début, quand je vous ai connu, je pensais que vous incarniez une sorte de maillon manquant, mais j'ai fini par comprendre que vous teniez davantage de l'ours que du gorille. La comparaison avec le gorille manquait de gentillesse.

– Et les ours sont gentils ?

– Eh bien, ils mettent sans doute leurs victimes à mort tout aussi rapidement, mais leur étreinte est plus douce. (Elle passa le bras sous le sien et calqua son pas sur celui de l'homme car elle était presque aussi grande que lui.) Comment va Dane ? L'avez-vous vu avant qu'il entre en retraite ? J'aurais volontiers tué Clyde pour ne pas m'avoir libérée plus tôt.

– Dane est toujours le même.

– Vous ne l'avez pas débauché ?

– Moi ? Bien sûr que non. Vous êtes en beauté, *herzchen*.

– Je me suis mise sur mon trente et un; j'ai rendu visite à tous les couturiers de Londres. Ma nouvelle jupe vous plaît ? On l'appelle mini.

– Marchez devant moi et je vous répondrai.

L'ourlet de la jupe arrivait à peu près à mi-cuisse; la soie tournoya quand elle revint vers lui.

– Qu'en pensez-vous, Rain ? Est-ce vraiment scandaleux ? J'ai remarqué qu'à Paris on ne s'habillait pas encore aussi court.

– *Herzchen*... avec des jambes aussi belles que les vôtres, porter une jupe plus longue d'un millimètre serait proprement scandaleux. Je suis persuadé que les Romains seront d'accord avec moi.

– Autrement dit, j'aurai le cul plein de bleus en une heure au lieu d'une journée. Le diable les emporte ! Pourtant, il y a quand même quelque chose d'étonnant, Rain...

– Quoi ?

– Je n'ai jamais été pincée par un prêtre. Tout au long de ces années, je suis entrée et sortie du Vatican sans pouvoir me targuer du moindre pinçon ecclésiastique. Aussi j'ai pensé qu'en portant une minijupe j'avais encore une chance d'être à l'origine de la perte de quelque pauvre prélat.

– Vous pourriez être ma perte, dit-il en souriant.

– Non, vraiment ? En orange ? Je croyais que vous me détestiez en orange avec mes cheveux orange.

– Une couleur aussi chaude enflamme les sens.

– Vous me taquinez, marmonna-t-elle d'un air dégoûté en montant dans la limousine Mercedes dont l'aile s'ornait d'un fanion. En quel honneur ce petit drapeau ?

– Il va de pair avec ma nomination au gouvernement.

– Pas étonnant que j'aie eu droit à un article dans le *News of the World* ! L'avez-vous vu ?

– Vous savez bien que je ne lis pas les torchons de ce genre, Justine.

– Ma foi, moi non plus. Quelqu'un me l'a montré (Sa voix se fit haut perchée et prit des intonations sarcastiques.) Quelle est l'actrice australienne en vogue aux cheveux carotte qui entretient de très cordiales relations avec un membre du gouvernement ouest-allemand ?

– Les journalistes ne savent pas depuis combien de temps nous nous connaissons, répliqua-t-il tranquillement en allongeant confortablement les jambes.

Justine jeta un coup d'œil approbateur aux vêtements de son compagnon; très lâches, très italiens. Lui aussi se conformait à la mode européenne, osant porter l'une de ces chemises en filet qui permettaient aux mâles italiens d'exhiber la pilosité de leur poitrine.

– Vous ne devriez jamais porter des complets avec chemises et cols, dit-elle tout à trac.

– Ah non ? Pourquoi ?

– Le machisme est décidément votre style... exactement ce que vous portez aujourd'hui, médaille et chaîne d'or sur une poitrine velue. Dans un complet, on dirait que vous avez du ventre, ce qui n'est pas le cas.

Un instant, il la considéra avec surprise, puis ses yeux se firent alertes, communiquant à son visage ce qu'elle appelait son expression de « réflexion concentrée ».

– Voilà qui est nouveau, grommela-t-il.

– Qu'est-ce qui est nouveau ?

– Depuis sept ans que je vous connais, vous ne vous êtes jamais livrée au moindre commentaire sur mon apparence, sauf peut-être pour la dénigrer.

– Oh, vraiment, vous croyez ? demanda-t-elle, l'air un peu honteux. Dieu sait que j'y ai souvent pensé et jamais pour la dénigrer. (Pour une raison quelconque, elle jugea bon d'apporter un rapide correctif.) Enfin, je veux dire à la façon dont vous vous habillez.

Il ne répondit pas, mais il souriait comme si une pensée extrêmement agréable lui venait à l'esprit.

Cette promenade en voiture avec Rainer représenta le seul moment de quiétude pendant plusieurs jours. Peu après leur visite au cardinal de Bricassart et au cardinal di Contini-Verchese, la limousine louée par Rainer déposa le contingent de Drogheda à l'hôtel. Du coin de l'œil, Justine observa la réaction de Rainer devant sa famille, constituée exclusivement d'oncles. Jusqu'au dernier moment, Justine avait espéré que sa mère changerait d'avis et viendrait à Rome. Le fait qu'elle se fût abstenue lui portait un rude coup; Justine ne savait pas très bien si elle éprouvait de la peine pour Dane ou si cette absence l'affectait personnellement. Mais quoi qu'il en soit, les oncles étaient là et il lui appartenait de les recevoir.

Oh, qu'ils étaient timides ! Comment les distinguer les uns des autres ? Plus ils vieillissaient, plus ils se ressemblaient. Et à Rome, ils tranchaient comme... ma foi, comme des éleveurs australiens en vacances à Rome. Chacun d'eux portait l'uniforme citadin des riches colons : demi-bottes à élastique, pantalon neutre, veste de sport brune faite d'une laine très lourde et bouclée, fendue sur les côtés et renforcée par une profusion de pièces de cuir, chemise blanche, cravate de laine tricotée, feutre gris à calotte plate et à large bord. Rien de très nouveau dans les rues de Sydney à l'occasion de l'Exposition Agricole de Pâques, mais assez insolite à Rome à la fin de l'été.

Enfin, Rain est là ! Grâces en soient rendues à Dieu. Comme il est bon avec eux. Je n'aurais jamais cru quelqu'un capable d'inciter Patsy à parler, mais il y réussit. Ils caquettent tous comme des poules. Et où diable a-t-il déniché de la bière australienne à leur intention ? Il les trouve sympathiques et s'intéresse à eux, je suppose. Tout est bon pour un industriel-politicien allemand. Comment diable parvient-il à conserver sa foi en étant ce qu'il est ? Tu es une véritable énigme, Rainer Moerling Hartheim. Ami de papes et de cardinaux, ami de Justine O'Neill. Oh, si tu n'étais pas si laid, je t'embrasserais tant je te suis reconnaissante. Seigneur, j'imagine ce que ce serait d'être perdue à Rome avec les oncles sans la présence de Rain. Rain..., décidément, aussi bienfaisant que la pluie.

Adossé à son siège, il écoutait Bob lui parler de la tonte et, n'ayant rien de mieux à faire puisqu'il se chargeait de tout si magistralement, Justine l'observait avec curiosité. Généralement, elle remarquait surtout les particularités physiques des individus mais, de temps à autre, sa vigilance se relâchait et elle laissait des êtres s'insinuer en elle, se tailler une place dans sa vie sans qu'elle eût fait le premier pas, pourtant essentiel à ses yeux. Car si celui-ci n'avait pas été accompli, parfois plusieurs années s'écoulaient avant qu'un individu fît de nouveau intrusion dans ses pensées en tant qu'étranger. Comme à présent, en observant Rainer. Tout était dû à leur première rencontre, évidemment, entourée qu'elle était d'hommes d'Eglise, angoissée, craintive, bien qu'essayant de crâner. Elle avait pris conscience de ses caractéristiques évidentes : sa puissante charpente, ses cheveux, son teint bistré. Puis, quand il l'avait emmenée dîner, la possibilité de rectifier son jugement s'en était allée, car il l'avait obligée à découvrir en lui infiniment plus que son apparence physique; elle avait été trop intéressée par ce que disait la bouche pour regarder la forme des lèvres.

Il n'est pas laid du tout, se dit-elle en le considérant. Il a bien l'air de ce qu'il est, peut-être un mélange du meilleur et du pire. Comme un empereur romain. Pas étonnant qu'il adore cette ville. Elle est son foyer spirituel. Visage large aux pommettes hautes et néanmoins nez petit et aquilin. Epais sourcils bruns, droits au lieu de suivre la courbe des orbites. Très longs cils noirs, presque féminins, et beaux yeux sombres, le plus souvent voilés pour masquer ses pensées. Son plus bel attrait est indéniablement sa bouche, lèvres ni trop pleines, ni minces, ni petites ni trop grandes, très bien formées, admirablement dessinées, ce qui souligne encore la fermeté qu'il leur communique; on dirait que s'il relâchait son emprise sur sa bouche, il livrerait les secrets de sa véritable personnalité. Intéressant de démonter un visage déjà si connu, et pourtant totalement inconnu.

Elle émergea de sa rêverie pour s'apercevoir qu'il l'observait, ce qui équivalait à être exposée nue devant une foule armée de pierres. Un instant, il la dévisagea, yeux grands ouverts et alertes, pas vraiment alarmés, mais intéressés. Puis, son regard se reporta calmement vers Bob auquel il posa une question pertinente sur la laine. Justine se rappela à l'ordre, se secoua, s'interdit tout vagabondage d'imagination. Mais c'était fascinant de voir tout à coup un homme, un ami de lohgue date, sous les traits d'un amant possible. Et de ne pas se rebeller le moins du monde devant cette pensée.

Elle avait donné de nombreux successeurs à Arthur Lestrange sans céder au fou rire. Oh, j'ai parcouru un long chemin depuis cette nuit mémorable, mais je me demande si je peux me targuer du moindre progrès. Il est très agréable de partager son lit avec un compagnon, et que Dane aille au diable avec ses théories sur l'homme unique. Je ne veux pas d'homme unique; aussi, je ne coucherai pas avec Rain; oh, non ! Ça modifierait trop de choses et je perdrais un ami. J'ai besoin de mon ami, je ne peux pas me permettre de me passer de lui. Je le garderai comme je garde Dane, un être humain du sexe masculin sans importance physique à mes yeux.

L'église pouvait contenir vingt mille fidèles, elle n'était donc pas comble. Nulle part au monde, on n'a consacré autant de temps, de réflexion et de génie à la création d'un temple de Dieu; celui-ci ravalait les œuvres païennes de l'Antiquité à l'insignifiance. Indéniablement. Tant d'amour, tant de sueur. La basilique de Bramante, la coupole de Michel-Ange, le baldaquin du Bernin. Monument dédié non seulement à Dieu mais à la gloire de l'homme. Devant l'autel, sous le *confessio* de Maderno, est le tombeau de saint Pierre; là, Charlemagne fut couronné Empereur. L'écho de voix anciennes paraissait chuchoter parmi les éclats ténus de lumière, des doigts morts polissaient des rais de clarté derrière le haut autel et caressaient les colonnes torses, en bronze, du baldaquin.

Il était étendu sur les marches, face contre terre, comme mort. A quoi pensait-il ? Abritait-il une douleur interdite parce que sa mère n'était pas venue ? Le cardinal de Bricassart le regarda à travers ses larmes et sut qu'il n'y avait pas de douleur. Avant, oui; après, certainement, mais maintenant pas de douleur. Tout en lui était projeté dans l'instant, le miracle. Aucune place en lui pour quoi que ce soit qui ne fût Dieu. C'était le jour d'entre les jours et rien ne comptait, sinon la tâche à accomplir, consacrer sa vie et son âme à Dieu. Il pouvait probablement y parvenir, mais combien d'autres y étaient réellement parvenus ? Pas le cardinal de Bricassart, bien que celui-ci se rappelât sa propre ordination comme baignée d'un saint émerveillement. Il avait essayé de toutes les fibres de son être; pourtant, il ne s'était pas donné totalement.

Pas aussi solennelle que celle-ci, mon ordination, mais je la vis de nouveau à travers lui. Je me demande qui il est réellement pour qu'en dépit de nos craintes, il ait pu passer tant d'années parmi nous sans se créer la moindre inimitié, sans parler d'un véritable ennemi. Il est aimé de tous, et il les aime tous. Il ne lui vient pas à l'esprit un seul instant que cet état de chose soit extraordinaire. Et pourtant, quand il est venu à nous au début, il n'était pas sûr de lui; nous lui avons insufflé cette grâce, ce qui justifie peut-être nos existences. Il y a eu de nombreux prêtres ordonnés en ces lieux, des milliers et des milliers, pourtant, pour lui, cette cérémonie est particulière. Oh, Meggie ! Pourquoi n'es-tu pas venue contempler le don que tu as fait à Notre-Seigneur ? Le don que je ne pouvais lui faire m'étant moi-même consacré à Lui. Et je suppose que c'est pour ça qu'il est ici aujourd'hui libre de douleur. Parce que, aujourd'hui, le pouvoir de prendre sa douleur sur moi m'a été conféré pour l'en libérer. Je verse ses larmes, je me lamente à sa place. Et c'est ainsi qu'il doit en être.

Un peu plus tard, il tourna la tête, regarda vers la rangée des gens de Drogheda en sombres vêtements insolites. Bob, Jack, Hughie, Jims, Patsy. Une chaise vide pour Meggie, puis Franck. Les cheveux flamboyants de Justine atténués par la mantille de dentelle noire, la seule femme présente du clan Cleary. Rainer à côté d'elle. Puis de nombreuses personnes qu'il ne connaissait pas, mais qui communiaient en cette journée aussi pleinement que les gens de Drogheda. Aujourd'hui, tout était différent; aujourd'hui, c'était spécial pour lui. Aujourd'hui, il avait presque le sentiment que lui, aussi, avait un fils à donner. Il sourit et soupira. Que pouvait ressentir Vittorio en ordonnant Dane prêtre ?

Peut-être parce que la présence de sa mère lui manquait douloureusement, Dane prit Justine à part dès le début de la réception que les cardinaux di Contini-Verchese et de Bricassart donnaient en son honneur. Il est splendide dans sa soutane noire et son haut col blanc, pensa-t-elle. Mais il n'a pas l'air d'un prêtre du tout. Il évoque davantage un comédien jouant le rôle d'un prêtre jusqu'au moment où on plonge dans ses yeux. Et la lumière intérieure était là, ce reflet qui transformait un très bel homme en un être unique.

– Père O'Neill, murmura-t-elle.

– Je ne m'y suis pas encore fait, Jus.

– Ça n'est pas très difficile à comprendre. Je ne me suis jamais sentie très à l'aise à Saint-Pierre. Alors, j'imagine ce que ça a été pour toi.

– Oui, tu dois pouvoir l'imaginer au fond de toi. Si tu n'en étais pas capable, tu ne serais pas une aussi bonne comédienne. Mais chez toi, Jus, ça vient de l'inconscient; ça n'envahit pas ta pensée avant que tu n'aies besoin de l'utiliser.

Ils étaient assis sur un petit canapé au fond de la salle et personne ne vint les déranger.

– Je suis heureux que Frank soit venu, dit-il au bout d'un moment en portant les yeux sur Frank qui causait avec Rainer, visage animé comme jamais sa nièce et son neveu ne l'avaient vu. Il y a un vieux prêtre, réfugié roumain, qui a une façon bien à lui de dire : « Oh, le pauvre homme ! » avec une infinie compassion dans la voix... Assez curieusement, c'est toujours ainsi que je pense à Frank. Et pourtant, je me demande pourquoi, Jus.

Mais Justine ignora la digression et alla droit au cœur du sujet.

– M'man est à tuer ! dit-elle entre ses dents serrées. Elle n'avait pas le droit de te faire ça !

– Oh, Jus ! Je la comprends. De ton côté, essaie de la comprendre. Si elle avait agi par méchanceté, pour me faire du mal, je pourrais en avoir de la peine, mais tu la connais aussi bien que moi. Tu sais que ce n'est pas le cas. J'irai bientôt à Drogheda; je lui parlerai alors. Je saurai ce qui se passe.

– Je suppose que les filles ne sont jamais aussi patientes avec leurs mères que les fils. (Les commissures de ses lèvres s'affaissèrent brusquement; elle haussa les épaules.) Peut-être est-il préférable que je sois trop individualiste pour jamais m'imposer à quelqu'un en tant que mère.

Les yeux bleus étaient très bons, très tendres; Justine sentit sa peau se hérisser en imaginant que Dane la prenait en pitié.

– Pourquoi n'épouses-tu pas Rainer ? demanda-t-il brusquement.

Mâchoire affaissée, elle haleta.

– Il ne me l'a jamais demandé, dit-elle d'une voix ténue.

– Uniquement parce qu'il croit que tu répondrais non. Mais ça pourrait s'arranger.

Sans réfléchir, elle lui saisit l'oreille comme au temps de leur enfance.

– Ne te mêle pas de ça, espèce de cloche en collier de chien ! Pas un mot, tu m'entends ? Je n'aime pas Rain ! C'est seulement un ami, et je tiens à ce que les choses en restent là. Si jamais tu osais allumer un cierge à cette intention, je te jure que je ne bougerais plus, je loucherais et te lancerais une malédiction... Tu te souviens combien ça te terrorisait, hein ?

Il rejeta la tête en arrière et éclata de rire.

– Ça ne marcherait pas, Justine ! Ma magie est plus puissante que la tienne à présent. Mais inutile de te mettre dans cet état. Je me trompais, c'est tout. J'imaginais qu'il y avait quelque chose entre toi et Rain.

– Non, il n'y a rien. Au bout de sept ans ? Tu te rends compte ! Vrai, les poules auraient des dents. (Elle laissa passer un temps, sembla chercher ses mots, puis le regarda, presque timidement). Dane, je suis si heureuse pour toi. Je crois que si Maman était là elle éprouverait le même sentiment. Il suffirait qu'elle te voie, maintenant, là, tel que tu es. Tu verras, elle finira par comprendre.

Très doucement, il lui prit le visage entre les mains, lui sourit avec tant d'amour qu'elle lui saisit les poignets pour prolonger le contact dans toutes ses fibres. Comme si les années d'enfance revenaient, intactes.

Pourtant, elle crut deviner dans ses yeux une ombre de doute; non, doute convenait mal; de l'anxiété plutôt. Il paraissait certain que sa mère finirait par comprendre, mais il n'en était pas moins humain, ce que tous, sauf lui, avaient tendance à oublier.

– Jus, je voudrais que tu fasses quelque chose pour moi, lui dit-il lorsqu'elle lui lâcha les poignets.

– Tout ce que tu voudras, assura-t-elle avec sincérité.

– On m'accorde une sorte de répit pour réfléchir à ce que je vais faire. Deux mois. Et j'ai l'intention de me livrer à ces profondes réflexions en chevauchant à Drogheda après avoir parlé à M'man... J'ai l'impression que je ne pourrais pas prendre une décision avant de lui avoir parlé. Mais auparavant... comment dire ? Eh bien, il faut que je rassemble tout mon courage avant de rentrer. Si tu en avais la possibilité, je voudrais que tu m'accompagnes en Grèce pour une quinzaine de jours, que tu me secoues sérieusement et que tu me traites de lâche jusqu'à ce que le seul son de ta voix me rende malade au point de sauter dans le premier avion pour ne plus l'entendre. (Il lui sourit.) D'ailleurs, Jussy, je ne voudrais pas que tu croies que je vais t'exclure totalement de ma vie, pas plus que je n'exclurai M'man. Tu as besoin de la voix de ta conscience de temps à autre.

– Oh, Dane ! Bien sûr que je t'accompagnerai !

– Parfait, dit-il. (Il sourit de nouveau et la considéra avec malice.) J'ai vraiment, besoin de toi, Jus. Avoir à supporter tes gueulantes me rappellera le bon vieux temps.

– Eh, pas de grossièretés, père O'Neill !

Il ramena les mains derrière sa nuque, s'adossa au canapé avec satisfaction.

– Eh oui, père O'Neill ! C'est merveilleux, hein ? Et peut-être qu'après avoir vu M'man je pourrai me concentrer sur Notre-Seigneur. Je crois que c'est à cela que j'aspire, tu sais. Simplement, penser à Notre-Seigneur.

– Tu aurais dû choisir un ordre, Dane.

– J'en ai encore la possibilité. Je le ferai probablement. J'ai toute la vie; rien ne presse.

Justine quitta la réception en compagnie de Rainer auquel elle exposa son projet de partir en Grèce avec Dane; de son côté, Rainer l'informa qu'il lui fallait regagner son poste à Bonn.

– Il serait grand temps, remarqua-t-elle. Pour un ministre, ce n'est vraiment pas le travail qui vous étouffe. Tous les journaux vous traitent de play-boy et prétendent que vous traînez avec une actrice australienne aux cheveux carotte. Espèce de vieux débauché !

Il lui brandit un poing massif devant le nez.

– Mes rares plaisirs me coûtent plus que vous ne le saurez jamais.

– Ça vous ennuierait que nous marchions, Rain ?

– Pas si vous gardez vos chaussures.

– J'y suis obligée maintenant. Les minijupes ont certains désavantages; l'époque des bas que l'on pouvait aisément ôter est révolue. On a inventé une version simplifiée des collants de théâtre dont on ne peut se dépouiller en public sans causer un esclandre digne du foin qu'a soulevé l'épisode de Lady Godiva. Alors, à moins que vous ne vouliez me voir gâcher un collant de cinq livres, je suis prisonnière de mes chaussures.

– En tout cas, vous complétez mon éducation sur les vêtements féminins, les dessous y compris, remarqua-t-il suavement.

– Allons donc ! Je parie que vous avez une douzaine de maîtresses et que vous savez parfaitement les déshabiller.

– Une seule, et comme toutes les maîtresses dignes de ce nom, elle m'attend en négligé.

– Dites-moi, je ne crois pas que nous ayons jamais évoqué votre vie intime jusqu'à présent. C'est fascinant. Comment est-elle ?

– Blonde, bouffie, blette dans ses quarante ans, borborygmique.

Elle se figea.

– Oh, vous vous foutez de moi, grogna-t-elle d'un air pensif. Je ne vous vois pas avec une femme pareille.

– Pourquoi pas ?

– Vous avez trop de goût.

– Chacun son sale goût, ma chère. Je n'ai rien d'un Adonis... Qu'est-ce qui pourrait vous faire croire que j'aie été capable de séduire une femme jeune et belle et d'en faire ma maîtresse ?

– Parce que vous le pourriez ! s'écria-t-elle, indignée. Bien sûr que vous le pourriez !

– A cause de mon argent ?

– Non, pas pour votre argent ! Vous me taquinez, comme toujours ! Rainer Moerling Hartheim, vous avez parfaitement conscience de votre séduction, sinon vous ne porteriez pas de médaille d'or sur une chemise en filet. La beauté n'est pas tout... sinon, j'en serais encore à me demander si je dois mettre le nez dehors.

– L'intérêt que vous me portez est touchant, *herzchen*.

– Comment se fait-il que, chaque fois que je me trouve en votre compagnie, on dirait que je cours continuellement pour vous rattraper sans jamais y parvenir ? (Sa brusque hargne fondit; l'air dubitatif, elle le regarda.) Vous ne parlez pas sérieusement, n'est-ce pas ?

– Qu'est-ce que vous croyez ? Pensez-vous que je sois sérieux ?

– Non ! Vous n'êtes pas vaniteux, mais vous savez combien vous êtes séduisant.

– Que je le sache ou pas importe peu; ce qui compte, c'est que vous me trouviez séduisant.

Elle faillit dire : bien sûr que vous l'êtes; il n'y a pas si longtemps, je vous imaginais sous les traits d'un amant, puis j'ai jugé que ça ne marcherait pas et que je préférais vous garder comme ami. Si elle avait exprimé sa pensée, il aurait peut-être conclu que le temps n'était pas venu et agi différemment. En l'occurrence, avant qu'elle pût proférer les mots, il la prit dans ses bras et l'embrassa. Pendant une bonne minute, elle demeura immobile, mourante, déchirée, écrasée, sentant la puissance qu'elle abritait se déchaîner, hurler de joie en découvrant une puissance égale à la sienne. Sa bouche... magnifique ! Et ses cheveux, incroyablement épais, pleins de vie, qu'elle pouvait sauvagement explorer de ses doigts. Puis il lui prit le visage entre les mains, et la regarda, sourit.

– Je vous aime, dit-il.

Elle leva les mains vers ses poignets, mais pas pour se refermer doucement sur eux, comme avec Dane; ses ongles s'enfoncèrent, entamèrent sauvagement la chair; elle recula de deux pas, ramena l'avant-bras contre sa bouche, yeux élargis par la peur, haletante.

– Ça ne marcherait pas, marmonna-t-elle, le souffle court. Ça ne pourrait jamais marcher, Rain.

Et de retirer ses chaussures; elle se baissa prestement pour les ramasser, puis se retourna et s'enfuit; et, en quelques secondes, le froissement léger de ses pieds sur l'asphalte mourut.

Non qu'il ait eu l'intention de la suivre, bien qu'elle eût paru le croire. Ses deux poignets saignaient, lui faisaient mal. Il appliqua son mouchoir d'abord sur l'un, puis sur l'autre, haussa les épaules, remit le carré de batiste dans sa poche et demeura immobile, concentrant ses pensées sur ses légères blessures. Après un temps, il sortit son étui à cigarettes, en prit une, l'alluma et se mit lentement en marche. Aucun passant n'aurait pu déceler sur son visage ce qu'il ressentait. Tout ce qu'il voulait à portée de sa main... La prendre dans ses bras, la perdre. Idiote. Quand se déciderait-elle à grandir ? Sentir, réagir, et ne pas le reconnaître.

Mais il était joueur et du genre prudent. Il avait attendu sept longues années avant de tenter sa chance, ayant enfin perçu un changement en elle lors de l'ordination. Pourtant, apparemment, il avait agi trop tôt. Eh bien, il y aurait toujours demain – ou, connaissant Justine, l'année suivante ou celle qui suivrait. En tout cas, il n'avait pas l'intention d'abandonner. S'il l'observait attentivement, un jour, il serait plus heureux.

Un rire muet frémit en lui; blonde, bouffie, blette dans ses quarante ans, borborygmique. Il ignorait ce qui l'avait poussé à brosser ce portrait, sinon que son ex-femme lui avait débité ces qualificatifs, les quatre B, traits classiques des bilieux. Elle avait souffert de calculs biliaires, la pauvre Annelise, bien qu'elle fût brune, maigre, dans la cinquantaine, refermée sur elle-même comme un génie dans une bouteille. Comment se fait-il que je pense à Annelise en ce moment ? Ma patiente campagne de plusieurs années transformée en déroute, et je ne trouve rien de mieux qu'évoquer cette pauvre Annelise. Eh bien, à nous deux, *Fräulein* Justine O'Neill ! Nous verrons bien.

De la lumière brillait aux fenêtres du palais; il monterait quelques minutes pour causer avec le cardinal de Bricassart qui semblait bien vieux ces temps-ci. Mauvaise mine. Peut-être devrait-il le persuader de subir un examen médical. Rainer se sentait le cœur serré, pas pour Justine, elle était jeune, rien ne pressait. Pour le cardinal, qui avait vu ordonner prêtre son propre fils, et sans le savoir.

Il était encore tôt et la foule se pressait dans le hall de l'hôtel. Chaussures aux pieds, Justine gagna rapidement l'escalier et monta les marches en courant, tête penchée. Puis, un instant, ses doigts tremblants ne parvinrent pas à trouver la clef de sa chambre dans son sac et elle songea qu'il lui faudrait descendre, braver la cohue devant la réception. Mais la clef était là; elle avait dû l'effleurer plus de dix fois.

Enfin à l'intérieur, elle s'approcha du lit à tâtons, se laissa tomber sur le bord et accueillit progressivement des pensées cohérentes. Elle se répétait qu'elle était révoltée, horrifiée, déçue; ses yeux regardaient sans le voir le grand rectangle de lumière pâle que formait le ciel nocturne à travers la fenêtre, en proie à une folle envie de tempêter, de pleurer. Ce ne serait plus jamais la même chose, et c'était là une tragédie. La perte de l'ami le plus cher. Une trahison.

Mots vides, faux; soudain, elle comprit parfaitement ce qui l'avait tant effrayée, obligée à fuir Rain comme s'il avait tenté de l'assassiner et non de l'embrasser. La vérité ! L'impression d'un chez-soi, alors qu'elle rejetait aussi bien le foyer que la responsabilité de l'amour. Le foyer équivalait à frustration, l'amour aussi. Et ce n'était pas tout; même si l'aveu en était humiliant, elle n'était pas certaine de pouvoir aimer. Si elle en était capable, sa garde serait sûrement tombée une fois ou deux; une fois ou deux, elle aurait certainement ressenti un élan plus violent qu'une affection tolérante envers ses amants épisodiques. Il ne lui vint pas à l'esprit qu'elle choisissait délibérément des amants peu susceptibles de constituer une menace à l'encontre du détachement qu'elle s'était volontairement imposé, devenu à tel point partie intégrante d'elle-même qu'elle le considérait comme absolument naturel. Pour la première fois de sa vie, elle ne pouvait s'étayer sur aucun précédent. Jamais dans son passé, elle n'avait tiré le moindre réconfort de ses liaisons ou ne s'était sentie engagée envers ses amants inconsistants. Personne à Drogheda ne saurait non plus lui être d'aucune aide puisqu'elle s'était toujours tenue en marge de sa famille.

Elle avait dû fuir Rain. Dire oui, s'engager envers lui, puis devoir assister à son repliement quand il aurait pris la mesure de toutes les lacunes qu'elle abritait... ? Insupportable ! Il apprendrait ce qu'elle était réellement et cette connaissance étoufferait son amour pour elle. Intolérable de dire oui et, finalement, d'être repoussée à jamais. Mieux valait qu'elle s'infligeât elle-même une telle rebuffade. Ainsi, son orgueil serait sauf – et Justine partageait la fierté inébranlable de sa mère. Rain ne devait jamais découvrir ce qui se cachait sous sa désinvolture garçonnière.

Il était tombé amoureux de la Justine qu'il voyait; elle ne lui avait laissé aucune possibilité de deviner l'abîme de doutes qui l'habitait. Seul, Dane soupçonnait leur existence – non, il savait.

Elle se pencha, posa le front sur la fraîcheur de la table de chevet, le visage ruisselant de larmes. C'était pour cela qu'elle aimait Dane à ce point, évidemment. Il savait ce qu'était la véritable Justine et il continuait à l'aimer. Les liens du sang jouaient, tout comme une vie de souvenirs, de problèmes, de peines, de joies partagés. Alors que Rainer était un étranger, pas lié à elle comme l'était Dane, ou même les autres membres de sa famille. Rien n'obligeait Rainer à l'aimer.

Elle renifla, se passa la main sur la figure, haussa les épaules et entreprit l'opération difficile consistant à repousser ses ennuis dans quelque sombre repli de son cerveau où ils seraient étouffés, oubliés. Elle savait en être capable; toute sa vie, elle s'était employée à perfectionner cette technique. Mais celle-ci impliquait une activité incessante, une assimilation continuelle de tout ce qui l'entourait. Elle tendit la main et fit jouer l'interrupteur de la lampe de chevet.

L'un des oncles avait dû déposer la lettre dans sa chambre car l'enveloppe bleu pâle, ornée d'un timbre à l'effigie de la reine Elisabeth II, trônait sur la table de chevet.

Justine chérie, écrivait Clyde Daltinham-Roberts, reviens au bercail, on a besoin de toi ! Immédiatement ! Il y a un rôle qui n'est pas distribué dans le répertoire de la saison prochaine, et mon petit doigt m'a dit qu'il serait susceptible de t'intéresser. Que dirais-tu de jouer Desdémone, chérie ? Avec Marc Simpson dans le rôle d'Othello ? Les répétitions avec les principaux interprètes commencent la semaine prochaine, ceci au cas où tu serais intéressée.

Si elle était intéressée ? Desdémone ! Jouer Desdémone à Londres ! Et avec Marc Simpson dans le rôle d'Othello ! La chance d'une vie. Son enthousiasme monta en flèche au point que la scène avec Rain perdait toute signification, ou plutôt revêtait une autre signification. Peut-être, si elle se montrait très, très prudente, pourrait-elle conserver l'amour de Rain; une actrice follement acclamée était trop occupée pour accorder une large part de sa vie à ses amants. Le jeu en valait la chandelle. S'il paraissait devoir découvrir la vérité, elle pourrait toujours reculer une fois de plus. Pour garder Rain dans sa vie, surtout ce nouveau Rain, elle était prête à tout, sauf à mettre bas le masque.

En attendant, une telle nouvelle méritait d'être fêtée. Elle ne se sentait pas encore la force de faire face à Rain, mais d'autres pourraient partager sa joie. Elle mit donc ses chaussures, s'engagea dans le couloir jusqu'au salon commun des oncles et, quand Patsy lui ouvrit la porte, elle se dressa sur le seuil, bras écartés, rayonnante.

— Sortez les godets, je vais être Desdémone ! annonça-t-elle.

Un instant plana un silence, puis Bob s'exclama avec chaleur :

— Voilà qui est bien de Justine !

Le plaisir de Justine ne s'émoussa pas; au lieu de quoi, il se transforma en une exaltation incontrôlable. En riant, elle s'affala dans un fauteuil et dévisagea ses oncles. Quels hommes charmants ! Evidemment la nouvelle qu'elle leur apprenait n'avait guère de sens pour eux. Ils n'avaient pas la moindre idée de ce qu'était Desdémone. Si elle était venue leur annoncer son mariage, la réponse de Bob eut été à peu près la même.

Depuis qu'elle était en âge d'avoir des souvenirs ils avaient fait partie de sa vie et, malheureusement, elle les avait écartés avec le même mépris que tout ce qui touchait à Drogheda. Les oncles, pluralité n'ayant aucun rapport avec Justine O'Neill. Simples membres d'un clan qui entraient et sortaient de la maison, lui souriaient timidement, l'évitaient si la rencontre menaçait de se terminer par une conversation. Non qu'elle leur déplût, elle s'en rendait compte à présent, mais ils la devinaient étrangère et cela les gênait. Pourtant, dans ce monde romain qui, lui aussi, leur était étranger alors qu'il lui était familier, elle commençait à les mieux comprendre.

En proie à un élan vers eux qui aurait pu être qualifié d'amour, elle considéra l'un après l'autre les visages burinés, souriants. Bob, la force vive de l'unité, le patron de Drogheda, mais de façon si discrète; Jack, l'ombre de Bob, peut-être parce que tous deux s'entendaient si bien; Hughie qui abritait un soupçon de malice inconnue chez les deux autres et qui, pourtant, leur ressemblait tant; Jims et Patsy, envers et endroit d'un tout se suffisant à lui-même; et le pauvre Frank, éteint, le seul qui semblât en proie à la peur et à l'insécurité. Tous, sauf Jims et Patsy, grisonnaient à présent. Bob et Frank avaient même les cheveux blancs, mais ils ne paraissaient pas très différents du souvenir qu'elle gardait d'eux, remontant à son enfance.

– Je ne sais pas si je devrais te servir un verre, dit Bob, l'air dubitatif, une bouteille de bière australienne, bien glacée, à la main.

La remarque l'aurait considérablement irritée la veille encore, mais à cet instant, elle était trop heureuse pour s'en formaliser.

– Ecoute, mon chou, je sais qu'il ne te serait jamais venu à l'idée de m'offrir un verre tout au long de nos conversations avec Rain mais, crois-moi, je suis une grande fille maintenant et je peux parfaitement boire une bière. Je te jure que ce n'est pas un péché, acheva-t-elle en souriant.

– Où est Rainer ? demanda Jims en prenant des mains de Bob un verre plein pour le lui tendre.

– Je me suis colletée avec lui.

– Avec Rainer ?

– Eh bien, oui. Mais c'était ma faute. J'irai le trouver un peu plus tard pour lui dire que je regrette.

Aucun des oncles ne fumait. Bien qu'elle n'eût jamais demandé un verre auparavant, lors des précédentes occasions elle avait fumé par bravade pendant qu'ils bavardaient avec Rain; à présent, il lui aurait fallu faire appel à un courage dont elle ne se sentait pas capable pour sortir son paquet de cigarettes; aussi, se contenta-t-elle de marquer un point avec un verre de bière; elle mourait d'envie de le vider avidement, mais elle devait tenir compte des regards braqués sur elle. Bois à petites gorgées, comme une dame, Justine, même si tu te sens plus sèche qu'un sermon rassis.

– Rainer est un type épatant, dit Hughie, les yeux étincelants.

Etonnée, Justine comprit tout à coup pourquoi elle avait pris tant d'importance aux yeux des oncles : elle avait mis la main sur un homme qu'ils aimeraient accueillir dans la famille.

– Oui, laissa-t-elle tomber sèchement avant de changer de sujet. Quelle belle journée ç'a été, hein ?

Toutes les têtes opinèrent avec un bel ensemble, même celle de Frank, mais aucun des hommes ne semblait vouloir s'étendre sur la cérémonie. Elle vit qu'ils étaient très fatigués, pourtant elle ne regretta pas l'impulsion qui l'avait poussée à leur rendre visite. Il fallait un certain temps aux sens et aux sentiments quasi atrophiés pour réapprendre à fonctionner normalement, et les oncles lui fournissaient un terrain propice. C'était là l'inconvénient de vivre dans une île; on finissait par oublier que le monde existait au-delà de ses côtes.

– Qui est cette Desdémone ? demanda Frank depuis le coin d'ombre où il se dissimulait.

Justine se lança dans une explication alerte, ravie de leur horreur quand elle leur apprit qu'elle finirait par être étranglée, et elle ne se rappela leur fatigue qu'une demi-heure plus tard, quand Patsy bâilla.

– Il faut que je m'en aille, dit-elle en posant son verre vide. Merci d'avoir écouté toutes mes bêtises.

Aucun d'eux ne lui avait offert une deuxième bière; apparemment, un verre était la limite pour les dames.

A la grande surprise et à la confusion de Bob, elle l'embrassa pour lui souhaiter une bonne nuit; Jack essaya de s'esquiver, mais elle le rattrapa aisément, et Hughie accepta le baiser de sa nièce avec empressement. Jims vira au rouge, endurant l'épreuve stoïquement. Quant à Patsy, il eut droit à une étreinte assortie d'un baiser, parce que, en soi, il pouvait être considéré comme un fragment de l'île. Et pour Frank, pas le moindre baiser car il détourna la tête; pourtant, quand elle passa les bras autour de lui, elle perçut le léger écho d'une intensité qui manquait totalement aux autres. Pauvre Frank. Pourquoi était-il ainsi ?

La porte de leur appartement refermée derrière elle, elle s'appuya un instant au mur. Rain l'aimait. Mais quand elle essaya de le joindre par téléphone, la standardiste l'informa qu'il avait quitté l'hôtel pour regagner Bonn.

Aucune importance. Peut-être valait-il mieux qu'elle attende de se retrouver à Londres avant de le voir. Des excuses contrites par courrier et une invitation à dîner la prochaine fois qu'il se trouverait en Angleterre. Elle ignorait bien des choses sur Rain, mais elle ne doutait pas de l'une de ses qualités; il viendrait parce qu'il ne recelait pas la moindre parcelle de rancune. Depuis qu'il s'occupait des Affaires étrangères, l'Angleterre était devenue l'un de ses principaux ports d'attache.

– Attends, tu verras, mon gars, soliloqua-t-elle en se regardant dans la glace où elle surprit le visage de Rainer à la place du sien. Je ferai de l'Angleterre le centre de tes Affaires étrangères, ou je ne m'appelle plus Justine O'Neill !

Il ne lui était pas venu à l'esprit que son nom était peut-être au cœur de la question en ce qui concernait Rainer. Elle avait une fois pour toutes réglé sa vie et le mariage n'y tenait aucune part. L'idée que Rain pût souhaiter la voir devenir Justine Hartheim ne l'effleura même pas, trop occupée qu'elle était à se rappeler la saveur de son baiser et à rêver de ceux qui suivraient.

Restait un devoir à accomplir : dire à Dane qu'elle ne l'accompagnerait pas en Grèce, mais cela ne l'inquiétait guère. Dane comprendrait; il comprenait toujours. Néanmoins, elle songea qu'elle ne lui donnerait pas toutes les raisons qui l'empêchaient de partir avec lui. Malgré l'amour qu'elle portait à son frère, elle répugnait à écouter un de ses sermons bien sentis. Il souhaitait la voir épouser Rain et, si elle lui faisait part de ses intentions à l'égard de ce dernier, il l'obligerait à le suivre en Grèce, même s'il devait recourir à la force. Son cœur ne pouvait saigner de ce qu'il ignorait.

Mon cher Rain (ainsi commençait le petit mot), *je suis navrée de m'être sauvée comme une chèvre effarouchée l'autre soir; je ne sais pas ce qui m'a pris. La journée épuisante et tout ce qui s'ensuit, peut-être. Je vous en prie, pardonnez-moi de m'être conduite comme une sotte. J'ai honte d'avoir fait une cathédrale d'une vétille. Et je suppose que la cérémonie et le reste vous avaient aussi épuisé, alors, de là ces mots d'amour. Aussi, je vous propose de me pardonner, et de mon côté, je vous pardonnerai. Soyons amis, je vous en prie. Je ne peux pas supporter l'idée d'être en froid avec vous. La prochaine fois que vous viendrez à Londres, je vous attends pour dîner chez moi et nous établirons un traité de paix en bonne et due forme.*

Comme à l'accoutumée, le mot était simplement signé « Justine » Pas la moindre formule affectueuse, elle n'en usait jamais. Sourcils froncés, il étudia les phrases banales, écrites en hâte, cherchant à percer leur véritable sens, à deviner l'état d'esprit de Justine quand elle les avait tracées. Sans aucun doute, un appel à l'amitié, mais quoi d'autre ? Probablement pas grand-chose, pensa-t-il en soupirant. Il l'avait effrayée; le fait qu'elle lui gardât son amitié prouvait qu'il lui était cher, mais il doutait qu'elle démêlât exactement ce qu'elle ressentait à son endroit. Après tout, maintenant, elle savait qu'il l'aimait. Si, après un examen de conscience, elle s'était rendu compte qu'elle aussi l'aimait, elle lui aurait fait part de ses sentiments dans sa lettre. Pourtant, pourquoi était-elle retournée à Londres au lieu d'accompagner Dane en Grèce ? Il savait qu'il ne pouvait espérer que ce fût à cause de lui mais, en dépit de ses doutes, l'espoir s'ingénia à colorer ses pensées si agréablement qu'il appela sa secrétaire. Il était 10 heures G.M.T., le meilleur moment pour la trouver chez elle.

– Demandez-moi l'appartement de Miss O'Neill à Londres, dit-il.
Il attendit la communication, sourcils froncés.

– Rain ! s'exclama Justine, apparemment enchantée. Vous avez reçu ma lettre ?

– A la minute.

Après une courte pause, elle reprit :

– Et vous viendrez bientôt dîner chez moi ?

– Je serai en Angleterre vendredi et samedi. Est-ce que je ne vous reviens pas un peu tard ?

– Pas si samedi soir vous convient. Je répète le rôle de Desdémone, alors c'est rayé pour vendredi.

– Desdémone ?

– C'est vrai, vous ne savez pas ! Clyde m'a écrit à Rome pour me proposer le rôle. Marc Simpson joue Othello. Clyde met lui-même en scène. C'est magnifique, hein ? Je suis rentrée à Londres par le premier avion.

Il porta la main à ses yeux, heureux que sa secrétaire se trouvât dans un autre bureau et qu'elle ne pût voir son visage.

– Justine, *herzchen*, ce sont des nouvelles merveilleuses ! parvint-il à articuler avec enthousiasme. Je me demandais ce qui vous avait poussée à regagner Londres.

– Oh ! Dane a très bien compris, assura-t-elle avec légèreté. Dans le fond, je crois qu'il était heureux de partir seul. Il avait fignolé toute une histoire en prétendant qu'il avait besoin de sa garce de sœur pour le tarabuster avant de rentrer en Australie, mais je crois surtout qu'il agissait ainsi afin que je ne me sente pas exclue de sa vie maintenant qu'il est prêtre.

– Vraisemblablement, convint-il poliment.

– Alors, à samedi soir, enchaîna-t-elle. Vers six heures. Ainsi, nous aurons tout le temps d'établir notre traité de paix avec l'aide d'une bouteille ou deux, et je vous servirai à dîner dès que nous serons parvenus à un compromis satisfaisant. D'accord ?

– Oui, bien sûr. Au revoir, *herzchen*.

La communication fut coupée brutalement par le bruit du récepteur de Justine retombant sur son support. Un instant, il garda le combiné en main, puis haussa les épaules et raccrocha. Au diable Justine ! Elle commençait à s'immiscer dangereusement entre lui et son travail.

Elle continua à s'immiscer entre lui et son travail au cours des quelques jours qui suivirent, bien que cela passât inaperçu, même pour ses plus proches collaborateurs. Et le samedi soir, un peu après six heures, il se présenta chez elle, les mains vides comme à l'accoutumée car il était difficile de faire des cadeaux à Justine. Elle n'appréciait guère les fleurs, ne mangeait jamais de sucreries et elle aurait jeté dans un coin un présent plus dispendieux, le vouant à l'oubli. Les seuls cadeaux auxquels Justine paraissait attacher de la valeur provenaient de Dane.

– Du champagne comme apéritif ? s'étonna-t-il.

– Eh bien, c'est le jour ou jamais, non ? C'était notre première rupture et nous allons fêter notre réconciliation, rétorqua-t-elle, assez logiquement.

Elle lui désigna un fauteuil confortable et elle se laissa glisser à terre, sur une couverture de peaux de kangourous, lèvres entrouvertes, comme si elle avait préparé les répliques à tout ce qu'il était susceptible de lui dire.

Mais il ne tenait pas à entamer la conversation, quelle qu'elle fût, avant d'avoir réussi à percer l'humeur de Justine; aussi, l'observa-t-il en silence. Jusqu'à ce qu'il l'eût embrassée, il lui avait été facile de garder une certaine distance mais, maintenant, en la revoyant pour la première fois depuis cet épisode, il comprit qu'à l'avenir il éprouverait beaucoup plus de difficultés à persister dans son attitude.

Même lorsqu'elle serait très âgée, elle conserverait vraisemblablement quelque chose d'enfantin dans le visage et le maintien, comme si l'essence de la féminité ne devait jamais l'effleurer. Son cerveau froid, égocentrique, logique, semblait dominer totalement sa personnalité; pourtant, elle exerçait sur lui une fascination si puissante qu'il pensait ne jamais pouvoir lui substituer une autre femme. Pas une seule fois, il ne s'était posé la question de savoir si elle justifiait cette longue lutte. Peut-être pas du point de vue philosophique. Quelle importance ? Elle représentait un but, une aspiration.

– Vous êtes très en beauté, *herzchen*, dit-il enfin.

Il leva son verre de champagne, à demi pour esquisser un toast, à demi pour reconnaître en elle un adversaire.

Un feu de coke rougeoyait, sans la protection d'un écran, dans la petite grille victorienne au centre de la cheminée, mais Justine ne semblait pas craindre la chaleur, blottie contre le montant, les yeux fixés sur Rainer. Puis, elle posa bruyamment son verre sur le marbre du foyer et se pencha en avant, bras noués autour des genoux, pieds nus cachés dans les plis fournis de sa robe noire.

– J'ai horreur de tourner autour du pot, dit-elle. Etiez-vous sincère, Rain ?

Subitement, il se détendit vraiment, s'adossa à son siège.

– Sincère ? A quel sujet ?

– Ce que vous m'avez dit à Rome... que vous m'aimiez.

– Ah ! c'est de cela qu'il est question, *herzchen* ?

Elle se détourna, haussa les épaules, reporta les yeux vers lui et opina.

– Mais évidemment.

– Pourquoi remettre ça sur le tapis ? Vous m'avez dit ce que vous pensiez et j'avais cru comprendre que l'invitation de ce soir n'était pas prévue pour ressasser le passé mais bien plutôt pour parler d'avenir.

– Oh, Rain ! Vous vous conduisez comme si je faisais des histoires ! En admettant même que ce soit le cas, vous devez comprendre pourquoi.

– Non, absolument pas. (Il posa son verre et se pencha pour l'observer plus attentivement.) Vous m'avez donné à entendre de la façon la plus formelle que vous repoussiez mon amour, et j'espérais au moins que vous auriez le bon goût de vous abstenir d'en discuter.

Elle n'avait pas pensé que cette entrevue, quel que fût son dénouement, pourrait se révéler aussi éprouvante; après tout, c'est lui qui s'était placé dans la position de suppliant et il aurait dû attendre humblement qu'elle revînt sur sa décision; au lieu de quoi, il paraissait avoir adroitement retourné la situation. Elle avait l'impression d'être une sale gosse devant répondre de quelque ridicule incartade.

– Soyez beau joueur, c'est vous qui avez changé le *statu quo*, pas moi ! Je vous ai invité ce soir pour implorer mon pardon après avoir blessé l'égo transcendantal du grand Hartheim !

– Sur la défensive, Justine ?

Elle se tortilla avec impatience.

– Oui, bon dieu ! Comment diable arrivez-vous à me manœuvrer de la sorte, Rain ? Oh, comme je souhaiterais qu'au moins une fois vous me donniez la joie d'avoir le dessus !

– Si je vous le permettais, vous me rejetteriez comme une vieille chaussette, dit-il en souriant.

– Ça, je peux encore le faire, mon vieux !

– Ridicule ! Si vous ne l'avez pas fait jusqu'ici vous ne le ferez jamais. Vous continuerez à me voir parce que je vous tiens en haleine... vous ne savez jamais à quoi vous attendre de ma part.

– Est-ce pour ça que vous avez prétendu m'aimer ? demanda-t-elle blessée. S'agissait-il simplement d'une astuce pour me tenir en haleine ?

– Qu'en pensez-vous ?

– Je pense que vous êtes un salaud de la plus belle eau ! s'écria-t-elle d'une voix sifflante. (Elle avança à genoux sur la fourrure jusqu'à ce qu'elle fût suffisamment proche de lui pour qu'il pût pleinement bénéficier de sa colère.) Répétez que vous m'aimez, espèce de gros Teuton mal léché, et je vous crache à la figure !

Lui aussi était en colère.

– Non, je ne vous le répéterai pas ! Ça n'est pas pour ça que vous m'avez demandé de venir, hein ? Mes sentiments ne vous regardent en rien, Justine. Vous m'avez invité afin de mettre vos propres sentiments à l'épreuve et il ne vous est pas venu à l'idée de vous demander si c'était correct à mon égard.

Avant qu'elle ne pût s'éloigner, il se pencha, lui saisit les bras à hauteur des épaules et lui coinça le buste entre ses jambes, la maintenant fermement. La hargne la déserta instantanément; elle plaqua ses paumes sur les cuisses massives et leva le visage. Mais il ne l'embrassa pas. Il lui lâcha les bras, se détourna pour éteindre la lampe derrière lui, puis écarta les genoux, la libérant, et rejeta la tête contre le dossier du fauteuil; ainsi, elle ne pouvait savoir s'il avait plongé la pièce dans la pénombre, trouée seulement par le rougeoiement du foyer, afin de se livrer à des travaux d'approche avant de la posséder, ou simplement pour lui cacher son expression. Perplexe, craignant de se voir repoussée sans ménagement, elle attendit qu'il lui indiquât ce qu'il souhaitait d'elle. Elle aurait dû se rendre compte plus tôt qu'on ne pouvait pas manœuvrer un homme de la trempe de Rain. Il était aussi invincible que la mort. Pourquoi ne posait-elle pas la tête sur ses genoux en disant : Rain, aime-moi, j'ai tellement besoin de toi et je m'en veux tant ! Oh ! sans aucun doute, si elle réussissait à ce qu'il lui fît l'amour sans plus tergiverser, leur étreinte ouvrirait les vannes, libérerait tout...

Toujours replié sur lui-même, lointain, il lui laissa ôter sa veste et sa cravate, mais lorsqu'elle commença à lui déboutonner sa chemise, elle sut que ça ne marcherait pas. Le genre d'adresse érotique toute instinctive, capable de rendre excitante l'opération la plus banale, ne faisait pas partie de son répertoire. C'était tellement important, et elle gâchait tout lamentablement. Ses doigts hésitèrent, une grimace lui tordit la bouche. Elle éclata en sanglots.

– Oh non ! *Herzchen, liebchen*, ne pleurez pas ! (Il l'attira sur ses genoux, lui nicha la tête contre son épaule, l'enlaça.) Je suis désolé, *herzchen*, je n'avais pas l'intention de vous faire pleurer.

– Maintenant, vous savez, balbutia-t-elle entre deux sanglots. Je ne suis qu'une pauvre ratée; je vous avais bien dit que ça ne marcherait pas ! Rain, je voulais tant vous garder, mais je savais que ça ne marcherait pas si vous vous rendiez compte à quel point je suis minable !

– Non, évidemment, ça ne pouvait pas marcher. Comment aurait-il pu en être autrement ? Je ne vous aidais pas, *herzchen*. (Il lui prit la tête pour amener son visage à hauteur du sien, lui embrassa les paupières, les joues tout humides, les commissures des lèvres.) C'est ma faute, *herzchen*, pas la vôtre. Je vous rendais la monnaie de votre pièce; je voulais savoir jusqu'où vous iriez sans encouragement de ma part. Mais je me suis trompé sur vos mobiles, *nicht wahr* ? (Sa voix était devenue plus rauque, plus germanique.) Et si c'est là ce que vous voulez, vous l'aurez, mais pas l'un sans l'autre.

– Je vous en prie, Rain, laissons tomber ! Je ne suis pas à la hauteur; vous seriez déçu.

– Oh si vous êtes à la hauteur, *herzchen* ! Je l'ai compris en vous voyant sur scène. Comment pouvez-vous douter de vous-même quand vous êtes avec moi ?

La justesse de la remarque sécha ses pleurs.

– Embrassez-moi comme vous l'avez fait à Rome, murmura-t-elle.

Mais cela ne ressembla en rien au baiser de Rome. Celui-ci avait été brutal, révélateur, explosif; le baiser de Londres fut très langoureux, très prolongé; l'occasion de goûter, de sentir, de ressentir, de s'aventurer peu à peu dans la volupté. Elle laissa ses doigts retourner aux boutons tandis que ceux de Rainer tâtonnaient sur la fermeture à glissière de sa robe, puis il lui prit la main et la glissa sous sa chemise, contre la poitrine à la toison douce et fine. En sentant le brusque durcissement de la bouche contre sa gorge, Justine réagit si violemment qu'elle crut défaillir; elle eut l'impression de tomber et s'aperçut que tel était bien le cas; elle se retrouva étendue sur le tapis de fourrure, Rain se profilant au-dessus d'elle. Il avait ôté sa chemise, peut-être s'était-il dépouillé de ses autres vêtements; elle ne pouvait que voir le reflet du feu sur les épaules penchées au-dessus d'elle, et la bouche, belle, sévère. Résolue à réduire à jamais cette sévérité, elle lui glissa les doigts dans les cheveux et l'obligea à l'embrasser encore, fort, plus fort !

Et la sensation qu'il lui communiquait ! Il lui semblait arriver au port en explorant chaque parcelle de lui, s'aidant de sa bouche, de ses mains, de son corps, à la fois fabuleux et étrange. Tandis que le monde sombrait, se résumait à la minuscule langue de feu qui lapait l'obcurité, elle s'ouvrit à ce qu'il voulait, découvrit ce qu'il lui avait toujours dissimulé depuis qu'elle le connaissait; il avait dû la posséder par l'imagination à d'innombrables reprises. Son expérience et une intuition nouvellement éclose le lui disaient. Elle était totalement désarmée. Avec n'importe quel autre homme cette intimité et cette stupéfiante sensualité l'auraient atterrée, mais il l'obligeait à voir en elles ce qu'elle seule avait le pouvoir de faire naître. Et elle les fit naître. Jusqu'à ce qu'elle le suppliât d'en finir, l'entourant si fortement de ses bras qu'elle découvrait la forme même des os de l'homme.

Les minutes s'écoulèrent, drapées d'assouvissement, de paix. Ils étaient retombés dans un rythme de respiration identique, lent, aisé; il gardait la tête nichée contre l'épaule douce, elle laissait sa jambe reposer en travers du corps musculeux. Peu à peu, l'étreinte puissante par laquelle elle l'enlaçait se relâcha, se mua en une caresse rêveuse, circulaire. Il soupira, se retourna et inversa la position dans laquelle ils étaient couchés, invitant inconsciemment sa compagne à s'enfoncer plus profondément dans le plaisir de sa présence. Elle lui appliqua la paume sur le flanc pour sentir la texture de sa peau, glissa la main sur le muscle tiède et ses doigts se formèrent en coupe pour recevoir la masse douce et lourde, nichée au creux de l'aine. Sentir les curieux mouvements, vifs, indépendants, qui animaient cette chair palpitante lui communiquait une impression totalement neuve; ses amants précédents ne l'avaient jamais suffisamment intéressée pour qu'elle eût souhaité prolonger sa curiosité sensuelle jusqu'à cette caresse languide, désintéressée. Pourtant, subitement, elle cessa d'être languide et désintéressée pour devenir si excitante qu'elle quémanda une nouvelle étreinte.

Elle n'en fut pas moins surprise quand il lui glissa les bras derrière le dos, lui prit la tête entre les mains et la maintint suffisamment proche de lui pour qu'elle se rendît compte que sa bouche avait perdu toute sévérité, qu'elle se formait uniquement par elle, et pour elle. Tendresse et humilité naquirent littéralement en elle à cet instant. Ces sentiments neufs durent se refléter sur son visage car il la regardait avec des yeux devenus si brillants qu'elle ne pouvait supporter leur éclat, et elle se pencha pour lui écraser la bouche de la sienne. Pensées et sens se confondaient enfin, mais le cri qu'elle poussa s'assourdit, gémissement inarticulé du bonheur qui l'envahissait si profondément qu'elle perdit conscience de tout ce qui n'était pas désir, esprit libéré sous la pression de l'urgence instinctive. Le monde acheva son ultime contraction, se replia sur lui-même, et disparut totalement.

Rainer avait dû entretenir le feu car, lorsque la douce lumière du jour londonien joua à travers les plis des rideaux, une douce température régnait encore dans la pièce. Cette fois, quand il remua, Justine en eut conscience et, craintive, lui saisit le bras.

– Ne t'en va pas !

– Je ne m'en vais pas, *herzchen*. (Il attira à lui un autre coussin du divan, le glissa derrière sa tête et se rapprocha d'elle en soupirant doucement.) Tu es bien ?

– Oui.

– Tu n'as pas froid ?

– Non, mais si toi tu as froid, nous pouvons nous mettre au lit.

– Après avoir fait l'amour pendant des heures sur un tapis de fourrure ? Quelle déchéance ! Même si tu as des draps de soie noire.

– Ils sont tout bêtement en coton et blancs. Ce morceau de Drogheda est agréable, n'est-ce pas ?

– Ce morceau de Drogheda ?

– Le tapis. Ce sont des peaux de kangourous de Drogheda, expliqua-t-elle.

– C'est loin d'être suffisamment exotique et érotique. Je vais te commander une peau de tigre du Bengale.

– Oh ! Ça me rappelle un petit poème que j'ai entendu une fois.

Croyez-vous que jamais on vous dénigre
Si avec la belle Elinor Glyn
Vous péchiez sur douce palatine
Plutôt que sur tiède peau de tigre ?
Ou préférez-vous commettre faute charnelle
Sur mille dépouilles d'agiles gazelles ?

– Décidément, *herzchen*, je crois qu'il est grand temps que tu retrouves ta lucidité. Entre les exigences d'Eros et de Morphée, tu as oublié ton impertinence foncière pendant toute une demi-journée, remarqua-t-il en souriant.

– Je n'en éprouve pas le besoin pour le moment, dit-elle en lui rendant son sourire. (Elle lui prit la main, la glissa entre ses jambes.) Je n'ai pas pu résister aux vers de mirliton concernant la peau de tigre; ils allaient trop bien dans le tableau, mais je n'ai plus un seul cadavre dans mes placards, alors l'impertinence ne serait pas de mise, tu ne crois pas ? (Elle renifla, prenant subitement conscience d'une légère odeur de poisson qui flottait dans la pièce.) Grand Dieu, tu n'as même pas dîné, et maintenant il est l'heure du petit déjeuner ! Tu ne peux quand même pas vivre d'amour et d'eau fraîche !

– Pas si tu exiges des prouesses amoureuses aussi exténuantes, en tout cas.

– Allons donc ! Tu n'as pas laissé ta part au chat.

– Sûrement pas. (Il soupira, s'étira, bâilla.) Tu ne peux pas savoir à quel point je suis heureux.

– Je crois que si, laissa-t-elle tomber paisiblement.

Il s'appuya sur un coude pour la mieux regarder.

– Dis-moi, le rôle de Desdémone était-il l'unique raison de ton retour à Londres ?

Elle lui saisit le lobe de l'oreille, le tordit doucement.

– Maintenant, c'est à mon tour de te faire payer tes questions de maître d'école ! Qu'est-ce que tu crois ?

Il lui prit les doigts, dégagea aisément son oreille et sourit.

– Si tu ne me réponds pas, *herzchen*, je t'étranglerai, et d'une manière infiniment plus définitive que celle de Marc dans son rôle d'Othello !

– Je suis rentrée à Londres pour jouer Desdémone mais aussi à cause de toi. Je n'ai pas été capable de me conduire normalement depuis que tu m'as embrassée à Rome, et tu le sais très bien. Vous êtes un homme très intelligent, Rainer Moerling Hartheim.

– Suffisamment intelligent pour avoir su que je te voulais pour femme dès l'instant où je t'ai rencontrée.

– Pour femme ? fit-elle en se redressant vivement.

– Oui, pour épouse. Si j'avais souhaité faire de toi ma maîtresse, je t'aurais prise depuis pas mal d'années, et j'aurais très bien pu. Je sais comment fonctionne ton cerveau; c'eût été relativement facile. L'unique raison qui m'en ait empêché, c'est que je te voulais pour femme, tout en sachant que tu n'étais pas prête à accepter l'idée d'un mari.

– Je ne suis par certaine de l'être maintenant, dit-elle tout en s'imprégnant de la nouvelle.

– Eh bien, tu peux commencer à faire ton apprentissage en préparant le petit déjeuner. Si j'étais chez moi, je te ferais les honneurs, mais ici c'est toi la cuisinière.

– Je ne vois aucun inconvénient à te préparer le petit déjeuner ce matin, mais de là à m'engager jusqu'à mon dernier jour... (Elle secoua la tête.) Je ne crois pas que ce soit mon lot, Rain.

Même visage d'empereur romain, tout aussi impérial, imperturbable devant les menaces d'insurrection.

– Justine, il ne s'agit pas d'un jeu, et je ne suis pas un homme avec lequel on joue. Nous avons tout le temps. Tu es bien placée pour savoir à quel point je suis patient. En ce qui nous concerne, le mariage est l'unique solution qui puisse être envisagée; sors-toi toute autre idée de la tête. Je n'ai pas l'intention de tenir auprès de toi un rôle plus effacé que celui de mari.

– Je ne renoncerai pas au théâtre ! s'écria-t-elle, agressive.

– *Verfluchte kiste*, te l'ai-je demandé ? Il est temps que tu grandisses, Justine ! A t'entendre, on dirait que je veux te condamner à perpétuité au ménage et à la cuisine ! Nous sommes loin d'être aux abois, tu sais. Tu pourras disposer d'autant de domestiques que tu voudras, de nurses pour les enfants, de tout ce qui te plaira.

– Beurk ! fit Justine qui n'avait pas songé aux enfants.

Il rejeta la tête en arrière et éclata de rire.

– Oh, *herzchen*, c'est ce qu'on appelle la vengeance du lendemain matin ! Je me conduis comme un idiot en te mettant si vite en face des réalités, je le sais. Mais, à ce stade, tout ce que je te demande est d'y penser. Pourtant, je te préviens charitablement... en prenant ta décision, n'oublie pas que, si je ne peux pas t'avoir pour épouse, je ne te veux pas du tout.

Elle lui jeta les bras autour du cou, s'y accrocha désespérément.

– Oh, Rain ! Ne me rends pas les choses si difficiles ! s'écria-t-elle.

Au volant de sa Lagonda, seul, Dane traversait le nord-est de l'Italie; il passa Pérouse, Florence, Bologne, Ferrare, Padoue, préféra éviter Venise et fit étape à Trieste. Il aimait cette ville, aussi demeura-t-il deux jours de plus sur la côte adriatique avant de s'engager sur les routes de montagne conduisant à Ljubljana; autre étape à Zagreb. Descente de la grande vallée de la Save parmi les champs bleus de fleurs de chicorée jusqu'à Belgrade, puis Nis où il s'arrêta pour la nuit. Ensuite, la Macédoine et Skopje, toujours en ruines après le tremblement de terre intervenu deux ans plus tôt. Et Tito-Veles, la ville de vacances, bizarrement turque avec ses mosquées et minarets. Tout au long de son voyage en Yougoslavie, il avait mangé de façon frugale, trop gêné à l'idée de s'installer devant une grande assiette de viande alors que les autochtones devaient se contenter de pain.

La frontière grecque à Evzone, au-delà Thessalonique. Les journaux italiens commentaient longuement les menaces de révolution qui couvaient en Grèce. Debout devant la fenêtre de sa chambre d'hôtel, il observait les milliers de torches qui allaient et venaient, s'agitaient sans cesse dans la nuit de Thessalonique; il était heureux que Justine ne l'ait pas accompagné.

« Pap-an-dre-ou ! Pap-an-dre-ou ! Pap-an-dre-ou ! » scandait la foule qui opéra flux et reflux entre les torches jusque passé minuit.

La révolution était un phénomène propre aux villes, aux concentrations denses de population et de pauvreté; par contre, le paysage de Thessalie, qui portait les cicatrices de nombreux conflits, devait encore ressembler à celui que les légions de César avaient traversé au milieu des champs brûlés pour aller triompher de Pompée à Pharsale. Les bergers dormaient à l'abri de tentes de peaux, les cigognes se tenaient sur une patte au centre des nids coiffant de petits bâtiments blancs; partout, une terrifiante aridité. Les vastes superficies brunes, sans arbres, sous le ciel clair lui rappelaient l'Australie. Il respira profondément, sourit à la pensée de rentrer bientôt chez lui. M'man comprendrait quand il lui parlerait.

Au-dessus de Larissa, la mer se découvrit à lui; il arrêta la voiture et descendit. La mer d'Homère, sombre comme le vin, se teintant d'un délicat outremer à proximité des plages, tachée d'un pourpre de raisin, s'étendait jusqu'à la courbe de l'horizon. Une prairie verte, très loin au-dessous de lui, entourait un minuscule temple à colonnes, très blanc dans le soleil et, sur une éminence, derrière lui, une rébarbative forteresse remontant aux croisés avait triomphé des épreuves du temps. Grèce, que tu es belle, plus belle que l'Italie que j'aime tant ! Mais ici est le berceau, le berceau éternel.

Impatient d'atteindre Athènes, il reprit la route, engagea rapidement la voiture de sport sur les montagnes russes du col Domokos et descendit de l'autre côté, en Béotie, où s'offrit à lui un stupéfiant panorama d'oliveraies, de collines rousses, de montagnes. En dépit de sa hâte, il s'arrêta pour contempler le bizarre monument, presque hollywoodien, érigé à la gloire de Léonidas et de ses Spartiates aux Thermopyles : « Passant, va dire à Sparte que nous sommes tous morts ici pour obéir à ses lois. » Les mots éveillèrent en lui un curieux écho, presque comme s'il les avait entendus dans d'autres circonstances; il frissonna et repartit rapidement.

Il s'arrêta au-dessus de Kamena Voura, se baigna dans les eaux claires, face au détroit d'Eubée; de là étaient partis à destination de Troie les mille vaisseaux ayant appareillé d'Aulis. Le courant était fort, portait vers le large; les hommes n'avaient pas dû avoir à peser beaucoup sur leurs avirons. Les roucoulades et œillades de la vieille mégère vêtue de noir, qui surveillait l'établissement de bains, le gênèrent. Il s'enfuit promptement. Les gens ne se livraient plus à des remarques concernant la beauté de son visage, aussi la plupart du temps lui était-il facile de l'oublier. Prenant seulement le temps d'acheter deux énormes gâteaux à la crème, il continua sa route le long de la côte attique et arriva à Athènes au moment où le soleil se couchait, revêtant d'or le prestigieux roc et sa précieuse couronne de colonnades.

Mais l'ambiance d'Athènes était tendue, hargneuse, et la franche admiration des femmes le mortifia; les Romaines se montraient plus blasées, plus subtiles. L'agitation régnait au sein de la foule, relent d'émeute, farouche détermination de la population de porter Papandreou au pouvoir. Non, Athènes ne tenait pas ses promesses, mieux valait aller ailleurs. Il remisa la Lagonda dans un garage et s'embarqua à bord d'un bateau partant pour la Crète.

Et là, enfin, parmi les oliviers, le thym sauvage et les montagnes, il trouva sa paix. Après un long voyage en car au milieu de volailles rassemblées par les pattes, qui protestaient avec véhémence, et un fort relent d'ail, il découvrit une minuscule auberge peinte en blanc, sous des arcades, avec trois tables munies de parasols à l'extérieur près desquelles battaient des carrés d'étoffe colorés, suspendus en feston comme des lanternes. Là s'agitaient sous la brise poivriers et eucalyptus australiens, exilés dans un sol trop aride pour les arbres du continent européen. Stridulations des cigales. Poussière s'élevant en tourbillons rouges.

La nuit, il dormait dans une petite chambre qui tenait de la cellule, volets grands ouverts. Dans le silence du petit matin, il célébrait une messe solitaire, se promenait dans la journée. Personne ne l'importunait, il n'importunait personne. Mais sur son passage, les yeux sombres des paysans le suivaient avec étonnement et chaque visage se burinait d'un sourire. Il faisait chaud, tout était tranquille, endormi. Paix parfaite. Les jours suivaient les jours, sans à-coups, comme les grains d'ambre glissant entre les doigts noueux d'un paysan crétois.

Silencieusement, il priait; une émotion, un prolongement de son intériorité, pensées qui s'égrenaient comme un chapelet, jours qui s'égrenaient comme un chapelet. Seigneur, je suis véritablement Tien. Sois remercié de tant de bénédictions. Pour le grand cardinal, son aide, son amitié sincère, son amour sans faille. Pour Rome et la chance d'être dans Ton cœur, de m'être prosterné devant Toi dans Ta propre basilique, d'avoir senti la pierre de Ton Eglise en moi. Tu m'as béni au-delà de mes mérites. Que puis-je faire pour Toi afin de te prouver ma reconnaissance ? Je n'ai pas assez souffert, ma vie n'a été qu'une longue joie, absolue, depuis que je suis entré à Ton service. Je dois souffrir et Tu le sais Toi qui as souffert. Ce n'est que par l'entremise de la souffrance que je pourrai m'élever au-dessus de moi-même, Te mieux comprendre. Car c'est là ce qu'est cette vie : un passage menant à la compréhension de Ton mystère. Plonge ta lance dans ma poitrine, enfonce-la si profondément que je ne puisse l'en retirer. Fais-moi souffrir... Pour Toi, je renonce à tous les autres, même à ma mère, à ma sœur et au cardinal. Toi seul es ma douleur, ma joie. Humilie-moi et je chanterai Tes louanges. Détruis-moi et je me réjouirai. Je T'aime. Toi, Toi, seul...

Il était arrivé à la petite plage où il aimait se baigner, croissant jaune encastré dans les falaises imposantes, et il s'immobilisa un instant le regard perdu, à travers la Méditerranée vers l'endroit où devait se trouver la Libye, loin au-delà de l'horizon. Puis il descendit par bonds légers les marches conduisant à la plage, se débarrassa de ses chaussures, les ramassa et marcha sur le sable souple jusqu'à l'endroit où il abandonnait généralement sandales, chemise et short. Deux jeunes Anglais parlaient avec un fort accent d'Oxford, étendus au soleil comme des langoustes sortant du court-bouillon; un peu plus loin, deux femmes échangeaient des propos languissants en allemand. Dane leur jeta un coup d'œil et, gêné, tira sur son maillot de bains, se rendant compte qu'elles avaient interrompu leur conversation et s'étaient redressées pour se tapoter les cheveux et lui sourire.

— Ça va ? demanda-t-il aux Anglais.

Intérieurement, ils les surnommait pommies, comme le font tous les Australiens. Ces deux-là paraissaient faire partie du décor puisqu'ils venaient chaque jour sur la plage.

— Magnifiquement, mon vieux ! Faites attention au courant... il est trop fort pour nous. Il doit y avoir une tempête quelque part au large.

— Merci, répondit Dane en souriant.

Il courut en direction des vaguelettes qui venaient lécher innocemment la plage et, en excellent nageur, plongea avec maestria dans l'eau peu profonde.

Stupéfiant; combien l'eau calme pouvait être trompeuse ! Il sentait le courant perfide le tirer par les jambes pour l'emporter vers le fond, mais il était trop bon nageur pour s'en inquiéter. Tête à demi immergée, il fendait doucement l'eau, savourant la fraîcheur, l'impression de liberté. Lorsqu'il s'immobilisa et regarda en direction de la plage, il vit les deux Allemandes assujettir leurs bonnets et se précipiter vers les vagues en riant.

Il mit les mains en porte-voix et, en allemand, leur conseilla de rester là où elles avaient pied à cause du courant. Avec de grands éclats de rire, elles lui adressèrent des signes lui donnant à penser qu'elles avaient compris. La tête à demi dans l'eau, il recommença à nager et crut entendre un cri. Il continua encore un peu, puis s'arrêta et se maintint à la surface par un simple battement de pieds à un endroit où le courant n'était pas trop fort. Il s'agissait bien de cris. En se retournant, il vit les femmes qui se débattaient, le visage crispé par la peur, hurlant. Les mains en l'air, l'une d'elles coulait. Sur la plage, les deux Anglais s'étaient levés et, sans grand empressement, s'approchaient de l'eau.

Il se remit à nager sur le ventre et fendit l'eau, se rapprocha de plus en plus. Des bras affolés se tendirent vers lui, s'accrochèrent à lui, l'entraînèrent sous le flot; il réussit à saisir l'une des femmes autour de la taille et à l'étourdir d'un rapide coup de poing au menton, puis il agrippa l'autre par la bretelle de son maillot, lui enfonça brutalement le genou dans la colonne vertébrale, ce qui lui coupa le souffle. En toussant, car il avait avalé de l'eau, il se tourna sur le dos et se mit en devoir de remorquer ses deux fardeaux réduits à l'impuissance.

Les deux Anglais piétinaient sur place, l'eau leur arrivant aux épaules, trop effrayés pour s'aventurer plus loin, ce que Dane comprit fort bien. Ses orteils effleurèrent enfin le sable; il poussa un soupir de soulagement, Epuisé, il déploya un effort surhumain et entraîna les deux femmes vers le rivage. Elles reprenaient rapidement conscience et elles recommencèrent à hurler et à battre frénétiquement l'eau. Haletant, Dane parvint à sourire. Il avait fait sa part; maintenant les Anglais pourraient prendre la suite. Pendant qu'il se reposait, à bout de souffle, le courant l'aspirait de nouveau, ses pieds ne touchaient plus le fond, même lorsque ses orteils essayaient de s'y agripper. Il s'en était fallu de peu. S'il n'avait pas été là, les femmes se seraient certainement noyées; les jeunes Anglais n'avaient ni la force ni l'entraînement nécessaires pour les sauver. Mais, lui disait une voix, elles ne se sont mises à l'eau que pour être plus proches de toi; avant de t'avoir vu, elles n'avaient aucune intention de se baigner. C'est ta faute si elles ont couru un danger. Ta faute.

Tandis qu'il flottait doucement, une terrible douleur lui éclata dans la poitrine, aussi atroce que celle que causerait une lance, un dard rougi à blanc; souffrance insoutenable, déchirante. Il cria, leva les bras au-dessus de la tête, se raidit, muscles convulsés; mais la douleur s'amplifia, l'obligea à baisser les bras, à ramener les poings sous ses aisselles, à remonter les genoux. Mon cœur ! J'ai une crise cardiaque. Je suis en train de mourir ! Mon cœur ! Je ne veux pas mourir ! Pas encore, pas avant d'avoir entamé ma tâche, pas avant d'avoir fait mes preuves ! Doux Seigneur, viens à mon aide ! Je ne veux pas mourir, je ne veux pas mourir !

Les convulsions désertèrent le corps qui se détendit; Dane se mit sur le dos, laissa flotter ses bras largement écartés, flasques, malgré la douleur. A travers ses cils humides, il regarda la voûte céleste loin, très loin, haut, très haut. Eh bien, nous y voilà; c'est Ta lance, celle que mon orgueil Te suppliait de m'envoyer il n'y a pas une heure. Donne-moi la chance de souffrir, disais-je. Fais-moi souffrir. Maintenant que la souffrance est là, je résiste, incapable du parfait amour. Doux Seigneur, Ta douleur ! Je dois l'accepter, je ne dois pas la combattre, je ne dois pas combattre Ta volonté. Ta main est toute-puissante et c'est là Ta douleur. Celle que Tu as dû endurer sur la Croix. Mon Dieu, mon Dieu, mon Dieu, je suis à Toi ! Si c'est Ta volonté, que Ta volonté soit faite. Comme un enfant, je me remets entre Tes mains tutélaires. Tu as trop de bonté pour moi. Qu'ai-je fait pour tant mériter de Ta part, et de la part de ceux qui m'aiment plus que tout autre ? Pourquoi m'as-Tu tant donné alors que je ne suis pas digne de Tes bontés ? La souffrance, la souffrance ! Tu es tellement bon pour moi. Fasse que ce ne soit pas trop long, T'avais-je demandé; ça n'a pas été long. Ma souffrance sera brève, rapidement terminée. Bientôt, je verrai Ton visage; mais maintenant, alors que je suis encore en vie, je Te remercie. La douleur ! Mon doux Seigneur, Tu es trop bon pour moi. Je T'aime !

Un immense sursaut convulsa le corps inerte, en attente. Ses lèvres remuèrent, murmurèrent un nom, essayèrent de sourire. Puis, les pupilles se dilatèrent, chassant à jamais le bleu de ses yeux. Enfin en sécurité sur la plage, les deux Anglais déposèrent leurs fardeaux en larmes sur le sable et se retournèrent pour le chercher des yeux. Mais la mer placide, bleue, profonde, était vide, infinie. Les vaguelettes venaient lécher la grève et se retiraient. Dane s'en était allé.

L'un des baigneurs pensa à la base américaine de l'Armée de l'Air toute proche, et se précipita pour demander de l'aide. Moins de trente minutes après que Dane eût disparu, un hélicoptère décolla, battit frénétiquement l'air et décrivit des cercles s'élargissant sans cesse depuis la plage, fouillant l'eau. Les sauveteurs ne s'attendaient pas à retrouver le corps. Les noyés coulent à pic et ne remontent pas avant plusieurs jours. Une heure passa; puis, à une quinzaine de milles au large, ils repérèrent Dane qui flottait paisiblement, étreint par le flot, bras écartés, face tournée vers le ciel. Un instant, les sauveteurs le crurent vivant et poussèrent des cris de joie, mais lorsque l'appareil descendit suffisamment bas pour causer des remous sur la mer, ils comprirent qu'il était mort. La radio de l'hélicoptère lança les coordonnées; une vedette fut rapidement dépêchée sur les lieux et, trois heures plus tard, rentra.

La nouvelle s'était répandue. Les Crétois aimaient le voir passer, aimaient échanger quelques mots timides avec lui. L'aimaient sans le connaître. Ils se précipitèrent nombreux vers la mer, femmes toutes vêtues de noir, tels de sombres oiseaux; hommes en vieux pantalons bouffants, chemises ouvertes, manches relevées. Ils se tenaient par groupes silencieux, attendaient.

Lorsque la vedette arriva, un sergent corpulent sauta sur le sable, se retourna pour prendre dans les bras une forme enveloppée d'une couverture. Il avança de quelques pas sur la plage et, aidé d'un homme, déposa son fardeau. La couverture s'écarta; un murmure bruissa parmi les Crétois. Ils vinrent entourer le corps, pressant des crucifix sur leurs lèvres usées, les femmes se lamentant en un gémissement monotone, inarticulé, presque une ligne mélodique, et elles restèrent là, endeuillées, patientes, terrestres, femelles.

Il était cinq heures de l'après-midi; le soleil partiellement caché par la falaise menaçante glissait dans l'ouest, mais il était encore assez haut pour éclairer le petit groupe sombre sur la plage, la longue forme inerte à la peau dorée, aux yeux clos, aux longs cils hérissés de grains de sel, aux lèvres bleuies sur lesquelles flottait un vague sourire. Une civière fut apportée, puis tous, Crétois et soldats américains emportèrent Dane.

L'agitation régnait à Athènes, des émeutes secouaient la Grèce, mais le colonel de l'armée de l'air des U.S.A. parvint à joindre ses supérieurs sur une fréquence radio militaire; il tenait à la main le passeport australien de Dane. Comme tous les documents de ce genre, il n'apportait aucune lumière sur son propriétaire. Sous la mention profession, se trouvait le simple mot « étudiant » et, au dos, sous la rubrique « proches parents » était porté le nom de Justine et son adresse à Londres. Sans se préoccuper de la signification légale du terme, Dane avait mentionné le nom de sa sœur parce que Londres était infiniment plus proche que Drogheda. Dans sa petite chambre, à l'auberge, la valise noire qui contenait les objets du culte n'avait pas été ouverte; elle attendait avec ses bagages que l'on reçût des directives pour l'adresser à qui de droit.

Quand la sonnerie du téléphone retentit, à neuf heures du matin, Justine se tourna sur le dos, ouvrit un œil vague et demeura étendue, maudissant l'infernale invention, se jurant de faire suspendre cette saloperie de ligne. Sous prétexte que le reste du monde considérait comme normal et logique de commencer à s'agiter dès neuf heures du matin, pourquoi supposer qu'il en allait de même pour elle ?

Mais la sonnerie persistait sans discontinuer. Peut-être était-ce Rain; cette pensée fit pencher la balance vers le retour à la vie, et Justine se leva, tituba en direction de la salle de séjour. Le Parlement allemand tenait une session extraordinaire; elle n'avait pas vu Rain depuis une semaine et ne pensait pas avoir la chance de le retrouver pendant encore au moins huit jours. Mais peut-être la crise était-elle surmontée et il appelait pour lui annoncer son arrivée.

– Allô ?

– Miss Justine O'Neill ?

– Elle-même à l'appareil.

– Ici la Maison de l'Australie à Aldwych.

La voix aux inflexions anglaises donna un nom qu'elle était trop abrutie pour comprendre, d'autant qu'elle remâchait sa déception depuis qu'elle avait compris que son correspondant n'était pas Rain.

– Bon. La Maison de l'Australie, et alors ?

En bâillant, elle se tint sur un pied qu'elle se gratta avec la plante de l'autre.

– Avez-vous un frère, un certain M. Dane O'Neill ?

Les yeux de Justine s'ouvrirent.

– Oui, en effet.

– Se trouve-t-il actuellement en Grèce, Miss O'Neill ?

Ses deux pieds se posèrent sur le tapis, s'y enfoncèrent.

– Oui, en effet.

Il ne lui vint pas à l'idée de rectifier en expliquant à son correspondant qu'il s'agissait du père O'Neill, et non de monsieur.

– Miss O'Neill, je suis au regret de devoir vous faire part d'une mauvaise nouvelle.

– Une mauvaise nouvelle ? Une mauvaise nouvelle ? Qu'est-ce que c'est ? Qu'est-ce qui se passe ? Qu'est-ce qui est arrivé ?

– J'ai le regret de vous informer que votre frère, M. Dane O'Neill, s'est noyé hier en Crète, dans des circonstances héroïques, d'après mes renseignements. En sauvant quelqu'un en difficulté au bord de la mer. Cependant, ainsi que vous devez le savoir, la Grèce est en proie à la révolution, et les informations dont nous disposons sont très fragmentaires, peut-être même inexactes.

L'appareil téléphonique se trouvait sur une table, près du mur auquel Justine s'appuya; ses genoux se dérobaient sous elle. Elle commença à glisser lentement vers le sol, se retrouva en boule sur le plancher. Elle émettait des bruits qui tenaient à la fois du rire et des pleurs, des halètements audibles. Dane noyé. Halètement. Dane mort. Halètement. Crète, Dane, noyé. Halètement. Mort. Mort.

– Miss O'Neill ? Vous êtes là, Miss O'Neill ? demanda la voix avec insistance.

Mort. Noyé. Mon frère !

– Miss O'Neill, répondez-moi !

– Oui, oui, oui, oui ! Je suis là, bon dieu !

– D'après ce que je comprends, vous êtes sa plus proche parente. Nous devons donc vous demander vos instructions quant à ce qu'il y a lieu de faire du corps. Miss O'Neill, êtes-vous là ?

– Oui, oui.

– Que voulez-vous qu'on fasse du corps, Miss O'Neill ?

Le corps ! Il était un corps, et on ne disait même pas son corps, mais le corps. Dane, mon Dane. Il est un corps.

– Sa plus proche parente ? s'entendit-elle demander d'une voix ténue entrecoupée de halètements. Je ne suis pas la plus proche parente de Dane; je suppose que c'est plutôt ma mère.

Il y eut une pause.

– Ceci est très ennuyeux, Miss O'Neill. Si vous n'êtes pas sa plus proche parente, nous avons perdu un temps précieux. (La voix compatissante se laissait aller à l'impatience.) Vous ne semblez pas comprendre qu'il y a une révolution en Grèce et que l'accident s'est produit en Crète, île avec laquelle il est encore plus difficile de correspondre. Les communications avec Athènes sont pratiquement impossibles, et nous avons reçu l'ordre de faire connaître les intentions du plus proche parent en ce qui concerne le corps. Votre mère est-elle là ? Puis-je lui parler, je vous prie ?

– Mais ma mère n'est pas là; elle est en Australie.

– En Australie ? Grand dieu, ça va de mal en pis ! Nous allons être obligés d'envoyer un câble en Australie; encore du retard. Si vous n'êtes pas sa plus proche parente, Miss O'Neill, pourquoi votre frère a-t-il porté votre nom sous la rubrique réservée à cet effet dans son passeport ?

– Je ne sais pas, dit-elle, et elle se rendit compte qu'elle riait.

– Donnez-moi l'adresse de votre mère en Australie; nous allons lui télégraphier immédiatement. Il faut absolument que nous sachions ce qu'il convient de faire du corps ! L'échange de câbles va occasionner un retard d'au moins douze heures. Je voudrais que vous le compreniez. Les choses sont déjà assez difficiles sans ce contretemps.

– Téléphonez-lui alors. Ne perdez pas de temps avec des télégrammes.

– Notre budget ne nous permet pas de lancer des appels téléphoniques internationaux, Miss O'Neill, déclara son correspondant d'un ton acerbe. Pouvez-vous me donner le nom et l'adresse de votre mère, je vous prie.

– Mme Meggie O'Neill. Drogheda. Gillanbone. Nouvelle-Galles du Sud. Australie.

Elle débita les noms comme une litanie, épelant ceux qui devaient paraître insolites à son correspondant.

– Je vous présente à nouveau mes sincères condoléances, Miss O'Neill.

Après un cliquetis s'éleva du récepteur l'interminable et monotone tonalité de la ligne. Justine s'assit sur le sol, laissa glisser le combiné sur ses genoux. Il y avait une erreur, tout cela ne tarderait pas à s'éclaircir. Dane noyé, alors qu'il nageait comme un poisson ? Non, impossible. Mais c'est la vérité, Justine, tu le sais; tu ne l'as pas accompagné pour le protéger et il s'est noyé. Tu étais sa protectrice depuis l'époque où il était bébé et tu aurais dû être là. Si tu n'avais pu le sauver, tu aurais dû être là pour te noyer avec lui. Et tu ne l'as pas accompagné uniquement parce que tu voulais rentrer à Londres pour faire l'amour avec Rain.

Difficile de penser. Tout était difficile. Rien ne semblait fonctionner, pas même ses jambes. Elle n'arrivait pas à se lever; elle ne se lèverait jamais plus. Pas de place dans son esprit pour quiconque en dehors de Dane, et ses pensées tournoyaient en cercles de plus en plus étroits autour de Dane. Jusqu'à ce qu'elle pensât à sa mère, à la famille, à Drogheda. Oh, Dieu ! Les nouvelles arriveraient là-bas, la toucheraient, les toucheraient. M'man n'avait même pas eu la joie de contempler une dernière fois son visage extatique à Rome. Le câble sera probablement expédié à la police de Gilly, songea-t-elle. Et le vieux sergent Ern grimpera dans sa voiture et parcourera le long trajet jusqu'à Drogheda pour annoncer à ma mère que son fils est mort. Pas l'homme qui convient pour ce genre de tâche, presque un étranger. Madame O'Neill, je vous présente mes condoléances les plus émues, votre fils est mort. Mots de pure forme, polis, vides... Non ! Je ne peux pas permettre ça, elle est aussi ma mère ! Pas de cette façon, pas de la façon dont je l'ai appris.

Elle posa l'appareil sur ses genoux, porta le récepteur à son oreille et forma le numéro des appels internationaux.

– Allô, je voudrais passer un appel international, je vous prie.

Allô ? Une communication urgente pour l'Australie. Gillanbone, 12,12. Et je vous en supplie, faites vite !

Meggie répondit elle-même au téléphone. Il était tard. Fee était allée se coucher. Depuis quelque temps, elle se retirait de plus en plus tôt, préférant rester assise dans son lit à écouter les grillons et les grenouilles, somnoler sur un livre, se souvenir.

– Allô ?

– Un appel de Londres, Mme O'Neill, dit Hazel depuis le standard de Gilly.

– Allô, Justine ? dit Meggie sans appréhension.

Jussy téléphonait de temps en temps pour prendre des nouvelles.

– M'man ? C'est toi, M'man ?

– Oui, c'est moi, dit Meggie d'une voix douce, percevant la détresse de sa fille.

– Oh, M'man ! Oh, M'man ! (Un son se répercuta, halètement ou sanglot.) M'man, Dane est mort. Dane est mort !

Un gouffre s'ouvrit sous les pieds de Meggie. Elle s'enfonçait, s'enfonçait sans cesse et l'abîme n'avait pas de fond. Elle glissait, sentait la faille se refermer au-dessus d'elle, et elle comprit qu'elle ne referait jamais surface aussi longtemps qu'elle vivrait. Qu'est-ce que les dieux pouvaient faire de plus ? Elle ne l'avait pas su en posant la question. Comment avait-elle pu la poser, comment avait-elle pu ne pas savoir ? Ne tentez pas les dieux, ils n'attendent que ça. En se refusant à aller à Rome pour partager le plus beau moment de sa vie, elle avait cru payer le tribut. Dane en serait libéré, et libéré d'elle. En s'infligeant la peine de ne pas revoir le visage qui lui était le plus cher au monde, elle paierait. L'abîme se referma, suffocant. Et Meggie se tenait là, comprenant qu'il était trop tard.

– Justine, ma chérie, calme-toi, conseilla Meggie d'une voix unie, dénuée de la moindre altération. Calme-toi, et explique-moi. En es-tu sûre ?

– La Maison de l'Australie m'a appelée... ils croyaient que j'étais sa plus proche parente. Un type atroce qui demandait sans cesse ce que je voulais qu'on fasse du corps. Il appelait constamment Dane « le corps ». Comme s'il n'avait pas droit à autre chose, comme s'il n'était personne. (Un sanglot lui échappa.) Seigneur ! Je suppose que le pauvre diable ne remplissait pas sa tâche de gaieté de cœur. Oh, M'man, Dane est mort !

– Dans quelles circonstances, Justine ? Où ? A Rome ? Pourquoi Ralph ne m'a-t-il pas appelée ?

– Non, pas à Rome. Le cardinal n'est probablement même pas au courant. En Crète. Celui qui m'a téléphoné m'a dit qu'il s'était noyé en sauvant quelqu'un qui se baignait. Il était en vacances, M'man. Il m'avait demandé de l'accompagner, mais je ne l'ai pas fait. Je voulais jouer Desdémone. Je voulais être avec Rain. Si seulement j'avait été avec lui ! Si j'avais été près de lui, il ne serait peut-être rien arrivé. Oh, mon Dieu, que faire ?

– Arrête, Justine ! intima sévèrement Meggie. Ne ressasse pas ce genre de pensée, tu m'entends ? Dane aurait horreur de ça. Tu le sais. Le malheur s'abat et nous ne savons pas pourquoi. Maintenant, il faut que tu te reprennes. Je ne vous ai pas perdus tous les deux. Tu es tout ce qui me reste à présent. Oh, Jussy, Jussy ! C'est si loin. Le monde est trop vaste, trop vaste. Rentre à Drogheda, je ne veux pas te savoir seule.

– Non. Il faut que je travaille. Le travail est ma seule planche de salut. Si je ne travaillais pas, je deviendrais folle. Je ne veux voir personne, je ne veux pas de réconfort. Oh, M'man ! (Elle se remit à sangloter.) Comment allons-nous vivre sans lui ?

Oui, comment ? Etait-ce là la vie ? Dieu t'a donné la vie et Dieu te la reprend. Tu es poussière et tu retourneras en poussière. Vivre est le lot de ceux d'entre nous qui ont échoué. Dieu cupide qui rassemble les meilleurs, laissant le monde aux autres pour qu'ils y pourrissent.

– Ce n'est pas à nous qu'il appartient de dire combien de temps nous devrons supporter notre fardeau, dit Meggie. Jussy, merci de m'avoir annoncé la nouvelle toi-même, de m'avoir téléphoné.

– Je ne pouvais pas supporter l'idée que tu l'apprennes par un étranger, M'man. Pas comme ça, par un inconnu. Que vas-tu faire ? Que peux-tu faire ?

Meggie rassembla toute sa volonté pour s'efforcer de faire franchir à l'immense distance qui les séparait chaleur et réconfort afin d'aider sa fille que minait la douleur. Son fils était mort, sa fille vivait. Il fallait qu'elle se soude en un être total. En admettant que ce fût possible. De toute sa vie, Justine semblait n'avoir aimé que Dane. Personne d'autre, pas même elle.

– Justine chérie, ne pleure pas. Essaie de ne pas avoir de chagrin. Il ne l'aurait pas voulu, tu le sais. Reviens à la maison et oublie. Nous ramènerons Dane chez lui, à Drogheda. Légalement, il est de nouveau à moi; l'Eglise ne peut pas m'en empêcher, il ne lui appartient pas. Je vais téléphoner à la Maison de l'Australie immédiatement et à l'ambassade à Athènes, si la communication peut passer. Il faut qu'il revienne chez lui ! Je ne voudrais pas qu'il repose ailleurs qu'à Drogheda. C'est ici qu'il doit être. Il faut qu'il revienne. Viens avec lui, Justine.

Mais, assise par terre, Justine secouait la tête comme si sa mère pouvait la voir. Rentrer à la maison ? Elle ne retournerait jamais chez elle. Si elle avait accompagné Dane, il ne serait pas mort. Rentrer et devoir contempler le visage de sa mère pendant le restant de ses jours ? Non, elle n'en supportait même pas la pensée.

– Non, M'man, dit-elle le visage inondé de larmes brûlantes. (Qui diable a pu prétendre que les grandes douleurs ne s'accompagnent pas de pleurs ? Un crétin ignorant tout de la question.) Je resterai ici et je travaillerai. Je reviendrai à la maison avec Dane mais, ensuite je rentrerai. Je ne peux pas vivre à Drogheda.

Pendant trois jours, tous attendirent dans une sorte de vacuité aveugle, Justine à Londres, Meggie et la famille à Drogheda, allant jusqu'à meubler le silence officiel d'un espoir ténu. Oh, on n'allait sûrement pas tarder à s'apercevoir qu'il y avait une erreur, sinon ils auraient déjà eu des nouvelles ! Dane frapperait à la porte de Justine, le sourire aux lèvres, et expliquerait qu'il s'agissait d'une stupide méprise. La Grèce était en ébullition; toutes sortes de fausses nouvelles avaient dû être colportées. Dane passerait la porte et éclaterait de rire à l'idée de sa mort; il se dresserait grand et fort, et vivant, et il rirait. L'espoir commença à se renforcer et s'accrut avec chaque minute d'attente. Perfide, horrible espoir. Il n'était pas mort, non ! Pas noyé, pas Dane qui était suffisamment bon nageur pour braver n'importe quelle mer, et vivre. Et ils attendaient, n'admettant pas l'inéluctable, mus par l'espoir d'apprendre enfin qu'il s'agissait d'une erreur. Par la suite, on aurait tout le temps d'avertir tout le monde, de prévenir Rome.

Le matin du quatrième jour, Justine reçut le message. Comme une très vieille femme, elle souleva de nouveau le récepteur et demanda l'Australie.

– M'man ?

– Justine ?

– Oui, M'man. Il a déjà été enterré; nous ne pouvons pas le ramener à la maison. Qu'allons-nous faire ? Les autorités sont incapables de me dire quoi que ce soit, sinon que la Crète est une île très vaste, le nom du village inconnu. Quand le câble est arrivé, il avait déjà été emporté et inhumé. Il repose quelque part dans une tombe qui ne porte aucune inscription ! Je ne peux pas obtenir de visa pour la Grèce; personne ne veut m'aider, c'est le chaos. Qu'allons-nous faire, M'man ?

– Retrouve-moi à Rome, Justine, dit Meggie.

Tous, à l'exception d'Anne Mueller, s'agglutinaient autour du téléphone, encore sous l'effet du choc. Les hommes paraissaient avoir vieilli de vingt ans en trois jours et Fee, ratatinée comme un oiseau malade, pâle et revêche, arpentait la maison en répétant :

– Pourquoi ne suis-je pas morte à sa place ? Pourquoi est-ce qu'il fallait que ce soit lui ? Je suis vieille, si vieille ! Ça aurait été si simple pour moi de partir. Pourquoi fallait-il que ce soit lui ? Pourquoi pas moi ? Je suis si vieille !

Anne s'était effondrée, et Mme Smith, Minnie et Cat versaient des larmes en marchant, en dormant.

Meggie les regarda en silence et raccrocha. Voilà à quoi se résumait Drogheda, tout ce qui restait. Un petit groupe d'hommes et de femmes âgés, stériles, brisés.

– Dane est perdu, dit-elle. Personne ne peut le trouver. Il a été enterré quelque part en Crète. C'est si loin ! Comment pourrait-il reposer si loin de Drogheda ? Je vais aller à Rome, voir Ralph de Bricassart. Il est le seul qui puisse nous venir en aide.

Le secrétaire du cardinal de Bricassart entra dans la pièce.

– Votre Eminence, je suis désolé de vous déranger, mais une dame insiste pour vous voir. Je lui ai expliqué qu'il se tenait un concile, que vous étiez très occupé et que vous ne pouviez voir personne. Mais elle affirme qu'elle restera assise devant votre porte jusqu'à ce que vous puissiez la recevoir.

– A-t-elle des ennuis, père ?

– De gros ennuis, Votre Eminence. C'est visible. Elle m'a demandé de vous dire qu'elle s'appelle Meggie O'Neill.

Le cardinal de Bricassart se leva vivement; son visage se vida de toute couleur, devint aussi blanc que ses cheveux.

– Votre Eminence ! Vous ne vous sentez pas bien ?

– Non, père. Je suis très bien, merci. Annulez tous mes rendez-vous jusqu'à nouvel ordre et introduisez Mme O'Neill immédiatement. Nous ne devons pas être dérangés, à moins qu'il ne s'agisse du Saint-Père.

Le prêtre s'inclina et sortit. O'Neill ! Bien sûr ! C'était le nom du jeune Dane. Il aurait dû s'en souvenir mais dans les appartements du cardinal tout le monde se contentait de l'appeler Dane. Ah ! il avait commis une grave erreur en faisant attendre cette pauvre femme. Si Dane était le neveu bien-aimé de Son Eminence, alors Mme O'Neill était sa sœur bien-aimée.

Quand Meggie entra, Ralph la reconnut à peine. Il ne l'avait pas revue depuis treize ans; elle avait cinquante-trois ans et lui soixante et onze. Tous deux étaient vieux à présent, au lieu qu'il fût seul à l'être. Le visage de Meggie avait moins changé qu'il ne s'était figé, et dans un moule n'ayant aucun rapport avec celui qu'il lui avait accolé dans son imagination. L'intransigeance s'était substituée à la douceur, la dureté à la tendresse; elle évoquait une martyre vigoureuse, âgée et volontaire plutôt que la sainte résignée et contemplative de ses rêves. Sa beauté demeurait aussi frappante que jamais, ses yeux gardaient leur couleur gris argenté, mais ils s'étaient durcis, et ses cheveux éclatants étaient devenus d'un beige terne, un peu de la teinte de ceux de Dane, mais sans vie. Et, plus déconcertant encore, elle se refusait à le regarder assez longtemps pour qu'il pût satisfaire sa curiosité avide et aimante.

Incapable d'accueillir cette nouvelle Meggie avec naturel, il lui désigna un siège, ne retrouva pas le tutoiement d'autrefois.

– Je vous en prie, asseyez-vous.

– Merci, dit-elle, tout aussi guindée.

Une fois assise, elle lui apparut enfin dans son ensemble, et il remarqua combien elle avait les pieds et les chevilles enflés.

– Meggie ! s'écria-t-il. Tu es venue directement d'Australie... sans t'arrêter en cours de route ? Que se passe-t-il ?

– Oui, je suis venue d'une seule traite, acquiesça-t-elle. Pendant les vingt-neuf heures qui viennent de s'écouler, je suis restée assise dans une succession d'avions entre Gilly et Rome, sans autre chose à faire qu'à regarder les nuages à travers les vitres et à réfléchir.

– Que se passe-t-il ? répéta-t-il, impatient, anxieux, angoissé.

Elle leva les yeux, le regarda fixement.

Il y avait quelque chose d'atroce dans ses yeux; quelque chose de si sinistre et glacial qu'il sentit les poils de sa nuque se hérisser et machinalement, il y porta la main.

– Dane est mort, dit Meggie.

La main ornée de l'anneau cardinalice glissa, retomba comme celle d'une poupée de son sur les genoux écarlates tandis qu'il s'effondrait dans son fauteuil.

– Mort ? demanda-t-il lentement. Dane, mort ?

– Oui. Il s'est noyé il y a six jours en Crète en portant secours à des femmes que le courant emportait.

Il se pencha en avant, ses mains montèrent à la rencontre de son visage.

– Mort ? balbutia-t-il. Dane ! (Puis, il se mit à soliloquer indistinctement.) Dane, mort ? Ce merveilleux garçon... Il ne peut pas être mort ! Dane... le prêtre parfait... tout ce que je ne pouvais être... Il avait tout ce qui me manquait... (Sa voix se brisa.) Il l'avait toujours eu... nous le savions tous... nous tous qui ne sommes pas des prêtres parfaits. Mort ? Oh ! doux Seigneur !

– Ne vous inquiétez pas de votre doux Seigneur, Ralph ! lança l'étrangère assise en face de lui. Vous avez mieux à faire. Je suis venue pour vous demander votre aide... pas pour être témoin de votre chagrin. Durant toutes ces heures de vol, je n'ai cessé de me répéter les paroles que je vous dirais pour vous apprendre la nouvelle... toutes ces heures pendant lesquelles je ne pouvais que regarder les nuages à travers la vitre, sachant que Dane était mort. Après cette épreuve, je n'ai que faire de votre douleur.

Pourtant, quand il leva le visage d'entre ses mains, le cœur mort, froid, de Meggie bondit, se vrilla, tressauta. C'était le visage de Dane sur lequel s'inscrivait une souffrance que la mort interdisait à Dane de jamais éprouver. Oh, grâces soient rendues à Dieu ! Grâces à Dieu, il est mort; il ne pourra jamais connaître les épreuves par lesquelles cet homme est passé, celles que j'ai endurées. Mieux vaut être mort que de souffrir de la sorte.

– En quoi puis-je t'aider, Meggie ? demanda-t-il d'un ton uni, réprimant son émotion pour se glisser dans la peau du conseiller spirituel.

– La Grèce est en pleine révolution. On a enterré Dane quelque part en Crète, et je ne sais ni où, ni quand, ni comment. Je suppose seulement que mes instructions demandant que son corps soit ramené par avion ont été interminablement retardées par la guerre civile et qu'en Crète il fait aussi chaud qu'en Australie. Voyant que personne ne le réclamait les autorités locales ont dû croire qu'il était seul au monde et l'ont enterré. (Elle se pencha en avant sur son siège, tendue.) Je veux qu'on me rende mon enfant, Ralph. Je veux qu'on le retrouve et qu'on le ramène chez lui pour qu'il repose dans sa terre à Drogheda. J'ai promis à Jims qu'il sera enterré à Drogheda et il le sera, même si je suis obligée de parcourir à genoux tous les cimetières de Crète. Jamais je ne le laisserai inhumer dans un quelconque tombeau de prêtres à Rome, Ralph. Pas tant que j'aurai un souffle de vie pour engager une bataille légale. Il doit rentrer à la maison.

– Personne ne te dénie ce droit, Meggie, dit-il doucement. L'Eglise exige seulement qu'il repose en terre consacrée. Moi aussi j'ai demandé à être enterré à Drogheda.

– Je n'ai pas de temps à perdre en formalités légales, reprit-elle sans tenir compte de sa réponse. Je ne parle pas grec et je n'ai ni pouvoir ni influence. Aussi, je suis venue pour que vous usiez des vôtres, Rendez-moi mon fils, Ralph.

– Ne t'inquiète pas, Meggie, nous te le rendrons, mais ça demandera peut-être du temps. La gauche est au pouvoir à présent et elle est très anticléricale. Pourtant, je ne manque pas d'amis en Grèce et ce sera fait. Laisse-moi mettre les choses en branle immédiatement et ne te tourmente pas. Il s'agit d'un prêtre appartenant à l'Eglise catholique; on nous le rendra.

Il tendit la main vers le cordon de sonnette mais, sous le regard glacé de Meggie, il suspendit son geste.

– Vous ne comprenez pas, Ralph. Je ne demande pas que les choses soient mises en branle. Je veux reprendre mon fils... pas la semaine prochaine ou le mois prochain, mais tout de suite. Vous parlez grec et il vous sera facile d'obtenir des visas pour vous et pour moi. Je veux que vous m'accompagniez en Grèce maintenant et que vous m'aidiez à retrouver mon fils.

Le regard de Ralph reflétait bien des sentiments : tendresse, compassion, émoi, chagrin. Mais c'était aussi celui d'un prêtre, calme, logique, raisonnable.

– Meggie, j'aime ton fils comme s'il avait été le mien, mais je ne peux pas quitter Rome actuellement. Je ne suis pas libre d'agir à ma guise... tu devrais le savoir mieux que quiconque. Quel que soit ce que j'éprouve pour toi, quelle que soit ma peine, je ne peux quitter Rome en plein concile. Je dois aider le Saint-Père.

Elle se rejeta en arrière, abasourdie, outragée, puis elle secoua la tête, esquissa un petit sourire comme si elle assistait aux bouffonneries d'un objet inanimé qu'il n'était pas en son pouvoir d'influencer; elle se mit à trembler, se passa la langue sur les lèvres, parut prendre une décision, et se dressa, droite, raide.

– Aimiez-vous réellement mon fils comme s'il était le vôtre, Ralph ? demanda-t-elle. Que feriez-vous pour votre propre fils ? Pourriez-vous rester assis, là, et dire à sa mère : « Non, je suis désolé; il m'est impossible de me libérer. » Pourriez-vous dire ça à la mère de votre fils ?

Les yeux de Dane, qui pourtant n'étaient pas ceux de Dane, la regardaient, affolés, débordants de douleur, impuissants.

– Je n'ai pas de fils, dit-il. Mais le vôtre m'a appris, parmi bien d'autres choses, qu'en dépit des pires difficultés ma seule et unique allégeance va à Dieu.

– Dane était aussi votre fils, laissa tomber Meggie.

Il posa sur elle un regard vide d'expression.

– Quoi ?

– J'ai dit que Dane était aussi *ton* fils. Quand j'ai quitté Matlock, j'était enceinte, Dane est ton fils, pas celui de Luke O'Neill.

– Ce... ce n'est... pas vrai !

– Je n'ai jamais eu l'intention de te le dire, même maintenant. Crois-tu que je mentirais ?

– Pour reprendre Dane ? oui, dit-il d'une voix ténue.

Elle s'avança, vint se tenir au-dessus de la masse effondrée dans le fauteuil de brocart rouge, prit la main maigre, parcheminée, dans la sienne, se pencha et baisa l'anneau; son souffle ternit le rubis.

– Par ce que tu as de plus sacré, Ralph, je jure que Dane était ton fils. Il n'était pas et n'aurait pas pu être celui de Luke. Je te le jure. Je te le jure sur sa mémoire.

S'éleva un gémissement, la plainte d'une âme passant les portes de l'enfer. Ralph de Bricassart glissa de son fauteuil et pleura, effondré sur le tapis pourpre, masse écarlate à l'égal du sang frais, visage caché entre ses bras repliés, doigts crispés dans ses cheveux.

– Oui, pleure ! s'écria Meggie. Pleure maintenant que tu sais ! Il est juste que l'un des parents puisse verser des larmes sur lui. Pleure, Ralph. Pendant vingt-six ans, j'ai eu ton fils, et tu ne savais même pas qu'il était tien. Tu ne le voyais même pas, tu ne te rendais pas compte qu'il était toi, un nouveau toi ! Quand ma mère l'a tiré hors de moi pour le mettre au monde, elle l'a su instantanément, mais toi jamais. Tes mains, tes pieds, ton visage, ton corps. Seule la couleur de ses cheveux était sienne; tout le reste était toi. Comprends-tu à présent ? Quand je l'ai envoyé ici, je t'ai dit dans ma lettre : « Ce que j'ai volé, je le rends. » Tu te souviens ? Nous l'avons volé tous les deux, Ralph. Nous avons volé ce que tu avais voué à Dieu, et nous avons dû payer tous les deux.

Elle retourna s'asseoir dans son fauteuil, implacable, impitoyable, et observa la forme écarlate gémissant sur le sol.

– Je t'aimais, Ralph, mais tu n'as jamais été mien. Ce que j'ai eu de toi, j'ai dû le voler. Dane était ma part, tout ce que je pouvais obtenir de toi. J'avais juré que tu ne le saurais jamais, que tu n'aurais jamais la possibilité de le reprendre. Et puis, il s'est donné à toi, de sa propre volonté. Il te considérait comme l'image du prêtre parfait. J'ai bien ri ! Mais pour rien au monde je ne t'aurais donné une arme en t'avouant qu'il était ton fils. Sauf pour ça. Sauf pour ça ! Il a fallu ça pour que je te le dise. Bien que ça n'ait probablement plus beaucoup d'importance maintenant. Il n'appartient plus à aucun de nous. Il appartient à Dieu.

Le cardinal de Bricassart loua un avion privé à Athènes; lui, Meggie et Justine ramenèrent Dane chez lui, à Drogheda; les vivants assis silencieusement, le mort étendu silencieusement dans son cercueil, n'exigeant plus rien de cette terre.

Je dois dire cette messe, ce requiem pour mon fils. Chair de ma chair, mon fils. Oui, Meggie, je te crois. Dès que j'ai retrouvé mon souffle, je t'ai cru; je t'aurais crue même sans ton terrible serment.

Vittorio l'a su dès l'instant où il a posé les yeux sur Dane et, au fond de mon cœur, moi aussi, j'ai dû le savoir. Ton rire s'élevant derrière le buisson de roses montant du jeune garçon... tes yeux levés vers moi, tels qu'ils devaient être au temps de mon innocence. Fee savait, Anne Mueller savait. Mais pas nous, les hommes. Nous n'étions pas dignes de l'apprendre. Ainsi pensez-vous, vous les femmes; vous choyez vos mystères, prenant votre revanche pour le préjudice que Dieu vous a infligé en ne vous créant pas à son image. Vittorio savait, mais la féminité qu'il abrite lui a lié la langue. Un chef-d'œuvre de vengeance.

Profère les mots, Ralph de Bricassart, ouvre la bouche, impose les mains pour la bénédiction, entonne les psaumes latins pour l'âme du trépassé. Qui était ton fils. Que tu aimais plus que tu n'aimais sa mère. Oui, plus ! Car il était toi, un nouveau toi, coulé dans un moule parfait.

In Nomine Patris, et Filii, et Spiritus Sancti...

La chapelle était comble; tous ceux qui pouvaient être présents se trouvaient là. Les King, les O'Rourke, les Davies, les Pugh, les MacQueen, les Gordon, les Carmichael, les Hopeton. Et les Cleary, les gens de Drogheda. Espoir fané, lumière morte. Et là, devant l'autel, dans un grand cercueil plombé, le père Dane O'Neill, recouvert de roses. Pourquoi les roses étaient-elles toujours en plein épanouissement à chacun de ses retours à Drogheda ? On était en octobre, au cœur du printemps. Evidemment, elles éclataient. Le plein moment.

Sanctus... Sanctus... Sanctus...

Sache que le Saint des Saints est sur toi. Mon Dane, mon merveilleux fils. C'est mieux ainsi. Je n'aurais pas voulu que tu en arrives à ça, à ce que je suis déjà. Je ne sais ce qui me pousse à te dire ces paroles. Tu n'en as pas besoin, tu n'en as jamais eu besoin. Ce que je cherche à tâtons, tu l'as trouvé d'instinct. Ce n'est pas toi qui es malheureux, c'est nous tous ici, nous qui restons. Aie pitié de nous et, quand le moment viendra pour nous, aide-nous.

Ite, Missa est... Requiescat in pace...

Dehors, à travers la pelouse, passé les eucalyptus, les poivriers, vers le cimetière. Dors, Dane, seuls les élus meurent jeunes. Pourquoi nous affliger ? Tu as eu la chance d'avoir échappé à cette vie épuisante si tôt. Peut-être est-ce là l'enfer, une longue sentence d'esclavage terrestre. Peut-être souffrons-nous notre enfer en vivant...

La journée s'écoula; ceux qui étaient venus aux obsèques s'en allèrent, les habitants de Drogheda se glissaient furtivement dans la maison, s'évitant les uns les autres; le regard du cardinal de Bricassart s'était posé un moment sur Meggie, mais il n'eut pas le courage de rencontrer ses yeux de nouveau. Justine partit en compagnie de Jean et Boy King afin de prendre l'avion de l'après-midi à destination de Sydney qui assurait la correspondance avec le vol de nuit pour Londres. Le cardinal ne se rappelait pas avoir entendu la voix rauque et ensorcelante de Justine, ni avoir rencontré ses curieux yeux pâles depuis le moment où elle était venue les retrouver, Meggie et lui, à Athènes jusqu'à l'instant où elle était repartie avec Jean et Boy King. Elle n'avait cessé de se déplacer comme un fantôme, se refermant étroitement sous une sorte d'enveloppe imperméable. Pourquoi n'avait-elle pas appelé Rainer Hartheim pour lui demander de l'accompagner ? Elle devait savoir à quel point il l'aimait, combien il eût souhaité être avec elle en de tels moments. Mais l'esprit fatigué du cardinal ne s'était pas appesanti sur cette pensée suffisamment longtemps pour qu'il appelât Rainer lui-même bien qu'il l'eût envisagé à plusieurs reprises avant de quitter Rome. Curieux, ces gens de Drogheda. Ils ne cherchaient pas la compagnie dans la peine; ils préféraient rester seuls avec leur douleur.

Seules, Fee et Meggie s'assirent dans le salon avec le cardinal après un dîner laissé intact. Personne ne disait mot. Sur le dessus de la cheminée de marbre, la pendule dorée égrenait son tic-tac qui résonnait avec un bruit de tonnerre et du haut de son portrait, de l'autre côté de la pièce, le regard figé de Mary Carson adressait un défi à la grand-mère de Fee. Fee et Meggie étaient assises, épaule contre épaule, sur un sofa crème. Le cardinal ne se rappelait pas les avoir vues si proches l'une de l'autre. Mais elles ne disaient rien, n'échangeaient pas un regard, et leurs yeux ne se fixaient pas sur lui.

Il tenta de comprendre en quoi il était coupable. Coupable sur trop de plans. Orgueil, ambition, un certain manque de scrupules. Et son amour pour Meggie s'était épanoui sur ce fumier. Mais il n'avait jamais connu le couronnement de cet amour. Quelle différence cela aurait-il fait s'il avait su que Dane était son fils ? Lui aurait-il été possible d'aimer davantage cet être d'exception ? Aurait-il suivi une autre voie s'il avait été au courant au sujet de son fils ? Oui ! criait son cœur. Non ! persiflait sa raison.

Il s'adressa de véhéments reproches. Idiot ! Tu aurais dû savoir que Meggie était incapable de retourner à Luke. Tu aurais dû savoir immédiatement de qui était Dane. Elle était si fière de lui ! Tout ce qu'elle pouvait obtenir de toi, c'est ce qu'elle t'a dit à Rome. Bien, Meggie... en lui, tu as eu le meilleur. Doux seigneur, Ralph, comment as-tu pu être assez aveugle pour ne pas voir qu'il était ton fils ! Tu aurais dû t'en rendre compte au moment où il est venu te trouver, une fois devenu homme, sinon avant. Elle attendait que tu le voies; elle brûlait que tu le voies. Si seulement tu l'avais compris, elle serait tombée à tes genoux. Mais tu étais aveugle. Tu ne voulais pas voir. Ralph, Raoul, cardinal de Bricassart, c'est là ce que tu voulais être; plus que l'avoir elle, plus qu'avoir ton fils !

La pièce s'était emplie de cris ténus, de bruissements, de chuchotements; la pendule égrenait ses secondes au même rythme que son cœur. Puis les battements se dissocièrent. Intervenait un décalage. Meggie et Fee nageaient en se redressant, dérivaient avec des faces effrayées, noyées dans une brume inconsistante, proférant des paroles qui ne l'atteignaient pas.

– Aaaah ! fit-il dans un cri.

Et il comprit.

Il avait à peine conscience de la douleur, tant son attention se concentrait sur les bras de Meggie qui l'étreignaient, sur la façon dont sa tête s'affaissait contre elle. Mais il parvint à se tourner jusqu'à ce qu'il rencontrât les yeux gris, et il la regarda. Il tenta de dire pardonne-moi et vit qu'elle l'avait pardonné depuis longtemps. Elle savait qu'elle avait eu la meilleure part de lui. Il souhaita prononcer des phrases si parfaites qu'elle en serait éternellement consolée, et il se rendit compte que ça non plus n'était pas nécessaire. Quel que fût son fardeau, elle pouvait le supporter. Elle pouvait supporter n'importe quoi. N'importe quoi ! Aussi ferma-t-il les yeux pour s'abandonner, chercher, une ultime fois, l'oubli en Meggie.

LIVRE VII
1965-1969
JUSTINE

Une autre fois, peut-être, quand son arthritisme relâcherait un peu sa cruelle emprise.

Elle entendit une voiture, le heurtoir de bronze résonner contre la porte d'entrée. Elle surprit un murmure de voix, les inflexions de sa mère, un bruit de pas. Ce n'était pas Justine, alors à quoi bon ?

– Meggie, dit Fee en apparaissant sur la véranda. Nous avons un visiteur. Veux-tu entrer, je te prie ?

Le visiteur, un homme à l'allure distinguée, dans la force de l'âge, pouvait fort bien être plus jeune qu'il ne le paraissait. Très différent de tout autre homme qu'elle eût jamais vu, sinon qu'il possédait ce même genre de puissance et de confiance en soi qui animait Ralph. Qui avait animé Ralph. Qui avait animé. Le passé le plus définitif, maintenant réellement définitif.

– Meggie, je te présente Monsieur Rainer Hartheim, dit Fee, debout à côté de son fauteuil.

– Oh ! s'exclama involontairement Meggie, très surprise par le physique de ce Rain autrefois si souvent mentionné dans les lettres de Justine. Je vous en prie, asseyez-vous, M. Hartheim, invita-t-elle, retrouvant son sens de l'hospitalité.

Lui aussi la dévisageait avec étonnement.

– Vous ne ressemblez pas du tout à Justine, dit-il, décontenancé.

– En effet, convint-elle en s'asseyant en face de lui.

– Je vais te laisser avec M. Hartheim, Meggie, puisqu'il m'a dit qu'il désirait te voir en particulier, annonça Fee. Quand tu seras prête pour le thé, tu pourras sonner.

Sur quoi, elle quitta la pièce.

– Vous êtes l'ami allemand de Justine, évidemment, marmotta Meggie, un peu perdue.

Il tira son étui à cigarettes de sa poche.

– Puis-je ?

– Je vous en prie.

– Accepteriez-vous une cigarette, madame O'Neill ?

– Non, merci. Je ne fume pas. (Elle lissa sa robe.) Vous êtes bien loin de chez vous, monsieur Hartheim. Vos affaires vous appellent-elles en Australie ?

Il sourit, se demandant quelle serait la réaction de cette femme si elle savait qu'en fait il était le maître de Drogheda. Mais il n'avait pas l'intention de le lui dire; il préférait que tous les habitants du domaine continuent de penser que leur bien-être dépendait uniquement de l'administrateur, rigoureusement impersonnel, qu'il utilisait en tant qu'intermédiaire.

– Je vous en prie, madame O'Neill, appelez-moi Rainer, proposa-t-il tout en songeant que cette femme n'userait pas de son prénom avant un certain temps. Non, je n'ai pas d'affaires officielles à traiter en Australie, mais je n'en avais pas moins de bonnes raisons pour faire ce voyage. Je voulais vous voir.

– Me voir ? moi ? demanda-t-elle, surprise. (Afin de masquer sa subite confusion, elle aborda immédiatement un sujet plus sûr.) Mes frères parlent souvent de vous. Vous avez été bon à leur endroit lorsqu'ils étaient à Rome pour l'ordination de Dane. (Elle prononça le nom de Dane sans la moindre altération dans la voix, comme si elle l'utilisait fréquemment.) J'espère que vous pourrez rester quelques jours, ce qui leur permettra de vous voir.

– Volontiers, madame O'Neill, répondit-il tranquillement.

Pour Meggie, l'entrevue inattendue avait quelque chose de gênant. Cet inconnu lui annonçait qu'il avait parcouru dix-huit mille kilomètres simplement pour la voir, et il ne paraissait nullement pressé de lui faire part de l'objet de sa visite. Elle pensait qu'elle finirait par le trouver sympathique, mais il l'intimidait un peu. Peut-être n'était-elle pas habituée à ce genre d'homme et c'est pour cela qu'il la déconcertait. Justine lui apparut soudain sous un jour très neuf : sa fille était réellement capable d'entretenir des relations aisées avec un homme tel que Rainer Moerling Hartheim ! Elle imagina enfin Justine comme une vraie femme, une égale.

Malgré son âge et ses cheveux blancs, elle est encore très belle, songea-t-il pendant qu'elle l'enveloppait d'un regard poli; il était encore surpris qu'elle n'eût aucune similitude de traits avec Justine, alors que Dane avait si fortement ressemblé au cardinal. Comme elle devait se sentir seule ! Pourtant, il ne parvenait pas à la plaindre à la façon dont il plaignait Justine; elle avait su composer avec elle-même.

– Comment va Justine ? demanda-t-elle.

– Malheureusement, je ne le sais pas. Ma dernière rencontre avec elle remonte à avant la mort de Dane.

Elle ne parut pas surprise.

– Moi-même, je ne l'ai pas revue depuis l'enterrement de Dane, dit-elle avec un soupir. J'espérais qu'elle reviendrait à la maison, mais je crois que je me berce d'illusions.

Il émit quelques mots apaisants qu'elle ne sembla pas entendre car elle continua à parler, mais d'un ton différent qui tenait du soliloque.

– Drogheda ressemble à une maison de retraite maintenant, marmotta-t-elle. Nous avons besoin de sang jeune, et celui de Justine est le seul qui nous reste.

La pitié le déserta; il se pencha vivement en avant, les yeux brillants.

– Vous parlez d'elle comme si elle appartenait corps et âme à Drogheda, dit-il d'un ton dur. Je vous avertis, madame O'Neill, il n'en est rien.

– De quel droit vous permettez-vous de juger de ce qu'est ou de ce que n'est pas Justine ? demanda-t-elle avec colère. Après tout, vous m'avez avoué que votre dernière rencontre avec elle remonte à avant la mort de Dane, et cela fait deux ans !

– Oui, vous avez raison. Ça fait deux ans passés. (Il s'exprima d'une voix plus douce, prenant de nouveau conscience de ce que devait être la vie de cette femme.) Vous acceptez bien, madame O'Neill.

– Vraiment ? fit-elle en s'efforçant de sourire, les yeux rivés sur ceux de son visiteur.

Soudain, il commença à comprendre ce que le cardinal avait dû voir en elle pour tant l'aimer. Justine en était exempte, mais lui-même n'était pas le cardinal; il recherchait autre chose.

CHAPITRE 19

Assis à son bureau, à Bonn, devant une tasse de café matinale, Rainer apprit par son journal la mort du cardinal de Bricassart. La crise politique des dernières semaines perdait de son acuité, aussi s'était-il installé confortablement pour lire, réjoui à l'idée de voir Justine sous peu et pas le moins du monde inquiet devant le silence de la jeune femme. Il considérait sa réaction comme typique; elle était encore loin d'admettre la gravité de l'engagement qui la liait à lui.

Mais la nouvelle de la mort du cardinal éloigna toute pensée relative à Justine. Dix minutes plus tard, il était au volant d'une Mercedes 280 SL, roulant en direction de l'autoroute. Ce pauvre cher Vittorio devait être si seul, d'autant que son fardeau restait invariablement lourd même quand tout allait pour le mieux. Plus vite par la route; avant d'en avoir terminé avec les allées et venues d'un aéroport à l'autre pour trouver une place dans un vol à destination de Rome, il serait déjà arrivé au Vatican. Et c'était là une action positive qui lui permettait de se contrôler, considération toujours importante pour un homme tel que lui.

Du cardinal di Contini-Verchese, il apprit toute l'histoire; il en fut si bouleversé que, tout d'abord, il ne se demanda pas pourquoi Justine ne l'avait pas prévenu.

– Il est venu me trouver et m'a demandé si je savais que Dane était son fils, expliqua le cardinal de sa voix douce en caressant le dos gris-bleu de Natasha.

– Et qu'avez-vous répondu ?

– Je lui ai dit que je l'avais pressenti. Je ne pouvais rien ajouter de plus. Mais quel bouleversement pour lui ! Quel bouleversement ! J'ai pleuré devant son visage ravagé.

– Ça l'a tué, évidemment. La dernière fois que je l'ai vu, je lui ai trouvé mauvaise mine, mais il a éclaté de rire quand je lui ai conseillé de consulter un médecin.

– La volonté de Dieu s'est accomplie. Je crois que Ralph de Bricassart était l'un des hommes les plus tourmentés qu'il m'ait jamais été donné de connaître. Dans la mort, il trouvera la paix qu'il a vainement cherchée sur terre.

– Et Dane, Vittorio ! Quelle tragédie !

– Le croyez-vous ? Je pense, au contraire, que c'est une bénédiction. Je ne peux pas croire que Dane n'ait pas bien accueilli la mort, et il n'est pas surprenant que Notre Doux Seigneur l'ait rappelé à Lui. Je suis affligé, bien sûr, mais pas pour Dane. Pour sa mère, qui doit tant souffrir. Et pour sa sœur, ses oncles, sa grand-mère. Non, je ne m'afflige pas pour lui. Le père O'Neill a vécu dans une pureté presque totale d'âme et d'esprit. Que pouvait représenter la mort pour lui sinon l'accession à la vie éternelle ?

De retour à son hôtel, Rainer expédia un câble à Londres dans lequel il ne pouvait se permettre d'exprimer sa colère, sa douleur, ni sa déception. Il était simplement ainsi libellé : OBLIGE RETOURNER BONN MAIS SERAI LONDRES WEEK END STOP POURQUOI CE SILENCE DOUTEZ VOUS MA TENDRESSE RAIN.

Sur la table de son bureau, à Bonn, l'attendaient une lettre express de Justine et un paquet recommandé provenant du notaire de Ralph de Bricassart à Rome. Il l'ouvrit en premier et apprit qu'aux termes des dispositions testamentaires de Ralph de Bricassart, il devrait ajouter une autre société à la liste déjà considérable des affaires qu'il administrait. Michar Limited. Et Drogheda. Exaspéré, et néanmoins touché, il comprit que c'était là la façon dont le cardinal tenait à lui dire que, tout bien pesé, il le jugeait digne, que ses prières pendant les années de guerre avaient porté leurs fruits. Il remettait entre les mains de Rainer l'avenir matériel de Meggie O'Neill et des siens. Ou, tout au moins, c'est ainsi que Rainer interpréta le geste car les formules testamentaires du cardinal étaient très impersonnelles. Comment aurait-il pu en être autrement ?

Il posa le paquet dans le répartiteur destiné à recevoir la correspondance non confidentielle, exigeant une réponse immédiate, et décacheta la lettre de Justine. Elle commençait sèchement, sans la moindre formule amicale.

Merci pour le câble. Vous n'imaginez pas combien je suis heureuse que nous n'ayons pas été en rapport au cours de ces deux dernières semaines parce que je n'aurais pas supporté de vous avoir à mes côtés. Sur le moment, à chaque fois que je pensais à vous, je remerciais le Ciel que vous ne soyez pas au courant. Cela vous paraîtra peut-être difficile à comprendre, mais je ne veux pas vous avoir auprès de moi. Le chagrin n'est pas beau à contempler, Rain, et si vous étiez témoin du mien, vous ne pourriez le soulager. On pourrait aller jusqu'à dire que ce malheur m'a prouvé combien je vous aime peu. Si je vous aimais réellement, je me tournerais instinctivement vers vous. Or, je m'aperçois que je me détourne.

Aussi je préférerais de beaucoup que nous en restions là, et définitivement, Rain. Je n'ai rien à vous donner, et je ne veux rien de vous. Ce qui s'est passé m'a appris combien la présence d'un être peut être chère quand elle s'est poursuivie pendant vingt-six ans. Je ne pourrais supporter de traverser une fois de plus une telle épreuve, et vous l'avez dit vous-même, vous vous souvenez ? Le mariage ou rien. Eh bien, je choisis rien.

Ma mère m'apprend que le vieux cardinal est mort quelques heures après mon départ de Drogheda. C'est drôle. Maman a été très affectée par sa mort. Non qu'elle m'en ait dit quoi que ce soit, mais je la connais. Je n'arriverai jamais à comprendre pourquoi elle, Dane et vous l'aimiez tant. Moi, j'aurais été incapable de lui vouer la moindre sympathie; pour moi, il était encore plus faux jeton que je ne saurais le dire. Opinion que je maintiens, même après sa mort.

Et voilà. Tout est dit. Je suis sincère, Rain. J'ai choisi, je ne veux rien de vous. Ménagez-vous.

Elle avait signé « Justine » de son écriture incisive, tracée à l'encre noire avec le nouveau stylo à pointe feutre qu'elle avait accueilli avec tant de joie quand il le lui avait offert, objet suffisamment massif, sobre et positif pour la satisfaire.

Il ne plia pas la lettre, ne la mit pas dans son portefeuille, ne la brûla pas; il la traita comme le reste du courrier n'exigeant pas de réponse – directement dans le déchiqueteur électrique fixé sur le dessus de sa corbeille à papier, dès qu'il en eut achevé la lecture. Il pensait que la mort de Dane avait effectivement mis un terme à l'éveil émotionnel de Justine et il en éprouvait infiniment de peine. Ce n'était pas juste. Il avait attendu si longtemps.

Pendant le week-end, il n'en prit pas moins l'avion pour Londres, mais pas pour lui rendre visite bien qu'il la vît effectivement. Au théâtre, incarnant l'épouse bien-aimée du Maure, Desdémone. Formidable. Il n'y avait rien qu'il pût faire pour elle; son art la comblait, tout au moins pour le moment. Voilà qui est bien. Tu es une bonne petite fille. Déverse tout ce que tu as en toi sur la scène.

Mais elle ne pouvait tout déverser sur scène; elle était trop jeune pour jouer Hécube. Le théâtre était simplement l'unique endroit où elle trouvait paix et oubli. Elle pouvait seulement se dire : le temps cicatrise toutes les blessures – tout en n'en croyant rien. Elle ne cessait de se demander pourquoi sa peine demeurait aussi vive. Quand Dane était vivant, elle ne pensait guère à lui lorsqu'il était loin d'elle et, une fois adultes, leurs vocations respectives les avaient presque opposés. Mais sa perte avait causé un vide tellement immense qu'elle désespérait de jamais le combler.

Le coup qu'elle subissait chaque fois qu'elle devait se ressaisir à l'occasion d'une réaction spontanée – il ne faut pas que j'oublie de parler de ça à Dane, ça le fera bicher – lui causait une douleur déchirante. Et la répétition constante de ce choc prolongeait son chagrin. Si les circonstances entourant la mort de son frère avaient été moins horribles, elle s'en serait peut-être remise plus rapidement, mais le cauchemar de ces quelques jours se poursuivait ; Dane lui manquait affreusement; elle retournait sans cesse dans sa tête l'incroyable réalité, la mort de Dane. Dane qui ne reviendrait jamais.

Et puis l'accablait le remords de ne pas l'avoir suffisamment aidé. Tous, sauf elle, paraissaient le considérer comme parfait, exempt des angoisses communes aux autres hommes, mais Justine savait qu'il avait été harcelé par le doute, tourmenté par son indignité, se demandant ce que les autres pouvaient voir en lui au-delà du visage et du corps. Pauvre Dane qui semblait ne jamais comprendre que les autres aimaient en lui sa bonté. Terrible de constater qu'il était trop tard pour l'aider.

Elle éprouvait aussi de la peine pour sa mère. Si la mort de Dane l'affectait, elle, aussi profondément, quelle devait être la souffrance de M'man ? Cette pensée l'incitait à désirer fuir en hurlant et en criant loin de la mémoire et de la conscience. L'image des oncles à Rome pendant l'ordination, bombant la poitrine fièrement comme des pigeons-paons. C'était là le pire, imaginer le vide, la désolation de sa mère et des autres habitants de Drogheda.

Sois franche, Justine. Etait-ce là vraiment le pire ? N'y avait-il pas un autre facteur infiniment plus lancinant ? Elle ne pouvait repousser la pensée de Rain ni de ce qu'elle estimait être sa trahison envers Dane. Pour satisfaire ses propres désirs, elle avait laissé Dane partir en Grèce seul, alors que le fait de l'accompagner lui aurait peut-être sauvé la vie. Impossible de voir les choses sous un autre angle. Dane était mort à cause de son égoïste obsession de Rain. Trop tard à présent pour ramener son frère, mais si en ne revoyant jamais Rain elle pouvait se racheter d'une façon quelconque, l'inassouvissement et la solitude ne seraient pas trop cher payés.

Ainsi s'écoulèrent les semaines, puis les mois. Et un an, deux ans. Desdémone, Ophélie, Portia, Cléopâtre. Dès le début, elle s'était flattée de se comporter extérieurement comme si rien n'était venu détruire son monde; elle s'efforçait de s'exprimer avec infiniment de soin, de rire, d'entretenir des relations tout à fait normales avec ses semblables. S'il y avait changement, il fallait le chercher dans sa nouvelle compréhension de la peine des autres qu'elle avait tendance à considérer comme la sienne propre. Mais, dans l'ensemble, elle donnait bien l'impression d'être la même Justine – impertinente, exubérante, caustique, désinvolte, acerbe.

A deux reprises, elle essaya de se rendre à Drogheda; la deuxième fois, elle alla même jusqu'à prendre son billet d'avion. A chaque occasion, une raison de dernière minute, d'une importance vitale, l'empêcha de partir mais, au fond d'elle-même, elle savait que le véritable motif n'était autre qu'un mélange de culpabilité et de lâcheté. Elle n'avait tout simplement pas le courage de faire face à sa mère; si elle la revoyait, toute cette malheureuse histoire reviendrait à la surface, vraisemblablement avec une bruyante explosion de chagrin qu'elle était, jusque-là, parvenue à éviter. Les habitants de Drogheda, surtout sa mère, devaient continuer à avoir la certitude que, au moins, Justine allait bien, que Justine avait surmonté l'épreuve sans trop de dommages. Alors, mieux valait rester loin de Drogheda. C'était infiniment préférable.

Meggie se surprit à exhaler un soupir, elle l'étouffa. Si ses os ne lui étaient pas si douloureux, elle aurait peut-être sellé un cheval et galopé à travers les enclos mais, ce jour-là, cette seule pensée lui était pénible.

Une autre fois, peut-être, quand son arthritisme relâcherait un peu sa cruelle emprise.

Elle entendit une voiture, le heurtoir de bronze résonner contre la porte d'entrée. Elle surprit un murmure de voix, les inflexions de sa mère, un bruit de pas. Ce n'était pas Justine, alors à quoi bon ?

– Meggie, dit Fee en apparaissant sur la véranda. Nous avons un visiteur. Veux-tu entrer, je te prie ?

Le visiteur, un homme à l'allure distinguée, dans la force de l'âge, pouvait fort bien être plus jeune qu'il ne le paraissait. Très différent de tout autre homme qu'elle eût jamais vu, sinon qu'il possédait ce même genre de puissance et de confiance en soi qui animait Ralph. Qui avait animé Ralph. Qui avait animé. Le passé le plus définitif, maintenant réellement définitif.

– Meggie, je te présente Monsieur Rainer Hartheim, dit Fee, debout à côté de son fauteuil.

– Oh ! s'exclama involontairement Meggie, très surprise par le physique de ce Rain autrefois si souvent mentionné dans les lettres de Justine. Je vous en prie, asseyez-vous, M. Hartheim, invita-t-elle, retrouvant son sens de l'hospitalité.

Lui aussi la dévisageait avec étonnement.

– Vous ne ressemblez pas du tout à Justine, dit-il, décontenancé.

– En effet, convint-elle en s'asseyant en face de lui.

– Je vais te laisser avec M. Hartheim, Meggie, puisqu'il m'a dit qu'il désirait te voir en particulier, annonça Fee. Quand tu seras prête pour le thé, tu pourras sonner.

Sur quoi, elle quitta la pièce.

– Vous êtes l'ami allemand de Justine, évidemment, marmotta Meggie, un peu perdue.

Il tira son étui à cigarettes de sa poche.

– Puis-je ?

– Je vous en prie.

– Accepteriez-vous une cigarette, madame O'Neill ?

– Non, merci. Je ne fume pas. (Elle lissa sa robe.) Vous êtes bien loin de chez vous, monsieur Hartheim. Vos affaires vous appellent-elles en Australie ?

Il sourit, se demandant quelle serait la réaction de cette femme si elle savait qu'en fait il était le maître de Drogheda. Mais il n'avait pas l'intention de le lui dire; il préférait que tous les habitants du domaine continuent de penser que leur bien-être dépendait uniquement de l'administrateur, rigoureusement impersonnel, qu'il utilisait en tant qu'intermédiaire.

– Je vous en prie, madame O'Neill, appelez-moi Rainer, proposa-t-il tout en songeant que cette femme n'userait pas de son prénom avant un certain temps. Non, je n'ai pas d'affaires officielles à traiter en Australie, mais je n'en avais pas moins de bonnes raisons pour faire ce voyage. Je voulais vous voir.

– Me voir ? moi ? demanda-t-elle, surprise. (Afin de masquer sa subite confusion, elle aborda immédiatement un sujet plus sûr.) Mes frères parlent souvent de vous. Vous avez été bon à leur endroit lorsqu'ils étaient à Rome pour l'ordination de Dane. (Elle prononça le nom de Dane sans la moindre altération dans la voix, comme si elle l'utilisait fréquemment.) J'espère que vous pourrez rester quelques jours, ce qui leur permettra de vous voir.

– Volontiers, madame O'Neill, répondit-il tranquillement.

Pour Meggie, l'entrevue inattendue avait quelque chose de gênant. Cet inconnu lui annonçait qu'il avait parcouru dix-huit mille kilomètres simplement pour la voir, et il ne paraissait nullement pressé de lui faire part de l'objet de sa visite. Elle pensait qu'elle finirait par le trouver sympathique, mais il l'intimidait un peu. Peut-être n'était-elle pas habituée à ce genre d'homme et c'est pour cela qu'il la déconcertait. Justine lui apparut soudain sous un jour très neuf : sa fille était réellement capable d'entretenir des relations aisées avec un homme tel que Rainer Moerling Hartheim ! Elle imagina enfin Justine comme une vraie femme, une égale.

Malgré son âge et ses cheveux blancs, elle est encore très belle, songea-t-il pendant qu'elle l'enveloppait d'un regard poli; il était encore surpris qu'elle n'eût aucune similitude de traits avec Justine, alors que Dane avait si fortement ressemblé au cardinal. Comme elle devait se sentir seule ! Pourtant, il ne parvenait pas à la plaindre à la façon dont il plaignait Justine; elle avait su composer avec elle-même.

– Comment va Justine ? demanda-t-elle.

– Malheureusement, je ne le sais pas. Ma dernière rencontre avec elle remonte à avant la mort de Dane.

Elle ne parut pas surprise.

– Moi-même, je ne l'ai pas revue depuis l'enterrement de Dane, dit-elle avec un soupir. J'espérais qu'elle reviendrait à la maison, mais je crois que je me berce d'illusions.

Il émit quelques mots apaisants qu'elle ne sembla pas entendre car elle continua à parler, mais d'un ton différent qui tenait du soliloque.

– Drogheda ressemble à une maison de retraite maintenant, marmotta-t-elle. Nous avons besoin de sang jeune, et celui de Justine est le seul qui nous reste.

La pitié le déserta; il se pencha vivement en avant, les yeux brillants.

– Vous parlez d'elle comme si elle appartenait corps et âme à Drogheda, dit-il d'un ton dur. Je vous avertis, madame O'Neill, il n'en est rien.

– De quel droit vous permettez-vous de juger de ce qu'est ou de ce que n'est pas Justine ? demanda-t-elle avec colère. Après tout, vous m'avez avoué que votre dernière rencontre avec elle remonte à avant la mort de Dane, et cela fait deux ans !

– Oui, vous avez raison. Ça fait deux ans passés. (Il s'exprima d'une voix plus douce, prenant de nouveau conscience de ce que devait être la vie de cette femme.) Vous acceptez bien, madame O'Neill.

– Vraiment ? fit-elle en s'efforçant de sourire, les yeux rivés sur ceux de son visiteur.

Soudain, il commença à comprendre ce que le cardinal avait dû voir en elle pour tant l'aimer. Justine en était exempte, mais lui-même n'était pas le cardinal; il recherchait autre chose.

– Oui, vous acceptez bien, répéta-t-il.

Elle comprit immédiatement ce qu'il sous-entendait et accusa le coup.

– Comment êtes-vous au courant au sujet de Dane et de Ralph ? demanda-t-elle d'une voix altérée.

– Je l'ai deviné. Ne vous inquiétez pas, madame O'Neill, personne d'autre ne s'en doute. Je l'ai deviné parce que je connaissais le cardinal longtemps avant d'avoir rencontré Dane. A Rome, tous croyaient que le cardinal était votre frère, l'oncle de Dane, mais Justine m'en a dissuadé le jour même où je l'ai connue.

– Justine ? Oh, pas Justine ! s'écria Meggie.

Il se rapprocha pour lui prendre la main avec laquelle elle se frappait frénétiquement le genou.

– Non, non, non, non ! madame O'Neill ! Justine ne soupçonne absolument pas la vérité, et je prie pour qu'elle l'ignore toujours ! Elle a remis les choses au point sans s'en rendre compte, croyez-moi.

– Vous êtes sûr ?

– Oui, je vous le jure.

– Alors, au nom du Ciel, pourquoi n'est-elle pas revenue ici ? Pourquoi n'est-elle pas venue me voir ? Pourquoi n'ose-t-elle pas paraître devant moi ?

Non seulement ses paroles, mais aussi le désespoir qui perçait dans sa voix lui apprirent ce qui avait torturé la mère de Justine devant l'absence de celle-ci au cours des deux dernières années. L'importance de sa propre mission s'amenuisait; à présent, il lui en incombait une nouvelle : dissiper les craintes de Meggie.

– C'est moi qui suis à blâmer, dit-il d'un ton catégorique.

– Vous ? s'enquit Meggie, stupéfaite.

– Justine avait prévu d'accompagner Dane en Grèce, et elle est persuadée que si elle avait donné suite à son projet Dane serait encore vivant.

– Ridicule ! s'exclama Meggie.

– Absolument. Mais bien que nous sachions que c'est ridicule, Justine ne voit pas les choses sous cet angle. C'est à vous qu'il appartient de lui faire entendre raison.

– A moi ? Vous ne comprenez pas, monsieur Hartheim. Justine ne m'a jamais écoutée de toute sa vie et le peu d'influence que j'ai pu avoir sur elle autrefois a totalement disparu. Elle ne veut même pas me revoir.

La défaite perçait sous son ton sans toutefois laisser entrevoir la déchéance.

– Je suis tombée dans le même piège que ma mère, reprit-elle tranquillement. Drogheda est ma vie... la maison, les registres... Ici, on a besoin de moi, ma vie a encore un sens. Il y a des gens qui comptent sur moi. Tel n'a jamais été le cas pour mes enfants, vous savez, jamais.

– C'est inexact, madame O'Neill. Si vous ne vous trompiez pas, Justine pourrait revenir à vous sans le moindre remords. Vous sous-estimez l'amour qu'elle vous porte. Quand je dis que c'est moi qui suis à blâmer pour le calvaire que gravit Justine, j'entends qu'elle est restée à Londres à cause de moi, pour être avec moi, mais c'est pour vous qu'elle souffre, pas pour moi.

Meggie se raidit.

– Elle n'a pas à souffrir pour moi ! Qu'elle souffre pour son propre compte si elle doit porter sa croix, mais pas pour moi. Jamais pour moi !

– Alors, vous me croyez quand je vous affirme qu'elle n'a pas le moindre soupçon sur les liens qui unissaient Dane et le cardinal ?

L'attitude de Meggie se modifia, comme si son visiteur lui rappelait qu'il y avait autre chose en jeu qu'elle perdait de vue.

– Oui, répondit-elle, je vous crois.

– Je suis venu vous trouver parce que Justine a besoin de votre aide et elle ne peut vous la demander, expliqua-t-il. Il faut que vous la persuadiez de rassembler toutes ses forces éparses pour qu'elle puisse continuer à vivre... pas à Drogheda, mais pour mener sa propre vie qui n'a rien à voir avec Drogheda.

Il s'adossa à son fauteuil, croisa les jambes et alluma une autre cigarette.

– Justine a endossé une sorte de cilice pour des raisons fallacieuses, continua-t-il. Si quelqu'un est capable de le lui faire comprendre, c'est vous. Mais je vous préviens que si vous vous décidez à le faire, elle ne rentrera jamais à Drogheda, tandis que si elle continue dans cette voie il est fort possible qu'elle finisse par revenir ici, et définitivement.

« La scène ne suffit pas à une femme comme Justine, reprit-il après un silence. Et le jour approche où elle s'en rendra compte. Alors, il lui faudra opter... soit pour sa famille et Drogheda, soit pour moi. (Il lui dédia un sourire compréhensif.) Mais ceux qui l'entoureront ne suffiront pas non plus à Justine, madame O'Neill. Si Justine me choisit, elle pourra poursuivre sa carrière théâtrale. C'est là une prime que Drogheda ne peut lui offrir. (Son expression changea ; il la considéra avec sévérité comme s'il avait affaire à un adversaire.) Je suis venu vous demander de vous assurer qu'elle me choisira. Mes paroles peuvent vous paraître cruelles, mais j'ai plus besoin d'elle que vous. »

La raideur reprit possession de Meggie.

– Drogheda n'est pas un si mauvais choix, contre-attaqua-t-elle. Vous en parlez comme si ce devait être un enterrement, mais ce ne serait rien de tel, vous savez. Elle pourrait continuer à faire du théâtre. Ici, nous formons une véritable communauté. Même si elle épousait Boy King, comme son grand-père et moi l'avons espéré pendant des années, ses enfants seraient aussi bien soignés pendant ses absences que si elle devenait votre femme. Ici, c'est son foyer. Elle connaît et comprend la vie que nous y menons. Si elle la choisissait, elle aurait parfaitement conscience de ce qu'elle implique. Pouvez-vous en dire autant pour le genre de vie que vous lui offririez ?

– Non, convint-il, flegmatique. Mais Justine est avide de surprises. A Drogheda, elle stagnerait.

– Ce que vous entendez, c'est qu'elle serait malheureuse ici.

– Non, pas exactement. Je ne doute pas que si elle choisissait de

revenir ici, d'épouser ce Boy King... Au fait, qui est ce Boy King ?
– L'héritier d'un domaine voisin, un de ses amis d'enfance qui souhaiterait devenir plus qu'un ami. Son grand-père voudrait le voir marié pour perpétuer le nom ; de mon côté, je serais favorable à cette union parce que j'estime que c'est ce dont Justine a besoin.
– Je vois. Eh bien, si elle revenait et épousait Boy King, elle apprendrait à être heureuse. Mais le bonheur est un état relatif. Je ne pense pas qu'elle connaîtrait jamais le genre de satisfaction qu'elle trouverait avec moi. Parce que, Madame O'Neill, c'est moi que Justine aime, pas Boy King.
– Alors, elle a une façon bien curieuse de le montrer, remarqua Meggie en allant tirer le cordon de sonnette pour demander qu'on servît le thé. D'ailleurs, monsieur Hartheim, ainsi que je vous le disais, je crois que vous surestimez mon influence sur elle. Justine n'a jamais tenu compte de mes recommandations et encore moins de ma volonté.
– Vous ne me donnez pas le change, madame O'Neill, riposta-t-il. Vous savez très bien que vous êtes capable de l'influencer si vous le voulez. Je vous demande seulement de réfléchir à ce que je vous ai dit. Prenez tout votre temps, rien ne presse. Je suis patient.
– Dans ce cas, vous appartenez à une espèce en voie de disparition, dit Meggie en souriant.
Il ne revint pas sur le sujet, pas plus qu'elle d'ailleurs. Au cours de la semaine qu'il passa à Drogheda, il se conduisit comme n'importe quel autre invité, bien que Meggie eût le sentiment qu'il faisait en sorte de lui montrer l'homme qu'il était. La sympathie que lui vouaient ses frères ne pouvait être mise en doute ; dès l'instant où la nouvelle de son arrivée s'était propagée dans les enclos, ils rentrèrent tous à la maison et y demeurèrent jusqu'à son départ pour l'Allemagne.
Il plaisait aussi à Fee ; sa vue ne lui permettait plus de tenir les registres, mais elle était loin d'être sénile. Mme Smith était morte dans son sommeil l'hiver précédent et, plutôt que d'infliger une nouvelle gouvernante à Minnie et Cat, toutes deux âgées mais encore d'une santé florissante et solides au poste, Fee avait transmis la tenue des livres à Meggie et supervisait elle-même les besognes ménagères. Ce fut Fee qui, la première, prit conscience du fait que Rainer avait été étroitement lié à cette phase de la vie de Dane que personne, à Drogheda, n'avait eu la possibilité de partager ; aussi lui demanda-t-elle de leur en parler. Il souscrivit avec plaisir à son désir, d'autant qu'il avait remarqué qu'aucun des habitants de Drogheda ne répugnait à évoquer Dane et que tous éprouvaient une joie réelle en écoutant de nouveaux récits le concernant.
Sous des dehors polis, Meggie ne pouvait s'empêcher de penser à ce que Rainer lui avait dit, s'appesantissant souvent sur le choix qu'il lui avait proposé. Depuis longtemps, elle avait abandonné tout espoir de voir revenir Justine, et voilà que cet homme lui garantissait pratiquement le retour de sa fille à Drogheda, allant même jusqu'à admettre que Justine pourrait y être heureuse. Par ailleurs, elle éprouvait une immense reconnaissance à son endroit ; il avait écarté les craintes

qu'elle nourrissait, redoutant que, d'une façon quelconque, Justine eût découvert les liens qui unissaient Dane et Ralph.

Quand au mariage avec Rain, Meggie ne voyait pas de quelle façon elle pourrait amener Justine à y souscrire puisqu'elle ne semblait pas vouloir l'envisager. Ou Meggie se refusait-elle à l'admettre ? Elle avait fini par éprouver beaucoup de sympathie pour Rain, mais le bonheur de celui-ci ne pouvait évidemment pas revêtir la même importance à ses yeux que le bien-être de sa fille, des habitants de Drogheda, et l'avenir du domaine. La question cruciale était de savoir jusqu'à quel point le bonheur futur de Justine passait par cet homme. D'après lui, Justine l'aimait, mais Meggie ne se souvenait pas que sa fille eût jamais dit quoi que ce soit susceptible d'indiquer que Rain revêtît une importance analogue à celle que Ralph avait eue pour Meggie.

– Je suppose que, tôt ou tard, vous verrez Justine, dit-elle à Rainer en le conduisant à l'aéroport. Et, à ce moment, je préférerais que vous ne mentionniez pas votre visite à Drogheda.

– Comme vous voudrez, répondit-il. Je vous demande seulement de penser à ce que je vous ai dit, et prenez tout votre temps.

Mais, au moment où il exprimait sa requête, il eut l'impression que Meggie avait retiré infiniment plus de profit de sa visite que lui.

Lorsque vint la mi-avril, soit deux ans et demi après la mort de Dane, Justine se sentit tenaillée par une envie irrésistible de voir autre chose que des rangées de maisons et un flot de gens tristes. Subitement, par cette belle journée printanière et ensoleillée, la ville lui parut intolérable. Elle prit le train pour se rendre aux jardins de Kew, heureuse que ce fût un mardi, ce qui lui permettrait de jouir de la beauté des lieux en toute tranquillité. Il y avait relâche ce soir-là et, si le cœur lui en disait, elle pourrait arpenter les allées jusqu'à épuisement.

Elle connaissait bien le parc, évidemment. Pour quiconque venait de Drogheda, Londres était une joie avec ses innombrables massifs fleuris, mais Kew dégageait un charme particulier. Au début de son séjour en Angleterre, elle avait pris l'habitude de s'y rendre d'avril à fin octobre car chaque mois offrait une nouvelle disposition florale.

La mi-avril était son époque préférée ; celle des jonquilles, des azalées et des arbres en fleurs. Elle avait découvert un endroit qui, d'après elle, offrait l'une des plus ravissantes vues du monde, à une échelle réduite, intime ; aussi s'assit-elle sur la terre humide, seule spectatrice, pour s'en repaître. A perte de vue s'étendait un tapis de jonquilles ; à mi-distance, le flot de petites clochettes jaunes enserrait un grand amandier en fleurs dont les branches alourdies, épanouies, se courbaient en arcs aussi parfaits et immobiles que s'ils figuraient sur une estampe japonaise. La paix. Si difficile à trouver.

Et puis, comme elle rejetait la tête en arrière pour mieux s'imprégner de la beauté absolue de l'amandier en fleurs au milieu de sa mer dorée et ondoyante, quelque chose d'infiniment moins beau vint gâcher le paysage. Rainer Moerling Hartheim, en personne, se frayant un chemin avec précaution à travers les touffes de jonquilles, sa masse abritée de l'air frais par l'inévitable manteau de cuir allemand, le soleil accrochant ses cheveux argentés.

– Vous allez prendre mal aux reins, dit-il en ôtant son manteau qu'il étendit sur le sol afin que tous deux puissent s'y asseoir.

– Comment m'avez-vous trouvée ici ? demanda-t-elle en se glissant sur un coin de doublure brune.

– Mme Kelly m'a dit que vous étiez partie pour Kew. Le reste était facile. Je me suis contenté de marcher jusqu'à ce que je vous trouve.

– Et vous vous attendez probablement à ce que je vous saute au cou comme une vieille médaille, hein !

– En avez-vous l'intention ?

– Toujours fidèle à vous-même, hein, Rain ? Vous répondez à une question par une question. Non, je ne suis pas spécialement heureuse de vous voir. Je croyais que vous vous étiez retiré sous votre tente définitivement.

– Il est difficile à un brave type de se retirer sous sa tente définitivement. Comment allez-vous ?

– Bien.

– Avez-vous suffisamment léché vos plaies ?

– Non.

– Je devais m'y attendre. Mais j'ai fini par comprendre qu'après m'avoir congédié vous ne parviendriez jamais à museler suffisamment votre fierté pour faire le premier pas vers la réconciliation. Tandis que moi, *herzchen*, je suis assez avisé pour savoir que la fierté est une compagne de lit qui vous confine à la solitude.

– Ne vous faites pas d'illusions. Si vous comptez la virer à grands coups de pied de mon lit pour vous mettre à sa place, je vous préviens, Rain, je n'ai pas l'intention de vous voir reprendre ce rôle.

– Je ne veux plus reprendre ce rôle.

La vivacité de sa réponse agaça Justine, mais elle prit un air soulagé et dit :

– Vraiment ?

– Si c'était le cas, croyez-vous que j'aurais supporté d'être éloigné de vous si longtemps ? Cet intermède n'a jamais été qu'un incident de parcours, mais je continue à penser à vous comme à une amie très chère et, sous cet aspect vous me manquez.

– Oh, Rain, vous me manquez aussi !

– Parfait. Alors puis-je me considérer comme votre ami ?

– Bien sûr.

Il s'étendit sur le manteau, ramena les bras derrière sa tête, sourit paresseusement.

– Quel âge avez-vous ? Trente ans ? Dans ces vêtements épouvantables, vous avez plutôt l'air d'une écolière mal fagotée. Si vous n'avez pas besoin de moi dans votre vie pour d'autres raisons, Justine, je vous suis indiscutablement indispensable en tant qu'arbitre des élégances.

Elle rit.

– Je reconnais qu'à l'époque où je pensais que vous pouviez à tout moment sortir de votre tanière, je soignais beaucoup plus mon apparence. Mais, si j'ai trente ans, de votre côté vous n'avez rien du poulet de grain. Vous devez avoir au moins quarante ans. Maintenant, la différence ne semble pas aussi énorme, hein ? Vous avez maigri ; vous n'êtes pas malade, Rain ?

– Je n'ai jamais été gras, seulement un peu fort, et le fait de rester assis derrière un bureau m'a ratatiné.

Elle se laissa glisser un peu plus bas, se tourna sur le ventre, approcha son visage du sien, sourit.

– Oh, comme c'est bon de vous voir ! Personne d'autre ne m'en donne autant pour mon argent.

– Pauvre Justine ! Et vous en avez tant maintenant, n'est-ce pas ?

– D'argent ? (Elle opina.) Curieux que le cardinal m'ait légué toute sa fortune personnelle... Enfin, la moitié pour moi, la moitié pour Dane mais, évidemment, sa part m'est revenue. (Malgré elle, son visage se crispa. Elle détourna la tête et fit mine de s'absorber dans la contemplation d'une jonquille jusqu'à ce qu'elle parvînt de nouveau à contrôler sa voix.) Vous savez, Rain, je donnerais cher pour savoir exactement ce que représentait le cardinal pour ma famille. Un ami, seulement un ami ? Certainement plus que ça, d'une façon quelconque. Je ne sais pas exactement quoi. J'aimerais bien percer ce mystère.

– Il n'y en a pas. (Il se remit vivement sur pied et lui tendit la main.) Venez, *herzchen,* je vais vous emmener dîner dans un endroit à la mode où toute l'assistance pourra constater que le fossé qui séparait l'actrice australienne aux cheveux carotte d'un membre du gouvernement allemand est comblé. Ma réputation de play-boy a beaucoup souffert depuis que vous m'avez écarté de votre vie.

– Il faudra la rétablir, mon cher ami. On ne me qualifie plus d'actrice australienne aux cheveux carotte... Maintenant, je suis la merveilleuse, la superbe actrice britannique aux cheveux blond vénitien, cela grâce à mon immortelle interprétation de Cléopâtre. Vous n'allez pas prétendre ignorer que les critiques voient en moi la Cléopâtre la plus exotique qui ait sévi depuis bien des années ?

Elle imprima à ses bras et mains une pose figurant un hiéroglyphe égyptien.

Une lueur traversa les yeux de Rain.

– Exotique ? demanda-t-il d'un ton dubitatif.

– Oui, exotique, répéta-t-elle, catégorique.

Le cardinal di Contini-Verchese étant mort, Rain n'allait presque plus à Rome. Il préférait se rendre à Londres chaque fois qu'il le pouvait. Au début, Justine était tellement enchantée qu'elle se contenta de l'amitié qu'il lui offrait mais, au fil des mois, alors qu'il s'abstenait toujours de faire allusion par la parole ou le regard à leurs relations amoureuses, son indignation, tout d'abord légère, devint de plus en plus obsédante. Non qu'elle souhaitât renouer avec cet aspect du passé, ainsi qu'elle se le répétait constamment ; elle en avait fini avec ce genre de chose, elle n'en avait ni besoin ni désir. Pas plus qu'elle n'autorisait ses pensées à s'appesantir sur une image de Rain, si bien ensevelie qu'elle ne resurgissait qu'à l'occasion de rêves perfides.

Les premiers mois ayant suivi la mort de Dane avaient été atroces. Il lui avait fallu résister au désir de se précipiter vers Rain, de l'étreindre de tout son corps, de tout son esprit, sachant très bien qu'il se laisserait aller si elle le voulait vraiment. Mais elle ne pouvait se le permettre alors que le visage de Rain était obscurci par celui de Dane. Il était juste de l'écarter, juste de lutter afin d'oblitérer en elle jusqu'au moindre reflet de désir pour cet homme. Et, au fil du temps, il semblait qu'il dût rester hors de sa vie définitivement ; alors son corps s'installa dans une torpeur que rien n'éveillait, et elle disciplina son esprit, le forçant à l'oubli.

Mais maintenant que Rain était de retour, les choses devenaient de plus en plus difficiles. Elle grillait de lui demander s'il se rappelait leurs étreintes – comment aurait-il pu les oublier ? Bien sûr, de son côté, elle en avait fini avec ce genre de chose, mais c'eût été une satisfaction que d'apprendre qu'il n'en allait pas de même pour lui. Cela, évidemment, à condition que ce ne fût qu'à l'égard de Justine, et uniquement à l'égard de Justine.

Rêves fumeux. Rain ne donnait pas l'impression d'un homme qui se consumait pour un amour non partagé, mental ou physique, et il ne montrait jamais la moindre velléité de reprendre cette phase de leur vie. Il la voulait en tant qu'amie, était heureux avec elle en tant qu'amie. Parfait ! C'est ce qu'elle souhaitait aussi. Mais... pouvait-il avoir oublié ? Non, ça n'était pas possible. Mais le diable l'emporte s'il avait oublié !

Un soir, l'obsession de Justine atteignit un tel paroxysme que le rôle de Lady Macbeth qu'elle interprétait se teinta d'une sauvagerie tout à fait étrangère à sa manière de jouer habituelle. Après quoi, elle ne dormit pas très bien et, le lendemain matin, elle reçut une lettre de sa mère qui lui communiqua une impression de malaise.

M'man n'écrivait plus très souvent, sans doute un symptôme de la longue séparation qui les affectait toutes deux, et ses rares lettres étaient guindées, pâles. Il en allait tout autrement pour la dernière en date qui contenait un lointain murmure de vieillesse; une lassitude sous-jacente se devinait dans les quelques mots qui crevaient la surface des banalités, comme la partie émergée de l'iceberg. Justine n'aimait pas ça. Vieille. M'man, vieille !

Que se passait-il à Drogheda ? Maman essayait-elle de lui cacher des ennuis sérieux ? Grand-mère était-elle malade ? Ou l'un des oncles ? Ou M'man elle-même ? Mon Dieu, surtout pas ça ! Il y avait trois ans qu'elle n'avait vu aucun des habitants de Drogheda, et bien des événements pouvaient survenir en trois ans, même si rien n'intervenait dans la vie de Justine O'Neill. Du fait que sa propre existence était stagnante et terne, elle ne devait pas croire qu'il en allait de même chez les autres.

Ce soir-là, il y avait relâche et il ne restait qu'une seule représentation de *Macbeth* avant la fin de la saison. La journée s'était traînée lamentablement et la perspective d'un dîner avec Rain ne lui communiquait pas le même plaisir qu'à l'accoutumée. Notre amitié est inutile, futile, statique, se dit-elle en enfilant une robe exactement de l'orange qu'il détestait le plus. Vieux croulant conservateur ! Si elle ne plaisait pas à Rain telle qu'elle était, il n'avait qu'à aller se faire cuire un œuf ! Puis, en faisant bouffer les volants du corsage échancré sur sa maigre poitrine, elle surprit ses yeux dans le miroir et rit tristement. Oh, quelle tempête dans un verre d'eau ! Elle agissait exactement comme le genre de femme qu'elle méprisait tant. C'était probablement très simple. Elle était déprimée, avait besoin de repos. Dieu soit loué pour la fin de Lady M ! Mais que pouvait bien avoir M'man ?

Ces derniers temps, Rain prolongeait de plus en plus ses séjours à Londres et Justine s'émerveillait devant la facilité avec laquelle il allait et venait entre Bonn et l'Angleterre. Sans doute, l'avion privé facilitait les choses, mais ce devait être épuisant.

– Pourquoi venez-vous me voir si souvent ? lui demanda-t-elle sans raison. Tous les journalistes en mal de potins s'en réjouissent, mais je dois avouer que je me demande parfois si je ne vous sers pas simplement d'excuse pour d'autres activités que vous mèneriez à Londres.

– Il est exact que vous me servez de couverture de temps à autre, reconnut-il calmement. En fait, j'ai pu ainsi jeter de la poudre aux yeux à pas mal de gens. Mais il ne m'est pas pénible d'être avec vous parce que j'aime votre compagnie. (Ses yeux sombres s'appesantirent pensivement sur le petit visage qui lui faisait face.) Vous êtes bien calme ce soir, *herzchen.* Auriez-vous des ennuis ?

– Non, pas vraiment. (Elle écarta l'assiette de son dessert auquel elle n'avait pas touché.) Enfin, ce n'est qu'une bêtise. Nous ne nous écrivons plus chaque semaine, maman et moi... Nous ne nous sommes plus vues depuis si longtemps et nous n'avons plus grand-chose à nous dire... mais, aujourd'hui, j'ai reçu d'elle une lettre bizarre ; elle ne lui ressemble pas du tout.

Rain sentit le cœur lui manquer ; Meggie avait effectivement pris son temps pour réfléchir ; il comprit instinctivement qu'elle s'était décidée à agir, mais pas en sa faveur. Elle commençait le siège de sa fille pour la ramener à Drogheda, perpétuer la dynastie.

Il tendit la main à travers la table pour prendre celle de Justine. La maturité lui va bien, songea-t-il. Elle est plus belle que jamais en dépit de cette robe atroce. De minuscules rides conféraient une certaine dignité à ce visage gamin, qui en avait le plus grand besoin, et un caractère qui, pourtant, avait toujours été excédentaire chez Justine. Mais jusqu'où allait cette maturité de surface ? C'était là ce qui péchait chez Justine ; elle n'essayait même pas de s'interroger.

– *Herzchen,* votre mère se sent seule, dit-il, brûlant ses vaisseaux.

Si c'était là ce que voulait Meggie, comment pouvait-il persister à croire qu'il était dans le vrai et qu'elle se trompait ? Justine était sa fille ; elle devait la connaître infiniment mieux que lui.

– Oui, peut-être, marmonna Justine en fronçant les sourcils. Mais je ne peux pas m'empêcher de penser qu'il y a autre chose. Après tout, elle est seule depuis des années. Alors, pourquoi ce changement ? Je n'arrive pas à mettre le doigt dessus, Rain, et c'est peut-être ce qui m'inquiète le plus.

– Elle prend de l'âge, ce que vous avez tendance à oublier, me semble-t-il. Il est possible que certaines choses lui soient plus difficiles à supporter qu'autrefois. (Ses yeux parurent subitement lointains, comme s'il se concentrait sur une pensée n'ayant rien à voir avec ses paroles.) Justine, il y a trois ans, elle a perdu son fils unique. Croyez-vous que le chagrin s'amenuise au fils du temps ? Je pense qu'il doit s'accroître. Il est parti et, maintenant, elle doit croire que vous êtes partie aussi. Après tout, vous n'êtes même pas allée lui rendre visite.

Elle ferma les yeux.

– J'irai, Rain, j'irai ! Je vous promets que j'irai la voir, et bientôt ! Vous avez raison, évidemment. Vous avez toujours raison. Je ne pensais pas que Drogheda puisse jamais me manquer mais, ces derniers temps, j'ai l'impression qu'il m'est plus cher. Comme si j'en faisais partie, malgré tout.

Tout à coup, il consulta sa montre, esquissa un sourire contrit.

– Je crains que cette soirée ne soit l'une des occasions où je me suis servi de vous, *herzchen*. Je suis navré d'avoir à vous demander de rentrer seule mais, dans moins d'une heure, je dois retrouver un gentleman très important en un lieu ultra-secret qu'il me faut gagner dans ma propre voiture, conduite par Fritz, mon chauffeur, qui a passé avec brio le triple examen des services de sécurité.

– Silence et manteaux couleur de muraille ! s'exclama-t-elle gaiement, dissimulant sa peine. Maintenant, je comprends ! Moi, je peux être confiée à un vulgaire chauffeur de taxi, mais pas l'avenir du Marché Commun, hein ? Eh bien, pour vous prouver que je n'ai besoin ni d'un taxi ni de votre Fritz agréé par les services de sécurité, je vais prendre le métro pour rentrer. Il est encore très tôt.

Les doigts de Rainer reposaient toujours sur ceux de Justine ; elle lui saisit la main, la porta à sa joue et l'embrassa.

– Oh, Rain, je ne sais pas ce que je ferais sans vous !

Il enfonça la main dans sa poche, se leva, contourna la table et saisit le dossier de la chaise de Justine.

– Je suis votre ami, dit-il. Et c'est ainsi avec les amis, on ne peut pas se passer d'eux.

Dès qu'il l'eut quittée, Justine regagna son appartement d'une humeur très pensive qui se mua bientôt en un état dépressif. Ce soir, la conversation avait pris un tour plus personnel qu'à l'accoutumée, mais il n'en était rien sorti, sinon qu'il croyait sa mère très seule, vieillissante, et qu'elle ferait bien de rentrer à Drogheda. Il avait parlé d'une visite, mais elle ne pouvait s'empêcher de se demander s'il n'entendait pas un retour définitif. Son attitude semblait indiquer que, quels que fussent les sentiments qu'il avait autrefois éprouvés pour elle, ceux-ci faisaient bel et bien partie du passé, et il ne souhaitait pas les ramener à la vie.

Jamais auparavant, elle ne s'était demandé s'il ne la considérait pas comme une gêneuse, une partie de son passé qu'il préférait voir reléguée à une saine obscurité, dans un endroit tel que Drogheda ; après tout, peut-être était-ce le cas. Mais alors, pourquoi avait-il ressurgi dans sa vie neuf mois plus tôt ? Parce qu'il éprouvait de la pitié à son égard ? Parce qu'il avait le sentiment de lui être redevable d'une façon quelconque ? Parce qu'il avait l'impression qu'il lui fallait la secouer pour qu'elle retournât vers sa mère, qu'il le devait à la mémoire de Dane ? Il avait beaucoup aimé Dane, et comment savoir de quoi ils avaient parlé tous deux en son absence pendant les longues visites de Rain à Rome ? Peut-être Dane lui avait-il demandé de garder l'œil sur elle, et il s'acquittait de cette mission. Après avoir attendu pendant une période convenable afin de s'assurer qu'elle ne le rembarrerait pas, il s'était de nouveau manifesté pour tenir une promesse faite à Dane. Oui, c'était vraisemblablement là la réponse. Il n'était certainement plus amoureux d'elle. Quelle que fût l'attirance qu'elle avait pu exercer sur lui à une époque, elle s'était depuis longtemps dissipée ; après tout, elle l'avait traité abominablement. Elle ne pouvait s'en prendre qu'à elle.

Le brassage de ces pensées déclencha les larmes ; elle pleura lamentablement, puis elle parvint à se ressaisir et se tança pour sa sottise. Et de se tourner, de se retourner, de bourrer son oreiller de coups de poing dans son infructueuse quête de sommeil ; enfin, vaincue, elle resta étendue et essaya de lire un manuscrit. Après quelques pages, les mots dansèrent devant ses yeux, s'emmêlèrent ; elle avait beau essayer de recourir à sa vieille méthode consistant à acculer le désespoir dans quelque recoin de son cerveau, il finit par la submerger. Et, tandis que la morne lueur de l'aube filtrait à travers les rideaux, elle s'assit à son bureau, transie, écoutant le bruit lointain et sourd du trafic, percevant de tous ses sens l'humidité, l'aigreur du petit matin. Subitement, l'idée de Drogheda paraissait merveilleuse. L'air pur et doux, un silence rompu seulement par des éléments naturels. La paix.

Elle saisit l'un de ses stylos à pointe de feutre noire et commença à écrire à sa mère ; ses larmes séchaient au fur et à mesure qu'elle traçait ses mots.

J'espère que tu comprends pourquoi je ne suis pas revenue depuis la mort de Dane mais, quel que soit ce que tu penses de mes raisons, je sais que tu seras heureuse d'apprendre que je compte réparer cette absence en rentrant définitivement.

Oui, tu as bien lu. Je vais rentrer à la maison pour de bon. M'man. Tu avais raison – le moment est venu où Drogheda me manque. J'ai voulu voler de mes propres ailes et je me suis rendu compte que ça ne rimait pas à grand-chose. A quoi bon traîner d'une scène à l'autre pendant le restant de mes jours ? Et qu'existe-t-il pour moi ici en dehors du théâtre ? J'ai besoin de quelque chose de sûr, de permanent, de durable, alors je rentre à Drogheda qui m'offre tout ça. Plus de rêves fumeux. Qui sait ? Peut-être épouserai-je Boy King s'il veut encore de moi ; finalement, ma vie pourra prendre un sens, par exemple en donnant le jour à toute une tribu de petits broussards du Nord-Ouest. Je suis fatiguée, M'man, si fatiguée que je ne sais pas ce que je dis, et je souhaiterais être capable de te faire part de ce que je ressens.

Enfin, je m'attaquerai à ce problème une autre fois. Les représentations de Lady Macbeth sont terminées, et je n'ai encore rien signé pour la prochaine saison ; donc, si je tire ma révérence au théâtre, personne n'en pâtira. Londres grouille de comédiennes. Clyde peut me remplacer en quelques minutes, toi pas. Je suis désolée qu'il m'ait fallu arriver à trente et un ans pour le comprendre.

Si Rain ne m'avait pas aidée à voir clair en moi, ça aurait pu demander encore plus longtemps, mais c'est un type très intuitif. Il ne te connaît pas, et pourtant il semble mieux te comprendre que moi. Evidemment, on prétend que le spectateur voit mieux l'ensemble du jeu. C'est certainement vrai pour lui, mais j'en ai marre de le voir superviser ma vie du haut de son Olympe. On dirait qu'il estime avoir une sorte de dette envers Dane ou qu'il veut tenir une promesse qu'il lui aurait faite, et il m'embête en surgissant constamment dans ma vie ; mais j'ai fini par comprendre que je suis une gêneuse à ses yeux. Si je retourne à Drogheda, sa dette ou sa promesse s'éteindra, n'est-ce pas ? En tout cas, il devrait être heureux que je lui épargne d'incessants va-et-vient en avion.

Dès que je me serai organisée, je t'écrirai de nouveau pour t'annoncer la date de mon arrivée. En attendant, rappelle-toi qu'à ma façon bizarre je t'aime.

Elle signa sans apporter à son paraphe les habituelles fioritures, un peu comme le « Justine » qui apparaissait au bas des lettres écrites comme un pensum au pensionnat sous l'œil perçant de la sœur préposée à la censure. Puis elle plia les feuillets, les glissa dans une enveloppe et traça l'adresse. Elle posta sa lettre en se rendant au théâtre pour l'ultime représentation de *Macbeth*.

Elle entreprit de se préparer à quitter l'Angleterre. Quand elle lui fit part de sa décision, Clyde explosa, hurla, lui adressa des reproches si véhéments qu'elle en fut bouleversée, puis le lendemain il opéra un revirement complet et céda avec une bonne grâce bourrue. La cession du bail de son appartement ne présentait aucune difficulté car elle habitait un quartier très recherché ; en fait, dès que la nouvelle se propagea, le téléphone sonna toutes les cinq minutes jusqu'à ce qu'elle décrochât. Mme Kelly, au service de Justine depuis l'époque lointaine de son arrivée à Londres, errait tristement au milieu d'un fouillis de fibre de bois et de caisses, gémissant sur son sort et raccrochant subrepticement le récepteur dans l'espoir que quelqu'un ayant le pouvoir de faire revenir Justine sur sa décision téléphonerait.

Effectivement, au milieu de cette agitation, quelqu'un ayant ce pouvoir téléphona, mais pas pour la persuader de changer d'avis ; Rain n'était même pas au courant de son départ. Il lui demanda simplement de venir tenir le rôle de maîtresse de maison à l'occasion d'un dîner qu'il donnait dans sa résidence de Park Lane.

– Comment ça, votre maison de Park Lane ? demanda Justine étonnée, d'une voix haut perchée.

– Eh bien, avec la participation croissante de l'Angleterre dans la Communauté économique européenne, je passe tant de temps à Londres qu'il devient plus pratique pour moi d'y avoir une sorte de pied-à-terre, et j'ai loué une maison à Park Lane, expliqua-t-il.

– Tudieu, Rain, vous êtes un beau salaud, un cachottier ! Depuis combien de temps avez-vous cette maison ?

– Environ un mois.

– Et vous m'avez laissé débloquer l'autre soir sans rien m'en dire ? Le diable vous emporte !

Elle était en proie à une telle colère qu'elle en bafouillait.

– Je comptais vous l'annoncer, mais vous m'avez tellement réjoui en pensant que j'effectuais de constants va-et-vient par avion que je n'ai pas résisté à l'envie de prolonger le quiproquo, dit-il d'un ton rieur.

– Oh, je vous tuerai ! grinça-t-elle entre ses dents, refoulant ses larmes.

– Non, *herzchen,* je vous en prie ! Ne vous mettez pas en colère ! Venez jouer les maîtresses de maison et vous aurez tout loisir d'inspecter les lieux.

– Chaperonnée par une flopée d'invités, bien sûr ! Qu'est-ce qui se passe, Rain ? Avez-vous peur de vos réactions en étant seul avec moi ? Ou seraient-ce les miennes que vous redoutez ?

– Vous ne serez pas une invitée, dit-il, répondant à la première partie de la tirade. Vous serez la maîtresse de maison, ce qui est très différent. Acceptez-vous ?

Elle essuya ses larmes d'un revers de main.

– Oui, fit-elle d'un ton bougon.

La soirée se révéla plus agréable qu'elle n'eût osé l'espérer ; la maison de Rain était réellement très belle et lui d'une humeur si enjouée que Justine ne put s'empêcher de la partager. Elle arriva à l'heure, vêtue d'une façon un peu trop flamboyante au goût du maître de céans mais, après une grimace involontaire de celui-ci à la vue des chaussures de satin rose pour le moins osées, il la prit par le bras et lui fit visiter les lieux avant l'arrivée des invités. Il eut une attitude parfaite au cours de la soirée, la traitant avec une intimité primesautière qui donna à Justine l'impression d'être à la fois utile et appréciée. Les invités tenaient une si haute place dans le monde politique qu'elle préférait ne pas penser au genre de décisions qu'il leur appartenait de prendre. Des gens si ordinaires. Ce qui rendait les choses encore pires.

– Ça m'aurait moins ennuyée si un seul d'entre eux avait eu l'allure qui convient à des gens si haut placés, lui dit-elle après leur départ, heureuse de se retrouver seule avec lui et se demandant s'il ne la renverrait pas trop vite chez elle. Vous savez, comme Napoléon ou Churchill. Il est bon de croire qu'on est élu par le destin quand on est un homme d'Etat. Vous considérez-vous comme un homme élu par le destin ?

Il accusa le coup.

– Vous pourriez mieux choisir vos questions quand vous interrogez un Allemand, Justine. Non, ce n'est pas le cas, et il n'est pas bon que les politiciens s'estiment choisis par le destin. Ça peut être satisfaisant pour certains d'entre eux, bien que j'en doute, mais la grande majorité de tels hommes causent à eux-mêmes et à leurs pays bien des ennuis.

Elle ne souhaitait pas approfondir la question. Celle-ci avait été utile pour entamer la conversation ; elle pouvait changer de sujet sans que cela paraisse trop évident.

– Il y avait de tout dans le lot des épouses, hein ? fit-elle assez maladroitement. La plupart d'entre elles étaient infiniment moins présentables que moi, même si vous ne délirez pas d'enthousiasme devant le rose éclatant. Mme Untel n'était pas trop mal et Mme Machin se confondait avec la tapisserie, mais Mme Macmuche était tout simplement abominable. Comment son mari arrive-t-il à la supporter ? Mais les hommes sont tellement bêtes dans le choix de leurs épouses !

– Justine ! Quand apprendrez-vous à retenir les noms ? Heureusement que vous m'avez éconduit ; quelle merveilleuse femme de politicien vous auriez été ! Je vous ai entendue marmotter quand vous vous adressiez à quelqu'un dont vous aviez complètement oublié le nom. Bien des hommes nantis d'épouses abominables ont fort bien réussi, et nombre d'autres, pouvant se prévaloir de femmes parfaites, ne sont pas parvenus à percer. A long terme, ça n'a pas d'importance car c'est la valeur de l'homme qui compte. Rares sont ceux qui se marient pour des raisons purement politiques.

Sa vieille propension à la remettre en place pouvait encore la heurter ; elle lui dédia une courbette moqueuse pour cacher son visage et se laissa glisser sur le tapis.

– Oh, je vous en prie, levez-vous, Justine !

En un geste de défi, elle ramena ses pieds sous elle, s'appuya au jambage de la cheminée et caressa Natasha. A son arrivée, elle avait découvert que Rain avait recueilli la chatte du cardinal di Contini-Verchese après la mort de celui-ci ; il paraissait lui vouer une réelle affection bien que la bête fût âgée et assez capricieuse.

– Vous ai-je dit que je rentrais à Drogheda définitivement ? demanda-t-elle, tout à trac.

Il prenait une cigarette dans son étui ; les mains vigoureuses n'hésitèrent pas, ne tremblèrent pas. Les doigts achevèrent tranquillement leur geste.

– Vous savez parfaitement que vous ne m'en avez rien dit.

– Eh bien, alors je vous l'annonce.

– Quand avez-vous pris cette décision ?

– Il y a cinq jours. J'espère pouvoir partir à la fin de la semaine. Je grille d'impatience.

– Je vois, commenta-t-il.

– Et c'est là tout ce que vous trouvez à dire ?

– Que pourrais-je dire d'autre, sinon que je souhaite votre bonheur, quelles que soient vos décisions.

Il s'exprimait avec une telle maîtrise qu'elle en fut blessée.

– Eh bien, je vous remercie, laissa-t-elle tomber, très désinvolte. Etes-vous heureux à la perspective d'être débarrassé de moi ?

– Vous ne m'embarrassez pas, Justine, rétorqua-t-il.

Elle abandonna Natasha, saisit le tisonnier et s'attaqua assez sauvagement aux bûches calcinées, devenues charbonneuses ; celles-ci s'effondrèrent avec une gerbe d'étincelles et la chaleur du feu diminua brusquement.

– Ce doit être le démon de la destruction que nous abritons qui nous pousse à anéantir ce qui reste d'un feu. Ça ne fait qu'en hâter la fin. Mais quelle belle fin, hein, Rain ?

Apparemment, il ne s'intéressait guère à ce que devenait le feu quand on le tisonnait de la sorte car il demanda simplement :

– A la fin de la semaine, vraiment ? Vous ne perdez pas de temps.

– A quoi bon remettre à plus tard ?

– Et votre carrière ?

– J'en ai par-dessus la tête de ma carrière. D'ailleurs, après Lady Macbeth, que me reste-t-il à interpréter ?

– Oh, Justine, cessez de vous conduire en enfant ! J'ai envie de vous secouer quand vous proférez de telles inepties ! Pourquoi ne pas simplement avouer que vous ne voyez plus un défi dans le théâtre et que vous avez la nostalgie de Drogheda ?

– Bon, bon, bon ! J'en ai rien à foutre de la façon dont vous voyez les choses ! Vous voyez, j'ai retrouvé ma grossièreté habituelle. Désolée de vous avoir offensé ! (Elle se remit sur pied d'un bond.) Bon dieu, où sont mes chaussures ? Où est passé mon manteau ?

Fritz se matérialisa, porteur des deux articles vestimentaires et la reconduisit chez elle. Rain lui demanda de l'excuser de ne pouvoir l'accompagner, prétendant qu'il avait encore à travailler, mais quand elle l'eût quitté, il s'assit devant le feu après l'avoir alimenté d'une nouvelle bûche, Natasha sur les genoux; il ne paraissait pas avoir à faire face à une soirée de travail.

– Enfin, dit Meggie à sa mère, j'espère que nous avons bien manœuvré.

Fee la considéra, opina.

– Oh oui ! j'en suis sûre. L'ennui avec Justine, c'est qu'elle est incapable de prendre une telle décision. Aussi, nous n'avons pas le choix. Il nous faut la prendre à sa place.

– Je n'aime pas beaucoup jouer les *deus ex machina*. Je crois savoir ce qu'elle souhaite réellement mais, même si je le lui disais en face, elle trouverait le moyen de biaiser.

– La fierté des Cleary, commenta Fee avec un léger sourire. Elle se fait jour même chez ceux qui nous paraissent le moins susceptibles de l'abriter.

– Allons donc, ce n'est pas uniquement la fierté des Cleary ; il s'y mêle aussi une pointe de celle des Armstrong.

Mais Fee secoua la tête.

– Non. Quelle que soit la raison de mes actes, la fierté n'y tenait pas grand-place. Vois-tu, l'âge nous confère certaines prérogatives, Meggie, en nous donnant le temps de souffler pour nous permettre de comprendre les raisons de nos actes.

– A condition que la sénilité ne nous en rende pas incapables, répliqua sèchement Meggie. Non que tu coures ce danger, pas plus que moi, je suppose.

– La sénilité est peut-être une grâce accordée à ceux qui sont incapables de faire face à leur passé. N'importe comment, tu n'es pas encore assez âgée pour soutenir que tu as évité la sénilité. Attends encore une vingtaine d'années.

– Une vingtaine d'années ! répéta Meggie, consternée. Oh, ça paraît si long !

– Eh bien, ces vingt années pourraient être moins solitaires si tu le voulais, laissa tomber Fee en continuant à tricoter avec acharnement.

– Oui, si je le voulais. Mais est-ce que ça en vaudrait la peine, M'man ? Le crois-tu vraiment ? (Du bout de son aiguille à tricoter, elle tapota la lettre de Justine ; un très léger doute s'insinua dans sa voix.) J'ai assez perdu de temps comme ça depuis la visite de Rainer, espérant que je n'aurais pas à agir, que la décision ne viendrait pas de moi. Pourtant, il avait raison. En fin de compte, c'était à moi qu'il appartenait de faire le premier pas.

– Tu pourrais peut-être reconnaître que je t'y ai aidée, protesta Fee, blessée. En tout cas, dès l'instant où ton orgueil ne t'a plus interdit de m'en parler.

– Oui, tu m'as aidée, convint gentiment Meggie.

La vieille pendule égrenait ses secondes ; les quatre mains continuaient sans relâche à faire cliqueter les aiguilles d'écaille.

– Dis-moi, M'man... ? demanda tout à coup Meggie. Pourquoi t'es-tu effrondrée après la disparition de Dane alors que tu avais résisté au départ de Papa, de Frank et de Stu ?

– Effondrée ? (Les mains de Fee s'immobilisèrent ; elle posa ses aiguilles. Elle tricotait encore aussi bien qu'à l'époque où elle y voyait parfaitement.) Comment ça, effondrée ?

– On aurait dit que ça t'avait anéantie.

– Toutes ces disparitions m'ont anéantie, Meggie. Seulement, lors des trois premières, j'étais plus jeune et j'avais suffisamment d'énergie pour mieux cacher ma peine. Plus de raisons aussi. Tout comme toi à présent. Mais Ralph savait ce que j'ai ressenti à la mort de Paddy et de Stu. Tu étais trop jeune pour t'en apercevoir (Elle sourit.) J'adorais Ralph, tu sais. Il était... tellement à part. Terriblement comme Dane.

– Oui, en effet. Je n'avais jamais compris que tu t'en étais aperçue, M'man... je veux dire de leur nature. C'est drôle. Pour moi, tu es un personnage vraiment impénétrable. Il y a tant de choses que j'ignore de toi.

– Heureusement ! s'exclama Fee, ponctuant le mot de son curieux rire, mains toujours inertes. Pour en revenir à nos moutons ... si tu réussis ça maintenant pour Justine, Meggie, je crois que tu auras retiré plus d'avantages de tes ennuis que moi des miens. Je n'étais pas prête à agir comme Ralph me l'avait demandé, en veillant sur toi. Je m'accrochait à mes souvenirs... Rien ne comptait, hormis mes souvenirs. Tandis que toi, tu n'as pas le choix. Tu n'as rien d'autre que des souvenirs.

– Ils sont d'un certain réconfort quand le chagrin s'atténue. Tu ne crois pas ? J'ai profité de Dane pendant vingt-six ans et, depuis, je n'ai cessé de me répéter que ce qui s'est produit était ce qui pouvait arriver de mieux, que cela lui avait évité quelque affreuse épreuve qu'il n'aurait peut-être pas eu la force de surmonter. Comme Frank, sans doute. Mais pas de la même nature. Il y a des destins qui sont pires que la mort, nous le savons toutes deux.

– N'es-tu pas aigrie ? demanda Fee.

– Oh ! au début je l'étais, mais, pour leur bien, j'ai fait en sorte de ne plus l'être.

Fee reprit son tricot.

– Ainsi, quand nous partirons, il n'y aura plus personne, dit-elle doucement. Drogheda n'existera plus. Oh ! on lui attribuera une ligne dans l'histoire du pays, et quelque jeune homme enthousiaste viendra à Gilly pour interroger les personnes susceptibles de se souvenir afin de l'aider dans la rédaction de l'ouvrage qu'il aura l'intention d'écrire sur Drogheda. Le dernier des puissants domaines de la Nouvelle-Galles du Sud. Mais aucun de ses lecteurs ne saura jamais ce qu'était réellement Drogheda, parce que c'est impossible. Il aurait fallu qu'ils en fassent partie.

– Oui, approuva Meggie qui n'avait pas cessé de tricoter. Il aurait fallu qu'ils en fassent partie.

Faire ses adieux à Rain dans une lettre, anéantie qu'elle était par le chagrin et l'émotion, s'était révélé facile ; elle y avait même pris un certain plaisir car, à son tour, elle s'était faite cinglante – je souffre, il est donc juste que tu souffres aussi. Mais, cette fois, Rain ne s'était pas placé dans une position où une banale lettre d'adieu pouvait suffire. Il fallait donc aller dîner à leur restaurant favori. Il n'avait pas proposé la maison de Park Lane, ce qui la déçut mais ne la surprit pas. Sans aucun doute, il avait l'intention de prendre congé d'elle sous l'œil indifférent de Fritz. Il ne voulait pas courir le moindre risque.

Exceptionnellement, elle prit soin de s'habiller selon les goûts de Rain ; le démon qui la poussait à des falbalas orange semblait avoir relâché son emprise. Puisque Rain appréciait le style simple, elle passa une robe tombant jusqu'à terre en jersey de soie bourgogne, au col resserré et à manches longues. Elle ajouta un large collier d'or torsadé enchâssant des perles et des grenats, orna ses poignets de deux bracelets assortis. Quels horribles, horribles cheveux ! Ils n'étaient jamais assez disciplinés au goût de Rain. Elle força un peu sur le maquillage pour masquer sa mine défaite. Voilà. Ça ferait l'affaire s'il n'y regardait pas de trop près.

Il ne parut pas percer l'artifice ; en tout cas, il ne se livra à aucun commentaire sur la fatigue, une maladie possible, ni même les tracas d'un déménagement. Cela ne lui ressemblait guère. Et, après un temps, elle éprouva une sensation étrange, comme si le monde arrivait à son terme tant il était différent de son personnage habituel.

Il ne l'aida pas en cherchant à faire de ce dîner une réussite, le genre d'événement auquel ils pourraient faire allusion dans leurs lettres avec plaisir et amusement. Si seulement elle pouvait se convaincre qu'il était le moins du monde ému par son départ, elle en eût éprouvé une certaine joie, mais ce n'était pas le cas. Il affichait un calme imperturbable. Il était si distant qu'elle avait l'impression d'être assise devant une effigie en papier léger, attendant le premier souffle de brise pour s'envoler loin d'elle. Un peu comme s'il lui avait déjà fait ses adieux et que cette rencontre fût superflue.

– Avez-vous déjà eu une réponse de votre mère ? s'enquit-il poliment.

– Non, mais à vrai dire je n'en attends pas. Elle est probablement à court de mots pour me dire sa joie.

– Voulez-vous que Fritz vous accompagne à l'aéroport demain ?

– Merci, je peux prendre un taxi, répondit-elle sèchement. Je ne voudrais pas vous priver de ses services.

– J'ai des réunions toute la journée. Je vous assure que ça ne me causerait pas le moindre dérangement.

– Je vous dit que je prendrai un taxi !

– Inutile de crier, Justine, dit-il avec un froncement de sourcils. Je me plierai à vos désirs.

Il ne l'appelait plus *herzchen* ; ces derniers temps, elle avait remarqué qu'il usait de moins en moins de ce terme et, ce soir, il n'avait pas eu recours une seule fois à ce mot tendre. Oh, quel dîner, morne et déprimant ! Vivement que ce soit fini ! Elle s'aperçut qu'elle gardait les yeux braqués sur les mains de Rain tout en s'efforçant de se rappeler les sensations qu'elles lui avaient communiquées, mais elle n'y parvint pas. Pourquoi la vie n'était-elle pas nette et bien organisée, pourquoi des épreuves, comme celle de Dane, devaient-elles intervenir ? Peut-être du fait qu'elle pensait à Dane, son humeur s'exaspéra au point qu'elle ne put supporter de rester assise un instant de plus ; elle posa les mains sur les accotoirs de son fauteuil.

– Ça ne vous ennuierait pas que nous partions ? demanda-t-elle. J'ai un mal de tête épouvantable.

Parvenus au coin du boulevard et de l'impasse où se situait l'appartement de Justine, Rain donna ordre à Fritz de faire le tour du pâté de maisons et la prit courtoisement par le coude pour la guider, ne l'effleurant que de façon très impersonnelle. Dans l'humidité glaciale du crachin londonien, ils avancèrent lentement sur les pavés, faisant naître alentour les échos de leurs bruits de pas. Bruits de pas tristes, solitaires.

– Eh bien, Justine, nous allons nous dire adieu, laissa-t-il tomber.

– Au revoir plutôt, répondit-elle avec entrain. Ça n'a rien de définitif, vous savez. Je reviendrai de temps à autre et j'espère que vous trouverez le temps de nous rendre visite à Drogheda.

Il secoua la tête.

– Non, c'est un adieu, Justine. Je ne pense pas que nous ayons encore besoin l'un de l'autre.

– Vous voulez dire que vous n'avez plus besoin de moi, rectifia-t-elle avec un rire relativement convaincant. Ça n'a pas d'importance, Rain ! Inutile de me ménager, je sais encaisser !

Il lui prit la main, s'inclina pour y déposer un baiser, se redressa, sourit en l'enveloppant d'un long regard et s'éloigna.

Une lettre de sa mère l'attendait sur le paillasson. Justine se baissa pour la ramasser, laissa tomber sac et manteau sur le sol, se débarrassa de ses chaussures et passa dans la salle de séjour. Elle s'affala lourdement sur une caisse d'emballage, se mordit pensivement la lèvre, se figea avec une expression à la fois consternée et déroutée, porta les yeux sur une magnifique étude pour un portrait de Dane, exécutée le jour de son ordination. Puis elle se surprit à caresser de ses orteils nus le tapis de kangourou, roulé et ficelé ; ses traits se tirèrent en une grimace de dégoût et elle se leva vivement.

Une petite promenade jusqu'à la cuisine ; voilà ce qu'il lui fallait. Elle gagna donc la cuisine, ouvrit le réfrigérateur, en tira un pot de crème et prit dans le congélateur une boîte de café filtre. Une main posée sur le robinet afin de laisser couler un filet d'eau froide sur le café solidifié, elle regarda autour d'elle, écarquillant les yeux, comme si elle n'avait jamais vu la pièce auparavant. Elle considéra les cassures du papier peint, le philodendron béat dans son panier qui pendait du plafond, le réveil représentant un chat noir qui remuait la queue et roulait des yeux devant le spectacle du temps si frivolement émietté. EMBALLER BROSSES A CHEVEUX, rappelait le tableau noir en lettre majuscules. Sur la table, une esquisse au crayon de Rain qu'elle avait tracée quelques semaines plus tôt. Et un paquet de cigarettes. Elle en prit une, l'alluma, posa la bouilloire sur la cuisinière, et se rappela la lettre de sa mère qu'elle tenait encore à la main. Autant la lire pendant que l'eau chaufferait. Elle s'assit devant la table de cuisine, balaya le dessin de Rain qui tomba sur le sol où elle le foula des deux pieds. Va te faire foutre aussi, Rainer Moerling Hartheim ! Tu vois que je m'en tamponne, espèce de Teuton dogmatique à manteau de cuir ! Tu n'as plus besoin de moi, hein ? Eh bien, moi non plus !

Elle se pencha sur la lettre de Meggie.

Ma chère Justine.

Comme toujours, tu agis sans doute sous le coup d'une impulsion et avec ta précipitation habituelle ; aussi j'espère que ce mot te touchera à temps. Si, dans mes dernières lettres, quelque chose t'a poussée à prendre cette décision brutale, je t'en prie, pardonne-moi. Je n'avais pas l'intention de provoquer une réaction aussi radicale. Je suppose que je cherchais simplement un peu de gentillesse, mais j'oublie toujours que sous ton enveloppe coriace se cache beaucoup de douceur.

Oui, je suis seule, terriblement seule ; pourtant, ce n'est pas en rentrant que tu pourrais y changer quoi que ce soit. Si tu veux bien y réfléchir un instant, tu te rendras compte que je dis vrai. Qu'espères-tu réaliser en rentrant à la maison ? Il n'est pas en ton pouvoir de me rendre ce que j'ai perdu, et tu ne peux rien réparer non plus. Cette perte n'est pas seulement la mienne ; elle est aussi la tienne, et celle de Grand-mère et de tous les autres. Il semble que tu entretiennes une idée, tout à fait inexacte, selon laquelle tu en serais, tout au moins en partie, responsable. Ton impulsion soudaine me fait l'effet d'une sorte d'acte de contrition. C'est là de l'orgueil et de la présomption, Justine. Dane était un adulte, pas un bébé impuissant. Je l'ai bien laissé partir, moi. Si, comme toi, je m'étais abandonnée aux remords, je me débattrais dans une torture mentale en me reprochant de l'avoir autorisé à mener la vie qu'il souhaitait. Mais je ne reste pas là à me blâmer sans cesse. Aucun de nous n'est Dieu, et je crois que la vie m'a réservé plus de possibilités de le comprendre que toi.

En rentrant à la maison, tu m'offres ta vie en sacrifice. Je n'en veux pas. Je ne l'ai jamais voulu. Et maintenant, je le refuse. Tu n'es pas à ta place à Drogheda, tu ne l'as jamais été. Si tu n'es pas encore parvenue à savoir où est ta place, je te propose de t'asseoir immédiatement et de commencer à y réfléchir sérieusement. Parfois, tu es vraiment d'une insondable sottise. Rainer est un homme très bien, mais je n'ai jamais encore rencontré personne qui puisse être aussi altruiste que lui. En mémoire de Dane, cesse de te conduire comme une enfant, Justine.

Ma chérie, une lumière s'est éteinte. Pour nous tous, une lumière s'est éteinte, et tu n'y peux absolument rien, le comprends-tu ? Je ne cherche pas à te tromper en prétendant que je suis parfaitement heureuse. La condition humaine ne le permet pas. Mais si tu crois qu'ici, à Drogheda, nous passons nos jours à pleurer et à gémir, tu as tort. Nous savourons nos jours et l'une des raisons de cet état de chose est que notre lumière brille encore pour toi. La lumière de Dane a disparu à jamais. Je t'en prie, ma chère Justine, essaie de le comprendre et de l'accepter.

Reviens à Drogheda si le cœur t'en dit ; nous serions ravis de te revoir. Mais pas définitivement. Tu ne serais jamais heureuse si tu restais ici pour toujours. Ce ne serait qu'un sacrifice de ta part, inutile et sans objet. Dans le genre de carrière que tu as embrassée, tu devrais payer très cher ton éloignement du théâtre, serait-il limité à une seule année. Reste à ta place, fais dignement ton chemin dans le monde que tu as choisi.

La douleur. C'était comme au cours des quelques jours ayant suivi la mort de Dane. Même douleur futile, dévastatrice, inévitable. Même impuissance angoissée. Non, évidemment, elle n'y pouvait rien. Aucun moyen de réparer, aucun moyen.

Gueule un bon coup ! La bouilloire sifflait déjà. Chut, bouilloire, chut ! Quel effet ça fait d'être l'enfant unique de Maman, bouilloire ? Demande à Justine, elle le sait. Oui, Justine sait ce qu'est un enfant unique. Mais je ne suis pas l'enfant qu'elle veut, cette pauvre vieille femme fanée, cloîtrée dans le lointain domaine. Oh, M'man ! Oh, M'man... Crois-tu que si c'était humainement possible je ne le voudrais pas ? Des lampes neuves pour remplacer les vieilles, ma vie pour la sienne ! Ce n'est pas juste que Dane ait été celui qui devait mourir... Elle a raison. Mon retour à Drogheda ne changerait rien au fait que lui ne pourra jamais revenir. Bien qu'il y repose à jamais, il ne reviendra jamais. Une lumière s'est éteinte, et je ne peux pas la rallumer. Mais je comprends ce qu'elle veut dire. Ma lumière brille toujours en elle. Mais pas à Drogheda.

Fritz vint ouvrir, dépouillé de sa belle livrée de chauffeur bleu marine, sanglé dans un élégant gilet de maître d'hôtel. Pendant qu'il souriait, s'inclinait rapidement et claquait des talons à la bonne vieille mode allemande, une pensée traversa Justine : avait-il aussi deux fonctions à Bonn ?

– Etes-vous seulement l'humble domestique de Herr Hartheim, Fritz, ou son chien de garde ? demanda-t-elle en lui tendant son manteau.

Fritz demeura impassible.

– Herr Hartheim est dans son bureau, Miss O'Neill.

Assis, il contemplait le feu, un peu penché en avant, Natasha dormait devant l'âtre. Quand la porte s'ouvrit, il leva les yeux, mais ne dit mot, ne parut pas heureux de la voir.

Justine traversa la pièce, s'agenouilla devant lui et lui posa la tête sur les genoux.

– Rain, je suis désolée d'avoir gâché toutes ces années, murmura-t-elle. Et je ne peux pas réparer.

Il ne se leva pas, ne l'attira pas à lui ; il s'agenouilla à côté d'elle, sur le sol.

– Un miracle, dit-il.

– Vous n'avez jamais cessé de m'aimer, n'est-ce pas ? s'enquit-elle en souriant.

– Non, *herzchen,* jamais.

– J'ai dû vous faire beaucoup souffrir.

– Pas comme vous le pensez. Je savais que vous m'aimiez et je pouvais attendre. J'ai toujours cru qu'un homme patient était obligé de gagner en fin de compte.

– Alors, vous avez décidé de me laisser me débattre toute seule. Vous n'étiez pas le moins du monde inquiet quand je vous ai annoncé que je rentrais à Drogheda, n'est-ce pas ?

– Oh, que si ! S'il s'était agi d'un autre homme, j'aurais pu combattre. Mais Drogheda ? Un adversaire redoutable. Oh, si, j'étais inquiet !

– Vous saviez que je devais partir avant que je vous en parle, n'est-ce pas ?

– Clyde a vendu la mèche. Il m'a téléphoné à Bonn pour me demander si je pouvais vous faire revenir sur votre décision d'une façon quelconque. Je lui ai conseillé de vous donner le change pendant une semaine ou deux pour me laisser le temps de voir ce que je pourrais faire. Pas dans son intérêt, *herzchen*. Dans le mien. Je n'ai rien d'un altruiste.

– C'est ce que Maman prétend. Mais cette maison ! L'aviez-vous déjà il y a un mois ?

– Non, d'ailleurs elle n'est pas à moi. Pourtant, puisque nous aurons besoin d'une maison à Londres si vous devez poursuivre votre carrière théâtrale, je ferais bien d'essayer de l'acheter. Enfin... à condition qu'elle vous plaise. Je vous laisserai même vous charger de sa décoration, si vous me promettez formellement de ne pas la barioler en rose et orange.

– Je ne m'étais jamais rendu compte que vous aviez l'esprit tortueux à ce point ! Pourquoi ne m'avez-vous pas tout simplement dit que vous m'aimiez encore ? Je le souhaitais tant !

– Non. C'était assez évident pour que vous vous en rendiez compte par vous-même. Il fallait que vous vous en aperceviez toute seule.

– Je dois être aveugle ; je n'ai rien vu toute seule, il m'a fallu de l'aide. Ma mère a fini par m'obliger à ouvrir les yeux. Une lettre d'elle m'attendait chez moi ; elle me conseillait de ne pas rentrer.

– Votre mère est une femme merveilleuse.

– Je sais que vous l'avez rencontrée, Rain... Quand ?

– Je suis allé la voir il y a environ un an. Drogheda est un domaine magnifique, mais qui ne vous convient pas, *herzchen*. Le but de mon voyage était de le faire comprendre à votre mère. Vous n'imaginez pas à quel point je suis heureux qu'elle ait fini par s'en apercevoir, bien que je ne pense pas avoir trouvé des arguments très convaincants.

Elle leva les doigts, les lui posa sur la bouche.

– Moi aussi, je doutais, Rain. J'ai toujours douté. Peut-être douterai-je toujours.

– Oh, herzchen, j'espère que non ! Pour moi, il ne pourra jamais y avoir une autre femme. Seulement vous. Le monde entier le sait depuis des années. Mais les mots d'amour n'ont aucun sens. J'aurais pu vous les crier à perdre haleine sans pour autant dissiper vos doutes. Aussi n'ai-je pas clamé mon amour, Justine, je l'ai vécu. Comment pouviez-vous douter des sentiments de votre plus fidèle chevalier servant ? (Il soupira.) Enfin, au moins, ça n'est pas venu de moi. Peut-être continuerez-vous à vous satisfaire de la parole de votre mère.

– Je vous en prie, ne dites pas ça, pas sur ce ton ! Mon pauvre Rain, j'ai dû user votre patience jusqu'à la corde. Ne soyez pas blessé si c'est venu de M'man. Ça n'a pas d'importance ! Je me suis agenouillée devant vous avec humilité.

– Dieu merci, l'humilité ne durera pas ! dit-il gaiement. Vous retomberez sur vos pieds demain.

La tension commença à la déserter ; le plus difficile était passé.

– Ce qui me plaît le plus chez vous, Rain, c'est que vous m'en donnez tant pour mon argent que je ne vous rattrape jamais tout à fait.

– Eh bien, considérez l'avenir ainsi, *herzchen*. Le fait de vivre sous le même toit que moi vous donnera peut-être la possibilité de comprendre comment vous pourrez y arriver. (Il lui embrassa les sourcils, les joues, les paupières.) Je ne vous voudrais pas autrement que vous êtes, Justine. Ne changez pas d'un iota, ni d'une tache de rousseur ni d'une cellule de votre cerveau.

Elle lui glissa les bras autour du cou, enfonça les doigts dans la masse compacte des cheveux argentés.

– Oh, si vous saviez combien j'ai attendu ce moment ! murmura-t-elle. Je n'ai jamais oublié.

Le câble était ainsi rédigé : SUIS DEVENUE MADAME RAINER MOERLING HARTHEIM STOP CEREMONIE PRIVEE VATICAN STOP BENEDICTIONS PONTIFICALES A GOGO STOP VIVENT LES MARIES EXCLAMATION VIENDRONS POUR LUNE DE MIEL RETARDEE DES QUE POSSIBLE MAIS DESORMAIS FOYER EN EUROPE STOP TENDRESSES A TOUS ET DE RAIN AUSSI STOP JUSTINE.

Meggie posa le formulaire sur la table et son regard alla se perdre au-delà de la fenêtre, vers les roses automnales qui s'épanouissaient à profusion dans le jardin. Parfum des roses, vibrations des roses. Et les hibiscus, les buddleias, les eucalyptus, les bougainvillées qui regardaient le monde de si haut, les poivriers. Comme le jardin était beau, vivant. Voir les bourgeons et boutons se développer, éclater, se flétrir ; et de nouvelles promesses arriver pour continuer le même cycle sans fin, incessant.

C'en était fini de Drogheda. Oui, il était temps, grand temps. Que le cycle se renouvelle avec des inconnus. Je me suis tout infligé à moi-même, je ne peux blâmer personne. Et je ne regrette rien.

L'oiseau à la poitrine percée d'une épine suit une loi immuable; il ne sait pas ce qui l'a poussé à s'embrocher et il meurt en chantant. A l'instant même où l'épine le pénètre, il n'a pas conscience de la mort à venir ; il se contente de chanter et de chanter encore jusqu'à ce qu'il n'ait plus de vie pour émettre une note de plus. Mais nous, quand nous nous enfonçons des épines dans la poitrine, nous savons. Nous comprenons. Et pourtant, nous le faisons. Nous le faisons.

Achevé d'imprimer
sur les presses de Bernard Neyrolles
Imprimerie Lescaret
à Paris

Extrait de la loi n° 76.616 du 9 Juillet 1976 relative à la lutte contre le tabagisme.
Il ne peut être fait de propagande ou de publicité, par quelque procédé et sous quelque forme que ce soit, en faveur du tabac ou des produits du tabac et des articles pour fumeurs, dans les publications définies à l'alinéa premier de l'article 1er de la loi du 16 Juillet 1949 sur les publications destinées à la jeunesse.

Dépôt légal n° 3573 3e trimestre 1981 Octobre 1981

ISBN 2-261-00724-8